本书系国家社会科学基金一般项目"清初遗民小说研究"（编号：16BZW069）结项成果

国家社科基金丛书
GUOJIA SHEKE JIJIN CONGSHU

清初遗民小说研究

Study on the Adherent—novels in the Early Qing Dynasty

杨剑兵　著

人民出版社

目　　录

序

程国赋

2021年6月底,接到剑兵电话,在电话里他提到他主持的2016年度国家社科基金一般项目"清初遗民小说研究"(编号:16BZW069)已经完成,准备出版,希望我写篇序言。剑兵主持的这项国家社科基金项目最终成果是在博士论文基础上撰写而成的。2008年,剑兵考入暨南大学中国古代文学专业,跟随我攻读中国古代小说戏曲方向的博士生,2011年毕业,获得博士学位,迄今整整十年的时间。十年来,剑兵先后任职于湖北、江西和广东的几所高校,虽然工作单位几次变动,但剑兵对于清初遗民小说研究这份执着之情一直没有变。2011年剑兵完成的博士论文有近40万字,于今,经过十年的辛勤耕耘,他拿出50余万字数的书稿《清初遗民小说研究》。综观全书,我觉得具有以下几个方面的创新与特色:

一、书稿首次正式提出并详细阐释了清初遗民小说的概念。遗民文学是中国文学发展史上的一个重要组成部分,它们出现于改朝换代之际,鲜明地体现出不同时代文人的心理状态、主观情感和民族情怀。同时,这些作品也是不同时代社会现实和文化思潮的集中体现。就清代初年而言,在文坛上出现大量的遗民文学,相比之下,遗民戏曲和遗民诗词受到学术界较多的关注,而遗民小说受到的关注比较少。就有关清初遗民小说的研究成果来看,目前学界一直没有正式提出清初遗民小说的概念,也未对此进行全面厘清与阐释。剑兵的书稿在借鉴学界对文化遗民、明遗民、遗民意识等概念阐释与界定的基础上,首次正式提出了这一概念,并阐释了其核心内涵。作者主要从三个方面进行界定:其一,创作时间。上限为崇祯十七年(1644)三月十九日明廷灭亡,下限为康熙六十一年(1722)。下限时间的界定主要依据是明遗民方国骅(即方颙恺)(1637—1722)卒于是年。这是目前已有资料显示的最后一位明遗民去世时间。其二,创作主体与主题。创作主体必须为文化遗民,包括明遗民、非明遗民、遗民身份不可考作家。创作主题必须体现遗民生活或反映遗民意识。其三,小说作品的依据。作者判断某一作品是否为小说的主要依据是古代小说书目的著录。同时,对小说选本及小说总集收录的作品(古代小说书目著录的除外),作者则主要根据其是否具有小说因素而进行甄别,未具小说因素的作品不在此书考查范围。综合上述三条件,作者认为,所谓清初遗民小说,是指在清初顺康时期由文化遗民创作的体现遗民生活或反映遗民意识且为古代小说书目著录或为小说选本选录并具小说因素的作品群体。

二、研究角度全面系统。此书在界定了文化遗民、遗民意识、清初遗民小说等三个核心概念的基础上,从七个方面全面系统深入地展开了研究:1. 清初遗民小说的生成。此部分主要从思想基础、文化因素、史学情结、文学语境等四个方面,探讨了这些因素对清初遗民小说生成的影响,以及清初遗民小说在这些方面的主要表现。如清初文字狱的兴起,既是清初遗民小说产生的文化因素,也是清初遗民小说的遗民意识曲折表达的原因所在。2. 清初遗民小说的作家。此书共统计出小说作家 90 人,主要呈现籍贯相对集中、身份多近于平民、活动遍及大江南北等特点。同时,清初遗民小说作家在入清后,或隐居故里与山林,著书立说,教授生徒;或结社倡和,聊慰故明悲情;或游历名山大川,纾解亡国之痛;或积极抗清,表现对故国之忠诚;或入清为官,追求士人传统价值,但遗民情怀却一直挥之不去。3. 清初遗民小说的创作。此书已统计出小说作品有 183 部(篇),这是迄今为止对清初遗民小说最为全面的统计。清初遗民小说具有多重创作主题,在创作特色方面主要表现为小说的才学化与文言小说的地域特点等。4. 清初遗民小说的艺术。此方面主要表现为富于情绪化的人物结局描写,不同小说体例在叙事结构上具有不同特点,如章回小说复合结构的多样性、文言小说单线结构的一致性、话本小说串联结构的新颖性。小说在语言上也颇具特色,如人物语言具有借人物之口表达作者之意的特点,叙事语言具有叙议结合的特点。5. 清初遗民小说的评点。小说评点属小说传播范畴,因清初遗民小说的评点有其独特性与重要性,故于此独立成章。清初遗民小说的评点形式主要包括序跋、夹批、尾批等。这些评点形式是我们解读清初遗民小说的创作动机、成书过程、艺术特色的重要手段。清初遗民小说评点中的遗民意识主要包括对于忠明者的赞誉、对阉党、农民起义者的痛恨、对满清统治者的间接不满等,而这种遗民意识的出现又与评点者的遗民身份有关、与评点者同明遗民的交往有关、与当时史论中的遗民意识等有关。6. 清初遗民小说的传播。其中,传播方式主要包括评点、刊印、选录、禁毁、改编、续写等六个方面。传播特点包括两个方面:一方面小说通过评点、刊印、选录、改编、续写的方式,使遗民情结得以流传;另一方面统治者又通过禁毁的方式来阻止人们对故国的眷恋及对新朝的对抗。同时,清初遗民小说的评点也体现了传播者的民族情结。7. 清初遗民小说的比较。这种比较主要包括清初遗民小说与古代遗民戏剧、古代遗民诗词之间的比较。其中,清初遗民小说与古代遗民戏剧在题材选择、人物形象塑造、遗民意识等方面,具有诸多相似,也有诸多不同之处。清初遗民小说与古代遗民诗词在创作主体、纪录现实、遗民意识表达等方面,具有更多相似之处。通过上述比较,我们可以看出:清初遗民小说是清初遗民文学不可或缺的组成部分,也是整个古代遗民文学的重要组成部分;清初遗民小说与其他文体遗民文学共同阐释了元初以降易代文学的创作特色;清初遗民小说的艺术价值总体上处于明清小说两大高峰之间的过渡地带,值得我们给予足够的重视和研究。

三、书稿的研究方法合理。作者多处运用计量统计的方法,通过数据统计、分析说明自己的观点。例如,此书在论述清初遗民小说作家时,统计了这些作家的生卒年、别号、籍贯、科考、主要任职、遗民身份等。通过统计,我们会发现这些作家在主要生活时代、生活志趣、生活空间、功名与任职、遗民身份等方面的诸多规律。再如通过清初遗民小说著录、收录索引,可以准确查找小说作品在小说书目、小说选本中的位置,这无疑为清初遗民小说的传播研究提供文献基础。又如此书统计了宋遗民、元遗民、明遗民诗词作家的籍贯及主要活动地区。这是清初遗民小说作家与这些遗民诗词作家比较的文献前提。同时,此书在分析元初、明初、清初遗民作家集中于江南地区的原因时,引用了大量的关于经济、进士、宰相、书院等方面的数据,使得其论证可以得到强有力的文献支撑。

另外,书稿还成功运用点面结合的研究方法。如第三章第三节虽是"面"上的论述,即总体上分析文言小说的地域特色,却以《板桥杂记》《南吴旧话录》《研堂见闻杂录》三部小说集为例展开。这种研究方法在其他章节中亦有所表现。从书稿的写作来看,作者在研究方法的运用方面比较合理。

四、作者尝试采用遗民文学中不同文体间的互通研究。遗民意识是遗民文学的核心要素。此书在研究过程中,注重清初遗民小说与遗民诗、词、文、戏曲等文体间的关系研究,探寻它们在遗民意识表达方面的相同与不同之处,而总结它们之间的互通性与互动性。这种互通性研究,既有利于我们掌握清初遗民小说的创作概况,又有利于我们了解元初以来的遗民文学创作的整体状况,从而能够定位它们的文学价值、文学史价值及文献价值等。

自从着手开展清初遗民小说的研究到现在,在十几年的时间里,剑兵不惮辛劳,围绕这一课题深入开拓,取得突出的成绩,在这部书稿中提出很多新颖独到的见解。学无止境,就书稿而言,也存在一些可以继续完善的地方,例如,应更多地关注有关清初遗民小说的域外文献和研究状况、研究方法和研究视角;清初遗民小说存在哪些局限和不足?不过,瑕不掩瑜,总的来看,剑兵这部书稿材料丰富,研究方法合理,观点新颖,可以说是他"十年磨一剑"之后的力作。相信这部书稿的出版对于清代小说的研究、对于遗民文学的研究将起到一定的推动作用。

绪　　论

第一节　清初遗民小说的概念界定

目前学界尚未对清初遗民小说的概念进行较为清晰地界定,而对于研究成果较为丰富的遗民诗、词、杂剧等文体,学界一般从两个方面确定其研究范畴的,即作家为遗民,作品反映遗民意识。但那些非遗民创作的却反映遗民意识的作品,在纳入研究范畴时,一般都作特别交待,如杜桂萍在将吴伟业的《通天台》《临春阁》视作遗民杂剧时,即作了详细地说明。清初遗民小说相对于其他文体的遗民文学,既有共性的一面,又有差异性的一面。鉴于此,笔者在正式研究清初遗民小说之前,在借鉴已有研究成果的基础上,全面而准确地界定清初遗民小说及其相关概念十分必要。

一、清初遗民小说的相关概念

在正式界定清初遗民小说的概念前,我们必须对其相关概念进行界定,如遗民、明遗民、文化遗民、遗民意识等。

1. 遗民。"遗民"一词盖最早源于《左传》。"闵公二年"曰:"卫之遗民,男女七百有三十人,益之以共、滕之民,为五千人。立戴公以庐于曹。"孔颖达疏云:"经、传皆云十二月狄入卫,卫人东徙渡河,收集离散,乃立戴公。"①"襄公二十九年"又云:"曰:'思深哉! 其有陶唐氏之遗民乎! 不然,何忧之远也?'"孔颖达疏云:"《正义》曰:'见其思深,故疑之云,其有陶唐氏之遗民乎! 若其不是唐民,何其忧思之远也?'"②《孟子》之《万章章句上》亦及"遗民"一词:"《云汉》之诗曰:'周余黎民,靡有孑遗。'信斯言也,是周无遗民也。"③朱熹注云:"若但以其辞而已,则如《云汉》所言,是周之民真无遗种矣。惟以意逆之,则知作诗者之志在于忧旱,而非真无遗民也。"④从以上三处"遗民"一词及其注疏看,遗民最初的内涵是指亡国之民。⑤ 有记载的最早遗民当属伯夷、叔齐,《史记·伯夷列传》载伯夷、叔齐在商亡之后,"义不食周粟,隐于首阳山,采薇而食之……遂饿死于首阳山"⑥。孔子论曰:"不降其志,不辱其身者,伯夷、叔齐与。"⑦

在"遗民"一词发展过程中,还出现了"逸民"一词。《论语·微子》云:"逸民,伯夷、叔齐、虞仲、夷逸、朱张、柳下惠、少连。"何晏注曰:"逸民者,节行超逸也。包曰:'此七人皆逸民之贤者。'"⑧先秦典籍中的许由、巢父、长沮、桀溺等也都为人们所熟知的逸民。还有专门记载逸民的文献,如晋皇甫谧《高士传》、明敬虚子《小隐书》、明皇甫涍与清华渚尚各有《逸民传》等。逸民

---

① [清]阮元校刻:《十三经注疏》之《春秋左传正义》卷十一,上海古籍出版社 1997 年影印本,第 1788 页。

② [清]阮元校刻:《十三经注疏》之《春秋左传正义》卷三十九,上海古籍出版社 1997 年影印本,第 2007 页。

③ [清]阮元校刻:《十三经注疏》之《孟子注疏》卷九上,上海古籍出版社 1997 年影印本,第 2735 页。

④ [宋]朱熹集注,陈戍国标点:《四书集注》,岳麓书社 2004 年版,第 341 页。

⑤ 笔者按:李瑄在《明遗民群体心态与文学思想研究》中根据《左传》出现的四处"遗民",认为"遗民"有三个义项,即亡国或乱离之后遗留下来的子民、后裔、前一个时代遗留下来的人。(巴蜀书社 2009 年版,第 10 页)其实,这三个义项在一定程度上都具有"亡国之民"的内涵。

⑥ [汉]司马迁:《史记》卷六十一《伯夷列传》,中华书局 1959 年版,第 2123 页。

⑦ [清]阮元校刻:《十三经注疏》之《论语注疏》卷十八,上海古籍出版社 1997 年影印本,第 2529 页。

⑧ [清]阮元校刻:《十三经注疏》之《论语注疏》卷十八,上海古籍出版社 1997 年影印本,第 2529 页。

在正史里亦有诸多记载，如《后汉书》中的《独行列传》《逸民列传》，《南齐书》中的《高逸列传》，《梁书》中的《处士列传》，《魏书》中的《逸士列传》，《晋书》《南史》《北史》《旧唐书》《新唐书》《宋史》《金史》《元史》《明史》中的《隐逸列传》，《清史稿》中的《遗逸列传》等。由于古代"逸""遗"相通，诸多《逸民传》兼收遗民与逸民，从而导致了"遗民"与"逸民"两个概念相当混淆。而且这种混淆现象直到归庄为朱子素所作《历代遗民录序》才基本厘清。《历代遗民录序》称："凡怀道抱德不用于世者，皆谓之逸民；而遗民则惟在废兴之际，以为此前朝之所遗也。"①

清初学人在总结前人对"遗民"的解释及区别"遗民"与"逸民"二词内涵后，开始尝试对"遗民"概念进行界定，最早当属归庄《历代遗民录序》。该文称：

> 遗民之类有三：如生于汉朝，遭新莽之乱，遂终身不仕，若逢萌、向长者，遗民也；仕于汉朝，而洁身于居摄之后，若梅福、郭钦、蒋诩者，遗臣也，而既不复仕，则亦遗民也；孔奋、郅恽、郭宪、桓荣诸人，皆显于东京矣，而亦录之者，以其不仕莽朝，则亦汉之遗民也。徐稚、姜肱之伦，高士之最著者，以不在废兴之际，故皆不录；魏晋以下，以此类推。故遗民之称，视其一时之去就，而不系乎终身之显晦，所以与孔子表逸民，皇甫谧之传高士，微有不同者也。②

更多的还是今人对"遗民"概念的界定，如张兵在其博士论文《清初遗民诗群研究》之《引论》中从两个方面界定了"遗民"概念：一方面，"作为遗民，必须是生活于新旧王朝交替之际，身历两朝乃至两朝以上的士人"；另一方面，"作为遗民，其内心深处必须怀有较强烈的遗民意识"，而那些"殉国的烈士"，以及"入新朝后曾一度参加科举考试，但旋即弃去者"不能列入遗民行

---

① ［清］归庄：《归庄集》卷三《历代遗民录序》，上海古籍出版社1984年新1版，第170页。
② ［清］归庄：《归庄集》卷三《历代遗民录序》，上海古籍出版社1984年新1版，第170页。

列。① 再如孔定芳在《明遗民与清初满汉文化的整合》中也从两个方面对"遗民"内涵进行了界定:一方面,遗民是指士大夫阶层,"主要是指有一定名望和影响的上层士大夫而非普通士群";另一方面,"作为遗民必须是易代之后不仕新朝,这是遗民的核心元素"。②

总结上述学人对"遗民"的界定,笔者认为所谓"遗民"必须符合三个标准:一是生活时代必须跨新旧两朝,即生于旧朝,卒于新朝;二是在新朝未参加科举考试或入仕为官;三是一般为具有一定文化知识的士人。

2. 明遗民。对明遗民作明确界定的是《明遗民传记资料索引·叙例》:

> 明遗民者,生于明而拒仕于清,举凡著仕籍或未著仕籍、曾应试或未及应试于明,无论僧道、闺阁,或以事功、或以学术、或以文艺、或以家世,其有一事足记、而能直接或间接表现其政治原则与立场者也。③

根据这一界定以及上文确定的"遗民"的三个标准,我们认为"明遗民"应具备以下三个条件:一是必须生活于明清之际,即必须于明亡(崇祯十七年,1644)前出生,卒于清朝;二是未在清朝出仕、应试,即未拥有清朝的官衔或功名,但在南明任官、应试者或在清朝任官僚幕客者除外;三是一般为士人,即拥有一定知识的人即可,不必是上层士大夫。

3. 文化遗民。近些年来,"政治遗民""文化遗民"的概念开始进入学界研究视野。所谓政治遗民,是指在政治立场上抗拒新朝的遗民,包括参与抗击新朝的斗争、拒绝入仕新朝、拒绝参加新朝科举等。如前文学界对于"明遗民"概念的界定,基本上是将明遗民作为政治遗民来对待的。其实,这种界定还是具有一定的局限性。因为随着时间的推移和新朝统治的日益巩固,有些遗民

---

① 张兵:《清初遗民诗群研究》,苏州大学博士论文,1998 年,第 3 页。
② 孔定芳:《明遗民与清初满汉文化的整合》,《故宫博物院院刊》2005 年第 4 期。
③ 谢正光编著,王德毅校订:《明遗民传记资料索引》,新文丰出版公司 1990 年版。另,上海古籍出版社 1992 年版称《明遗民传记索引》。

在进入新朝一段时间后,思想上开始出现了一些新的变化。如归庄在顺治时期仍然保持自己的民族气节,但到康熙时期出现软化倾向,"对钱谦益和吴梅村的屈节却表示出难得的宽容和大度,甚至有时还有意为其辩护"。① 面对这种情况,学界需要一个恰当的概念来概括,于是"文化遗民"呼之而出。

对"文化遗民"较早理解的是陈寅恪。他虽未明确提出"文化遗民"的概念,但对其内涵的阐释,多为后人所借鉴。陈寅恪在《王观堂先生挽词序》中称:"凡一种文化值衰落之时,为此文化所化之人,必感苦痛,其表现此文化之程量愈宏,则其所受之苦痛亦愈甚。"② 刘振华、傅道彬、罗惠缙等学人在此基础上,又进行了阐释与界定。刘振华从两方面阐释了"文化遗民"的内涵:一方面,文化遗民作为劫后余生,拥有极为广阔的历史文化背景,包括其人生态度、思想感情、生活方式、价值取向等;另一方面,文化遗民的人生是自觉塑造的,在故国与新朝之间,其人格魅力在于士人对生存状态的道德意义的注重。③ 傅道彬等对"文化遗民"概念进行了界定:

> 当一种文化衰落之时,必然会有一种新文化的兴起,那些为旧文化所"化"之人,在即将兴起的新文化环境里,无法融入其中而深感痛苦,并想尽一切办法去维护或传承那种即已衰落的旧文化。这种遗民,由于其文化情结的根深蒂固,由于其遗民立场的文化含义,使其所有的表达都富于一种文化内涵,而使其自身的存在更具有复杂性。他们所确立的不仅仅是个人化的一种生存方式或生存态度,也不仅仅是在易代之际的一种政治选择或表达,而且借诸"易代",以强化的方式表达了遗民对中国文化的理解,对遗民独立性、复杂性的理解。④

---

① 刘红娟:《归庄:由政治遗民到文化遗民》,《华南师范大学学报》(社会科学版)2007 年第 6 期。
② 陈寅恪:《王观堂先生挽词序》,《陈寅恪先生全集》附录,里仁书局 1979 年版,第 1441 页。
③ 刘振华:《论钱谦益的"文化遗民"心态》,《东南学术》2000 年第 11 期。
④ 傅道彬、王秀臣:《郑孝胥和晚清文人的文化遗民情结》,《北方论丛》2002 年第 1 期。

罗惠缙在总结前人研究成果基础上,亦对"文化遗民"进行了界定:

> "文化遗民"是指在因朝代的更替、时序的鼎革等因素导致的民族盛衰、学术兴废、文化价值被凌逼时,坚持以从事学术研究、赓续学术思想或从事文化典籍的考镜、整理、出版等为职志,借助自己的心智塑造,将固有的文化价值或思想观念以潜隐或外显的方式表现出来,从而使学术传统和文化、思想得到挖掘、传承、开拓或创造出新的文化产品之遗民。①

综观上述学界对"文化遗民"的理解、阐释与界定,笔者认为"文化遗民"最基本的特质是从文化角度而不是从政治立场的角度来确定遗民身份。这种界定方式,在一定程度上消除了学界在遗民文学研究过程中出现的尴尬局面。以吴伟业为例,按照严格的政治立场,他是不能称为明遗民的,但他的诸多文学作品却蕴含着浓郁的遗民情怀,如果按照作家身份确定研究范畴,这些作品是不能纳入研究范畴的。这显然不利于清初遗民文学的整体研究。笔者甚至认为,有些作家即使于出生于易代之后(主要是指初期),只要其在浓厚的遗民氛围中成长,创作的文学作品具有浓郁的遗民情结。那么,这类作家亦可被称为文化遗民,如清初的陈鼎、孔尚任等。依据这一判定原则,对于有些作者无法考证的清初遗民小说来说,无疑解决了一个非常棘手的问题,那就是小说作者的身份问题。这些作者我们基本上可以判定为明代文化遗民,而不必过多地去纠结他是否为明代政治遗民,或者是否为明遗民。故此,拙著将引入文化遗民的概念来考察清初遗民小说的作家身份,包括明遗民作家、非明遗民作家和遗民身份不可考作家。

4. 遗民意识。所谓遗民意识或谓遗民情结,概而言之即为亡国之痛、故国之思。具体到清初士人,主要包括以下几个方面。

(1)痛恨亡明者,包括明末清初之"流贼"、阉党、清入侵者及其追随者等。

---

① 罗惠缙:《民初"文化遗民"研究》,武汉大学出版社 2011 年版,第 16 页。

（2）褒扬忠明者，包括抗击亡明者、为明殉国者、义不降清与仕清者等。

（3）总结明亡教训。

（4）追忆故明人事。

（5）以古喻今、含沙射影地表达上述情感。

（6）其他。主要指向往隐逸生活、构建遗民理想等。

二、清初遗民小说的概念

依据上述遗民、明遗民、文化遗民、遗民意识等概念，笔者试从三个方面来界定清初遗民小说的概念：

1. 创作时间。上限为崇祯十七年（1644）三月十九日明廷灭亡，下限为康熙六十一年（1722）。上限时间在此不必赘述。下限时间为康熙六十一年（1722），是据明遗民方国骅（即方颛恺）（1637—1722）卒于是年。[①] 这是目前已有资料显示的最后一位明遗民去世时间。以最后一位明遗民去世时间来确定下限时间，只是一个时间上的划分，更为重要的是到康熙末年，由明入清的士人在思想与行为上基本接纳了清朝统治，非遗民或遗民身份不可考作家创作的体现遗民生活小说作品已很少，小说反映的遗民意识也极为淡薄。

另外，需要指出的是，清初遗民小说的具体创作时间或刊刻时间有些并不清晰，但依据作品的内容及避讳情况、叙事口吻、作家的生卒年、文集的刊刻时间（笔者按：诸多单篇文言小说来源于作家的文集），以及学术界已有的考证成果等，我们只要对其做出大致的时间判断，即它们创作于顺康时期即可。

2. 创作主体与主题。创作主体必须为文化遗民，包括明遗民、非明遗民、遗民身份不可考作家。创作主题必须体现遗民生活或反映遗民意识。

3. 小说作品的依据。笔者判断某一作品是否为小说的主要依据是古代小

[①] 陈伯陶《胜朝粤东遗民录》卷一"方国骅"条载："颛恺晚掩关大通古寺，故来章云然。壬寅，年八十六卒。"（谢正光、范金民编：《明遗民录汇辑》，南京大学出版社 1995 年版，第 37 页）壬寅即康熙六十一年，公历为 1722 年。

说书目的著录,其中包括孙楷第《中国通俗小说书目》、袁行霈等《中国文言小说书目》、柳存仁《伦敦所见中国小说书目提要》、江苏省社会科学院明清小说研究中心《中国通俗小说总目提要》、宁稼雨《中国文言小说总目提要》、郑振铎《中国小说提要》、刘世德《中国古代小说百科全书》、陈桂声《话本叙录》、石昌渝等《中国古代小说总目》、朱一玄等《中国古代小说总目提要》、李梦生《中国禁毁小说百话》等。同时,对小说选本及小说总集收录的作品(古代小说书目著录的除外),笔者则主要根据其是否具有古代小说因素而进行甄别,未具古代小说因素的作品不在本书考查范围,如余怀的《寄畅园闻歌记》《砚林》、黄周星的《衡岳游记》、毛奇龄的《胜朝彤史拾遗记》《武宗外纪》等,虽然它们或为小说选本、总集所收录,或体现一定的遗民意识。

综合上述三条件,我们可以给清初遗民小说的概念作一准确的界定。所谓清初遗民小说,是指在清初顺康时期由文化遗民创作的体现遗民生活或反映遗民意识且为古代小说书目著录或为小说选本选录并具古代小说因素的作品群体。

根据以上对清初遗民小说作家及其创作的遗民小说内涵的界定,笔者将清初遗民小说作家、清初遗民小说及其著录、收录情况等附录于文后,即附录一《清初遗民小说作家基本情况一览表》、附录二《清初遗民小说基本情况一览表》、附录三《清初遗民小说著录、收录书目索引》。

第二节　清初遗民小说的研究现状

一、清初遗民小说相关研究现状

1. 古代遗民史料的整理与研究。最早的古代遗民史料当追溯到《史记》对伯夷、叔齐的记载。历代正史中的《逸民传》《处士传》等,以及专门记载逸民的文献,也有诸多的遗民记载。专门收录遗民文献的当是从收录宋遗民文献开始的。最早的当属宋遗民方凤弟子吴莱的《桑海遗录》,惜未见。不过,据其《桑海遗录序》称,吴莱曾"见福唐刘汝钧贻书括苍吴思齐子善论文丞相宋瑞事","又获见淮阴龚开所作文宋瑞、陆秀夫二传",最后指出"予故私列二传以发其端,询之故老征之,杂记题曰'桑海遗录',且以待太史氏之采择"。①对后代学界编纂遗民录产生重要影响的是明人程敏政整理的《宋遗民录》。是书凡十五卷,仅录 11 位宋遗民,包括王炎午、谢翱、唐珏、张弘毅、方凤、吴思齐、龚开、汪元量、梁栋、郑思肖、林景熙。其史料价值自不待言,"是书列王炎午、谢翱、唐珏事迹及其遗文,弥足珍秘,而后人诗文之为三人作者,亦罗列焉。是亦文献足征之一端也。七卷后附录张弘毅、汪元量等八人,尤见赅备"。②清初李长科在此基础上辑有《广宋遗民录》,朱明德又在二人基础上辑有《广宋遗民录》,惜二书均散佚。清初朱子素所辑《历代遗民录》,亦散佚。另外,还有收录宋遗民地方文献的,如《宋东莞八遗民录》《宋东莞遗民录》。二书均仿程敏政《宋遗民录》体例。前者为明人袁昌祚所撰,收录赵必瑑、李春叟、翟龛、陈庚、陈纪、赵东山、何文季、邵绩等 8 位遗民著作。后者为清人陈伯陶编纂的,分上下二卷,除"遍搜之不可复得"③的邵绩外,共收录 18 人传记:赵必瑑、赵东山、赵时清、李用、李春叟、陈益新、陈庚、翟龛、何文季、刘宗、黎献、张衡、张元吉、张登辰、方幼学、李佳、姚凤、文应麟。还附有小传或作品的 5 人:赵北山、李得朋、陈纪、刘玉、蔡郁。

西夏遗民史料整理与研究较为全面的当属张琰玲编著的《西夏遗民文献整理与研究》(凤凰出版社 2019 年版)。是书计收录西夏遗民 277 人,待考人物 12 人。是书文献收录时间,上限始于元太祖成吉思汗建立蒙古帝国

---

① [元]吴莱:《桑海遗录序》,[元]吴莱著、[明]宋濂编:《渊颖吴先生文集》卷十二,《四部丛刊》本。
② [清]纪昀等:《宋遗民录提要》,[明]程敏政:《宋遗民录》,《笔记小说大观》第 12 册,江苏广陵古籍刻印社 1983 年影印本,第 1 页。
③ [清]陈伯陶:《宋东莞遗民录序》,[清]陈伯陶:《宋东莞遗民录》,《宋代传记资料丛刊》第 28 册,北京图书馆出版社 2006 年影印本,第 8 页。

（1206），下限止于明弘治十五年（1502）。研究论文共收录9篇。

金遗民史料的整理与研究较为全面的是张瑞琴的硕士论文《蒙元时期金遗民研究——以蒙元时期金遗民的特性为中心》（中央民族大学，2015年）。该论文附录共收录了83位金遗民，惜未对每位遗民生平进一步考证。论文在论述了金元之际的金遗民及其历史背景的基础上，着重论述了地域文化发展对遗民行为选择的影响。

收录元遗民史料较为全面的是近人张其淦撰《元八百遗民诗咏》。是书计八卷，收录诗家850人，诗作400余首。此书除收录诗作外，还在诗作后附录诗家小传，具有重要的史料价值。不过，在收录时亦有不严谨之处，如将元亡前去世的诗人收录进来，如辛敬、董成等。除是书外，收录元遗民地方文献的主要有《元广东遗民录》。是书为近人汪兆镛编，计二卷，共收录元代广东遗民84人，"卷上收二十八人，分别来自南海、番禺、东莞；卷下收三十五人，分别来自新会、增城、花县、乐昌、德庆、潮阳、长乐、茂名、琼山。附录收十三人，补遗收八人"①。"此编仿程氏篁墩《宋遗民录》体例，而略整齐之。程书于诸人事迹、文字条举件系，未加剪裁贯串。今以正史及志乘为本，而旁掇遗闻逸事，辑为人各一传，征引诸书注于下方。其后人评论、题咏，则附录传后，以免芜累。"②另外，唐朝晖《元遗民诗人群体研究》下篇《元遗民诗人考》考述了元遗民生平共300余人。

相对而言，明遗民史料的整理成果更为丰富。如黄容《明遗民录》、阙名朝鲜人《皇明遗民传》、邵廷采《明遗民所知传》、孙静庵《明遗民录》、陈伯陶《胜朝粤东遗民录》、陈去病《明遗民录》、秦光玉《明季滇南遗民录》、陈旭东《闽台明遗民传录》等。其中，前7种为今人谢正光、范金明《明遗民录汇辑》

---

① 邓骏捷：《汪兆镛文集·前言》，[民国]汪兆镛著，邓骏捷、刘心明编校：《汪兆镛文集》，广东人民出版社2015年版，第7页。

② [民国]汪兆镛著，邓骏捷、刘心明编校：《汪兆镛文集·凡例》，广东人民出版社2015年版，第9页。

（南京大学出版社 1995 年版）全部收录,计有 2000 余人。在此之前,谢正光还编著了《明遗民传记资料索引》（王德毅校订,新文丰出版公司 1990 年版）,征引书目多达 199 种,包括上述 7 种明遗民录。《闽台明遗民传录》是近几年最新的学界成果,共八卷,收录福建、台湾两地明遗民 200 余人,"较之《明遗民录汇辑》,总人数已两倍之,总字数则十倍之"①,"同一人物之传记,大体以先遗民录,次史志,再别集等为序"②。除专门收录明遗民传记资料外,诸多明遗民诗总集在诗家名下亦著有小传,如卓尔堪《明遗民诗》、张其淦《明代千遗民诗咏》（初、二、三编）、邓之诚《清初纪事初编》（前编）、钱仲联的《清诗纪事》（明遗民卷）等。它们收录的明遗民诗家分别为 505 人、3500 余人、151 人、375 人。另外,据周焕卿《清初遗民词人群体研究》考证与统计,《全清词》之顺康卷及顺康卷补编中确认为遗民词家的共有 230 人。

　　学界在整理古代遗民录的同时,亦开展了对古代遗民的学术研究。这些研究首先是从遗民录的序跋开始的。其中,归庄的《历代遗民录序》影响较大。此序将两汉之间的遗民分为三类,其实只有"已仕"与"未仕"两类,并称朱书以为遗民之所忠,不必限于诸夏之国。为李长科《广宋遗民录》作序的有王猷定、钱谦益、李楷等。王猷定指出李长科的编辑的动机为"附诸君子以不朽后世"③,钱谦益盛赞李楷序为"宋之存亡,为中国之存亡"④。李序散佚。顾炎武为朱明德《广宋遗民录》作序颇有"遗民之净遗民"⑤的意味。诸多明遗民录的序、跋、凡例等,从不同角度对遗民录的产生、特点、体例等方面展开

　　① 陈旭东:《闽台明遗民传录·前言》,陈旭东:《闽台明遗民传录》,福建人民出版社 2018 年版,第 3 页。
　　② 陈旭东:《闽台明遗民传录·凡例》,陈旭东:《闽台明遗民传录》,福建人民出版社 2018 年版,第 1 页。
　　③ ［清］王猷定:《四照堂文集》卷一《宋遗民广录序（代）》,《四库未收书辑刊》伍辑贰拾柒册,据清康熙二十二年王玙刻本影印,北京出版社 2000 年版（下同）,第 168 页。
　　④ ［清］钱谦益:《书广宋遗民录后》,见《牧斋有学集》卷四十九,《四部丛刊》本。
　　⑤ 陈垣:《清初僧净记·记馀》,《陈垣全集》第 18 册,安徽大学出版社 2009 年版,第 387 页。

论述。今人对遗民研究较前人在范围上明显有很大的拓展,比如不仅仅局限于宋遗民与明遗民,还涉及殷遗民、西夏遗民、金遗民、元遗民、清遗民等。即使在学界重点探讨的宋遗民与明遗民中,角度开始出现多样化,如从生存状态、遗民身份、遗民思想等多方面进行论述。近些年来,学界在遗民研究方面的学术成果颇丰,除上文提及的成果外,主要还有赵园的《明清之际士大夫研究》(北京大学出版社 2014 年版)、书祖辉的《海外遗民竟不归——明遗民东渡研究》(商务印书馆 2017 年版)、张宇声的《明遗民诗人姜埰评传》(中华书局 2019 年版)、罗惠缙的《民初"文化遗民"研究》(武汉大学出版社 2011 年版)等。

从上述研究现状梳理来看,我们发现一个有趣的现象,那就是除今人学术研究及少数古人外,诸多整理者、序跋者、题咏者等自身亦具遗民身份,如上文提及的吴莱为宋遗民,归庄、黄容、王猷定、李长科、朱明德、朱子素、顾炎武等为明遗民,张其淦、陈伯陶、汪兆镛等为清遗民。他们在整理与研究遗民时,寄寓了自己的遗民情怀。如邓骏捷称:"《元广东遗民录》一书,不仅反映出汪兆镛的史学考订功夫和史传撰作水平,也体现了汪氏的遗民思想。"[1]作为清遗民的丁仁长、陈伯陶分别为汪兆镛《元广东遗民录》作序,在序中既阐释了汪著的遗民思想,又蕴含了自己的遗民情怀。同时,还有一个值得注意的现象,那就是元遗民在清末民初之前学界较少关注,而清遗民汪兆镛、张其淦却在此方面甚是倾力为之,或许他们与元遗民具有更多共鸣之处。这些学术成果的形成,亦使宋、元、明遗民文献保持了一定的连续性,更为学界研究元遗民及元遗民文学提供重要的文献基础。

2. 古代遗民文学研究。目前学界对古代遗民文学研究呈现两个"集中"的特点。一个"集中"是指时间,主要集中在元初与清初时期;另一个"集中"是指文体,主要集中在诗、词上。

---

① 邓骏捷:《汪兆镛文集·前言》,见[民国]汪兆镛著,邓骏捷、刘心明编校:《汪兆镛文集》,广东人民出版社 2015 年版,第 7 页。

　　元初的遗民文学研究成果主要有：方勇《南宋遗民诗人群体研究》（人民出版社 2000 年版）、牛海蓉《元初宋金遗民词人研究》（中国社会科学出版社 2007 年版）、邵鸿雁《金遗民词研究》（吉林大学硕士论文，2007 年）、丁楹《南宋遗民词人研究》（凤凰出版社 2011 年版）、王次澄《宋遗民诗与诗学》（中华书局 2011 年版）、陶然等《宋金遗民文学研究》（浙江大学出版社 2014 年版）等。其中，方著为一部研究南宋遗民诗的力作。该著从八个方面，全面分析了遗民诗人群体的生成背景、互动网络、布局特征、成员类型、心态表现、诗歌主题、诗歌风貌、诗史意义等。王著从个案角度，对宋遗民杜本及其《谷音集》、丘葵及其《钓矶诗集》、熊禾及其诗作、卫宗武等三人所作诗集序文、刘辰翁对李贺、陈与义诗的评点等进行了论析，着重阐释这些个案中的诗学因素。牛著从词人、词作、词论三个方面，论述了宋金遗民词人的类型、词作的特点、词论的要点，并比较了宋金遗民词人、词作的不同。丁著主要从六个方面展开对南宋遗民词的论述，包括词人的生活方式、心迹探寻、人格建构、词史定位，以及求禅问道、交游唱和对遗民词创作的影响。牛著与丁著虽均将南宋遗民词作为研究重点，但其切入点与角度各异，故而呈现给学界的是一种各有千秋的学术面貌。邵鸿雁的硕士论文从词人心态、词作主题、词作风格等三个方面，较为集中地对金遗民词进行了论述。相对上述研究成果，陶著是一部全面研究宋金遗民文学的专著，文体涉及遗民诗、遗民词、遗民文，特别是学界较少关注的遗民文。除上述成果外，涉及这一时期遗民文学研究的还有原锦黎《金遗民段氏兄弟及其词研究》（吉林大学硕士论文，2007 年）、曹利云《宋元之际词坛格局及词人群体研究》（吉林大学博士论文，2010 年）、余承艳《南宋遗民词云意象研究》（扬州大学硕士论文，2018 年）等。

　　清初的遗民文学研究主要成果有：潘承玉《清初诗坛：卓尔堪与〈遗民诗〉研究》（中华书局 2004 年版）和《南明文学研究》（中华书局 2012 年版）、赵红娟《明遗民董说研究》（上海古籍出版社 2006 年版）、周焕卿《清初遗民词人群体研究》（上海古籍出版社 2008 年版）、张晖《帝国的流亡——南明诗歌与战乱》（中国社会科学出版社 2014 年版）、敖运梅《南明浙东遗民诗歌研究》（浙江大学出版社 2017 年版）等。潘承玉对卓尔堪及其《遗民诗》（笔者按：亦作《明遗民诗》）研究颇为深入。对卓尔堪的研究包括其家世研究、生平研究、交游研究，对《遗民诗》的研究包括成书研究、版本研究、文本研究、地位研究。《南明文学研究》是在前者研究基础上，进一步进行拓展，一方面将诗歌研究范畴拓展到整个南明时期，另一方面将清初遗民散文首次纳入研究范畴。同时，还在"南明文学"概念、南明文学的传播及台海诗群活动等方面，进行了学术界定及深入研究。张著亦对南明诗歌进行了深入研究。此著以"帝国流亡"为核心。一方面，明遗民在诗歌中表达自己的"流亡"，包括"奔赴行朝""从军、逃亡与贬谪""亡国士大夫的返乡：生还"；另一方面，明遗民在"流亡"中进行诗歌创作，包括"士大夫的绝命诗""悲伤的诗学""殉国诗"等。文末还附有"南明诗人存诗考"，颇有文献价值。敖著则是从区域遗民的角度，以个案为重点，包括张煌言、魏耕、心越、张斐等诗作，对明遗民诗进行了研究。值得注意的是，此著涉及东渡日本的明遗民诗歌创作。赵著则是遗民文学个案研究非常成功的范例。它全面地考证了董说的家世、生平、交游、著述，透彻地分析了董说的精神世界，深入地论述了董说的诗文创作及诗文理论，又颇有新意地研究了董说唯一一部小说《西游补》。除上述专著外，还有些专著的部分章节涉及遗民文学研究，如朱则杰《清诗史》（江苏古籍出版社 2000 年版）之第五章"遗民诗界的双子星座"及第六章"遗民诗界的璀璨群星"、严迪昌《清诗史》（人民文学出版社 2011 年版）之第一编"风云激荡中的心灵历程（上）：遗民诗界"等。

学界除注重研究宋金遗民文学、明遗民文学外，近些年来亦将元遗民文学纳入研究视野。唐朝晖《元遗民诗人群研究》（海南出版社 2006 年版）即是这方面的代表作。此著主要从遗民诗人群体及遗民诗作两个方面较为全面深入地进行了探讨。在遗民诗人群体方面，主要论述了诗人的社会文化背景、特征、历史地位与价值及其与明代诗坛的关系；在遗民诗作方面，主要论述了诗作的主题取向、话语特征等。另外,此著还对元遗民诗人群体进行了考证,颇具文献价值。此著虽在细节方面有待改善,但毕竟瑕不掩瑜,至少在元遗民文学研究方面进行了有益的尝试。其他成果主要为硕士论文、博士后出站报告、期刊论文等,如邓芳的《元遗民戴良研究》(硕士论文,2003 年)、林红的《元遗民诗人的群体文化特征》(《社会科学战线》2004 年第 4 期)、袁宗刚的《抱道之遗士——元遗民戴良文学思想研究》(首都师范大学硕士论文,2009 年)和《元遗民四家诗文集版本研究》(博士后出站报告,2015 年)、何丽娜的《元遗民诗人王逢考论》(中南大学硕士论文,2010 年)、唐朝晖的《元代理学与元遗民文人群心态》(《文学评论》2010 年第 3 期)、武君的《抉择·执念·使命:元遗民的心态与诗学观——以戴良、丁鹤年、李祁、王礼为例》(《浙江师范大学学报(社会科学版)》2018 年第 5 期)等。

上述学界研究成果基本上集中在遗民诗词研究上,近些年来遗民戏曲的研究也取得了不错的成果,主要集中在清初时期。古代遗民戏曲研究包括遗民杂剧研究、遗民传奇研究及综合研究。较早论述遗民杂剧的是杜桂萍《清初杂剧研究》(人民文学出版社 2005 年版)下编《作家论》之第四章“遗民杂剧作家创作论”,主要论述了吴伟业的两部遗民杂剧《通天台》《临春阁》,并将它们与遗民传奇《秣陵春》进行了对比。其他学界成果,多以硕士论文为主。它们或以遗民曲家的遗民曲作为研究对象,如王璋的《吴伟业戏剧研究》(山西师范大学硕士论文,2009 年)、孙欣的《傅山戏曲创作研究》(山西师范大学硕士论文,2017 年)、吴秀明的《郑瑜戏曲研究》(南京师范大学硕士论文,2017 年)等;或以某类遗民戏曲为研究对象,如补依依的《明遗民历史剧研究》(广西大学硕士论文,2015 年)等;或为综合研究,如王蒙的《明遗民戏曲叙录与研究》(中山大学硕士论文,2018 年)等。同时,遗民散曲亦进入学界研究范畴,如闫慧的《清初遗民散曲研究》(渤海大学硕士论文,2016 年)等。

另外,学界还将遗民文学研究延伸为易代文学研究,如左东岭主持的国家社科重大项目《易代之际文学思想研究》(2014 年第二批),颇值得关注。还有,一些遗民画家及画作进入研究范畴,如蔡敏的《清初江南遗民画家与遗民研究》(中国社会科学出版社 2018 年版)。

总之,遗民史料的整理与研究为学界勾勒了宋、金、西夏遗民、元遗民、明遗民生存状态的整体面貌,特别是明遗民资料的整理与研究为本书研究奠定了重要的文献基础。在深厚文献的基础上,古代遗民文学研究取得了丰硕的成果。一方面,三个易代时期(笔者按:宋元易代、元明易代、明清易代)均有不俗的研究成果,从而使遗民文学研究具有相对连续性;另一方面,文体研究的多样性,学界不仅仅重视遗民诗词研究,遗民戏剧、遗民文、遗民散曲亦进入研究范畴。这些连续的多文体的遗民文学研究无疑对本书研究提供诸多借鉴意义。

二、清初遗民小说研究现状

目前学界对清初遗民小说论述较为全面的当属居鲲《清初遗民情结小说初探》(《明清小说研究》2008 年第 3 期)。这篇论文是他根据自己的硕士论文《清初遗民小说研究》(南开大学,2006 年)浓缩而成。他首先对"清初遗民情结小说"的内涵作了大致界定,即这类小说必须具有"亡国之痛、故国之思"的遗民情结,小说作家可以是遗民,亦可为非遗民。接着,他从四个方面论述了清初遗民情结小说的主题:一是记录"惨烈的易代战争、动乱的社会局势"的主题,涉及的小说有七峰樵道人《七峰遗编》(《海角遗编》)、江左樵子《樵史通俗演义》;二是"褒扬忠臣义士,鞭挞变节贰臣"的主题,涉及的小说有薇园主人《清夜钟》、曹琼璠《尘馀》、徐芳《义犬记》、王猷定《义虎记》、林璐《义象记》、陈鼎《义牛传》《孝犬传》《烈狐传》等;三是"追忆前明的典章人物、悠游岁月"的主题,涉及的小说有王猷定《汤琵琶传》、吴肃公《明语林》、余怀《板桥杂记》、陈维崧《妇人集》中的部分内容、张明弼《冒姬董小婉传》、徐芳《柳夫人小传》等;四是"表现复仇恢复之志"的主题,涉及的作品有《尘馀》中的《荆轲客》、徐芳《诺皋广志》中的《颧复仇》、陈忱《水浒后传》。居鲲的论述有一个重要突破,那就是他将非遗民作家创作的具有遗民情结的小说纳入研究范畴,但亦有几点明显不足:一是对"清初"的概念没有明确界定;二是作品涉及过少,特别是一些重要作品没有涉及;三是没有将遗民作家创作的遗民情结较少的小说纳入研究范围。当然,一篇单篇论文实在难以容纳如此众多的内容。除这篇学位论文外,孙双的硕士论文《清初通俗小说遗民心态书写研究》(河北师范大学,2018 年)从四个方面论述了清初通俗小说的遗民心态,即遗民文人对明亡的反思、明遗民故国情怀的表达、明遗民于易代后与清廷的抗争、明遗民的道德困境。杜近都的硕士论文《清初遗民章回小说研究》(深圳大学,2019 年)在界定清初遗民章回小说概念的基础上,着重论述了清初遗民章回小说的创作背景、思想内容、主要特征。除上述三篇学位论文外,清初遗民小说的研究主要表现为个案研究,具体体现在以下两个方面。

1. 遗民小说作家个案研究。清初遗民小说作家多达几十位,且有些作家的创作成就并在小说方面,故而,笔者在此只选取其中较有代表性小说作家进行述评,对于其余作家的研究状况则主要通过罗列的方式进行。

(1)余怀。对余怀作全面研究的是朱志远的硕士论文《余怀研究》(南京师范大学,2008 年)。它主要从余怀的家世、生平、交游、著述及文学思想、《板桥杂记》主题等方面进行了论述,特别是它将余怀的一生分成四个阶段及著述部分的"辑佚考"等颇有文献参考价值。生卒年方面,方志新《余怀生卒年考辨》(《明清小说研究》1990 年第 Z1 期)通过各种材料考证出"余怀生于万历四十四年(1616)丙辰七月十四日,卒于康熙三十五年(1696)丙子六月廿四日"。这一考证结果基本为学界接受;交游方面,顾启《冒襄余怀交游考》(《淮北煤炭师范学院学报(哲学社会科学版)》1986 年第 1 期)、朱志远《〈板桥杂记〉的作者余怀与曹寅交游考》(《明清小说研究》2008 年第 3 期)、曲金燕《余怀与姜垓交游考》(《绍兴文理学院学报(哲学社会科学版)》2016 年第 3 期)对余怀与"明末四公子"之一的冒襄、曹雪芹的祖父曹寅及明遗民姜垓之间的交游,特别是余怀与曹寅的三次交游,对研究曹世家族及《红楼梦》颇有裨益;

诗作研究方面,吴静静的硕士论文《余怀交游诗研究》(闽南师范大学,2016年)着重分析了余怀交游诗产生的社会背景、交游对象、思想内容、艺术特色,并通过余怀交游诗观照了清初文人的交游倾向;思想研究方面,陈兵兵的硕士论文《余怀历史思想研究》(东北师范大学,2017年)主要从史学角度,论述了余怀的史学编纂思想、经世致用思想、历史盛衰思想;著述方面,方宝川、陈旭东《余怀及其著述》(《福建师范大学学报(哲学社会科学版)》2006年第2期)论述最为详尽,今人所见计16种,《幽梦影序》提及11种,散见于其他著述记载的至少10种。此篇论文也成为方宝川主编的《余怀集》(广陵书社2005年版)的《前言》。

(2)冒襄。冒襄为清初名儒,生平事迹材料颇丰,清末又有其后人冒广生撰有《冒巢民先生年谱》(清光绪二十二年[1896]《如皋冒氏丛书》刻本)。故考辨其生平事迹的学术论文并不多见,现主要集中在他的交游考上,顾启在这方面研究颇深,共有4篇交游考,即《冒襄余怀交游考》(《淮北煤炭师范学院学报(哲学社会科学版)》1986年第1期)、《冒襄与〈梼杌闲评〉作者李清》(《明清小说研究》1989年第3期)、《冒襄吴国对交游考》(《明清小说研究》1993年第1期)及《冒襄王士祯交游考》(《南通师范学院学报(哲学社会科学版)》2000年第2期)。还有,王业强《范国禄冒襄交游考》(《安徽农业大学学报(社会科学版)》2015年第5期)考证了范国禄与冒襄之间的多次交往。近几年,冒襄的诗歌与散文均有硕士论文涉及,如周建国的《冒襄诗歌研究》(福建师范大学,2015年)、郝冰雪的《冒襄散文研究》(扬州大学,2017年)。

(3)陈忱。对陈忱生平事迹考证得较为全面的是陈会明,主要有《〈东池诗集〉与陈忱的生平事迹》(《文学遗产》2004年第6期)、《陈忱生平事迹及有关问题的辨正》(《明清小说研究》2005年第2期)、《〈水浒后传〉作者事迹新证》(《福州大学学报(哲学社会科学版)》2005年第4期)。经陈会明考证,陈忱当生于万历四十三年(1615)仲春,在45岁至49岁之间写成《水浒后传》。还有,学界一般认为陈忱字敬夫,而冯保善在《小说小考三则:陈忱字敬夫吗?》(《明清小说研究》1999 年第 4 期)中考证出陈忱的字并非敬夫,敬夫应是陈忱同乡、诗友吴楚之字。杨志平《陈忱生平交游考》(《明清小说研究》2005 年第 1 期)亦对陈忱的生年及是否字敬夫进行了考证,但与陈会明、冯保善两的考证结果并无二致,值得注意的是他从三个方面论述了陈忱的交游:一是与惊隐社成员的交往,如吴宗潜、顾茂伦、沈雪樵等;二是与东池诗社成员的交往,如汤海林、张隽、吴楚、李向荣、黄翰等;三是与其他友人的交往,如魏耕、此山和尚等。对陈忱进行较为全面考论的是杨志平的硕士论文《陈忱研究》(华东师范大学,2005 年),上篇考辨了陈忱的生平、交游与著述;下篇从身份意义、世俗生活、遗民语境、文人传统等四个方面对陈忱展开论述。对陈忱遗民思想研究较为突出的是袁秋实的硕士论文《陈忱遗民思想研究》(首都师范大学,2008 年)。它主要从其遗诗、《水浒后传》两个方面论述了陈忱的遗民思想,主要表现在亡国之痛、故国之思、理想王国等方面。对陈忱的文学创作论述较为全面的是张妍婷的硕士论文《陈忱文学创作研究》(黑龙江大学,2014 年)。它在考述陈忱生平的基础上,论述了其小说与诗歌理论、小说《水浒后传》的创作、诗歌创作等。

(4)褚人获。较早对褚人获生平进行勾勒的是于盛庭《褚人获的生平及〈隋唐演义〉自序问题》(《明清小说研究》1988 年第 4 期),他据褚人获《坚瓠集》的内容考证出褚人获自崇祯八年乙亥(1635)出生至康熙五十八年己亥(1719)期间的主要事迹,并称《隋唐演义》或成于康熙五十八年(1719)并作序刊行,卒年不详。谢超凡的硕士论文《褚人获研究》(福建师范大学,2002 年)值得注意的是它对褚人获的家世及对《坚瓠集》的研究。

(5)吕熊。吕熊的生卒年颇有争议,杨锺贤《〈女仙外史〉作者的名字及其他——与胡小伟同志商榷兼答周尚意同志》(《天津师大学报》1988 年第 5 期)称:"吕熊当生于明崇祯十五(1642)年,卒于清雍正元年(1723)"。据章培恒考证,其生年当在崇祯六年(1633)至八年(1635)年间,卒年当在康熙五十三年(1714)至五十五年(1716)间。(《女仙外史·前言》,上海古籍出版社

1991 年版)徐扶明《吕熊与〈女仙外史〉》(《中国文学研究》1992 年第 2 期)
称:吕熊"大约生于明崇祯十四年(1641)……大约卒于清雍正元年(1723)。"
杨梅在其硕士论文《吕熊与〈女仙外史〉》(南京师范大学,2006 年)称"吕熊
生于崇祯十五年(1642),卒于雍正元年(1723),虚八十二岁"。由此看来,
吕熊生于崇祯十五年(1642),卒于雍正元年(1723),较为可信。杨锺贤文
还对吕熊的名、字、号、闾里等方面进行了辨正,杨梅的硕士论文据《女仙外
史》评点者 67 人考证出其中绝大多数都与吕熊有过交往。另外,程国赋等
《吕熊及其〈女仙外史〉新论》(《陕西师范大学学报(哲学社会科学版)》
2011 年第 1 期)对吕熊的明遗民身份进行了考证,并论述了《女仙外史》的
遗民意识、才学化等。宋华燕《吕熊〈女仙外史〉与士人游幕》(《殷都学刊》
2019 年第 1 期)从吕熊广泛游幕的角度,解读《女仙外史》的产生与传播,颇
有一定的新意。

(6)江日昇。江日昇的姓名、籍贯等问题,学术界颇有争议。李秉乾《关
于〈台湾外记〉的几个问题》(《福建论坛(社科教育版)》1982 年第 3 期)称:
"江日昇本有两个姓名:一在惠安前型时姓林,名佚,字敬夫;又一到同安后,
改姓江,名曰升,字东旭。"江日昇还有两个父亲,"一是惠生父姓林名兆麟;一
是同安高浦继父姓江名美鳌(或美奎)(字龙弼)"。对此,作者也产生怀疑:
"至于江日昇为什么有两个父亲,尚待进一步调查研究。"卢维春《〈台湾外
记〉的演变和著者考》(《文献》1983 年第 1 期)对江日昇两个姓名、两个籍
贯、两个父亲问题进行了辨析,认为惠安前型乡的林日升只是与《台湾外
记》的作者同名而已,这样所谓江日昇两个籍贯及两个父亲的问题也就迎
刃而解了。李健一《也谈〈台湾外记〉的演变和著者考——兼与卢维春同志
商榷》(《文献》1985 年第 1 期)又对卢维春文中所称江日昇籍贯为福建海
澄进行反驳,认为其籍贯应是福建同安高浦。另外,李文还对卢文其他观点
进行了辩驳。

(7)《清夜钟》的作者。孙楷第认为《清夜钟》作者薇园主人为明代杨某:

"(《清夜钟》)题'薇园主人述'。前薇园主人序。(察印章知其人姓杨氏。)"①而路工则认为其为陆云龙:"《清夜钟》,明末隆武年间(约一六四五年左右)刻本。作者陆云龙,号'薇园主人',一号'江南不易客',又作'于麟氏'。浙江钱塘人,是明末一位重要小说作家,曾参与《盛明杂剧》编校工作,著有《翠娱阁集》,他编选的书甚多。"②胡莲玉在其博士论文《〈型世言〉研究》(南京师范大学,2002年)、井玉贵在《〈警世阴阳梦〉〈清夜钟〉作者新考》(《中国典籍与文化》2002年第4期)及《关于〈清夜钟〉作者的再探讨——兼与顾克勇、蔚然先生商榷》(《中文自学指导》2008年第1期)、李小龙在《〈清夜钟〉作者补证》(《明清小说研究》2008年第1期)中,亦申说薇园主人即陆云龙。而石昌渝认为路工认定薇园主人即陆云龙不可信:"陆云龙编撰的小说有《魏忠贤小说斥奸书》,但说'薇园主人'就是陆云龙,所据不详。"③顾克勇、蔚然在《〈清夜钟〉作者非陆云龙考》(《上海大学学报(社会科学版)》2006年第4期)中亦认为薇园主人非陆云龙。

(8)《梼杌闲评》的作者。《梼杌闲评》作者是否为李清,学界一直有争议。最早怀疑此书作者为李清的当为清人缪荃荪《藕香簃别钞》,邓之诚《骨董续纪》引《藕香簃别钞》一段考证后加按语云:《梼杌闲评》记事亦有与《三垣笔记》相发明者。总之,非身预其事者,不能作也,谓之映碧所撰,颇有似处。"④刘文忠《梼杌闲评·校点后记》对缪、邓之说并不认同,"这个说法,根据并不充分,仅录以备考"⑤。欧阳健《〈梼杌闲评〉作者为李清考》(《社会科学战线》1986年第1期)又从小说的内容、李清的经历等方面进一步论证作者为李清。张丙钊《〈梼杌闲评〉语言的地方特色》(《明清小说研究》1986年第

---

① 孙楷第:《中国通俗小说书目》,人民文学出版社1982年版,第113页。
② 路工、谭天编:《古本平话小说集》(上),人民文学出版社2006年版,第153页。
③ 石昌渝等:《中国古代小说总目》(白话卷),山西教育出版社2004年版,第275页。
④ 邓之诚:《骨董续纪》卷二之《梼杌闲评》,《骨董琐记全编》,三联书店1955年版,第339页。
⑤ 刘文忠:《梼杌闲评·校点后记》,人民文学出版社1983年版,第570页。

2 期)从小说语言的地方特色方面论证作者为李清。顾启《冒襄与〈梼杌闲评〉作者李清》(《明清小说研究》1989 年第 3 期)从兴化李氏家族史的角度论证了作者为李清。另外,任祖镛《谁是〈梼杌闲评〉的作者》(《扬州师院学报(社会科学版)》1986 年第 4 期)、陈麟德《〈梼杌闲评〉作者为李清证说》(《南京师范大学文学院学报》2006 年第 3 期)基本也依据小说内容及其与《三垣笔记》的相似点推定作者为李清。不过,张平仁《〈梼杌闲评〉作者非李清考》(《中国典籍与文化》2003 年第 2 期)发出了不同声音:"无论从《梼杌闲评》的内容,还是李清的经历、思想、文学主张看,李清都不可能是《梼杌闲评》的作者。"

(9)《樵史通俗演义》的作者。目前学术界主要有三种说法:一是无名氏说。主此说的主要有孙楷第(《中国通俗小说书目》)、孟森(《重印〈樵史通俗演义〉序》)等人。二是陆应旸说。主此说的主要有王春瑜(《李岩·〈西江月〉·〈商雒杂忆〉——与姚雪垠同志商榷》)、栾星(《〈樵史通俗演义〉赘笔》《樵史通俗演义版本经眼录》)、陈国军(《〈樵史〉枝谈》)等人。三是非陆应旸说。主此说的主要有陈大康(《〈樵史演义〉作者非陆应旸》《〈樵史演义〉作者考证杂谈》)、郭浩帆(《〈樵史通俗演义〉作者非陆应旸说》)等人。经笔者考证,学界所说陆应旸当为陆应阳之误,陆应阳为杂史《樵史》作者,而非小说《樵史通俗演义》作者,小说作者仍以原题江左樵子为妥。①

(10)其他作家。关于黄周星的主要有龙华《试论黄周星及其〈人天乐〉传奇》(《中国文学研究》1985 年第 1 期)、陆勇强《黄周星生平史料的新发现》(《暨南学报(哲学社会科学版)》2007 年第 5 期)等;关于周亮工的主要有黄裳《关于周亮工》(《读书》1987 年第 11 期)、简启梅《周亮工在福建的仕宦生涯》(《龙岩师专学报》1990 年第 1 期)、朱天曙的博士论文《周亮工及其〈印人传〉研究》(南京艺术学院,2006 年)、孟晗的硕士论文《周亮工年谱》(广西师

---

① 参见拙文:《〈樵史通俗演义〉作者考辨》,《明清小说研究》2009 年第 2 期。

范大学,2007 年)、平志军硕士论文《周亮工生平思想及其散文创作研究》(郑州大学,2007 年)、郭羽硕士论文《周亮工及其诗歌研究》(南京师范大学,2007 年)等;关于丁耀亢的主要有黄霖《丁耀亢及其〈续金瓶梅〉》(《复旦学报》1988 年第 4 期)(笔者按:此文后作《金瓶梅续书三种·前言》,齐鲁书社1988 年版)、周钧韬《丁耀亢与〈续金瓶梅〉》(《明清小说研究》1992 年第 1期)等;关于王猷定的主要有谢苍霖《王猷定其人其文》(《江西社会科学》1989 年第 2 期)等;关于贺贻孙的主要有罗天祥编著《贺贻孙考》(江西人民出版社,1998 年版);关于李清的主要有李灵年《李清与〈女世说〉》(《蒲松龄研究》2002 年第 4 期)等;关于康乃心的主要有蒋寅《康乃心及其诗论》(《南京师范大学文学院学报》2002 年第 4 期);关于吴肃公的主要有李飞硕士论文《吴肃公考论》(南京师范大学,2004 年),等等。

另外,诸多清初名儒,如顾炎武、黄宗羲、归庄、魏禧、陈维崧、杜濬、钱澄之、侯方域、汪琬、徐枋、吴伟业等,生平事迹资料颇丰,且多有各自的年谱,甚至一人有多部年谱,如吴伟业即有四部年谱,包括清人顾师轼编、顾思义订《吴梅村先生年谱》四卷(清光绪三年[1875]重刻本)、日本铃木虎雄编《吴梅村年谱》(民国间抄本)、马导源编《吴梅村年谱》(商务印书馆 1940 年版)、冯其庸与叶君远著《吴梅村年谱》(文化艺术出版社 2007 年版)。所以,笔者在此亦不对其生平事迹作过多述及。

2. 遗民小说作品的个案研究。目前学界对遗民小说作品的研究主要表现在其成书、版本、遗民思想倾向等方面。

(1)成书与版本。

关于成书。包括成书时间、成书过程等。其中《续金瓶梅》成书时间,学术界争议较大。如黄霖《丁耀亢及其〈续金瓶梅〉》(《复旦学报》1988 年第 4期)主顺治十八年(1661)说。石玲《〈续金瓶梅〉的作期及其他》(吉林大学中国文化研究所编《金瓶梅艺术世界》,吉林大学出版社 1991 年版)主顺治十七年(1660)说。张清吉《〈醒世姻缘传〉新考》(中州古籍出版社 1991 年版)主顺治十一年至十五年间（1654—1658）说。孙玉明《〈续金瓶梅〉成书年代考》（《社会科学辑刊》1996 年第 5 期）则驳斥石玲、张清吉之说后，认为丁耀亢绝大部分创作应完成于"顺治十六年（1659）初春至夏秋之交滞留杭州期间"。王瑾《试论〈续金瓶梅〉的创作年代》（《广州大学学报（社会科学版）》2003 年第 9 期）、欧阳健《〈续金瓶梅〉的成书年代》（《齐鲁学刊》2004 年第 5 期）在驳斥黄霖、张清吉等人观点以后，据安双成《顺康年间〈续金瓶梅〉作者丁耀亢受审案》，认为《续金瓶梅》成书于顺治十七年（1660）。刘洪强《〈续金瓶梅〉成书年代新考》（《东岳论丛》2008 年第 3 期）在全面总结上述学人的观点后，认为丁耀亢创作《续金瓶梅》的起讫时间分别为顺治十二年（1655）和顺治十八年（1661）。

关于成书过程，学界对《隋唐演义》的论述较多，如彭知辉《〈隋唐演义〉材料来源考辨》（《明清小说研究》2002 年第 2 期）认为说唱文学、史传著作、文学创作是《隋唐演义》三大基本材料来源。蔡卿《〈隋唐演义〉的成书过程小考》（《北京化工大学学报》社会科学版 2005 年第 2 期）认为《隋唐两朝志传》《隋炀帝艳史》《隋史遗文》《太平广记》《杨太真外传》《梅妃传》《通鉴纲目》等是《隋唐演义》材料的主要来源与创作借鉴。袁晓薇《论〈隋唐演义〉对〈凝碧池〉本事的演绎及其意义》（《明清小说研究》2007 年第 4 期）认为小说第九十三回"凝碧池雷海青殉节　普施寺王摩诘吟诗"的本事为王维诗《凝碧池》。

另外，赵维国《清初剿闯小说采撷史籍考述》（《明清小说研究》2004 年第 1 期）通过文史对比，考证出"清初剿闯小说"（包括《剿闯小说》《新世弘勋》《樵史通俗演义》《铁冠图》）在李自成个人史料、崇祯帝死难史籍等方面的采录，这亦说明剿闯小说在清初具有一定的史料价值。

关于版本。清初遗民小说的版本较为繁杂，特别是一些单篇文言小说主要来源于作家的文集，又被一些小说选本与总集收录，于是又涉及这些文集、小说选本与总集的版本，这似乎超出本文所论述的版本范围。故在此不作论述。目前学界对清初遗民小说版本论及较多的主要包括：栾星《樵史通俗演义版本经眼录》(中州古籍出版社 1987 年版《樵史通俗演义》附录)、张俊《〈七峰遗编〉〈海角遗篇〉钞本漫谈》(《明清小说研究》1990 年第 Z1 期)、宁稼雨《〈南吴旧话录〉考》(《南开学报》哲学社会科学版 1996 年第 2 期)、李金堂《〈板桥杂记〉的刊本与流传》(《南京师范专科学校学报》1999 年第 3 期)、傅剑平《褚人获四雪草堂〈隋唐演义〉初刻本疑年考辨》(《华南师范大学学报》社会科学版 2008 年第 2 期)、文革红《〈四雪草堂重订通俗隋唐演义〉版本考辨》(《明清小说研究》2008 年第 2 期)及《〈新世弘勋〉的两个版本——载道堂刊本和庆云楼藏板〉》(《江西财经大学学报》2008 年第 2 期)、成敏《"剿闯"系列小说版本及版本演变考》(《中国文化研究》2008 年夏之卷)等。

(2)作品中的遗民思想倾向。主要有:刘靖安《论〈后水浒传〉的创作意图》(《殷都学刊》1983 年第 3 期)、王小川《续英烈传·前言》(上海古籍出版社 1990 年版)、杜贵晨《〈女仙外史〉的显与晦》(《文学遗产》1995 年第 2 期)、李灵年《世说体小说的上乘之作——读〈舌华录〉和〈明语林〉》(《明清小说研究》1996 年第 2 期)、罗德荣《〈续金瓶梅〉主旨索解》(《明清小说研究》1997 年第 3 期)、王瑾《〈续金瓶梅〉主旨解读》(《广州大学学报(社会科学版)》2004 的第 2 期)、贾琳硕士论文《〈豆棚闲话〉遗民思想及讽刺艺术初探》(首都师范大学,2005 年)、钟继刚《从〈板桥杂记〉看明遗民的文化创伤》(《西南交通大学学报(社会科学版)》2006 年第 1 期)、雷勇《〈隋唐演义〉的创作倾向》(《陕西理工学院学报(社会科学版)》2007 年第 2 期)及《失意文人的亡国记忆——关于〈隋唐演义〉思想倾向的思考》(《明清小说研究》2009 年第 1 期)、曾礼军《祸水论、情悔论与遗民情怀——〈隋唐演义〉与〈长生殿〉之李杨故事比较》(《山西师大学报(社会科学版)》2007 年第 3 期)、靳能法、钟继刚《〈板桥杂记〉"遗民情怀"辨》(《西华师范大学学报(哲学社会科学版)》2007 年第 3 期)、赵夏《"将就园"寻踪:关于明末清初一座典型文人"幻想"之园的考察》(《清史研究》2007 年第 3 期)、易永姣《华夏文明的诗意栖居地——论〈水浒后传〉的暹罗世界》(《怀化学院学报》2008 年第 3 期)、魏永生《〈水浒后传〉

"海外立国"的思想意蕴》(《学习与探索》2009 年第 3 期)、程国赋等《吕熊及其〈女仙外史〉新论》(《陕西师范大学学报(哲学社会科学版)》2011 年第 1 期)等。综观上述研究,遗民小说作品中的遗民倾向主要包括对故国的眷念、对阉党与"流贼"的痛恨、对明亡的反思、对忠臣义士的褒扬、对恢复明朝的憧憬等。

除上述研究现状外,学术界还从不同角度对清初遗民小说中的部分作品作过研究,如时事小说的研究角度、党争的研究角度、续书的研究角度、小说选本及小说系列的研究角度等。

综上所述,近些年来学界对清初遗民小说研究取得了一些成果,但以下几个方面明显需要完善:

一是需要准确界定清初遗民小说的概念。由于学界未对清初遗民小说的概念进行准确界定,我们现在无法确定清初遗民小说的研究范围,更谈不上对遗民小说作家的统计与分布特点,以及对遗民小说作品的统计、创作、评点、传播等基本方面展开研究。所以,界定清初遗民小说的概念是本书的首要任务。

二是需要系统研究。居鲲的论文虽相对系统,但其不足点也是显而易见的,如其仅就小说主题展开论述,而未涉及小说其他方面。孙双和杜近都的硕士论文也主要停留在包括章回体小说在内的通俗小说范畴,未及文言小说。目前学界对清初遗民小说的研究的主要特点是个案研究。这种个案研究会导致某些作家、某些作品的研究相对集中,而其他作家、作品的研究被忽视的这样一种不良现象,给人造成一种只见树木、不见森林的印象。即使就个案研究而言,亦有诸多不足。所以,全面系统地研究清初遗民小说十分必要。

三是需要加强某些薄弱方面研究。目前学界对某些遗民小说,如李延昰的《南吴旧话录》等较少涉足,对清初遗民小说的评点、传播等方面较少论及,而在论述较多的小说主题方面亦需诸多补充的地方。所以,本书将针对这些薄弱环节,进行全面深入的探讨。

第三节　本书的主要结构

本书共分为七章。第一章为清初遗民小说的生成。此章将主要就清初遗民小说产生的思想基础、文化因素、史学情结、文学语境等四个方面进行了探讨。思想基础方面，笔者着重分析清初经世致用的人文思潮、理欲统一的社会思潮、注重功用的文学思潮对清初遗民小说的影响及其在清初遗民小说中的文学书写；文化因素方面，笔者着重分析了夷夏之辨、剃发易服、文字狱等传统文化与现实文化对清初遗民小说的文学书写、遗民意识的表达等产生的重要影响；史学情结方面，笔者着重分析了史家情怀、史家责任、史家笔法对清初遗民小说创作的影响；文学语境方面，笔者在梳理清初遗民诗词文曲创作状况的基础上，着重分析了它们与清初遗民小说之间的关系与互动。

第二章为清初遗民小说的作家。此章主要从数据统计、空间分布、生存状态、个案研究等四个方面展开论述。在数据统计方面，笔者从生卒年、别号、籍贯、科考、主要任职、遗民身份等六个方面进行了统计，并揭示了这六个方面的主要规律；在空间分布方面，笔者在梳理清代行政区划的基础上，着重分析了清初遗民小说作家集中于两江、闽浙两地的原因，同时还分析了清初遗民小说作家的广泛游历；在生存状态方面，笔者从遗民作家的名、字、号的更改、遗民作家的交游、非遗民作家的遗民情怀等方面进行了论述。

第三章为清初遗民小说的创作。本章主要从清初遗民小说的主题、才学化及文言小说的地域特色等三个方面进行了探讨。其中，遗民小说的主题主要包括宣扬忠、孝、节、义的主题、记录明遗民心路历程的主题、总结明亡教训的主题、追忆香艳的主题等。遗民小说的才学化主要从两方面论述，一方面是才学化的表现，另一方面是才学化的成因。文言小说具有明显的地域特色，本书在总体分析的基础上，主要以余怀的《板桥杂记》、李延昰的《南吴旧话录》、佚名的《研堂见闻杂记》等三部文言小说集为例进行了具体分析。

第四章为清初遗民小说的艺术。此章主要从人物结局、叙事艺术、语言特色等三方面来探讨清初遗民小说在艺术上的特点与不足。在人物结局描写方面，主要探讨了"篡国者"及其追随者、变节投降者、专权误国者、忠臣义士等人物在结局描写上的特点及其蕴含的遗民意识；在叙事艺术方面，主要考察了清初遗民小说在叙事结构、叙事顺序、叙事意象等方面的特点；在语言特色方面，主要论述了清初遗民小说在人物语言、叙事语言上的特点，其中，人物语言具有借人物之口表作者之意的特点，叙事语言具有叙议结合的特点。最后指出小说在语言运用上的不足，即诗词、奏章、戏曲等文体的过多引入导致小说语言风格的不甚统一。

第五章为清初遗民小说的评点。此章主要就清初遗民小说的评点概况、评点中蕴含的遗民意识并以《女仙外史》的评点为个案进行深入探讨。其中，评点概况主要考察了小说的评点形式，包括序跋、夹批、尾批等；评点中的遗民意识包括对忠明者的赞誉、对阉党及农民起义者的痛恨、对满清统治者的间接不满等。

第六章为清初遗民小说的传播。此章从两方面考察了清初遗民小说的传播。第一方面主要考察了遗民小说的刊印、选录、禁毁情况及其特点与因由，第二方面主要从具体实例的角度考察了遗民小说的改编及续书，包括《桃花扇》对《樵史通俗演义》中弘光朝事的改编、《聊斋志异》对王猷定、徐芳的传奇志怪的改编，以及《板桥杂记》的两部续书，即《续板桥杂记》《板桥杂记补》。

第七章为清初遗民小说的比较。此章主要将清初遗民小说与古代遗民戏剧、古代遗民诗词进行了比较。其中，清初遗民小说与古代遗民戏曲的比较，主要从题材选择、人物塑造、遗民意识等三个方面比较了它们之间的相同与不同之处；清初遗民小说与古代遗民诗词的比较，着重考察了它们在创作主体、纪录现实、遗民意识方面的共性与异性。

第一章　清初遗民小说的生成

清初遗民小说的产生有其极为复杂的时代背景,包括政治、经济、历史、军事、思想、文化、文学等诸多方面。其中明清鼎革的历史巨变,对入清士人的思想产生了巨大影响,他们开始反思明亡的教训,开始注重经世实学的探讨,于是出现了儒学思潮的新变。与此同时,清廷为巩固其占领地区的统治,还采取拉拢与打压的两面手段,加速分化入清士人。这些措施对入清士人的心态产生重要影响,他们有的开始积极参与清廷的统治,有的对清廷统治开始噤若寒蝉,有的虽仍然保持自己的民族气节,对清廷的态度亦呈现日趋软化的态势。清初遗民小说正是在这一时代背景下生成的。

第一节　清初遗民小说生成的思想基础

清初遗民小说的产生离不开当时的人文思潮,正如《西游记》《金瓶梅》《牡丹亭》的产生离不开阳明心学的影响一样。那么,清初时期的人文思潮包括哪些方面呢? 总的来说主要包括经世致用的学术思潮、理欲统一的社会思潮和注重社会功用的文学思潮。它们在不同程度上影响着清初遗民小说的产生。

一、清初的实学思潮与经世致用的文学叙事

"实学"一词盖源于王充《论衡·非韩》①，后为儒学广泛采用，亦与儒学结下不解之缘。学界对"实学"内涵的解释也是多种多样，如葛荣晋《中国实学思想史》《中国实学文化导论》、赵吉惠《中国儒学史》、苗润田主编《儒学与实学》等多有不同解释。不过，总体来说，学界一般将实学分为广义实学与狭义实学。广义实学是指从先秦以来的注重现实、经世致用的学问。狭义实学是指肇始于北宋中期、兴盛于明清之际，针对宋明理学及王学末流之流弊进行深刻批判而形成的社会革新思潮。这种革新思潮主要包括考证训诂、修养践履、自然科技、国计民生等诸方面。明末的代表人物主要有顾宪成、高攀龙、刘宗周、徐光启等，清初的代表人物主要有顾炎武、黄宗羲、王夫之、方以智等。笔者仅就清初的实学思潮作简要梳理。

清初实学思潮总体上具有破立兼顾的特点。所谓"破"主要是针对宋明理学，特别是王学末流的空谈心性的批判，甚至将其上升至导致"神州荡覆，宗社丘墟"的高度，如顾炎武所言："刘石乱华，本于清谈之流祸，人人知之。孰知今日之清谈，有甚于前代者。昔之清谈，谈老庄，今之清谈，谈孔孟。未得其精，而已遗其粗，未究其本，而先辞其末。不习六艺之文，不考百王之典，不综当代之务，举夫子论学论政之大端，一切不问，而曰一贯，曰无言，以明心见性之空言，代修己治人之实学。股肱惰而万事荒，爪牙亡而四国乱，神州荡覆，宗社丘墟。"②除对王学末流之流弊的批判外，清初学人还对掀起对君主专制的批判。如黄宗羲所言："今也以君为主，天下为客，凡天下之无地而得安宁者，为君也。是以其未得之也，荼毒天下之肝脑，离散天下之子女，以博我一人

---

① ［汉］王充著，黄晖撰：《论衡校释》（《新编诸子集成》本）卷十《非韩第二十九》："韩子非儒，谓之无益有损，盖谓俗儒无行操，举措不重礼，以儒名而俗行，以实学而伪说，贪官尊荣，故不足贵。"（中华书局1990年版，第434页）

② ［清］顾炎武著，陈垣校注：《日知录校注》卷七之《夫子之言性与天道》，安徽大学出版社2007年版，第384页。

之产业,曾不惨然! 曰'我固为子孙创业也'。其既得之也,敲剥天下之骨髓,离散天下之子女,以奉我一人之淫乐,视为当然,曰'此我产业之花息也'。然则为天下之大害者,君而已矣。向使无君,人各得自私也,人各得自利也。呜呼,岂设君之道固如是乎!"①

　　清初学人在批判现有弊端的同时,也积极提出自己建设性的理论。如顾炎武提出了"明道救世"之术:"君子之为学也,非利己而已也。有明道淑人之心,有拨乱反正之事,知天下之势之何以流极而至于此,则思起而有以救之。"②"今日者,拯斯人于涂炭,为万世开大平,此吾辈之任也。仁以为己任,死而后已。"③"君子之为学,以明道也,以救世也。徒以诗文而已,所谓'雕虫篆刻',亦何益哉!"④黄宗羲还针对"君主民客"现象提出"民主君客"的思想,颇具朴素民主思想。王夫之重视史学"经世"功用,其《读通鉴论》《宋论》颇有见地。颜元还主张"实文""实习""实行""实用""实体"并行。⑤ 等等。这种实学思潮的兴起,不仅对当时士人的思想、创作、行为等产生重要影响,还对乾嘉学派及其以后的清代学术思想产生深远影响。

　　清初实学思潮对清初遗民小说的创作有哪些影响呢? 一是直接描写了具有实学精神的人物,二是将实学具化为对治国安邦的理想描写。上述两方面分别以《赵尔宏》与《女仙外史》为代表。清初遗民小说少有直接描写当时具有实学思想的人物,而王炜《嗒史》中的《赵尔宏⑥》是不可多得的一篇。它描

　　① [清]黄宗羲:《明夷待访录·原君》,沈善洪主编《黄宗羲全集》第一册,浙江古籍出版社1985年版,第2—3页。
　　② [清]顾炎武:《亭林馀集·与潘次耕札》,《顾亭林诗文集》,中华书局1959年版,第166页。
　　③ [清]顾炎武:《亭林文集》卷之三《病起与蓟门当事书》,《顾亭林诗文集》,中华书局1959年版,第49页。
　　④ [清]顾炎武:《亭林文集》卷之四《与人书二十五》,《顾亭林诗文集》,中华书局1959年版,第98页。
　　⑤ [清]颜元:《存学篇》卷一《上太仓陆桴亭先生书》,《颜元集》(上),中华书局1987年版,第47页。
　　⑥ 笔者按:"宏"原作"弘",因避乾隆帝讳改。

写了传主赵尔宏从自己的生活经历中悟出了实学精神,如人人"是圣人,与尧、舜无异",又如"'儒'是由身推及家国、天下,'佛'是由身推及无身、由世界推及世界外"。同时,他还"躬行践实",使"理学号召者望其门不敢近"。赵尔宏的思想实际上是阳明心学本源的回归,亦是清初实学思想的具体表现。但是,清初学人经历了明亡的巨痛,他们当中多数人将明亡的重要原因之一归咎于王学的广泛传播,并对其大为口诛笔伐,"崇朱黜王"几乎成为他们的共识。其实,他们阐发的程朱理学中的"实用达体之学",与阳明心学亦有千丝万缕的联系。所以,当时的有识之士,主要声讨王学末流的空谈心性之流弊,而对阳明心学中的践履实用之学还是颇为认可的。正是基于这一考量,王炜、沙张白(号定峰)分别给予赵尔宏应有的肯定。王炜曰:"尔宏特起豪杰,才知不孝即能孝。知所以为圣贤,有不能为圣贤中人乎?恨予不及见,故纪之以贻郡邑乘史氏,毋俾泯灭焉。"[1]沙定峰曰:"性命之旨要归日用。此岂援墨入儒者?吾恐禅家者流,因具德一棒,妄谓尔宏从此得悟,污蔑豪杰也。"[2]

如果说《赵尔宏》只是描写了一个具有实学思想的典型人物,那么《女仙外史》则是系列阐述了实学治国的理想,包括官制、科举、赋税、刑法、水利、军事、医学等方面的创制与改革,如第十九回中的五行阵(又名七星阵)的创设,第三十七回中的官僚制度与科举制度的革新,第五十回中的"通灵七圣散"的发明,第七十七回中的水利建设,第八十三回中的君臣典礼与男女仪制的规范,第八十四回中的刑法与赋税的改革,等等。这种理想的设计,与清初硕儒在著述中构建自己的经世理想颇为相似,如黄宗羲的《明夷待访录》涉及诸多制度方面的改革,包括政治体制上"治天下之具皆出于学校"[3],科举取士上

---

① [清]王炜:《嗒史》,《丛书集成续编》第26册,据世楷堂本《昭代丛书》影印,上海书店出版社1994年版(下同),第222页。

② [清]王炜:《嗒史》,《丛书集成续编》第26册,上海书店1994年版,第222—223页。

③ [清]黄宗羲:《明夷待访录·学校》,沈善洪主编:《黄宗羲全集》第一册,浙江古籍出版社1985年版,第10页。

"不必墨守一先生之言"①,土地制度上"授民以田"②,等等。当然,它们在表现形式上是有所不同的,一个是以文学形式,一个是以史学的形式。虽然如此,但它们都是实学思潮的产物,又都是实学的组成部分。

二、清初理欲统一的社会思潮与理存于欲的文学书写

所谓理欲之辨,即是指道德规范与个人欲望之间的关系的论辩,最早见之于《礼记》。其中,《乐记》曰:"人生而静,天之性也。感于物而动,性之欲也。物至知知,然后好恶形焉。好恶无节于内,知诱于外,不能反躬,天理灭矣。夫物之感人无穷,而人之好恶无节,则是物至而人化物也。人化物也者,灭天理而穷人欲者也。"③此为人欲与天理之对立。而《礼运》却曰:"饮食男女,人之大欲存焉。"④这在一定程度上又肯定了个人物质欲望的合理性。《礼记》中的理欲之辨,实际上探讨了理与欲的关系。这种关系在古代主要分为三种,即"以理节欲""存理灭欲""理存于欲"。

"以理节欲"即是以一定的道德规范来约束个人欲望。这种理欲观从春秋时期老子即已开始。《老子·德经》第六十七章:"我有三宝,持而宝之:一曰慈,二曰俭,三曰不敢为天下先。"⑤至西汉、魏晋时期的儒学与玄学,基本上亦持此观。西汉董仲舒《春秋繁露》卷第六《保位权第二十》:"故圣人之制民,使之有欲,不得过节;使之敦朴,不得无欲;无欲有欲,各得以足,而君道得

---

① ［清］黄宗羲:《明夷待访录·取士上》,沈善洪主编:《黄宗羲全集》第一册,浙江古籍出版社 1985 年版,第 15 页。

② ［清］黄宗羲:《明夷待访录·田制二》,沈善洪主编:《黄宗羲全集》第一册,浙江古籍出版社 1985 年版,第 25 页。

③ ［清］阮元校刻:《十三经注疏》之《礼记正义》卷三十七《乐礼》,上海古籍出版社 1997 年影印本,第 1529 页。

④ ［清］阮元校刻:《十三经注疏》之《礼记正义》卷二十二《礼运》,上海古籍出版社 1997 年影印本,第 1422 页。

⑤ 朱谦之撰:《老子校释》,《新编诸子集成》,中华书局 1984 年版,第 271 页。

矣。"①西晋裴頠《崇有论》："是以贤人君子,知欲不可绝,而交物有会。……若昧近以亏业,则沉溺之衅兴;怀末以忘本,则天理之真灭。"②

"存理灭欲"即维护道德规范,消除个人的过度欲望。这种理欲观主要来源于唐代李翱的"性善情恶"论。他在《复性书上》中说:"人之所以为圣人者,性也。人之所以惑其性者,情也。喜怒哀惧爱恶欲,七者皆情之所为也。情即昏,性斯匿矣。非性之过也。"③而李翱的"性善情恶"论,又与魏晋以来佛道二家宣扬的无欲、灭欲思想不无关系。在宋明理学那里,即演变成"存天理,灭人欲"。其中,程朱理学"析心与理为二"④,强调理欲间的对立。程颐曰:"人心私欲,故危殆。道心天理,故精微。灭私欲则天理明矣。"⑤朱熹在这方面阐述得更为详尽,曰:"孔子所谓'克己复礼',《中庸》所谓'至中和','尊德性','道问学',《大学》所谓'明明德',《书》曰'人心惟危,道心惟微,惟精惟一,允执厥中':圣贤千言万语,只是教人明天理,灭人欲。"⑥"人之一心,天理存,则人欲亡;人欲胜,则天理灭,未有天理人欲夹杂者。"⑦"学者须是革尽人欲,复尽天理,方始是学。"⑧陆王心学则主张"心即理",强调心、理合一。如陆九渊言:"宇宙便是吾心,吾心即是宇宙。"⑨王守仁曰:"在物为理,在字上

---

① 苏舆撰、钟哲点校:《春秋繁露义证》,《新编诸子集成》,中华书局 1992 年版,第 174 页。
② [唐]房玄龄等:《晋书》卷三十五《裴頠传》,中华书局 1974 年版,第 1044—1046 页。
③ [唐]李翱:《李文公集》第三卷,《四部丛刊》本。
④ [明]王守仁:《王阳明全集》卷二《语录二·传习录中·答顾东桥书》,上海古籍出版社 1992 年版,第 45 页。
⑤ [宋]程颐:《伊川先生语十》,《河南程氏遗书》卷第二十四,《二程集》,中华书局 1981 年版,第 312 页。
⑥ [宋]黎靖德编,王星贤点校:《朱子语类》卷第十二《学六·持守》,中华书局 1986 年版,第 207 页。
⑦ [宋]黎靖德编,王星贤点校:《朱子语类》卷第十三《学七·力行》,中华书局 1986 年版,第 224 页。
⑧ [宋]黎靖德编,王星贤点校:《朱子语类》卷第十三《学七·力行》,中华书局 1986 年版,第 225 页。
⑨ [宋]陆九渊:《陆九渊集》卷二十二《杂著·杂说》,《理学丛书》,中华书局 1980 年版,第 273 页。

当添一心字,此心在物则为理。如此心在事父则为孝,在事君则为忠之类。"①
但在理欲观上程朱、陆王二派基本上是一致的。如王守仁亦宣称:"去得人
欲,便得天理。"②"减得一分人欲,便是复得一分天理。"③

　　"理存于欲"即是指道德规范要以个人欲望为基础且不能脱离个人欲望
而存在。这种理欲观自明代中叶逐渐形成。不过,早在南宋时期的陈亮、叶适
等人即开始反对程朱理学的"存理灭欲"。其中,陈亮在《甲辰答朱元晦书》中
反对"近世诸儒遂谓三代专以天理行,汉唐专以人欲行"④的观点,叶适在《易
(临至升)》中说:"以天理人欲为圣狂之分者,其择义未精。"⑤至明中后期,深
受阳明左派泰州学派影响的李贽更是强调人欲的重要性。他认为:"穿衣吃
饭,即是人伦物理;除却穿衣吃饭,无伦物矣。"⑥又强调:"千万其人者,各得其
千万人之心,千万其心者,各遂其千万人之欲。是谓物各付物,天地之所以因
材而笃也。所谓万物并育而不相害也。"⑦明清之际的思想家则更多强调人欲
存在的客观性,并认为理欲是统一的。顾炎武认为:"天下之人各怀其家,各
私其子,其常情也。"⑧黄宗羲主张:"有生之初,人各自私也,人各自利也。"⑨

---

　　①　[明]王守仁:《王阳明全集》卷三《语录三·传习录下》,上海古籍出版社1992年版,第121页。

　　②　[明]王守仁:《王阳明全集》卷一《语录一·传习录上》,上海古籍出版社1992年版,第23页。

　　③　[明]王守仁:《王阳明全集》卷一《语录一·传习录上》,上海古籍出版社1992年版,第28页。

　　④　[宋]陈亮:《龙川集》卷二十,《景印文渊阁四库全书》第1171册,台湾"商务印书馆"1986年影印本,第697—698页。

　　⑤　[宋]叶适:《习学记言》卷二,《景印文渊阁四库全书》第849册,台湾"商务印书馆"1986年影印本,第342页。

　　⑥　[明]李贽:《焚书》卷一《书答·答邓石阳》,中华书局1975年版,第4页。

　　⑦　[明]李贽著、张建业整理:《道古录》卷上第十五章,张建业等编:《李贽文集》第七卷,社会科学文献出版社2000年版,第365页。

　　⑧　[清]顾炎武:《亭林文集》卷一《郡县论五》,《亭林诗文集》,中华书局1959年版,第14页。

　　⑨　[清]黄宗羲:《明夷待访录·原君》,沈善洪主编:《黄宗羲全集》第一册,浙江古籍出版社1985年版,第2页。

傅山更强调:"私者,天也。"①陈确表示:"人心本无天理,天理正从人欲中见,人欲恰好处,即天理也。"②王夫之指出:"人欲之各得,即天理之大同;天理之大同,无人欲之或异。"③

　　清初的理欲统一的社会思潮,对于清初遗民小说的影响,主要表现在两个方面:一方面,小说虽然仍然延续明中叶以来追求人欲的描写,如追求物欲、肉欲等描写,但较之晚明时期在数量上明显要少得多;另一方面,小说将这些追求人欲的描写或归之于次要情节,或归之于负面描写,或兼而有之,并在一定程度上是服务于表达作者遗民意识的这个"天理"。如《樵史通俗演义》中的性描写颇具代表性。小说第四回描写了白莲教首领丁寡妇与董大、徐鸿儒的两性关系,小说第二十一回、第二十二回描写了李自成的第一任妻子韩金儿与小厮李招、光棍盖虎儿的偷情,第二十八回描写了李自成的第二任妻子邢氏与高杰的私奔,第四十回描写了李自成的第三任妻子窦氏与侄儿李过的不伦之情。这些性爱的描写,仍然保留了晚明时期小说描写的特点,但与晚明小说津津乐道的描写不同的是,江左樵子在描写时明显带有批判色彩,如丁寡妇说物、性共享的白莲教是由李贽创立,显然是对李贽"异端"思想的间接讽刺与抨击。更为重要的是,《樵史通俗演义》对性爱的描写是为表达作者遗民意识服务的。白莲教起义对大明王朝的统治构成了威胁,利用性爱描写的方式去丑化起义首领丁寡妇与徐鸿儒,我们完全能领会作者内心深处的故国情怀。而李自成的农民起义直接推翻了大明王朝的统治,这对作者心灵的冲击绝对超过之前的白莲教起义了,于是作者便让李自成的妻子一而再、再而三地重复出轨的故事,以达到丑化李自成的目的。这也是在更深层次地表达了作者的

---

　　① [清]傅山:《霜红龛集》卷三十二《读子一·庄子徐无鬼篇末一段解》,《清代诗文集汇编》第25册,上海古籍出版社2010年影印本,第454页上。

　　② [清]陈确:《陈确集》之《别集》卷五《瞽言四·无欲作圣辨》,中华书局1979年版,第461页。

　　③ [清]王夫之:《读四书大全说》卷四《论语·里仁篇》,《续修四库全书》第164册,上海古籍出版社1995—2002年影印本(下同),第436—437页。

故国情怀。另外,《梼杌闲评》为表达对魏忠贤的痛恨,在第二、三回中描写了魏忠贤的母亲侯一娘与戏子魏云卿之间的偷情,从而让魏忠贤在出身上即以私生子出现。所以,包括《樵史通俗演义》内的清初遗民小说对人欲的描写,并非只是单纯地描写,而是为体现作者的亡国之痛、故国之思的遗民情怀服务的。换言之,清初遗民小说中的人欲描写,蕴含着遗民情怀的天理,从而达到理与欲统一。

三、清初注重社会功用的文学思潮与文学教化倾向的渐趋浓厚

注重文学的社会功用,一直是古代文学观的应有之义,早在先秦两汉时期基本确立。如孔子重视诗的社会作用,曰:"《诗》,可以兴,可以观,可以群,可以怨。迩之事父,远之事君。多识于鸟兽草木之名。"①《诗大序》提出完备的"诗言志"理论,曰:"诗者,志之所之也。在心为志,发言为诗。情动于中而形于言,言之不足,故嗟叹之;嗟叹之不足故永歌之;永歌之不足,不知手之舞之足之蹈之也。情发于声,声成文谓之音。治世之音安以乐,其政和;乱世之音怨以怒,其政乖;亡国之音哀以思,其民困。故正得失,动天地,感鬼神,莫近于诗。先王以是经夫妇,成孝敬,厚人伦,美教化,移风俗。……故变风发乎情,止乎礼义。发乎情,民之性也;止乎礼义,先王之泽也。"②《礼记·经解》则提出温柔敦厚的诗教理论,曰:"孔子曰:'入其国,其教可知也。其为人也,温柔敦厚,《诗》教也。……故《诗》之失愚,……其为人也,温柔敦厚而不愚,则深于《诗》者也。'"③

除上述"诗言志""诗教"等文学观外,古人还从文道关系方面阐释文学的

① [清]阮元校刻:《十三经注疏》之《论语注疏》卷之十七《阳货》,上海古籍出版社 1997 年影印本,第 2525 页。
② [清]阮元校刻:《十三经注疏》之《毛诗正义》卷之一,上海古籍出版社 1997 年影印本,第 269—272 页。
③ [清]阮元校刻:《十三经注疏》之《礼记正义》卷五十《经解》,上海古籍出版社 1997 年影印本,第 1609 页。

社会功用。"'文'与'道'都有广义与狭义之分。广义的'道'是指一切道理，包括儒释道各家所悟之道以及天地万物一切自然之理；狭义的'道'专指儒家孔孟之道。广义的'文'包括所有的文章文字，是一切经史子集的载体；狭义的'文'则特指以注重辞藻修饰为特点的纯文学，与经学、史学、哲学并立。"①文道关系总体上可分为三种情况，即重文轻道、重道轻文、文道并重。这三种关系又以文以明道、文以载道、文与道一等多种文道观的形式出现。其中，文以明道在《荀子》里即现端倪。荀子在《儒效》《解蔽》《正名》等篇中，强调"言必当理"②。西汉扬雄在《法言》中主张明道、征圣、宗经。刘勰在《文心雕龙》中说"道沿圣以垂文，圣因文而明道"③。与上述文道合一观重道轻文不同的是，韩愈、柳宗元发起的古文运动则是文道并重。柳宗元认为"圣人之言，期以明道"，"道假辞而明，辞假书而传"④。韩愈指出"君子居其位，则思死其官；未得其位，则思修其辞以明其道；我将以明道也，非以为直而加人也"⑤。又指出"愈之为古文，岂独取其句读不类于今者邪？思古人而不得见，学古道则欲兼通其辞；通其辞者，本志乎古道也"⑥。文道观发展到宋代，基本上都能做到文道并重，如欧阳修以为"文与道俱"⑦，苏洵所谓"文几乎道"⑧，曾巩主

---

① 向世陵主编，高会霞、杨泽著：《宋代经济哲学研究·儒学复兴卷》，上海科学技术文献出版社 2015 年版，第 78 页。

② [清]王先谦撰：《荀子集解》卷四《儒效篇》，见《新编诸子集成》，中华书局 1988 年版，第 124 页。

③ [南朝梁]刘勰著，范文澜注：《文心雕龙注》，人民文学出版社 1958 年版，第 3 页。

④ [唐]柳宗元：《报崔黯秀才论为文书》，见《柳宗元集》卷三十四，中华书局 1979 年版，第 886 页。

⑤ [唐]韩愈：《韩愈全集》之《文集》卷二《争臣论》，上海古籍出版社 1997 年版，第 156 页。

⑥ [唐]韩愈：《韩愈全集》之《文集》卷五《题哀辞后》，上海古籍出版社 1997 年版，第 225 页。

⑦ [宋]苏轼《祭欧阳文忠公夫人文（颍州）》："公曰子来，实获我心。我所谓文，必与道俱。见利而迁，则非我徒。"（《苏轼文集》卷六十三，中华书局 1986 年版，第 1956 页）

⑧ [宋]苏洵《上田枢密书》："方其致思于心也，若或起之；得之心而书之纸也，若或相之。夫岂无一言之几乎道？"（《嘉祐集笺注》卷十一，上海古籍出版社 1993 年版，第 318 页）

张"文当于理"①,苏轼强调"有道有艺"②,在注重道的内容丰富性的同时,都很注意文的艺术技巧。但是,宋代理学家则倾向于重道轻文,其中影响最大的莫过于周敦颐提出的"文以载道"③。之后的程颐甚至主张"作文害道"④,将文与道对立起来。至南宋时的朱熹则提出"道外无物"、文与道"一以贯之"⑤的观点。元代的文道观则更多强调"文与道一",如许有壬在《题欧阳文忠公告》中曰:"文与道一,而天下之治盛;文与道二,则天下之教衰。"⑥明代的唐宋派基本上接受了韩愈的文道观,主张文道合一,如归有光在《雍里先生文集序》中说:"以为文者,道之所形也。道形而为文,其言适与道称,……夫道胜,则文不期少而自少,道不胜则文不期多而自多。溢于文,非道之赘哉?"⑦

　　明代中晚期在阳明心学及泰州学派的影响下,传统的文学观发生重要转变。如公安派袁宏道提出的"独抒性灵,不拘格套"⑧。"所谓'性灵',相当于

---

①　[宋]曾巩《王子直文集序》:"由汉以来,益远于治。故学者虽有魁奇拔出之材,而其文能驰骋上下,伟丽可喜者甚众,然是非取舍,不当于圣人之意者亦已多矣。故其说未尝一,而圣人之道未尝明也。士之生于是时,其言能当于理者,亦可谓难矣。同是观之,则文章之得失,岂不系于治乱哉?"(《曾巩集》卷第十二,中华书局1984年版,第197页)

②　[宋]苏轼《书李伯时山庄图后》:"虽然,有道有艺。有道而不艺,则物虽形于心,不形于手。"(《苏轼文集》卷七十,中华书局1986年版,第2211页)

③　[宋]周敦颐《周子通书·文辞第二十八》:"文,所以载道也。轮辕饰而人弗庸,徒饰也,况虚车乎!文辞,艺也;道德,实也。笃其实,而艺者书之,美则爱,爱则传焉,贤者得以学而至之,是为教。"(《周子通书》,上海古籍出版社2000年版,第39页)

④　[宋]程颐《伊川先生语四》:"问:'作文害道否?'曰:'害也。凡为文,不专意则不工,若专意则志局于此,又安能与天地同其大也?《书》曰"玩物丧志",为文亦玩物也。……'"(《河南程氏遗书》卷十八,《二程集》,中华书局1981年版,第239页)

⑤　[宋]朱熹《与汪尚书(己丑)》:"道外有物,固不足以为道,且文而无理,又安足以为文乎?盖道无适而不存者也,故即文以讲道,则文与道两得而一以贯之,否则亦将两失之矣。"(《晦庵先生朱文公文集》卷三十,《朱子全书》,上海古籍出版社1995—2002年版,第1305页)

⑥　[元]许有壬著,傅瑛、雷近芳校点:《许有壬集》卷七十一《题跋一》,中州古籍出版社1998年版,第753页。

⑦　[明]归有光:《震川先生集》卷之二,上海古籍出版社1981年版,第26页。

⑧　[明]袁宏道:《叙小修诗》:"大都独抒性灵,不拘格套,非从自己胸臆中流出,不肯下笔。有时性与境会,顷刻千言,如水东至,令人夺魂。"(《袁中郎全集》卷一,《四库存目丛书》集部第174册,齐鲁书社1997年影印本,第415页下)

性情与情感;所谓'格套',指表现形式方面凝固框子、清规戒律"①。汤显祖提出的"至情"论:"情不知所起,一往而深,生者可以死,死可以生。生而不可与死,死而不可复生者,皆非情之至也。"②李贽主张的"童心说":"夫童心者,绝假纯真,最初一念之本心也。"③

到了明末时期,由于世风日下,吏治黑暗,民族矛盾尖锐,文学观开始转向"忧时托志"与"导愚""警世"。陈子龙《六子诗稿序》曰:"诗之本不在是,盖忧时托志者之所作也。"④可一居士《醒世恒言序》:"此《醒世恒言》四十种所以继《明言》《通言》而刻也。明者,取其可以导愚也;通者,取其可以适俗也;恒则习之而不厌,传之而可久。三刻殊名,其义一耳。"⑤

清初时期的文学思潮,在沿袭明末文学思潮的基础上,更强调文学的社会功用。这在一定程度上是传统文学观的一种回归与提升,具有启蒙意义。黄宗羲重视文学与时代的关系,发展了"诗史"之道,"今之称杜诗者以为诗史,亦信然矣。然注杜者,但见以史证史,未闻以诗补史之阙,虽曰诗史,史固无藉乎诗也"⑥,诗歌创作还要"合乎兴、观、群、怨、思无邪之旨"⑦。同时,他还认为:"文之美恶,视道合离;文以载道,犹为二之。聚之以学,经史子集。行之以法,章句呼吸。无情之辞,外强中干。其神不传,优孟衣冠。五者不备,不可为文。"⑧顾炎武的文学观则重视经世致用。他在《作诗之旨》中言:"舜曰:诗

---

① 王运熙、顾易生主编:《中国文学批评史》中册,上海古籍出版社1981年版,第298页。

② [明]汤显祖:《牡丹亭·作者题词》,人民文学出版社1963年版,第1页。

③ [明]李贽:《焚书》卷三《童心说》,中华书局1975年版,第98页。

④ [明]陈子龙:《安雅堂稿》卷三,《续修四库全书》第1387册,上海古籍出版社1995—2002年影印本,第698页上。

⑤ [明]可一居士:《醒世恒言序》,[明]冯梦龙:《醒世恒言》,《古本小说集成》,上海古籍出版社1994年据日本内阁文库藏明叶敬池刻本影印。

⑥ [清]黄宗羲:《万履安先生诗序》,沈善洪主编:《黄宗羲全集》第十册,浙江古籍出版社1993年版,第47页。

⑦ [清]黄宗羲:《马雪航诗序》,沈善洪主编:《黄宗羲全集》第十册,浙江古籍出版社1993年版,第91页。

⑧ [清]黄宗羲:《李杲堂先生墓志铭》,沈善洪主编:《黄宗羲全集》第十册,浙江古籍出版社1993年版,第401页。

言志。此诗之本也。《王制》:'命太师陈诗以观民风。'此诗之用也。荀子论《小雅》曰:'疾今之政,以思往者,其言有文焉,其声有哀焉。'此诗之情也。故诗者,王者之迹也。"①又在《文须有益于天下》中说:"文之不可绝于天地间者,曰明道也,纪政事也,察民隐也,乐道人之善也。"②王夫之指出了"兴"与"观"、"群"与"怨"是相辅相成的:"于所兴而可观,其兴也深;于所观而可兴,其观也审。以其群者而怨,怨愈不忘;以其怨者而群,群乃益挚。"③不过,他对温柔敦厚的诗教颇有微词:"诗教虽云温厚,然光昭之志,无畏于天,无恤于人,揭日月而行,岂女子小人半含不吐不态乎?《离骚》虽多引喻,而直言处亦无所讳。"④

　　清初文学观注重文学的经世致用,既有传统文学观的影响,又有时代的印记。这种文学观体现在清初遗民小说的创作上,即表现出浓郁的劝世教化色彩。不少清初遗民小说作家,将自己笔下的人物,甚至动物描写成道德教化的样本。有表现孝道的,如宋曹的《鬼孝子》、归庄的《黄孝子传》、魏禧的《吴孝子传》、顾景星的《吴隐君赞》、王猷定的《孝贼传》等;有表现忠义的,如徐芳的《义犬记》、宋曹的《义猴传》、王猷定的《义虎记》、吴肃公的《阐义》等;有表现兄弟情深的,如黄宗羲的《万里寻兄记》等;有表现女性节烈的,如邵长蘅的《黄烈妇传》、汪琬的《史八夫人传》、王猷定的《梁烈妇传》及《钱烈女墓志铭》等。而丁耀亢在《续金瓶梅》中更是将教化发挥到极致,甚至将故事情节停顿下来,专门谈论劝世思想。小说作家在作品中加强道德教化的宣扬,从另外一个侧面亦反映了明清之际动乱的社会对人们道

---

① [清]顾炎武著,陈垣校注:《日知录校注》卷二十一,安徽大学出版社2007年版,第1141页。

② [清]顾炎武著,陈垣校注:《日知录校注》卷十九,安徽大学出版社2007年版,第1043页。

③ [清]王夫之著,戴鸿森笺注:《姜斋诗话笺注》卷一《诗译》第二则,人民文学出版社1981年版,第4页。

④ [清]王夫之著,戴鸿森笺注:《姜斋诗话笺注》卷二《夕堂永日绪论内编》第三十七则,人民文学出版社1981年版,第127页。

德底线的冲击。

同时,我们从一些清初遗民小说的序跋中亦可看出小说作者的劝世教化的创作动机。如薇园主人在《清夜钟·序》中言:"余偶有撰著,盖借谐谈说法,将以明忠孝之铎,唤省奸回;振贤哲之铃,惊回顽薄。名之曰《清夜钟》。"①小说第一回"贞臣慷慨杀身 烈妇从容就义"明显体现了这一创作动机。此回描写道:"在朝食禄的岂下千百,见危授命,不过二十余人。在贵戚,全家自焚,有巩驸马、刘皇亲,九卿父子死节的孟大理;宫臣举家死事刘状元;二妾同死马谕德;侍御陈良谟有妾相殉;职方成德以母从子。至于夫妇同尽,亦慷慨亦从容,便是汪编修。"②这种对慷慨就义、杀身成仁者的描写,明显具有"明忠孝""振贤哲"之意。

又如蓬蒿子在《定鼎奇闻序》中言:"兹《新世鸿勋》一编,乃载逆闯寇乱之始末,即所谓运数兴替之因由。然运数虽系乎天机,而厥因实由于人造。惟顾举世之人,悉皆去恶存善,就正离邪。既无邪慝因缘,自绝循环报复,虽亿万斯年,当永享太平之盛也。"③作者为体现"去恶存善,就正离邪"的创作动机,在小说中虚构了李自成的出生描写,如第二回描写了李自成出生前出现的怪异天象,"滕六花飞怪露形,蚩尤旗见天垂象",第三回描写了李自成是由其父李十戈服用海狗肾与其母交合而产生。这种虚构描写,为进一步表现李自成的"恶"与"邪"作了铺垫。同时,这种虚构描写也在劝诫人们要远离这些"恶"与"邪",而归于"善"与"正",这样才会"永享太平之盛"。

---

① [清]薇园主人:《清夜钟·序》,路工、谭天编:《古本平话小说集》(上),人民文学出版社 2006 年版,第 154 页。

② [清]薇园主人:《清夜钟》第一回,路工、谭天编:《古本平话小说集》(上),人民文学出版社 2006 年版,第 158 页。

③ [清]蓬蒿子:《定鼎奇闻·小引》,[清]蓬蒿子编次:《新世鸿勋》,《古本小说集成》据大连图书馆藏庆云楼本缩印,上海古籍出版社 1994 年版(下同)。笔者按:《新世鸿勋》亦作《新世弘勋》《新世宏勋》《定鼎奇闻》《顺治过江》等。

其他小说为教化而创作亦有所表现,如无竞氏在《剿闯小说叙》中言:"惩创叛逆,其于天理人心,大有关系,非泛常因果平话比。"①又如梅庚在《阐义·序》中称:"薛水心尝曰:'为学而不接统绪,虽博无益也;为文而无关世教,虽工无益也。'街南学有师承,平生撰述皆以纲维名教为己任,《阐义》特其一耳。"②

综上所述,在清初的经世致用的学术思潮、理欲统一的社会思潮和注重社会功用的文学思潮的影响下,清初遗民小说在创作上体现了经世致用、理欲统一、劝世教化等易代特色,而这些人文思潮正是清初遗民小说形成的重要思想基础。

第二节　清初遗民小说生成的文化因素

清初遗民小说的生成有其深厚的文化因素,主要包括传统的夷夏之辨及当时清廷的文化政策。夷夏之辨虽源远流长,但往往会在一个少数民族取代一个汉族政权时,表现得更为强烈。明清鼎革之际,正是历史上夷夏之防观念最为突出的时期之一。清初的文化政策主要包括剃发易服、文字狱等。其中,剃发易服激起了汉族人民的强烈反抗,而文字狱则制造了风声鹤唳的恐怖气氛。这些文化因素一方面影响了清初遗民小说的创作,另一方面清初遗民小说的创作又包涵了这些文化因素。

一、夷夏之辨与文化民族主义的文学表达

夷夏之辨源于地理方位意识,《说文解字》第五篇下夊部释"夏"曰:"夏,中国之人也。"③后又因中原地区在礼乐制度方面的优越,而形成以华夏为中

---

① ［清］无竞氏:《剿闯小说叙》,［清］懒道人口授《剿闯小说》,《古本小说集成》据复旦大学图书馆所藏钓璜轩本影印,上海古籍出版社1994年版(下同)。

② ［清］梅庚:《阐义·序》,［清］吴肃公:《阐义》,《四库禁毁书丛刊》子部第11册,北京出版社2000年版,第3页。

③ ［汉］许慎撰,［清］段玉裁注:《说文解字注》,上海古籍出版社1983年影印本,第233页。

心的多层级的世界秩序观，"中国是内的、大的、高的；而蛮夷是外的、小的和低的"。① 春秋时期的夷夏观念已非常凸显，诚如刘师培所言："《春秋》一书，内其国而外诸夏，内诸夏而外夷狄。攘狄之说，此起其端。孔子言：'裔不谋夏，夷不乱华。'诚当时思想之代表哉！"②春秋五霸之一的齐桓公任用管仲实施尊王攘夷的政策，更是将夷夏之防观念演变成文化民族主义。"《春秋》所谓尊王，在很大程度上就是尊中国文化，因为王在《春秋》中负有改正朔、易服色、制礼作乐、移风易俗的使命，因而王就是中国文化的代表。《春秋》建立在中国文化上的民族主义在世界文明史上来看是一种很独特的民族主义，它不以种族、民族、国家为基础，而是以文化为基础，表达了中华民族对自己传统文化的强烈认同，具有非常强大的生命力，延续着中国文化的慧命，维系着中华民族的生存。"③

春秋以降，文化民族主义一直植根于士人的灵魂深处，至明清鼎革之际，则演化为"亡国"与"亡天下"之辨。顾炎武《日知录》："有亡国，有亡天下。亡国与亡天下奚辨？曰：易姓改号，谓之亡国；仁义充塞，而至于率兽食人，人将相食，谓之亡天下。"④陈垣注曰："亭林以亡一姓为亡国，亡礼教为亡天下。"⑤在顾炎武等人看来，"亡国"不过是易姓改号而已，并不可怕，而"亡天下"则是亡于异族，是文化的消亡，那才是真正可怕的。清廷作为一个少数民族政权，最终取代了汉民族的明政权，在时人看来，即突破了"以中国治中国，以夷狄治夷狄"⑥的夷夏之防。

---

① 杨联陞：《从历史看中国的世界秩序》，《国史探微》，辽宁教育出版社1998年版，第1页。

② 刘师培：《中国对外思想之变迁》，万仕国编《刘申叔遗书补遗》上册，广陵书社2008年版，第124页。

③ 蒋庆：《公羊学引论：儒家的政治智慧与历史信仰》，福建教育出版社2014年版，第189页。

④ ［清］顾炎武著，陈垣校注：《日知录校注》卷十三《正始》，安徽大学出版社2007年版，第722页。

⑤ ［清］顾炎武著，陈垣校注：《日知录校注》卷十三《正始》，安徽大学出版社2007年版，第723页。

⑥ ［清］黄宗羲：《留书·史》，沈善洪主编《黄宗羲全集》第十一册，浙江古籍出版社1993年版，第12页。

正是在这种强烈的文化民族主义的影响下,清初出现了遗民文学的创作高潮。遗民诗、词、戏曲、小说,甚至弹词等各种文体悉数登场。这里特别需要指出的是,遗民小说作为一个蔚为壮观的文学群体,还是首次出现。清初遗民小说表达的文化民族主义主要表现在以下几个方面:

(一)华夏本位的叙事模式

这种叙事模式在涉及北方少数民族时表现得非常明显,主要体现在:

1.“奴”“夷”蔑称的延续。对少数民族的蔑称,在文化民族主义的影响下,由来已久。如匈奴在历史上的一些蔑称颇有代表性,据《史记》卷一《五帝本纪一》记载黄帝时即称荤粥:“(黄帝)北逐荤粥,合符釜山,而邑于涿鹿之阿。”①南朝宋裴骃集解“荤粥”引《匈奴传》曰:“唐虞以上有山戎、猃狁、荤粥,居于北蛮。”唐司马贞索隐曰:“匈奴别名也。唐虞已上曰山戎,亦曰薰粥,夏曰淳维,殷曰鬼方,周曰猃狁,汉曰匈奴。”唐张守节正义曰:“荤音薰。粥音育。”②“猃狁”“獫狁”之称是与兽同类,“奴”之谓又是低人一等。这种对少数民族的蔑称在清初遗民小说中亦较为常见。如《剿闯小说》通篇称清或清兵为“虏”。再如《隋唐演义》第八十回叙及安禄山的出身,更是极尽贬低之能事:“谁想到玄宗时,却又生出个杨贵妃来。他身受天子宠眷,何等尊荣。况那天子又极风流不俗,何等受用。如何反看上了那塞外蛮奴安禄山,与之私通,浊乱宫闱,以致后来酿祸不小,岂非怪事! 且说那安禄山,乃是营州夷种。本姓康氏,初名阿落山,因其母再适安氏,遂冒姓安,改名禄山,为人奸狡,善揣人意。后因部落破散,逃至幽州,投托节度使张守珪麾下,守珪爱之,以为养子,出入随侍。”③“塞外蛮奴”“营州夷种”,这种蔑称明显是站在华夏民族的

① [汉]司马迁:《史记》,中华书局 1959 年版,第 6 页。
② [汉]司马迁:《史记》,中华书局 1959 年版,第 7 页。
③ [清]褚人获:《隋唐演义》,《古本小说集成》,据山东大学图书馆藏四雪草堂初印本影印,上海古籍出版社 1993 年版(下同),第 2028 页。

立场上。清初遗民小说对少数民族的蔑称,实际上反映了作家在心灵深处对清廷的抵触与蔑视。

2. 突出祸乱华夏的叙事。我们知道,历史上有诸多少数民族对汉族的侵扰,如匈奴对汉朝,契丹、西夏、金、蒙古对宋朝,鞑靼、后金对明朝等。清初遗民小说在描述这些侵扰时,重点突出这些少数民族政权祸乱汉族政权。如《隋唐演义》第一回即涉及"五胡乱华":"北朝在晋时,中原一带地方,到被汉主刘渊、赵主石勒、秦主苻坚、燕主慕容廆、魏主拓拔珪诸胡人据了,叫做五胡乱华,是为北朝。"①南宋洪迈《容斋随笔》卷九记载了这一段历史:

> 刘聪乘晋之衰,盗窃中土,身死而嗣灭,男女无少长皆戕于靳准。刘曜承其后,不能十年,身为人禽。石勒尝盛矣,子夺于虎。虎尽有秦、魏、燕、齐、韩、赵之地,死不一年而后嗣屠戮,无一遗种。慕容俊乘石氏之乱,跨据河山,亦仅终其身,至子而灭。苻坚之兴,又非刘、石比,然不能自免,社稷为墟。慕容垂乘苻氏之乱,尽复燕祚,死未期年,基业倾覆。此七人者,皆夷狄乱华之臣擘也,而不能久如此。今之北虏,为国八十年,传数酋矣,未亡何邪?②

《水浒后传》第二十三回描写金军占领东京时的惨烈景象:

> 金兵却分四翼攻通津门,钦宗差内侍催郭京出兵。郭京遣守御兵尽皆下城,不许窥探,大开通津门,领年甲相符的七千多人出战,都被金兵如风卷残云,杀得一个个罄尽,死尸填满护龙河。郭京知事已败,慌忙收拾金资逃遁。金兵鼓噪登城,无人敢敌,把汴京陷了。③

另外,《续金瓶梅》第一回描写了金兵掠杀兖东一带,筑十几座"京观"而去,第二回描写了金兵血洗清河县的惨象、第十三回描写了金兵在清河县的屠

---

① [清]褚人获:《隋唐演义》,《古本小说集成》本,第3—4页。

② [宋]洪迈:《容斋随笔》卷九之《五胡乱华》,中华书局2005年版,第118页。

③ [清]陈忱:《水浒后传》,《古本小说集成》据华东师范大学藏绍裕堂刊本影印,上海古籍出版社1994年版(下同),第694页。

城。详见后文,在此不作赘述。

总之,无论是"五胡乱华",还是金兵残暴,均是小说作家为表达自己对清廷的愤懑,而故意突出这些情节的描写。同时,这种叙事方式与对少数民族的蔑称一样,都是表现了作家以华夏为本位来描述故事情节的,均蕴含了浓郁的文化民族主义因素。

(二)军事抗清的热情歌颂

如果说小说作家以华夏为本位叙事是一种隐性的文化民族主义,那么,热情歌颂军事抗清斗争则是一种显性的文化民族主义,我们从史可法在扬州、郑成功在海澄的抗清斗争明显可以感受出来。

1. 史可法在扬州的军事抗清。《樵史通俗演义》第三十九回至第四十回描写了史可法在扬州率领军民誓死抗清:

> 史阁部扑地拜将下去,大呼:"二祖列宗,在天之灵,今日臣史可法拼命与众守城,乞英灵保佑,以救扬州一城百姓。"呼罢大哭,那泪滴在袍上,都是鲜红的血。将官军士一齐大喊道:"老爷哭出血来了,我等敢不尽心效死!"也都哭起来。拜祷已毕,史阁部回衙门去。连夜草成血本,刘湘客赍上南京,请救兵去。①(第三十九回)
>
> 话说阁部史可法在扬州城沥血誓师,准备死守,以待调兵救援。哪知清兵突然来至,不费刀兵,新城已破。因为城中闭关坚守,遂屠其兵民。驰檄旧城道:"若好好让城,不杀一人。"史可法也不回话,只是坚守。到了第四日,清帅假说奉旨调黄蜚兵到。史可法从城上缒人下城询问,说黄总兵领来精兵三千,留二千在外,准备厮杀;放一千入城,同守城池。史可法信了是实,从西门放兵入城。那兵逢人便杀,才知不是黄兵,却是清兵了。史可法在城上见之,拔剑自刎。总

---

① [清]江左樵子编辑:《樵史通俗演义》,《古本小说集成》据北京大学图书馆藏清初写初本影印,上海古籍出版社 1994 年版(下同),第 712—713 页。

兵刘肇基救住,同缒下北门城墙下,引四骑潜逃,不知死活。①（第四十回）

钱江拗生评点曰:"左之激烈,史之忠贞,虽微有不同,然亦可继张与韩、岳而鼎峙千古矣。樵子曰:为史阁部者更难耳。读此一段,有不泪盈盈下者,非男子也!"②

而《明史》史可法本传只作如是记载:

> 可法一日夜奔还扬州。讹传定国兵将至,歼高氏部曲。城中人悉斩关出,舟楫一空。可法檄各镇兵,无一至者。（顺治二年四月）二十日,大清兵大至,屯班竹园。明日,总兵李栖凤、监军副使高岐凤拔营出降,城中势益单。诸文武分陴拒守。旧城西门险要,可法自守之。作书寄母妻,且曰:"死葬我高皇帝陵侧。"越二日,大清兵薄城下,炮击城西北隅,城遂破。可法自刎不殊,一参将拥可法出小东门,遂被执。可法大呼曰:"我史督师也。"遂杀之。③

通过以上对比,我们明显可以感受到小说作家在描写过程倾注了自己深厚的情感因素,而这种情感因素正是文化民族主义的一种外化。

2. 郑成功在海澄的军事抗清。我们知道,江日昇的《台湾外记》以编年体的形式,起自天启元年(1621),迄于康熙康熙二十二年(1683),记述了明清易代之际,郑芝龙、郑成功、郑经、郑克塽四代人以台湾为据点抗清复明的斗争,以及康熙帝将台湾收入清朝版图的过程。其中,郑成功举师北征等历史事件的描写尤为详细,顺治十年(1653)五月的海澄之战是一次重要的军事斗争:

> （郑成）功率大队于五月初一日至海澄。令王秀奇、郝文兴、陈尧策守镇远寨,令万礼距镇远寨对峙为援,甘辉、黄廷守关帝庙木栅,

---

① ［清］江左樵子编辑:《樵史通俗演义》,《古本小说集成》本,第716页。
② ［清］江左樵子编辑:《樵史通俗演义》,《古本小说集成》本,第713页。
③ ［清］张廷玉等:《明史》卷二百七十四《史可法列传》,中华书局1974年版,第7022—7023页。

连接相应。就天姬宫起将台,亲登观兵督战。初三日,金砺率骑步数万,连营与天姬宫相对,安火炮数百门,日夜攻击不绝。木栅倒坏,士卒损伤。后劲镇陈魁、后冲镇叶章请成功令领兵冲营,功许之。初五日辰刻,魁等乘炮烟冲出,被金砺伏骑齐起,叶章奋勇冲击,战死。陈魁箭伤,全军受困。甘辉、黄廷望见,急开栅,突围救回。功令魁出载厦门医治,以杨正暂统其军。擢周全斌为后劲镇。初八日,金砺督众攻营垒,炮声震天,城垣随坏随筑。成功坐将台,张盖指挥。砺望见,令炮对台齐攻。诸将见炮如雨点,劝功下台。功曰:"炮避吾,吾岂避炮?"又劝功去盖,功亦不允。甘辉情急,亲掖功下。甫离台数层,而座已被炮碎矣。砺欲攻城,悉为镇远寨所援。议不击镇远,其城终难攻。随往取镇远,王秀奇等死拒之。短墙皆陷如平地,士卒无可容身,奇令掘地窝藏之。功乘夜遣火器镇何明率洪善等,将河沟边尽掘地道,埋火药,留药心于外以待。砺将老弱者率民夫为势攻击;别选精勇二队饱食,乘五鼓,听营中号炮三声,齐攻填濠,缘城扳栅。成功令按兵守御。忽砺营连发三炮,郝文兴请曰:"是欲临城!"功不信。王秀奇曰:"果是号约,宜防备之!"甫传令,而喊声轰雷,云集风拥,填平沟壕,齐倚登城,文兴、秀奇、尧策、全斌等勒兵执斧、木棍、火桶、火箭交击。凡争先登者,悉死城下栅边。砺督后者再登时,东方将白。功令放地道,一声霹雳,烧死无数。砺方退,又遇苏茂、甘辉等截杀。砺弗敢停鞭,领师回漳郡。自是,海澄功守益固。①(卷之三)

《清史稿》卷二百二十四郑成功本传未对海澄之战作描述,只是在卷二百四十《刘清泰列传》作简短描述道:"(顺治十年)五月,平南将军金砺攻海澄,以饷不继,还军漳浦。会上敕封成功海澄公,畀以泉、漳、惠、潮四郡地,遂罢兵。"②关于海澄公封号,《台湾外记》卷之三称:"(顺治十年)八月,(郑成)功

---

① [清]江日昇:《台湾外记》卷之三,福建人民出版社1983年版,第106—107页。
② [清]赵尔巽:《清史稿》卷二百四十《刘清泰列传》,中华书局1977年版,第9542页。

屯揭阳。洪旭遣员报其父芝龙差李德来报,封'海澄公'劝其归降。成功回厦。"①

从上述描写与记载,我们可以看出,海澄之战之对于清廷的打击还是不可小觑的,清廷为招降郑成功还特意封其为海澄公②。同时,小说在描写海澄之战时,更为充分地展现了郑成功誓死抗清精神,而且对于清廷封号持不屑态度。这些描写实际上浸润了作者的民族情怀,具有一定的文化民族主义因素。

二、清初的剃发易服与反剃发易服的文学写实

剃发令原本只在北方实行,且仅限于军人。弘光元年(顺治二年,1645)五月二十六日豫王多铎发布的法令写道:"剃头一事,本国相沿成俗。今大兵所到,剃武不剃文,剃兵不剃民,尔等毋得不遵法度,自行剃之。前有无耻官员先剃求见,本国已经唾骂。特示。"③但是,多尔衮在接受孙之獬等人的建议后④,于顺治二年(1645)六月十五日,以顺治帝的名义重新发布剃发令:"自今布告之后,京城内外限旬日,直隶各省地方自部文到日,亦限旬日,尽令剃发。遵依者为我国之民,迟疑者同逆命之寇,必置重罪。若规避惜发,巧辞争辩,决不轻贷。该地方文武各官皆当严行察验。若有复为此事渎进章奏,欲将朕已

① [清]江日昇:《台湾外记》卷之三,福建人民出版社1983年版,第107页。
② 笔者按:《清史稿》共记载两人曾被封海澄公,一是郑成功。"(顺治十年)五月……乙亥,封郑芝龙为同安侯,子成功为海澄公,弟鸿逵为奉化伯。"(卷五《世祖本纪二》,中华书局1977年版,第133页)二是黄梧。"(顺治十三年)八月……壬辰,封黄梧为海澄公。"(卷五《世祖本纪二》,中华书局1977年版,第146页)
③ [清]计六奇:《明季南略》四卷《乙酉五月起》之《二十六丁未》,中华书局1984年版,第225页。
④ 小横香室主人编《清朝野史大观》卷三《清朝史料·孙之獬请改满装》:"清初入关,衣冠服履,一仍明制。前朝降臣,皆束发顶进贤冠,为长袖大服。殿陛之间,分满汉两班,久已相安无事矣。有故明山东进士孙之獬者,首薙发改装,以自标异而示亲媚。归入满班,则满以其汉人也,不受;归汉班,则汉以为为满饰也,亦不容之。之獬益羞愤,于是疏言:'陛下平定中国,万事鼎新,而衣冠束发之制,独存汉旧。此乃陛下从中国,非中国从陛下也。'奏上,九重叹赏,不意降臣中有能作此言者。乃下削发之令。"(上海书店1981年版,第6—7页)

定地方人民仍存明制,不随本朝制度者,杀无赦!"①"时檄下各县,有'留头不留发,留发不留头'之语。"②

紧接剃发令的即是改冠易服令。顺治二年(1645)七月戊午(笔者按:初九日)清帝谕礼部曰:

> 官民既已剃发,衣冠皆宜遵本朝之制。从前原欲即令改易,恐物价腾贵,一时措置维艰,故缓至今日。近见京城内外,军民衣冠遵满式甚少,仍着旧时巾帽者甚多,甚非一道同风之义。尔部即行文顺天府五城御史,晓示禁止。官吏纵容者,访出并坐。仍通行各该抚按,转行所属,一体遵行。③

时至顺治十年(1653)二月丙寅(二十九日),清帝仍谕礼部曰:

> 一代冠服,自有一代之制。本朝定制,久已颁行,近见汉官人等,冠服体式,以及袖口宽长,多不遵制。夫满洲冠服,岂难仿效,汉人狃于习尚,因而悗憽。以后务照满式,不许异同,如仍有参差不合定式者,以违制定罪。④

我们知道,发式与冠服是一个民族的重要文化象征,也融入了一个民族的深厚情感。汉族向来有"身体发肤,受之父母,不敢毁伤"⑤的传统观念。剃发令的推广,遭到汉族士民的强烈抵抗。江南地区人民鲜明提出"头可断,发不可剃"⑥的口号,并进行了惊天地、泣鬼神的江阴、昆山、嘉定保卫战。当然,遭汉人唾骂的孙之獬最终为乡人肢解死。

---

① 《世祖实录》卷十七,《清实录》第三册,中华书局1985年影印本,第151页。
② 小横香室主人编《清朝野史大观》(二)卷三《清朝史料·薙发之令》,上海书店1981年版,第7页。
③ 《世祖实录》卷十九,《清实录》第三册,中华书局1985年影印本,第168页。
④ 《世祖实录》卷七十二,《清实录》第三册,中华书局1985年影印本,第575页。
⑤ [清]阮元校刻:《十三经注疏》之《孝经注疏》卷一《开宗明义章·天子章》,上海古籍出版社1997年影印本,第2545页。
⑥ [清]韩菼:《江阴城守纪》,《东南纪事》(外十二种),《明代野史丛书》,北京古籍出版社2002年版,第49页。

衣冠犹如发式,对于汉族文化具有同等重要意义,而且还是"华夏"之名的应有之义。《尚书》卷十一之《周书·武成》:"华夏蛮貊,罔不率俾。"汉人孔安国传曰:"冕服采章曰华,大国曰夏。"①《春秋左传》卷五十六之"定公十年":"裔不谋夏,夷不乱华。"唐人孔颖达正义曰:"中国有礼仪之大,故称夏;有服章之美,谓之华。华、夏,一也。"②清初统治者将具有上千年传统的汉人冠冕制度及宽衣博袖的服饰,替换成游牧骑射民族的紧身窄袖式服装,无疑遭到汉人强烈抵制,甚至有人至死不易汉服。屈大均在殁前作《自作衣冠冢志铭》曰:"衣冠之身与天地而成尘,衣冠之心与日月而长新。"③

清初在满汉间出现的剃发易服与反剃发易服的矛盾,表面上只是发式、服饰的是否改变,而其背后却蕴含着各自的民族情结,清廷将剃发易服视为汉族诚服朝廷的标志,而汉族则认为剃发易服是一种亡文化的标志,亦即顾炎武所谓的"亡天下"的标志。故此,剃发易服是清初满汉文化冲突的最为突出的方面。

剃发易服令的颁行,是清廷对亡明的文化围剿,并试图让入清的百姓与士人切断与故明的文化联系,从而达到在思想上控制汉人的目的。其实,这只是这位军事巨人单方面的设想。清廷入主中原后,作为满汉文化冲突外化的抗清斗争从未停止过。清初遗民小说作为易代之际的文学形式,在书写抗清斗争方面当然不会缺席。其中,《海角遗编》④非常直观地描写了江南地区反剃发易服的斗争过程。

---

① [清]阮元校刻:《十三经注疏》之《尚书正义》,上海古籍出版社 1997 年影印本,第185 页。

② [清]阮元校刻:《十三经注疏》之《春秋左传正义》,上海古籍出版社 1997 年影印本,第2148 页。

③ [清]屈大均:《翁山文外》卷九,《清代诗文集汇编》第 119 册,上海古籍出版社 2010 年影印本,第 271 页下。

④ 《海角遗编》,又名《七峰遗编》,二卷六十回。据七峰樵道人于顺治五年戊子(1648)卷首序云:"此编只记常熟福山自(顺治二年,1645)四月至九月半载实事,皆据见闻最著者敷衍成回,其余邻县并各乡镇异变颇多,然止得之传闻者,仅仅记述,不敢多赘。"又据黄毅《海角遗编·前言》(《古代小说集成》本)考证,"小说作于顺治五年以后"。

小说第十三回描写道："又过三五天,已是闰六月初七八(笔者按:指顺治二年,1645),苏州发下告示道:不论军民人等,俱要剃发留金钱顶,穿满洲衣帽,才准归降,限三日内都要改装。常熟县自元朝到此三百年来,俱是青丝髻包网巾,长巾大袖。一见如此服式,俱道是陋品,是怪状,不肯起来。"①最后,在孝廉宋奎光的留发倡义下,众人将不肯拈香下拜明皇帝牌位的陈主簿殴打至死:"只见堂上堂下一齐鼓噪,扯的扯,骂的骂,踢的踢,打的打,拳头脚尖一似骤雨,早把陈主簿打得七窍流血,有气无烟,躺在大槛边外面。众人一齐都要动手,挨挤进来,俱在死尸上踏过,可怜一个陈主簿,初然也是轿伞人役抬来,须臾就做了马嵬坡的杨贵妃。"②

第十五回描写了翰林徐九一不肯剃头,投河而死。又描写了明朝将官黄蜚、吴之葵等人,为反对苏州府颁布的剃发令而召集百姓,腰缠白布,火烧都堂察院、太守府堂,并殴死清将八大王:"白腰兵暗算他(笔者按:八大王),预用百余人在前,青衣拈香跪接,令他不疑;引入下新桥人家瓦房,两岸多处一齐动手,火把烧其坐船,枪刀瓦石乱下;又推桥上石栏干,压破其船,遂战死于下新桥水中,所部真满洲兵俱死焉。"③

第五十五回详尽地描写了顺治初年常熟民间服饰的演变过程:"民间服式,乃时王之制。明朝时,天下人自天子以至庶人,俱挽青丝髻,戴网巾。网巾之外乌纱帽,身穿圆领,腰系宝带,是士大夫立朝坐堂公服。其平日燕居与读书人,俱戴方巾,百姓则带圆帽。夏秋所用大顶综帽,每顶结他要工夫百余日,价银值五六两。至弘光朝,忽然改换低小如盔衬式样,名为'一把揸'。严子张(笔者按:严杙)为乡兵长时,见乡兵都戴一把揸,因分付道:'一把揸之名甚不相称,今后须要改口叫做"得胜帽"。'由是不论贵贱、文武、上下,人人都戴

---

① [清]无名氏编:《海角遗编》,《古本小说集成》据上海图书馆藏本影印,上海古籍出版社1992年版(下同),第29页。
② [清]无名氏编:《海角遗编》,《古本小说集成》本,第33—34页。
③ [清]无名氏编:《海角遗编》,《古本小说集成》本,第44页。

得胜帽。及至八九月间,清朝剃发之令新行,不许戴网巾,俱要留金钱小顶,从满洲装束。其凉篷子一时无办,竟取人家藤席藤椅之类,割成圆块,摺来权做凉帽,顶系红绒以为时式。暖帽值此大乱,貂狐不可得矣。即驴皮营帽,每顶价卖二三两,穷人算计,竟将黑狗黑猫之皮剥来,一样做成营帽,戴在头上,以应故事。满洲衣式样是圆领露颈、马蹄袖子,其有身虽穿满洲衣,而头犹戴一把揸者,号曰'吊杀圆鱼'。有头已戴满洲营帽,而身犹穿长领宽袖明朝衣服者,名曰'乡下'。满洲人虽时王之制,不敢不从,而风俗亦一大变更矣。"①从此段描写可见,顺治二年(1645)后常熟民间服饰已从满服了,反剃发易服的斗争基本上趋于尾声。

第五十七回描写了剃发与反剃发斗争危害百姓的现象:"清兵见未剃发者便杀,取头去作海贼首级请功,名曰'捉剃头'。海上兵见已剃发者便杀,拿头去做鞑子首级请功,号曰'看光头'。途中相遇,必大家回头,看颈之光与不光也。"②不剃发者为清兵所杀,剃发者又为海上兵所杀,这让百姓无所适从。这种反常现象的出现,也说明反剃发斗争开始走入歧途,已与之前反剃发斗争具有抗清性质不可同日而语了。

总之,《海角遗编》虽在文学性方面稍逊一筹,但较为真实地描写了以常熟为代表的江南地区反剃发易服的斗争过程,由激烈反抗,到改冠易服,再到病态反抗,终到彻底臣服。

《台湾外记》作为一部专门描写台湾郑氏政权抗清的长篇小说,反剃发斗争亦是着重描写的内容之一。如卷之二描写黄道周、郑为虹、傅冠坚决不肯剃发的故事:

(黄)道周至金陵,幽于禁城。既而改系尚膳监。诸当道与故知者,悉承贝勒意劝降。周曰:"吾既至此,手无寸铁,何曾不降?'劝者曰:'欲降须薙发!'周失惊曰:"君薙发了? 噫!幸是薙发国打来,即

---

① [清]无名氏编:《海角遗编》,《古本小说集成》本,第 166—167 页。
② [清]无名氏编:《海角遗编》,《古本小说集成》本,第 173 页。

薙发;若穿心国打来,汝肯同他穿心否?"劝者惭退,道周闭目。次日,见玉梅盛开,索被袜不得,怆然作诗四章,示诸子。洪承畴承贝勒命,亲诣尚膳监请见。道周喝曰:"青天白日,何见鬼耶? 松山之败,承畴全军覆没。先帝曾设御食十五,痛哭遥祭,死久矣! 尔辈见鬼,吾肯见鬼么?"遂闭目。①

郑为虹按浦城,百姓请降。虹曰:"不可"。再请,虹执决不可。众背虹献城,拥为虹见贝勒。令之跪,虹仰天大笑,不屈。贝勒嘉其从容节操,不忍害,劝其薙发。为虹曰:"负国不忠,辱身不孝,忠孝俱亏,生我何为? 宁求速死,发不可薙也。"明日复令见,责其输饷;虹曰:"清白吏何处得金?"百姓争欲代输,虹以民穷财尽答之。大骂,夺刀自刺胸膛见杀(虹字天生,江都人,癸未进士,百姓哀之,为立祠)。②

傅冠寄泰宁门人江亨龙家。龙子养源见示严切,劝冠薙发。冠不从。养源惧百口为冠累,遂将傅冠舁出。冠自如吟曰:"愤血已成空,往事空回首! 国难与家仇,永诀一杯酒。幻影落红尘,倏忽成今古。名义重如山,此身弃如土。"夜宿溪头,冠私起欲投渊,为守者觉而止。又次石牛关,欲抢头死,为送者拦护。过罗汉岭,见新坟,问舆者。曰:"忠诚伯周之藩墓。"下拜之,泣曰:"闻道延津簇羽骑,翠花飞越五云迷。汀州草色空迎辇,谁覆周郎裹革尸?"至汀,见李成栋。栋亲解其系,延之上坐。劝曰:"公大臣也,若遵制薙发,栋当保公攀麟曳尾。"冠诧曰:"自冠裳以来,曾有秃头宰相否?"栋曰:"公发种种与秃何异? 但稍加剃,以掩众目,便可报文。"冠厉声曰:"汝知千古有文文山乎? 我乡先进也。我头可断,而发不可薙也。"栋自是不复言。然礼待甚厚,饮食与共。③

---

① [清]江日昇:《台湾外记》卷之二,福建人民出版社1983年版,第68页。
② [清]江日昇:《台湾外记》卷之二,福建人民出版社1983年版,第74页。
③ [清]江日昇:《台湾外记》卷之二,福建人民出版社1983年版,第78—79页。

卷之四还描写了顺治十一年(1654)九月清廷官员叶成格、阿山二人往安平招抚郑成功,"成功请先开读诏书酌议,方肯薙发。成格与山欲成功先薙发,然后接诏。互争数日未定。二十二日,功以叶、阿无定见,再约二十五日面会确商。二十四日清晨,兵马悉撤,二大人不辞成功而回泉。功接报,笑曰:'忽焉而来,忽焉而去,举动乖张。但因一人在北,不得不暂作痴呆耳'。即差林候同渡舍尾后抵泉,请二大人示下,并送厚礼。成格坚欲先薙发方许接诏,未薙发,非臣也,焉肯轻出诏书?"①子承父志,郑经亦坚决不剃发。卷之六描写道:"(康熙八年纳兰明珠)令慕天颜、季佺同柯平、叶亨再往台湾,劝郑经遵制削发。经执不薙发。天颜曰:'贵藩乃遁迹荒居,非可与外国之宾臣者比。今既欣然称臣,又欲别其衣冠制度,此古来所未曾有。伏冀裁决一时,安享万世'!经曰:'朝鲜岂非箕子后乎? 士各有志,苟能如朝鲜例,则敢从议;若欲削发,至死不易'。天颜见其辞严切,遂辞回。"②卷之七描写道:"(康熙十四年六月)知府叶亨忖(黄)芳度有异志,借出城拜访,遁回海澄,度遂薙发据城。经接亨面启,继报芳度薙发据城,笑曰:'此贼自作之孽,死期近矣。我师有名也'。"③

剃发易服与反剃发易服之间的斗争,从清廷入关始,一直持续至康熙中期。这种满汉间的文化冲突,最后以汉族等民族完成剃发易服而告终。虽然形式上完成臣服,但是汉民族在内心深处的文化民族主义一直未曾消失,我们从晚清时期孙中山提出的"驱除鞑虏,恢复中华"即可以感受之。

三、清初的文字狱与遗民意识的曲折表达

清初满汉文化冲突另外一个重要方面即是清廷制造的诸多文字狱案。顺治期间的主要有僧函可《变纪》书稿案、毛重倬等坊刻制艺序案、黄毓祺、冯舒案、张缙彦诗序案、丁耀亢《续金瓶梅》案,康熙时期主要有庄氏《明史》案、邹

---

① [清]江日昇:《台湾外记》卷之四,福建人民出版社1983年版,第113—114页。
② [清]江日昇:《台湾外记》卷之六,福建人民出版社1983年版,第208页。
③ [清]江日昇:《台湾外记》卷之七,福建人民出版社1983年版,第239页。

漪刊刻《鹿樵纪闻》案、朱方旦私刻《中说补》《中质秘书》案、何之杰诗案、陈鹏年《重游虎丘》诗案、洪昇演《长生殿》之祸、孔尚任《桃花扇》案、戴名世《南山集》案等。其中，庄氏史案是清初影响最大的狱案之一。这一狱案的过程大致是这样的：顺治间湖州乌程人庄廷鑨购得"有良史才"①的朱国桢的《明史》未刻书稿，并聘诸多名士润色，增明末天启、崇祯遗事，更名为《明史辑要》。顺治十七年(1660)《明史辑要》在朱佑明的赞助下，以"清美堂"名义刊印。次年，湖州府学教授赵君宋状告庄氏之罪。庄氏史案始发。是时，前归安县令吴之荣购得一本《明史辑要》，以书中多违碍语，多次向庄氏敲诈未果，并于康熙元年(1662)进京状告。庄氏史案进一步升级。康熙二年(1663)刑部审讯定案。庄廷鑨父子戮尸，庄廷鑨弟庄廷钺、朱佑明、作序人李令晰、14名参订者等皆凌迟处死，庄、朱两家15岁以上者斩决，刻书、印书、订书、送板、卖书、买书者俱斩，甚至当地学官亦遭株连。关于庄氏史案祸及人数，学界有不同说法，"通常说有72人斩决，其中凌迟处死者18人，妻妾儿孙及子侄15岁以下被流徙者数百人。恐怕实际数字要比这多得多"②。《中国禁书简史》则认为："据当时担任浙江按察使的法若真事后说，由于庄史案而被祸的有七百家，那么，被杀的人至少在一千人左右，被发配的又不知多少！"③我们在此姑且不论庄氏史案所涉人员的具体数字，但这种禁毁与屠杀显然是灭国去史的表现，诚如龚自珍言："灭人之国，必先去其史。隳人之枋，败人之纲纪，必先去其史。绝人之材，湮塞人之教，必先去其史。夷人之祖宗，必先去其史。"④由此可见，清廷禁毁明史的指向性极为遥深与狠毒。

　　胡奇光《中国文祸史》总结清初顺康时期的文字狱主要有三个特点："首

---

①　[清]傅以礼辑：《庄氏史案本末》，《四库未收书辑刊》玖辑肆册，北京出版社2000年影印本，第153页。

②　胡奇光：《中国文祸史》，上海人民出版社1993年版，第127页。

③　陈正宏、谈蓓芳：《中国禁书简史》，学林出版社2004年版，第198页。

④　[清]龚自珍：《定庵续集》卷二《古史钩沉论二》，《清代诗文集汇编》第573册，上海古籍出版社2010年影印本，第454页上。

先是记述明代及南明事迹的史案","其次,是与清初正闰之争有关的文字狱","复次,是有文字违碍的诗文案"①。清初遗民小说在内容上亦涉及上述三方面,有些小说作家为避免触及文网,在叙事上往往采用以古喻今、以物喻人、意象寓意等方式,曲折表达自己内心的遗民情怀。

(一)借历史以喻今

这种叙事方式主要是指清初遗民小说以一定历史时期为背景,含沙影射明末清初的社会现实,曲折表达自己的遗民情怀。笔者发现主要有三个时期的历史背景,即安史之乱、宋金对峙、靖难之役。

1. 安史之乱背景中的现实关照。《隋唐演义》在描写安史之乱时,较为突出地描写了两方面的内容,一方面是安禄山的"塞外蛮奴""营州夷种"的出身及其对唐王朝造成的毁灭性的破坏,另一方面是反抗安史之乱的英雄人物,如雷海青、颜杲卿等。这种突出描写无疑让读者联想到清兵的入侵及各地激烈的抗清斗争。

2. 宋金对峙背景中的明亡清兴。以宋金对峙为历史背景的章回体小说共有三部,包括《续金瓶梅》《后水浒传》《水浒后传》。其中,《续金瓶梅》具有一定的代表性。它总结了北宋灭亡的主要原因有帝王昏庸、奸臣当道、党争不断、边将投敌,描写了降金者,如苗青、蒋竹山等人的可耻下场。这些与明亡的原因何其相似,与清初的现实何其相似。但是,作家似乎并不满足于此,还故意在小说中出现了锦衣卫、鱼皮国等明朝特有词汇。这在一定程度上暗示读者,作者是在借宋金对峙之名,写明末清初之实。不过,小说作家在叙写过程中已不再使用"虏""酋""奴"等蔑称字眼,而改为"金人""金兵""金主"等中性称谓。

3. 靖难之役背景中的正闰之争。以靖难之役为背景的章回体小说共有两部,即《续英烈传》与《女仙外史》。这两部小说反映的突出问题是正闰之争,亦

---

① 胡奇光:《中国文祸史》,上海人民出版社1993年版,第125—126页。

即朱允炆与朱棣谁为正朔之争。显然,两部小说均倾向于朱允炆为正朔。其中,《女仙外史》最具代表性。小说开篇即将朱棣设置为天狼星下凡,接下来的唐赛儿起义即是维护建文正统,最后朱棣亡故,建文归国,被封"太上老佛"。同时,小说通篇叙事不用永乐年号而用建文年号。这一系故事情节的设置与叙事方式,明显是对篡国者的不满,明显是对大清夺取大明政权的不满。

总之,以古喻今是古代文学传统的情感表达方式,而清初遗民小说作家面对越织越密的文网,试图将这种传统方式恰当地运用于小说创作之中,目的是既想避免触及统治者的敏感神经,又想表达自己内心的遗民情愫。然后,即使如此小心谨慎,有些作家还是逃脱不了牢狱之灾,如《续金瓶梅》案中的丁耀亢。

(二)借志怪以喻人

这种叙事方式主要指清初遗民小说作家通过赋予动物以忠、孝、节、义等品质来反映明末清初的社会现实,表达自己的遗民情怀。

1. 借动物的忠义暗讽降清者。如宋曹《义猴传》描写了一只忠义之猴,对主人不离不弃。主人老且病,猴乞食以养;主人亡故,猴悲痛旋绕;主人入葬,猴乞钱购棺以葬。最后,在主人坟前,义猴长啼数声,赴烈焰中死。张潮评点曰:"有功世道之文,如读《徐阿寄传》。"①张潮此处评点除指此篇小说具有一

---

① [清]张潮辑:《虞初新志》卷一,《古本小说集成》据上海图书馆藏康熙刻本影印,上海古籍出版社 1994 年影印本(下同),第 42 页。笔者按:据石昌渝主编《中国古代小说书目》(文言卷)"阿寄传"条著录,此小说为明末田汝成所撰,"现有《续说郛》《五朝小说大观》本等。传叙淳安徐氏三兄弟分家,仆阿寄年五十余,被视为废物分给老三的寡妇。阿寄以寡妇簪珥之资十二两,二十年间为主妇致产数万金,并为寡妇嫁三女,婚两郎,又延师教两郎,使寡妇财雄一邑。死后主人检其私箧,则无寸丝粒粟之储。……《明史》《浙江通志》《严州府志》等均据以立传。《鸿书》卷三八五伦部引《耳谈》之'阿寄',亦记此事。冯梦龙又据以演为《醒世恒言·徐老仆义愤成家》的正文本事。李渔《无声戏》第十一回《儿孙弃骸骨奴仆奔丧》亦点缀其事,无名氏《万倍利》传奇,亦写此事。"(山西教育出版社 2004 年版,第 1 页)另,李贽《焚书》卷五《阿寄传》载有其事,并论曰:"奴与主何亲也?奴于书何尝识一字也?是故吾独于奴焉三叹,是故不敢名之为奴,而直曰我以上人。且不但我以上人也,彼其视我正如奴焉。何也?彼之所为,我实不能也。"(中华书局 2009 年第 2 版,第 223 页)

般性的教化意义外,笔者还认为其在一定程度上暗讽那些投靠清廷的士人。又如王猷定《义虎记》描写了一只老虎知恩投报的故事。王猷定评曰:"余闻唐时有邑人郑兴者,以孝义闻,遂以名其县。今亭复以虎名,然则山川之气,固独钟于此邑欤? 世往往以杀人之事归狱猛兽,闻义虎之说,其亦知所愧哉?"①张潮评点曰:"人往往以虎为凶暴之兽,今观此记,乃知世间尚有义虎,人而不知,此余所以有《养虎行》之作也。"②张潮所云"世间尚有义虎,人而不知",在清初的社会现实中,确实具有不同一般的寓意。

2. 借动物的节孝歌颂忠明者。陈鼎《烈狐传》描写了一位狐女,在国变时乱兵欲污之,自刭而死。作者论曰:"狐,淫兽也,以淫媚人,死于狐者,不知其几矣。乃是狐竟能以节死! 呜呼! 可与贞白女子争烈矣!"③张潮评点曰:"葛翁肯与联姻,亦非寻常可及。狐之以烈报之固宜。"④无论是陈鼎的热情歌颂,还是张潮的独到评点,烈狐故事出现在国变时期,都是明确告诉读者,其节烈行为是有寓意的。

(三)借意象以寓意

这种叙事方式主要是指清初遗民小说作家通过一定的意象,来曲折表达自己的遗民意识,主要表现在以下几个方面。

1. 塑造明遗民的精神家园。如陈忱《水浒后传》中的"暹罗国"、黄周星《将就园记》中的"将就园"等。我们知道,暹罗国是李俊率领梁山好汉于海外所建国度。学界一般认为,暹罗国是指当时在台湾的郑氏政权,亦是明遗民反清复明的精神寄托。后文将有详论,在此不作赘述。笔者在此着重讨论明遗民黄周星塑造的将就园。据黄周星《仙壥纪略》载:"余之将就两园,经始于庚

---

① [清]张潮辑:《虞初新志》卷四,《古本小说集成》本,第146—147页。
② [清]张潮辑:《虞初新志》卷四,《古本小说集成》本,第147页。
③ [清]张潮辑:《虞初新志》卷十,《古本小说集成》本,第489页。
④ [清]张潮辑:《虞初新志》卷十,《古本小说集成》本,第489页。

戍之冬,落成于甲寅之春。颇自谓惨淡经营,部署不俗。然亦不过墨庄幻景,聊以自娱耳。"①从上述记载,我们知道将就园始建于康熙九年庚戍(1670),落成于康熙十三年甲寅(1674),前后长达四年之久。将就园分为将园与就园两个部分,分别靠近将山与就山,且各有十胜之景。其实,此园亦是黄周星多年梦想的实现,正如其在《将就园》中所言:"盖吾自有生以来,求之数十年而后得之,未易为世人道也。"至于将就园之名的由来及其内涵,张潮(笔者按:心斋居士)作跋语称:"九烟(笔者按:黄周星字)先生以《将就园记》示余。将就云者,盖自谦其草率苟简云耳。余笑谓之曰:'公此园殊不将就。及览乩仙事,乃知不惟不将就而已,且大费彼苍物料。公其谓之何? 夫世人之园经营惨淡,乃未久而即废为邱墟。孰若先生此园,竟与天地相终始乎?'"②从张潮的评点及黄周星的自述,以及清初明遗民的生活状态,我们可以看出,黄周星苦心经营的幻想园,实际上寄托了明遗民逃避现实的无奈的精神归宿。

2.喻指明末清初的社会现实。徐芳的《换心记》最具代表性。它描述了一位进士在换心前,愚钝不堪,"性奇僿,咿唔十数载,寻常书卷,都不能辨句读"③,而得一金甲神换心后,"胸次开朗","师叩以所授书,辄能记诵","敏颖大著,不数岁,补邑诸生。又数岁,联捷成进士"④。这里的"心"明显是一种意象,意指时人的愚钝之心,需要借助神力来开启,亦是间接批判明末清初时期世风日下、人心不古的社会现实。正如篇末作者所论曰:"或曰:'今天下之心,可换者多矣,安得一一捽其胸剖之,易其残者而使仁,易其污者而使廉,易其奸回邪佞者而使忠厚正直?'愚山子曰:'若是,神之斧日不暇给矣! 且今天

---

① 黄周星:《仙乩纪略》,《将就园》附录,《丛书集成续编》第91册,新文丰出版公司1989年影印世楷堂藏版《昭代丛书》(下同),第89页。

② 张潮跋语:《将就园》附录,《丛书集成续编》第91册,新文丰出版公司1989年影印本,第90页。

③ [清]张潮辑:《虞初新志》卷五,《古本小说集成》本,第197页。

④ [清]张潮辑:《虞初新志》卷五,《古本小说集成》本,第199页。

下之心皆是矣,又安所得仁者廉者忠若直者而纳之,而因易之哉?'"①张潮亦评点曰:"有形之心能不换,无形之心未尝不可换。人果肯换其无形者,安知不又有神焉并其有形者而换之耶? 则谓进士公为自换其心也可。"②

3. 暗喻清廷侵掠华夏。如《女仙外史》中的天狼星。天狼星在正史《天文志》中多指"主侵掠"③之星,在文学作品中则多喻指侵掠华夏之外族,如苏轼《江城子·老夫聊发少年狂》中的"西北望,射天狼"④,明显是指侵扰北宋西北边疆的西夏族。《女仙外史》在开篇中即使用这一耳熟能详的典故,除暗指朱棣将要篡国之本质外,还在一定程度上也喻指清廷的对华夏的入侵。

总之,随着清廷统治的日益巩固,清廷在思想控制方面亦越来越严,文网亦越织越密。面对这种情况,有些清初遗民小说作家只能选择内涵丰富的意象,来曲折表达自己的遗民情怀。

综上所述,满汉间的文化冲突,既有其源远流长的文化民族主义因素,又有明清易代的时代特色。这种蕴含历史与现实的文化因素,无疑对包括清初遗民小说在内的遗民文学产生深远影响。

第三节　清初遗民小说生成的史学情结

史学情结是古代士人最为浓郁的人文情怀之一,所谓"以古为鉴,可以知兴替"⑤也,其深层次原因在于祖先崇拜。故史学在古代具有极其重要的地

---

① 〔清〕张潮辑:《虞初新志》卷五,《古本小说集成》本,第200页。
② 〔清〕张潮辑:《虞初新志》卷五,《古本小说集成》本,第200页。
③ 〔唐〕房玄龄等:《晋书》卷十一《志第一·天文上》,中华书局1974年版,第306页。
④ 邹同庆、王宗堂:《苏轼词编年校注》之"熙宁八年乙卯(一○七五)",中华书局2002年版,第147页。
⑤ 〔宋〕欧阳修、宋祁撰:《新唐书》卷九十七《魏徵列传》:"帝后临朝叹曰:'以铜为鉴,可正衣冠;以古为鉴,可知兴替;以人为鉴,可明得失。……'"(中华书局1975年版,第3880页)〔后晋〕刘昫等撰:《旧唐书》卷七十一《魏徵列传》:"(帝)尝临朝谓侍臣曰:'夫以铜为镜,可以正衣冠;以古为镜,可以知兴替;以人为镜,可以明得失。……'"(中华书局1975年版,第2561页)

位，"古之王者世有史官，君举必书，所以慎言行，昭法式也。左史记言，右史记事，事为《春秋》，言为《尚书》，帝王靡不同之"①。这种浓郁的史学情怀又形成中国古代特定的叙述范式，所谓"古文必推叙事，叙事实出史学"②。而古代小说又是这种叙事范式的代表，自然与史学关系密不可分。如干宝《搜神记》"足以发明神道之不诬"③。刘义庆《世说新语》"差不多就可以看做一部名士底教科书"④。唐传奇则"文备众体，可以见史才、诗笔、议论"⑤。宋元时讲史话本敷演的无不是朝代更替、争战兴废。明清时的历史演义小说往往是"据正史，采小说，证文辞，通好尚"⑥而作；神魔小说则常常是以"感盘古开辟，三皇治世，五帝定伦，世界之间，遂分为四大部洲"⑦开篇；英雄传奇小说亦多在篇首感叹自己的历史观："试看书林隐处，几多俊逸儒流。虚名薄利不关愁，裁冰及剪雪，谈笑看吴钩。评议前王并后帝，分真伪占据中州，七雄扰扰乱春秋。兴亡如脆柳，身类虚舟。"⑧世情小说亦多以历史人物或神话传说开篇，如《金瓶梅》即以吕洞宾"救拔四部洲沉苦"开篇，《红楼梦》以女娲补天神话开始。

清初遗民小说作为特定时期的叙事文学，其特定的史学情结又是其生成

---

① ［汉］班固：《汉书》卷三十《艺文志第十》，中华书局1962年版，第1715页。

② ［清］章学诚著，仓修良编：《文史通义新编·上朱大司马论文》，上海古籍出版社1993年版，第637页。

③ ［晋］干宝：《搜神记序》，《汉魏六朝笔记小说大观》，上海古籍出版社1999年版，第277页。笔者按，［唐］房玄龄等《晋书》卷八十二《干宝列传》："及其著述，亦足以明神道之不诬也。"（中华书局1974年版，第2151页）

④ 鲁迅：《中国小说的历史的变迁》第二讲《六朝之志怪与志人》，《鲁迅全集》第九卷，人民文学出版社1981年版，第309页。

⑤ ［宋］赵彦卫：《云麓漫钞》卷八，中华书局1996年版，第135页。

⑥ ［明］高儒：《百川书志》卷六，《续修四库全书》第919册，上海古籍出版社1995—2002年影印本，第361页。

⑦ ［明］华阳洞天主人校：《新刻出像官板大字西游记》第一回，《古本小说集成》据金陵世德堂本影印，上海古籍出版社1994年版，第3页。

⑧ ［明］施耐庵著，［清］金圣叹评点：《第五才子书施耐庵水浒传》卷之五之《圣叹外书》，《古本小说集成》据中华书局1975年影印金阊叶瑶池梓行"贯华堂古本"影印，上海古籍出版社1994年版，第1页。

的重要原因,值得我们去探讨。

一、明亡之思的史家情怀

明末清初是史家著史的繁荣时期,特别是明亡后,私家修史更加突出,据阚红柳粗略统计,仅维护明王朝的史家群体即约133人①。这些史家所著史书总体上可分为四类:一是明史(包括南明史)的修纂,如孙逢奇《甲申大难录》、傅维鳞《明书》、吴伟业《绥寇纪略》、钱𫗧《甲申传信录》、谈迁《国榷》、张岱《石匮书》与《石匮书后集》、谷应泰《明史纪事本末》、王夫之《永历实录》、庄廷鑨《明史钞略》、计六奇《明季北略》与《明季南略》、查继佐《罪惟录》、温睿临《南疆逸史》、文秉《烈皇小识》与《先拨志始》等;二是舆地方志,如顾炎武《肇域志》与《天下郡国利病书》、顾祖禹《读史方舆纪要》等;三是古史修纂、注释,如马骕《绎史》与《左传事纬》、高士奇《左传纪事本末》、吴任臣《十国春秋》、李清《南北史合注》《南唐书合订》与《诸史同异》等;四是史表修补,如万斯同的《历代史表》等。

上述四类史书中以明史修纂的数量最为庞大,也最能体现史家的明亡之思的修史动机。明朝的灭亡,对于明末士人犹如天崩地解、神州陆沉,于是他们抱持"国可亡,而史不可灭"②的信念,纷纷著史。在著史的过程中,最为重要的是对明亡原因的总结。有将明亡归咎于崇祯帝者,如锁绿山人在《明亡述略·序》中言:"庄烈帝勇于求治,自异前此亡国之君。然承神宗、熹宗之失德,又好自用,无知人之识。君子修身齐家,宜防好恶之辟,而况平天下者乎?

---

① 阚红柳:《清初私家修史状况研究》,《辽宁大学学报》(哲学社会科学版)2005 年第4 期。

② 陈寅恪《吾国学术之现状及清华之职责》:"昔元裕之、危太朴、钱受之、万季野诸人,其品格之隆污,学术之歧异,不可以一概论;然其心意中有一共同观念,即国可亡,而史不可灭。"(《陈寅恪集·金明馆丛稿二编》,三联书店 2001 年版,第 362 页)另外,瞿共美《东明闻见录》逸史氏曰:"国可灭,史不可灭。"(王钟翰主编:《四库禁毁书丛刊》史部第 19 册,北京出版社 2000年版,第 682 页)黄宗羲《弘光实录钞叙》亦称:"国史既亡,则野史即国史也。"(顾廷龙主编:《续修四库全书》第 367 册,上海古籍出版社 1995—2002 年版,第 367 页)

虽当时无流贼之蹂躏海内,而明之亡也决矣。"①有将明亡归咎于党争者,如文秉在《先拨志始小序》中认为东林与阉党的门户之争导致了"四维不张,国乃灭亡"②。有将明亡归于农民起义者,如李确在《平寇志·序》中言:"彼闯、献,特盗之魁耳,逞凶残之性,恣狡猾之谋,所过之地,积骸如阜,流血如渠,自书契以来,生灵之涂炭,未有如斯之酷烈者也。卒乃神州陆沉,铜驼荆棘,遂使忠臣志士徒抱杞国之忧,良足悲矣!"③有认为明廷不亡于"甲申"而亡于"乙酉"者,如自称江上外史的笪重光称:"甲乙史何为而作也?曰甲乙者,明宗社存亡之一大机关也。是故明非亡乎甲申而实亡乎乙酉,使明之福王励精图治,发愤为雄,亲君子,远小人,时事尤大可为也。奈何任马阮之奸,有史可法而不能专任,有黄得功而置之非其地,则刘良佐、刘泽清皆贼智复萌,高杰勇而无谋,左良玉狂而跋扈,以土崩瓦解,卒不免芜湖被执,为天下笑。后此者即有唐、桂诸君,险阻无可据,兵甲不足凭,奔走流离,不复成为国。是故论明事者,甲乙以后,亦不必论,无足筹矣。元之亡也,有《庚申外史》,福王求为庚申君而不得。嗟乎,虽曰天运,岂非人事哉!"④还有从明廷制度的角度来探寻明亡的原因,如查继佐在《罪惟录》卷一《帝纪总论》中称:"外戚优逸,唑致困穷,兵权过操,专阃不力。""宦官无制,黜陟不关铨部。""激为朋党,国脉大伤。""两以叔父凌嫡而善败","易诸一见,未免伤心;废后四见,颇累盛德。"⑤等等。种种原因,不一而足,但都体现了史家对大明王朝近三百年基业毁于一旦的反思。

除总结明亡原因外,清初史家还注重为死节之士作传,弘扬其抗争精神,

---

① 　[清]锁绿山人:《明亡述略·序》,《台湾文献史料丛刊》第五辑(94),大通书局2000年版。

② 　[清]文秉:《先拨志始小序》,《丛书集成初编》第3969册,中华书局1985年版。

③ 　[清]李确:《平寇志·序》,[清]彭孙贻辑《平寇志》,上海古籍出版社1984年版。

④ 　[清]江上外史(笪重光):《甲乙史·自序》,程氏餐秀簃1941年影印本。

⑤ 　[清]查继佐:《罪惟录》卷一《帝纪总论》,《续修四库全书》第321册,上海古籍出版社1995—2002年版,第15页。

特别是明清之际那些为维护明王朝统治而英勇就义者,包括那些与农民军、清军等抗争而就义者。笔者在此仅以张岱《石匮书后集》为例。此书专辟有《流寇死事诸臣列传》(第十四卷)、《流寇死战诸臣列传》(第十六卷)、《甲申殉难列传》(第二十卷)、《乡绅死义列传》(第二十三卷)、《死义诸臣列传》(第二十八卷)、《乙酉殉难列传》(第三十二卷)、《江南死义列传》(第三十四卷)、《丙戌殉难列传》(第三十九卷)、《江右死义列传》(第四十六卷)、《两广死义列传》(第四十九卷)、《辛卯殉难烈传》(第五十卷)等。张岱在这些人物传记里饱含深情地赞扬了那些抗击或不屈于农民军与清军而牺牲者,如赞扬周遇吉等人道:"凡见有贼至,则撄城以守,城破则巷战以殁,如周遇吉、朱三乐之辈。生为虎将,死为国殇。非古今为将之道哉?"[1]又赞扬那些不屈于清廷而殉国者道:"杀身殉国,如王武宁、张永丰。其精忠侠烈,与张世杰之在崖山,文文山之在柴市,何足多让! 而其次如曹学佺、袁继咸辈,在籍在官,成仁取义,尚有多人,亦足以见我高皇帝三百年深仁厚泽之所贻,烈皇帝十七年宵衣旰食之所报矣。"[2]史家在褒扬义士的同时,也饱含了自己深深的亡国之痛。

我们知道,清初史家在私修明史时,着重突出的是总结明亡原因、褒扬抗争义士等。在这种修史的氛围中,清初遗民小说也突出了史家这两方面内容。清初遗民小说在总结明亡原因时,如同清初史家一样,涉及君主昏庸、阉党专权、农民起义、清军入侵等诸多方面,详见第三章第一节。笔者在此仅以农民起义为例作具体分析。《剿闯小说》《新世弘勋》《樵史通俗演义》《铁冠图》等"清初剿闯小说"较为全面地描写了明末农民起义的发生、发展、失败的过程。但是,这些小说似乎并不仅仅停留在农民起义本身的描写上,而是将笔触伸向

---

① [清]张岱:《石匮书后集》第十六卷《流寇死战诸臣列传·总论》,中华书局1959年版,第121页。

② [清]张岱:《石匮书后集》第三十九卷《丙戌殉难列传·总论》,中华书局1959年版,第234页。

农民起义发生、发展原因的探寻上。如李岩投闯事件，"清初剿闯小说"均有描写，其中《剿闯小说》《樵史通俗演义》的描写更能反映明末的现实，即当时灾荒连年、饥民成群，而明廷却在处理饥荒上没有行之有效的措施，最后导致李岩率领饥民投奔李自成，从而壮大了农民军的声势。这实际上告诉读者，农民起义的始作俑者为朝廷官员。对于这一原因的总结，史家亦有类似表述，如吴殳即谓明末农民起义为"朝廷……成就之者"，并列出四十三条原因，其中第一点就指出，"戊辰（笔者按：崇祯元年，1628）、己巳（笔者按：崇祯二年，1629），饥民而已，诛其渠帅，赈其胁从，事可一挥而定"①。李确亦指出，"夫群盗发难之初，不过因饥无食，抄掠为生已耳。此时为官吏者，开仓粟以赈之，讲荒政以活之，诛其首恶，赦厥胁从，不逾时，可渐渐解散也"②。再如张献忠谷城再反事件，《樵史通俗演义》第二十八回描写道：

> 那熊文灿信了张献忠是真降，用为心腹。高杰先去投他，他就引见了熊总督，把高杰也留充守备之职，岂知张献忠绰号八大王，流贼里第一个英雄，怎肯甘心伏小做参将，反听总兵官节制？八月间，把官兵营里军器火药，衣甲钱粮，尽数装载，杀入湖广地方去了。黄州府蕲州、麻城县一带地方，处处受兵，人人被劫。聚众只三月，已有十万，声势汹涌，比李自成更狠。报入京师，崇祯大怒。十二年己卯岁十二月，差校尉把熊文灿拿了，解到北京，发在刑部大牢里，等待差官究问。③

这段描写实际上告诉我们，熊文灿招抚张献忠在当时是一个致命的错误，诚如吴殳言："献贼之降，治乱之大关也。降而不反，诸贼以次消亡，降而复反，诸贼乘风愈炽。然反与不反，不在降者，而在受降者之处分。……（熊）文

---

① ［清］吴殳：《怀陵流寇始终录·流贼亡明节目》，［清］戴笠：《怀陵流寇始终录》，辽沈书社 1993 年版，第 1 页。
② ［清］李确：《平寇志·序》，［清］彭贻孙辑：《平寇志》，上海古籍出版社 1984 年版，第 1 页。
③ ［清］江左樵子编辑：《樵史通俗演义》，《古本小说集成》本，第 506—507 页。

灿以岭南故智黮取贼资,激成大祸。"①总之,清初遗民小说在描写农民起义时,能够挖掘导致农民起义发生、发展的深层次原因,甚至出现了与史家有惊人的相似之处。这亦可进一步说明小说作家在以文学的方式探寻明亡原因时,在一定程度上达到史家的水平,实为难能可贵。

清初遗民小说表现明亡之思的另外一个重要方面即是为那些明末清初的义士作传。这在文言传记小说中表现得特别突出。这些传记小说中的传主主要包括三类:一是抗击阉党者,如李焕章的《宋连璧传》、吴肃公的《五人传》、陆次云的《广德州守赵使君传》等;二是抗击农民军者,如李焕章的《周夫人传》、毛先舒的《汝州从事顾翊明公传》及《蕲尉杨公存吾传》、顾景星的《李新传》、周亮工的《张林宗先生传》、毛奇龄的《沈云英》、汪琬的《刘淑英传》、康乃心的《孙将军传》、王源的《诸天祐传》等;三是抗击清军者,如冯班的《海虞三义传》、钱澄之的《闽粤死事偶纪》、周亮工的《书戚三郎事》、汪琬的《江天一传》等。另外,陈贞慧的《山阳录》、王炜的《嗒史》、吴肃公的《阐义》等小说集亦多有上述三类人物传记,在此不一一列举。小说作家在为这些义士作传时,犹如清初史家一样,饱含着自己的深厚情感与崇高敬意,如毛先舒在为顾翊明作传后论曰:"流寇之为祸酷矣。所至隳名城,戮豪俊,以丞相赐剑专征,未易驱灭,况公乎?公一小吏,改官蹰戚以去,全躯保妻子,无足讪者。乃抗节不顾身,与城俱亡,虽谓死社稷臣,篾加焉。"②又如汪琬为江天一作传后赞曰:"方胜国之末,新安士大夫死忠者,有汪公伟、凌公骃与金事公三人,而天一独以诸生殉国。"③除此之外,小说作家还将史家视野以外的人物纳入作传范围,如《嗒史》中的蒋龙冈、《阐义》卷一"义民"中的萧伦、卷二"义客"中的刘启光

---

① 〔清〕吴殳:《怀陵流寇始终录·流贼亡明节目》,〔清〕戴笠:《怀陵流寇始终录》,辽沈书社 1993 年版,第 4 页。

② 〔清〕毛先舒:《汝州从事顾翊明公传》,〔清〕黄承曾辑:《广虞初新志》卷三十七,柯愈春编纂:《说海》(五),人民日报出版社 1997 年版,第 1532 页。

③ 〔清〕汪琬:《江天一传》,〔清〕郑醒愚辑:《虞初续志》卷二,中国书店 1986 年影印本,第 15 页。

等,而这些人物大多为草根阶层。这一方面显示了小说作家的草根意识,另一方面也表明了小说作家的补史思想。

总之,清初遗民小说作家在表现明亡之思时,既有与史家相共同的地方,如总结明亡原因、为义士作传等,又有超出史家的地方,如为草根阶层作传等。

二、补史之阙的史家责任

清初史家在私修明史时,有一个重要目的,那就是避免有明一代的历史湮没失传。如姚宗典《存是录·自序》言:"《存是录》者,存其是而其非即附著焉。若国家大事之是非不明于天下,何以为殷鉴哉！况国既亡矣,万历以后,文献不足征矣,百世而下,讨究失实,宗典有隐痛焉。"①又如陈鼎《东林列传·自序》言:"余惧史之失传也,乃囊笔奔走海内,舟车所通足迹皆至,计二十余年,廉访死难死事忠臣义士,得四千六百余人,节妇列女在外,择其事实。作忠烈传六十余卷。"②

与史家存史目的相似的是,清初遗民小说家在创作历史小说时有一个重要目的,那就是补史之缺。有自称小说为野史稗乘者,如七峰樵道人在《海角遗编序》中言:"此编只记常熟福山自四月至九月半载实事,皆据见闻最著者敷衍成回,其余邻县并各乡镇异变颇多,然只得之传闻者,仅仅记述,不敢多赘。后之考国史者,不过曰:'某月破常熟,某月定福山。'其间人事反复,祸乱相寻,岂能悉数而论列之哉！故虽事或无关国计,或不遗重轻者,皆具载之,以仿佛于野史稗官之遗意云耳。"③又如江左樵子在《樵史序》中言:"樵子日存山中,量晴较雨,或亦负薪行歌。每每晴则故人相过,携酒相慰劳;雨则闭门却

---

① [明]姚宗典:《存是录·自序》,《明清史料汇编》(沈云龙选辑)(5)初集第五册,文海出版社1967年版,第2149页。

② [清]陈鼎:《东林列传·自序》,《明代传记丛刊》(周骏富辑)第5册学林类3,明文书局1991年影印本,第1页。

③ [清]七峰樵道人:《海角遗编序》,[清]无名氏编:《海角遗编》,《古本小说集成》本,第1页。

扫,昂首看天。一切世情之厚薄,人事之得丧,仕路之升沉,非樵子之所敢知,况敢问时代之兴废哉。然樵子颇识字,闲则取《颂天胪笔》《酌中志略》《寇营纪略》《甲甲纪事》等书,销其岁月。或悄焉以悲,或戚焉以哀,或勃焉以忠,或抚焉以惜,竟失其喜乐之两情。久而樵之以成野史。"①有称补正史之缺者,如林翰在《隋唐演义·原序》中言:"后之君子能体予此意,以是编为正史之补,勿第以稗官野乘目之,是盖予以至愿也夫。"②还有称"字字实录"、备助修史者,如《樵史通俗演义》第二十七回末评曰:"此回事事摭实。高闯一段传闻甚确,特为拈出,以备正考。"③第三十四回末评曰:"字字实录,可为正史作津筏。"④等等。

演义小说应"以俗近语,隐括成编……羽翼信史而不违"⑤。这在明代小说批评家那里几乎已达成了共识。而明清鼎革之际,这种"羽翼信史"的情况出现了很大的变化。面对重大事件层出不穷地出现,史家与小说家几乎不约而同地拿起手中之笔,记录与描写着当下发生的事件。所以,这一时期描写时事的小说或无信史可以依傍,或即使有史料记载,但小说并无借鉴,如王恭厂火灾在《樵史通俗演义》第十一回中有描写,在明人王在晋《三朝辽事实录》中亦有记载,孟森对比二者后称:"此则(笔者按:指引《三朝辽事实录》文)时人皆述怪异,与本书(笔者按:指《樵史通俗演义》)相出入也。"⑥又如《台湾外记》亦颇具史料价值,除有些因传闻失误而与史实不符外,其他的均与史料记载基本相同,诚如陈碧笙在《台湾外记·校点说明》中称:"我曾将《台湾外记》

---

① [清]江左樵子:《樵史序》,[清]江左樵子编辑:《樵史通俗演义》,《古本小说集成》本,第1—4页。

② [清]林翰:《隋唐演义·原序》,[清]褚人获:《隋唐演义》,《古本小说集成》本。

③ [清]江左樵子编辑:《樵史通俗演义》,《古本小说集成》本,第490页。

④ [清]江左樵子编辑:《樵史通俗演义》,《古本小说集成》本,第628页。

⑤ [明]修髯子:《三国志通俗演义引》,[明]罗贯中编次:《三国志通俗演义》,《古本小说集成》据嘉靖本影印,上海古籍出版社1993年版。

⑥ 孟森:《重印樵史通俗演义序》,[清]江左樵子编辑,钱江拗生批点,史愚校点:《樵史通俗演义》附录,人民文学出版社1989年版,第314页。

与《先王实录》从头到尾校勘一遍,发现从永历三年九月王起俸投降到永历十五年二月一日祭江复台,前后所记各次大小战役以及友军之联系、士卒之挑练、提镇之任免、粮饷之搜集等近一百七八十起事件中,不论人名、时间、地点,过程,几乎完全相同。"又称:"本书的后半也曾和阮旻锡《海上见闻录》、夏琳《海纪辑要》、郑亦邹《郑成功传》、施琅《靖海纪事》、姚启圣《忧畏轩奏疏》、杨捷《平闽记》等进行互校,基本上也是大同小异。"①另外,在清初时期,甚至出现史书借鉴小说的现象,如《明季北略》《明季南略》等史书对《剿闯小说》《樵史通俗演义》《新世弘勋》等时事小说多有采录。② 由此可见,清初遗民小说,特别是描写时事的小说,不仅是一般意义上的补史之缺,甚至成为史书的材料来源。

三、遗民传记的史家笔法

据谢正光等《明遗民传记资料索引》与《明遗民录汇辑》著录,明遗民计有2000 余人。清初遗民小说以明遗民为主要描写对象的传记小说共有 31 篇,涉及近 40 位明遗民。虽然从数量上说,小说涉及的明遗民有点微不足道,但他们在一定程度上代表了明遗民的大多数,特别是代表了他们在明末清初时期的生活状态。清初遗民小说在纪录这些明遗民的生活状态时,多采用纪传体的史家笔法。这种史家笔法主要包括以下几个方面:

（一）以史家的视角窥视传主的一生

我们知道,《史记》开创了纪传体史书的先河,其人物传记主要有本纪、世家、列传,后世的正史大多只保留了本纪与列传。史家在为传主作传时,常常在开篇位置简介传主的家庭或家族概况,接着是详细叙述传主一生的主要事

---

① 陈碧笙:《台湾外记·校点说明》,[清]江日昇:《台湾外记》,福建人民出版社 1983 年版,第 2 页。
② 参见张平仁:《〈明季北略〉、〈明季南略〉对时事小说的采录》,《文献》2004 年第 3 期。

迹。后世的传记文学,特别是传记小说,大多采用这种叙事手法。与其他传记小说不同的是,清初遗民传记小说中的传主基本上都是实有其人,而非虚构人物。故此,清初遗民传记小说更接近史家的叙事手法。笔者在此仅以魏禧的《姜贞毅先生传》为例以说明之。

以《史记》为代表的纪传体史书为历史人物立传,常常在开篇的位置简介其姓、名、字、号、籍贯及家族状况等。如《项羽本纪》开篇载:"项籍者,下相人也,字羽。初起时,年二十四。其季父项梁,梁父即楚将项燕,为秦将王翦所戮者也。项氏世世为楚将,封于项,故姓项氏。"①我们再看小说的开篇:"公名垾,姓姜氏,字如农,山东莱阳人也。高祖淮,以御寇功拜怀远将军。父泻里,诸生。崇祯癸未,北兵破莱阳,泻里守城死,幼子、三子妇、一女皆殉节。事闻,赠泻里光禄寺卿,予祭葬,谥忠肃。"②从上述对比,我们可以看出,小说作家严格按照史书的记载模式,并为下文正式作传,铺垫家庭背景及情感基调。同时,我们还可以看出,项羽能够叱咤风云与姜垾具有非凡的士人气节,都是有家族基因的。

选择传主幼时,甚至出生前后的异象,作为正传的开端,往往是纪传体史书常见做法。如《史记·高祖本纪》:"其先刘媪尝息大泽之陂,梦与神遇。是时雷电晦冥,太公往视,则见蛟龙于其上。已而有身,遂产高祖。"③《史记·孔子世家》:"(叔梁)纥与颜氏女野合而生孔子,祷于尼丘得孔子。鲁襄公二十二年而孔子生。生而首上圩顶,故因名曰丘云。"④《史记·淮阴侯列传》:"(韩)信钓于城下,诸母漂,有一母见信饥,饭信,竟漂数十日。信喜,谓漂母曰:'吾必有以重报母。'……淮阴屠中少年有侮信者,曰:'若虽长大,好带刀剑,中情怯耳。'众辱之曰:'信能死,刺我;不能死,出我袴下。'于是信熟视之,

① [汉]司马迁:《史记》卷七《项羽本纪》,中华书局 1959 年版,第 295 页。
② [清]魏禧:《姜贞毅先生传》,[清]张潮辑:《虞初新志》卷一,文学古籍刊行社 1954 年版,第 1 页。笔者按:《古本小说集成》本未收此篇。
③ [汉]司马迁:《史记》卷八《高祖本纪》,中华书局 1959 年版,第 341 页。
④ [汉]司马迁:《史记》卷四十七《孔子世家》,中华书局 1959 年版,第 1905 页。

俯出袴下,匍匐。一市人人皆笑信,以为怯。"①这种史传方式无疑对传记小说产生影响。我们且看姜垓出生前后的异象:"公之将生也,王母李感异梦。其生,衣胞皆白色。"再看姜垓幼时的奇闻异事:"三岁失乳。母杨太孺人置水酒床头,夜起饮之,一瓿立尽。万历乙卯,山东大饥,盗蜂起。公时九岁,与兄圻夜读,书声咿唔不绝。盗及门,叹息去。"②无论是出生前后的异常景象,还是幼时的奇闻异事,史家与小说家的最终指向是传主将有一个神奇的人生经历。

神奇的幼年生活只是传主一生的开始,接下来的人生经历将是史家记述的主体。不过,史家不会事无巨细地记述,而往往会选择精彩的人生片段,来勾勒传主的一生。如上文提及的《高祖本纪》主要记述了刘邦起兵抗秦、楚汉战争、平定叛乱等重要事件,《项羽本纪》则主要记述了楚军崛起、破釜沉舟、鸿门宴、四面楚歌、霸王别姬、乌江自刎等。而魏禧在这篇传记小说中则选取姜垓这样几个人生片断:一是为政廉仁,二是上疏触龙颜,三是下狱受酷刑,四是国变归隐报皇恩。在这四个人生片断中,魏禧着重表现了姜垓的士人气节。为官地方时,两袖清风,"十年无所取于民,不受竿牍",客赠"爱民如子,嫉客若仇"之题③;为官礼部时,积极上疏,敢于冒犯龙颜;下北镇抚司狱时,虽遭"一套"酷刑,不肯说出皇帝要追究的二十四人姓名;国变之后,过故乡时,一哭先父,二哭亡君,又自号"敬亭山人""宣州老兵",拒绝清廷征召,保持了自己的民族气节,最后口吟《易箦歌》而卒。

总之,清初遗民传记小说在为传主作传时,明显受《史记》等纪传体史书的影响,常常将传主的一生作为观照对象,篇首选择家族传承与幼时的奇闻轶事作为铺垫,正文将其精彩的人生片断作为重点描述对象。这种叙事模式,对

---

① 〔汉〕司马迁:《史记》卷九十二《淮阴侯列传》,中华书局 1959 年版,第 2609—2610 页。
② 〔清〕魏禧:《姜贞毅先生传》,〔清〕张潮辑:《虞初新志》卷一,文学古籍刊行社 1954 年版,第 1 页。
③ 〔清〕魏禧:《姜贞毅先生传》,〔清〕张潮辑:《虞初新志》卷一,文学古籍刊行社 1954 年版,第 1 页。

于全面、系统地认识传主的性格特点、生活状态、精神面貌等诸多方面,具有重要意义。

(二)将史家的春秋笔法融入叙事当中

这种叙事笔法主要有两方面的特点:一是寓史家情感于叙事过程当中。司马迁在《太史公自序》中极力推崇《春秋》,因此书"上明三王之道,下辨人事之纪,别嫌疑,明是非,定犹豫,善善恶恶,贤贤贱不肖,存亡国,继绝世,补弊起废,王道之大者也"①。司马迁在撰写《史记》时,明显亦是将自己的情感因素及价值评判标准融入其中。如将项羽传记列入本纪,与帝王并列;将陈胜起兵列入世家,与王公将相齐名。此可谓"前不见古人,后不见来者"。二是全方位记载社会各阶层、各种类型的人物,特别是关注下层民众的生存状态。如《史记》专辟了游侠列传、滑稽列传、货殖列传等。其中,"救人于厄,振人不赡,仁者有乎;不既信,不倍言,义者有取焉"②,是为游侠;"不流世俗,不争势利,上下无所凝滞,人莫之害,以道之用"③,是为优伶;"布衣匹夫之人,不害于政,不妨百姓,取与以时而息财富,智者有采焉"④,是为商贾。

《史记》这种叙事笔法对后代的传记文学,特别是传记小说产生了深远影响。清初以明遗民为主要描写对象的传记小说,亦是遵循了这种叙事模式。如魏禧《姜贞毅先生传》描写了姜埰在甲申国变后的生存状态:

> 公过故乡,哭光禄公(笔者按:姜埰父姜泻里,卒后赠光禄寺卿)。闻京师陷,上殉社稷,公恸哭。南之戍所。未至,宏光即位,赦,公遂留吴门,不肯归。会马士英、阮大铖用事。大铖往被埭(笔者按:姜埰弟姜垓)劾,必杀公兄弟。复窜走。丁亥,避地徽州,绝

---

① [汉]司马迁:《史记》卷一百三十《太史公自序》,中华书局 1959 年版,第 3297 页。
② [汉]司马迁:《史记》卷一百三十《太史公自序》,中华书局 1959 年版,第 3318 页。
③ [汉]司马迁:《史记》卷一百三十《太史公自序》,中华书局 1959 年版,第 3318 页。
④ [汉]司马迁:《史记》卷一百三十《太史公自序》,中华书局 1959 年版,第 3319 页。

食。樵子宋心老时以菜羹啖之。或徒步数十里,走吴孝廉家得一饱。祝发黄山丞相园,而自号"敬亭山人",盖不敢忘先帝不杀恩也。后还吴门,终僧服,不与世人接。二子安节、实节,才,亦不令进取。戊子,奉母归莱阳。母疾甚,公默祷,愿减算延母。山东巡抚重公名,下檄招公。公故坠马以折股,召疡医,竹筸舁之。使者归报。公夜驰还江南,自号"宣州老兵"。尝欲结庐敬亭山,未果。癸丑夏,公疾病,呼二子谓曰:"吾受命谪戍。今遭世变,流离异乡,生不能守先墓,死不能正首丘,抱恨于中心。吾当待尽宣州,以绝吾志。"越数日,则曰:"吾不能往矣!死必埋我敬亭之麓。"口吟《易箦歌》一章,呕血数升而殁,时年六十有七。①

从上述描写,我们可以看出,作为明遗民的魏禧在描述姜垓生存状态时,亦即将自己的遗民情感融入其中。如崇祯帝殉国,姜垓恸哭,亦是魏禧恸哭;姜垓自号"敬亭山人",为不忘先帝不杀之恩,亦是魏禧不忘亡明之恩;姜垓教导二子不要在清廷进取,亦是魏禧自诫不要在清廷进取;姜垓拒绝山东巡抚的征召,明显是魏禧的榜样。或即受姜垓影响,魏禧亦有拒绝清廷征召的类似举动:"康熙戊子,诏举学鸿儒,(魏)禧被征,以病辞。有司督催就道,不得已,舁疾至南昌就医。巡抚疑其诈,以板扉舁至门,禧絮被蒙头卧,称病笃,乃放归。"②

清初遗民小说在为明遗民作传时,还注重为各种类型的明遗民作传,如上文的姜垓即是士人的代表。除此之外,清初遗民传记小说还描写了道士、隐士、女性遗民等人物形象。其中,道士形象在传记小说中占有较大的比重,如朱一是的《花隐道人传》、陈鼎的《爱铁道人传》《薛衣道人传》《狗皮道士传》

① [清]魏禧:《姜贞毅先生传》,[清]张潮辑:《虞初新志》卷一,文学古籍刊行社1954年版,第3—4页。
② 孙静庵:《明遗民录》卷三十七,谢正光、范金民编:《明遗民录汇辑》,南京大学出版社1995年版,第1185页。

《活死人传》、冯景的《书明亡九道人事》等。小说在描写这些道士时,着重描写他们在甲申国变后的生活状态,如花隐道人在扬州屠城后,独自入城,"吊死扶伤,阴行善行",又筑室于黄子湖中,结庐于扬州城东南一隅,植菊数亩,与妻儿"陶陶然乐也"①;又如薛衣道人在国变后,弃文从医,"刳腹洗肠,破脑濯髓"②,甚至医好断头者,最后入终南山修道,不知所终。隐士亦是传记小说描写的重要内容之一,如毛奇龄的《桑山人传》、陈维崧的《邵山人潜夫传》、陈鼎的《八大山人传》等。特别值得一提的是,清初遗民小说还为女性遗民作传记,如魏禧的《彭夫人家传》、毛奇龄的《沈云英》、汪琬的《刘淑英传》等。这些女性遗民在明末清初时期,或驰骋沙场,奋勇杀敌,或隐居故里,拒绝与清廷合作;或开办私塾,训练族中子女。另外,还有自传体小说,如应撝谦的《无闷先生传》、王锡阐的《天同一生传》、汪价的《三侬赘人广自序》等

总之,在《史记》等纪传体史书的影响,清初遗民传记小说以传主作为描写对象的核心,同时将小说作家自己的情感体验融入其中,并将视角对准社会各个层面,从而让我们感受到小说作家的史家笔法。

(三)以"太史公曰"的方式进行精彩论评

《史记》不仅叙事模式、叙事笔法等方面形成自己的特点,而且还在史评方面为后世树立典范,此即后世所称道的"太史公曰"式史评。《史记》一百三十篇,除《汉兴以来将相名臣年表》外,每篇篇末均有"太史公曰"。后世正史,特别是纪传体正史几乎都有类似史评,如《汉书》之"赞曰"、《后汉书》之"论曰"、《三国志》之"评曰"、《隋书》之"史臣曰"等。"'太史公曰'是作者交代材料来源、取舍原则,表明创作旨趣,追溯典制源流,臧否人物的一种论断形

---

① [清]朱一是:《花隐道人传》,[清]张潮辑:《虞初新志》卷五,《古本小说集成》本,第234—235页。

② [清]陈鼎:《薛衣道人传》,[清]张潮辑:《虞初新志》卷十二,《古本小说集成》本,第551页。

式"①。这种史评方式无疑对清初遗民传记小说产生重要影响,主要表现在以下几个方面:

1. 论评形式不一。清初遗民传记小说篇末多有作者的论评,不过论评的形式不完全相同。有直接标明作家者,如《姜贞毅先生传》之"魏禧曰",《花隐道人传》之"其友梅溪朱一是诮之曰";有使用绰号者,如陈鼎的《爱铁道人传》等之"外史氏曰",冯景《书明亡九道人事》之"钱唐老狂曰";有主客问答者,如汪价《三侬赘人广自序》;有"论曰"者,如邵长蘅的《侯方域魏禧传》等。这些论评形式虽不尽相同,但它们明显是受《史记》等正史的史评形式的影响。

2. 论评内容丰富。清初遗民传记小说篇末论评的内容非常丰富。其中,最主要的内容是评点传主的个性与品行。如魏禧在《姜贞毅先生传》篇末论评中,抨击了北镇抚司狱对传主的酷刑:"予客吴门,数信宿公。每阴雨,公股足骨发痛,步趾微跛踦。哀哉!北镇抚司狱廷杖、立枷诸制,此秦法所未有,始作俑者,罪可胜道哉!"又高度赞美了传主至死不忘国君的忠孝情怀:"宣城沈寿民曰:谥法:'秉德不回曰孝。'经曰:'事君不忠,非孝也。'公死不忘君,全而归之,可以为孝矣,宜谥曰贞孝。"②再如,陈鼎在《狗皮道士传》篇末论评中,热情歌颂了狗皮道士同张献忠出神入化地斗争,曰:"世之言神仙者比比,余则疑信相半。今观狗皮道士之所为,岂非神仙哉?不然,何侮弄献贼如襁褓小儿哉?"③又如邵长蘅在《侯方域魏禧传》篇末评论侯方域曰:"方域才气踔弛似陈亮,其遭大狱濒死亦似之。然亮犹登第,一夕而卒。而方域竟妖诸生,悲夫!"又评魏禧曰:"巋然不肯少污其志,贤矣。呜呼,禧,傥自谓与!"④既对侯

①　侯文华:《〈史记〉"太史公曰"文化渊源考论》,《渭南师范学院学报》2012年第5期。

②　[清]魏禧:《姜贞毅先生传》,[清]张潮辑:《虞初新志》卷一,文学古籍刊行社1954年版,第4页。

③　[清]陈鼎:《狗皮道士传》,[清]张潮辑:《虞初新志》卷十,《古本小说集成》本,第485页。

④　[清]邵长蘅:《侯方域魏禧传》,[清]郑醒愚辑:《虞初续志》卷三,中国书店1986年影印本,第22页。

方域表达悲情,又对魏禧表达崇敬。另外,篇末论评还交代作者与传主之间的交往,如魏禧在《姜贞毅先生传》篇末交代了自己与姜垍之间的交往:"公有赠禧序及《见怀》诸诗,皆未出,公死,而公二子乃写寄禧山中也。"①

3. 论评意义重要。篇末论评作为清初遗民传记小说的有机组成部分,不是可有可无的,而是整篇小说的画龙点睛之笔。从这些论评中,我们可以解读作者的创作动机,作者与传主间的交游,特别是作者将自己的情感融入到对传主的论评之中。如朱一是论评花隐道人道:"子隐于花,则善矣。然花隐之名益著,得非畏影而走日中者耶? 吾见子之愈走而影不息也。"②作者在称赞花隐道人的洁身自好的同时,实际亦在影射自己的遗民情怀,那就是做一个独立于新朝之外的隐逸之人。

综上所述,清初遗民传记小说在为传主作传时,无论是叙事结构上,还是叙事模式上,均深受纪传体史书的影响。通过作者对传主生平的叙写及其论评,我们可以感知传主在明末清初时期的生存状态,可以感受作者在叙写过程中融入的深厚情感,可以解读作者的创作背景与动机。

第四节　清初遗民小说生成的文学语境

清初遗民文学是清初文学的重要组成部分,包括遗民诗、遗民词、遗民文、遗民戏曲、遗民小说等。清初遗民小说既在遗民文学的影响中孕育生成,自身又构成了遗民文学的重要组成部分。那么,清初遗民诗、词、文、戏曲的创作概况如何,遗民小说与其关系又如何呢? 笔者将主要就这两方面进行梳理与探讨。

---

① 〔清〕魏禧:《姜贞毅先生传》,〔清〕张潮辑:《虞初新志》卷一,文学古籍刊行社 1954 年版,第 4 页。
② 〔清〕朱一是:《花隐道人传》,〔清〕张潮辑:《虞初新志》卷五,《古本小说集成》本,第 236 页。

一、清初遗民诗、词、文、戏曲的创作概况

清初遗民诗、词、文、戏曲,是指清初顺康时期由文化遗民创作的反映遗民意识的诗、词、文、戏曲的总和。从严格意义上说应该包括两个部分,即明遗民创作的和非遗民或遗民身份不详者创作的但具有遗民意识的作品。

(一)清初遗民诗的创作

目前收录明遗民传记资料较全的是《明遗民录汇辑》《明遗民传记资料索引》等,计有明遗民 2000 余人。他们大多有诗歌创作,甚至不少明遗民有多部诗集。如果按目前学界通行的做法,即清初遗民诗为明遗民创作的诗作,那么遗民诗的数量是极其庞大的,潘承玉谓之"数以……十万计"①,也许并非空言。面对数量如此庞大的遗民诗,我们只能通过一些遗民诗选本或选编,以窥遗民诗的整体创作概况。

清初遗民诗选本或选编主要有清初卓尔堪的《明遗民诗》、近人张其淦的《明代千遗民诗咏》(初编、二编、三编)、邓之诚的《清诗纪事初编》(前编)、钱仲联的《清诗纪事》(明遗民卷)等。其中,《明遗民诗》收有"作者五百零五人"②,"诗歌三千馀首"③。《明代千遗民诗咏》"合计三编遗民三千七百人以上"(张其淦识语)④。"初编十卷、二编十卷,共五古五百八十馀篇","明遗民一千九百馀人"(《凡例》)⑤。三编亦为十卷,"得遗民一千六百廿馀人"⑥(张

---

①　潘承玉:《清初诗坛:卓尔堪与〈遗民诗〉研究》,中华书局 2004 年版,第 260 页。

②　严迪昌:《清诗史》(上),浙江古籍出版社 2002 年版,第 64 页。

③　袁行霈主编:《中国文学史》第八编《清代文学》第一章"清初诗文的繁荣与词学的复兴"第一节"遗民诗人",高等教育出版社 2014 年版,第 216 页。

④　张其淦撰,祁正注:《明代千遗民诗咏》(三编),《清代传记丛刊》(周骏富辑)第 67 册遗逸类①,明文书局 1985 年影印本,第 9 页。

⑤　张其淦撰,祁正注:《明代千遗民诗咏》(初编、二编),《清代传记丛刊》(周骏富辑)第 66 册遗逸类 1,明文书局 1985 年影印本,第 11 页。

⑥　张其淦撰,祁正注:《明代千遗民诗咏》(三编),《清代传记丛刊》(周骏富辑)第 67 册遗逸类 1,明文书局 1985 年影印本,第 11 页。

景观跋),除与初编、二编重复者外,数量亦颇为可观。《清诗纪事初编》(前编)收有 151 位明遗民诗作,《清诗纪事》(明遗民卷)收有 375 位明遗民诗作。相比较而言,《明遗民诗》收录的遗民诗最多,而《明代千遗民诗咏》收录的遗民人数最多。综观这些明遗民的诗歌创作,有这样几个明显特点:

1. 出现若干遗民诗人群体。张兵的博士论文《清初遗民诗群研究》(苏州大学,1998 年)与严迪昌《清诗史》第一编《风云激荡中的心灵历程(上)·遗民诗界》在这方面有较为全面深入的探讨。他们对遗民诗人群体的划分,主要依据诗人所处地域(包括籍贯与长期居住地),如山左遗民诗群,包括莱阳的赵士喆、赵士完、姜垛、姜垓等,新城的徐夜等;河朔遗民诗群,包括申涵光、张盖、殷岳等;关中遗民诗群,包括李颙、王弘撰等;淮海遗民诗群,包括徐州的万寿祺、阎尔梅,山阳的李挺秀、阎修龄,泰州的吴嘉纪,如皋的冒襄等;金陵遗民诗群,包括杜濬、邢昉等;吴中遗民诗群,包括顾炎武、归庄、徐枋等;皖中遗民诗群,包括方以智、方文、钱秉镫等;两浙遗民诗群,以黄宗羲为代表;湖北遗民诗群,以顾景星为代表;湖南遗民诗群,以王夫之为代表;江西遗民诗群,以"易堂九子"为代表;岭南遗民诗群,包括屈大均、陈恭尹等。在上述某些遗民诗人群体内部,出现了诗歌创作风格相接近的诗人与诗作,从而形成特定的诗派,如河朔遗民诗群即形成河朔诗派。

2. "以诗证史"现象较为突出。黄宗羲提出"以诗证史",曰:"今之称杜诗者以为诗史,亦信然矣。然注杜者,但见以史证诗,未闻以诗补史之阙,虽曰诗史,史固无藉乎诗也。"①杜濬提出诗可以"正史之伪",曰:"世称子美为'诗史',非谓其诗之可口为史,而谓其诗可以正史之伪也。"②吴伟业又提出"诗与史通",曰:"古者诗与史通,故天子采诗,其有关世运升降、时政得失者,虽

---

① 〔清〕黄宗羲:《万履安先生诗序》,《南雷诗文集》(上),沈善洪主编:《黄宗羲全集》第十册,浙江古籍出版社 2005 年版,第 47 页。

② 〔清〕杜濬:《程子穆倩放歌行序》,《变雅堂文集》卷一,《续修四库全书》第 1394 册,上海古籍出版社 1995—2002 年版,第 15 页。

野夫游女之诗,必宣付史馆,不必其为士大夫之诗也;太史陈诗,其有关世运升降、时政得失者,虽野夫游女之诗,必入贡天子,不必其为朝廷邦国之史。"①以上诸家从理论上探讨了诗史关系,而明遗民的诗歌创作确实反映了这种诗论的内涵,诚如黄宗羲言:"明室之亡,分国鲛人,纪年鬼窟,较之前代干戈,久无条序;其从亡之士,章皇草泽之民,不无危苦之词。以余所见者,石斋、次野、介子、霞舟、希声、苍水、密之十余家,无关受命之笔,然故国之铿尔,不可不谓之史也。"②

3. 诗歌中蕴含浓郁的遗民情怀。清初遗民诗除"补史之阙"外,还充分发挥了其抒情功能,抒发了明遗民入清后的亡国之痛、故国之思的深切情感。如卓尔堪《遗民诗序》云:"诸君子之诗为之一聚,则诸君子之性情亦为之一聚。其禀诸大造之气,蕴而未尽泄之奇,当亦为之一聚。如闻歌泣太息于一堂,各吐其胸臆而无间,使天下后世,皆得而窥见之,岂非一大快乎!"③再如宋荦《遗民诗序》云:"余读其诗,类皆孤清凛冽,幽忧激楚,如对空山积雪,寒气中人,可为穷愁之音易工矣。然皆敦厚而不流于焦杀,史迁所云'《小雅》怨诽而不乱',兹为近之。"④又如张其淦《明代千遗民诗咏·自序》云:"其所遭虽在凶荒、丧乱、亡国之馀,而其胸怀之牢骚、忠义之激发、志节之清洁,则常流露于诗歌文字之外。"⑤

---

① [清]吴伟业:《且朴斋诗稿序》,[清]吴伟业著,李学颖集评标校:《吴梅村全集》卷第六十,上海古籍出版社 1990 年版(下同),第 1205 页。另外,《吴梅村诗选·前言》注 12 云:"按此为佚文,见徐懋曙《且朴斋诗稿》卷首。"(吴梅村著,叶君远选注:《吴梅村诗选·前言》,人民文学出版社 2000 年版)

② [清]黄宗羲:《万履安先生诗序》,《南雷诗文集》(上),沈善洪主编:《黄宗羲全集》第十册,浙江古籍出版社 2005 年版,第 47 页。

③ [清]卓尔堪:《遗民诗序》,[清]卓尔堪选辑:《明遗民诗》(上),中华书局 1961 年版,第 1 页。

④ [清]宋荦:《遗民诗序》,[清]卓尔堪选辑:《明遗民诗》(上),中华书局 1961 年版,第 2 页。

⑤ 张其淦:《明代千遗民诗咏·自序》,《清代传记丛刊》(周骏富辑)第 66 册遗逸类①,明文书局 1985 年影印本,第 5 页。

（二）清初遗民词的创作

清初遗民词犹如遗民诗一样，在作家数量与作品数量上，都是庞大的。《全清词·顺康卷》及《全清词·顺康卷补编》计收有 2500 位词人及其 60000 余首词作①，其中不少为遗民词人与遗民词。据周焕卿统计，"目前可以确认的清初遗民词人群的成员有 230 家"②。而在词人群体之外，应该还有更多的遗民词人。对清初遗民词的研究，目前学界已有一些学位论文与专著了，如刘纯斌的硕士论文《清初扬州遗民词人及其作品研究》（扬州大学，2007 年）、周焕卿的专著《清初遗民词人群体研究》等。其中周著对清初遗民词的研究较为全面深入。

清初遗民词与遗民诗在某些方面有其相似之处，如均形成若干创作群体、均表现了深切的遗民情怀。周焕卿在《清初遗民词人群体研究》中将清初遗民词人群体分为江苏词人群、浙江词人群、湖广词人群、江西词人群、京都词人群。其中，江苏词人群包括以蒋平阶为首的云间词人群，以吴门为中心的松陵、毗陵词人群，以余怀、杜濬为首的金陵词人群，以北湖三家为首、以水绘园为中心的广陵词人群；浙江词人群包括以柳洲为中心的嘉善词人群，以梅里为中心的嘉兴词人群，以钱塘为中心的西陵、湖州词人群，以山阴、四明为主体的浙东词人群；湖广词人群以岭南为中心，包括王夫之、顾景星、屈大均、陈恭尹等；江西词人群以临川为中心，包括贺贻孙、傅占衡、陈孝逸等；京都词人群包括纪映钟、陈祚明、申涵光等。这些词人在创作时，表达自己浓郁的遗民情怀，周焕卿将其概括为故国之思、离乱之叹、英杰之吊、友情之慰、隐逸之情等方面，其中表达故国之思的词作最多亦最为沉痛。以屈大均《河传》为例。此词

---

① 张宏生：《清词研究丛刊·总序》，周焕卿：《清初遗民词人群体研究》，《清词研究丛刊》，上海古籍出版社 2008 年版，第 2 页。

② 周焕卿：《清初遗民词人群体研究》附录二"清初遗民词人群成员考"，上海古籍出版社 2008 年版，第 452 页。

云:"杜宇。何处。声声凄凄。溅血成痕,猩红染雨。开落朵朵氲氲。无穷古帝魂。君臣忽隔蚕丛路。因情误。故国茫茫失路。恨年年寒食,与野死重华。总无家。"①由此词可见明遗民在明亡后心境之一斑。

清初遗民词相对于遗民诗的创作有一个明显不同点,那就是遗民词人之间相互交往与互动更为频繁,并有多部倡和词集。主要倡和有西陵词人群中的徐(士俊)、卓(人月)二人的栖水倡和,嘉善词人群的"鬶专堂"(笔者按:钱继登郊园)倡和与"虞美人曲"倡和,广陵水绘园倡和,江西词人群的癸秋倡和等。主要倡和词集有徐、卓二人的《徐卓晤歌》、云间词人群倡和集《倡和诗余》,蒋平阶与门人的倡和集《支机集》,广陵词人群倡和集《北湖三家词钞》,水绘园倡和词散见于《同人集》等。②

(三)清初遗民文的创作

清人文集是极其浩繁的,《清人别集总目》"共著录近两万名作家所撰约四万部诗文集"③,《清人诗文集总目提要》"收清代有诗文别集传世者一万九千七百余家,四万余种"④,还有那些散落各地的清朝碑刻,更是无法统计。这些或许是目前尚无《全清文》的主因。不过,《清文海》(国家图书馆出版社2010年版)的出版可能部分替代了《全清文》的功能。这部清文总集,规模宏大,计有106册,收有作者1800余人,文章15000余篇,字数达2000万左右,也是目前清人文集最大规模的整理工程,或为《全清文》的编纂提供有力的参照。而作为清人文集一部分的清初遗民文,目前学界尚缺乏整理,笔者亦未发现专门收录遗民文的选本、专辑、总集等。不仅如此,在清初遗民文的研究上,学界尚未有专著出现。不过,从现存明遗民别集及《清文海》收录的遗民文来

① 饶宗颐初纂,张璋总纂:《全明词》第六册,中华书局2004年版,第3146—3147页。
② 参见周焕卿:《清初遗民词人群体研究》第三章"群体网络的布局结构特征",上海古籍出版社2008年版。
③ 李灵年等主编:《清人别集总目·凡例》,安徽教育出版社2000年版。
④ 柯愈春:《清人诗文集总目提要·凡例》,北京古籍出版社2001年版。

看,笔者认为清初遗民文主要有以下几个特点:

1. 数量庞大、内容庞杂。关于清初遗民文的准确统计,目前无法做到。所以,笔者在此主要依据《清人别集总目》《清人诗文集总目提要》等书目对遗民文集的著录。同时,参照现存明遗民别集及《清文海》对遗民文的收录。相对于整个清人诗文集而言,清初遗民文集在作家数量及文集数量上并不是很多。但是,有些遗民文集的卷数很多,如张自烈《芑山文集》多达三十三卷,汤来贺《内省斋文集》达三十二卷,朱之瑜《朱舜水文集》达二十八卷,黄宗羲《南雷文定》达二十六卷等。这样,遗民文总体篇目还是一个不小的数字。

清初遗民文不仅在篇目数量上较为庞大,在内容上亦较为庞杂。清初遗民文集在分卷时一般是按照文体进行分类的。以《魏叔子文集》为例。卷一、卷二为《论》,多为史论,包括对历史人物与历史事件的评论;卷三为《策》,"策者,坐而言,起而可见诸行事,不袭古,不冒今,不守己,三者得矣"①;卷四为《议》,"议者,策之馀也,其说不必尽关天下事"②;卷五、卷六之《书》、卷七之《手简》,多为与友人、门人交往的书信;卷八、卷九、卷十一之《叙》、卷十之《序》、卷十二之《题跋》、卷十三之《书后》,多为友人诗文集的序跋及友人、门人的寿序;卷十四《文》,多为祭文;卷十五《说》,"说"者,盖"标事约旨,休戒箴切"也③;卷十六《记》,多为山水庙堂之记;卷十七《传》,多为时人所作传记;卷十八《墓表》,多为时人所作墓志铭;卷二十《四六》、卷二十一《赋》,收录作者骈文及赋篇。另外,卷十九《杂问》,卷二十二《杂著》,盖不入上述体例,故作别卷。其他清初遗民文集亦大致有上述全部或部分分类。由此可见,清初遗民文集中的"文"的内涵颇为广泛,也颇为庞杂。

2. 体现了清初的历史、文学、学术等方面价值。我们通过上文对清初遗民

---

① [清]魏禧:《魏叔子文集》卷三《策·策引》,中华书局 2003 年版,第 167 页。
② [清]魏禧:《魏叔子文集》卷四《议·议引》,中华书局 2003 年版,第 205 页。
③ [清]魏禧:《魏叔子文集》卷十五《说·说引》,中华书局 2003 年版,第 698 页。

文集的简要梳理,可以看出这些文集中的不同文体体现了不同的价值,如墓志铭、部分寿序多具史料价值,"记""传"等多具文学价值,"策""议""疏"等及为他人作品所作之"叙""序""跋""书后"等多具学术价值。笔者在此仍以《魏叔子文集》中相关文体作一具体论述。《魏叔子文集》卷十八《墓表》计有57篇墓志铭,多为友人或长者所作,而墓志铭与传记不同,它"必载生没、子孙、祖父、葬地"①等,这为研究某一人物提供可靠材料。卷十七《传》,计有38篇人物传记及附传,这些人物传记除具一定史料价值外,多具文学价值,如《大铁椎传》《卖酒者传》《吴孝子传》分别为张潮《虞初新志》卷一、卷三、卷八收录,《彭夫人家传》为郑醒愚《虞初续志》卷四收录,《邱维屏传》为俞樾《荟蕞编》卷三及吴曾祺《旧小说》巳集一所收。《魏叔子文集》最具学术价值的当属那些"序(叙)""跋",特别是为大家诗文集所作的一些序跋,如《跋归震川先生全集》对归有光的创作进行了较为全面地梳理。这种梳理既是归有光创作思想的总结,又是魏禧学术思想的表现,诚如彭任评曰:"一气浑荡,却无一笔一字不带波峦。跋震川文集即用震川文法,固是古人滑稽处,然宜其三复于知震川之文者也。"②总之,《魏叔子文集》体现了清初的历史、文学、学术等方面的价值,亦大致反映了清初遗民文诸多价值的概况。

　　3. 表达了作者的遗民情怀。清初遗民文犹如遗民诗词一样,在一定程度上也蕴含了作者的遗民情怀。而这种遗民情怀在清初遗民文集的祭文中表现得更为突出,特别是那些为明遗民撰写的祭文。如魏禧《哭莱阳姜公昆山归君文》即为两明遗民莱阳姜垛、昆山归庄所作祭文,其在该篇祭文前小序中表达了自己沉痛的心情:"壬子(笔者按:康熙十一年,1672)冬,余自吴门归。癸丑(笔者按:康熙十二年,1673)八月,病伤寒,十月骤头风发欲死,十二月又发。枕上得姜勉中学在讣,始知尊先生死矣。泪微下辄头痛,不敢哭。既又得

---

① 　[清]魏禧:《魏叔子文集》卷十八《墓表·墓表志铭引》,中华书局2003年版,第881页。
② 　[清]魏禧:《魏叔子文集》卷十二《跋归震川先生全集》附彭任(字中叔)评语,中华书局2003年版,第636页。

归子元公凶信。明年甲寅(笔者按:康熙十三年,1674)三月,水庄拥曝轩落成,乃为位,白衣冠以哭。书曰:'明遗臣如农姜公位'。不书官,公志也。稍降,书曰:'明处士元公归君位'。哭,上香,献酒,三四拜讫,以寓钱藉文而焚。"①我们注意到魏禧为姜垛、归庄所设牌位,一为"明遗臣",一为"明处士",这是作者对亡友的哭祭,又何尝不是对亡明的哭祭呢! 除祭文之外,魏禧还在《传》《记》中表达自己的遗民情怀,如《江天一传》描写了南明时期一位著名抗清将领江天一,他那种视死如归的浩然之气,让人为之动容。在字里行间,也蕴含了作者强烈的抗清意识。又如《崇祯皇帝御书记》描写了魏禧在贾重仪处得杨廷麟遗留的一份崇祯帝御书,乃"敬请瞻仰,免冠叩头展示"。寥寥数语,展示了作者对已故皇帝的崇敬之情。后又描写杨廷麟抗清死,"葬后十年,其家人无有至者",并将其荒冢与国事相联系,"岂与国休戚,荒塚蔓草,芜秽不治"。真可谓"约略数语,悽惋不尽"(杜濬评语)。② 上述数例可见魏禧文之遗民情怀之一斑,亦可见整个清初遗民文中的遗民情怀之一斑。

总之,面对数量庞大、内容庞杂的清初遗民文,上述几点的总结可能不够全面,又仅以《魏叔子文集》为例,亦可能不够全面。不过,总体来说,《魏叔子文集》基本上能代表清初遗民文,亦能体现遗民文的主要特点。

(四)清初遗民戏曲的创作

清初遗民戏曲,从广义上说,主要包括杂剧、传奇、散曲等;从狭义上说,仅包括杂剧、传奇等戏剧。本文采用广义清初遗民戏曲的概念。清初遗民戏剧主要包括遗民杂剧、遗民传奇两个部分。据杜桂萍统计,清初遗民杂剧共有

---

① [清]魏禧:《哭莱阳姜公昆山归君文·序》,《魏叔子文集》卷十四,中华书局 2003 年版,第 678 页。

② [清]魏禧:《崇祯皇帝御书记》,《魏叔子文集》卷十六,中华书局 2003 年版,第 768—769 页。

17 家,25 种。① 但是,杜桂萍的统计明显有遗漏,如《曲海总目提要》卷九著录的明遗民来集之的 6 部杂剧②,包括《女红纱》《蓝采和》《阮步兵》《铁氏女》《小青娘》《碧纱笼》,《清代杂剧全目》卷一著录的明遗民张岱的《乔坐衙》(佚)③,《古典戏曲存目汇考》卷八著录的明遗民陈祚明的《掷米集》(佚)等④,应归入遗民杂剧。而遗民传奇目前学界较少涉足。据《曲海总目提要》及其《补编》⑤《古典戏曲存目汇考》《明清传奇综录》⑥等,笔者统计,清初遗民传奇至少有 13 家,28 种,包括徐石麒的《九奇逢》(佚)、《珊瑚鞭》(佚)、《胭脂虎》(佚)、《辟寒钗》(佚),王翃的《红情言》、《纨扇记》(佚)、《博浪沙》(佚)、《词苑春秋》(佚)、《榴巾怨》(佚),傅山的《红罗镜》,陈忱的《疾世界》(佚),查继佐的《三报恩》、《非非想》、《眼前因》(佚)、《梅花讖》(佚)、《鸣鸿度》(佚),冒襄的《山花锦》(佚)、《朴巢记》(佚),黄周星的《人天乐》,沈谦的《胭脂婿》(佚)、《对玉环》(佚)、《卖相思》(佚),余怀的《鸳鸯湖》(佚),顾景星的《虎媒记》(佚)。以上均为明遗民的创作,而有些非遗民的创作亦包含强烈的遗民意识,如吴伟业的《秣陵春》、李玉的《千钟禄》《清忠谱》、孔尚任的《桃花扇》等,笔者亦将其归入遗民传奇。

另外,据《全清散曲》⑦的收录,笔者统计,清初遗民散曲至少有 10 家,小令至少有 138 首,套数至少有 66 种。现列表如下:

① 据杜桂萍《遗民心态与遗民杂剧创作》(《文学遗产》2006 年第 3 期),17 位作家包括:傅山、王夫之、陆世廉、查继佐、邹式金、李式玉、土室道民、郑瑜、徐石麒、余怀、黄周星、张怡、三余子、马万、吴伟业、南山逸史(陈于鼎)、金堡。25 种杂剧包括:吴伟业的《临春阁》《通天台》,陆世廉的《西台记》,王夫之的《龙舟会》,黄周星的《试官抒怀》《惜花报》,土室道民的《鲠诗讖》,郑瑜的《鹦鹉洲》《汨罗江》《黄鹤楼》《滕王阁》,南山逸史(陈于鼎)的《半臂寒》《长公妹》《中郎女》《京兆妹》《翠甸缘》,邹式金的《风流家》,查继佐的《不了缘》,傅山的《红罗镜》《齐人乞食》《八仙庆寿》,徐石麒的《买花钱》《大转轮》《拈花笑》《浮西施》。
② 黄文旸:《曲海总目提要》,上海大东书局 1930 年版。
③ 傅惜华:《清代杂剧全目》,人民文学出版社 1981 年版。
④ 庄一拂编:《古典戏曲存目汇考》,上海古籍出版社 1982 年版。
⑤ 北婴编著:《曲海总目提要补编》,人民文学出版社 1959 年版。
⑥ 郭英德编著:《明清传奇综录》,河北教育出版社 1997 年版。
⑦ 凌景埏、谢伯阳编:《全清散曲》,齐鲁书社 1985 年版。

作家	小令（首）	套数（种）	作家	小令（首）	套数（种）
王时敏		2	熊开元		1
徐石麒	52	10	黄周星		7
宋徵璧	4	20	归庄		1
冯班	4	1	沈谦	75	20
陈子龙		2	夏完淳	3	2

当然，上述统计只是一种粗略统计，实际数量应该超出这一统计数字。但不管怎样，上述统计总体上反映了清初遗民戏曲的创作概况，主要表现在以下几个方面：

1. 杂剧与传奇多取材于前代故事。清初遗民杂剧与遗民传奇，犹如其他杂剧与传奇一样，多取材于前代史书、小说等。如《临春阁》取材于《隋书·谯国夫人传》，《通天台》取材于《南史·沈炯传》，《龙舟会》取材于唐传奇《谢小娥传》，《大转轮》取材于《三国志平话》入话，《红情言》取材于史槃传奇《唾红》等。它们在保留原有故事基本情节的基础上，大多进行了虚构与改写。如王翃的《红情言》即是由《唾红》改写而成，其《自叙》称："会稽史氏作《唾红》传奇，情事兼美，盛为演者传习。……然词甚潦草，不堪寓目，余窃叹其不工。友人曰：'无伤，第因其事而易之以辞，则两善矣。'余然其言，……抽思三月而始告成，……因题之曰《红情言》。"①再如吴伟业的《秣陵春》叙五代南唐学士徐铉之子徐适事。郭英德在著录该传奇时，引毛先舒《南唐拾遗记》及《宋史·徐徽言传》称："据清毛先舒《南唐拾遗记》谓，徐铉无子，其弟锴有后，居金陵摄山前，号'徐十郎'。此或即为徐适原型。又……据《宋史》卷447《徐徽言传》，徽言从孙徐适，北宋末防御金兵入侵，与徽言及其子冈等同时战死。剧中徐适或影借此人，而作南唐徐铉之子。其余情事，皆为虚构。"②

---

① ［清］王翃：《红情言·自叙》，《古本戏曲丛刊》第三集第19种，文学古籍刊行社1957年版。
② 郭英德：《明清传奇综录》卷四"秣陵春"条，河北教育出版社1997年版，第577页。

2. 蕴含浓厚的遗民意识。从传世的清初遗民戏剧来看，它们大多表现了浓厚的遗民意识。有的通过人物姓名的设置来表达情感，如《龙舟会》中的谢小娥父亲谢皇恩、巴蜀客商段不降等；有的以历史人物寄寓自己的情感，如《通天台》中的沈炯的经历实际上反映了作者的心态，如庄一拂著录此剧时所言："盖吴身经亡国之痛，无所泄其幽愤，故剧中炯之痛哭，即作者之痛哭。"[1]有的甚至直接通过明末清初故事的描写，表达自己的遗民情感，如《桃花扇》续四十出的《馀韵》，可谓是在前文叙事后的情感总爆发。如果说清初遗民杂剧与传奇多通过历史与现实故事来表达作者的遗民情感，那么清初遗民散曲犹如遗民诗词一样，多直接抒发自己的遗民情怀，如徐石麒小令《北仙吕寄生草·避世》云："浑不管人间事，买春风一味清。鹧鸪声留不住归山兴，杜鹃声哭不改耽花性。鹁鸠声唤不起烟霞病。任渔舟满载汉江山，奈花源只记得秦名姓。"[2]"杜鹃声哭不改耽花性"显然表达了作者对故明王朝的忠贞不贰，末二句中的"汉江山"实指"明江山"，而"秦"即"清"。感叹故明江山虽在，却改他姓，其沉痛心情溢于言表。另外，以"秦"指"清"，亦是清初遗民诗词较为普遍的现象。

总之，清初遗民戏曲是清初戏曲的重要组成部分，作家以自己明亡巨痛的经历而创作了独特的戏曲群体。这一群体无论是从创作题材的选择，还是从创作情感的表达，都体现了遗民戏曲应有之义。

二、清初遗民小说与遗民诗、词、文、戏曲的关系

（一）清初遗民小说作家的遗民诗、词、文、戏曲的创作

清初遗民小说作家在创作遗民小说的同时，还创作了数量可观的遗民诗、词、文、戏曲，现将其主要诗文集、词集、戏曲列表如下：

---

[1]　庄一拂：《古典戏曲存目汇考》卷八"通天台"条，上海古籍出版社 1982 年版，第 682 页。
[2]　凌景埏、谢伯阳编：《全清散曲》，齐鲁书社 1985 年版，第 121 页。

作家	主要诗文集	主要词集	主要戏曲
张明弼	萤芝集、萤芝全集、萤芝新集		
冯舒	默庵遗稿、空居阁集		
陈洪绶	宝纶堂文钞、宝纶堂诗钞	宝纶堂词	
王猷定	四照堂集		
卢若腾	留庵诗文集		
冯班	钝吟全集、常熟二冯先生集（与冯舒合集）		题画美人扇、新月、戏赠陈阆晓、戏赠钱颐仲、赠别
徐士俊	雁楼集（含诗余）	徐卓晤歌	
贺贻孙	水田居文集、水田居存诗		
严首升	濑园集		
彭士望	耻躬堂文钞		
黄宗羲	南雷文定		
黄周星	九烟诗钞		惜花报、试官述怀、人天乐、秋富贵曲、、黄叶村庄曲
冒襄	同人集、朴巢诗文集、水绘园诗文集		山花锦（佚）、朴巢记（佚）
杜濬	变雅堂集	茶村词	
钱澄之	藏山阁集、田间集		
顾炎武	亭林诗文集		
归庄	归庄集（含词二首）		万古愁、击筑馀音
陈忱	雁宕诗集		痴世界（佚）
李焕章	织水斋集		
邱维屏	邱邦士文集		
陆圻	威凤堂文集		
彭孙贻	茗斋集、茗斋百花诗	茗斋诗余	
应撝谦	应潜斋文集		
余怀	江山集、味外轩诗辑、曼翁友声集、广霞山人同人集	玉琴斋词、西陵唱和集（诗词合集）	
毛先舒	思古堂集、东苑文钞、小匡文钞、东苑诗钞	鸳情集选	
何絜	晴江阁集		
宋曹	会秋堂诗文集		
顾景星	白茅堂集	白茅堂词	虎媒记（佚）

作家	主要诗文集	主要词集	主要戏曲
李邺嗣	杲堂诗文集		
徐枋	居易堂集、俟斋集		
周篔	采山堂诗集、采山堂遗文	采山堂诗余	
魏禧	魏叔子文集		
王炜	鸿逸堂稿		
吴肃公	街南文集、街南续集		
王锡阐	晓庵先生文集		
李延昰	放鹇亭集		
屈大均	翁山诗外、翁山文外、翁山文钞		
曹宗璠	昆和堂集、洮浦集		
徐芳	悬榻编		
朱一是	为可堂集	梅里词	
汪价		半舫词	

上表均为遗民作家在诗、词、文、戏曲方面的创作。它们大多体现了遗民文学的主要特点,尤其是蕴含了明显的亡国之痛、故国之思。而有些非遗民作家的文学创作,亦蕴含了浓厚的遗民意识,如吴伟业的《梅村诗前后集》《梅村词》、丁耀亢的《逍遥游》《陆舫诗草》《椒丘诗》等诗词集中的诸多作品,以及上文提及的吴伟业等人的杂剧、传奇等,笔者认为亦可归入遗民文学。

综观清初遗民小说作家的遗民诗、词、文、戏曲的创作,我们发现有些遗民小说作家的文学成就并不仅仅在小说创作上,在诗、词、文、戏曲的创作上亦有突出表现。从上表我们可以看出,绝大多数作家都有自己的诗文集,此亦表明他们在诗文创作上具有一定的成就,其中成就较大的主要有顾炎武、归庄、冒襄、魏禧、王猷定等。相对于诗文创作,清初遗民小说作家在词与戏曲创作上较为薄弱。具有词集的作家并不是很多,但有几位作家的创作还是具有一定影响的,如杜濬、余怀、朱一是、汪价、顾景星等。在戏曲方面,虽仅有屈指可数的几位作家,但黄周星代表了遗民小说作家在戏曲方面的成就。

通过以上分析,我们可以得出这样的结论:清初遗民小说中的遗民意识可以在遗民小说作家创作的遗民诗、词、文、戏曲中得到观照。换言之,清初遗民小说作家创作的遗民小说与其创作的遗民诗、词、文、戏曲之间具有一定的互动关系。

(二)清初遗民小说的"补史"与遗民诗文的"证史"

"以诗证史",古人早已意识到,谓杜诗为"诗史"即为典型一例。上文提及的遗民文具有史料价值,实际上即是"以文证史"的表现。真正意义上将诗文证史作为史学的研究方法,当属陈寅恪。其代表性作品主要有《韦庄秦妇吟校笺》《元白诗笺证稿》《柳如是别传》等。其中《柳如是别传》倾注了陈寅恪更多心血,亦是这种研究方法的集大成者。陈寅恪选择唐代及明清之际的诗文作为"证史"的对象,一方面与其研究领域有关,另一方面亦与这两个时期诗文证史现象突出有关,而清初遗民诗文正处于此二时期之一。我们从《柳如是别集》大量引用清初遗民诗文可窥之,如陈寅恪在论证柳如是与钱谦益生平时,多次引用明遗民顾苓传记文《河东君传》,特别是在述及钱谦益因黄毓祺案而出现"第二死"时,在部分引用《河东君传》文后,还大量引用了史料,如《清世祖章皇帝实录》卷八三、蒋良骐《东华录》卷六、《清史列传》卷七十九《贰臣传乙》中的《陈之龙传》、卷八十《逆臣传》中的《金声桓传》《李成栋传》等,以期"与牧斋己身及其友朋并他人之记载互相参校也"①。再如陈寅恪在论证柳如是家难事时,引用了归庄的《某先生八十寿序》(《归庄集》卷三)、黄宗羲《思旧录》"钱谦益"条、明遗民严熊二文《负心杀命钱曾公案》《致钱求赤书》等。② 又如陈寅恪在论证柳如是"缢死之所实在荣木楼,即旧日黄

---

① 陈寅恪:《柳如是别传》,三联书店 2001 年版,第 900 页。
② 参见范景中、周书田编纂:《柳如是事辑》,中国美术学院出版社 2002 年版,第 393、400—401 页。

陶庵授读孙爱之处"①时,引用了归庄的《祭钱牧斋先生文》(《归庄集》卷八)、黄宗羲的《八哀诗》之五《钱宗伯牧斋》(《南雷诗历》卷二)等。从上述几例,可见清初遗民诗文于《柳如是别传》意义之一斑,亦可见清初遗民诗文证史之一斑。

　　清初遗民诗文为何能"证史",关键在于史之缺矣。所以,"证史"实为"补史之缺"。这样,清初遗民诗文的"证史"与清初遗民小说的"补史",实质上具有相同的内涵。关于清初遗民小说之"补史",上一节已有详论,在此不作赘述。不过,笔者在此需补充一点的是,有些清初遗民小说除在故事情节上具补史功能外,还有些作者在其小说中直接附录史料。如王炜《嗒史·内江》在叙明末"流贼"张献忠荼毒内江事后,附有《附录塘报日记节略》,如其《内江》"嗒史氏曰"所言:"予故详纪其事,并节录当日塘报于左,以备任使者参考焉。"②此塘报详细地记载了张献忠自崇祯十三年(1640)九月初六日至次年正月初四日,在四川犯下的种种暴行。此塘报为众多张献忠剿四川的史料,如清人李馥荣的《滟滪囊》、沈荀蔚的《蜀难叙略》、彭遵泗的《蜀碧》、欧阳直的《蜀警录》、刘景伯的《蜀龟鉴》、孙錤的《蜀破镜》、费密的《荒书》等③,又增添了新的一种。

　　另外,需要指出的是,清初遗民小说能"补史之缺",并不是小说中所有的故事情节都能"补史之缺",犹如并不是所有诗文都能"证史"一样。因为它们毕竟是文学作品,毕竟有作者的主观因素掺入其中,如陈寅恪在《柳如是别传》中考证柳如是之死时,对徐芳在传记小说《柳夫人小传》中的描写颇有异议:"徐芳《柳夫人小传》等所谓'自取缕帛结项,死尚书侧',则齐东野人之语,不可信也。"④

---

①　陈寅恪:《柳如是别传》,三联书店 2001 年版,第 1247 页。

②　[清]王炜:《嗒史》,《丛书集成续编》第 26 册,上海书店出版社 1994 年版,第 228 页。

③　参见何锐等校点:《张献忠剿四川实录》,巴蜀书社 2002 年版。

④　陈寅恪:《柳如是别传》,三联书店 2001 年版,第 1247 页。

（三）遗民文集中的遗民小说

清初遗民小说中的单篇文言小说多来自作家的文集，甚至文言小说集亦来自作家的文集，如王炜《嗒史》来自《鸿逸堂稿》、徐芳《诺皋广志》来自《悬榻编》等。现将来自遗民文集中的主要文言小说的篇目列表如下：

作家	文言小说（集）	文集（含少量诗文集或总集）	卷数	收录文集丛书
王猷定	李一足传	四照堂文集（康熙二十二年［1683］王玫刻本）	卷四	四库未收书辑刊5辑第27册
	汤琵琶传		卷四	
	孝烈张公传		卷四	
	孝贼传		卷四	
	梁烈妇传		卷四	
	义虎记		卷四	
	钱烈女墓志铭		卷五	
冯班	海虞三义传	钝吟文稿（清初毛氏汲古阁、清康熙陆贻典等刻钝吟全集本）	仅一卷	四库全书存目丛书集部第216册
贺贻孙	髯侠传	水田居文集（道光至同治间赐书楼刻水田居全集本）	卷四	四库全书存目丛书集部208册
	雪裘传			
严首升	一瓢子传	濑园文集（清顺治十四年［1657］刻增修本）	卷五	四库禁毁书丛刊集部第147册
彭士望	九牛坝观觗戏记	耻躬堂文钞（咸丰二年［1852］刻本）	卷八	四库禁毁书丛刊集部第52册
黄宗羲	两异人传	黄梨洲文集·传状类		黄宗羲全集第10册
	万里寻兄记	南雷诗文集·记类		
黄周星	补张灵、崔莹合传	九烟先生遗集（道光二十九年［1849］刊本）	卷二	
	将就园			
杜濬	书陶将军传	变雅堂文集（光绪二十年［1894］黄冈沈氏刻本）	卷三	续修四库全书第1394册
	跋黄九烟户部《绝命诗》		卷三	
	陈小怜传		卷六	
	瘿老仆骨志铭		卷六	
	张侍郎传		卷六	
	记茅止生三君咏		卷七	
	邓子哀词		卷八	

作家	文言小说（集）	文集（含少量诗文集或总集）	卷数	收录文集丛书
钱澄之	闽粤死事偶纪	藏山阁文存（光绪三十年［1904］铅印本）	卷五	续修四库全书第1400册
	南渡三疑案		卷六	
	皖髯事实		卷六	
	陈朗生传	田间文集（康熙刻本）	卷二十一	续修四库全书第1401册
归庄	黄孝子传	归庄集（中华书局上海编辑所1962年版）	卷七	
李焕章	宋连璧传	织水斋集（乾隆间钞本）	不分卷	四库全书存目丛书集部第208册
	周夫人传			
邱维屏	述赵希乾事	邱邦士文集（道光十七年［1837］刻本）	卷十五	四库禁毁书丛刊集部第52册
应撝谦	无闷先生传	应潜斋文集（康熙五十年［1711］刻本）	不分卷	
毛先舒	毛太保公传	小匡文钞（康熙刻思古堂十四种书本）	卷四	四库全书存目丛书集部第211册
顾景星	陈稚白住筼川记	白茅堂集（康熙刻本）	卷三十七	四库全书存目丛书集部第206册
	斗蟋蟀记		卷三十七	
	李新传		卷三十八	
	吴隐君赞		卷四十三	
	徐文长遗事		卷四十三	
	桂岩公诸客传		卷四十五	
李邺嗣	二仆传	杲堂文钞（清康熙刻本）	卷四	四库全书存目丛书集部第235册
	女兄文玉传		卷四	
	梵大师外传		卷四	
	后五诗人传		卷四	
	万氏一义传		卷四	
	福泉山精舍记		卷五	
	为徐霜皋记梦		卷五	
	杲堂幽居铭		卷五	
	戒庵先生生藏铭		卷五	
	逸叟李先生生圹铭		卷五	
	六君子饮说		卷五	
	马吊说		卷五	

续表

作家	文言小说（集）	文集（含少量诗文集或总集）	卷数	收录文集丛书
李邺嗣	书《嘉靖癸未会试录》后	杲堂文钞（清康熙刻本）	卷五	四库全书存目丛书集部第 235 册
	贤孝叶淑人权厝志		卷六	
魏禧	大铁椎传	魏叔子文集（中华书局 2003 年版）	卷十七	
	卖酒者传			
	彭夫人家传			
	邱维屏传			
	吴孝子传			
王炜	嗒史	鸿逸堂稿（清初刻本）	不分卷	四库全书存目丛书集部第 233 册
吴肃公	五人传	街南文集（康熙二十八年［1689］吴承励刻本）	卷十五	四库禁毁书丛刊集部第 148 册
	书义犬事		卷十九	
	义盗事		卷十九	
屈大均	书叶氏女事	翁山文外	卷九	屈大均全集（人民文学出版社1996）第三册
徐芳	柳夫人传	悬榻编（康熙间刻本）	卷三	四库禁毁书丛刊集部第 86 册
	奇女子传		卷三	
	乞者王翁传		卷三	
	神钺记		卷三	
	化虎记		卷四	
	换心记		卷四	
	雷州盗记		卷四	
	义犬记		卷四	
	诺皋广志		卷三	
			卷四	

　　上表所列清初文言小说在遗民文集（少量来自遗民诗文集或总集）中的分布，是笔者据目前所能查阅到的资料制作而成。我们从上表可以看出，文言小说与遗民文集的关系是非常紧密的。主要表现在：这些文言小说既有文的外在形式，如它们多为人物传记，甚至还出现墓志铭等文体，又具有小说的内存因素，如具有虚构、人物形象、故事情节等。这种亦文亦小说的现象，给学界

提供了不同的研究角度,既可从文的角度去把握遗民作家的创作心态,又可从小说的角度去探寻遗民作家的创作动机。这亦是对清初遗民小说与遗民文之关系的最好注脚。

(四)清初遗民小说与遗民戏曲之间的相通之处

清初遗民小说与遗民戏曲均属叙事文学,他们在表现遗民意识、抒发遗民情怀方面比遗民诗、词、文,具有更多的途径,具有更为丰富的内涵。如孔尚任在《桃花扇小引》中称:"传奇虽小道,凡诗赋、词曲、四六、小说家,无体不备。"①而小说亦是"文备众体"②。同时,遗民小说与遗民戏曲之间又具有更多的相通之处,主要表现在以下几个方面:

1.以古喻今抒发遗民情怀。取材于前代故事,是清初遗民小说与遗民戏曲的共同点之一。其中遗民小说主要包括陈忱的《水浒后传》、吕熊的《女仙外史》、丁耀亢的《续金瓶梅》、褚人获的《隋唐演义》、空谷老人的《续英烈传》、青莲室主人的《后水浒传》等,遗民戏曲主要包括吴伟业的《临春阁》《通天台》《秣陵春》、陆世廉的《西台记》,王夫之的《龙舟会》、郑瑜的《汨罗江》《滕王阁》、来集之的《阮步兵》《铁氏女》《碧纱笼》等。这些前代故事,笔者发现有一个特点,那就是它们大多以政权更迭、朝代更替、内乱等为背景,如《阮步兵》以曹魏、西晋之际为背景,《通天台》以南朝侯景之乱为背景,《隋唐演义》以隋唐更替与安史之乱为背景,《龙舟会》以唐代藩镇割据为背景,《秣陵春》以南唐为背景,《水浒后传》《续金瓶梅》《后水浒传》等以宋金对峙为背景,《西台记》以宋元之际为背景,《女仙外史》《续英烈传》《铁氏女》以燕王靖难为背景。这些改朝换代、内乱层生的时代,恰好与明清之际有惊人的相似之处,遗民作家正好可以借助这些前代故事或前代人

---

① [清]孔尚任:《桃花扇·桃花扇小引》,[清]孔尚任《桃花扇》,《古本戏曲丛刊》五集本,上海古籍出版社1986年影印。
② [宋]赵彦卫:《云麓漫钞》卷八,中华书局1996年版,第135页。

物寄托自己的遗民情感。以哭祭前朝或先帝为例,《通天台》描写了梁亡后流寓长安的沈炯登通天台痛哭,《西台记》描写了谢翱于宋亡后设西台痛哭文天祥事,《续金瓶梅》第五十八回描写了洪皓在其流放地冷山闻徽、钦二帝驾崩后,"换了一身孝衣,披发哀号,望北而祭"①。这些历史人物对亡国死君的哭祭,明显蕴含了作者对明亡的哭祭。除此之外,遗民小说与遗民戏曲还表达了对"篡国者"的痛恨、对变节者的不满、对忠义者的崇敬等遗民情怀。总之,清初遗民小说与遗民戏曲在以古喻今抒发遗民情怀方面是相通的。

　　2. 直面易代、感受亡国之痛。清初遗民小说与遗民戏曲除通过以古喻今外,还通过直面明清易代的现实,来表达自己的遗民情感。其中通俗小说主要包括西吴懒道人的《剿闯小说》、漫游野史的《海角遗编》、蓬蒿子的《新世弘勋》、江左樵子的《樵史通俗演义》、佚名的《梼杌闲评》、松排山人的《铁冠图》、江日昇的《台湾外记》等,文言小说主要包括为明清易代时人物所作的传记,如王猷定的《汤琵琶传》《孝烈张公传》《梁烈妇传》,冯班的《海虞三义传》,贺贻孙的《雪裘传》、魏禧的《大铁椎传》、吴肃公的《五人传》等。而清初遗民戏曲则主要包括遗民散曲,如徐石麒的小令《北双调沉醉东风·写怀》《北仙吕寄生草·避世》,黄周星的套数《北双调新水令·寄泗州戚缓耳》等。另外,李玉的《清忠谱》、孔尚任的《桃花扇》等传奇也反映了明清易代时的社会现实。这些作家在以明清易代现实为题材进行创作时,亡国之痛往往溢于言表。如《樵史通俗演义》第四十回中的第二首《北寄生草》云:"你也休啰唣,我也不放刁,黄得功刎了明无靠。劫粮的刘孔昭海中逃,卖君的刘良佐千秋笑。权奸自古少忠臣,傍州例请君瞧,也须知道。"②又如《桃花扇》续四十出《馀韵》中的《哀江南·北新水令》云:"山松野草带花挑,猛抬头秣陵重到。残

---

　　① 〔清〕紫阳道人编:《续金瓶梅》,《古本小说集成》据中国艺术研究院戏曲研究所藏顺治十七年(1660)原刻本影印,上海古籍出版社1994年版(下同),第1639页。
　　② 〔清〕江左樵子编辑:《樵史通俗演义》,《古本小说集成》本,第735页。

军留废垒,瘦马卧空壕;村廓萧条,城对着夕阳道。"①由此可见,清初遗民小说与遗民戏曲中的亡国之痛之一斑。

3.《桃花扇》取材于遗民小说。清初遗民小说与遗民戏曲在题材选择上有许多共同之处,如靖难题材、阉党题材等。在没有足够证据的情况下,我们不能简单地判断,同题材的遗民戏曲受到同题材的遗民小说的影响,或者同题材的遗民小说受到同题材的遗民戏曲的影响。不过,有一例我们可以肯定,即遗民传奇《桃花扇》受到遗民小说《樵史通俗演义》及《李姬传》的影响。据《桃花扇考据》,《桃花扇》共采录了《樵史通俗演义》②"二十四段",包括自"甲申年四月十三日议立福王"至"(乙酉年)五月初十日弘光帝夜出南京"。③这基本上涵盖了整个弘光王朝及其重要事件。而且,《桃花扇考据》将《樵史通俗演义》作为考据首条,可见《樵史通俗演义》对《桃花扇》创作意义之重大。《李姬传》虽未列入《桃花扇考据》,但学界一般认为它是《桃花扇》创作蓝本,如张潮评点侯方域《李姬传》云:"吾友岸堂主人作《桃花扇》传奇,谱此事,惜未及《琵琶词》。岂以其词不雅驯故略之耶?"④又如陈文新称:"《李姬传》是孔尚任创作传奇剧《桃花扇》的蓝本。上面两件事(笔者按:李香规劝侯方域及拒绝田仰馈赠)《桃花扇》也写到了,但《李姬传》中有关《琵琶词》的一个细节却为孔尚任所删除。"⑤《桃花扇》不仅在创作题材上汲取了上述两遗民小

① ［清］孔尚任:《桃花扇》续四十出《馀韵》,《古本戏曲丛刊》(五集)本,上海古籍出版社1986年影印。
② 《桃花扇考据》第一条称:"无名氏《樵史》二十四段"。笔者按:这里的"《樵史》"是指八卷本江左樵子的《樵史通俗演义》,而不是指四卷本陆应阳的《樵史》。四卷本《樵史》,笔者已在《四库禁毁书丛刊》史部第71册中发现了清初三味楼刻本的影印本。其内容未涉及弘光王朝事。
③ ［清］孔尚任:《桃花扇·桃花扇考据》,《古本戏曲丛刊》(五集)本,上海古籍出版社1986年影印。
④ ［清］侯方域:《李姬传》,［清］张潮辑:《虞初新志》卷十三,《古本小说集成》本,第639—640页。
⑤ 石昌渝等:《中国古代小说总目》(文言卷)"李姬传"条,山西教育出版社2004年版,第230页。

说,还在创作情感上也有所汲取,如《樵史通俗演义》《李姬传》表现的对马阮专权误国的痛恨等,亦为《桃花扇》所吸收,即所谓"借离合之情,写兴亡之感"①也。

综上所述,清初遗民小说是在清初遗民文学(包括遗民诗、词、文、戏曲等)的语境中产生兴起的,有些作家还在遗民文学的不同文体方面有所建树。因而,它们在创作题材的选择、创作方法的运用、创作情感的表达、创作价值的认可等方面,有其诸多相通或相似之处。

---

① [清]孔尚任:《桃花扇》卷一试一出《先声》,《古本戏曲丛刊》(五集)本,上海古籍出版社 1986 年影印。

第二章　清初遗民小说的作家

　　清初遗民小说作家是总体上属于文化遗民。具体到清初时期,文化遗民主要包括两个部分:一是明遗民,二是其他在文化上认同明朝的易代士人。其中,第二部分又包括非明遗民和明遗民身份不可考者。作为清初遗民小说的创作主体,这些文化遗民到底是怎么样的一个群体,笔者将从数据统计、空间分布、生存状态等方面进行探究。

第一节　清初遗民小说作家的数据统计

　　据笔者统计,清初遗民小说作家计有 90 人,现将这些作家的生卒年、别号、籍贯、科考、主要任职、遗民身份等基本情况统计如下:

一、生卒年统计

　　1. 生年可考或大致可考者 62 人,主要包括以下几个时期。

　　(1)万历时期(1573—1620)出生者 36 人:张明弼(1584)、冯舒(1593)、陈洪绶(1598)、王猷定(1598)、丁耀亢(1599)、卢若腾(1600)、冯班(1602)、徐士俊(1602)、李清(1602)、陈贞慧(1604)、来集之(1604)、贺贻孙(1605)、严首升(1607)、吴伟业(1609)、彭士望(1610)、黄宗羲(1610)、黄周星(1611)、冒襄(1611)、杜濬(1611)、钱澄之(1612)、周亮工(1612)、顾炎武

（1613）、归庄（1613）、李焕章（1613）、邱维屏（1614）、陆圻（1614）、陈忱（1615）、彭孙贻（1615）、应撝谦（1615）、龚鼎孳（1615）、余怀（1616）、侯方域（1618）、张恕（1619）、毛先舒（1620）、宋曹（1620）、何挈（1620）。

（2）天启时期（1621—1627）出生者 12 人：顾景星（1621）、李邺嗣（1622）、徐枋（1622）、郭棻（1622）、毛奇龄（1623）、周筼（1623）、魏禧（1624）、汪琬（1624）、陈维崧（1625）王炜（1626）、吴肃公（1626）、沙张白（1626）。

（3）崇祯时期（1628—1644）出生者 10 人：王锡阐（1628）、李延昰（1628）、朱彝尊（1629）、屈大均（1630）、吕熊（1633 或 1635）、毛际可（1633）、邵长蘅（1637）、庞垲（1639）、康乃心（1643）、褚人获（1635）。

（4）南明时期（1644—1661）出生者 4 人：王源（1648）、陈鼎（1650）、顾彩（1650）、冯景（1652）。

2. 卒年可考或大致可考者 63 人，主要包括以下几个时期。

（1）卒于顺治时期（1644—1661）者仅 6 人：冯舒（1649）、张明弼（1652）、陈洪绶（1652）、侯方域（1654）、陈贞慧（1656）、王猷定（1661）。

（2）卒于康熙前期（1662—1683）者 21 人：卢若腾（1664）、丁耀亢（1669）、冯班（1671）、吴伟业（1672）、周亮工（1672）、彭孙贻（1673）、龚鼎孳（1673）、归庄（1673）、邱维屏（1679）、黄周星（1680）、李邺嗣（1680）、魏禧（1680）、王锡阐（1682）、顾炎武（1682）、徐士俊（约 1682）、陈维崧（1682）、来集之（1682）、严首升（1682）、李清（1683）、彭士望（1683）、应撝谦（1683）。

（3）卒于康熙后期（1684—1722）者 30 人：杜濬（1687）、周筼（1687）、顾景星（1687）、贺贻孙（1688）、毛先舒（1688）、李焕章（1688）、郭棻（1690）汪琬（1691）、沙张白（1691）、冒襄（1693）、钱澄之（1693）、张恕（1694）、徐枋（1694）、黄宗羲（1695）、余怀（1696）、屈大均（1696）、何挈（1696）、李延昰（1697）、吴肃公（1699）、宋曹（1701）、邵长蘅（1704）、庞垲（1707）、康乃心（1707）、毛际可（1708）、朱彝尊（1709）、王源（1710）、吕熊（1714 或 1723）、冯景（1715）、毛奇龄（1716）、顾彩（1718）。

3. 生卒年均可考或大致可考者 57 人：张明弼、冯舒、陈洪绶、王猷定、卢若腾、冯班、徐士俊、李清、陈贞慧、来集之、贺贻孙、严首升、彭士望、黄宗羲、黄周星、冒襄、杜濬、钱澄之、顾炎武、归庄、李焕章、邱维屏、彭孙贻、应撝谦、余怀、张惣、毛先舒、宋曹、顾景星、李邺嗣、徐枋、周篔、魏禧、吴肃公、王锡阐、李延昰、屈大均、吕熊、丁耀亢、吴伟业、周亮工、龚鼎孳、侯方域、郭棻、毛奇龄、汪琬、陈维崧、朱彝尊、毛际可、邵长蘅、庞垲、康乃心、王源、顾彩、冯景、何絜、沙张白。

从上述统计，我们知道，清初遗民小说作家大多生于明万历年间、卒于清康熙后期。万历至康熙时期，正是明清易代的重要时期，大多作家都经历了这一历史巨变，从而为自己的小说创作提供了重要的素材与背景。

二、别号统计

别号①，简称号，是古人于名、字之外的称谓。与名、字多由长辈所取不同，别号多为自取，亦有他人赠与。其来源多样，或以居所为号，或以环境为号，或以志趣为号，不一而足。故而，别号能反映作家的心理状态及精神追求。那么，清初遗民小说作家的别号又有什么特点呢？笔者作统计如下：

1. 含“山人”②“逸”“樵”“潜夫”“野”“农”“鹤”者 14 人。

---

① ［明］沈德符：《万历野获编》卷二十三之《山人·别号有所本》：“别号滥觞非一，有出新意者，有自鸣其志者，似稍脱套，亦有所本。如倪元镇自谓倪迂，而司马君实之迂叟，晁明远之景迂，盖又景司马则固先之矣。倪又自谓懒瓒，则唐僧懒残，宋马永卿之懒真子，又先之矣，近日陈仲醇品格略与元镇伯仲，其别号眉公，人颇称其新，但国初诗人杨孟战名基其，吴县人，已号眉庵，谓如人眉在面，虽不可少而实无用，以寓自谦。仲醇意亦取此，然亦落第二义矣。”（中华书局1959 年版，第 584—585 页）

② ［明］沈德符《万历野获编》卷二十三之《山人·山人名号》记载：“山人之名本重，如李邺侯仅得此称。不意数十年来出游无籍辈，以诗卷遍贽达官，亦谓之山人，始于嘉靖之初年，盛于今上之近岁。吴中友人遂有作山人歌曲者，而情状著矣。抚按藩臬大吏，有事地方，作檄文以关防诈伪，动称山人星相而品第定矣。按今广西、贵州深僻之地，跧伏菁莽中，不夷不汉，粗纳粮税者，呼为‘山总’、‘山老’，其部落则名‘山人’。正德间，郁林州土夷韦观敬上疏求入贡，直署其衔曰山人某，更属可笑。然南宋讲学盛时，如白鹿洞等书院，主其教者亦称山长，故元尚沿之，盖山派不同如此。唐太仆卿韦观为巫所挟，哀恳曰：‘愿山人无为言。’则巫觋亦称山人，后唐宗后父刘叟以医卜自称山人，又金、元胡俗，凡掌体傧相，亦称山人。”（中华书局 1959 年版，第 585 页）

秦馀山人（徐枋）、青门山人（邵长蘅）、飞浮山人、莘野（康乃心）、逸鸿（吴肃公）、逸田叟（吕熊）、鹿樵生（吴伟业）、雁宕山樵（陈忱）、耕海潜夫（宋曹）、野鹤（丁耀亢）、鹤市石农（褚人获）、鹤舫（毛际可）、鹤沙（陈鼎）、松排山人、江左樵子。

2. 含"庵"者13人。

默庵（冯舒）、留庵（卢若腾）、圃（而）庵（黄周星）、朴庵（冒襄）、雪床庵主人（徐枋）、不庵（王炜）、晓庵（王锡阐）、漫庵（李延昰）、拙庵（徐芳）、确庵（郑与侨）、快庵（郭棻）、或庵（王源）、鹿庵（林璐）。

3. 含"道人""道士""道者"者11人。

紫珍道人（徐士俊）、笑苍道人（黄周星）、西顽道人（钱澄之）、寒铁道人、天衣道者（余怀）、金粟道人（顾景星）、紫阳道人（丁耀亢）、梅村道士、大云道人（吴伟业）、铁肩道人（陈鼎）、心童道士（方亨咸）、西吴懒道人、七峰道人。

4. 含"斋""轩""堂""庑"者11人。

确斋（严首升）、织斋（李焕章）、茗斋（彭孙贻）、潜斋（应撝谦）、俟斋（徐枋）、裕斋（魏禧）、补斋（顾彩）、蠋斋（先著）、恒轩（归庄）、杲堂（李邺嗣）、慢庑（邱维屏）。

5. 含"老人""翁""叟"者10人。

癸巳老人（冯舒）、钝吟老人（冯班）、梨洲老人（黄宗羲）、曼翁、鬘持老人（余怀）、钝翁（汪琬）、松皋老人（毛际可）、牧翁（庞垲）、涧叟（徐枋）、逸田叟（吕熊）、空谷老人。

6. 含"主人""先生""生""子"者9人。

琴牧子（张明弼）、自许先生（卢若腾）、元成子（来集之）、汰沃主人（黄周星）、天同一生（王锡阐）、愚山子（徐枋）、灌隐主人（吴伟业）、尧峰先生（汪琬）、鹿樵生（吴伟业）、蓬蒿子。

7. 含"居士"者 5 人。

水田居士（贺贻孙）、衲香居士（余怀）、梅村居士（吴伟业）、梦鹤居士（顾彩）、艾衲居士。

8. 其他有特色的别号。

老莲、老迟、悔迟（陈洪绶）、轸石（王猷定）、映碧（李清）、解人（严首升）、南雷（黄宗羲）、九烟（黄周星）、朴巢（冒襄）、田间（钱澄之）、归妹（归庄）、讲山（陆圻）、广霞（余怀）、笃谷（周筼）、街南（吴肃公）、寒村（李延昰）、三农赘人（汪价）、芝麓（龚鼎孳）、雪苑、壮悔（侯方域）、竹垞（朱彝尊）、龙瞑（方亨咸）、椒峰（陈玉璂）。

从上述统计，我们可以看出，清初遗民小说作家的别号多具时代特色，主要表现在以下两个方面：

一是心往隐逸。我们知道，绝大多数清初遗民小说作家经历了明末清初时期剧烈的社会变动，无论是拒绝与清廷合作者，还是在清廷中谋有一官半职者，在内心的深处多有向往隐逸的情怀，他们的别号中多含有"樵""居士"等带有隐逸内涵即可得到印证。不过，在此需要指出的是，"山人"自晚明以来并非名重的称谓，反而是受人讥讽的对象，正如沈德符所谓"年来此辈作奸，妖讹百出"①。故此，"山人"别号者并不多见。

二是追随佛道。以"庵""道"名别号者多达 20 余人，可见清初遗民小说作家对于佛道的追随。清初遗民小说作家以"道"名号，主要显示其清静无为、回归自然、浮生若梦的道家与道教的志趣。如余怀号寒铁道人，其命意或即《四莲华斋杂录》卷二所云："铁冠道人雪中赤脚登华顶，取雪团梅花嘬之，大叫曰：'寒香沁我心腑。'"②而以"庵"名号者有逃禅之意。"庵"本为圆顶草

---

① ［明］沈德符《万历野获编》卷二十三《山人·恩诏逐山人》载："恩诏内又一款，尽逐在京山人，尤为快事。年来此辈作奸，妖讹百出，如《逐客鸣冤录》仅其小者耳。昔年吴中有《山人歌》，描写最巧，今阅之未能得其十一。然以清朝大庆，溥海沾浩荡之恩，而独求多于鼠辈，谓之失体则可，若云已甚，恐未必然。"（中华书局 1959 年版，第 584 页）

② ［清］余怀原著，方宝川等主编：《余怀集》，广陵书社 2005 年版，第 592—593 页。

屋之义。《释名·释宫室》:"草圆屋……又谓之庵。"①《神仙传·焦先》:"及魏受禅,居河之湄,结草为庵,独止其中。"②因草屋多处僻静之地,故"庵"又演化为佛教徒修行之地,不仅仅指尼姑修行之所,亦泛指寺庙之意。同时,"庵"还代指文人字号或书斋名。笔者认为清初遗民小说作家以"庵"名号,除具有名书斋、显隐逸等一般意义外,更多具有逃禅之意。这种逃禅或为行为,或为心灵。关于明遗民的逃禅现象及其原因分析,本章第二节将有详论,在此不作赘述。

另外,有些清初遗民小说作家的别号还具有特定的内涵。笔者在此仅以归庄的别号归妹、侯方域的别号壮悔为例。"归妹"本为《周易》六十四卦之第五十四卦。此卦意为以娣嫁妹,"唯须自守卑退以事元妃。若妄进求宠,则有并后凶咎之败"。③ 归庄取此别号,一则与其姓相合,二则告诫那些向清廷求宠者当有凶兆。而壮悔别号,则是侯方域"平生之可悔者多矣"④的情感表达。其于顺治九年(1652)35 岁时回归故里,将幼时读书处所杂庸堂更改为壮悔堂。

总之,清初遗民小说作家的别号,体现了明清易代的时代特色,特别是诸多别号体现了他们内心深处的与新朝不合作的遗民心态。

---

① [汉]刘熙:《释名》卷第五《释宫室第十七》,《丛书集成初编》第 1151 册,中华书局 1985 年影印本,第 89 页。

② [宋]李昉等:《太平广记》卷第九之《焦先》,中华书局 1961 年版,第 63 页。笔者按,[晋]葛洪撰、胡守为校释的《神仙传校释》(中华书局 2010 年版)卷六《焦先传》并无此句。

③ 《周易·归妹》:"归妹:征凶,无攸利。《象》曰:归妹,天地之大义也。天地不交,而万物不兴。归妹,人之终始也。"魏王弼注曰:"妹者,少女之称也。"唐孔颖达正义曰:"归妹者,卦名也。妇人谓嫁曰归,'归妹'犹言嫁妹也。然《易》论归妹得名不同,《泰卦》六五云:'帝乙归妹。'彼据兄嫁妹谓之'归妹'。此卦名归妹,以妹从娣而嫁,谓之'归'。……'征凶,无攸利'者,归未之戒也。征谓进有所往也。妹从娣嫁,本非正匹,唯须自守卑退以事元妃。若妄进求宠,则有并后凶咎之败,故曰'征凶,无攸利'。"(清阮元校刻:《十三经注疏》之《周易正义》卷五之《归妹》,上海古籍出版社 1997 年影印本,第 64 页)

④ [清]侯方域:《壮悔堂文集》第六卷之《壮悔堂记》,《清代诗文集汇编》第 62 册,上海古籍出版社 2010 年影印本,第 435 页。

三、籍贯统计

清初遗民小说作家籍贯可考者 76 人，分布于 13 个省。关于省名及其辖地，笔者主要是依据赵尔巽撰《清史稿·地理志》与谭其骧主编的《中国历史地图集》（清时期）（中国地图出版社 1987 年版）。具体统计如下：

1. 江苏 29 人：

（1）苏州府 10 人：常熟（冯舒、冯班）、昆山（顾炎武、归庄、吕熊）、吴县①（徐枋）、吴江②（王锡阐、史玄）、长洲③（汪琬、褚人获）。

（2）常州府 8 人：宜兴④（陈贞慧、陈维崧）、武进（邵长蘅、陈玉璂、董以宁）、江阴⑤（陈鼎、沙张白）、无锡⑥（顾彩）。

（3）镇江府 4 人：金坛⑦（张明弼、曹宗璠、史惇）、丹徒（何絜）。

（4）太仓⑧直隶州 2 人：嘉定⑨（汪价）、吴伟业。

（5）扬州府 1 人：兴化⑩（李清）。

（6）江宁府 1 人：江宁⑪（张惣）。

（7）淮安府 1 人：盐城⑫（宋曹）。

---

① 吴县即今苏州市吴中区。

② 吴江即今苏州市吴江区。

③ 清时长洲为苏州府治，民国元年（1912）并入吴县，现即苏州市吴中区。

④ 宜兴今属无锡市。

⑤ 江阴今属无锡市。

⑥ 清时无锡县主要包括今无锡市锡山区、惠山区、部分滨湖区。

⑦ 金坛今属常州市。

⑧ 清时太仓直隶州，下辖镇洋、嘉定、崇明三县，嘉定、崇明今属上海市，镇洋大致相当于今太仓市，隶属苏州市。

⑨ 嘉定即今上海市嘉定区。

⑩ 兴化今属泰州市。

⑪ 江宁即今南京市江宁区。江宁府大致相当于今南京市。

⑫ 笔者按，宋曹出生于清盐城县新兴场，即今盐城市亭湖区新兴镇。据《清史稿》卷五十八《地理志五》记载，盐城县为淮安府所领六县之一，下辖九镇：上冈、大冈、沙沟、冈门、新河、安丰、清沟、喻口、新兴。

（8）松江府 1 人：华亭①（李延昰）。

（9）通州直隶州 1 人：如皋②（冒襄）。

2.浙江 18 人：

（1）杭州府 8 人：钱塘③（陆圻、冯景、陆次云、林璐）、仁和④（徐士俊、应撝谦、毛先舒）、海宁⑤（朱一是）。

（2）绍兴府 4 人：诸暨（陈洪授）、萧山⑥（来集之、毛奇龄）、余姚⑦（黄宗羲）。

（3）嘉兴府 3 人：海盐（彭孙贻）、嘉兴⑧（周筼）、秀水⑨（朱彝尊）。

（4）湖州府 1 人：乌程⑩（陈忱）。

（5）宁波府 1 人：鄞县（李邺嗣）。

（6）严州府 1 人：遂安⑪（毛际可）。

3.江西 6 人：

（1）南昌府 2 人：王猷定（晚寓杭州）、彭士望（避难宁都）。

---

① 华亭大致相当于今上海市松江区。另，松江府辖区大体为今上海市吴淞江以南、黄浦江以东地区，今黄浦、静安、卢湾、南市、徐汇、长宁、闵行、浦东新区等区，松江、青浦、金山、奉贤、南汇、杨浦、虹口、闸北等区部分地区。

② 如皋今属南通市。

③ 清时钱塘为杭州府下辖县之一，大致包括今杭州市上城区（除南部沿江部分）、西湖区、拱墅区（两塘河以西部分）、余杭区的良渚镇（两塘河以西部分）、瓶窑镇（老镇区及以东部分）、五常街道，以及富阳区受降镇东北部、东洲街道东部。

④ 清时仁和县为杭州府下辖县之一，大致包括今杭州市下城区、江干区、拱墅区（两塘河以东部分）、上城区（沿江一线）、余杭区的临平街道、东湖街道、南苑街道、星桥街道、崇贤镇、乔司镇、运河镇、塘栖镇（除大运河以北部分地区）、仁和镇、良渚镇（两塘河以东部分），以及海宁市许村镇西南部部分地区。

⑤ 海宁今属嘉兴市。

⑥ 萧山今属杭州市。

⑦ 余姚今属宁波市。

⑧ 嘉兴县包括今嘉兴市南湖区、秀洲区。

⑨ 秀水县为明宣德四年（1429）置，治今嘉兴市，治同嘉兴县，民国元年（1912）与嘉兴合并为嘉禾县。

⑩ 乌程县今为湖州市吴兴区。

⑪ 遂安县于晋太康元年（280）置，曾属新安郡、睦州、新定郡、严州府、金华道、建德专区等，1958 年并入淳安县，今属杭州市。旧县治没入千岛湖。

（2）吉安府 1 人：永新（贺贻孙）。

（3）建昌府 1 人：南城①（徐芳）。

（4）宁都直隶州 2 人：宁都②（邱维屏、魏禧）。

4. 安徽 5 人：

（1）安庆府 2 人：桐城（钱澄之、方亨咸）。

（2）徽州府③ 1 人：歙县（王炜）。

（3）宁国府④ 1 人：宣城⑤（吴肃公）。

（4）庐州府 1 人：合肥⑥（龚鼎孳）。

5. 直隶 3 人：

（1）保定府 1 人：清苑（郭棻）。

（2）河间府 1 人：任丘⑦（庞垲）。

（3）顺天府 1 人：大兴（王源）。

6. 山东 3 人：

（1）青州府 2 人：乐安（李焕章）、诸城⑧（丁耀亢）。

（2）济宁直隶州 1 人：济宁（郑与侨）。

7. 福建 3 人：

（1）泉州府 2 人：金门⑨（卢若腾）、同安⑩（江日昇）。

---

① 南城今属抚州市。另,清建昌府辖南城、新城（今黎川）、广昌三县,今均属抚州市。

② 宁都今属赣州市。

③ 徽州府大致相当于今黄山市。不过,原属徽州的绩溪现属宣城市、婺源现属江西省上饶市,原属宁国府的太平现属黄山市。

④ 宁国府大致相当于今宣城市。

⑤ 宣城即今宣城市宣州区。

⑥ 合肥包括今合肥市包河区、蜀山区、瑶海区、庐阳区,以及肥西县、肥东县及长丰县的岗集镇、双墩镇。另,清庐州府辖合肥、舒城、庐江、巢县、无为州。

⑦ 任丘今属河北省沧州市。

⑧ 诸城今属潍坊市。

⑨ 金门原属泉州府同安县。

⑩ 同安大致相当于今厦门市同安区、翔安区。

(2)兴化府①1人:莆田(余怀,长期寓居金陵,晚隐吴门)。

8.湖南2人:

(1)岳州府1人:华容②(严首升)。

(2)长沙府③1人:湘潭④(黄周星,原籍上元,晚寓吴兴)。

9.湖北2人。

黄州府2人:黄冈⑤(杜濬,长期寓居金陵)、蕲州⑥(顾景星)。

10.河南2人:

(1)开封府1人:祥符⑦(周亮工)。

(2)归德府1人:商丘⑧(侯方域)。

11.广东1人:

广州府1人:番禺(屈大均)。

12.四川1人:

泸州直隶州1人:先著。

13.陕西1人:

同州府1人:郃阳⑨(康乃心)。

从上述统计,我们可以看出,清初遗民小说作家在籍贯方面主要有两个特点。

一是长江以南的作家占绝大多数。在可考籍贯的76人中,长江以北的作

---

① 兴化府即今莆田市。莆田县即今莆田市荔城区。
② 华容今属岳阳市。
③ 长沙府相当于今天的长沙市、湘潭市、株洲市、益阳市。
④ 湘潭即今湘潭市。另,上元今属南京,吴兴今属浙江湖州。
⑤ 据《清史稿》卷六十七《地理志十四》记载,黄冈属黄州府所领七县之一。
⑥ 据《清史稿》卷六十七《地理志十四》记载,蕲州属黄州府所领七县之一。蕲州即今蕲春县,属黄冈市。
⑦ 祥符大致相当于今开封市祥符区。
⑧ 商丘县大致相当于今商丘市睢阳区和部分梁园区。另,清归德府辖一州八县:商丘、宁陵、鹿邑、夏邑、永城、虞城、睢州、考城、柘城,大致相当于今天的商丘市。
⑨ 郃阳今作合阳,属渭南市。

家仅有 16 人,仅占 21%,包括江苏兴化的李清、盐城的宋曹、如皋的冒襄,安徽桐城的钱澄之、方亨咸、合肥的龚鼎孳,直隶清苑的郭棻、任丘的庞垲、大兴的王源,山东乐安的李焕章、诸城的丁耀亢,湖北黄冈的杜濬、蕲州的顾景星,河南祥符的周亮工、商丘的侯方域,陕西邰阳的康乃心。而其余 60 余人的籍贯均为长江以南,这与南明的政权均建都于长江以南,以及明末清初时期民众与阉党及清廷激烈抗争大多集中于这一地区有密切的关系。详论参见本章第二节。

二是部分作家长期寓居非籍贯地。如余怀,祖籍虽为福建莆田,但其出生、成长、生活主要在江苏。康爵《现存莆人著作书目提要》:"余怀,莆黄石人,生于吴门,后寓金陵,晚仍居吴门,殁葬桃花坞。"①再如杜濬,其童年、少年时期是在其籍贯地湖北黄冈度过,但崇祯七年(1634),亦即其 24 岁时,离故乡僦舍金陵,并长达 34 年。《外父王养所九十觞词》云:"由丁未之岁上溯至于甲戌,濬侍两先大人去其乡黄冈,而僦舍于金陵居焉,凡距今三十有四年。"②

四、科考统计

科举制度发展到明清时期,已非常成熟与完备。《清史稿》卷一百八《选举志三》:"有清科目取士,承明制用八股文。……三年大比,试诸生于直省,曰乡试,中式者为举人。次年试举人于京师,曰会试,中式者为贡士。天子亲策于廷,曰殿试,名第分一、二、三甲。一甲三人,曰状元、榜眼、探花,赐进士及第。二甲若干人,赐进士出身。三甲若干人,赐同进士出身。乡试第一曰解元,会试第一曰会元,二甲第一曰传胪。悉仍明旧称也。"③除乡试、会试、殿试外,明清时期还有最低级别的院试,分为三个阶段,即县、府、院试,中试者曰秀才,亦称生员,包括增生、附生、廪生、例生等,统称诸生。另外,贡士参加殿试后,

---

① 中国人民政治协商会议福建省莆田县委员会编:《莆田文史资料》第六辑(内部发行),《地方论丛专辑》,1983 年,第 129 页。

② [清]杜濬:《变雅堂遗集》文集卷五,《清代诗文集汇编》第 37 册,上海古籍出版社 2010 年影印本,第 219 页上。

③ [清]赵尔巽等撰:《清史稿》,中华书局 1976 年版,第 3147 页。

即谓之进士。故此,明清时期的科考功名从高到低主要包括进士、举人、诸生等。现将清初遗民小说作家的功名(笔者按:多个功名者以最高者计)统计如下:

1. 进士 14 人:

(1)崇祯四年(1631)进士 3 人:李清、曹琮璠、吴伟业。

(2)崇祯七年(1634)进士 1 人:龚鼎孳。

(2)崇祯十年(1637)进士 1 人:张明弼。

(3)崇祯十三年(1640)进士 5 人:卢若腾、来集之、黄周星、徐芳、周亮工。

(4)顺治四年(1647)进士 1 人:方亨咸。

(5)顺治九年(1652)进士 1 人:郭棻。

(6)顺治十五年(1658)进士 1 人:毛际可。

(7)康熙六年(1667)进士 1 人:陈玉璂。

2. 举人 8 人:

(1)崇祯九年(1636)举人 2 人:贺贻孙、郑与侨。

(2)崇祯十五年(1642)举人 4 人:彭孙贻、徐枋、朱一是、史惇(廷试第一)。

(3)顺治八年(1651)举人 1 人:侯方域。

(4)康熙三十八年(1699)举人 1 人:康乃心。

3. 康熙十八(1679)举博士学鸿词科①者 5 人:毛奇龄、汪琬(顺治十二年[1655]进士)、陈维崧、朱彝尊、庞垲(康熙十四[1675]举人)。

---

① 笔者按:博学鸿词为古代制科一种,用以选拔学问渊博、文词卓越者。此科始于唐玄宗开元十九年(731),宋高宗绍兴三年(1133)定名为"博学宏词",历代因之。清康熙十八(1679)、乾隆元年(1736)举行过两次,更名为"博学鸿词"。《清史稿》卷六《圣祖本纪一》:"(康熙)十八年己未……三月丙申朔,御试博学鸿词于保和殿,授彭孙遹等五十人侍读、侍讲、编修、检讨等官。"(中华书局 1976 年版,第 199 页)卷一百九《选举志四》:"乾隆元年……九月,召试百七十六人于保和殿,……取一等五人,刘纶、潘安礼、诸锦、于振、杭世骏等,授编修。二等十人,陈兆仑、刘藻、夏之蓉、周长发、程恂等,授检讨;杨度汪、沈廷芳、汪士、陈士璠、齐召南等,授庶吉士。二年,补试体仁阁,首场制策二,二场赋、诗、论各一。取一等万松龄,授检讨。二等张汉,授检讨;朱荃、洪世泽,授庶吉士。"(第 3177 页)刘兆璸《清代科举》称:"(康、乾)两次博学鸿词科之征召,皆因鼎革未久,志士怀念前明,特网罗朝野硕彦,收拾人心,录取者多任修纂明史。"(台北:东大图书有限公司 1979 年版,第 127 页)

4.诸生 28 人：

（1）明末诸生 26 人：陈洪绶、冯舒、冯班、陈贞慧、严首升、彭士望、冒襄、杜濬、钱澄之、归庄、李焕章、邱维屏、应㑺谦、张惣、毛先舒、顾景星、李邺嗣、魏禧、吴肃公、屈大均、汪价、丁耀亢、何絮、沙张白、董以宁、林璐。

（2）清初诸生 2 人：邵长蘅、陆次云。

从上述统计，我们大致可以得出这样的结论，即大多清初遗民小说作家近于平民身份。在 90 位遗民小说作家中，取得较高功名（进士、举人、博学鸿词科）的作家仅 27 人，其余均为较低功名的诸生，或未取得功名。这就意味着，遗民小说作家大多生活于社会底层。这种社会地位也就决定了他们在创作小说时，能更多地反映底层民众的生活与心态。

五、主要任职统计

清代职官总体上沿袭明制，只不过有些职官在品级上有些细微差异，特别是中央各部职官。如明代六部尚书、侍郎、郎中、员外郎、主事，分别为正二品、正三品、正五品、从五品、正六品，而清代六部尚书、侍郎、郎中、员外郎、主事等经多次更改后，最后分别定为从一品、从二品、正五品、从五品、正六品。笔者为方便对比，以及任职具体时间难以考证，清代职官的品级一律按照定制后计算。现将清初遗民小说作家在明清之际任职情况（笔者按：多个任职者以最高任职计）统计如下：

1.从一品 1 人：龚鼎孳（清刑部尚书）。

2.正二品 1 人：卢若腾（明兵部尚书）。

3.从二品 2 人：周亮工（清户部右侍郎）、郭棻（清礼部侍郎）。

4.正四品 3 人：来集之（太常寺少卿）、史惇（九江知府）、吴伟业（少詹事）。

5.从四品 1 人：庞垲（清建宁知府）。

6.从五品 1 人：徐芳（明泽州知州）。

7. 正六品 2 人：黄周星（明户部主事）、钱澄之（明礼部主事）。

8. 正七品 7 人：张明弼（明揭阳知县、台州推官）、李清（明宁波推官、刑科给事中等）、顾景星（明推官）、丁耀亢（清惠安知县）、汪琬（清翰林院编修）、毛际可（清彰德推官）、陆次云（清郏县知县、江阴知县）。

9. 从七品 4 人：毛奇龄（清翰林院检讨）、陈维崧（清翰林院检讨）、朱彝尊（清翰林院检讨）、陈玉璂（清内阁中书）。

从以上统计，我们知道，在 90 位清初遗民小说作家中，仅有 22 人有任职经历，其他作家或未任职，或职位很低。这与上文的科考统计，基本上相符。换言之，清初遗民小说作家绝大多数因未取得较高功名，从而未取得较高职官。这种以平民作家为主体的创作群体，在一定程度上为我们解读清初遗民小说的内涵提供参考。

六、遗民身份统计

清初遗民小说作家在身份上主要分为明遗民作家、非遗民作家、遗民身份不可考作家。作家的遗民身份主要以《明遗民录汇辑》《明遗民传记资料索引》、学界现有考证及笔者之考证为主要依据。现统计如下：

1. 明遗民作家 48 人：

张明弼、冯舒、陈洪绶、王猷定、卢若腾、冯班、徐士俊、李清、陈贞慧、来集之、贺贻孙、严首升、彭士望、黄宗羲、黄周星、冒襄、杜濬、钱澄之、顾炎武、归庄、陈忱、李焕章、邱维屏、陆圻、彭孙贻、应撝谦、余怀、张惣、毛先舒、宋曹、顾景星、李邺嗣、徐枋、周篔、魏禧、王炜、吴肃公、王锡阐、李延昰、屈大均、吕熊、史玄、曹宗璠、徐芳、朱一是、汪价、郑与侨、史惇。

2. 非明遗民作家 21 人：

丁耀亢、吴伟业、周亮工、龚鼎孳、侯方域、郭棻、毛奇龄、汪琬、陈维崧、朱彝尊、毛际可、邵长蘅、庞垲、康乃心、王源、陈鼎、顾彩、冯景、方亨咸、陆次云、陈玉璂。

3. 明遗民身份不可考作家 21 人：

何絜、沙张白、褚人获、董以宁、先著、林璐、江日昇、释行愿、薇园主人、西吴懒道人、江左樵子、空谷老人、青莲室主人、艾衲居士、漫游野史、七峰道人、蓬蒿子、松排山人、佚名（3 人）。

从上述统计，我们发现在清初遗民小说作家中，有过半作家为遗民身份，其遗民情结自不待言。而那些非遗民及遗民身份不可考的作家，其内心深处，仍然有浓郁的遗民情结。所以，无论是作为清初遗民小说的创作主体的遗民作家，还是那些非遗民和遗民身份不可考作家，他们创作的遗民小说均体现了其内心的遗民情怀。

综上所述，对清初遗民小说作家的生卒年的统计，我们可以把握作家的生活时间；对籍贯的统计，我们可以看出作家的生活空间；对科考与主要任职的统计，我们可以清楚作家的社会地位；对别号、遗民身份的统计，我们可以感受作家的内心情怀。概言之，清初遗民小说作家的数据统计，既能为我们掌握清初遗民小说作家的总体概貌提供数据支撑，又能为我们进一步解读清初遗民小说提供一把密钥。

第二节　清初遗民小说作家的空间分布

一、清初的行政区划及遗民小说作家的籍贯分布

清朝在入主北京、平定南明势力、三藩之乱及大小和卓叛乱之后，疆域空前扩大。面对幅员辽阔的版图，清廷主要采用两种不同方式予以治理，"一是明故土'内地十八省'的正式郡县制，一是边疆地区军事型或监护型的特殊政区制度"[1]。其中第一方式在清初即已开始。"清初，内地沿袭明制共设有十

---

① 周振鹤：《中华文化通志·地方行政制度志》，上海人民出版社 1998 年版，第 136 页。

五省:直隶、江南、浙江、山西、山东、河南、陕西、江西、湖广、福建、广东、广西、四川、贵州、云南。康熙三年(1664)湖广省分为湖北、湖南二省,康熙六年(1667)江南省分为江苏、安徽二省,陕西省分为陕西、甘肃二省。十八省的体制即从康熙六年(1667)起,一直至光绪九年(1883)未变"①。内地十八省为一级行政区划。省下设府、直隶州、直隶厅,为二级行政区划。各府、直隶州、直隶厅下设县、散州、散厅,为三级行政区划。当然,二级与三级行政区划之间有时会出现变动,或由三级行政区划升为二级行政区划,或由二级行政区划降为三级行政区划。

 清朝在内地除设有省、府(直隶州、直隶厅)、县(散州、散厅)三级地方行政区划单位外,还为军事需要而设有中央派出机构——总督。清初的总督设置变化较大,顺治十八年(1661)设有十三总督,包括直隶、山东、河南、两江、江西、山西、陕西、四川、湖广、福建、浙江、两广、云贵;康熙四年(1665)设有九总督,包括直隶山东河南、两江、山陕、福建、浙江、湖广、四川、两广、云贵;康熙二十二年(1683)又改为六总督,包括两江、山陕、福建、湖广、两广、云贵。雍正、乾隆初年又有所增改,直到乾隆二十五年(1760)才形成八大总督定制。八大总督包括直隶总督、两江总督、闽浙总督、湖广总督、陕甘总督、四川总督、两广总督、云贵总督。其中直隶总督辖直隶省,两江总督辖江苏、安徽、江西三省,闽浙总督辖福建、浙江二省,湖广总督辖湖南、湖北二省,陕甘总督辖陕西、甘肃、新疆三省,四川总督辖四川省,两广总督辖广东、广西二省,云贵总督辖云南、贵州二省。山西、山东、河南独立置省。另外,光绪三十三年(1907)又增设东三省总督。总督虽不是实际行政区划单位,但其辖区常常为人们用来泛指某一地区,如两江地区、闽浙地区等。

 在大致了解清初行政区划后,我们再来考察清初遗民小说作家的籍贯。据笔者统计,清初遗民小说作家中籍贯可考的计有 76 人,分布于 13 个省,占

---

 ① 林涓:《清代行政区划变迁研究》,复旦大学博士论文 2004 年,第 4 页。

内地省份的72%强。其中,江苏籍作家29人,占38.1%;浙江籍作家18人,近23.7%;江西籍作家6人,近7.9%;安徽籍作家5人,占6.6%;直隶、山东、福建籍作家各3人,各占3.9%;湖北、湖南、河南籍作家各2人,各占2.6%;广东、四川、陕西籍作家各1人,各占1.3%余。具体作家籍贯,详见上节中的籍贯统计。

二、两江、闽浙地区是遗民作家的重要集散地

据清朝的行政区划,我们知道,两江总督辖有江苏、安徽、江西三省,闽浙总督辖有福建、浙江二省。从上述遗民小说作家的籍贯分布,我们可以明显看出,这两个地区作家相对集中,计有69人,约占籍贯可考作家总数的91%,其中两江地区38人,约占50%,闽浙地区31人,约占41%。两江、闽浙地区不仅遗民小说作家相对集中,而且遗民作家也相对集中,计有41人,占遗民作家总数的85%强,其中两江地区27人,占56%强,闽浙地区14人,占29%强。另外,还有些作家的籍贯虽不在上述两地区,但其主要活动仍然在该地区,如余怀、杜濬、黄周星、侯方域等,我们亦将他们视为该地区作家。为何两江、闽浙地区遗民小说作家,特别是遗民作家相对集中呢?笔者认为主要有以下几方面原因。

(一)与多个南明政权建立于该地区有关

我们知道,明朝灭亡后,共建立了五个南明政权,包括弘光政权、隆武政权、鲁王监国政权、绍武政权、永历政权。其中前三个政权即建立于两江、闽浙地区,分别建都于南京、福州、绍兴。这些偏安一隅的小朝廷,或因君主昏庸荒淫、贪图享乐,如弘光帝朱由崧、鲁王朱以海;或因将领飞扬跋扈、相互掣肘,如弘光时的四大边镇与隆武时的郑芝龙、何腾蛟等,它们存在的时间并不长,如弘光政权建立于崇祯十七年(1644)五月,顺治二年(弘光元年,1645)五月灭亡;隆武政权建立于顺治二年(隆武元年,1645)闰六月初,灭亡于顺治三年

(隆武二年,1646)八月底;鲁王监国政权建立于顺治二年(1645)七月,灭亡于
顺治三年(鲁监国元年,1646)六月。

　　该地区的三个南明政权虽历时短暂,但是它们的覆灭,对生活于这一地区
的遗民小说作家,特别是遗民作家,还是产生了深远的影响。如陈贞慧在南都
陷落后,"屏居村舍,埋身土室,不入城市。虽甚贫,遗民故老时时犹向阳羡山
中,流连痛饮"①;李清在得知南都不守的情况下,"自是隐居不出,惟著书自
娱"②;冒襄在南都陷落后,"居水绘园,以友朋文酒为乐,远近高之"③;黄周星
"明年(笔者按:弘光元年,顺治二年,1645)夏,以国变弃家,遂流寓浙中,武
塘、浔水、雉城皆往来焉"④等等。

(二)与明末清初该地区发生的激烈的抗阉、抗清斗争有关

　　明末清初时期,两江、闽浙地区是抗击阉党与抗清斗争最为激烈的地区之
一。明天启六年(1626)的苏州民变,在当时举国震惊,最后虽然以颜佩韦、杨
念如、沈扬、马杰、周文元五人的英勇就义而告终,但他们敢于同强权作斗争的
精神,一直鼓舞着这一地区人们的斗志,诚如吴肃公在为五人作传后称:"向
使中朝士大夫悉五人者,则肆诸市朝何有哉? 五人姓名具而人之,无亦以人道
之所存,不于彼而于此欤?"⑤张潮评点云:"此百年来第一快心事也。读竟,浮
一大白。"⑥顺治二年(1645)发生于该地区的三次顽强抗清斗争,同样激发着
人们的斗志。如史可法在扬州的壮烈殉国,"激起了广大士民的抗清情绪,号

---

　　①　黄容:《明遗民录》卷九,谢正光、范金民编:《明遗民录汇辑》,南京大学出版社 1995 年
版,第 756 页。
　　②　阙名朝鲜人:《皇明遗民传》卷一,谢正光、范金民编:《明遗民录汇辑》,南京大学出版社
1995 年版,第 254 页。
　　③　阙名朝鲜人:《皇明遗民传》卷一,谢正光、范金民编:《明遗民录汇辑》,南京大学出版社
1995 年版,第 447 页。
　　④　黄容:《明遗民录》卷三,谢正光、范金民编:《明遗民录汇辑》,南京大学出版社 1995 年
版,第 870 页。
　　⑤　[清]吴肃公:《五人传》,[清]张潮辑:《虞初新志》卷六,《古本小说集成》本,第 267 页。
　　⑥　[清]吴肃公:《五人传》,[清]张潮辑:《虞初新志》卷六,《古本小说集成》本,第 267 页。

召了全国人民群起抗清"①。陈明遇、阎应元等组织的江阴保卫战,可谓"八十日戴发效忠,表太祖十七朝人物;六万人同心死义,存大明三百里江山"②。侯峒曾、黄淳耀等组织的嘉定保卫战,让"后有吊古之士,哭冤魂于凄风惨月之下"③。另外,郑氏在福建、台湾地区的长期抗清,也勾起明遗民对恢复明朝的憧憬。

这种血的斗争砥砺着生活于这一地区作家的民族气节,我们从有些遗民作家毅然决然地拒绝清朝征招之举,即可窥之。魏禧即是其中一位,"康熙戊子(笔者按:应为戊午,1678),诏举学鸿儒,禧被征,以病辞。有司督催就道,不得已,舁疾至南昌就医。巡抚疑其诈,以板扉舁至门,禧絮被蒙头卧,称病笃,乃放归"④。顾炎武更是誓死不应招,"及开《明史》馆,孝感熊赐履主馆事,以书招炎武,答曰:'愿以死谢公。'戊午(笔者按:康熙十七年,1678),征博学鸿儒,当事争欲致之,炎武书与门人之在京师者,曰:'刀绳俱在,无速我死。'次年,大修《明史》,当事又欲荐之,乃贻书叶訒庵,誓以身殉,乃得免。"⑤还有徐枋,"康熙中,巡抚都御史睢州汤斌屏舆从诣山(笔者按:徐枋时僧服隐吴门山)求见,竟拒不纳,绕行山庐,叹息而去"⑥。宋曹针对清人荐举博学鸿词,亦是"固辞不就"⑦。

---

① 谢国桢:《南明史略》,上海人民出版社1957年版,第73页。
② [清]许重熙:《江阴城守后纪》,《明代野史丛书》之《东南纪事》(外十二种),北京古籍出版社2002年版,第91页。
③ [清]朱子素:《嘉定屠城纪略》,中国历史研究社编:《中国内乱外祸历史丛书》,神州国光社1946年版,第268页。
④ 孙静庵:《明遗民录》卷三七,谢正光、范金民编:《明遗民录汇辑》,南京大学出版社1995年版,第1185页。
⑤ 孙静庵:《明遗民录》卷二六,谢正光、范金民编:《明遗民录汇辑》,南京大学出版社1995年版,第1227页。
⑥ [清]邵廷寀:《明遗民所知传》,谢正光、范金民编:《明遗民录汇辑》,南京大学出版社1995年版,第540页。
⑦ 阙名朝鲜人:《皇明遗民传》卷五,谢正光、范金民编:《明遗民录汇辑》,南京大学出版社1995年版,第239页。

（三）与作家的家庭背景与教育有关

除上述二原因外，作家的家庭背景与教育也是不容忽视的一个因素。比如李清在入清后能保持自己的民族气节，与他的家庭背景有很大关系，据《兴化李氏族谱》（民国十七年［1928］刻本）和《锡山李氏世谱》（民国三十八年［1949］雍穆堂铅印本），其二十世祖为宋代抗金英雄李刚，五世祖李春芳在嘉靖、隆庆间任内阁首辅，有"神仙宰相"之称。"自此之后，李氏家世显赫，延续数代，官至尚书、卿寺以及知府、知县者十数人。"①曾祖父李茂材官至太子太保、礼部尚书。祖父李思诚官至光禄大夫、礼部尚书兼翰林院学士。兴化城中央四牌楼上有"九世一品""状元宰相"匾额显示李氏家族的荣华。李清晚年作遗令称："吾家世受国恩，吾一外吏，荷先帝简擢，涓埃未报。国亡后守其硁硁，有死无二，盖以此也。"②

还有些作家是遵循父训、母训而不仕清朝的，如王炜、吕熊、顾炎武等。据《皇明遗民传》卷五"王炜"条载："乙酉（笔者按：顺治二年，1645）秋，炜归，而有吴下述昆山顾绛母饿死事。贯一（笔者按：王炜父）叹息，久之，敕诸孙断弃举子业。炜陆沉甘自废，弟默亦蔬食逃禅。"③据乾隆十六年（1751）《昆山新阳合志》载："天裕（笔者按：吕熊父）以国变故，命熊业医，毋就试。"④孙静庵《明遗民录》卷二六"顾炎武"条载："（炎武兵败得脱）母王氏遂不食卒，遗言后人勿事二姓。"⑤

---

① 李灵年：《李清与〈女世说〉》，《蒲松龄研究》2002 年第 4 期。

② 阙名朝鲜人：《皇明遗民传》卷一，谢正光、范金民编：《明遗民录汇辑》，南京大学出版社1995 年版，第 254 页。

③ 阙名朝鲜人：《皇明遗民传》卷五，谢正光、范金民编：《明遗民录汇辑》，南京大学出版社1995 年版，第 56 页。

④ ［清］邹召南、张予介修，［清］王峻纂：《昆山新阳合志》卷二十五《人物·文苑二·吕熊传》，乾隆十六年（1751）刻本。

⑤ 孙静庵：《明遗民录》卷二六，谢正光、范金民编：《明遗民录汇辑》，南京大学出版社 1995年版，第 1225 页。

三、遗民小说作家游历广泛

遗民小说作家在明末清初时,由于受到各种因素的影响,常常并不在自己籍贯地长期居住,而是遍迹大江南北,四处游历,甚至客死他乡。所以,他们在空间分布上的另一个特点即是区域流动性大。其中顾炎武、魏禧、屈大均等人最为突出。

据孙静庵《明遗民录》卷二六"顾炎武"条载:

> (炎武与归庄起兵败)庚寅(笔者按:顺治七年,1650),有怨家欲陷之,伪作商贾,由嘉禾窜京口,遂之金陵,谒孝陵,变姓名为蒋山傭。甲午(笔者按:顺治十一年,1654),侨居神烈山下,遍游沿江一带,以观山川之胜。……戊戌(笔者按:顺治十五年,1658),遍游北都,谒长陵以下,图而记之。次年,再谒十三陵,而念江南山水未游者,复归。六谒孝陵,东游至会稽。次年,复北谒思陵,由太原、大同以入关,又北走至榆林。甲辰(笔者按:康熙三年,1664),与李因笃同谒思陵,为文以祭,往代州垦田。……丁未(笔者按:康熙六年,1667)至淮上,次年取道山东,入京师。……(入狱半年获释后)复入京师,五谒思陵,从此策马往来河北诸塞者十余年。丁巳(笔者按:康熙十六年,1677),六谒思陵,后始卜居陕之华阴。……乃定居焉。……次年(笔者按:康熙二十年,1681),卒于华阴,年六十九。①

据孙静庵《明遗民录》卷三七"魏禧"条载:

> 年四十乃出游,涉江逾淮,至吴越,思交天下奇士。于吴门交徐枋、金俊明,西陵交汪沨,乍浦交李天植,常熟交顾祖禹,毗陵交恽日初、杨瑀,方外交药地、槁木,皆遗民也。……康熙戊子(笔者按:应为戊午,康熙十七年,1678),诏举学鸿儒,禧被征,以病辞。……后

---

① 孙静庵:《明遗民录》卷二六,谢正光、范金民编:《明遗民录汇辑》,南京大学出版社 1995 年版,第 1225—1227 页。

二年,赴扬州故人约,卒于仪征,年五十有七。①

据陈伯陶《胜朝粤东遗民录》卷一"屈大均"条载:

丙申(笔者按:顺治十三年,1656),逾岭北游入越,读书祁氏寓山园,不下楼者五月。旋复游吴,谒孝陵,吴越间名士俱之游。……丙午(笔者按:康熙五年,1666)游秦陇,与秦中名士富平李因笃为友。……自代州携妻(笔者按:王状猷女,嫁大均后,大均更名为华姜)出雁门,历云中上谷,……复游京师,谒长陵及以下诸陵。旋下吴会,自金陵返粤。己酉(笔者按:康熙八年,1669)秋低里,……会吴三桂叛,以蓄发复衣冠号召天下,时有说其立明后者。甲寅(笔者按:康熙十三年,1674)、乙卯(笔者按:康熙十四年,1675),大均遂往来楚粤军中,后知其无成。丙辰(笔者按:康熙十五年,1676)春谢事归,……己未(笔者按:康熙十八年,1679),复奉母黄与侧室陈氏及子避地江南。又欲留居于赣,入翠微山中。与易堂诸子相讲习。未几,侧室及子俱死,遂归。……丙子(笔者按:康熙三十五年,1696),大均亦卒,年六十七。②

其余作家,如郑与侨在明亡后,"独游秦、晋、川、蜀、荆、楚、吴、越之郊,遍览其山川形胜,足迹几半天下"③。钱澄之在南都陷落后,"走闽中,(黄)道周荐授推官。闽亡,入粤。……秉镫寻乞假至桂林。桂林陷,祝发为僧,名西顽。久之返里"④。等等。

上述作家的出游经历,大致代表了遗民作家的出游经历,主要包括以下几种目的:

---

① 孙静庵:《明遗民录》卷三七,谢正光、范金民编:《明遗民录汇辑》,南京大学出版社1995年版,第1185页。
② 陈伯陶:《胜朝粤东遗民录》卷一,谢正光、范金民编:《明遗民录汇辑》,南京大学出版社1995年版,第392—393页。
③ 陈去病:《明遗民录》(国粹学报三六期),谢正光、范金民编:《明遗民录汇辑》,南京大学出版社1995年版,第1077页。
④ 罗正均纂:《船山师友记》第四卷《钱编修秉镫》,岳麓书社1982年版,第70页。

（一）为避祸而出游

如顾炎武逃至京口与金陵,主要是因为"怨家陷之"。其他遗民作家也有这种情况,如杜濬本为湖北黄冈人,却"避乱居金陵"①,江西南昌人王猷定,"(崇祯)十六年(笔者按:1644),天下苦贼,余审江淮间"②,客居广陵十余载。钱澄之亦是如此。

（二）为眷念故明而出游

如顾炎武多次拜谒明代皇陵,特别是思陵,曾六次拜谒,表达对为国殉难的崇祯帝无限的哀思。屈大均也拜谒了位于金陵的孝陵,京师的长陵等十三陵。

（三）为交友而出游

这在遗民作家中是非常普遍的现象,如顾炎武与屈大均、李因笃都有密切的关系,顾炎武与李因笃曾一起拜谒思陵,屈大均的妻子王华姜就是通过李因笃介绍的。魏禧更是"思交天下奇士",他最终客死他乡,亦是"赴扬州故人约"。

另外,那些入清为仕的作家的出游主要是因其官宦地的改变而不断地改变,如籍贯祥符的周亮工曾久居金陵,入清为仕后曾宦游福建、山东青州、北京等地,籍贯合肥的龚鼎孳长期宦游京师。还有,那些南明时期出生的作家,如陈鼎在十岁时就同做官的叔父来到云南,并撰有《滇黔纪游》和《滇黔土司婚礼记》等。

当然,也有些作家明亡后出游不多,或选择隐居故里、著书自误、教授生

---

① 孙静庵:《明遗民录》卷一九,谢正光、范金民编:《明遗民录汇辑》,南京大学出版社 1995年版,第 324 页。

② ［清］王猷定:《四照堂文集》卷之三《贺郑水部士介公暨汪夫人五十双寿序》,《四库未收书辑刊》五辑贰拾柒册,第 212 页。

徒,或遁入空门、披缁逃禅。

综上所述,清初遗民小说作家在地域分布上呈现三个主要特点,即籍贯分布广泛、遗民作家相对集中、足迹遍及大江南北。这些特点也为我们进一步研究其在清初的生存状态、遗民小说的创作等方面提供有益的参考。

第三节　清初遗民小说作家的生存状态

明清之际是个天崩地解、神州陆沉的时代,那些由明入清的士人面对这一历史巨变,或选择抗清,或选择降清,或选择隐居,或选择逃禅。种种情况,不一而足。而作为这些士人一部分的遗民小说作家,同样面临如此抉择,他们或隐居故里与山林,著书立说,教授生徒;或结社倡和,聊慰故明悲情;或游历名山大川,纾解亡国之痛;或积极抗清,表现对故国之忠诚;或变节降清,入仕为官,追求士人传统价值。这亦即是清初遗民小说作家的总体生存状态。下面分别从遗民作家的名、字与号的更改、遗民作家的交游、非遗民作家的遗民情怀等三方面论述之。

一、遗民作家的名、字、号的更改

古代文人的名、字、号的更改是一个较为普遍的现象,如陶潜自称五柳先生,李白号青莲居士,苏轼号东坡居士等。在宋元之际,许多宋遗民为表达对故国的不忘,常以更改名、号以志之,如郑思肖,据冯天瑜《中华文化辞典》"郑思肖"条称:"郑思肖(1241—1318),号忆翁,字所南。……宋亡,隐居于吴(今江苏苏州)报国寺,终身不仕。无家无后,自称'三外野人'。坐卧必南向,变名曰'肖'、曰'南';室匾题曰:'本穴世界',以'本'的'十'置'穴'中,即'大宋',示不忘宋室。"[①]在明朝灭亡后,明遗民亦常常通过更改名、字、号的方式,

---

① 　冯天瑜主编:《中华文化辞典》,武汉大学出版社 2001 年版,第 321 页。

来表达自己内心情感与志向。

我们首先来看顾炎武名、字的更改。顾炎武初名绛,后改继绅,又仍名绛,字忠清。乙酉(顺治二年,1645)后,更名炎武,字宁人。"炎武"又作"炎午",张穆《顾亭林先生年谱》(下文称《张谱》)引《徐谱》(笔者按:徐嘉《顾亭林先生诗谱》)称:"阎百诗《与刘超宗书》作'炎午'。"并作案语称:"《山东通志》采先生文,亦作'炎午'。"①顾炎武还曾署名蒋山佣,《张谱》案语引江藩《汉学师承记》称:"庚寅(笔者按:顺治七年,1650),有怨家欲陷之,伪作商贾,变姓名为蒋山佣。"②又引《元谱》(笔者按:顾衍生本)车持谦案语称:"蒋山即钟山,后更名神烈山。先生侨居山下也。"③沈嘉荣认为蒋山得名,是因为"汉末金陵尉蒋子文葬此并立蒋侯祠"④。

屈大均也是明遗民中更换名、字、号较为频繁者之一。屈大均,原名绍隆,字翁山,又字介子。"己丑(笔者按:顺治六年,1649)父殁,大均削发以为僧,事函昰于雷峰,名今种,字一灵,又字骚余,名所居曰'死庵',……丙午(笔者按:康熙五年,1666)游秦陇,与秦中名士李因笃为友,……(赵)彝鼎以因笃言,爱大均才,遂以(王壮猷女)妻之。大均喜甚,因字王曰华姜,自字曰华夫。……辛亥(笔者按:康熙十年,1671)复娶于黎黎。喜禅,自称绿眉道人。……陈子升为屈道人歌,称以犹龙老子。"⑤

还有其他遗民作家更改名、字、号的,如钱澄之,"初名秉镫,字幼光。避祸,削发为僧,名幻光。复冠带,改名澄之,字饮光"⑥,"桂林陷,祝发为僧,名西顽"⑦,

---

①　[清]张穆:《顾亭林先生年谱》卷一,中华书局 1985 年新 1 版,第 1 页。

②　[清]张穆:《顾亭林先生年谱》卷一,中华书局 1985 年新 1 版,第 1—2 页。

③　[清]张穆:《顾亭林先生年谱》卷一,中华书局 1985 年新 1 版,第 1 页。

④　沈嘉荣:《顾炎武》,江苏人民出版社 1982 年版,第 2 页。

⑤　陈伯陶:《胜朝粤东遗民录》卷一,谢正光、范金民编:《明遗民录汇辑》,南京大学出版社 1995 年版,第 392—393 页。

⑥　[清]陈田:《明诗纪事》(五)辛签卷十《钱澄之》,上海古籍出版社 1993 年版,第 3026 页。

⑦　[清]徐鼒:《小腆纪传》卷五十五《文苑·钱秉镫列传》,中华书局 1958 年版,第 601 页。

"(自桂)间道归里,结庐先人墓旁,环庐皆有田也,自号曰'田间'"①;归庄在与顾炎武起兵失败后,"薙发僧装,称普明头陀"②。除此之外,归庄还曾更名为祚明、归妹、归来乎,更字为元功、园公、县弓,更号为恒轩③;顾景星在明亡后,"杜门息影,翛然遗世,颜其堂曰'白茅'"④;黄周星在明亡后,"为道士,更名人,字略似,号晚非,又号笑苍老子,又号汰沃主人"⑤;等等。

从上述遗民作家的名、字、号的更改,我们可以发现这些遗民作家在明亡后遗民心态很是复杂。

(一)对故明的眷念不忘

如顾炎武改名为"炎武"或"炎午"。"炎武者,取汉光武中兴之义也。"⑥而更名为"炎午",学界一般认为这与顾炎武仰慕南宋民族英雄文天祥的学生王炎午有关。⑦ 王炎午(1252—1324),初名应梅,字鼎翁,别号梅边。江西安福人。淳祐间,以明经补太学生,尝从文天祥游。临安陷,谒文天祥,以家资助军饷,文天祥留置幕府,以母病归。文天祥被执,作《生祭文丞相文》。入元后,杜门著述,更名曰炎午,名其所著为《吾汶稿》,以示不仕元之意。《南宋书》《新元史》有传。⑧ 周可真《顾炎武年谱》亦称:"先生之更名炎武是否与王

---

① [清]赵尔巽等:《清史稿》卷五百《遗逸一·钱澄之列传》,中华书局1977年版,第13834页。
② 孙静庵:《明遗民录》卷三六,谢正光、范金民编:《明遗民录汇辑》,南京大学出版社1995年版,第1170页。
③ 阙名朝鲜人:《皇明遗民传》卷三,谢正光、范金民编:《明遗民录汇辑》,南京大学出版社1995年版,第1170页。
④ 孙静庵:《明遗民录》卷三七,谢正光、范金民编:《明遗民录汇辑》,南京大学出版社1995年版,第1236页。
⑤ 孙静庵:《明遗民录》卷四一,谢正光、范金民编:《明遗民录汇辑》,南京大学出版社1995年版,第871页。
⑥ 阙名朝鲜人:《皇明遗民传》卷三,谢正光、范金民编:《明遗民录汇辑》,南京大学出版社1995年版,第1223页。
⑦ 沈嘉荣:《顾炎武》:"明朝复亡后,据说他由于仰慕南宋民族英雄文天祥的学生王炎午,所以又改名为炎武,字宁人。"(江苏人民出版社1982年版,第2页)
⑧ 参见曾枣庄主编:《中国文学家大辞典》(宋代卷)"王炎午"条,中华书局2004年版,第45页。

炎午有关,似不得而知。然其取义当与之同,盖亦以示不仕异代之意也。"①上述"炎武"或"炎午"之更名,是否如学界所论,我们在此且不予置评,但顾炎午在明亡后,一方面积极参加抗清复明的武装斗争,另一方面又坚拒清廷的征召,这在一定程度上还是符合"炎武"或"炎午"应有之义。另外,屈大均更名为"今种""华夫",归庄更名为"祚明"、更号为"恒轩"等,明显也是对故明的深深眷念。

其实,这种对故明的眷念不仅仅通过名、字、号的更改,还有通过佩带故明饰物及对古代忠贞爱国士人的仰慕来表达,如屈大均在明亡后,"取永历钱一枚,以黄丝系之,贮以黄锦囊,佩肘腋间,以示不忘"②。屈大均还对屈原极为崇敬,不仅将自己的字更改为"一灵""骚余",还"晚筑祖香园,中为骚圣堂,祀屈原,以宋玉、景差配。自以屈氏本三闾苗裔,园中草木又皆先祖三闾之遗香,故因以为名"③。更为重要的是,他们还拒绝清朝的征召,如屈大均在吴兴祚督粤时,"(兴祚)欲疏荐之,大均婉谢曰:'家有老母,岂能违朝夕之养。况所著诸书未竟,余之笔砚未可辍也。'"④汪价在康熙十七年(1678),"其友人仕清者,欲以博学经史荐,辞不应"⑤。应㧑谦在"顺治初,巡抚御史王元曦举为善士,辞不就。康熙十六年(笔者按:应为康熙十八年,1679)以博学鸿词征,卧不起"⑥。对仕清者也颇为鄙视,如杜濬在金陵时,"钱牧斋尝造访,至闭门不与通"⑦。严首升亦

---

① 周可真:《顾炎武年谱》,苏州大学出版社1998年版,第8页。

② 陈伯陶:《胜朝粤东遗民录》卷一,谢正光、范金民编:《明遗民录汇辑》,南京大学出版社1995年版,第392页。

③ 陈伯陶:《胜朝粤东遗民录》卷一,谢正光、范金民编:《明遗民录汇辑》,南京大学出版社1995年版,第393页。

④ 陈伯陶:《胜朝粤东遗民录》卷一,谢正光、范金民编:《明遗民录汇辑》,南京大学出版社1995年版,第393页。

⑤ 阙名朝鲜人:《皇明遗民传》卷六,谢正光、范金民编:《明遗民录汇辑》,南京大学出版社1995年版,第328页。

⑥ [清]黄容:《明遗民录》卷六,谢正光、范金民编:《明遗民录汇辑》,南京大学出版社1995年版,第1129页。

⑦ 孙静庵:《明遗民录》卷一九,谢正光、范金民编:《明遗民录汇辑》,南京大学出版社1995年版,第324页。

然,康熙二十年(1681),"湖广总督蔡毓荣,剿吴逆过华,闻距濑园居甚近,坚请相见。濑园携小僮,策蹇驴,造行营。蔡喜跃如见绮皓,濑园长揖不拜"①。这种拒绝清朝征召的举动及对仕清者鄙视的态度,实际上都是对故明的眷念不忘。

(二)对逃禅生活的选择

我们从上面几位遗民作家的名、字、号的更改,还可以发现他们因逃禅而更改名、字、号。其实,逃禅是诸多明遗民入清后的一个突出现象。清初学人即已注意到,邵廷寀在《明遗民所知传·自序》中称:"至明之季年,故臣庄士往往避于浮屠,以贞厥志,非是则有出而仕矣。僧之中多遗民,自明季始也。"②陈垣《明季滇黔佛教考》对滇黔两地逃禅者,进行了详尽的考述,陈寅恪认为"虽曰宗教史,未尝不可作政治史读也"③。暴鸿昌《明季清初遗民逃禅现象论析》亦对明遗民的逃禅类型有较为充分的论述。④ 在明遗民作家中,除上述之屈大均、钱澄之逃禅外,还有徐枋"僧服隐吴门山"⑤,陆圻"披缁入粤山"⑥,贺贻孙"剪发衣缁,结茅深山"⑦,严首升"衲衣髡顶逃于禅"⑧;等等。

---

① [清]孙炳煜等修,熊绍庚等纂:《华容县志》卷十五《志馀》,光绪八年(1882)刻本。

② [清]邵廷寀:《明遗民所知传·自序》,谢正光、范金民编:《明遗民录汇辑》附录,南京大学出版社1995年版,第1360页。

③ 陈寅恪:《明季滇黔佛教考序》,陈援庵:《明季滇黔佛教考》(现代佛学大系28),弥勒出版社1983年版。

④ 暴鸿昌:《明季清初遗民逃禅现象论析》,《江汉论坛》1992年第3期。

⑤ [清]邵廷寀:《明遗民所知传》,谢正光、范金民编:《明遗民录汇辑》,南京大学出版社1995年版,第540页。

⑥ [清]黄容:《明遗民录》卷四,谢正光、范金民编:《明遗民录汇辑》,南京大学出版社1995年版,第785页。

⑦ [清]萧玉春等修,李炜等纂:《永新县志》卷十六《人物志·列传·贺贻孙传》,同治十三年(1874)刻本。

⑧ [清]孙炳煜等修,熊绍庚等纂:《华容县志》卷十《人物·文苑·严首升传》,光绪八年(1882)刻本。

这些遗民作家的逃禅动机并非完全相同,有为逃避迫害而逃禅的,如钱澄之的逃禅。由于其在永历政权中"指陈皆切时弊,忌者众,乃乞假"①,"遂僧服入山,大帅马蛟麟遣命赍币到山,以书邀之,急避乃免。后匿影山中,久之,同乡彭孔锡备兵苍梧,访得公,资之归。遂剃染度岭,以辛卯(顺治八年,1651)冬抵家,于先茔侧构庐'田间',授徒著书。"②屈大均也是因避乱而逃禅。

有为保持自己的民族气节而逃禅的,如贺贻孙的逃禅。据同治本《永新县志》载,贺贻孙曾两次被邀出山为仕,均被拒绝。一次是顺治八年(1651),"学使樊公缵,前获其名,特列贡榜。报骑入门,拒不纳"③;另一次是六年后,即顺治十四年(1657),"御史笪公重光,按部至郡,欲具疏,以博学宏词特荐。书且至,贻孙愀然曰:'吾逃世而不能逃名,名之累人实甚。吾将变名而逃焉。'"④自此之后,"乃剪发衣缁,结茅深山"⑤,"与高僧羽士往来"⑥。

有为精神追求而逃禅的,如严首升于弘光元年(1645)"走白门,值马阮柄用,知无可为。归,筑室东山,题曰'岸上船'"⑦。"年三十余,即借髡顶解脱一切。"⑧陆圻在受"明史案"牵连出狱后,万念俱灰,惟逃禅以求解脱⑨。

另外,这些逃禅的作家还有个有趣的现象,即那些为避祸而逃禅的作家,

---

① [清]赵尔巽等:《清史稿》卷五百《遗逸一·钱澄之传》,中华书局1977年版,第13834页。
② 诸伟奇辑校:《钱澄之全集附录》之《田间公家传》,《钱澄之全集》之七,黄山书社2006年版,第237页。
③ [清]萧玉春等修,李炜等纂:《永新县志》卷十六《人物志·列传·贺贻孙传》,同治十三年(1874)刻本。
④ [清]萧玉春等修,李炜等纂:《永新县志》卷十六《人物志·列传·贺贻孙传》,同治十三年(1874)刻本。
⑤ [清]萧玉春等修,李炜等纂:《永新县志》卷十六《人物志·列传·贺贻孙传》,同治十三年(1874)刻本。
⑥ [清]王瀚等修,陈善言等纂:《永新县志》卷八《人物·文学·贺贻孙传》,乾隆十一年(1746)刻本。
⑦ [清]孙炳煜等修,熊绍庚等纂:《华容县志》卷十《人物·文苑·严首升传》,光绪八年(1882)刻本。
⑧ [清]孙炳煜等修,熊绍庚等纂:《华容县志》卷十五《志馀》,光绪八年(1882)刻本。
⑨ 参见陆圻女陆莘行:《陆丽京雪罪云游记》一卷,《丛书集成续编》第25册"史部",上海书店1994年影印本。

在祸乱暂告段落时又很快还俗,如钱澄之归里后即"于先茔侧构庐'田间',授徒著书",屈大均"会吴三桂叛,以蓄发复衣冠号召天下"①,这亦反映了他们在清初动荡的社会中"忽释忽儒"②的生存状态。

(三)对隐逸生活的向往

我们从遗民作家的名、字、号的更改,还发现他们另一种生活方式的选择,那就是对隐逸生活的追求,如屈大均称其住所为"死庵"、顾景星称其为"白茅"、钱澄之称其为"田间"、宋曹名其圃曰"疏枰"、归庄更号为"归来乎"、黄周星更号为"笑苍老子"与"汰沃主人"等。这些作家隐居故里与山林时,有的与遗民故老相互倡和,如陈贞慧在隐居故里阳羡山时,与遗民故老"流连痛饮,惊离吊往,恍然如月泉吟社也"③,周篔在国变后,"就市廛卖米,……时同里王翃、范路路、弟子缪泳皆赏篔诗,吉水(笔者按:当为秀水)朱彝尊移居市南,而海宁朱一是亦来侨居,里诸生沈进、布衣李麟友皆与篔唱酬,四方名士过者辄留饮会餐"④,冒襄在隐居水绘园时,"以友朋文酒为乐"⑤;有的教授生徒,如朱一是于明亡后,"披缁衣授徒"⑥;有的著书立说,如李清在明亡后,

① 陈伯陶:《胜朝粤东遗民录》卷一,谢正光、范金民编:《明遗民录汇辑》,南京大学出版社1995年版,第393页。
② 陈伯陶:《胜朝粤东遗民录》卷一,谢正光、范金民编:《明遗民录汇辑》,南京大学出版社1995年版,第393页。
③ 〔清〕黄容:《明遗民录》卷九,谢正光、范金民编:《明遗民录汇辑》,南京大学出版社1995年版,第756页。笔者按:月泉吟社即宋遗民诗社,由原义乌令吴渭在宋亡后隐居吴溪,于元至元二十三年(1286)十月十五日,与方凤、谢翱、吴思齐等人共同创立。诗社自成立之日至次年正月十五,以《春日田园杂兴》为题征诗,计征得2735卷,评选280人奖励,并将前60名诗作以《月泉吟社诗》名付梓刊行。欧阳光《宋元诗社研究丛稿》称:"月泉吟社虽以《春日田园杂兴》为题,表面上模山范水,吟风嘲月,实际上诗作中隐含着沉痛的故国之思、亡国之痛。"(广东高等教育出版社1996年版,第81页)
④ 阙名朝鲜人:《皇明遗民传》卷四,谢正光、范金民编:《明遗民录汇辑》,南京大学出版社1995年版,第369页。
⑤ 阙名朝鲜人:《皇明遗民传》卷四,谢正光、范金民编:《明遗民录汇辑》,南京大学出版社1995年版,第447页。
⑥ 〔清〕黄容:《明遗民录》卷四,谢正光、范金民编:《明遗民录汇辑》,南京大学出版社1995年版,第133页。

"隐居不出,惟著书自娱"①,李邺嗣在国变后,"绝意人世,穿窬草石,日惟著书"②,徐士俊在兵乱后,"隐居不出,诗文著述,为浙中耆宿"③;等等。由上述可知,明遗民作家通过隐居的生活方式,追求一种心灵的平静。

总之,遗民作家在名、字、号上的更改,实际上反映了包括他们在内的明遗民在入清后对自己生活方式的选择,或心揣故明而不忘,或遁入空门以逃禅,或追求隐逸而自娱。凡此种种,又都体现了他们在清初的生存状态。

二、遗民作家的交游

清初遗民小说作家的交游主要分成两个方面,一是遗民作家与包括遗民作家在内的明遗民之间的交游,二是遗民作家与包括非遗民作家在内的非遗民之间的交游。他们在交游过程中,结社是其中一个重要平台。在清初由遗民小说作家参与的结社团体,计有十余个。其中影响较大的主要有惊隐社、西园社、易堂社、登楼社等。

惊隐诗社,亦称"逃社"或"逃之盟",成立于顺治七年(1650),由吴江叶继武和吴宗潜兄弟主持。计有 52 位"誓不降清,拒不仕清的民族志士"④组成,包括遗民作家陈忱、归庄、顾炎武、王锡阐、陆圻等。由于吴炎、潘柽章牵涉到庄氏史案而罹难,惊隐诗社"终于甲辰(笔者按:康熙三年,1664)"⑤。

---

① 阙名朝鲜人:《皇明遗民传》卷一,谢正光、范金民编:《明遗民录汇辑》,南京大学出版社 1995 年版,第 254 页。

② [清]黄容:《明遗民录》卷六,谢正光、范金民编:《明遗民录汇辑》,南京大学出版社 1995 年版,第 318 页。

③ [清]黄容:《明遗民录》卷九,谢正光、范金民编:《明遗民录汇辑》,南京大学出版社 1995 年版,第 547 页。

④ 何宗美:《乐志林泉 跌荡文酒——惊隐诗社及其文学创作浅析》,《南开学报》(哲学社会科学版)2003 年第 4 期。

⑤ [清]杨凤苞:《秋室集》卷一《书南山草堂遗集后》,《续修四库全书》第 1476 册,上海古籍出版社 1995—2002 年版,第 10 页。

西园诗社是由屈大均倡导建立,陈伯陶《胜朝粤东遗民录》卷一称:"时乱后,士多蛰遁,大均因与同里诸子为西园诗社。"①王邦畿、陈恭尹等曾加入。

易堂社是由魏禧兄弟三人倡导建立,陈康祺《郎潜纪闻初笔》卷十四载:"宁都魏祥,与仲弟禧、季弟礼,同邑李腾蛟、邱维屏、彭任、曾灿,南昌彭士望、林时益,号'易堂九子'。易堂者,魏祥讲学所也。"②《清史稿·谢文洊传》云:"时宁都'易堂九子',节行文章为海内所重。"③道光年间,彭玉雯编有《易堂九子文钞》。

登楼社前身为明末之读书社,为陆圻、朱一是等人主办,谢国桢《明清之际党社运动考》引全祖望《鲒埼亭集》卷二十六《陆丽京先生事迹》云:"讲山先生陆圻字丽京,杭之钱塘人也。……当是时,先生兄弟与其友为登楼社,世称为西陵体,性喜成就人,门人后辈下至仆隶,苟具一善,称之不容口。"④徐珂《清稗类钞·文学类》又称:"康熙时,陆圻景宣、毛先舒稚黄、吴百朋锦雯、陈廷会际叔、张纲孙祖望、孙治宇台、沈谦去矜、丁澎飞涛、虞黄昊景明、柴绍炳虎臣,称'西泠十子'。所作诗文,淹通藻密,符采烂然。世谓之'西泠派'。"⑤由此可见,登楼社的主要成员应由"西泠十子"组成。

除上述结社外,遗民作家还倡导或参与的结社团体有:杜濬、余怀等参与的重九会,朱一是倡导建立的濮溪社、临云社,李邺嗣等参与的南湖九子社、鹪林六子社,陆圻等参与的慎交社,吴伟业、朱彝尊等参与的十郡大社,杜濬等参与北郭诗会、彭孙贻参与了朱观宾结社,等等。⑥ 这些结社的遗民作家,主要通

---

① 陈伯陶:《胜朝粤东遗民录》卷一,谢正光、范金民编:《明遗民录汇辑》,南京大学出版社1995年版,第393页。

② [清]陈康祺:《郎潜纪闻初笔》卷十四"易堂九子北田五子"条,中华书局1984年版,第293页。

③ [清]赵尔巽等:《清史稿》卷四百八十《儒林一·谢文洊传》,中华书局1977年版,第13112页。

④ 谢国桢:《明清之际党社运动考》,中华书局1982年版,第181页。

⑤ [清]徐珂:《清稗类钞·文学类·毛稚黄评西泠十子诗》,中华书局1984年版,第3913页。

⑥ 参见何宗美:《明末清初文人结社研究》第五章"清初明遗民及遗民结社",南开大学出版社2003年版。

过相互倡和,抒发自己的故国情怀,诚如杨凤苞所云:"明社既屋,士之憔悴失职,高蹈而能文者,相率结为诗社,以抒写其旧国旧君之感,大江以南,无地无之。"①

除结社交游外,一些遗民作家还乐于同包括非遗民作家在内的非遗民交往。如王猷定就曾与宋琬有过交往。宋琬(1614—1673),字玉叔,号荔裳。山东莱阳人。顺治四年(1647)进士,授户部主事,累迁吏部郎中。顺治十八年(1661)擢浙江按察使。康熙十一年(1672),授四川按察使。诗与施闰章齐名,被王士禛誉为"南施北宋"。著有《安雅堂文集》。据王猷定《四照堂文集》与《四照堂诗集》,王猷定与宋琬的交往主要有两次。

一次是顺治十八年(1661)正月初三日在武林(笔者按:杭州)的千峰阁对雪吟诗。《四照堂文集·安雅堂诗序》云:"庚子秋,予客武林,宋公荔裳分守越东,携其近诗,使为之序。……予居怪山垂六十日,未有以报,会大雪,公载酒邀同人,咏诗千峰阁。予栩栩觉曩习不自禁,狂歌忽作乃为序。"②再据《四照堂诗集》卷之一《正月三日宋使君荔裳携酒过千峰阁对雪》之诗注,参加对雪吟诗的还有宋既庭、唐豫公和张登子。

一次是顺治十八年(1661)春在会稽宋琬的署斋里听客谈虎。《四照堂文集·义虎记》云:"辛丑(笔者按:顺治十八年,1661)春,余客会稽,集宋公荔裳之署斋。有客谈虎,公因言其同乡明经孙某,嘉靖时为山西孝义知县,见义虎甚奇,属余作记。"③亦即《义虎记》作于顺治十八年(1661)。

再如顾炎武、屈大均与李因笃的交往。李因笃(1631—1692),字天生,更字孔德,又字子德,号中南山人。陕西富平人。康熙十八年(1679)举博学鸿词科,授翰林院检讨。康熙二年(1663),顾炎武与李因笃初交于代州,并与其

---

① [清]杨凤苞:《秋室集》卷一《书南山草堂遗集后》,《续修四库全书》第1476册"集部·别集类",上海古籍出版社1995—2002年版,第10页。
② [清]王猷定:《四照堂文集》卷一,《四库未收书辑刊》五辑贰拾柒册,第164页。
③ [清]王猷定:《四照堂文集》卷四,《四库未收书辑刊》五辑贰拾柒册,第265页。

共游五台山。因二人在学术与兴趣上的共同爱好，遂成毕生定交。次年，顾炎武又"与李因笃同谒思陵，为文以祭，往代州垦田"①。康熙七年（1668），李因笃因救顾炎武于济南狱中，而"义声振天下"②，孙静庵《明遗民录》卷二六载其事云："（炎武）丁未（笔者按：康熙六年，1667）至淮上，次年取道山东，入京师。莱之黄氏有奴告其主诗词悖逆者，多株连；又以吴人陈济生所辑《忠义录》，指为炎武作，首之。炎武闻之，驰赴山左，自请系勘。系狱半年，富平李因笃为告急于有力者，亲赴历下解之，狱始白。"③康熙二十一年（1682），顾炎武卒，李因笃作诗百韵以哭之。

屈大均与李因笃亦有交往，其中重要的一次是康熙五年（1666），李因笃给屈大均介绍了一位妻子。陈伯陶《胜朝粤东遗民录》卷一载："丙午（笔者按：康熙五年，1666）（大均）游秦陇，与秦中名士富平李因笃为友，作《华岳百韵》诗，因笃惊服。先是，榆林卫有王状猷者，乙酉（笔者按：顺治二年，1645）秋建义旗于园林驿，以应郭雄丽，久之，战败不肯降，投城下而死，一子殉焉，余一女养于侯某家。侯托其妻弟代州守将赵彝鼎为求婿，彝鼎以因笃言，爱大均才，遂以妻之。大均喜甚，因字王曰华姜，自字曰华夫。"④可见屈大均与李因笃之间的关系非同一般。

至于遗民作家与清廷官员，特别是那些"贰臣"，为何能走到一起，诚如王富鹏在分析屈大均与贰臣的交游时所云："遗民与贰臣虽属不同的政治集团，人生取舍不同，但他们却共同传承了华夏传统文化，乃至儒家正统文化。道统续，则治统续，是以天下不亡。遗民身体力行延续华夏道统，在心理上虚幻地

---

① 孙静庵：《明遗民录》卷二六，谢正光、范金民编：《明遗民录汇辑》，南京大学出版社1995年版，第1226页。

② ［清］吴怀清：《关中三李年谱》卷八《天生先生年谱附录》之《李文孝先生行状》，王德毅等编《丛书集成续编》第256册"史地类"，新文丰出版公司1989年影印本，第492页。

③ 孙静庵：《明遗民录》卷二六，谢正光、范金民编：《明遗民录汇辑》，南京大学出版社1995年版，第1226页。

④ 陈伯陶：《胜朝粤东遗民录》卷一，谢正光、范金民编：《明遗民录汇辑》，南京大学出版社1995年版，第1226页。

满足华夏治统的未曾转移;仕清文人通过行政力量对朝政施加影响,使满清统治者接受华夏传统文化。二者道同,可以为谋了。应该说这也是支撑遗民与贰臣交游的支点之一。"①

总之,遗民作家的交游方式是多种多样的,既有结社这种群体性交往,又有个人之间的交往;既与包括遗民作家在内的明遗民进行交往,又与包括清廷官员在内的非遗民进行交往。这种不同方面的交游共同构成了遗民作家在清初的生存状态。

三、非遗民作家的遗民情怀

我们知道,非遗民作家主要由两部分组成:一是入清后应试、为仕的作家,二是明亡后出生的作家。首先来看那些入清后应试、为仕的作家。据笔者统计,这些作家计有 17 人,其中生卒年可考的 14 人,包括丁耀亢、吴伟业、周亮工、龚鼎孳、侯方域、郭棻、毛奇龄、汪琬、陈维崧、朱彝尊、毛际可、邵长蘅、庞垲、康乃心;生卒年不可考的 3 人,包括方亨咸、陆次云、陈玉璂。他们的入清为仕的过程不尽相同,有的是在明亡后直接仕清的,如龚鼎孳、周亮工等,有的是经历过一段遗民生活才仕清的,如吴伟业、毛奇龄、汪琬、陈维崧、朱彝尊、毛际可、庞垲等。其中,有些在仕清一段时间后又出现致仕归里、因事报罢的,如吴伟业、朱彝尊等。这些作家在文学创作时,包括小说创作,蕴含着一定的遗民情怀,主要原因有如下几个方面:

(一)与作家的被迫为仕有关

龚鼎孳即是其中的一位。在崇祯十七年(1644)三月李自成陷京师时,龚鼎孳被迫接受大顺政权直指使职。董迁《龚芝麓先生年谱》引《严传》称:"寇陷都城,公阖门投井,为居民救甦。寇胁从不屈。夹拷惨毒,胫骨俱折,未遂南

---

① 王富鹏:《岭南三大家研究》第一章《屈大均的生平、游历与交接》,人民文学出版社 2008 年版,第 112 页。

归之愿。"①同年五月,清军陷京师,又被迫接受清朝的史科右给事中、后又授礼科都给事中,均力辞不获乃就。董迁《龚芝麓先生年谱》引《定山堂文集》卷三《上摄政王衰病残躯不能供职乞恩放行启》称:"今蒙殿下谕以原官供职,自知既不能缩缧絏于前朝,又不能效忠说于今日。负先帝玉成之德,昧人臣进退之义。……伏乞轸愚诚特赐罢斥,从此菽水承欢可胜激切待命之至。"②又引《奏疏》卷一《乞假省亲疏》云:"感温峤绝裾之非心如剸刃,读李密陈情之表血欲沾衣,臣乡江北久入版图,子舍白云依稀在望,是则臣披胸露心之时矣。"③又引《恳回籍养亲疏》云:"瞻驰屺岵实切至情,正思依日月之光,又已切庭闱之恋。私中展转涕雨交零,跂望穿帱伏俟矜许。"④还引有《再乞妇养疏》。从这些书信与奏疏,我们可以看出当时龚鼎孳确有归隐之心,并对故明有依恋之情。

吴伟业也是一位被迫为仕的非遗民。吴伟业在明亡后,曾有过十年的"杜门不通请谒"⑤的遗民生活,但不幸的是,"会荐剡交上,有司敦逼,先生控辞再四,二亲流涕办严,摄使就道。难伤老人意,乃扶病入都。授秘书院侍讲、国子监祭酒"⑥。时在顺治十年(1653)。顺治十四年(1657),"奉嗣母之丧南还"⑦,自此坚卧不起。吴伟业对于自己短暂仕清经历,悔恨不已,自称"一钱不值"⑧,

---

① 董迁:《龚芝麓先生年谱》,《中和月刊》1942年第3卷第1期。
② 董迁:《龚芝麓先生年谱》,《中和月刊》1942年第3卷第1期。
③ 董迁:《龚芝麓先生年谱》,《中和月刊》1942年第3卷第1期。
④ 董迁:《龚芝麓先生年谱》,《中和月刊》1942年第3卷第1期。
⑤ [清]顾湄:《吴梅村先生行状》,《吴梅村全集》附录一,上海古籍出版社1990年版,第1405页。
⑥ [清]顾湄:《吴梅村先生行状》,《吴梅村全集》附录一,上海古籍出版社1990年版,第1405页。
⑦ [清]顾湄:《吴梅村先生行状》,《吴梅村全集》附录一,上海古籍出版社1990年版,第1405页。
⑧ [清]吴伟业:《贺新郎·病中有感》:"万事催华发。论龚生、天年竟夭,高名难没。吾病难将医药治,耿耿胸中热血。待洒向、西风残月。剖却心肝今置地,问华佗解我肠千结。追往恨,倍凄咽。故人慷慨多奇节。为当年、沉吟不断,草间偷活。艾炙眉头瓜喷鼻,今日须难决绝。早患苦,重来千叠。脱屣妻孥非易事,竟一钱不值何须说。人世事,几完缺?"(《吴梅村全集》卷第二十二《诗后集十四·诗余长调三十六首》,上海古籍出版社1990年版,第585页)

并自叙事略云："吾死后,敛以僧装,葬吾于邓尉、灵岩相近,墓前立一圆石,题曰'诗人吴梅村之墓',勿作祠堂,勿乞铭于人。"①其作《临终诗四首》,其一云："忍死偷生廿载余,而今罪孽怎消除。受恩欠债应填补,总比鸿毛也不如。"②其二云："胸中恶气久漫漫,触事难平任结蟠。魄垒怎消医怎识,惟将痛苦付汍澜。"③其痛悔之心,溢于言表。

（二）仕清后与包括遗民作家在内的明遗民的交往有关

非遗民作家乐与同明遗民的交往,亦是其不忘故明的一种表现。如朱彝尊与其同里人明遗民周筼交往即较为频繁。顺治六年（1649）与周筼等人在接连桥倡和赋诗,杨谦《朱竹垞先生年谱》"顺治六年己丑"条称："先生挈冯孺人至塘桥侍养,安度（笔者按:冯村）先生所居隘,遂赁梅里道南茅亭之居,迎安度先生至里,旋移居接连桥,与里中王介人（翃）、周青士（筼）、缪天自（泳）、沈山子（进）、李斯年（绳远）、武曾（良年）、分虎（符）诸先生为诗。"④康熙二十年（1681）九月,周筼访朱彝尊于江宁,《朱竹垞先生年谱》引《先生周君墓表》称："予典江南秋试榜,既发德州田公（雯）为予,张燕君适造予,道遇曲阜颜君（光敏）偕之来,布衣纵屦,众宾皆愕眙。颜君语曰:'此浙西诗人周青士也,诸公未之识乎?'田公肃君上坐,欢饮而散。"⑤康熙二十四年（1685）,周筼至京师,与朱彝尊"数过旅话"。⑥ 另外,朱彝尊还在顺治七年（1650）在赴

---

①　［清］顾湄:《吴梅村先生行状》,《吴梅村全集》附录一,上海古籍出版社 1990 年版,第 1406 页。

②　［清］吴伟业:《临终诗四首》（其一）,《吴梅村全集》卷第二十《诗后集十二》,上海古籍出版社 1990 年版,第 531 页。

③　［清］吴伟业:《临终诗四首》（其二）,《吴梅村全集》卷第二十《诗后集十二》,上海古籍出版社 1990 年版,第 531 页。

④　［清］杨谦编:《朱竹垞先生年谱》,北京图书馆编:《北京图书馆藏珍本年谱丛刊》第 79 册,北京图书馆出版社 1999 年版,第 487—488 页。

⑤　［清］杨谦编:《朱竹垞先生年谱》,北京图书馆编:《北京图书馆藏珍本年谱丛刊》第 79 册,北京图书馆出版社 1999 年版,第 524—525 页。

⑥　［清］杨谦编:《朱竹垞先生年谱》,北京图书馆编:《北京图书馆藏珍本年谱丛刊》第 79 册,北京图书馆出版社 1999 年版,第 532 页。

位于嘉兴南湖的十郡大社时,与陆圻等人"越三日,乃定交"①,在顺治十四年(1657),"秀水朱彝尊至粤,与大均最契"②,在顺治十七年(1660)在山阴的宋琬任所及次年在西湖昭庆寺,与王猷定有多次交往,在康熙十年(1671)在扬州与"宁都魏冰叔禧定交"③。

再如周亮工亦乐与同包括遗民作家在内的明遗民的交往。其中与明遗民程邃、胡玉昆交往最多。程邃,字穆倩,号垢区,歙县人,著有《日表姓氏》等书。④ 胡玉昆,字元润,江南江宁人,著有《栗园稿》。⑤ 顺治四年(1647)除夕,周亮工与程邃、胡玉昆等有"祭墨之会",《赖古堂集》卷七有诗《丁亥除夕独宿邵武城楼永夜不寐,成诗四章》。顺治十一年(1654)在福州送胡玉昆返南京,《赖古堂集》卷四有诗《雪舫再送元润返白门》。顺治十三年(1656)正月同胡玉昆等人自南京往闽,《赖古堂集》卷二十一有《书丙申入闽图后》。顺治十五年(1658)出闽北上,过扬州时,与程邃、胡玉昆等人偕行,《赖古堂集》卷九有诗《王弗璟、杨商贤追送予至邢江留别》《朱思远、罗星子、高康生、王古直暨予倩、王隆吉迟予于虎林,程穆倩、宗定九迟予于邢上,舟中赋此志感》。顺治十八年(1661)秋,过扬州时偕程邃访寓园,观菊、赏画,并题画。陈维崧《陈迦陵文集·俪体文集》卷八《贺周栎园先生南还广陵序》称:"先生遇赦,实顺治十八年正月初七日也。凉秋八月,南下广陵。"⑥康熙八年(1669)罢官寓居南京,与胡玉昆等词人高士集会,《读画录》卷四《吴子远》云:"己酉予罢官后,子远

---

① [清]杨谦编:《朱竹垞先生年谱》,北京图书馆编:《北京图书馆藏珍本年谱丛刊》第79册,北京图书馆出版社1999年版,第489页。
② 陈伯陶:《胜朝粤东遗民录》卷一,谢正光、范金民编:《明遗民录汇辑》,南京大学出版社1995年版,第392页。
③ [清]杨谦编:《朱竹垞先生年谱》,北京图书馆编:《北京图书馆藏珍本年谱丛刊》第79册,北京图书馆出版社1999年版,第513页。
④ 阙名朝鲜人:《皇明遗民传》卷五,谢正光、范金民编:《明遗民录汇辑》,南京大学出版社1995年版,第828页。
⑤ [清]卓尔堪选辑:《明遗民诗》,中华书局1961年版,第506页
⑥ [清]陈维崧:《陈迦陵文集》之《俪体文集》卷八《贺周栎园先生南还广陵序》,《四部丛刊》本。

来慰予,时时以笔墨相愉悦。岁暮,遍邀白下诸公,为大会,词人高士无不毕集,数十年未有之胜事也。予及门温陵黄俞邰虞稷作长歌云:今冬仲月风景和,晴烟暖日摇庭柯。润州吴郎来白下,开筵命客争鸣珂。……"①另外,周亮工还同王猷定、陈洪绶、方以智、杜濬、方文、髡残、王时敏、朱一是等明遗民有过交往。

正是由于上述原因,这些非遗民作家在创作时,常常抒发着自己的遗民情怀。如龚鼎孳在崇祯帝周年祭日,作有《乙酉三月十九日述怀》云:

> 残生犹得见花光,回首啼鹃血万行。龙去苍梧仙驭杳,莺过堤柳暮云黄。寝园麦饭虚寒食,风雨雕弓泣尚方。愁绝茂陵春草碧,罪臣赋已罢长杨。②

"龙去苍梧仙驭杳"是指崇祯帝的逝去,"回首啼鹃血万行""风雨雕弓泣尚方"表明自己悲痛欲绝的心情,"罪臣赋已罢长杨"则是对自己被迫仕清的痛悔。总之,此诗蕴含了龚鼎孳浓郁的遗民情怀。陈维崧亦曾于崇祯帝祭日,作《夏初临·本意,癸丑三月十九日用明杨孟载韵》云:

> 中酒心情,拆棉时节,酴醾刚送春归。一亩池塘,绿荫浓触帘衣。柳花搅碎晴晖,更画梁玉剪交飞。贩茶船重,挑笋人忙,山市成围。
>
> 蓦然却想,三十年前,铜驼恨积,金谷人稀。划残竹粉,旧愁写向阑西。惆怅移时,镇无聊掐损蔷薇。许谁知?细柳新蒲,都付鹃啼。③

癸丑为康熙十二年(1673)。此年三月十九日为崇祯帝第 29 个祭日。陈维崧在此时作词,明显有"表达眷恋故国、悲悼明亡的遗民情怀"。④

又如吴伟业于顺治十七年(1660)作《中秋看月有感》云:

---

① ［清］周亮工:《读画录》,中华书局 1985 年版,第 44 页。

② ［清］龚鼎孳:《定山堂诗集》卷十六,《续修四库全书》第 1402 册,上海古籍出版社1995—2002 年版,第 579 页。

③ ［清］陈维崧:《陈迦陵文集》之《迦陵词全集》卷十五,《四部丛刊》本。

④ 康震:《中国古代文学史》(下卷)第二章"清初诗词文的繁荣发展",南海出版公司 2005年版,第 249 页。

今年京口月，犹得杖藜看。暂息干戈易，重经少壮难。江声还戍鼓，人影出渔竿。晚悟盈亏理，愁君白玉盘。①

我们知道，郑成功与张煌言于顺治十五年（1658）统兵北伐，并于次年一度进攻到南京城下，让清廷颇为震惊。至顺治十七年（1660），这次北伐虽"暂息干戈"，但"江声还戍鼓"，表达了吴伟业对反清复明寄寓了希望。

又如朱彝尊的《卖花声·雨花台》：

衰柳白门湾，潮打城还。小长干接大长干，歌板酒旗零落尽，剩有渔竿。秋草六朝寒，花雨空坛。更无人处一凭栏。燕子斜阳来又去，如此江山。②

此词借南都破败景象，抒发词人的故国之思、亡国之痛。晚清谭献辑《箧中词》评此词曰："声可裂竹。"③今人康震称此词"蕴含着时代的悲哀与亡国的感慨，将磊落不平之气和吊古伤今之情表现了出来"④。

非遗民作家除仕清者外，还包括南明时期出生的作家，计有4人，包括王源、陈鼎、顾彩、冯景。我们从他们的籍贯上可以发现了一个特点，那就是除王源为直隶籍外，其余三个都是遗民作家相对集中的江苏与浙江地区。所以，他们在小说创作时能体现遗民生活或反映遗民意识，与他们所处的地区有很大关系。这些作家虽然没有经历亡国的切肤之痛，但他们至少也是在浓厚的遗民氛围中长大，或耳闻目睹明遗民的痛苦不堪的生活，或耳濡目染明遗民身上体现的不屈的民族气节。其中陈鼎是他们当中较为突出的代表。陈鼎（1650—?），字定九。江苏江阴人。著有《东林列传》《留溪外传》《滇黔纪游》

---

① ［清］吴伟业：《中秋看月有感》，《吴梅村全集》卷第十三《诗后集五·五言律诗六十一首》，上海古籍出版社1990年版，第361页。

② ［清］朱彝尊：《卖花声·雨花台》，《曝书亭集》卷二十四，《四部丛刊》本。

③ ［清］谭献辑：《箧中词》卷二，《续修四库全书》第1732册，上海古籍出版社1995—2002年版，第632页。

④ 康震：《中国古代文学史》（下卷）第二章"清初诗词文的繁荣发展"，南海出版公司2005年版，第249页。

《滇黔土司婚礼记》等。陈鼎虽于南明前期出生,但其在著述中仍然常常表达着与明遗民相同的遗民情怀,如其在《东林列传·自序》中言:"非东林诸君子讲明圣学、阐发义理、激扬廉耻,乌能视国如家、视君如父、趋义如流、视死如归,踵相接而肩相摩耶?呜呼!非讲学之成效欤?有何可畏哉!"①这显然是陈鼎对东林诸子表达的崇敬之情。又如其在《留溪外传·凡例》中言:"是传所载忠义,多前朝遗老知天命攸在,不敢妄思一奋,与彼苍争气数。然其心眷眷,其志郁郁,未尝一日忘情故国,或终身穷饿山林,或没齿不入城市,或披麻戴白以至盖棺,皆国家之桢干、人伦之模范,俗所谓'人种子'也,足以标榜一时,启发后世。故陈鼎急为表章。"②"是传所载黄冠缁衣,或抗节清时以明其高,或亡国旧臣遁入空玄以明其义。……故陈鼎亟为表章。"③陈鼎通过对这些遗老故臣"未尝一日忘情故国"的记述,在一定程度上也反映了自己的故明情怀。

　　总之,非遗民作家虽未具遗民的身份条件,但他们或由明入清,与故明有割舍不断的情感联系,或于浓郁的遗民氛围中长大成人,熏染了明遗民内在的特质,从而在自己的创作中或显性或隐性地表达着自己挥之不去的遗民情怀。而这种心灵深处蕴藏的遗民情怀,正是这些非遗民作家在清初生存状态的反映。

---

　　①　[清]陈鼎:《东林列传·自序》,[清]陈鼎《东林列传》,《明代传记丛刊》(周骏富辑)第5册学林类③,明文书局1991年影印本,第3页。
　　②　[清]陈鼎:《留溪外传·凡例》,[清]陈鼎:《留溪外传》,《四库全书存目丛书》(《四库全书存目丛书》编纂委员会编)史部第122册,齐鲁书社1996年版,第408页。
　　③　[清]陈鼎:《留溪外传·凡例》,[清]陈鼎:《留溪外传》,《四库全书存目丛书》史部第122册,齐鲁书社1996年版,第409页。

第三章　清初遗民小说的创作

　　据笔者统计,清初遗民小说作家共计创作了 183 篇(部)遗民小说。其中,文言小说占绝大多数,计有 167 篇(部),通俗小说仅为 16 部。在文言小说中,又以单篇文言小说占多数,计有 141 篇。具体篇目参见附录二《清初遗民小说基本情况一览表》。小说集计有 26 部,包括卢若腾《岛居随录》、冯舒《虞山妖乱志》、徐士俊《十眉谣附十髻谣》、李清《女世说》、陈贞慧《山阳录》、黄周星《小半斤谣》、冒襄《影梅庵忆语》、顾炎武《谲觚十事》、陈忱《读史随笔》(佚)、陆圻《冥报录》、彭孙贻《客舍偶闻》、余怀《板桥杂记》《东山谈苑》、王炜《嗒史》、吴肃公《阐义》《明语林》、史玄《旧京遗事》、曹宗璠《麈馀》、徐芳《藏山稿外编》(佚)、《诺皋广志》、郑与侨《客途偶记》(佚)、史惇《恸馀杂记》(《痛馀杂录》)、龚鼎孳《圣后艰贞记》(佚)、陈维崧《妇人集》、佚名《研堂见闻杂记》(《研堂见闻杂录》)、李延昰《南吴旧话录》。在通俗小说中,以章回体小说为主,计 14 部,包括陈忱《水浒后传》、吕熊《女仙外史》、褚人获《隋唐演义》、江日昇《台湾外记》、西吴懒道人《剿闯小说》、漫游野史《海角遗编》(《七峰遗编》)、蓬蒿子《新世弘勋》、江左樵子《樵史通俗演义》、松排山人《铁冠图》、空谷老人《续英烈传》、青莲室主人《后水浒传》;佚名者 3 部,包括《梼杌闲评》(《明珠缘》)、《甲申痛史》(佚)、《鸥鹝记》(佚)。话本小说集 2 部,包括薇园主人《清夜钟》、艾衲居士《豆棚闲话》。

第一节　清初遗民小说的主题

清初遗民小说由于其题材的多样性,表现的主题也呈现多样性的特点,其中宣扬忠、孝、节、义、记录明遗民心路历程、总结明亡教训、追忆香艳等主题,是最主要的表现。

一、宣扬忠、孝、节、义

忠、孝、节、义本为儒家传统思想,正史多有记载,如《后汉书》有“孝友传”、《晋书》有“忠义传”、《宋书》《南齐书》《周书》有“孝义传”、《梁书》《陈书》有“孝行传”,《魏书》有“孝感传”“节义传”,《南史》有“孝义传”(共有上下两卷),《北史》有“孝行传”“节义传”,《隋书》有“诚节传”“孝义传”,《旧唐书》有“忠义传”(共有上下两卷)、“孝友传”,《新唐书》有“忠义传”(共有上中下三卷)、“孝友传”,《宋史》有“忠义传”(共有十卷)、“孝义传”,《金史》有“忠义传”(共有四卷),《元史》有“忠义传”(共有四卷)、“孝友传”(共有两卷),《明史》有“忠义传”(共有七卷)、“孝义传”(共有两卷),《清史稿》有“忠义传”(共有十卷)、“孝义传”(共有三卷)。还有,正史中的“列女传”“卓行传”及其他列传亦有这方面的记载。同时,各朝野史关于忠、孝、节、义故事的记载亦不胜其举,在此不一一述及。

明末清初的文学创作,特别是叙事文学的创作,在教化方面包括忠、孝、节、义等多有表现,如程国赋师《唐代小说嬗变研究》《三言二拍传播研究》等专著多有论及。综观这方面的研究,学界主要将其原因归结于对明末“异端”思想的反动及对儒家传统思想的回归。其实,清初小说中出现的宣扬忠、孝、节、义的主题,除上述原因外,还有一个重要原因,那就是遗民心态的表现,特别是在清初遗民小说当中。换言之,清初遗民小说所宣扬的忠、孝、节、义是表达作者对故明的种种复杂情感。主要表现在以下几个方面:

（一）历史故事中的忠、孝、节、义

这里的历史故事主要是指明末清初以前发生的故事。清初遗民小说涉及这方面较多，其中文言小说主要有黄宗羲的《万里寻兄记》、余怀的《王翠翘传》、吴肃公的《阐义》等，通俗小说主要有空谷老人的《续英烈传》、丁耀亢的《续金瓶梅》、诸人获的《隋唐演义》、陈忱的《水浒后传》、青莲室主人的《后水浒传》、吕熊的《女仙外史》等。

我们首先来看文言小说在这方面的表现。如黄宗羲的《万里寻兄记》表现的即是明景泰、天顺年间的作者六世祖黄廷玺兄弟之间的深厚的情义。①但作者似乎并没停留在就事论事上，而是将其与明景帝和英宗兄弟间争夺皇位的历史结合起来，感叹道："其时当景泰、天顺之际，英宗、景皇，独非兄弟耶？景皇惟恐其兄之入，英宗惟恐其弟生，富贵利害，伐性伤恩，视府君爱恶顿殊，可不谓天地纲常之寄，反在草野乎？"②这种感叹既是作者史论所在，又是遗民心态的表现，郭豫衡谓"盖心有所激，不能自已"③。作者这种"不能自已"的情感，显然是对故明的一种眷念。

再如，余怀的《王翠翘传》。王翠翘故事发生在明嘉靖年间。最早记载这一故事的当属嘉靖三十七年（1558）采九德撰写的《倭变事略》。其他明代文献还有茅坤的《徐海本末》（又名《纪剿除徐海本末》）、田汝成的《西湖游览志》及《西湖游览志馀》、沈国元的《两朝从信录》等。在明代，将其改编为小说的有徐学谟《王翘儿传》④、陆人龙《型世言》第七回"胡总制巧用华棣卿　王

---

① 笔者按：黄宗羲《万里寻兄记》原出《南雷文约》，俞樾《荟蕞编》卷二选入时题为《黄廷玺寻兄》，吴曾祺《旧小说》已集一选入时题为《万里寻兄记》。

② ［清］黄宗羲：《万里寻兄记》，吴曾祺编：《旧小说》已集一，吴曾祺：《旧小说》（四），上海书店1985年据商务印书馆1933年版复印（下同），第24页。

③ 郭豫衡：《中国散文史》（下），上海古籍出版社1999年版，第354页。

④ 笔者按：此篇被收入万历五年（1577）初刻的《徐氏海隅集》文编卷十五，后来又被梅鼎祚《青泥莲花记》、王世贞《续艳异编》、李诩《戒庵老人漫笔》、冯梦龙《智囊》等书转录，还被辗转补入《纪剿除徐海本末》作为《附纪》。

翠翘死报徐明山"（笔者按：《三刻拍案惊奇》改题"生报华萼恩死谢徐海义"）、周清源《西湖二集》卷三十四"胡少保平倭战功"等。①　作为明遗民的余怀，在创作这篇小说时，则更多地倾向于表现王翠翘的"归国"情怀。王翠翘之所以接受"召致徐海"的重任，是因其"冀归国以老"。在其完成任务后，胡宗宪并没有兑现诺言，"而以翠翘赐所调永顺酋长"。这对王翠翘显然是一个沉重打击，她随永顺酋长到钱塘江时，"恒悒悒捶床叹曰：'明山（笔者按：即徐海）遇我厚，我以国事诱杀之。毙一酋又属一酋，吾何面目生乎？'向江潮长号大恸，投水死"②。从这里我们也可以看出，余怀笔下的王翠翘虽仍然还有明末小说中津津乐道的"死报徐明山"的因素，但没有实现归国初衷或许是其"投水死"的主要原因，张潮评点"其投江潮死，当非报明山也"③，盖即此意。这抑或是余怀创作的旨意所在，即将明末小说中的宣扬贞节的王翠翘改造成忠国的王翠翘。

另外，吴肃公的《阐义》搜罗了自春秋战国至明末时的关于"义"的故事，可谓忠义故事的集大成者。

接下来，我们再来看通俗小说。作为宣扬"忠义"的《水浒传》的续书《后水浒传》及《水浒后传》，在忠、孝、节、义方面亦多有表现。如《后水浒传》中的杨幺。杨幺是由宋江转世而来。我们知道，宋江在《水浒传》中是"忠义"的化身，作为其转世的杨幺当然承续前世，自幼即显示其侠义、勇敢的性格，人称"楚地小阳春""全义勇杨幺"（第三回）。第十二回"小阳春甘认罪不攀人"④体现其仗义，第二十八回"杨义士思父母还乡"与第三十二回"杨幺为父母受刑"体现其孝道，第四十回"杨义勇闻朝政心伤"与第四十一回"杨幺入宫谏天子"又体现其忠国。如果说宋江在《水浒传》中是集忠、义于一身，那么杨幺在

---

①　参见陈益源：《王翠翘故事研究》之《绪论》，西苑出版社 2003 年版。

②　［清］余怀：《王翠翘传》，［清］张潮辑：《虞初新志》卷八，《古本小说集成》本，第 365 页。

③　［清］余怀：《王翠翘传》，［清］张潮辑：《虞初新志》卷八，《古本小说集成》本，第 366 页。

④　笔者按：此回回目与目录不太一致，目录称"杨义士甘认罪不攀人"。

《后水浒传》里则是集忠、孝、义于一身。而像杨么身上体现的忠、孝、义却又是末世王朝所缺乏的,正因如此,这些王朝避免不了走向灭亡,诚如《后水浒序》言:"嗟嗟!此大概也。分而论之,则杨么之孝义可嘉,马霅之血性难泯,邰元一味真心,孙本百般好义。至于何能、袁武、贺云龙皆抱孙吴之雄才大略。设朝廷有识,使之当恢复之任,吾见唾手燕云,数人之功,又岂在武穆下域!奈何君王不德,使一体之人,皆成敌国,岂不令人叹息,千古兴嗟,宋室之无人也。虽然名教攸关,谁敢逾越前后?曰妖曰魔,作者之微意见矣。"①作者感叹"宋室无人",又何尝不是在感叹明室无人呢。

　　《水浒后传》如同《后水浒传》一样,仍然表现了忠义思想,不过它主要是通过梁山好汉(笔者按:仅有 32 位)及其后代来表现的。小说第二十四回"换青衣二帝修蒙尘　献黄柑孤臣完大义"集中体现了这一点。燕青冒死往金营探望羁留的宋徽宗、宋钦宗父子,献百枚青子、十颗黄柑,取"苦尽甘来"之意,得宋徽宗所赠题诗白纨扇,诗曰:"笳鼓声中藉毳茵,普天仅见一忠臣。若然青子能回味,大赍黄柑庆万春。"②在回来的路上,燕青又遇上被金兵押解的卢员外俊德妻女二人,于是又多方筹措赎金往大名府赎回她们。燕青在这一回里集中表现了其对国忠诚、对友仗义。实际上这亦是《水浒后传》中梁山好汉及其后代共同思想之体现。作为明遗民的陈忱,在燕青身上寄托了自己的遗民意识,如燕青在此回中对北宋灭亡教训进行了总结,实质上这种总结蕴含了作者对明亡教训的总结。

　　其他通俗小说在宣扬忠、孝、节、义方面亦多有表现,如《续英烈传》《女仙外史》表现了方孝孺、铁铉等对建文帝的忠诚,至死不屈于"篡国者"燕王朱棣。《隋唐演义》则在前人隋唐题材小说的基础上,既增加了不少妃子、美人以及大臣殉国之事,如朱贵儿、王义、颜杲卿等,又增加萧后失节情节的描写。

①　[清]天花藏主人:《后水浒序》,[清]青莲室主人辑:《后水浒传》,春风文艺出版社 1981年版。

②　[清]陈忱:《水浒后传》,《古本小说集成》本,第 710 页。

"总的来看,小说的基本倾向是显扬忠义、谴责'失节',忠义思想被大大地强化、突出了。"①

　　总之,清初遗民小说作家在历史故事中较多地表现忠义思想,一方面试图避开清初的文网,另一方面又可以将自己的遗民情结寄寓其中。

(二)现实故事中的忠、孝、节、义

　　这里的现实故事主要是指明末清初时发生的故事。其中文言小说主要有王猷定的《孝烈张公传》《孝贼传》《梁烈妇传》《钱烈女墓志铭》、冯班的《海虞三义传》、李焕章的《宋连璧传》《周夫人传》、张悫的《万夫雄打虎传》、顾景星的《吴隐君赞》、李邺嗣的《万氏一义传》、周篔的《海烈妇传》、魏禧的《吴孝子传》、徐芳的《奇女子传》、邵长蘅的《黄烈妇传》、王源的《王义士传》、陈鼎的《王义士传》、吴肃公的《五人传》《义盗事》、陆次云的《费宫人传》、董以宁的《金忠洁公传》、林璐的《来烈妇墓铭》等。白话小说主要有《清夜钟》的第一回、第二回,及《剿闯小说》《樵史通俗演义》《梼杌闲评》等。

　　这些反映现实的小说,最值得注意的是那些同阉党、农民军、清军斗争中表现忠义的故事。如《樵史通俗演义》第九回描写了周顺昌不畏阉党淫威,毅然慰问押解经过苏州的魏大中,并以幼女许配给魏大中之子。第十回又描写了苏州市民颜佩韦、马杰、沈扬、杨念如、周文元五人,激于义愤,痛打毛一鹭等缉捕周顺昌的阉党成员。《梼杌闲评》则将魏忠贤的妻子傅如玉、儿子傅应星塑造成忠义人物。第十二回傅如玉"义激劝夫",劝其夫放弃贪恋钱财的念头,第三十八回傅应星执意回绝魏忠贤给予的高官厚禄,随空空儿遁隐修道。最后,母子二人得以善终,与不忠不义的魏忠贤的结局形成巨大的反差。

　　李自成军陷北京后,明朝诸多大臣、皇亲自杀殉国,颇为壮烈。《樵史通俗演义》第三十回共描写了三十余位自杀殉国者,如阁老范景文投井而死,户

---

　　① 雷勇:《失意文人的亡国记忆——关于〈隋唐演义〉思想倾向的思考》,《明清小说研究》2009 年第 1 期。

部尚书兼侍读学士倪元璐自缢死,邢部右侍郎孟兆祥与母、妻三人俱缢死,左谕德兼侍读学士马世奇从容自缢死,兵部主事金铉投河死,惠安伯张庆臻全家自焚死等等,真可谓一幅悲壮的"群臣靖节"图。诚如此回回末评点云:"古来天子蒙尘者有之,未有遭变之惨若崇祯帝者。即古来忠臣炳炳千古者,固亦甚著,亦未有若明季之盛者也。握笔拈出,已眉竖骨立,况读之者能无魂惊心动乎?"①《金忠洁公传》还着重描写了金铉的悲壮故事,《清夜钟》第一回着重描写了汪伟一家殉国的壮举。另外,费宫人的故事亦颇值得注意。她在李自成攻入皇宫后,着长平公主服,自称是长平公主,在李自成将其赐予罗姓部将后,趁其酒醉将其刺死,自己亦自尽死。《费宫人传》对此作了详尽的描述,《剿闯小说》《樵史通俗演义》亦有涉及。还有其他的与农民军有关的节孝故事,如《孝烈张公传》描写了张清雅为保护父亲的灵柩,为张献忠军杀害;《梁烈妇传》描写的是梁以樟妻张氏在其夫被李自成军俘虏后,焚楼自尽;《周夫人传》描写的是明末将领周遇吉的妻子闻其夫被李自成军围困宁武关战死后,亦自杀身亡。

在抗清斗争中亦涌现了许多忠义故事。如《钱烈女墓志铭》描写了钱淑贤在扬州城陷后,知史可法必死,欲持刀自刭,又欲积薪以自焚,均被其父阻止。又自缢,丝绝缳断,又不死。服药不死,以头浸水不死,用湿纸塞口鼻不死。最后,"足系床阁阁,呜呼死矣"②。钱氏这种节烈举动,对于作者与读者来说,都是颇为震撼的。无独有偶,江阴的黄烈妇的节烈行为亦颇为震撼。《黄烈妇传》描写了江阴诸生黄晞继室周氏在清兵入侵时,曾被其夫藏匿山中,偶出而为逻者捕得,就床第自缢,婢觉而救之不死,此一死不得;黄晞在狱中呆十月余,得释归,后又被逮,周氏投水,为人发现得不死,此二死不得;后又吞金屑不死,此三死不得;又抽刀刺喉不死,此四死不得;最后,入室阖

---

① [清]江左樵子编辑:《樵史通俗演义》,《古本小说集成》本,第551页。

② [清]王猷定:《钱烈女墓志铭》,吴曾祺编:《旧小说》己集一,上海书店1985年复印本,第2页。

门自缢而死。退士评点曰:"集中所录节烈,民间妇女居多,烈妇则士大夫家妇也。独其五死不得而卒死,节烈之奇,未有奇于此者,故录之。"①郑醒愚亦对黄烈妇的悲壮行为颇为赞赏:"一腔烈血,已从呱呱坠地时带来矣。山可移,石可转,独烈妇之死,百折而不可回也。奇哉!"②小说作家津津乐道于这些贞女节妇的故事,实际上是对那些降清者的一种讽刺,亦是表达自己的遗民心态。

再如《海虞三义传》描写了海虞(即常熟)徐怿、徐守质、冯知十的忠义故事。徐怿"平时为人愿弱"③,但在大是大非面前并不含糊,看到邑中兵民已剃发,为不屈二姓而自经身亡。徐守质在清兵即将来临之际,为侍奉老母,与兄徐基在去与留的问题上多方争执,最后还是徐守质留了下来。结果,其母与其妹投井身亡,自己亦被清兵所杀,而徐基携亡的其他家人得以生存下来。这种兄弟情义,作者认为"邓伯道不过也"④。冯知十在明季各地起义军风起云涌时,多方结交奇士,周恤死丧窘急之人;弘光时,曾挟策入南都,被荐总兵太湖,但其耻于为阉所举,不赴。清兵陷城时,冯知十出城赴死。这种义不降清、视死如归的壮举,实际上是作者眷念明王朝的一种间接表达。

---

① [清]邵长蘅:《黄烈妇传》,[清]郑醒愚辑:《虞初续志》卷五,中国书店 1986 年影印本,第 49 页。

② [清]邵长蘅:《黄烈妇传》,[清]郑醒愚辑:《虞初续志》卷五,中国书店 1986 年影印本,第 49 页。

③ [清]冯班:《海虞三义传》,[清]黄承增辑:《广虞初新志》卷之二,柯愈春编纂:《说海》(三),人民日报出版社 1997 年版,第 1000 页。

④ [清]冯班:《海虞三义传》,[清]黄承增辑:《广虞初新志》卷之二,柯愈春编纂:《说海》(三),人民日报出版社 1997 年版,第 1001 页。另,[唐]房玄龄等《晋书》卷九十《邓攸列传》载:"邓攸字伯道,平阳襄陵人也。……石勒过泗水,攸乃斫坏车,以牛马负妻子而逃。又遇贼,掠其牛马,步走,担其儿及其弟子绥。度不能两全,乃谓其妻:'吾弟早亡,唯有一息,理不可绝,止应自弃我儿耳。幸而得存,我后当有子。'妻泣而从之,乃弃之。其子朝弃而暮及。明日,攸系之于树而去。……攸弃子之后,妻不复孕。过江,纳妾,甚宠之,讯其家属,说是北人遭乱,忆父母姓名,乃攸之甥。攸素有德行,闻之感恨,遂不复畜(笔者按:应作蓄)妾,卒以无嗣。时人义而哀之,为之语曰:'天道无知,使邓伯道无儿。'弟子绥服衰三年。……史臣曰:……攸弃子存侄,以义断恩,若力所不能,自可割情忍痛,何至预加徽缠,绝其奔走者乎!斯岂慈父仁人之所用心也?卒以绝嗣,宜哉!勿谓天道无知,此乃有知矣。"(中华书局 1974 年版,第 2338—2343 页)

又如《海角遗编》(《七峰遗编》),描写了常熟、福山一带民众举义旗抗清事。小说表现了苏州府颁布剃发令而激起的众怒,第十五回描写道:"翰林徐九一不肯剃头,投河死节。太湖里明朝将官黄蜚、吴之葵、鲁游击、吴江县乡绅吴日生、好汉周阿舔、谭韦等纠合洞庭两山及城内城外百姓,一时同起乡兵,俱以白布缠腰为号,顷刻间把都堂察院、太守府堂烧得精光。"①那清朝第一骁将八大王,亦葬送于苏州新桥,"白腰兵暗算他、预用百余人在前,青衣拈香跪接,令他不疑;引人下新桥人家瓦房,两岸多处一齐动手,火把烧其坐船,枪刀瓦石乱下;又推桥上石栏杆,压破其船,遂战死于下新桥水中。所部真满洲兵俱死焉"②。小说还突出了严杙在常熟、阎典史在江阴的抗清斗争。这些抗清斗争虽均以失败告终,但表现了这一带民众敢于斗争的民族气节。

清初遗民小说作家还在盗贼题材上体现孝义,如《孝贼传》描写的是一位贼人因贫困而窃邻寺一棺以葬母,捕者怜而释之,此后不复盗。张自烈认为"贼、孝不两立"③。谢苍霖认为"其实作者的用意在讽刺世上那般连贼也不如的不孝之人"④。张潮更是深究传主为贼的原因:"有孝子如此,而听其贫,至于作贼,是谁之过欤?"⑤总之,王猷定为孝贼作传,留给人们的思考是多方面的,如果从忠臣出于孝子的角度观之,作者其实又在表达自己的忠明思想。又如《义盗事》描写的是安守夏兄弟多次行盗于山东,为巡抚王永吉所获,又释放之。国变后,王永吉投奔吴三桂,行军南下时,遇业已抗清的安守夏,得释。王葆心分析了安守夏为盗的原因,并赞赏其仗义行为:"王文通苟有包胥之

---

① [清]无名氏编:《海角遗编》,《古本小说集成》本,第43—44页。
② [清]无名氏编:《海角遗编》,《古本小说集成》本,第44页。
③ [清]张自烈:《书孝贼传后》,《芑山文集》卷二十一《杂著二·书后》,[民国]胡思敬辑:《豫章丛书》第253册,民国四年乙卯(1915)冬月南昌退庐刊本。
④ 谢苍霖:《王猷定其人其文》,《江西社会科学》1989年第2期。
⑤ [清]王猷定:《孝贼传》,[清]张潮辑:《虞初新志》卷八,《古本小说集成》本,第357—358页。

志,则守夏焉知不能为刘国能、李万庆? 其不纳起义之谋,即为后日相新朝之见端。乌乎! 柳如是之劝钱牧斋,顾横波之讽龚芝麓,皆濡忍不断,侠心奇骨之倡盗,其如此士大夫何哉!"①一贼一盗,一孝一义,与明末清初的不孝不义之人相比,又是何等难得。

总之,清初遗民小说作家在现实故事中表现忠、孝、节、义,既是他们对现实生活的真实反映,又是他们渴望忠、孝、节、义的心态表现。

(三)传奇志怪中的忠、孝、节、义

主要包括王猷定的《义虎记》、李清的《鬼母传》、宋曹的《鬼孝子传》《义猴传》、徐芳的《化虎记》《神钺记》《义犬记》及《诺皋广志》、陈鼎的《烈狐传》《孝犬传》《义牛传》、吴肃公的《书义犬事》及《阐义》卷二十"义兽"、卷二十一"义禽"、卷二十二"义虫鱼"等。

这些传奇志怪故事,更多的是表现"义"的内涵,如《义虎记》描写的是山西孝义县一樵者不慎跌入虎穴,虎归,不仅不食樵者,而且还将其背之路上。后来虎为当地百姓所捕,樵者诉之县令,虎得释。建亭曰"义虎亭"。《义猴传》描写的是吴越间一丐子与一猴相处如父子。及丐老,猴乞食以养之;丐卒,猴乞钱以葬之;葬毕,猴乞食以祭之;祭毕,猴积薪以自焚。《义犬记》描写的是一犬帮助县令侦破太原客被害案,而这位太原客正是曾经救过此犬的人。《义牛传》描写的是吴孝先家有一水牯牛,在其主人被殴死后,无处伸冤,牯牛牴杀仇人父子三人。《书义犬事》描写的是两只知恩图报的义犬事。作家在创作这些小说时,并非故作俳偕之语,而是有所隐喻的,如程孝移评《书义犬事》云:"《书犬》,用诗法。微文罕喻,后世自得其妙,觉毛颖、郭橐驼传,犹涉俳偕。"②甚至直指现实,

---

① 〔清〕吴肃公:《义盗事》,王葆心编:《虞初支志甲编》卷一,上海书店 1986 年影印本,第16—17 页。

② 〔清〕吴肃公:《书义犬事》,王葆心编:《虞初支志甲编》卷一,上海书店 1986 年影印本,第 17 页。

如王猷定在《义虎记》篇末云："世往往以杀人之事归狱猛兽,闻义虎之说,其亦知所愧哉?"①

除"义"外,还有表现"孝""节"的。如《鬼母传》描写了一位鬼母含辛茹苦将儿养大,"儿孝,或询幽产始末,则走号旷野,目尽肿"②。一位孝子形象跃然纸上。《鬼孝子传》描写的是闽中一孝子在七八岁时,其父亡于外,孝子尽力赡养其母,不久孝子卒,其母欲嫁他人,鬼孝子极力阻止并设法供养其母。陈文新谓此篇"或许含蕴着几分象征意味"③。《孝犬传》描写的是五小犬对其母犬至孝的故事。作者对此颇有感慨:"世之人,能以酒食养父母,辄自诩曰'孝',且有德色。子曰:'至于犬马,皆能有养,其难者敬耳!'睹兹五犬之殷殷其母,敬矣哉!呜呼,世之人不若者众矣!"④《烈狐传》描写了一位狐女在国变后不堪清兵玷污而自尽死的故事。这与《鬼孝子传》所表现的"几分象征意味"颇为接近。

另外,《诸皋广志》《阐义》也通过大量传奇志怪的故事表现了忠、孝、节、义。

综上所述,清初遗民小说作家通过大量的历史故事、现实故事、传奇志怪故事,表现了忠、孝、节、义的主题,除"有功世道"⑤外,更重要的是对现实的批判。我们知道,在礼崩乐坏的春秋时期,相传孔子愤而作《春秋》,以期"拨乱世反诸正"⑥,而明清鼎革之际也是一个世风日下、人心不古的社会。特别是士人的节操,受到严重冲击,仅《清史列传·贰臣传》即载有120位变节降清

①　[清]王猷定:《义虎记》,[清]张潮辑:《虞初新志》卷四,《古本小说集成》本,第146—147页。

②　[清]李清:《鬼母传》,[清]张潮辑:《虞初新志》卷四,《古本小说集成》本,第481页。

③　石昌渝等:《中国古代小说总目》(文言卷),山西教育出版社2004年版,第120页。

④　[清]陈鼎:《孝犬传》,[清]张潮:《虞初新志》卷十二,《古本小说集成》本,第590—591页。

⑤　[清]张潮评语,[清]宋曹:《义猴传》,[清]张潮:《虞初新志》卷一,《古本小说集成》本,第42页。

⑥　[清]阮元校刻:《十三经注疏》之《春秋公羊传注疏》卷二十八"哀公十四年",上海古籍出版社1997年影印本,第2354页。

者。正是在这一背景下,遗民小说作家试图通过忠、孝、节、义主题的宣扬,一方面挞伐那些变节者,包括那些谗媚阉党者、投降大顺、大清者,另一方面又褒扬那些忠义者,抒发自己对故明的悲情。

二、记录明遗民心路历程

据谢正光等《明遗民传记资料索引》与《明遗民录汇辑》著录,明遗民计有2000余人。他们当中的一部分成为清初遗民小说的描写对象,甚至有的明遗民录直接来源于这些小说,如陈鼎为明遗民所作的传记小说。以明遗民为主要描写对象的小说主要有贺贻孙的《雪裘传》、杜濬的《跋黄九烟户部〈绝命诗〉》《记茅止生三君咏》、徐枋的《周端孝先生墓志铭》、魏禧的《姜贞毅先生传》《彭夫人家传》《邱维屏传》、朱一是的《花隐道人传》、毛奇龄的《桑山人传》《沈云英传》、汪琬的《刘淑英传》《书沈通明事》、陈维崧的《邵山人潜夫传》、朱彝尊的《崔子忠陈洪绶合传》《张处士墓志铭》、邵长蘅的《侯方域魏禧传》、庞垲的《史以慎传》、陈鼎的《爱铁道人传》《八大山人传》《薛衣道人传》《岑太君传》《雌雌儿传》《狗皮道士传》《活死人传》、冯景的《书明亡九道人事》、林璐的《陆忠毅公传》、释行愿的《不庵传》等,还有三篇遗民作家的自况小说,它们分别是应撝谦的《无闷先生传》、王锡阐的《天同一生传》、汪价的《三侬赘人广自序》。

上述小说涉及明遗民计有 30 余人,仅从人数上讲,有些微不足道,但他们还是较有代表性地反映了明遗民在明末清初时的生活状态,亦反映了明遗民在明末清初的心路历程。这种心路历程大致经过以下几个阶段:

(一)誓死捍卫大明王朝阶段

在这一阶段,小说着重表现了明遗民敢于同阉党及其余孽、农民军、清兵斗争的英雄气概。其中,抗击农民军斗争描写最为突出。如狗皮道士在成都与张献忠的两次正面斗争颇为精彩。一次是与张献忠在战场的斗争。小说描写道:"岁余,献贼入寇,道士突至贼马前数十步,大作犬吠声。献贼怒,令群贼策马逐杀之。道士故徐徐行,贼数策马,马不前。献贼益怒,令飞矢射之,如雨,皆不中。献贼益大怒,乃已。"①一次是与张献忠在朝堂的斗争。小说描写道:"他日献贼僭尊号,元旦朝贼百官,忽见道士披狗皮,列班行,执笏作犬吠声。献贼大怒,令群贼缚之。道士乃大作犬吠声,盈庭如数千百犬争吠状,声彻四外。合城之犬,闻声从而和吠之,声震天地。献贼大声呼,众皆不闻,为犬声乱也。献贼大惊而退。既退,犬声息,道士亦不知何往。"②

还有三位女性明遗民抗击农民军亦颇值得关注,她们分别是沈云英、刘淑英、岑太君。沈云英(1624—1660),浙江萧山人。崇祯末年其父沈至绪曾任湖南道州守备,在张献忠军进攻道州时,不幸战殁。沈云英率十余骑突入农民军营寨,拼力夺回父尸,解道州之危,后加游击将军,坐父营,守道州。后其夫贾万策任荆州都司,农民军攻陷荆州,贾万策被杀,沈云英受诏扶柩回乡。国变后赴水死未果,卒于清顺治十七年(1660)秋。退士评点曰:"文能通经,武能杀贼,得之女子,已属奇事。若其夺父还尸,孝也。夫死辞爵,节也。国亡赴水,忠且烈也。忠孝节烈,萃于一女子之身,此亘古所未有,岂特授将军职而始为异典哉!其父其夫,皆殉国难,尤奇。"③刘淑英(1620—1657年后),江西安福人。刘铎女,王蔼妻。她也是一位抗击农民军的女英雄。李自成陷京师后,她曾散财招集士卒进行抵抗,但考虑到自己势力单薄,欲与驻永新的楚将赵先璧联合,但赵心存私心,欲将其纳为配,遭其严词拒绝。于是,合作也告寝,招募的士卒解散,自己"辟一小庵曰莲舫,迎其母归养,诵以终身焉"④。杨南村

---

① [清]陈鼎:《狗皮道士传》,[清]张潮辑:《虞初新志》卷十,《古本小说集成》本,第483—484页。

② [清]陈鼎:《狗皮道士传》,[清]张潮辑:《虞初新志》卷十,《古本小说集成》本,第484页。

③ [清]毛奇龄:《沈云英传》,[清]郑醒愚辑:《虞初续志》卷四,中国书店1986年影印本,第31页。笔者按,据《沈云英传序》称沈云英事原载俞右吉《三述补》中,《旧小说》已集一亦选入。《广虞初新志》卷八还选入毛奇龄《游击将军列女沈云英墓志铭》。

④ [清]汪琬:《刘淑英传》,[清]姜泣群选辑:《虞初广志》卷二,柯愈春编纂:《说海》(六),人民日报出版社1997年版,第2034页。

对刘淑英身上所体现的豪侠之气颇为赞赏:"明季多奇女子,淑英其一也。观其拔剑当筵,一军气夺,抑何雄哉!"①岑太君为明楚藩郡主,在"流贼"犯楚时,太君率兵大败之,获贼首铁枣儿、黄标葫芦;张献忠再犯时,又大败之;甲申(1644)时,贼率众大破荆湘郡,围岑君,太君坚守八月,粮绝城破,亲负岑君突出重围。国亡后,同岑君隐居江左,卒年七十余。作者对岑太君颇为赞赏:"岑太君可谓女中良将矣,何其训士之精耶。"②

从上述描写,我们可以看出,无论是狗皮道士的单打独斗,还是三位巾帼英雄的率军抗击,他们均以自己神奇的斗争手段,大无畏的斗争精神,颇具传奇色彩的斗争过程,与强大的敌人作殊死的斗争。这种斗争,在一定程度上体现了明遗民捍卫大明王朝的勇气与精神,也反映了明遗民试图力挽狂澜于既倒的心境。

(二)明亡之际精神崩溃阶段

崇祯十七年(1644)甲申国变,让明遗民遭受巨大的精神打击。他们有的选择自杀殉国的方式表达自己内心的痛楚。如张盖"寇乱后,谢去学官弟子,悲吟侘傺,遂成狂疾。尝游齐、晋、楚、豫间,归自闭土室中,饮酒独酌辄痛哭,虽妻子不得见,惟同里申涵光、鸡泽殷岳至,则延入土室,谈甚洽。……久之,狂益甚,竟死"③。崔子忠在李自成陷京师后,"出奔,郁郁不自得。会人有触其意,走入土室中,匿不出,遂饿而死"④。黄周星选择在屈原祭日投水死,可谓并驾三闾。陆培在崇祯帝自缢后,"思攀龙髯"⑤,其妇止之;次年入黄山之

①　[清]汪琬:《刘淑英传》,[清]姜泣群选辑:《虞初广志》卷二,柯愈春编纂:《说海》(六),人民日报出版社1997年版,第2034页。
②　[清]陈鼎:《岑太君传》,[清]姜泣群选辑:《虞初广志》卷五,柯愈春编纂:《说海》(六),人民日报出版社1997年版,第2163页。
③　[清]朱彝尊:《张处士墓志铭》,[清]吴曾祺编:《旧小说》己集二,上海书店1985年复印本,第30页。
④　[清]朱彝尊:《崔子忠陈洪绶合传》,[清]黄承增辑:《广虞初新志》卷四,柯愈春编纂:《说海》(三),人民日报出版社1997年版,第983页。
⑤　[清]林璐《陆忠毅公传》,[清]黄承增辑:《广虞初新志》卷四,柯愈春编纂:《说海》(三),人民日报出版社1997年版,第1029页。

桐坞,欲自到死,客救得不死;又一夕晨起,坐大床自缢,从容而卒,年仅二十八岁。死亡方式最令人震撼的是活死人江本实。他在告诉弟子自己将归隐后,"乃命掘一土穴山半,仅可容身。活死人入居之,命以土掩,毋使有隙,但朝夕来呼吾可耳。既埋,群弟子如命,朝夕往呼之。活死人在土中,必大声应。三年,呼之不应矣。群弟子乃树以碣,曰'活死人之墓'"①。

他们有的是通过怪异的服饰与行为来宣泄自己的亡国之痛。如爱铁道人"明亡,弃家为道士。冬夏无衣裤,唯以尺布掩下体","性爱铁,见铁辄喜,必膜拜,向人乞之。头项肩臂以至胸背腰足,皆悬败铁,行路则铮铮然如披铠"②。铜袍道人(笔者按:张闲)明亡后"联铜片而服之"③。朱衣道人"明亡,弃青衿为方外游。冠汉玉冠,服朱衣"④。陈洪绶在酒醉后,"语及身世离乱,辄恸哭不已"⑤。邵潜夫"常杂述先朝盛事,往往至泣下"。⑥ 八大山人朱耷在甲申国亡后,更是"颠不可及"⑦,"初则伏地呜咽,已而仰天大笑,笑已,忽趿跚踊跃,叫号痛哭。或鼓腹高歌,或混舞于市,一日之间,颠态百出"⑧。史以慎在国变后,"高自脱略,使酒作达。遇饮必醉,醉必发狂。或歌或哭,跳掷抛击,倾怀倒瀋,淋漓沾濡。人厌避之,呼为酒狂"⑨。

由此观之,明朝的灭亡对于当时的士人的精神打击是极其巨大的,甚至可

---

① [清]陈鼎:《活死人传》,[清]张潮辑:《虞初新志》卷十一,《古本小说集成》本,第 534 页。
② [清]陈鼎:《爱铁道人传》,[清]张潮辑:《虞初新志》卷十,《古本小说集成》本,第 461 页。
③ [清]冯景:《书明亡九道人事》,[清]黄承增辑:《广虞初新志》卷四,柯愈春编纂:《说海》(三),人民日报出版社 1997 年版,第 1033 页。
④ [清]冯景:《书明亡九道人事》,[清]黄承增辑:《广虞初新志》卷四,柯愈春编纂:《说海》(三),人民日报出版社 1997 年版,第 1033 页。
⑤ [清]朱彝尊:《崔子忠陈洪绶合传》,[清]黄承增辑:《广虞初新志》卷一,柯愈春编纂:《说海》(三),人民日报出版社 1997 年版,第 984 页。
⑥ [清]陈维崧:《邵山人潜夫传》,[清]黄承增辑:《广虞初新志》卷一,柯愈春编纂:《说海》(三),人民日报出版社 1997 年版,第 979 页。
⑦ [清]陈鼎:《八大山人传》,[清]张潮辑:《虞初新志》卷十一,《古本小说集成》本,第 500 页。
⑧ [清]陈鼎:《八大山人传》,[清]张潮辑:《虞初新志》卷十一,《古本小说集成》本,第 498 页。
⑨ [清]庞垲:《史以慎传》,[清]俞樾:《荟蕞编》卷十四,《笔记小说大观》第 26 册,广陵古籍刻印社 1983 年影印本,第 171 页。笔者按:此篇原出庞垲《庞雪崖集》,《荟蕞编》卷十四选入时作《史以慎》,姜泣群选辑:《虞初广志》卷十五选入《史以慎传》时误题为孙静庵。

以说已达到精神崩溃的程度。这亦是士人深沉的家国情怀的强烈表现。

（三）拒绝新朝眷念旧朝阶段

明遗民在经历明亡之际的精神崩溃阶段后，又面对清廷的征召，特别是那些在当地颇有名望者。如姜埰面对清廷的征召，"故坠马以折股，召疡医，竹箯舁之"①。这与魏禧诈病拒召有异曲同工之妙。贺贻孙曾两次拒绝清廷征召，"本朝提学樊公缵前召之，再固辞不受。巡按笪公重光欲以布衣征入内翰，书至门，愀然曰：'吾逃世而不能逃名，名之累人实甚！'"②除拒绝征召外，明遗民还不许下一辈参与清代科举。如岑太君不许其长子赴顺治间科举，曰："前朝之失，皆由腐儒咬文嚼字，猾吏侮笔奸法所致，尔辈又何可复蹈其辙耶？不如习弓矢，学刀剑，为国家建实在功业。"③除上述情况外，明遗民还通过归隐、嘲讽降清者来拒绝清朝。如李仕魁对降清官员堂中悬有忠孝寿轴图，颇为不满道："谁构此文？妄以忠孝许君，君亦俨然妄受，颜何厚也！"④花隐道人高肱则于市中植菊归隐，颇类陶潜之"悠然"。无闷先生则"三十以后，绝意仕进，苦志克治，好学至老不衰"⑤，陈文新先生谓此篇"仿陶渊明《五柳先生传》写法，以无闷先生自况"⑥。天同一生在国变后，"隐处海曲，冬绤夏褐，日中未爨，意恒泊如，惟好适野，怅然南望，辄至悲歔，人咸目为狂生"⑦。

除拒绝新朝外，明遗民还通过诗作来表达自己的故国情怀。如张盖为诗

---

①　［清］魏禧：《姜贞毅先生传》，［清］张潮辑：《虞初新志》卷一，文学古籍刊行社 1954 年版，第 4 页。

②　［清］王瀚等修、陈善言等纂乾隆十一年（1746）《永新县志》卷八《人物·文学·贺贻孙传》，国家图书馆藏有此本。

③　［清］陈鼎：《岑太君传》，［民国］姜泣群选辑：《虞初广志》卷五，柯愈春编纂：《说海》（六），人民日报出版社 1997 年版，第 2163 页。

④　［清］贺贻孙：《雪裘》，［清］俞樾：《荟蕞编》卷二，《笔记小说大观》第 26 册，广陵古籍刻印社 1983 年影印本，第 92 页。

⑤　［清］应撝谦：《无闷先生传》，《旧小说》己集一，上海书店 1985 年复印本，第 150 页。

⑥　石昌渝等：《中国古代小说总目》（文言卷），山西教育出版社 2004 年版，第 492 页。

⑦　［清］王锡阐：《天同一生传》，《旧小说》己集一，上海书店 1985 年复印本，第 150 页。

"哀愤过情",僧雪裘题壁诗,"不知何感何事,所指何人。但见其悲酸沉痛,如猩啼,如猿号,如怒涛崩石,如凄风惨雨。知为英雄失路,无可奈何之词也"①。杜濬对黄周星"缘嗔而作"的《绝命诗》更是赞美有加,并将其与屈原、诸葛亮、张巡、文天祥、谢枋等人相提并论,"夫一部《离骚》经,缘嗔而作也。故屈子不嗔,则无《离骚》。由是武侯不嗔,则无《出师表》。张睢阳不嗔,则无《军城闻笛》之诗。文文山以嗔,故有《衣带铭》《正气歌》。谢叠山以嗔,故有《却聘书》。九烟犹是也"②。

总之,小说在描写明遗民时,较为完整地记录了他们在明末清初时的心路历程。在明末时,他们主要受到阉党的迫害、"流贼"的侵扰,而以己之力奋起反抗。然而,在明朝灭亡后,他们所有的精神支柱轰然倒塌了,那种极端痛苦、极端彷徨,无以言表,有时只能通过带有病态的行为来表达。如何面对新朝,又是摆在他们面前无法回避的问题,于是逃禅、入道、隐居就成为他们生活方式的选择。拒绝征召、劝诫晚辈不应清朝科举等也是他们与清朝不合作的表现。

三、总结明亡教训

明朝灭亡后,诸多明遗民以著史方式来总结明亡教训,如夏允彝《幸存录自序》所言:"国家之兴衰、贤奸之进退、虏寇之始末、兵食之源流,惧后世传者之失实也,就余所忆,质言之,平言之;或幸而存,后世得以考焉。"③而清初遗民小说作家则以小说这种文学形式,对明亡教训进行了总结。它们有的通过

---

① [清]贺贻孙:《雪裘传》,[清]俞樾:《荟蕞编》卷二,《笔记小说大观》第 26 册,广陵古籍刻印社 1983 年影印本,第 92 页。笔者按:此篇原出贺贻孙《水田居文集》卷四,作《僧雪裘》,俞樾《荟蕞编》卷二选入时作《雪裘》,《虞初广志》卷九所选署"孙静庵撰"《李仕魁传》,实即此篇。《明遗民传记资料索引》著录将雪裘的姓名著录为李世魁,而其他传记均为李仕魁,笔者从之。

② [清]杜濬:《跋黄九烟户部〈绝命诗〉》,[清]黄承增辑:《广虞初新志》卷十二,柯愈春编纂:《说海》(四),人民日报出版社 1997 年版,第 1146—1147 页。

③ [清]夏允彝:《幸存录自序》,《台湾文献史料丛刊》第二三五种,大通书局 2000 年版,第 1 页。

总结前朝灭亡的教训来暗指明亡教训，如《续金瓶梅》第十九回宋徽宗对亡国总结道："那艮岳的奢华、花石的荒乱，以至今日亡国丧身，总用那奸臣之祸。"①第三十四回对朋党之争导致亡国亦进行了总结："古人说：这个党字，贻害国家，牢不可破，自东汉、唐、宋以来，皆受门户二字之祸，比叛臣、阉宦、敌国外患更是利害不同。"②第三十六回又将北宋灭亡归咎于李师师迷惑宋徽宗，"这个老狐精迷惑了朝廷，把宋朝江山都灭了"③，这不免有女祸思想作祟的嫌疑。

　　有的则直接针对现实，如不重用有才之人，魏禧在记述大铁椎事后，感慨道："子房得沧海君力士，椎秦皇帝博浪沙中。大铁椎其人与？天生异人，必有所用之。予读陈同甫《中兴遗传》，豪俊侠烈魁奇之士，泯泯然不见功名于世者，又何其多也！岂天之生才，不必为人用与？抑用之自有时与？"④贺贻孙《髯侠传》也描写了一位怀才不遇的侠士。胡韫玉在《髯侠小史》篇末评点云："吾读《水田居士集》，得髯侠事甚奇，因点窜而润色之，觉更奕奕有生气。明季多奇士，如大铁椎、楚壮士辈，皆负绝人之勇，使秉国钧者任之一旅以讨贼，如摧枯拉朽耳。惟不见用，老死草野，而建旄秉钺者半黄口竖子，天下事尚可问耶？而髯侠尤奇。观其笑哭无端，登山观象，其志岂在小哉？"⑤还有对明朝制度进行批评的，如陈鼎在《岑太君传》篇末评点时，针对有明一代专尚八股、不修武备提出了批评："有明垂三百年，专尚八股文字，武备不修，故贼一呼而坚城辄下。若得将帅若太君者数辈，精练甲兵，亦可灭贼。悲哉！竟无一人也。"⑥

---

　　①　[清]紫阳道人编：《续金瓶梅》，《古本小说集成》本，第481页。"总用那奸臣之祸"原文即加有圆圈强调，故笔者加着重号以示强调。下文同。
　　②　[清]紫阳道人编：《续金瓶梅》，《古本小说集成》本，第875页。
　　③　[清]紫阳道人编：《续金瓶梅》，《古本小说集成》本，第960—961页。
　　④　[清]魏禧：《大铁椎传》，[清]张潮辑：《虞初新志》卷一，《古本小说集成》本，第4页。
　　⑤　[清]胡韫玉：《髯侠小史》，姜泣群选辑：《虞初广志》卷四，柯愈春编纂：《说海》（六），人民日报出版社1997年版，第2098页。
　　⑥　[清]陈鼎：《岑太君传》，姜泣群选辑：《虞初广志》卷五，柯愈春编纂：《说海》（六），人民日报出版社1997年版，第2163页。

如果以上小说只是对明亡教训作一鳞半爪的总结,那么《樵史通俗演义》则是对明亡教训进行了较为全面系统的总结。主要表现在以下几个方面:

(一)党争是晚明挥之不去的阴霾

小说主要描写了天启、崇祯、弘光三朝的党争。天启时期的党争是小说描写的重点。小说第二、三回集中描写了阉党的形成过程。首先是魏忠贤与客氏勾结,接着是崔呈秀、顾秉谦之流卖身投靠,最后,"崔呈秀、阮大铖荐了个许显纯做掌刑官。大堂田尔耕原是忠贤心腹,不消说是顺他的了"①(第三回)。至此,阉党集团主要成员完成聚集。阉党集团在形成过程中及其以后,排除异己成为它的主要目标,包括采用奏疏留中不发、政敌降级外调、制造后宫谣言、罗织清流罪名等手段。东林党人虽奋起反抗,但经"六君子""七君子"事件后,阉党已完全掌握朝政。崇祯登基后,迅速扫除阉党集团,但又出现温体仁等人与东林党人之间的斗争,其中东林党人文震孟是其主要打击目标。小说还简要地描写了薛国观专权和周延儒再相时的党争。其中周延儒"把范景文起出来,做了工部尚书,但不是掌兵权的要地。知兵的史可法,升了南京兵部尚书,也只可防御一面。贵州杀苗贼素有名的马士英,起他出来做了凤阳巡抚,也只可保护陵寝"②(第三十回)。史可法、马士英的起用,又为弘光时的党争张本。崇祯十七年(1644)五月,南明弘光政权在南京建立,马士英入阁,起用了逆案中人阮大铖,并有杨维垣等人追随,从而形成马阮集团。东林党人与复社成员成为马阮集团打击的主要目标。他们首先通过"顺案"排挤了周钟、项煜等人,"又因雷縯祚、周镳与阮大铖有仇,牵连在案,勒令自尽"③(第三十八回)。还通过南渡三疑案,牵涉东林与复社。马阮执掌权柄

---

① [清]江左樵子编辑:《樵史通俗演义》,《古本小说集成》本,第46页。
② [清]江左樵子编辑:《樵史通俗演义》,《古本小说集成》本,第527页。
③ [清]江左樵子编辑:《樵史通俗演义》,《古本小说集成》本,第692页。

后，"弘光不过拱手听命的主人翁"①（第三十四回）。

门户之争向来被认为是明朝灭亡的主要原因之一，《樵史通俗演义》以文学的形式较为全面地反映了天启至弘光时的党争，字里行间亦蕴含着对明亡教训的总结，这与史家的总结颇有几分相似之处，如邓实为眉史氏《复社纪略》作《跋》云："吾国自秦后，已成专制之局，故每至其末造，而党祸遂兴；士君子生值衰时，目睹朝政之昏乱，金人之弄权得志，举世混浊，不得不以昭昭之行自洁，其讲学著书，皆其不得已之志，思以清议维持于下。如东汉之党锢、宋之元祐、明之东林复社，其士夫忧时若瘢之心，不可见哉？惜乎，'人之云亡，邦国殄瘁'。清流既尽，而国亦随之以亡。"②戴名世亦将弘光政权的灭亡归结于党祸："呜呼！自古南渡灭亡之速，未有如明之弘光者也！地大于宋端，亲近于晋元，统正于李升，而其亡也忽焉。其时奸人或自称太子，或自称元妃，妖孽之祸，史所载如此类亦间有，而不遽亡者，无党祸以趣之亡也。"③

（二）辽东战事不断上演边疆悲剧

辽东战事是《樵史通俗演义》另一重要描写内容。小说主要描写了熊廷弼、袁崇焕两位重要辽东将领的相继陨落。

在萨尔浒之战后，熊廷弼曾替代杨镐为辽东经略，天启登基时遭罢斥，由袁应泰代之。袁应泰经略辽东时，"尽反旧经略熊廷弼之严，只以宽收人誉。信任贺世贤，悬招抚之令，来投即纳"④（第一回）。这一策略致使沈阳、辽阳、盖州等相继陷没，一时朝廷震恐。袁应泰举火自焚，巡抚张铨被执斩，守道何廷魁投井死。于是，朝廷再次起用熊廷弼，经略辽东，但同时派用了具有阉党

---

①　［清］江左樵子编辑：《樵史通俗演义》，《古本小说集成》本，第612页。

②　邓实：《复社纪略跋》，《东林本末》（外七种），《明代野史丛书》，北京古籍出版社2002年版，第287页。

③　［清］戴名世：《弘光朝伪东宫伪后及党祸纪略》，《东林本末》（外七种），《明代野史丛书》，北京古籍出版社2002年版，第291页。

④　［清］江左樵子编辑：《樵史通俗演义》，《古本小说集成》本，第10页。

背景的"不晓边事的"①(第二回)巡抚王化贞。他们在战与守的策略上存在严重分歧,熊廷弼主张以守为主,王化贞则主张以战为主。我们知道,后金兵善于野战,明军则善于守城,这也是萨尔浒之战惨败得出的血的教训。但王化贞并未从中汲取教训,一意孤行,最后广宁的失守亦证明了这一点。其实熊廷弼与王化贞间的所谓经抚不和,表面是战略、战术上的分歧,其实具有党争背景,如小说所指出的,"非经、抚不和,乃好恶经、抚者不和也;非战守之议论不合,乃左右战守者之议论不合也"②(同上)。广宁失守后,熊廷弼与王化贞俱下狱勘问。后来,阉党又借汪文言狱,将熊廷弼"斩首西市,传首九边"③(第九回)。熊廷弼被斩首,是明末辽东战事中的一大悲剧,但更为可悲的是熊廷弼不是死于广宁失守,而是成为党争的牺牲品。

如果说熊廷弼死于冤枉,那么,袁崇焕则死于朝野的误解。其一,表现为袁崇焕斩杀毛文龙。毛文龙在明末清初时曾被当作一位牵制清军入侵的英雄,特别是其故里人陆云龙、毛奇龄分别作《辽海丹忠录》《毛文龙传》等小说以赞之,而《樵史通俗演义》还是较为客观地描写了毛文龙,一方面对其斑斑劣迹不加隐晦,如第四回描写道:"毛文龙在海岛里诳天子,诓钱粮,杀戮无辜(笔者按:指秀才王一宁),陷害兄弟(笔者按:指其兄毛云龙)。这些歹事,胜似强盗几分。"④另一方面对牵制之功有一定赞许,如第二十七回描写道:"那知文龙虽系羁縻,不比宋朝岳飞的忠勇,却也等他在岛上屯扎,北兵还怕从后掩袭,未能深入。"⑤客观地说,毛文龙在皮岛的牵制对清军入侵有一定的作用,但把后来清军围困北京的原因,归咎于袁崇焕斩杀毛文龙,则不免夸大了毛文龙在皮岛的牵制之功。其二,表现为袁崇焕的假吊修款。小说第二十七

---

① 〔清〕江左樵子编辑:《樵史通俗演义》,《古本小说集成》本,第25页。
② 〔清〕江左樵子编辑:《樵史通俗演义》,《古本小说集成》本,第30—31页。
③ 〔清〕江左樵子编辑:《樵史通俗演义》,《古本小说集成》本,第164页。
④ 〔清〕江左樵子编辑:《樵史通俗演义》,《古本小说集成》本,第55—56页。
⑤ 〔清〕江左樵子编辑:《樵史通俗演义》,《古本小说集成》本,第481页。

回描写道："袁崇焕只是要成和议,杀了岛帅毛文龙。"①小说作家这一描述代表了明末清初时的人们误解了袁崇焕假吊修款的真实意图,其实"崇焕遣使吊,且以觇虚实"②。

另外,袁崇焕于崇祯三年(1630)八月惨遭磔刑而死,小说第二十七回描写道："京城的人恨他失误军机,致北兵进口,各处残破,生生地割一块,抢一块,把袁崇焕的肉,顷刻啖尽。"③有两则史料亦有类似记载,张岱《石匮书后集·袁崇焕列传》载:

> 遂于镇抚司绑发西市,寸寸脔割之。割肉一块,京师百姓,从刽子手争取生啖之。刽子乱扑,百姓以钱争买其肉,顷刻立尽。开膛出其肠胃,百姓群起抢之。得其一节者,和烧酒生啮,血流齿颊间,犹唾地骂不已。拾得其骨者,以刀斧碎磔之。骨肉俱尽,止一首,传视九边。④

计六奇《明季北略》卷五《崇祯二年己巳·逮袁崇焕》载:

> 时百姓怨恨,争啖其肉,皮骨已尽,心肺之间叫声不绝,半日而止,所谓活剐者也。……江阴中书夏复苏尝与予云："昔在都中,见磔崇焕时,百姓将银一钱,买肉一块,如手指大,啖之。食时必骂一声,须臾,崇焕肉悉卖尽。"⑤

袁崇焕在遭磔刑而死后,是否出现小说与史料中描写的百姓争吃其肉的情况,我们因无直接的佐证材料,不得而知。但有一点是肯定的,那就是当时朝野上下对袁崇焕的痛恨的情况是存在的。具有讽刺意味的是,为袁崇焕平反却是取代明朝的清朝,而且那已是距其遭磔刑而死的 152 年(乾隆四十七

---

① ［清］江左樵子编辑:《樵史通俗演义》,《古本小说集成》本,第 481 页。
② ［清］张廷玉等:《明史》卷二百五十九《袁崇焕列传》,中华书局 1974 年版,第 6711 页。
③ ［清］江左樵子编辑:《樵史通俗演义》,《古本小说集成》本,第 481 页。
④ ［明］张岱:《石匮书后集》卷一一《袁崇焕列传》,中华书局 1959 年版,第 93~94 页。
⑤ ［清］计六奇撰,魏得良、任道斌点校:《明季北略》卷五《崇祯二年己巳·逮袁崇焕》,中华书局 1984 年版,第 119 页。

年十二月,公历 1783 年 1 月)之后的事了。

明末两位重要的辽东将领就在这样的冤枉与误解中走向了灭亡,明朝抵抗清朝的最后两道屏障被撤除,可谓离大去不远矣,正如《明史》评崇祯误杀袁崇焕所云:"自崇焕死,边事益无人,明亡征决矣。"①

(三)农民起义是官逼民反的表现

李自成的农民起义是直接推翻明朝的一支重要力量。《樵史通俗演义》在描写李自成起义时总结了官逼民反的教训,如李自成杀妻逃难、李岩投闯等事明显反映这一点。

李自成杀妻逃难(第二十二回)是其走上起义之路的第一步。因李自成妻韩氏与盖虎儿等通奸,被其杀死后,其为县衙缉捕入狱。在狱中,李自成接受艾同知心腹丁门子的"烧炷香"(笔者按:指行贿官员)的建议,于是获得保释。为筹措银两,李自成把房子、田地悉数变卖,共得五六百两银子,其中将二百两银子送给艾同知,但艾同知却因其没有捉拿奸夫为由,拒绝从宽结案。于是,李自成愤而杀死艾同知,并逃往甘肃。小说在描写这一情节时,明显将矛头直指贪赃枉法的艾同知,而对李自成却有几分同情因素。

李岩投闯(第二十九回)是李自成起义过程中一个重要事件。由于天灾,李岩的家乡河南开封杞县饥民成群,李岩向宋知县提出要求赈济灾民,宋知县不许,李岩只得将自家的粮食发放给灾民,这引起知县的不满。后来,李岩的影响越来越大,宋知县感到惴惴不安,于是借口将李岩系入监狱。这引起民众的不满,百姓冲进县衙,杀死知县。最后,李岩率领民众被迫去投靠李自成了。李岩是否实有其人,史学界颇有争议,我们在此姑且不论,但小说在描写这一故事时,显然批评宋知县拙于处理这一群体性事件,最终导致民众被迫上梁山。

---

① [清]张廷玉等:《明史》卷三百五十九《袁崇焕列传》,中华书局 1974 年版,第 6719 页。

除上述官逼民反的教训外,小说还批评明军招抚农民军的政策,如督剿熊文灿招抚张献忠,明显有养虎为患之嫌,小说描写道:"那熊文灿信了张献忠是真降,用为心腹。……岂知张献忠绰号'八大王',流贼里第一个英雄,怎肯甘心伏小做参将,反听总兵官节制。八月间,把官兵营里军器、火药、衣甲、钱粮尽数装载,杀入湖广地方去了。……聚众只三月,已有十万,声势汹涌,比李自成更狠。"①(第二十八回)熊文灿也因此而"发到刑部大牢里,等待差官究问"②(同上)。

综上所述,明朝灭亡的教训是多方面的,但概而言之,主要是以上三个方面。《樵史通俗演义》以文学的方式总结明亡的教训,相对史家著史来总结明亡教训,可能有诸多方面不足,但它通过文学性的故事描写,还是粗略地为我们展示了明亡教训的概貌。

四、追忆香艳

追忆香艳是清初遗民小说又一重要主题。作家在追忆香艳的过程中,常常将女性的种种遭遇与明末清初动荡的社会结合起来,增添了对故国的浓浓哀愁。这与清初追求大团圆结局的才子佳人小说有很大的不同。反映这一主题的小说主要有余怀的《板桥杂记》、冒襄的《影梅庵忆语》、陈维崧的《妇人集》《吴姬扣扣小传》、李清的《女世说》、黄周星的《补张灵崔莹合传》、杜濬的《陈小怜传》、张明弼的《冒姬董小宛传》、陆次云的《圆圆传》、侯方域的《李姬传》《马伶传》、徐芳的《柳夫人小传》等。这些香艳题材小说中的女性主要包括公主宫人、名媛名妓及其他女性。清初遗民小说在追忆她们时,主要包括以下几个方面。

---

① 〔清〕江左樵子编辑:《樵史通俗演义》,《古本小说集成》本,第506—507页。
② 〔清〕江左樵子编辑:《樵史通俗演义》,《古本小说集成》本,第507页。

(一)追忆女性在国变前后的不幸遭遇

甲申国变前后,政局动荡,社会不安,特别是作为社会弱势群体的女性,她们的不幸遭遇格外令人感慨与同情。在这些遭受不幸的女性当中,地位较高的公主、宫人等都不能幸免。如长平公主,在李自成陷北京时,"御剑亲裁,伤颊断腕,越五宵旦复苏。顺治二年(笔者按:1645 年)上书世祖章皇帝,甚有音旨"①。考之《明史》,有载云:"城陷,帝入寿宁宫,主牵帝衣哭。曰:'汝何故生我家!'以剑挥斫之,断左臂……越五日,长平公主复苏。大清顺治二年书言:'九死臣妾,踽踽高天,愿髡缁空王,稍申罔极。'诏不许,命(周)显复尚故主,土田邸第金钱车马锡予有加。主涕泣。逾年病卒。"②清人张宸作《长平公主诔》以哀之。许多宫人的命运亦很悲惨,或祝发为尼,如在文殊庵出家的妙音;或作他人妇,如襄王宫人郑妙,《妇人集》描写道:"(郑妙)遭乱为沔阳渔人所得,常椎髻跣足,钓于黄金湖头,独着惨红袍服,云是故襄妃物也"③;或付出生命代价,如前文提及的费宫人。

公主、宫人的命运尚且如此,那些沦落风尘的烟花女子的命运可想而知。如葛嫩与孙克咸的双双慷慨就义,《板桥杂记》如此记述:"甲申之变,(孙克咸)移家云间,间道入闽,授监中丞杨文骢军事。兵败被执,并缚嫩。主将欲犯之。嫩大骂,嚼舌碎,含血噀其面。将手刃之。克咸见嫩抗节死,乃大笑曰:'孙三今日登仙矣!'亦被杀。"④如果说葛嫩死得有些惊天地、泣鬼神,那么,王月则死得惨不忍睹。王月曾与孙克咸善,但为贵阳蔡如蘅"以三千金啖其父,夺以归"⑤。

---

① [清]陈维崧撰,冒褒注:《妇人集》,《丛书集成初编》第 3401 册据《海山仙馆丛书》本影印,商务印书馆 1936 年版(下同),第 1 页。

② [清]张廷玉等:《明史》卷一百二十一《公主列传·长平公主传》,中华书局 1974 年版,第 3677—3678 页。

③ [清]陈维崧撰,冒褒注:《妇人集》,《丛书集成初编》第 3401 册,第 3 页。

④ [清]余怀:《板桥杂记》卷中《丽品》,南京出版社 2006 年版,第 14 页。

⑤ [清]余怀:《板桥杂记》卷中之《珠市名妓附见》,南京出版社 2006 年版,第 22 页。

后孙克咸娶葛嫩,王月亦随蔡如蘅至其庐州任所,不料在张献忠破庐州府后,蔡如蘅被擒,王月亦被强作张献忠的压寨夫人,"偶以事忤献忠,断其头,蒸置于盘,以享群贼"①。余怀对王月之惨死颇为痛心,曰:"嗟乎!等死也,月不及嫩矣。悲夫!"②其他秦淮名妓的遭遇亦颇令人同情,如"终归匪人"③的顿文,国变后不知所终的尹春、马骄,骂负心郎而卒的寇湄,被刘宗敏掠走的陈圆圆,英年早逝的柳如是、顾媚、董小宛、卞玉京、卞敏、朱小大等。

(二)追忆名媛(包括名妓)与名士的婚恋

清人津津乐道的名媛与名士婚恋的主要有崔莹与张灵、柳如是与钱谦益、顾湄与龚鼎孳、董小宛与冒襄、李香君(或作李香)与侯方域、李贞丽与陈定生、李十娘与姜垓、陈圆圆与吴三桂,还有上文提及的葛嫩与孙克咸等。清初遗民小说在描写这些名媛与名士恋情时,主要表现了名媛与名士之间真挚深厚的情感。如《补张灵崔莹合传》演绎的是一段天人感泣的才子佳人故事。张灵为明正德时吴县人,容貌英俊,才调无双,工诗善画,风流豪放,与"江南四才子"之一唐寅为忘年交。一日,张灵赴虎丘向唐寅等人乞酒途中遇崔莹,一见钟情。恰在此时,唐寅应宁藩朱宸濠之召,欲赴南昌,成全此事。不料朱宸濠却将包括崔莹在内的十美图献之九重。不久朱宸濠谋反,唐寅佯狂返回吴门。这时张灵因思念过度而亡。崔莹等"十美"也因朱宸濠反而被遣归故里。崔莹闻张灵亡,于张灵墓地旁自缢死,唐寅等人将他们合墓而葬。畸史氏评点其事云:"至于张以情死,崔以情殉,初非有一词半缕之成约,而慷慨从容,等泰山于鸿毛,徒以才色相怜之故。推此志也,凛凛生气,日月争光,又远出琴心犊鼻之上矣!"④张潮又云:"梦晋(笔者按:张灵字)若不蚤死,无以成

---

① [清]余怀:《板桥杂记》卷中之《珠市名妓附见》,南京出版社 2006 年版,第 22 页。
② [清]余怀:《板桥杂记》卷中之《珠市名妓附见》,南京出版社 2006 年版,第 22 页。
③ [清]余怀:《板桥杂记》卷中之《丽品》,南京出版社 2006 年版,第 19 页。
④ [清]黄周星:《补张灵崔莹合传》,[清]张潮辑:《虞初新志》卷十三,《古本小说集成》本,第 627—628 页。

素琼殉命之奇。此正崔、张得意处也。"①

再如，陈小怜对知己范性华的恋恋不忘。陈小怜在兵乱中落入风尘，为一贵公子购之为小妻，但遭其大妇虐待又被迫卖往北京西河沿。在北京，与钱塘名士范性华相识后成知己，然范性华贫寒，二人未能成眷属。小怜又被权贵掠去。但陈小怜一直不能忘怀范性华，"小怜顾室中，有髹几长丈馀，遂泚笔于几上，书'范性华'三字，几千百满之"②。徐无山人对陈小怜不忘故夫的行为颇为赞赏："昔晋羊皇后，丑诋故夫以媚刘聪。其死也化为千百亿男子，滔滔者皆是也。陈小怜何人，独不以故夫为讳，而吾友范性华，以似其故见许。岂羊皇后之教反不行于女子乎？噫！是为立传。"③

又如李香对侯方域的忠贞不贰的感情。《板桥杂记》描写道："（李香）与雪苑侯朝宗善，阉儿阮大铖，欲纳交于朝宗，香力谏止，不与通。朝宗去后，有故开府田仰，以重金邀致香。香辞曰：'妾不敢负侯公子也。'卒不往。"④这既表现了李香对侯方域的深厚感情，又体现了李香痛恨阉党的较高觉悟。《李姬传》《妇人集》"李香"条均有描写。这一情节亦被孔尚任《桃花扇》敷演成曲折动人的《却奁》。

（三）追忆女性的才华与轶事

清初遗民小说在追忆女性时，对她们的才华亦有所关注。如秦淮名妓尹春具有高超的戏曲表演才能，《板桥杂记》描写道："（尹春）演《荆钗记》，扮王十朋，至《见娘》《祭江》二出，悲壮淋漓，声泪俱迸，一座尽倾，老梨园自叹弗及。"⑤又如兴化部演员马伶善于扮演《鸣凤记》中的权相严嵩。她曾与华林

---

① ［清］黄周星：《补张灵崔莹合传》，［清］张潮辑：《虞初新志》卷十三，《古本小说集成》本，第628页。
② ［清］杜濬：《陈小怜传》，［清］张潮辑：《虞初新志》卷四，《古本小说集成》本，第166页。
③ ［清］杜濬：《陈小怜传》，［清］张潮辑：《虞初新志》卷四，《古本小说集成》本，第169页。
④ ［清］余怀：《板桥杂记》卷下《轶事》，南京出版社2006年版，第27—28页。
⑤ ［清］余怀：《板桥杂记》卷中《丽品》，南京出版社2006年版，第13页。

部演员李伶同演《鸣凤记》的比赛,由于饰严嵩中失真而遭冷落,于是易衣遁去,往京师求做相国顾秉谦门卒三年,"日侍相国于朝房,察其举止,聆其语言"①,最后战胜李伶。

在诗词歌赋等其他才艺上,有些女性亦有所建树。如《妇人集》"吴江叶进士三女"条称:"吴江叶进士(名绍袁)三女,长昭齐、次蕙绸、三琼章,俱有才调。而琼章尤英彻,如玉山之映人。诗词绝有思致,载《午梦堂集》中。"②又如"金沙王朗、学博"条云:"金沙王朗、学博,次回(名彦泓)女也。学博以香艳体盛传吴下,朗亦生而凤悟,诗歌书画,靡不精工,尤长小词为古今绝调,生平著撰极多。"③再如"山阴王端淑"条曰:"山阴王端淑(字玉映),意气落落,尤长史学。"④在此不一一述及。

还有专门记述古今女性奇闻逸事的,如李清《女世说》。《女世说》仿《世说新语》计有四卷三十一门⑤,"大率刺取古今载籍中有关妇女掌故,分别门类,辑为一书"⑥。有表现不忘故人的,如卷一《儒雅》"白氏妇"条云:"白氏妇于苏,二十而寡。尝于宅东北为祭室,画东坡、颖滨两先生像,图黄州龙川故事壁间,香火严洁,躬自洒扫。士大夫求瞻拜者,往往过其家奠之。"⑦有表现大义凛然的,如卷一《能哲》"张浚"条云:"张浚欲论秦桧奸,恐为母累。体至瘠。母怪问,以实对,母不应,唯诵浚父绍圣初对策,曰:'臣宁言而死于斧钺,不忍不言以负陛下。'浚遂决。"有表现忠义的,如卷一《节烈》"辽西太守"条云:"辽西太守赵苞到官,遣使迎其母。会鲜卑入寇,母为所劫质,挟以击郡。苞

①　[清]侯方域:《马伶传》,[清]张潮辑:《虞初新志》卷三,《古本小说集成》本,第96页。
②　[清]陈维崧撰,冒襃注:《妇人集》,《丛书集成初编》第3401册,第10页。
③　[清]陈维崧撰,冒襃注:《妇人集》,《丛书集成初编》第3401册,第14页。
④　[清]陈维崧撰,冒襃注:《妇人集》,《丛书集成初编》第3401册,第19页。
⑤　四卷三十一门:卷一包括淑德、仁孝、能哲、节烈、儒雅;卷二包括隽才、毅勇、雅量、俊迈、高尚、识鉴;卷三包括通辩、规诲、颖慧、容声、艺巧、缘合、情深、企羡;卷四包括悼感、眷惜、宠嬖、尤悔、乖妒、蛊媚、侈鲷、忿狷、纰缪、狡险、徵异、幽感。
⑥　陈汝衡编著:《说苑珍闻》之《女世说两种》,上海古籍出版社1981年版,第2页。
⑦　[清]李清:《女世说》,清道光五年(1825)经义斋刻本(下文所引《女世说》均据此本),国家图书馆藏有此本。

见之,悲号。母遥呼其字曰:'威豪,人各有命,何得相顾,以亏忠义。昔王陵母对汉使伏剑,以固其志,尔勉之。'苞如其言进战,母遂遇害。"有表现刚烈的,如卷二《毅勇》"晋武帝"条云:"晋武帝多简良家子女,以充内职,自择其美者以绛纱系臂。胡奋女芳既入选,下殿泣,左右止之,曰:'陛下闻声。'芳曰:'死且不畏,何畏陛下!'"等等。

　　清初遗民小说作家在追忆古今香艳时,在诸多女性故事中,都寄寓着自己的遗民情怀。如《板桥杂记》明显寄托了余怀的兴亡之感。他在《序》中言:"此即一代之兴衰、千秋之感慨所系,……岂徒狭邪之是述、艳冶之是传也?"①陈裴之在《香畹楼忆语》里亦云:"迨至故宫禾黍,旧苑沧桑,名士白头,美人黄土,此余澹心《板桥杂记》所由作也。"②靳能法等则将《板桥杂记》谓之"明遗民的文化创伤"③。嘐嘐子更称《板桥杂记》为"曼翁之《春秋》也"④。《妇人集》寄托了陈维崧的故国之思。无论从它记述的公主、宫人的流离颠沛,还是名媛、佳妇的卓越才艺,我们都明显感受到作者总是沉浸在对故国人事的深深眷恋当中。《影梅庵忆语》表现了冒襄的离乱之感,而这种动乱不安的环境,不仅没有影响冒董爱情,反而加深他们之间的情感。《女世说》表现了作者崇敬古代女性身上体现的高洁品行与民族气节。诚如宁稼雨所言:"书中故事有一定遗民思想,为清初遗民小说之一种。盖作者由明入清,政治思想因鼎革而破灭,故对清王朝有本能的敌对情绪。然惮于政治淫威,只能以扬古之法达贬今之效。"⑤另外,陈文新认为《马伶传》是"对明末权奸魏忠贤的党徒顾秉谦之流进行讥弹和嘲笑"⑥,《补张灵崔莹合传》是"反映明代遗民政治落魄后

---

① [清]余怀:《板桥杂记序》,[清]余怀:《板桥杂记》,南京出版社 2006 年版,第 7 页。
② [清]陈裴之:《香畹楼忆语》,上海大东书局 1933 年版。
③ 靳能法、钟继刚:《从〈板桥杂记〉看明遗民的文化创伤》,《西南交通大学学报》(社会科学版)2006 年第 1 期。
④ 嘐嘐子:《板桥杂记闲评》,[清]余怀:《板桥杂记》附录,南京出版社 2006 年版,第 37 页。
⑤ 石昌渝等:《中国古代小说总目》(文言卷),山西教育出版社 2004 年版,第 319 页。
⑥ 石昌渝等:《中国古代小说总目》(文言卷),山西教育出版社 2004 年版,第 281 页。

的悲凉情绪和失落之感"①,《陈小怜传》是"借陈、范二人爱情悲剧和相互期望,表达不忘故旧,崇尚气节的民族精神"②。总之,清初遗民小说通过追忆香艳主题体现了作家的遗民意识。

综上所述,清初遗民小说的主题主要表现为以上四个方面。但有一点,我们需要说明的,那就是这四个方面的主题只是一种大致划分,它们之间存在一定的交叉现象,如有些明遗民题材、香艳题材小说中也包含忠、孝、节、义的主题。同样,有些忠、孝、节、义题材小说中又有总结明亡教训的主题。还有一点也值得注意,那就是一部小说可能表现多个主题,如《樵史通俗演义》既表现了忠、孝、节、义的主题,又表现了总结明亡教训的主题。但不管小说如何表现不同主题或多个主题,实际上都反映清初遗民小说作家的遗民情怀。

第二节　清初遗民小说的才学化

古代小说中的才学伴随着其诞生即已出现,并且贯穿于整个古代小说的创作之中。在小说诞生期,汉魏六朝小说中的才学主要特征表现为"采录",如志怪小说"或转录古籍旧事,或记载见闻传说,或改写佛经故事"③,其中又以采录《山海经》中的神话、民间汉武帝求仙传说及佛经故事为最多;志人小说则主要采录名士的言行,其中以南朝宋人刘义庆《世说新语》影响最大。这一时期小说中的才学具有本源的特点,一方面为后代文学中表现才学提供范例,另一方面,它们本身又成为后代文学中体现才学的因素。在小说成熟期,唐传奇将诗、词、赋等文体引入小说,是其才学化的一大特点,如宋人赵彦卫《云麓漫钞》言:"此等文备众体,可见史才、诗笔、议论。"④此盖后代小说中

---

① 石昌渝等:《中国古代小说总目》(文言卷),山西教育出版社 2004 年版,第 26 页。
② 石昌渝等:《中国古代小说总目》(文言卷),山西教育出版社 2004 年版,第 36 页。
③ 王琼玲:《清代四大才学小说·绪论》,台湾"商务印书馆"1997 年版,第 2 页。
④ [宋]赵彦卫:《云麓漫钞》卷八,中华书局 1985 年版,第 222 页。

多有诗、词、赋之滥觞。在小说的发展期，由"说话"演变而来的宋元话本，其篇首常有诗词及入话引入，是其才学化的重要特点。其中，篇首诗词与唐传奇在行文中穿插诗词以炫才还不太一样，它的主要作用是"可以点明主题，概括全篇大意；也可以是赞成意境，烘托特定的情结；也可以抒发感叹，从正面或反面陪衬故事内容"①。而这种形式与内涵几乎为所有明清章回体小说所效仿与接受。在小说鼎盛期，明清小说的才学化开始向多元化方向发展，小说中除传统的诗、词、赋等文体及史评、典故等外，还出现奏疏、檄文、塘报、告示等应用文体，并且涵盖了多个学科，如军事、医学、水利、赋税等。在乾嘉学派出现的同时，最终产生了被鲁迅称之"以小说见才学者"的夏敬渠《野叟曝言》、屠绅《蟫史》、陈球《燕山外史》、李汝珍《镜花缘》，王琼玲更径直称之"清代四大才学小说"。

王琼玲在《清代四大才学小说·绪论》界定了"才学小说"与小说"蕴涵才学"的区别。她称："盖'才学小说'与传统小说有其不同处，传统小说的内容中，虽多有'蕴涵才学'者，但是'蕴涵才学'仅是作者'表达'的手段之一。且即使作者刻意展现才学，'才学'的内容亦仅占作品的一部分而已，作者的终极目的在于创作小说以表达其思想、情感等。但是'才学小说'则恰恰相反，作者是以展现己身之'才学'作为创作之目的，小说仅是其利用之工具而已。"②本文所述之"小说才学化"是指小说"蕴涵才学"者。

在"四大才学小说"产生前的清初遗民小说，其才学化打上了明清鼎革的时代烙印，并为四大才学小说的出现作了最后的准备。笔者在此将主要就清初遗民小说的才学化的表现及其产生的原因进行探讨，并以《续金瓶梅》为例，具体分析其颇具特色的才学宗教化。

---

① 胡士莹：《话本小说概论》，中华书局1980年版，第135页。
② 王琼玲：《清代四大才学小说·绪论》，台湾"商务印书馆"1997年版，第7页。

一、清初遗民小说中的才学

（一）历史典故的引用

古代小说中历史典故的引用,分为两种情况:一是诗词曲赋中的典故;二是故事情节中的典故。清初遗民小说在这两方面都有所表现。其中诗词曲赋中的典故,大多较为浅显,很少出现黄庭坚等江西诗派的用典方式。笔者在此仅以《女仙外史》第十三回中的御阳道人吕律几首咏史诗为例,如《咏鲁仲连》云:

> 六王皆为仆,一夫独不臣。岂知三寸舌,能却百万兵。兴亡系天下,宁独邯郸城。秦邦屈高风,因之削帝名。留得宗周朔,萧条东海春。①

此诗借用鲁仲连义不帝秦的典故,表宗周之意,同时表达吕律意欲奉建文为正朔。诚如唐赛儿评此诗曰:"此即夫子宗周之意。先生盖借仲连之言,以存周朔于万世也。"②又如《咏商山四皓》云:

> 日月尚可挥,山岳亦易移。由来妃妾爱,三军莫夺之。汉祖幸戚姬,遂使更立庶。一时良与平,束手无半计。商山采芝流,来与储皇游。始知隐君子,方能定大谋。炎鼎遂以安,奇功若无有。忽乘白云逝,神龙只见首。③

此诗借用商山四皓(笔者按:东园公、角里先生、绮里季、夏黄公)④辅佐太子刘盈(笔者按:即后来的汉惠帝)的典故,表明吕律以商山四皓自喻。唐赛儿评曰:"此薄轩冕无人,而言隐沦中有异士也。先生出而大展经纶,将必敛

---

① ［清］吕熊:《女仙外史》,《古本小说集成》本,第 288 页。
② ［清］吕熊:《女仙外史》,《古本小说集成》本,第 288—289 页。
③ ［清］吕熊:《女仙外史》,《古本小说集成》本,第 289 页。
④ ［汉］司马迁:《史记》卷五十五《留侯世家》,中华书局 1959 年版,第 2047 页。另,此卷《索隐》(唐司马贞撰)引《陈留志》称东园公姓庚、字宣明,夏黄公姓崔、名广、字少通,角里先生姓周、名术、字元道。(第 2045 页)

入于虚无,亦如神龙之不露其尾者乎!"①又如《咏留侯》云:

> 一击无秦帝,千秋不可踪。英雄有道气,女子似遗容。灭楚由黄
>
> 石,酬韩在赤松。从来王霸略,所贵得真龙。②

此诗包含张良一生中几个广为人知的典故:博浪沙椎击秦始皇、接受黄石公所授《太公兵法》、从游赤松子、状貌如妇人等。此诗意在表达吕律希望自己犹如张良一样得到"真龙"的垂青。又如《咏武侯》云:

> 草庐三顾为时忧,王业嵬然造益州。二表已经诛篡贼,两朝共许
>
> 接炎刘。木牛北走祁山动,石阵东开夔水流。五丈原前心力尽,可怜
>
> 少帝不知愁。③

此诗蕴含了关于诸葛亮的几个重要典故:三顾茅庐、前后《出师表》、木牛流马、病死五丈原等。此诗意在表达吕律如果有"真龙"可以辅佐,将以武侯为榜样,鞠躬尽瘁,死而后已。

从上述诗歌用典,我们可以看出,清初遗民小说在诗词曲赋中用典时,还是表达了作者的创作意图,如《女仙外史》中的吕律即为作者自况④,吕律在咏史诗中表达了要奉建文为正朔,并意将忠心尽力辅佐之,这实际上间接地抒发了作者的政治抱负。

除诗词曲赋中用典外,清初遗民小说在描写故事情节时也常常用到典故。《女仙外史》在这方面有较为突出的表现。笔者在此仅以嫦娥与后羿、聂隐娘、公孙大娘等典故为例。

关于嫦娥与后羿的典故。嫦娥即《山海经》所记"生月十有二"之"帝后妻常羲"⑤。

---

① [清]吕熊:《女仙外史》,《古本小说集成》本,第289页。
② [清]吕熊:《女仙外史》,《古本小说集成》本,第289页。
③ [清]吕熊:《女仙外史》,《古本小说集成》本,第291页。
④ [清]平步青:《小栖霞舆稗》(《中国古典戏曲论著集成》第九集)称:"所谓吕军师师贞者,即文兆所自寓。"(中国戏剧出版社1958年版,第207页)
⑤ [清]郝懿行撰:《山海经笺疏》卷第十六《大荒西经》,《续修四库全书》第1264册,上海古籍出版社2002年影印本,第253页。

《淮南子·览冥训》云：“羿请不死之药于西王母，姮娥窃以奔月，怅然有丧，无以续之。”汉人高诱注云：“姮娥，羿妻。羿请不死药于西王母，未及服食之，姮娥盗食之，得仙，奔入月中为月精。”《淮南子集解》引庄达吉云：“‘姮娥’诸本皆作‘恒’，唯《意林》作‘姮’，《文选》注引此作‘常’，淮南王当讳‘恒’，不应作‘恒’，疑《意林》是也。”又引洪颐煊云：“《归藏》云：‘昔常娥以不死之药服之，遂奔为月精。’‘恒’改为‘常’，是汉人避讳字。张衡《灵宪》作‘姮娥’，《说文》无‘姮’字，后人所造。”①后世文学作品中关于嫦娥与后羿的故事，不胜其数。小说在引用这一典故时，加入了嫦娥投胎为唐姮、后羿投胎为林三公子的情节，可谓对这一典故的承袭与发展。

关于聂隐娘的典故。聂隐娘的故事本于唐裴铏《传奇·聂隐娘》，《太平广记》第一百九十四采其条②。罗烨《醉翁谈录》所录宋人话本篇目中有《西山聂隐娘》一目③。清人尤侗据以编为杂剧《黑白卫》④。但《女仙外史》中的聂隐娘故事与《聂隐娘》及其改编作品中的聂隐娘故事有很大的不同，那就是《女仙外史》只保留了聂隐娘女剑侠的形象，而具体的故事情节则是唐传奇及其改编的杂剧中所没有的，如小说是以聂隐娘法场救取刘超（第二十二回）来出场的，又由于在多次战役中有突出的表现，后来也成为唐赛儿勤王之师六大女将之首⑤。小说作者将聂隐娘塑造成如此神化的女侠，与聂隐娘故事的广泛流传不无关系。

关于公孙大娘的典故。公孙大娘是唐开元时一位善舞剑器而闻名者。唐

---

① ［汉］淮南子撰，何宁集释：《淮南子集释》卷六《览冥训》，《新编诸子集成》，中华书局1998年版，第501—502页。

② ［宋］李昉编：《太平广记》第一百九十四《豪侠二》，中华书局1961年版，第1456—1459页。

③ ［宋］罗烨：《醉翁谈录》甲集卷之一《小说开辟》，古典文学出版社1957年版，第4页。

④ 庄一拂：《古典戏曲存目汇考》卷八，上海古籍出版社1982年版，第686页。

⑤ 《女仙外史》第四十四回："只见殿后香风冉冉，二十六名女真簇拥出六位女元帅来，众臣看时：第一是聂隐娘，第二是公孙大娘，第三是范飞娘，第四是素英，第五是寒簧，第六是满释奴，第七是翔风，领女真十二名，第八是回雪，领女真十二名。"（《古本小说集成》本，第1060页）

杜甫《观公孙大娘弟子舞剑器行序》称："大历二年（笔者按：767 年）十月十九日，夔府别驾元特宅（特一作持），见临颍李十二娘舞剑器，壮其蔚跂，问其所师，曰：'余公孙大娘弟子也。'开元三载，余尚童稚，记于郾城观公孙氏舞《剑器浑脱》，浏漓顿挫，独出冠时。自高头宜春、梨园二伎坊内人洎外供奉，晓是舞者，圣文神武皇帝初，公孙一人而已。玉貌绣衣，况余白首，今兹弟子，亦匪盛颜。既辨其由来，知波澜莫二，抚事慷慨，聊为《剑器行》。昔者吴人张旭，善草书书帖，数常于邺县见公孙大娘舞《西河剑器》，自此草书长进，豪荡感激，即公孙可知矣。"①《太平御览》引《明皇杂录》云："开元中，有公孙大娘善剑舞，僧怀素见之，草书遂长，盖壮其顿挫势也。"②《杜工部草堂诗笺》卷三十三引《明皇杂录》："时有公孙大娘者，善剑舞，能为《邻里曲》及《裴将军满堂势》《西河剑器浑脱》，遗妍妙，皆冠绝于时也。"③（笔者按：今本《明皇杂录》无此文）公孙大娘舞剑器在文学作品中多有表现，如唐杜甫《观公孙大娘辫子舞剑器行》、唐郑嵎《津阳诗》、唐司空图《剑器》、清郑日奎《读李青莲集》等④。由上述材料可知，公孙大娘只是一位善于舞剑的艺人，而《女仙外史》则将其塑造成仅次聂隐娘的六大女将之一。当然，由于她善于舞剑，小说中也就成为了一位颇富传奇色彩的女剑侠，与其有关的所有情节均为作者虚构。

其他小说的典故，如《梼杌闲评》中的"陈平盗嫂"等。"陈平盗嫂"典故出现在《梼杌闲评》第十二回。这一典故是通过魏进忠（即魏忠贤）与侯七官的对话表现出来的：

> 进忠道："昨日一夜也未睡着，听见你家内里琵琶弹得甚好，是

---

① ［宋］鲁訔编次，蔡梦弼会笺：《杜工部草堂诗笺》卷三十三，《丛书集成初编》第 2230 册，商务印书馆 1936 年版，第 1007—1008 页。
② ［宋］李昉编：《太平御览》卷第五百七十四《乐部十二·舞》，中华书局 1960 年影印本。第 2593 页。
③ ［宋］鲁訔编次，蔡梦弼会笺：《杜工部草堂诗笺》卷三十三，《丛书集成初编》第 2230 册，商务印书馆 1936 年版，第 1008 页。
④ 参见彭庆生，曲令启编：《诗词典故词典》之"公孙大娘舞剑器"条，书海出版社 1990 年版，第 263 页。

何人弹的?"七官道:"想是家嫂(笔者按:客印月)月下弹了解闷的。"
进忠道:"令兄何以不见?"七官道:"往宝坻岳家走走去了。"进忠笑
道:"令兄不在家,令弟莫做陈平呀!"七官打了他一拳道:"放
狗屁。"①

此典出现于《史记》卷五十六《陈丞相世家》:

> 绛侯、灌婴等咸谗陈平曰:"平虽美丈夫,如冠玉耳,其中未必有
> 也。臣闻平居家时,盗其嫂;事魏不容,亡归楚;归楚不中,又亡归汉。
> 今日大王尊官之,令护军。臣闻平受诸将金,金多者得善处,金少者
> 得恶处。平,反覆乱臣也,愿王察之。"汉王疑之,召让魏无知。无知
> 曰:"臣所言者,能也;陛下所问者,行也。今有尾生、孝己之行而无
> 益处于胜负之数,陛下何暇用之乎? 楚汉相距,臣进奇谋之士,顾其
> 计诚足以利国家不耳。且盗嫂受金又何足疑乎?"②

最终在魏无知的力谏下,汉高祖刘邦重用了陈平。此典意在说明刘邦唯
才是用。而《梼杌闲评》引用此典用其本意,讽刺侯七官与客印月之间不正常
的叔嫂关系。这种用典的技法较为圆熟,一方面作者并没有刻意强调这个典
故,而只是在不经意中提及,让人感到作者深厚的知识积累,另一方面作者又
借用类比的方法达到讽刺效果,增添了小说的趣味性与可读性。

而有些故事情节中的典故,作者有时直接进行阐释,如《续金瓶梅》第五
十八回洪皓所作挽联中的典故。洪皓在得知徽钦二帝驾崩后,作挽联曰:"恨
马角之未生,魂消雪窖;扳龙髯而莫逮,泪洒冰天。"③小说接着解释挽联道:

> 当初二帝初到金国朝见,金主说,等老乌头白,马头上生出角来
> 才放你还国,明明是再不放还的话。龙髯是轩辕皇帝的故事,炼药黄

---

① [清]紫阳道人编:《续金瓶梅》,《古本小说集成》据复旦大学图书馆藏清刊本影印,上海
古籍出版社 1992 年版(下同),第 443 页。
② [汉]司马迁:《史记》卷五十六《陈丞相世家》,中华书局 1959 年版,第 2054 页。
③ [清]佚名:《梼杌闲评》,《古本小说集成》本,第 1639 页。

山,丹成了,骑龙升天,臣子哀号不舍,有扳着龙的须髯随上天去的,这是洪皓说不得从死的意思。冰天、雪窖,说那北方冷山之苦,因此二句至今传诵。①

这种直接阐释典故的方式,一方面扫除了读者在典故理解上的障碍,特别是对于那些文化程度不太高的读者,另一方面又蕴含了作者用典的用意所在,上述"扳龙髯"(或作"攀龙髯")典故即为一例。这个典故在其他清初遗民小说中亦有运用,如陆圻弟陆培,"岁甲申,逆闯犯阙,北向长号,思攀龙髯。其妇呕止之曰……"②《女仙外史》第八回婢女老梅与曼妮的对话,亦涉及这一典故:"这样龙,是轩辕黄帝骑的,我只好学他臣子,攀着龙髯号哭罢了,那里有福气骑他呢?"③如果将这个典故与明亡后诸多殉明者的壮举联系起来,我们会发现作者用典的用意所在,既表达了对"攀龙髯"者的崇敬,又表达了对造成"攀龙髯"者的痛恨。

总之,无论是诗词曲赋中的典故,还是故事情节中的典故,既是作者炫才的表现,又是作者寄托情感,特别是遗民情怀的表现。

(二)诗词曲赋的引入

诗词曲赋等文体在小说中,特别是章回体小说中,运用得非常普遍。这些诗词曲赋主要包括两类:一是借用他人创作,二是作者自己创作。其中,作者自己创作又包括借小说人物的创作及作者直接创作两种形式。清初章回体遗民小说在诗词曲赋运用方面,亦有诸多表现。它们在小说中的位置及作用主要表现在以下几个方面。

1. 诗词多在各回的开始与结尾处及中间穿插,其中回首诗词多总领各回

---

① [清]紫阳道人编:《续金瓶梅》,《古本小说集成》本,第1639—1640页。

② [清]林璐:《陆忠毅公传》,[清]黄承增辑《广虞初新志》卷之四,柯愈春编纂《说海》(三),人民日报出版社1997年版,第1029页。

③ [清]吕熊:《女仙外史》,《古本小说集成》本,第168页。

内容,回中诗词多为抒发情感及描写场景,回末诗词多为总结各回内容及提示下回内容。清初遗民小说中的章回体小说在诗词运用方面,有一个重要特点,那就是它们当中有为数不少者抒发了作者内心的遗民情怀。笔者在此仅以《梼杌闲评》第五十回中的诗词为例以说明之。此回篇首词云:

> 昏昏尘世皆蕉鹿,蚁附蝇营,何事常征逐。刘项功名如转轴,乱蝉声后秋容促。谁能享尽人间福,及至完成,却又添蛇足。栖稳一枝饮满腹,回头一笑寒山绿。①

这首词既是对此回内容的总领,又是魏忠贤罪恶一生的总结,同时还是对整部小说的总结。在崔呈秀开棺枭首后,有诗云:“共食侯景肉,争燃董卓脐。人心皆畅快,王法定无私。”②此诗将阉党魁首之一的崔呈秀比之作乱之侯景、亡汉之董卓,表达了人们对其痛恨的心理,以及其枭首后的畅快心情。在查办五虎五彪的公文下发后,有诗云:“张牙舞爪佐奸权,多少忠良丧九泉。机阱一朝还自陷,问君入瓮有谁怜。”③此诗表现了人们对阉党帮凶五虎五彪的最终下场感到欢欣鼓舞。在赠谥忠臣后,有诗云:“死忠原是完臣节,岂为褒封纸一张。却喜大奸新伏法,殊恩荣赐九泉光。”④在吴天荣等人弃市后,有诗云:“狼贪虎噬气何豪,恶满今朝赴市曹。最是千年遗臭在,书生笔底秽名标。”⑤此诗表现了那些罪大恶极的阉党成员将会被钉在历史的耻辱柱上,并遗臭万年。此诗表现了对忠臣义士的崇敬,对阉党成员伏诛的喜悦。

总之,清初遗民小说中的诗词运用,既发挥了它们传统的抒发情感的功能,又表现了作家独特的遗民心态。

2. 戏曲与散曲在古代章回体小说中的出现,主要分为两种情况:一是只是描写戏曲艺人的演出情况,并不过多出现戏文内容。以《梼杌闲评》描写昆曲

---

① ［清］佚名:《梼杌闲评》,《古本小说集成》本,第1653页。
② ［清］佚名:《梼杌闲评》,《古本小说集成》本,第1659页。
③ ［清］佚名:《梼杌闲评》,《古本小说集成》本,第1663页。
④ ［清］佚名:《梼杌闲评》,《古本小说集成》本,第1669页。
⑤ ［清］佚名:《梼杌闲评》,《古本小说集成》本,第1672页。

艺人魏云卿为例，小说只涉及一些曲目及曲牌，如第三回的《玉杵记》《玉簪记·听琴》《红梅记·问状》《折梅逢使》《半万贼兵》等。同时，小说还描写了邀请戏子演戏的费用，如那些名角"四两一本，赏钱在外"，"连酒水将近要十两银子"①（第四回）。由此可见，当时非一般人户能请得起戏子演戏的。二是直接引入戏文内容。这里又分为引用他人创作与作者自己创作两类，如《樵史通俗演义》第五回引入阮大铖《泄笈》四段戏文，包括【二郎神】【前腔】【啭林莺】【前腔】，而第四十回则借小说人物创作了两首散曲《北寄生草》，表达了作者的亡国之痛。

　　清初遗民小说运用戏曲与散曲最多的当属《续金瓶梅》，它们主要包括散曲、南北套曲等，计有 18 回涉及。如第十六回的"吴骚"曲，曲牌有《解三醒》和《北寄生草》，第十九回有《昭君怨》兼带《汉宫秋》，第二十回的《梅花三弄》，曲牌有【绵搭絮】和【前腔】，第二十三回的《锦堂月》，第二十五回有《绣带儿》《忆阮郎》《猫儿·山坡羊》，第二十六回有曲牌为【江儿水】【前腔】【六犯清音】的套曲，第二十九回有《哭山坡羊》，第三十二回有《驻云飞》，第三十五回有北曲《金落索》，第三十六回有《一半儿》套曲、《西厢记·一半儿》、花词一套，第四十一回有南曲【锁南枝】，第四十四回的套曲曲牌有【北粉蝶儿】【南泣颜回】【北上小楼】【南泣颜回】及【北上小楼犯】【北叠字犯】【尾声】，第四十五回的套曲曲牌有【西江月】【山坡羊前】【山坡羊后】【捣喇】，第四十八回有说唱文学，其中唱词部分的曲牌有【鹧鸪天】【耍孩儿】，第四十九回的散曲有【江头金桂】【前腔】，第五十二回有南北曲十三腔《青毡乐》、套曲《归去来辞》，第五十六回有散曲《山坡羊·张秋调》，第五十七回的套曲《昙花记·逢僧点化》，第五十八回有一套北曲，曲牌有【北粉蝶儿】【北石榴花】【北斗鹌鹑】【北上小楼】【北四换头】【尾声】等。这些散曲与套曲的运用，在一定程度上增添了小说的凄凉色彩与表现了作者的遗民心态。如宋徽宗在听到《昭君

---

　　① ［清］佚名：《梼杌闲评》，《古本小说集成》本，第 123 页。

怨》兼带《汉宫秋》时，"不觉伤心泪下"①（第十九回）。我们知道，昭君出塞的故事被众多朝代众多文体所敷演，而元人马致远的杂剧《汉宫秋》在昭君结局上更改了史实，体现了作者不屈于异族的民族气节。丁耀亢在这里运用这一曲目是有其用意所在的。

总之，清初遗民小说中戏曲的运用，既表现作者在戏曲方面的才华，又体现了作者以曲抒情的因素。

3. 古代小说中的多数赋，从用韵不严谨的角度来说，不能称之真正意义上的赋篇。同时，其对偶现象又较为突出，但从四六句式上说，亦不能称之骈文。所以，小说中的诸多赋体只能称之骈体化、用赋法。

清初遗民小说在骈化、赋法的运用上有诸多表现，一般在这样几种情况下出现骈化、赋法：一是场景描写。如《梼杌闲评》第一回对火势的描写：

> 乒乒乓乓，轰轰烈烈。千条火焰彻天红，一片黑烟随地滚。金轮飞上下，华光神倒骑火马离天关；震炮响东西，霹雳将共策火龙来地藏。火老鼠随波乱窜，水鸳鸯逐浪齐飞。土穴焦枯，石崖崩损。浑如赤壁夜鏖兵，赛过阿房三月火。②

再如《樵史通俗演义》第十八回对太行山险峻的描写：

> 累累矗矗，杳杳冥冥，氤氲绿润，霢霂青凝。石含古色，泉闭冬声。时疑风雨，夜怯雷霆。南碉载阳而北碉停雪，西峰见日而东峰见星。云拂石床，霓裳可接。风过松岭，仙籁如闻。信鬼神之宵聚，而地天之昼冥。太行险绝，久久驰名。③

二是人物描写。如《水浒后传》第四回对管营李焕小妾赵玉娥的外貌描写：

> 远山横黛，频带云愁。秋水澄波，多含雨意。藕丝衫子束红绡，

---

① ［清］紫阳道人编：《续金瓶梅》，《古本小说集成》本，第480页。
② ［清］佚名：《梼杌闲评》，《古本小说集成》本，第33页。
③ ［清］江左樵子编辑：《樵史通俗演义》，《古本小说集成》本，第330—331页。

碧玉搔头铺翠叶。双湾新月，浅印香尘。两颊芙蓉，淡匀腻粉。独自倚栏垂玉腕，见人微笑掠烟鬟。①

再如《后水浒传》第二十二回对"刮地雷黑疯子"马霳的外貌与性格描写道：

头大面圆，一块额颅横突出；身长力大，两双怪眼直睁圆。鼻孔撩天，气出有如烟管；洪声震地，行动实类奔牛。一张阔嘴，上下齿牙皆独骨；两个硬拳，左右手腕是一[根]。性烈拔山扛鼎，交情誓死同生。一味言憨性直，不知者尽道疯癫；满腔义重情真，知我者俱称侠汉。喜结弟兄并酒肉，舍此无他好；仇恨奸佞与贪夫，以外皆平等。上关气数降星辰，下报前冤生恶煞。②

三是性爱描写。如《樵史通俗演义》第二十二回对李自成妻韩氏与小厮李招做爱描写：

两阵摆圆，双戈乱举。莺声呖呖，叫亲哥哥快放马来；龟首昂昂，唤好姐姐休将门锁。一个咆哮如虎，弄妇女如羊；一个爱惜若金，赤裹身故任。顺流倒峡水洋洋，骨颤神酥声喘喘。③

再如《梼杌闲评》第三回对魏云卿与侯一娘的做爱描写：

交颈鸳鸯戏水，并头鸾凤穿花。软温温杨柳腰揉，甜津津丁香舌吐。一个如久渴得浆，无限蜂狂蝶恋；一个如旱苗遇雨，许多凤倒鸾颠。一个语涩言娇，细细汗漫红玉颗；一个气虚声喘，涓涓露滴牡丹心。千般恩爱最难丢，万斛相思今日了。④

这些骈化、赋法的运用，一方面发挥了赋的传统铺叙功能，比使用白描手法更简练、更具文学性；另一方面又将作者的评判因素蕴含其中，如上文所引

---

① ［清］陈忱：《水浒后传》，《古本小说集成》本，第 113 页。
② ［清］青莲室主人辑：《后水浒传》，春风文艺出版社 1981 年版，第 222 页。
③ ［清］江左樵子编辑：《樵史通俗演义》，《古本小说集成》本，第 391—392 页。
④ ［清］佚名：《梼杌闲评》，《古本小说集成》本，第 87 页。

韩李之间与魏侯之间的偷情描写,除吸引读者的眼球外,也蕴含了作者的道德批判因素。

(三)实用之学的表现

实用之学主要包括天文地理、刑法赋税、礼乐典章、阵法韬略等。笔者在此主要以《女仙外史》为例。

1.科举制度的重建。小说作者在第三十七回对有宋以来的科举制度进行猛烈地抨击,"至宋王安石,始创制艺之文,初亦窃附于经术,自后揣摩沿袭,遂为滥觞。出今之世,渐至拾牙慧、掇唾馀,攒凑成文,甚而全窃他人之作。侥幸于一得,虽抡元拔魁,考其胸中,则固乌有先生也"①(第三十七回)。小说作者还对学、仕分离现象大为挞伐,"夫仕而优则学,学而优则仕,理同而事异。今则不然,其仕与学,截然判作两途,所用非昔者素学,所学亦非今者宜用,是何异于徒具虚舟,无舵牙,无帆樯,而欲涉江泛海,其不相率而覆溺者几希"②(同上)。鉴于科举制度的已有弊端,小说在设置文武六科时,都做出了严格规定,以文士三科为例,"经术"科者,"若但沿袭宋人旧解者,不录";"经济"科者,"文格合于唐宋八家者,方录";"诗赋"科者,"若学宋、元诗词,竟成有韵之文者,不录。赋取屈、宋,次亦欧、苏,若作四六骈词,但尚浮华者不录"。③(同上)小说中对文士三科的规定,显然暗贬康熙时重宋儒理学的现状。据《清史稿》载,康熙二年(1663)清朝曾废除乡试、会试首场试八股制艺④,七年(1668)又恢复。二十四年(1685)又将三场并试,"名为三场并试,实则首场为重。首场又四书艺为重"。二十九年(1690)又在论题仍出《孝经》的基础上,"兼用《性理》《太极图说》《通书》《西铭》《正蒙》"。五十七年

① [清]吕熊:《女仙外史》,《古本小说集成》本,第 897 页。
② [清]吕熊:《女仙外史》,《古本小说集成》本,第 898 页。
③ [清]吕熊:《女仙外史》,《古本小说集成》本,第 899 页。
④ [清]赵尔巽等:《清史稿》卷一百八《志八十三·选举三》载:"乡试以八月,会试以二月。均初九日首场,十二日二场,十五日三场。"(第 3147—3148 页)

(1718)，"论题专用《性理》"。① 这也许即是乾隆十六年(1751)《昆山新阳合志》卷二十五所称吕熊"以旧著《外史》触当时忌"。

与科举制度密切相关的官僚制度，小说亦表达了应有的关注。小说第三十七回对前朝及当朝的官制弊端多有指责，如官僚体制的庞大，"汉、唐设官以千数，宋、元以万数"②，"本朝官制太繁，铨法太疏"。③ 还有，"非因材而授官"，这必将导致"知者不能尽其长，愚者亦可自掩其短"的混乱局面。④ 正鉴于此，《官制册》在设置官职及其职能时，明显遵循了精简官员与因材授官的原则。这种官制的设置，虽有"似属纸上空言，不可措诸实用"之嫌，但"有用之之法，如国人皆曰贤者，虽位在令牧，而竟越升至开府卿贰。其中材之守职者，仍循资格。……如是，则《外史》设官之制可行已"⑤(第三十七回回末陈奕禧评语)。

2. 君臣典礼的规范。君臣典礼是古代长期演化而形成的社会道德规范，"要改弦易辙，原属繁难"⑥(第八十三回)。所以，吕熊在小说中能对这种道德规范，提出一些建设性的修补实属不易。其中比较突出的是第八十三回中"臣不太卑，而君不太尊"⑦准则的提出，体现了吕熊的平等思想。小说第八十三回从八个方面，即"大会朝""燕飨""常朝""燕见""奏对""经筵""游宴""称呼"，详细地规范了君臣之间的典礼：

> 天子称公、孤曰"先生"。其拜起，令内侍扶掖。不鸣赞，不蹈舞。正六卿并紫薇大学士、都宪御史、黄门尚书及亚卿等，皆称为"卿"。紫薇左右诸学士与黄门侍郎、金宪御史、大司成、都给谏等，

---

① ［清］赵尔巽等：《清史稿》卷一百八《志八十三·选举三》，中华书局 1977 年版，第 3149—3150 页
② ［清］吕熊：《女仙外史》，《古本小说集成》本，第 891 页
③ ［清］吕熊：《女仙外史》，《古本小说集成》本，第 889 页。
④ ［清］吕熊：《女仙外史》，《古本小说集成》本，第 889 页。
⑤ ［清］吕熊：《女仙外史》，《古本小说集成》本，第 905—906 页。
⑥ ［清］吕熊：《女仙外史》，《古本小说集成》本，第 1930 页。
⑦ ［清］吕熊：《女仙外史》，《古本小说集成》本，第 1930 页。

皆呼官衔。监察御史、给事中及各衙门五品以下，悉呼名字，凡经筵官进讲之时，天子亦呼为"先生"，其平日仍照品称呼。若东宫讲官，皇太子自始至终，总称为"先生"。紫薇左右学士，不在经筵，亦称为"先生"。若大学士，称为"老先生"。三公、三孤，则称"元老先生"。其正六卿与都宪御史、黄门尚书，皆呼曰"先生"。加以官衔，如大宗伯，称为"称宗伯先生"。大司空，称曰"司空先生""都宪先生""尚书先生"之类。亚六卿起，至黄门侍郎、金宪、京尹、司成与薇省诸学士，悉称为"卿"。都给谏、监察御史与给事中、众御史及各衙门五品以上，悉呼官衔。余小臣各呼名字。①

小说还将君臣典礼延伸至男女仪制，亦强调平等思想，如皇家公主下嫁后也应与普通妇人相同，并规定了后妃、公主、未出阁女子、奴仆与主母、家主与仆妇、和尚道士与妇人、夫妇之间等行为规范。这些规范的修正，梅坡给出了较为中肯的评价："男女仪制，作书者具有移风易俗之深心。但古圣王之教民也，如大地阳春一动，而庶物皆苏。《尧典》所谓'于变时雍'，《虞书》所谓'四方风动'都是也。若用政令以一之，又安能家喻户禁之乎？周衰而十三国之变风，或夸或陋，或淫或悍，即有圣人出而亦不能移之易之，况乎后世之变，更有百倍于十三国者哉！此书也亦托诸空言而已。"②（第八十三回回末评）

3. 刑法赋税的改革。如果说上述礼之规范是"禁于未然之前"，那么刑法的设置，则是"施于已然之后"③（第八十四回）。但鉴于"古者五刑，墨、劓、剕、宫、辟；今之五刑，笞、杖、徒、流、斩。其重与轻，大相悬殊"④，许多现行之刑法当革除，如"笞罪""军、流二罪""六脏内常人盗一款""窃盗以脏定罪之律""坐脏致罪""七杀内'故杀'之条""过失杀之律"等。⑤ 有废当有立，作者

---

① ［清］吕熊：《女仙外史》，《古本小说集成》本，第 1937—1939 页。
② ［清］吕熊：《女仙外史》，《古本小说集成》本，第 1953 页。
③ ［清］吕熊：《女仙外史》，《古本小说集成》本，第 1955 页。
④ ［清］吕熊：《女仙外史》，《古本小说集成》本，第 1956 页。
⑤ ［清］吕熊：《女仙外史》，《古本小说集成》本，第 1957—1965 页。

更定了《五刑》《四脏》《六杀》。其中"五刑"包括"杖罪""徒罪""刜罪""宫罪""大辟";"四脏"包括"监守盗脏""那移""枉法""不枉法脏";"六杀"包括"谋杀""误杀""斗杀""殴杀""戏杀""威逼杀"。① 叶舃与韩陶庵均对上述《刑法》规定之内容作了客观地评点。叶舃云:"余考古律书,但著其所犯之罪,而不推其所犯之情,虽曰恐开弊端,殆亦忍矣。今观《外史》,凡犯窃、盗者刜足,不计其脏之多少,此固诛心法也,施于甘心为贼盗者,宁不允当?若其间有饥寒迫于身,偶一窃而冀延生命者,概行刜之,则处今之世,晏子所谓踊贵而屦贱矣!"②韩陶庵曰:"先王五刑,皆残刻人之肢体以为法者,故不敢轻于一犯,而亦不能再犯,刑一人而可威一国,后世五刑,既无损于毫毛,则易于一犯,而复敢于再三犯,适足以长其凶焰,虽刑百人而不足以惧一夫也! 余谓当全复古之五刑,而其轻者,但以杖责为矜卹之权,若此古今杂用,亦仅得其半哉!"③(第八十四回回末评)

小说在第八十四回还针对"今之民,则终身耕而无一日之蓄,举家耕而无半年之需者,虽常遇丰亨,亦若不聊其生"④的现状,提出赋税、徭役、榷关、钱法、盐政等方面的改革。这些改革中突出的是赋税中的"丁随田转"改革,如"有田之家,方纳人丁,譬如以百亩之田,布入二丁之重则,则每亩亦止多二分之数,岁丰则完,岁凶则赦"⑤,颇具"摊丁入亩"雏形。我们知道,"摊丁入亩"亦称地丁合一、丁随地起。这一赋税制度分成两步。第一步是清廷宣布"自康熙五十年(1711)以后,滋生人丁,永不加赋"⑥;第二步是清廷在先期试点的基础上于雍正元年(1723)在全国推广"摊丁入亩"制度。到乾隆四十二年

---

① [清]吕熊:《女仙外史》,《古本小说集成》本,第1966—1975页。
② [清]吕熊:《女仙外史》,《古本小说集成》本,第1990—1991页。
③ [清]吕熊:《女仙外史》,《古本小说集成》本,第1991页。
④ [清]吕熊:《女仙外史》,《古本小说集成》本,第1979页。
⑤ [清]吕熊:《女仙外史》,《古本小说集成》本,第1981页。
⑥ [清]乾隆官修:《清朝文献通考》卷一九《户口一》,《十通》第9种,浙江古籍出版社2000年版,第5023页。

（1777），全国完成这一赋税制度的改革。"摊丁入亩"的赋税制度改革是我国古代赋税史上具有划时代意义的大事,它废除了我国古代长达两千多年的人头税(人丁、户口税)。① 由此可见,小说作者一方面痛感当时赋税的繁重,另一方面他的赋税改革又具有前瞻性。

4.阵法武器的创设。吕熊不仅在官僚制度、科举制度、礼仪制度、刑法赋税制度等方面有突出的表现,在军事方面亦有诸多创设,特别是在阵法与兵器两方面。在阵法方面,吕律创设了五行阵(又名七星阵)。小说第十九回详解了这一阵法:

> 其法即前后左右中五军,中央为土,东方为木,西方为金,前为南为火,后为北为水:为五行之正炁,乃正兵也;南之前有先锋一营,北之后有扩军一营,左右各有二哨:为五行之余炁,即为奇兵。行则为律,止则为营,列则为阵,本于一贯,至简至易。若兵马数多,则大营之中又可各分为五军,亦按东西南北中方位,自数百人起至于数十万,皆可随其多寡用之。如行动之时,先锋先行,次则前军,再则左军,三则中军,四则右军,五则后军。一军之中,亦按前左中右后而行,二哨人马,各在先锋之左右。哨探敌人伏兵,若有警急,则与先锋合兵,一面飞报接应。护军在后,以防背后有意外之寇。此行则为律也。如止息安营,及屯守结寨,即照五方之位,团团口口立五个大营,连先锋护军,共结七营,所以又名七星阵。②

这一阵法在勤王之师攻取兖州(第四十回)和武定州(第四十九回)时得到有效的发挥,并取得这两次战役的胜利。杨人庵对一阵法评点曰:"谚云'纸上谈兵',言用兵为难事。非能谈者,便能用也。然必能谈者,方能用。岂不能谈者而反能用耶? 余素好兵法,见此卷内讲解,既越乎韬略之外,而仍贯

---

① 赵文润:《中国古代史新编》,陕西人民出版社 1989 年版,第 848 页。
② ［清］吕熊:《女仙外史》,《古本小说集成》本,第 452—453 页。

乎韬略之中,与余意若合符节。作者殆善用兵者乎?"①另,小说第七十回还对传说诸葛亮创立的八卦阵进行了详解,为于成龙所称道:"武侯八阵,仅传其制度,从无能究其变化者。此独指示数端,如剖太极而分出两仪四象,星汉山川,历历在目。"②(第七十七回回末评)

如果说阵法属于军事韬略范畴,那么,武器的发明则具军事实战性质了。小说涉及一个重要的武器即是纸炮,这应是一种发明。小说没有对纸炮的制作进行详细的描述,只是对这一火器运用进行了描述。小说第二十五、二十六、三十二、四十、六十七、七十七、九十五回涉及纸炮的运用。刘廷玑对这一武器的发明颇为赞赏:"交战用纸炮,此书独创。始于卸石寨用以为号,自后惊败兵,溃伏卒辄用之。而又用以破房胜大寨,披靡数万雄兵。"③

除上述四方面之外,其他清初遗民小说还涉及地理学、医学等实用之学,如顾炎武《谲觚十事》探讨了地理学方面的知识,如纪昀所言:"时有乐安李焕章,伪称与炎武书,驳正地理十事,故炎武作是书以辨之。其论文孟尝君之封于薛及临淄之非营邱诸条,皆于地理之学有所补正。"④史玄《旧京遗事》对明代北京街道沿革、朝章典故、宫闱旧闻、风土民情等方面多有表现,"是我们今天研究晚明历史和北京宫苑源流的一部有价值的参考书"⑤。《续金瓶梅》第十七回涉及治胃脘疼的"祛寒姜桂饮"⑥,治寒症的"四逆汤"⑦。《续金瓶梅》第二十八回、《新世弘勋》第四回涉及提高性功能的海狗肾。它们都表现了作者具有一定的医学知识。

总之,这些实用之学在小说中的运用,一方面表现了作者在相关知识方面

---

① [清]吕熊:《女仙外史》,《古本小说集成》本,第464页。
② [清]吕熊:《女仙外史》,《古本小说集成》本,第1815页。
③ [清]刘廷玑:《在园品题二十则》之第十六则,[清]吕熊《女仙外史》卷首,《古本小说集成》本,第25页。
④ [清]纪昀等:《钦定四库全书总目》(整理本),中华书局1997年版,第1043页。
⑤ 《旧京遗事、旧京琐记、燕京杂记·出版说明》,北京古籍出版社1986年版。
⑥ [清]紫阳道人编:《续金瓶梅》,《古本小说集成》本,第435页。
⑦ [清]紫阳道人编:《续金瓶梅》,《古本小说集成》本,第437页。

的渊博,另一方面又体现了作者欲"治国平天下"的政治抱负。

　　(四)应用文体的嵌入

　　应用文体的嵌入在明清以前的小说中很少出现①,它是明清小说才学化的独特之处,特别是章回体小说。这种应用文体主要包括御旨、奏疏、檄文、告示、启事、榜文、诉状、书信等。它们又分为于史有据和作者杜撰两类。其中作者杜撰类最为常见。作家在创作小说时,常常为情节的需要,创设一些应用文体,以增加故事的真实感。而于史有据类则开始于明末的时事小说。这类小说大量嵌入塘报、奏疏、檄文等,甚至有些应用文体的篇幅还相当长,令人难以卒读。这种粗糙的创作方法,亦遭到学界的诟病。但从保存文献的角度来说,它们又具有一定的史料价值。

　　上述两类应用文体在清初遗民小说中均有表现。其中于史有据类应用文体以《樵史通俗演义》为代表。据笔者统计,小说涉及这类文体主要包括 95 处奏疏、71 处皇帝批旨、3 封书信、1 篇告示、1 篇檄文等。这些文体篇幅超过或接近千字的主要有:第二十四回的倪元璐关于"正气未伸"的奏本(1022 字)及关于惩处阉党漏网者的奏本(1664 字)、第三十八回的左良玉等二十七人关于南渡三疑案的奏本(997 字)、第三十九回的左良玉关于讨伐马阮的檄文(977 字)。《樵史通俗演义》有些回的内容甚至几乎为应用文体所堆砌,如小说第二十四回。此回总字数为 4777 字,应用文体包括倪元璐的 3 个奏本和崇祯的 1 次批旨。其中关于"正气未伸"的奏本 1022 字,关于惩处阉党漏网者的奏本 1664 字,关于《三朝要典》的奏本 578 字,崇祯批旨 294 字。这样,应用文体计有 3538 字。如果再除去 127 字的诗词内容,这一回真正用于叙事的文字只有 1112 字,仅占该回总字数的 23.28%。从上述统计,我们可以看出《樵史通俗演义》大量嵌入应用文体之一斑。

---

　　① 笔者按:宋元讲史话本《大宋宣和遗事》中出现有大臣奏章、皇帝手诏等应用文体。

作者杜撰类应用文体相对于于史有据类应用文体,在清初遗民小说中更为普遍存在。除在于史有据类应用文体中常见的奏章与皇帝的圣旨外,作者杜撰类应用文体更多地包含了其他文体,如关于科举考试的招生方案、"条约"、考试题目、榜文等,关于司法程序的诉状、勘验文书等,以及祭文、告示、寻人启事等。在这些文体当中,关于科举考试方面的应用文体在以前小说中较少出现,颇值得关注。《续金瓶梅》第五十三回有较为完整的表现。这次科举考试是在投降金朝的蒋竹山与金将阿里海牙商议下,在扬州考选妇女。这次科考有四个环节组成。第一环节是科考方案,包括科考条件、场次及其考试内容、中榜后的待遇:

> 第一案是良家女子,年十六岁以下,有容貌超群,诗词伎艺的,名曰花魁,和殿了状元一般。第二案是良家妇女,二十以下,有才色绝代,歌舞丝竹的,名曰花史,和殿了二甲一般。第三案是乐户娼籍,二十以下,有色有艺的,名曰花妖,和殿了三甲一般。以上三案俱是中选的。头一场选人才容貌,第二场考文学诗画,第三场考丝竹歌舞。三场毕,照旧放榜。第一甲金花锦缎,鼓乐游街,第二甲金花彩缎,鼓乐送出大门,第三甲银花色缎,鼓乐送出二门。①

第二环节是科考"条约",规定了科考等级、场次、内容及录取方法、考场纪律等:

> 钦差提调淮扬兵马部督府蒋,为奉旨考选官嫔,严立条约,以防隐漏,以杜冒滥事;照得广陵为名丽之区,迷楼实烟花之薮,舞逾上蔡,歌出阳阿,代充掖廷,必先兹郡。今遵奉王旨考选良家,兼收乐籍,分三案为三甲,不啻文士登科。自才艺及声容,以定女中魁首,百代奇逢,千秋荣宠。除遵依里甲挨门报名外,凡系文词女史,第一场考诗赋论一篇,即合式;身容姿态,次场点名;歌舞吹弹,末场面试。

---

① [清]紫阳道人编:《续金瓶梅》,《古本小说集成》本,第1469—1470页。

先三日,扬州府各递试卷、脚色,并载里甲、年貌、历履,习学某艺,临

期执技登堂验验选。一照文场殿试,分三甲上下,游街及第。如有滥

冒顶替,许人揭告,以违旨定罪不贷。特谕。

大金天会陆年月日①

第三个环节是考试题目,主要是第一场的三道题:

第一场题三道:

沉香亭牡丹清平调三韵

广陵芍药五言律诗

杨贵妃马嵬坡总论②

第四个环节是发布榜文,主要包括三甲的第一名的姓名、籍贯、身份及

选题:

一甲第一名宋娟扬州府江都县人,商籍,论一篇,《马嵬坡》。

二甲第一名王素素扬州府通州人,乐籍,《沉香亭诗》三首。

三甲第一名柳眉仙淮安府山阳县人,军籍,《广陵芍药诗》二律。③

从上述科考的四个环节来看,丁耀亢对科考整个过程设计得相当完整。
不仅如此,作者还结合了科考对象及科考地,从而使这次科考具有女性特色与
地方特色,如三甲第一名分别被称为"花魁""花史""花妖",科考题目亦与女
性及扬州相关。当然,我们知道,这样的科考过程是小说家杜撰出来的,但是
我们仍然可以感受到当时的科考程序。仅从这一点来说,它在形式上具有一
定的史料参考价值。另外,我们需要指出的是,蒋竹山一手操办的这次扬州妇
女选考,一方面是为讨好金主,另一方面又严重扰乱了扬州百姓的正常生活,
真是"妒色梨花逢暴雨,能言鹦鹉入金笼"④(第五十三回)。总之,丁耀亢将

---

① [清]紫阳道人编:《续金瓶梅》,《古本小说集成》本,第1478—1479页。
② [清]紫阳道人编:《续金瓶梅》,《古本小说集成》本,第1483页。
③ [清]紫阳道人编:《续金瓶梅》,《古本小说集成》本,第1486页。
④ [清]紫阳道人编:《续金瓶梅》,《古本小说集成》本,第1494页。

科考过程的应用文体引入小说,既表现了他对科考过程了如指掌并炫耀之,又表现了他对降金者的媚主行为极大愤慨。

除上述科举考试方面的应用文体外,清初遗民小说在作者杜撰类其他文体上亦有诸多表现,如《续金瓶梅》第十一、三十六、四十四、六十二回中的诉讼文书、第十回中李纲的奏章、第四十六回中齐王刘豫的告示及严解元的祭文等,在此不一一述及。

总之,清初遗民小说中嵌入的众多应用文体,一方面具有一定的史料价值,其中于史有据类主要是表现在内容上,而作者杜撰类主要表现在形式上;另一方面,有助我们解读小说的故事情节和作者创作心态。换言之,我们不能一概抹杀应用文体在小说中的作用。

(五)其他才学的运用

清初遗民小说中的其他才学主要包括佛道经文的征引、谶纬之学、歌谣、释名等的运用。其中,《续金瓶梅》大量采录了佛道经文。下文将有详论,在此不作赘述。

谶纬之学在清初遗民小说中也较为普遍存在。如《新世弘勋》第二回"滕六花飞怪露形 蚩尤旗见天垂象",描写了怪异的天气与天象,预示着祸乱明朝的李自成即将诞生。《续英烈传》第一回描写了建文帝"半边月儿"的头形与燕王朱棣的"帝王器度"①,明显预示着他们未来的不同命运,第四回描写了桐城灵应观道士席应真传授秘术与姚广孝,预示着其将辅佐燕王成就帝业。《樵史通俗演义》第十一回描写的京城地震灾异,预示阉党集团即将覆灭。弘光建都南京后,有两则童谣称"杨、马成群,不得太平"②(第三十四回),"马阮

---

① [清]秦淮墨客编:《续英烈传》,《古本小说集成》据大连图书馆藏励园书室本影印,上海古籍出版社1992年版(下同),第5页。笔者按,《古本小说集成》本题[明]秦淮墨客,但正文卷首题"空谷老人编次"。同时,王小川在"前言"中依据小说的叙述语气,指出:"此类言语显系清人所言,此书当成于清代。"故此,笔者从之。

② [清]江左樵子编辑:《樵史通俗演义》,《古本小说集成》本,第622页。

张杨,国势速亡"①(第三十五回),表明弘光政权的短命结局。

上述佛道谶纬之学在小说中的表现,一方面对故事情节起到预叙作用,另一方面也为故事情节增添神秘色彩。

除佛道谶纬之学外,以歌谣的形式来创作,亦是清初遗民小说才学化的表现,主要有黄周星的《小半斤谣》②。《小半斤谣》全篇以歌谣的形式来写,语言上以四言为主,兼有五言、六言、七言。此篇在形式上虽是歌谣,但还是通过那位买肉者的动作、语言等,塑造了一位"善治生"者的形象,亦不能完全斥之"并非小说"③。

释名亦是清初遗民小说才学化的表现,如《续金瓶梅》第三十回解释了不同地方对专门白手骗人的称呼:"北方人叫做帮衬的,如鞋有了帮衬,外面才好看,苏州叫做篾片,如做竹器的先有了篾片,那竹器才做得成;又叫做老白鲞,那鲞鱼海中贱品,和着各色肉菜烹来,偏是有味。"④等等。这种释名,一方面表现了作者的广博知识,另一方面又增加了读者的常识积累。

总之,清初遗民小说的才学化在诸多方面有所表现,其中实用之学多为治国安邦,佛道谶纬之学多为道德教化,诗词曲赋多为悲情抒发,历史典故多为情感寄托,应用文体多具史料价值。概言之,清初遗民小说的才学化具有经世致用的总体特征。这与清初之学术思想是相一致的。

二、清初遗民小说才学化的成因

(一)与作者表达遗民情怀有关

清初遗民小说中的才学化倾向,在很大程度上是与作者表达遗民情怀联

---

① ［清］江左樵子编辑:《樵史通俗演义》,《古本小说集成》本,第 635 页。
② ［清］黄周星:《小半斤谣》,［清］黄承增辑《广虞初新志》卷之十一,柯愈春编纂《说海》(四),人民日报出版社 1997 年版,第 1136—1137 页。
③ 石昌渝等:《中国古代小说总目》(文言卷),山西教育出版社 2004 年版,第 520 页。
④ ［清］紫阳道人编:《续金瓶梅》,《古本小说集成》本,第 779 页。

系在一起的。主要表现在以下几个方面：

1. 历史典故中的遗民情怀。如《女仙外史》中的嫦娥与后羿的典故,值得注意的是,小说在第一回中描写了嫦娥"常愿皈依如来,因自爱其发,不愿遽薙,深以为惭"①,明显是对清初江南地区反剃发现实的观照。同时,作者还在小说中较多地引用聂隐娘、公孙大娘等女侠典故,笔者认为可能与明末清初时期出现较多女性英雄有关,而这些女英雄又多是抗击推翻明廷的农民军,或不与清廷合作者。如抗击张献忠的秦良玉、沈云英、岑太君,抗击李自成的刘淑英,还有假扮长公主刺杀李自成罗姓部下的费宫人等。其中,沈云英、刘淑英、岑太君还是不屈于清廷的明遗民。

除此之外,诗词中的典故亦蕴含一定的遗民情怀。如鲁仲连义不帝秦的典故明显有"义不帝清"之意,因为在清初遗民诗词中"秦"多暗指"清",而关于商山四皓、张良、诸葛亮的典故又都与维护汉朝正统有关,此又暗示我们作者有维护明朝正统之意,犹如宋遗民常常利用汉代故事表达自己的故宋情怀一样。

总之,清初遗民小说作者在运用历史典故时,常常将这些典故与明末清初的现实联系起来,表达自己复杂的遗民情感。

2. 诗词曲赋中的遗民情怀。我们首先来看诗歌中的遗民情怀。笔者在此仅以《女仙外史》第十四回中唐赛儿的游历诗为例。如到淮阴时,为漂母题诗一首云："赤帝山河没,王孙恩怨消。只留漂母在,终古奠兰椒。"②这显然是对韩信感恩漂母事的一种赞美,而清初诸多士人的降清显然是对这一美德的背离。到广陵时,题诗讽喻了隋炀帝的荒淫："红粉三千翠袖回,竹西歌吹旧亭台。君王去后琼花死,廿四桥边月自来。"③这种讽喻如果移植到晚明的万历、天启、弘光身上亦颇为恰当。到桐庐严子陵钓台时,题两句诗："掉头岂为耽

---

① ［清］吕熊:《女仙外史》,《古本小说集成》本,第11页。
② ［清］吕熊:《女仙外史》,《古本小说集成》本,第298页。
③ ［清］吕熊:《女仙外史》,《古本小说集成》本,第298—299页。

江海,加足何心傲帝王。"①这是对严子陵高尚情操的尊崇,亦是对明遗民义不仕清而逃禅隐逸的认可。到厓山时,题诗云:"厓山犹讲学,中国已无家。子母为鱼鳖,君臣葬海沙。事由诛岳始,源岂灭辽差。辛苦文丞相,戎衣五载赊。"②作者在这里显然是借宋亡的故事来表达自己对明亡的哀痛,而"事由诛岳始,源岂灭辽差"似乎又是痛定思痛,找寻亡国死君的根由。到云南时,针对滇水倒流现象题诗云:"此水何为独倒行? 朝宗无路更无情。藩王要窃皇王命,人意能违天道行。"③这明显有暗喻吴三桂叛乱之意。在四川登剑阁时,题诗云:"剑阁千夫御,阴平一旅过。可怜汉统系,才得蜀山河。邈妇心难泯,谌孙泪不磨。从来佞臣舌,覆国胜矛戈。"④这明显是对故明的眷恋与对明亡的哀痛。在晋南时,为石勒墓题诗云:"今日慈王寺,千秋伯主坟。玉衣消宿莽,金磬彻空云。一阁千峰抱,孤城万户分。袖中双剑气,谈笑扫尘氛。"⑤这显然是为这个十六国时期从奴隶到皇帝的后赵建立者,表达崇高的敬意,又似有效石勒建功立业之举。在此回的结尾处,作者感叹道:"那知道山河绵邈,殊乡无花鸟之愁;城阙荒凉,故国有沧桑之感。正是:万里烽飞,燕孽雄师过济上;九重火发,天狼凶宿下江南。"⑥(同上)这种感叹实际上是此回诸多诗词蕴含的亡国之痛、故国之思的总括。刘廷玑对这些寓意颇深的诗歌评价道:"至若卷内诸诗,直可贯彻三唐,岂仅时流不敢望其项背。"⑦(第十四回回末评)这种评价虽不免有过誉之嫌,但作者在这些诗歌中表现自己种种复杂的遗民情感,还是值得肯定的。

再来看词中的遗民情怀。如《樵史通俗演义》第三十九回回首词《水仙

①　[清]吕熊:《女仙外史》,《古本小说集成》本,第304页。
②　[清]吕熊:《女仙外史》,《古本小说集成》本,第308页。
③　[清]吕熊:《女仙外史》,《古本小说集成》本,第320页。
④　[清]吕熊:《女仙外史》,《古本小说集成》本,第323页。
⑤　[清]吕熊:《女仙外史》,《古本小说集成》本,第334页。
⑥　[清]吕熊:《女仙外史》,《古本小说集成》本,第338页。
⑦　[清]吕熊:《女仙外史》,《古本小说集成》本,第339页。

子》云：

> 一声鼓角一声愁，一点烽烟一点忧。淮山江水天边月，催劫急局难收。　叹将军振旅淹留。忠辅心间事，奸臣脸上羞，并蹙眉头。①

我们从这首词中的"愁""忧""叹""蹙"等字眼，明显可以感觉到作者对于当时危急的时局，颇为忧心忡忡，也是对南明第一个政权即将覆灭感到痛心。又如第四十回篇首词《蝶恋花》云：

> 今日山河非旧矣，楚水吴山，谁认咱和你。睡到五更，魂梦里思量，贼闯终须死。　改号称王当不起，沧海桑田，翻覆污茧纸。权相魂消将作鬼，天涯驰逐三千里。②

此词中的"今日山河非旧矣，楚水吴山，谁认咱和你"，显然是对弘光政权覆亡的无限哀痛，但作者似乎并没停留在一味的哀痛当中，而是痛定思痛，总结明亡的教训，并将矛头直指"贼闯""权相"。这一总结虽有其偏颇的一面，但至少反映了当时士人的认识水平。

接下来再看散曲中的遗民情怀。如《樵史通俗演义》第四十回两首《北寄生草》云：

> 你也休啰唣，我也莫放刁，弘光走了咱谁靠？广德州城破不相饶，马丞相夜奔安吉道。方总兵兵马乱纷纷，咱马兵随后也慌忙到。③

> 你也休啰唣，我也不放刁，黄得功刎了明无靠。劫粮的刘孔昭海中逃，卖君的刘良佐千秋笑。权奸自古少忠臣，傍州例请君瞧，也须知道。④

从以上两首民间小曲，我们可以看出，作者对于弘光帝的出走、黄得功的自刎颇为痛心，又对那些专权误国的权相、变节降清的边将颇为痛恨。

---

① ［清］江左樵子编辑：《樵史通俗演义》，《古本小说集成》本，第697页。
② ［清］江左樵子编辑：《樵史通俗演义》，《古本小说集成》本，第715页。
③ ［清］江左樵子编辑：《樵史通俗演义》，《古本小说集成》本，第735页。
④ ［清］江左樵子编辑：《樵史通俗演义》，《古本小说集成》本，第735页。

最后,我们再来看赋法描写中的遗民情怀。如《女仙外史》第十五回对燕将朱彦回外貌衣着的描写:

> 面孔歪斜,脸上有围棋般大的黑麻几点;眼眶暴突,睛边有苧线样粗的红筋数缕。身长八尺,穿的是镔铁打就柳叶重铠;腰大十围,使的是熟铜炼成瓜稜双棒。向日呼名是狗,今朝赐号称猪。①

这种赋法的描写明显对燕将的一种丑化,"向日呼名是狗,今朝赐号称猪"更是对燕将一种厌恶。这种丑化与厌恶和作者对于"篡国者"朱棣的态度是一致的。

总之,清初遗民小说在大量引入诗词曲赋时,在诸多情况下,蕴含了作者的遗民情感,表达了作者的亡国之痛、故国之思。

3. 其他才学中的遗民情怀。如在描写游戏中表达自己的遗民情感。李邺嗣《马吊说》描述了兴起天启间的一种纸牌游戏"马吊戏"。此种游戏源于纸牌"宋江四十叶"②,谓之"马吊"者,因"此戏人得二桌为本,今胜家上五桌,而三家适各一桌,其状如马立而吊其一足也"③。此游戏在京师与吴中盛行,又谓之"京吊""吴吊"。但是,作者并没有停留在对这一游戏的简单介绍上,而将其与明亡原因结合起来:

> 嘻,嗟乎! 此亡国之兆也。弘光之败,成于马士英。永历之败,

---

① [清]吕熊:《女仙外史》,《古本小说集成》本,第354页。

② [明]陆容:《菽园杂记》卷十四载有"斗叶子之戏",盖即此戏,曰:"斗叶子之戏,吾昆城上自士夫,下至僮竖皆能之。予游昆庠八年,独不解此。人以拙嗤之。近得阅其形制,一钱至九钱各一叶,一百至九百各一叶,自万贯以上,皆图人形,万万贯呼保义宋江,千万贯行者武松,百万贯阮小五,九十万贯活阎罗阮小七,八十万贯混江龙李进,七十万贯病尉迟孙立,六十万贯铁鞭呼延绰,五十万贯花和尚鲁智深,四十万贯赛关索王雄,三十万贯青面兽杨志,二十万贯一丈青张横,九万贯插翅虎雷横,八万贯急先锋索超,七万贯霹雳火秦明,六万贯混江龙李海,五万贯黑旋风李逵,四万贯小旋风柴进,三万贯大刀关胜,二万贯小李广花荣,一万贯浪子燕青。或谓赌博以胜人为强,故叶子所图,皆才力绝伦之人,非也。盖宋江等皆大盗,详见《宣和遗事》及《癸辛杂识》。作此者,盖以赌博如群盗劫夺之行,故以此警世。而人为利所迷,自不悟耳。记此,庶吾后之人知所以自重云。"(中华书局1985年版,第173—174页)

③ [清]李邺嗣:《马吊说》,[清]黄承增辑:《广虞初新志》卷之一,柯愈春编纂:《说海》(三),人民日报出版社1997年版,第985页。

成于马吉翔。马氏用而国亡,故豫吊之也。且马吊为之香炉脚,折足

之象也。京吊、吴吊并行,言南北俱可哀也。①

将"马吊戏"与马氏亡明联系起来,虽不免有些牵强,但却反映了作者的
遗民创作心态。同时,结合前文所述及的才学,我们发现清初遗民小说作家渗
透于骨子里的遗民意识,在表现才学时自觉不自觉就流露出来了。

(二)与作者的炫才有关

除为表现作者的遗民情怀外,清初遗民小说的才学化还与作家炫才密切
相关。而这种所炫之"才"又主要包括安邦治国之才、史笔之才、诗词曲赋之
才、劝世教化之才等。下面分别论述之。

1. 安邦治国之才。我们知道,古代文人向来以"正心、修身、齐家、治国、
平天下"②为己任,而有些遗民作家在明亡后为保持自己的民族气节或遵循
"不事二姓"的父母之训,未曾在清朝参加过任何科举考试,当然也就不能入
仕为官了。这样,他们的满腹学问就无法施展。于是,在小说中表现自己的治
理国家的文武韬略,也就顺理成章了。在这些作家中,吕熊表现得最为突出。
上文论及的《女仙外史》诸多方面才学,其中即包括科举制度与官僚制度的重
建、君臣典礼与男女仪礼的规范、刑法与赋税制度的改革、阵法与武器的创设
等。而它们的主要创设者即为吕律,"所谓吕军师师贞者,即文兆所自寓。"③
也就是说,小说中的吕律实际上即为作者自况,而吕律所创设的制度也就是作

---

① [清]李邺嗣:《马吊说》,[清]黄承增辑:《广虞初新志》卷之一,柯愈春编纂:《说海》
(三),人民日报出版社 1997 年版,第 985 页。
② [清]阮元校刻:《十三经注疏》之《礼记正义》卷六十:"古之欲明明德于天下者,先治其
国。欲治其国者,先齐其家。欲齐其家者,先修其身。欲修其身者,先正其心。欲正其心者,先诚
其意。欲诚其意者,先致其知。致知在格物。物格而后知至,知至而后意诚,意诚而后心正,心正
而后身修,身修而后家齐,家齐而后国治,国治而后天下平。"(上海古籍出版社 1997 年影印本,
第 1673 页)
③ [清]平步青:《小栖霞说稗》,《中国古典戏曲论著集成》第九集,中国戏剧出版社 1958
年版,第 207 页。

者自己"治国、平天下"的政治抱负的表现。

2. 史笔之才。所谓"史笔"者,主要包括历史记载、史家修史笔法等多重内涵。清初遗民小说中的史笔主要是指小说中嵌入的带有史料性质的应用文体。我们知道,史家在修史时常常引入相关的奏疏、御批、檄文等应用文体,而清初遗民小说作家在创作时,亦常常模仿史家修史的方式,在小说中嵌入这些应用文体,如上文提及的《樵史通俗演义》即为典型一例。《樵史通俗演义》大量嵌入应用文体,确实给读者的阅读带来诸多不便,同时又冲淡了小说的故事情节。因而,学界对其批评亦在情理之中。但仅就这些应用文体本身而言,一方面它们保存了一些史料,孟森在《重印樵史通俗演义序》、栾星在《〈樵史通俗演义〉赘笔》、刘文忠在《樵史通俗演义·校点后记》(人民文学出版社 1989年版)、张平仁在《〈明季北略〉、〈明季南略〉对时事小说的采录》等文中申说《樵史通俗演义》具有一定的史料价值,而应用文体即是史料价值表现的一个方面。另一方面,为我们解读小说中的人物与事件提供有效的途径。如天启朝的党争,我们根据小说中所引用的阉党与东林党人的奏疏的多寡,可以判断他们之间斗争的激烈程度与双方力量的对比。第一回至第三回引用的奏疏共有 11 处,基本上都是东林党人或倾向于东林党人的。这反映了东林党人在天启初年基本上掌控了朝政。从第五回到第十五回,小说引用的奏疏共有 36处,这时东林党人或倾向于东林党人的奏疏逐渐减少,阉党的奏疏逐渐增多,而且这时奏疏的数量接近于小说引用奏疏总量的三分之一强。这说明双方斗争异常激烈,同时也说明阉党渐渐掌握了朝中大权。仅从这一点而言,《樵史通俗演义》在一定程度上具有史笔之才。

另外,清初遗民小说,特别是文言小说篇首或篇末的"太史公曰"式评论,如《阐义》中的"街南氏曰"、《嗒史》中的"嗒史氏曰"等,颇具史评性质,表现了作者的史笔之才。笔者在此试举一例以说明之。如《阐义》卷二《义客》卷首"街南氏曰":

> 客之名,世以相訾,谩曰"食客",曰"门客"。嘻,何贱哉！以势

合者,势尽则离;以利交者,利穷则畔,亦客故自贱也。彼公孙杵臼、田横之义士,非欤? 夫客有气谊相许者矣,有术智相为用者矣,今也不然。或曰:"弹铗而叹无鱼,若鸡鸣狗盗,亦岂不以食哉?"卒之市义于薛,而脱孟尝君于虎口。其术智气谊,有足多者,抑所谓食人之食、事人之事者,非耶? 然则食于人者,其名与义,既非客比,而其与事,或鸡鸣狗盗之不若,又何也? 故义客者,不可以弗志也。①

从这一议论,我们可以看出,作者将明确地将"以势合""以利交"的食客、门客与以"气谊相许"、以"术智相为用"的"义客"区别开来,从而表明作者对"义客"的赞许,对那些鸡鸣狗盗者的鄙视。这既表明作者的编创主旨,又表明了作者的史笔之才。

3. 诗词曲赋之才。诗歌向来是我国古代的主流文学,词经过宋人的改造亦成为与诗歌比肩的高雅文学,戏曲到明清时期亦从坊间走向殿堂,赋在汉之后虽走向衰落,但仍然是文人常用的文体。小说创作在明清时期虽极大繁荣,但在一般文人看来,其文学地位仍然与诗词曲赋不可同日而语。故此,小说家者常常为抬高自己的创作地位,在小说中大量引入诗词曲赋,以表现自己的高雅之才。清初遗民小说亦不例外。不过,清初遗民小说中的诗词曲赋,除表现作者在一般意义上的文学才华外,重要的是还表现了作者对明清之际之间现实的反映与思考、对作者内心情感的表达与宣泄。如《樵史通俗演义》每回篇首的诗词,如果将它们连缀起来,谓之一部明清之际的"诗史"或"词史",或许并不为过。同时,这些篇首诗词又是作者情感与心态的表现,似亦可谓之一部明清鼎革时文人的"情感史"或"心态史"。这种诗词证史现象,正如第一回篇首诗所云:"樵夫野史无屈笔,侃然何逊刘知几。"②在曲赋方面,虽未能如诗词那样具有明显证史现象,但在情感表达上还是发挥相当大的作用,如上文提及

---

① [清]吴肃公:《阐义》,《四库禁毁书丛刊》子部第 11 册,北京出版社 2000 年据清康熙四十六年(1707)慕园刻本影印,第 18 页。
② [清]江左樵子编辑:《樵史通俗演义》,《古本小说集成》本,第 2 页。

的《樵史通俗演义》第四十回中的两首《北寄生草》及《女仙外史》第十五回对燕将朱彦回外貌衣着的赋法描写等。

4. 劝世教化之才。"温柔敦厚"的"诗教"向来为古代文人所遵循的创作理念,清初遗民小说在这方面亦有突出表现。究其原因,主要是明末清初动荡的社会现实对人们的道德底线产生严重冲击,见利忘义、趋炎附势、变节投降、助纣为虐等现象层出不穷。作为经历明清之际的清初遗民小说作家,当然不能无动于衷,于是通过故事情节来劝世教化似乎是他们应有之使命。而这种劝世教化除直接通过故事情节来表现外,还通过小说中大量的才学来表现,特别是诗词。参见下文对《续金瓶梅》中诗词在此方面的作用。

这种劝世教化的诗词,如同劝世教化的故事情节一样,在一定程度对读者能起到潜移默化的效用。

(三)与作者的人生经历有关

清初遗民小说出现的才学化倾向,与作者在明清之际的生活经历及其著述有一定的关系。如《女仙外史》第七十七回描写了起义军决湘江水灌樊城,涉及水利方面的知识,笔者认为可能与吕熊第二次"入于成龙幕,为其处理水利事宜"①有关。乔侍读指出吕熊在本回中的在水利方面的合理与不足:"治水者,截横流而下扫排桩,收合龙门,良非易事。此以长矛刺入沙底,密排布囊,而水遂堰。盖以矛之干,柔而至劲,不可折,矛之刃,利而至坚,不可拔,用之适中。作《外史》者可谓才且智矣。然止可用于暂时。余欲变通其法以堰横流,流堰而后,下排桩,筑厚堤,便为永久之策,附之《河防要览》,谁曰不宜?"②(第七十七回末评)。

再如《女仙外史》第十四回与第五十回涉及地理学与医学,此应与吕熊曾撰有《续广舆记》《本草析治》有关。我们可以大致梳理一下,小说第十四回所

①　江苏省昆山县志编纂委员会编:《昆山县志》,上海人民出版社1990年版,第875页。
②　[清]吕熊:《女仙外史》,《古本小说集成》本,第1815页。

叙唐赛儿、鲍师游历九州的路线:卸石寨——淮阴——广陵——金山、焦山——金陵——吴门——临安——天台山——曹娥江——桐庐严子陵钓台——金华——雁荡山——武夷山——厓山——岭南——赣关——大孤山、小孤山——武昌黄鹤楼、汉口晴川阁——汉皋——湘江——衡山——粤西——云南——峨眉山——成都、剑阁——昆仑山——终南山、乾陵——五台山——晋南石勒墓——洛川——嵩山——汴梁——卸石寨。从这一路线来看,吕熊对全国的名山大川、名胜古迹烂熟于胸,这与曾编撰《续广舆记》有很大关系。我们知道,明陆应阳曾辑有《广舆记》,清蔡方炳对其增订,"是编因明陆应旸(笔者按:应为陆应阳)《广舆记》而稍删之。大抵抄撮《明一统志》,无所考正"①。吕熊的《续广舆记》现已散佚,成书时间亦不可考,但蔡方炳在《增订广舆记序》中未提及《续广舆记》,也就是说吕熊《续广舆记》可能产生于《增订广舆记》之后,即《续广舆记》的成书时间当在康熙二十五年丙寅(1686)(笔者按:《增订广舆记》的成书时间)之后。这也得到刘廷玑的证实:"近以陆伯生、蔡九霞纂辑《广舆记》,止详注各府而略州县,不足备考,乃编成《续广舆记》,颇为详明,以卷帙浩汗,尚未能付梓。"②

　　小说第五十回还表现了作者在医学方面的建树。当时鲍师针对"各营将士,多害的头眩腹帐、上呕下泄,动弹不得"的疫情,使用了一种叫"通灵七圣散"的药物进行治疗,效果颇佳。这种药物由七种中药组成,即苍术、白芷、雄黄、木香、槟榔、官桂、甘草。考之古代医书,苍术"除心下急满,及霍乱吐下不止,利腰脐间血,益津液,暖胃消谷嗜食"等③;白芷"疗风邪,久渴吐呕,两胁

　　① 纪昀等:《钦定四库全书总目》(整理本)卷七十二《史部二十八·地理类存目一》,中华书局1997年版,第985页。另,陆应阳(1542—1624),字伯生,号古塔居士、片玉山人、应阳生,上海松江人。蔡方炳(1626—1709),字九霞,号息关,别号息关学者,江苏昆山人。
　　② [清]刘廷玑:《在园杂志》卷二之《吕文兆》,中华书局2005年版,第63页。
　　③ [明]李时珍:《本草纲目》卷十二下,《景印文渊阁四库全书》第773册,台湾"商务印书馆"1986年版(下同),第29页。

满,头眩目痒"①;雄黄"治疟疾寒热,伏暑泄痢,酒饮成癖,惊痫,头风眩晕,化腹中瘀血,杀劳虫疳虫"②;木香"治心腹一切气,膀胱冷痛,呕逆反胃,霍乱泄泻痢疾,健脾消食,安胎"③;梹榔(亦作槟榔)"治泻痢后重,心腹诸痛,大小便气秘,痰气喘急,疗诸疟,御瘴疠"④;官桂"理阴分,解凝结,愈疟疾,行血分,通毛窍"⑤;甘草"治五脏六腑寒热邪气,坚筋骨,长肌肉,倍气力,金疮肿,解毒、久服轻身延年"⑥。现在吕熊所撰之《本草析治》已失传,但我们从将小说中所开出的药方与医书进行比照,还是能发现其科学性的。

三、《续金瓶梅》中的才学宗教化

上文我们已提及《续金瓶梅》诸多才学表现,但相对于其他遗民小说中的才学,其才学化多具深厚的宗教色彩。故而,笔者在此主要就其才学的宗教化展开探讨。

(一)才学宗教化的表现

1. 对佛道经典的多次采录。

(1)对《太上感应篇》及其他道经的采录。小说采录的诸多佛道经典中,以道教经典《太上感应篇》为最多。《太上感应篇》传为宋人李昌龄所作⑦,是

---

① ［明］李时珍:《本草纲目》卷十四,《景印文渊阁四库全书》第773册,第97页。
② ［明］李时珍:《本草纲目》卷九,《景印文渊阁四库全书》第772册,第651页。
③ ［明］李时珍:《本草纲目》卷十四,《景印文渊阁四库全书》第773册,第102页。
④ ［明］李时珍:《本草纲目》卷三十一,《景印文渊阁四库全书》第773册,第660页。
⑤ ［清］王洪绪原著,夏羽秋校注:《外科症治全生集》,中国中医药出版社1996年版,第70页。
⑥ ［明］李时珍:《本草纲目》卷十二上,《景印文渊阁四库全书》第773册,第4页。
⑦ 《太上感应篇》的作者问题,学界颇有争议。《宋史》卷二百五《艺文四·神仙类》载"李昌龄《感应篇》一卷"(中华书局1977年版,第5197页),《道藏·太清部》有《太上感应篇》三十卷,称:"李昌龄传,郑清之赞。"清儒惠栋《太上感应篇笺注》、俞樾《太上感应篇缵义》从《宋志》说。王利器《〈太上感应篇〉解题》(《中国道教》1989年第4期)认为"李昌龄说"不可靠。王利器的观点亦代表了大多现代学人在这个问题上的观点。成书时间亦颇有争议,一般认为此书最迟于南宋时出现。

一部在后世颇有影响的劝善之书。其中也包含了佛、儒思想,如果报思想明显具佛教思想,不过其侧重要于现世报,而佛教则侧重于来世报;再如与人为善思想又具儒家色彩。这种儒、佛、道三教合一,盖为作者征引频繁的重要原因。

《太上感应篇》篇幅较短,仅有 1200 余字,但在小说中却有 23 回引用,包括第一至八回、第十、十二、十三、十四、十七、十九、二十八、三十四、三十九、四十、四十六、五十六、五十八、六十二、六十四回,几乎征引殆尽。小说在征引经文时,常常表现这样的特点。

一是因诗引经文。因诗引经文在小说中较为普遍,如第二、三、四、五、六、七、八、十、十二、十三回等。在此仅以第二回为例。作者在篇首诗后引经文道:"这首诗单表《太上感应篇》起首四句,说是祸福无门,唯人自召,善恶之报,如影随形。"①接着议论道:

> 那轻薄少年、风流才子听此讲道学的话,不觉大笑而去,何如看《金瓶梅》发兴有趣? 总因不肯体贴前贤,轻轻看过,到了荣华失意,或遭逢奇祸、身经乱离,略一回头,才觉聪明机巧无用,归在天理路上来,才觉长久,可以保的身,传的后。今日讲《金瓶梅》一案,因何说此? 只因西门庆淫奢太过,身亡家破,妻子流离,在眼前,也又有一个西门大官出来照样学他,岂不可怕?②

同样是第二回,作者为来安欲窃吴月娘之财作"有诗为证"后,两次征引经文道:"这诗单表《感应篇》中后四句,单说取非义之财者如漏脯救饥、鸩酒止渴,非不暂饱,死亦及之。"③"那《感应篇》中又说,横取人财者,计其妻子家口以当之,渐至死丧,若不死丧,即有水火盗贼、遗亡器物、疾病口舌诸事以当妄取之直。"④在第一次征引经文后,议论道:"所以说漏脯、鸩酒不能充饥,就

---

① [清]紫阳道人编:《续金瓶梅》,《古本小说集成》本,第 28 页。
② [清]紫阳道人编:《续金瓶梅》,《古本小说集成》本,第 28—29 页。
③ [清]紫阳道人编:《续金瓶梅》,《古本小说集成》本,第 43—44 页。
④ [清]紫阳道人编:《续金瓶梅》,《古本小说集成》本,第 44—45 页。

如图别人的财物,不得成家养子孙一般。"①第二次征引经文后,议论道:那些发横财的大人物,如董卓、石崇、元载等,"且休说养子孙,那有个活到老的,如今阴司添了速报司,所以王法日严。"②而骗钱的小人物,"原是割别人的肉贴在脸上,如何长的起?反似尘沙眯目,洗净才明。那些妄财费尽,疾病也就好了,官司也就完了"③。其他回因诗引经文的情况,大致如此。

二是因佛典引经文。除因诗引经文外,作者还因佛典引经文。如第五、三十四回等。这里仅以第五回例。篇首引《华严经·梵行品》后引经文道:"《感应篇》中说人恶念万种,不能细说,开口只讲得个'非义而动,背理而行,以恶为能,忍作残害'。"④接着又议论道:"只此四句,便包得下文全章为恶条目。恶人随他弑逆淫贪,大事小事俱是他心上来的,只不信道理一句便了。毕竟有行恶之才、为恶之胆,这'以恶为能',说透他一生祸根。看那古来大恶,那个不是聪明人?不是下得手的人?所以只一个忍字便是恶鬼,一个不忍之心便可成佛,那得死后有这许多的冤业?"⑤

三是因叙事引经文。作者在叙事过程中有时也引用《太上感应篇》,如第五十六回在描写"扬州城分剐苗员外(笔者按:苗青)"后,引经文道:"看官听说,这《感应篇》上说道:'叛其所事,暗侮君亲,以恶为能,忍作残害。'"⑥又在"建康府箭射蒋竹山"后,引经文道:"那《感应篇》上说'好侵好夺,掳掠致富,破人之家,取其财宝,纵暴杀伤,乘威迫胁'。"⑦这里引用经文旨在说明侵占他人钱财,终得恶报。不过,这种情况在小说中较为少见。

小说在征引《太上感应篇》时主要是以上三种方式,而在征引其他道教经

---

① [清]紫阳道人编:《续金瓶梅》,《古本小说集成》本,第44页。
② [清]紫阳道人编:《续金瓶梅》,《古本小说集成》本,第45页。
③ [清]紫阳道人编:《续金瓶梅》,《古本小说集成》本,第46页。
④ [清]紫阳道人编:《续金瓶梅》,《古本小说集成》本,第118页。
⑤ [清]紫阳道人编:《续金瓶梅》,《古本小说集成》本,第118页。
⑥ [清]紫阳道人编:《续金瓶梅》,《古本小说集成》本,第1587页。
⑦ [清]紫阳道人编:《续金瓶梅》,《古本小说集成》本,第1593页。

典时，如《梓潼帝君救劫宝章》（第十四回）《清净经》《阴符经》《玉枢经》《冲虚经》（以上四经均在第六十四回），则主要是因诗、因佛典而征引。

（2）对《华严经》及其他佛经的采录。如果说小说在征引道教经典时以《太上感应篇》为最多，那么在征引佛教经典时，则以《华严经》为最多。《华严经》全称《大方广佛华严经》，被称为大乘佛教的"经中之王"，相传为释迦牟尼成道后宣讲的第一部经典，现广为流传的是唐朝实叉难陀翻译的八十卷本。小说受《华严经》的影响并对其采录，主要表现在以下几个方面：

一是各回冠以"品"名。我们知道，《华严经》每卷均有一"品"名①。这对小说每回冠以"品"名有很大影响，其中有"广仁品"（第一、十四回）、"广慧品"（第二、九、十、十六、三十一、三十七、四十二、四十六回）、"正法品"（第三、七、八、十三、十八、二十一、二十六、三十四、五十四、五十八回）、"妙悟品"（第四、二十七、二十九、四十三、四十四、五十七、六十回）、"游戏品"（第五、二十、二十三、三十二、三十九、四十、四十一、四十五、四十七、五十三回）、"戒导品"（第六、十一、十五、十九、二十五、二十八、三十六、五十六回）、"净行品"（第十二、十七、二十二、二十四、三十三、四十八、五十一、五十九回）、"庄严品"（第三十、六十三回）、"证入品"（第三十八、四十九、五十、六十一、六十二、六十四回）、"解脱品"（第五十二、五十五回）。

小说不仅在"品"名上模仿《华严经》，在"品"名与内容的对应上亦有所借鉴。我们知道，《华严经》的各卷"品"名实际是各卷内容的高度概括，而小

---

① 《华严经》卷一至卷五为"世主妙言品"，卷六为"如来现相品"，卷七为"普贤三昧品"，卷八至卷十为"华藏世界品"，卷十一为"毗卢遮那品"，卷十二为"如来名号品"，卷十三为"光明觉品"，卷十四为"净行品"，卷十五为"贤首品"，卷十六为"升须弥山顶品"，卷十七为"梵行品"，卷十八为"明法品"，卷十九为"升夜摩天宫品"，卷二十为"十行品"，卷二十一为"十无尽藏品"，卷二十二为"升兜率天宫品"，卷二十三为"兜率宫中偈赞品"，卷二十四至卷三十三为"十回向品"，卷三十四回至四十四三为"十地品"，卷四十四为"十通品"，卷四十五为"阿僧祇品"，卷四十六至四十七为"佛不思议品"，卷四十八回为"如来十身相海品"，卷四十九为"普贤行品"，卷五十至卷五十二为"如来出现品"，卷五十三至五十九为"离世间品"，卷六十至八十为"入法界品"。

说中具同一"品"名的不同回目亦有这一特点。以"正法品"为例。这里的"正法"主要有两方面含义：一是指信奉佛法而得善报之意，如第三回"吴月娘舍珠造佛"、第十八回"吴月娘千里寻儿　李娇儿邻舟逢旧"等；二是指恶类为恶而遭因果报应之意，如第七回"造劫数奸臣伏法"、第八回"贼杀贼来安丧命"、第十三回"屠清河子母流离"、第二十一回"张邦昌伏法赴西市"、第二十六回"痴心妇丧命偿冤"、第三十四回"杀忠贤再失河南地"、第五十八回"天津秦桧别挞懒"等。

　　二是经文及其相关内容的采录。小说涉及《华严经》的回数达9回之多，其中第一、四、五、七、十四、六十二回直接引入经文，第二十四回引《华严经纶贯》《华严纶赞》诗，第三十九回引《华严经》故事，第五十五回有王杏庵十件布施中的"华严出世问法布施"。小说在采录经文及其相关内容的时候，往往与道、儒二教联系在一起，如第一回篇首在大段引入经文后，又引入吕洞宾的《赠刘处士歌》，并称："这篇词是要说佛，说道，说理学，先从因果说起，因果无凭，又从《金瓶梅》说起。"①再如第四回，在解说《太上感应篇》后，引《华严经》道："那《华严经》说：'有花有果，有冤有报，如影随形，佛法真实不虚'。又说：'不可思议，正为世人小小聪明，反成愚惑。'"②

　　其他佛经采录较多的还有《金刚经》，如小说第四十七、六十二回引有经文、第五十五回引有偈语。除《金刚经》外，还有第三十三、五十七回的《楞严经》、第三十四回的《圆觉经》、第五十三回的《智度论》、第六十四回的《般若经》等。

　　从上文分析中我们可以看出，小说在采录佛道经典时，并不是孤立地采录，而是同时采录，也不只是仅引用经文，还引用佛道相关的内容。同时，还将儒家思想融入其中。这些都体现了作者儒、佛、道三教合一思想。

　　三是宗教化诗词的运用。《续金瓶梅》中的诗词的多具宗教化色彩，其中

---

① ［清］紫阳道人编：《续金瓶梅》，《古本小说集成》本，第4—5页。
② ［清］紫阳道人编：《续金瓶梅》，《古本小说集成》本，第88页。

包括回首诗、回中与回末的"有诗为证""有词为证"等。这些诗词大多为劝世教化之用,并常与《太上感应篇》或佛教思想结合起来。如第四回篇首引唐人张籍《北邙行》诗云:

> 洛阳北门北邙道,丧车辚辚入秋草。车前齐唱薤露歌,高坟新起
> 日峨峨。朝朝暮暮人送葬,洛阳城中人更多。千金立碑高百尺,终作
> 谁家柱下石。山头松柏半无主,地下白骨多于土。寒食家家送纸钱,
> 乌鸦作巢衔上树。人居朝市不知愁,请君暂向北邙游。①

作者评此诗道:"这首歌是唐人张籍所作,专叹这人命无常,繁华难久。"②接着叙宋朝简州进士王行庵(即王巽)病中梦《太上感应篇》、病后刻《太上感应篇》而享高寿事。无论是"人命无常,繁华难久",还是为善而高寿终年,其实都旨在劝善戒恶。

再如第八回篇首诗云:

> 反覆人心总似棋,劝君切莫占便宜。鱼因贪饵遭钩系,鸟为衔虫
> 被网羁。利伏刀傍多寓杀,钱埋戈侧定遭危。古人造字还垂诫,剖腹
> 藏珠世不知。③

这首诗明显"表昧心之财不可轻受,无义之人不可轻交。也是《感应篇》中说那横取之报"。④ 如果再结合这一回描写来安因窃吴月娘之财而丧命,我们可以感知作者在利用这些诗歌与经文,在反复劝诫人们不要为恶。

又如第十四回的《西江月》词四首云:

> 奉劝世人自爱,从前作过该休。天崩地陷不回头,何日是个了
> 手。 半世机关使尽,眼前何物堪留? 亏人处处结冤仇,分明自作
> 自受。⑤

---

① [清]紫阳道人编:《续金瓶梅》,《古本小说集成》本,第83—84页。
② [清]紫阳道人编:《续金瓶梅》,《古本小说集成》本,第84页。
③ [清]紫阳道人编:《续金瓶梅》,《古本小说集成》本,第181—182页。
④ [清]紫阳道人编:《续金瓶梅》,《古本小说集成》本,第182页。
⑤ [清]紫阳道人编:《续金瓶梅》,《古本小说集成》本,第365—366页。

烧尽青堂瓦舍,家家生死分离。只因贪巧费心机,报应眼前现世。①

骨肉伤残可恸,满堂金玉成灰。转时又要占便宜,辜负皇天教诲。①

好似破船过海,大家一体同心。一家人害一家人,波浪掀天胡混。　拙的先推下水,巧的岂得常存?连船毕竟海中沉,还是自家倒运。②

粟米三餐可饱,粗衣几丈能温。吃穿以外是闲人,何苦劳心惹恨!　清白传家堪敬,慈祥到处人亲。财多未必养儿孙,乱世多为祸本。③

作者评论曰:"这四个《西江月》也只为世人过了乱世,不肯回头,不畏天理,比已前贪残更甚,这个杀运还不得止。看这西门庆身后妻子的报应,便知这财是积了无用的。"④

总之,《续金瓶梅》为表现才学而运用诗词时,常常蕴含佛道因素,这一方面与其他遗民小说在运用诗词上有很大的不同,另一方面也是与小说中大量引用佛道经典及阐发佛道思想相一致。

3.其他宗教化的才学。《续金瓶梅》除采录佛道经典及运用宗教化诗词外,还通过其他方式表现宗教化才学。主要表现在以下几个方面:

(1)宗教化的典故,上文提及的王行庵与《太上感应篇》的典故即为一例,而小说中最为重要、也最有影响的典故是目连救母。小说第七、十七、二十四、五十一回均提及这一典故。目连救母的故事在佛经中多次出现⑤,而在中国

① ［清］紫阳道人编:《续金瓶梅》,《古本小说集成》本,第366页。
② ［清］紫阳道人编:《续金瓶梅》,《古本小说集成》本,第366页。
③ ［清］紫阳道人编:《续金瓶梅》,《古本小说集成》本,第366—367页。
④ ［清］紫阳道人编:《续金瓶梅》,《古本小说集成》本,第367页。
⑤ 戴云《目连救母故事渊源考略》(《江西社会科学》2002年第8期)称:"在现存的佛藏经典中,涉及目连故事的便有《经律异相》《撰集百缘经》《杂譬喻经》等;在《大藏经》中有《佛说目连所问佛》一卷(宋·法天译),在《续藏经》中收有《佛说目连五百问经略解》二卷,(明·性抵述)、《佛说目连五百问律中轻重事经释》二卷(明·永海述),在《大庄严论经》有《目连教二弟子缘》(卷七),《阿毗达磨识身足论》亦有(目乾连蕴)(卷一);另外还有《法华经》《阿弥陀经》等等,凡此不一而足。"

广为传播则主要归功于西晋月氏高僧竺法护译的《佛说盂兰盆经》。这一故事在变文、戏曲、宝卷等文学体裁中多有表现，其中变文主要有《目连缘起》《大目乾连冥间救母变文并图一卷并序》《目连变文》；戏曲主要有杂剧《目连救母》《目连入冥》，传奇《目连救母劝善戏文》（笔者按：明郑之珍撰）等；宝卷主要有北元宣光三年（1373）金碧写本《目连救母出离地狱升天宝卷》、明抄本《目犍连尊者救母出离地狱生天宝卷》等。① 这一佛教典故的广泛流传，对《续金瓶梅》的创作产生一定影响。作者在借用这个典故时，主要是将其与了空（笔者按：俗名孝哥）寻母情节联系起来，如第二十四回描写道："行脚一年，了空因念母亲月娘没有信息，未知乱后生死存亡，虽是出家，不可忘母，要拜别师父，回清河县来探信，就如目连救母一般，不尽人伦，怎能成道。"②第五十一回描写李锦屏与了空在洞房中的对话道："小姐又问了空父母何人，今日存亡，在于何处？了空又答偈曰：'自幼生来不见天，爷生娘长枉徒然。拖条挂杖来寻母，不及西方有目连。'"③这种佛教典故的运用，与小说大量引用佛教经典、诗词以及表达劝善思想是相一致的。

"鸟巢禅师"典故出现在《续金瓶梅》第六十四回。这一典故出自宋人普济《五灯会元》卷第二《径山国一钦禅师法嗣鸟窠道林禅师》：

> 元和中，白居易侍郎出守兹郡（笔者按：杭州），因入山谒师（笔者按：鸟窠禅师），问曰："禅师住处甚危险。"师曰："太守危险尤甚！"白曰："弟子位镇江山，何险之有？"师曰："薪火相交，识性不停，得非险乎？"又问："如何是佛法大意？"师曰："诸恶莫作，众善奉行。"白曰："三岁孩儿也解恁么道。"师曰："三岁孩儿虽道得，八十老人行不得。"白作礼而退。④

① 参见戴云：《目连救母故事渊源考略》。
② ［清］紫阳道人编：《续金瓶梅》，《古本小说集成》本，第608页。
③ ［清］紫阳道人编：《续金瓶梅》，《古本小说集成》本，第1398页。
④ ［宋］普济：《五灯会元》（上册），《中国佛教典籍选刊》，中华书局1984年版，第71页。

这一典故在宋东吴道原撰《景德传灯录》卷四、宋释悟明集《联灯会要》卷二、元念常撰《佛祖历代通载》卷十六等亦有记载。小说以此典收尾,旨在劝诫人们"诸恶莫作,众善奉行"①,亦体现《续金瓶梅》全篇主旨,如作者所言:"我今讲一部《续金瓶梅》,也外不过此八个字,以凭世人参解,才了得今上圣明,颁行《感应篇》劝善录的教化,才消了前部《金瓶梅》乱世的淫心。"②(第六十四回)

(2)宗教化的赋法描写。小说第三回对深林佛舍描写道:

清清佛舍,小小僧房。数株古桧当门,几树乔松架屋。小桥流水绕柴扉,时闻香气;野岸疏林飞水鹜,遥见旛扬。掩门月下,须防夜半老僧敲;补衲灯前,时共池边双鸟宿。③

简朴的佛舍处在"小桥流水"与"野岸疏林"之中,应该是一个不错的修行养性之所,亦颇有几分禅意,但"夜半老僧敲"与"池边双鸟宿"又在告诉我们,这又将是一块并非佛门清静之地。薛姑子与黑胖和尚的交媾似乎证实了这一点:

降魔宝杵,吐水钵盂。降魔杵直捣须弥山,吐水钵冲倒娑竭海。热腾腾火池万丈,救不出下地狱的毒龙,黑暗暗苦海千层,陷尽了吃腥臊的饿鬼。飞蛾暗夜扑灯花,死中作乐;蝇子随风争粪孔,臭里钻香。海波腾沸,金翅鸟大闹黑龙官;风火来烧,白牙象战败鬼子母。血布袋中寻极乐,肉葫芦里觅醍醐。④(第三回)

这段性爱描写,明显增添了佛教因素,如降魔杵、须弥山、毒龙、金翅鸟、鬼子母、醍醐等。这些佛教特有的名词,被作者灵活地运用于赋法之中,一方面体现作者对佛教的熟稔,另一方面又表现对僧尼不守佛法的嘲讽。

---

① [清]紫阳道人编:《续金瓶梅》,《古本小说集成》本,第1830页。
② [清]紫阳道人编:《续金瓶梅》,《古本小说集成》本,第1830页。
③ [清]紫阳道人编:《续金瓶梅》,《古本小说集成》本,第61页。
④ [清]紫阳道人编:《续金瓶梅》,《古本小说集成》本,第74页。

（3）宗教化的释名。小说第五十二回对"四休"与"四当"进行解释道：

何为四休——

粗茶淡饭饱即休，补破充寒暖即休。三平四满过即休，不贪不妒老即休。①

何为四当——

晚食以当肉，缓步以当车。知止以当富，无事以当贵。②

上述解释并非作者的解释，而是有一定出处的。其中，前者来自黄庭坚《四休居士诗三首》前小序③，后者来自《战国策·齐宣王见颜斶》④。此二典本为古代士人信奉的养生之道，如黄庭坚在孙君昉解释"四休"后所云："此安乐法也。夫少欲者不伐之家也，知足者极乐之国也。"⑤但作者在小说中释此二典时，则明显将道家的养生之道宗教化，而与佛道二教的劝人为善的教义结合起来，如小说在解释"四休""四当"后，引紫虚元君劝世文云："道生于安静，德生于谦退。福生于清俭，命生于和畅。患生于多欲，过生于轻慢。祸生于多贪，罪生于不仁。"⑥

---

① ［清］紫阳道人编：《续金瓶梅》，《古本小说集成》本，第1406页。

② ［清］紫阳道人编：《续金瓶梅》，《古本小说集成》本，第1407页。

③ 小说称黄庭坚自号"四休老人"，有误。据黄庭坚《四休居士诗》小序称："太医孙君昉，字景初，为士大夫发药，多不受谢。自号四休居士。山谷问其说，四休笑曰：'粗茶淡饭饱即休，补破充寒暖即休。三平四满过即休，不贪不妒老即休。'"（《黄庭坚诗集注》第十九卷，中华书局2003年版，第666页）由此可见，四休居士是指孙君昉，而不是黄庭坚。

④ 小说称王蠋为"四当居士"，有误。据西汉刘向集录《战国策》卷十一《齐四》之《齐宣王见颜斶》引颜斶语称："斶愿得归，晚食以当肉，安步以当车，无罪以当贵，清净贞正以自虞。"（上海古籍出版社1978年版，第413页）又据《史记》卷八十二《田单列传》载，王蠋为战国时齐国画邑人，他义不事燕事表现了其"忠臣不事二君，贞女不更二夫"（中华书局1959年版，第2457页）的气节。所以，"四当居士"当为颜斶，而不是王蠋。

⑤ ［宋］任渊、史容、史季温注，刘向荣校点：《黄庭坚诗集注》第十九卷，《中国古典文学基本丛书》本，中华书局2003年版，第666页。

⑥ ［清］紫阳道人编：《续金瓶梅》，《古本小说集成》本，第1407—1408页。

（二）才学宗教化的创作动因

1. 与《天史》的创作有关。《天史》成书于明崇祯五年（1632），是丁耀亢创作的一部"集史"类作品（臧克和、宫庆山《〈天史〉校释·前言》）。① 此书"采之记以志传，集之传以核实，引之经书以定疑，取之诗谣以着戒。记罪而不记功，言祸而不言福"②，"专尊圣、经，借演因果，皆有据之感应，非无影之轮回"③。由此可见，《天史》是搜罗史书所载果报故事之集成。而《续金瓶梅》所敷演的恰恰也是因果报应的故事，且《续金瓶梅借用书目》里又有《天史》一书。所以，《天史》为《续金瓶梅》在创作素材、创作思想、创作心态上作了前期准备。其中在才学上的一个重要表现即为《续金瓶梅》直接采录《天史》中的果报故事。

《天史》计有十案，包括"大逆二十九案""淫十九案""残三十五案""阴谋二十五案""负心十三案""贪十三案""奢十四案""骄十六案""党六案""左道二十四案"，共有一百九十五条。这些近二百条历史故事，诸多为《续金瓶梅》所引用。在此仅以《天史》卷九"党六案"中涉及的党争为例，并将其与《续金瓶梅》第三十四回"排善良重立党人碑　杀忠贤再失河南地"进行比较。

"党六案"是指"汉儒盛名致祸""东汉党祸杀身""牛李各以党败""章惇党锢元符名贤""嵇康高旷""郭解以侠族"。其中"汉儒盛名致祸"记述的是东汉桓帝时的甘陵南北二党、汝南、南阳二党以及太学党与宦官之间的党争，"东汉党祸杀身"记述的是东汉灵帝时众多党派（笔者按：主要有"三君""八俊""八顾""八厨"）与宦官之间的斗争，"牛李各以党败"记述的是唐穆宗、文

---

① 臧克和、宫庆山：《〈天史〉校释·前言》，[清]丁耀亢著、宫庆山、孟庆泰校释《〈天史〉校释》，齐鲁书社 2009 年版。

② [清]丁耀亢：《天史·自序》，[清]丁耀亢著，宫庆山、孟庆泰校释：《〈天史〉校释》，齐鲁书社 2009 年版，第 10 页。

③ [清]丁耀亢：《天史·凡例》，[清]丁耀亢著，宫庆山、孟庆泰校释：《〈天史〉校释》，齐鲁书社 2009 年版，第 1 页。

宗时的牛僧儒、李德裕二党之争，"章惇党锢元符名贤"记述的是北宋哲宗时新、旧二党之争。历史上较为有名的几次党争，特别是那些党人的遭贬与遭杀，被丁耀亢演绎成因果报应，并被引入小说当中。小说第三十四回对此描写道：

> 先从东汉说起，先有一班君子陈寔，苟淑、李膺、陈蕃、窦武、黄琼、刘宠、范滂、郭泰等，俱是一时大贤，只因群贤附和大众，互相夸奖，成了风气。每一会葬，常有七八千人。编出个口号来，有三君、八俊、八顾、八厨、八及之号。那时见宦官专权，群贤匡扶汉室，剪除了几个宦官。后来十常侍专政，奏说大臣钩党非毁朝政，把这些范滂一等贤人君子，捕的捕，杀的杀，株连钩党，不下千家。到了灵帝，黄巾贼起，钩党不绝。因何进要全诛宦官，借兵边外诸侯。董卓、曹操进来，乘乱才亡了汉家天下。这是第一个党字，丧了汉朝。到了唐宪宗时，朝内李吉甫与李绛各有朋党，后来李宗闵对策，每每讥刺李吉甫，至吉甫之子李德裕进位宰相，遂修恩怨，因降了吐蕃。牛僧孺忌德裕有功，上了一本，说待四夷以信，不可收吐蕃的降将，遂还与吐蕃，分裂而死。因此两相水火，叫做牛李之党。藩镇分权，唐室衰微，李德裕、李宗闵党祸不解，……到了宋神宗朝，正人君子不少，元祐年间，又立起党人碑来，王安石、蔡京为首，把司马光一班正人贬尽杀尽，才有了金人之祸。直到高宗南渡，还有这个党的根在人心里。①

这段对历史上党争的评述，明显来自《天史》，不仅内容上基本相同，而且在语言表述上多有几分相似。从这里我们也可以看出，《续金瓶梅》在引用历史故事时，《天史》是一部重要参考资料。换言之，《天史》中的历史故事成为《续金瓶梅》宗教化才学的重要表现。

---

① ［清］紫阳道人编：《续金瓶梅》，《古本小说集成》本，第876—878页。

2. 与顺治帝钦颁《太上感应篇》有关。丁耀亢在《太上感应篇阴阳无字解序》中称:"今见圣天子钦颁《感应篇》,自制御序,谕戒臣工,可谓皇皇天命矣。海内从风,遂有广其笺注,汇集征验,以坚人之信从者。上行下效,何其盛欤!亢不敏,病卧西湖,既不克上膺简命,而效职于民社,谨取御序颁行《感应篇》而重锓之。"①上文中"圣天子钦颁《感应篇》"盖指《御注太上感应篇》一卷,顺治十二年(1655)由清内府刊刻。② 作者为何如此钟情于《太上感应篇》呢?笔者认为主要原因有二:一是与作者先前创作的《天史》有诸多共同之处;二是与《续金瓶梅》的艺术构思相一致。同时,作者在入清后曾任镶白旗教习、容城教谕,并于顺治十六年(1659)十月前往福建惠安任知县,在途中寓居杭州时创作了《续金瓶梅》。作为仕清官员,以当时皇帝注书为创作依据再正常不过了。因为这既是一个护身符,避免小说创作带来不必要的麻烦,又可以通过因果报应的故事描写,表达自己的创作意图。其中作者的创作意图,在一定程度上是通过小说中的宗教化才学来表现的,如前文提及的目连救母典故,表现了作者劝人为善之意,前代党人争斗的结局,表现了作者总结历史教训之目的。如此等等。当然,众所周知,由于《续金瓶梅》中出现违碍字眼,如"宁固(笔者按:一般作'古')塔"(第二、五十八回)、"蓝旗营"(第二十八、五十六回)、"锦衣卫"(第六、十九、二十一、六十三回)等,在其刊刻之后,丁耀亢还是遭受了牢狱之灾。此亦即是所谓《续金瓶梅》案。

3. 与作者的遗民心态有关。由于丁耀亢在入清后有为官的经历,按照目前学术界通行的做法,他不能归入明遗民的行列。但是,作为一个由明入清的士人,丁耀亢还是通过宗教化的才学来表达自己的遗民心态。其中,蒋竹山不得善终的描写充分体现了这一点。蒋竹山的故事在《金瓶梅》中仅有三回(第

---

① ［清］丁耀亢:《太上感应篇阴阳无字解序》,［清］紫阳道人编:《续金瓶梅》,《古本小说集成》本,第1—2页。

② 故宫博物院图书馆、辽宁省图书馆编著:《清代内府刻书目录解题》,紫禁城出版社1995年版。

十七、十八、十九回）涉及,且《金瓶梅》将其塑造成"轻浮狂诈"（第十七回）而又受害者的形象,而蒋竹山故事在《续金瓶梅》中有八回（第九、十三、十七、二十八、四十五、五十、五十三、五十六回）涉及,其形象亦被改造为为贪图富贵而变节降金者。按照《续金瓶梅》因果报应的艺术构思,这样一位贪图富贵而变节降金者是不得善终的。我们且看小说第五十六回对蒋竹山乱箭穿身的赋法描写:

> 马如走电,箭似飞蝗。弓弯明月,滴溜溜射中心窝;羽滚流星,响咚咚贯穿脑额。分鬃箭、对灯箭各分巧样,抹鞦箭、回马箭争显奇能。当日官上加官,今日箭上加箭;当日色中选色,今日弓上加弓。蓬蓬乱插似狼牙,密密攒来如刺猬。①

蒋竹山的结局,一方面是其恶贯满盈所致,如小说所云:"这蒋竹山草头大夫,当日遇掳不杀,也就该回心行善,做些好事。倚着四太子兀术宠幸,他做到大官,得了盐船上元宝还不足心。结交苗青,得了扬州,穷奢极欲,却搜尽扬州妇女,以任奸淫、贿赂,那有个能享到老的理? 今日恶贯满盈,才知道造化鬼神愚弄这等小人,常是纵他为恶,心满意足的,才吊落下杆来,跌个稀烂。因此说,天道将欲取之,必固与之。"②（第五十六回）另一方面也是作者对降金者的助纣为虐的痛恨表现。这种遗民创作心态,如同《樵史通俗演义》对李自成三任妻子的不贞描写,又如同《女仙外史》对燕王军师姚广孝不得善终的结局描写。

综上所述,清初遗民小说的才学化倾向产生的原因是复杂的,除因袭前人小说中的才学类别外,更为重要的是与明末清初的社会背景密切相关,并将自己的遗民情怀、政治抱负、人生经历融入其中,从而体现出与其他小说在才学化方面的独特之处。

---

① ［清］紫阳道人编:《续金瓶梅》,《古本小说集成》本,第1591页。
② ［清］紫阳道人编:《续金瓶梅》,《古本小说集成》本,第1588—1589页。

第三节　文言小说的地域特色

清初遗民小说具有一定的地域特色,其中以文言小说最为明显,呈现出"本地人写本地人与本地事"的特点。这里的"本地"一般是指作家或小说人物的籍贯所在地、长期居住地、主要活动地区等。其中,有描写当地名人逸事者,如冯舒的《海虞三义传》、吴伟业的《柳敬亭传》、毛先舒的《毛太保公传》《诸君简画记》《戴文进传》、顾景星的《李新传》、钱澄之《皖髯事实》《陈朗生传》等;有描写家庭、家族成员者,如黄宗羲的《万里寻兄记》、李邺嗣的《女兄文玉传》《梵大师外传》、毛先舒的《汝州从事顾翊明公传》《蕲尉杨公存吾传》、杜濬的《瘴老仆骨志铭》、李邺嗣的《二仆传》等;有描写秦淮风月者,如余怀的《板桥杂记》、冒襄的《影梅庵忆语》、张明弼的《冒姬董小宛传》、徐芳的《柳夫人小传》、侯方域的《李姬传》等。

文言小说集也具有同样的特点。如陈贞慧的《山阳录》、王炜的《嗒史》等均以作者所处地区人物或轶事为主要描写对象。《山阳录》,计有 23 人,除张玮籍贯不详外,其余 22 人均属两江地区或生活在两江地区,其中属江苏的有 17 人,包括陈继儒(华亭人)、文震孟(长洲人)、华允诚(锡山人)、侯峒曾(嘉定人)、徐汧(长洲人)、夏允彝(松江人)、黄淳耀(嘉定人)、杨廷枢(吴县人)、钱禧(吴县人)、周镳(金坛人)、陈子龙(华亭人)、顾杲(无锡人)、卢象观(宜兴人)、黄毓祺(江阴人)、张溥(太仓人)、陈贞贻(宜兴人)、陈贞达(宜兴人)。属安徽的有 4 人,即吴应箕(贵池人)、雷縯祚(太湖人)、麻三衡(宣城人)、梅朗中(宣城人)。另外,黄周星虽是湖南湘潭人,但主要生活在两江地区。《嗒史》计有 5 人,除大铁椎籍贯不详外,其余 4 人均属两江地区,其中赵尔宏为安徽歙县人,谈仲和为上海人,黄孟通为江苏华亭,蒋龙冈为江苏太仓人。

在具有地域特色的众多文言小说中,余怀的《板桥杂记》、李延昰的《南吴旧话录》、佚名的《研堂见闻杂录》较有代表性。笔者在此分别论述之。

一、《板桥杂记》——秦淮风月中的南都记忆

《板桥杂记》,余怀撰。余怀(1616—1696),字澹心,又字无怀,号广霞、曼翁、曼叟,又号荔城、壶山外史、寒铁道人、天衣道者、衲香居士、鬘持老人等。祖籍福建莆田。《长乐县志》卷三十《杂录》引《雪鸿堂诗话》云:"苏门余澹心曰:'余闽人,而生长金陵。生平以未游武夷、未食荔枝为恨,今读吴航陈伯骓诗,幽奇鲜丽,如登幔亭、云窝之上,饱餐宋家香水晶丸矣。妙哉,技至此乎。'"①据此推证,余怀生于南京、长于南京,福建莆田应为其祖籍。余怀平生著述颇丰②,《板桥杂记》为代表作之一。此著计有三卷,卷上《雅游》、卷中《丽品》,卷下《轶事》。卷上记与秦淮旧院相关的趣闻杂事,卷中记秦淮名妓25人(包括旧院22人、珠市3人),卷下记明末名士与秦淮名妓交往遗事。三卷均围绕秦淮风月中人事而展开,突出明清鼎革对人事的冲击,也寄寓了作者"一代之兴衰、千秋之感慨"③的情怀。

(一)秦淮旧院由繁荣走向凋零的记忆

秦淮旧院是《板桥杂记》着重描写的风月之地。如小说对旧院地理位置描写道:"前门对武定桥,后门在钞库街"④,"长板桥在院墙外数十步,……回光、鹫峰两寺夹之,中山东花园亘其前,秦淮朱雀桁绕其后"⑤,"旧院与贡院遥对,仅隔一河,原为才子佳人而设"⑥;又如对旧院特有的称谓与服饰描写道:"妓家仆婢称之曰'娘',外人呼之曰'小娘',假母称之曰'娘儿'。有客称客

---

① 李驹主纂,长乐县地方志编纂委员会整理:《长乐县志》卷三十《杂录》,福建人民出版社1994年版,第1259页。

② 参见方宝川、陈旭东:《余怀及其著述》,《福建师范大学学报》(哲学社会科学版)2006年第2期。

③ [清]余怀:《板桥杂记序》,[清]余怀:《板桥杂记》,南京出版社2006年版,第7页。

④ [清]余怀:《板桥杂记》,南京出版社2006年版,第9页。

⑤ [清]余怀:《板桥杂记》,南京出版社2006年版,第9页。

⑥ [清]余怀:《板桥杂记》,南京出版社2006年版,第11页。

曰'姐夫',客称假母曰'外婆'"①,"初破瓜者,谓之'梳栊';已成人者,谓为'上头'"②,"南曲衣裳装束,四方取以为式,大约以淡雅朴素为主,不以鲜华绮丽为工也"③。小说更多的是对秦淮风月繁荣的描写,如小说对妓家"争妍献媚,斗胜夸奇"描写道:"凌晨则卯饮淫淫,兰汤滟滟,衣香一园;停午乃兰花茉莉,沉水甲煎,馨闻数里;入夜而抵笛搊筝,梨园搬演,声彻九霄。"④再如对秦淮灯船之盛描写道:"薄暮须臾,灯船毕集,火龙蜿蜒,光耀天地,扬槌击鼓,蹋顿波心。自聚宝门水关至通济门水关,喧阗达旦。桃叶渡口,争渡者喧声不绝。"⑤又如对士子在科举之时冶游旧院描写道:"四方应试者毕集,结驷连骑,选色征歌,转车子之喉,按阳阿之舞,院本之笙歌合奏,迥舟之一水皆香。或邀旬日之欢,或订百年之约。蒲桃架下,戏掷金钱;芍药栏边,闲抛玉马,此平康之盛事,乃文战之外篇。"⑥秦淮旧院真可谓"欲界之仙都,升平之乐国"。⑦(《雅游》)

然而,小说直接描写秦淮旧院凋落的内容并不多,仅在《轶事》中描写道:"丁酉(笔者按:顺治十四年,1657)再过金陵,歌台舞榭,化为瓦砾之场,犹于破板桥边,一吹洞箫。"⑧还有一处为间接描写,即作者与李媚(笔者按:李十娘姊)间的一次对话:"问十娘,曰:'从良矣。'问其居,曰:'在秦淮水阁。'问其家,曰:'已废为菜圃。'问:'老梅与梧、竹无恙乎?'曰:'已摧为薪矣。'问:'阿母尚存乎?'曰:'死矣。'"⑨(《丽品》)小说更多的是采录钱谦益、王士禛的诗歌,共有 8 首。笔者在此选取其中二首,以观其概。钱谦益《金陵杂题绝

---

① [清]余怀:《板桥杂记》,南京出版社 2006 年版,第 9 页。
② [清]余怀:《板桥杂记》,南京出版社 2006 年版,第 11—12 页。
③ [清]余怀:《板桥杂记》,南京出版社 2006 年版,第 10 页。
④ [清]余怀:《板桥杂记》,南京出版社 2006 年版,第 9 页。
⑤ [清]余怀:《板桥杂记》,南京出版社 2006 年版,第 10 页。
⑥ [清]余怀:《板桥杂记》,南京出版社 2006 年版,第 11 页。
⑦ [清]余怀:《板桥杂记》,南京出版社 2006 年版,第 9 页。
⑧ [清]余怀:《板桥杂记》,南京出版社 2006 年版,第 24—25 页。
⑨ [清]余怀:《板桥杂记》,南京出版社 2006 年版,第 14 页。

句》云："顿老琵琶旧典型,檀槽生涩响零丁。南巡法曲谁人问？头白周郎掩泪听。"①王士禛《秦淮杂诗》云："旧院风流数顿杨,梨园往事泪沾裳。樽前白发谈天宝,零落人间脱十娘。"②(《雅游》)由此可见秦淮旧院凋零之一斑。

秦淮旧院从昔日的繁荣到鼎革后的凋零,无论是对于作者,还是对于读者,都会陡生一种凄凉之感。作者这一成功描写,显然借助了"欲抑先扬"的创作手法。作者在渲染秦淮旧院繁荣的时候,明显勾起当时具有秦淮旧院情结的士人的美好回忆,也勾起了由明入清的士人对故明的美好回忆。但是,这些美好回忆中的美好事物却在鼎革之后,犹如秦淮旧院的凋零,又犹如明王朝的凋零,而一去不复返了。一种无法言表的悲情,油然而生。由此可以看出,余怀在对秦淮旧院由繁荣走向凋零的描写中,将自己心灵的创伤深深地埋藏其中。

(二)秦淮丽人由美好走向毁灭的记忆

《丽品》共记有秦淮名妓 25 人,其中旧院 22 人,包括尹春、尹文、李十娘、李媚、葛嫩、李大娘、顾媚、董白、卞赛、卞敏、范珏、顿文、沙才、马娇、顾喜、朱小大、王小大、张元、刘元、崔科、董年、李香;珠市 3 人,包括王月、王节、寇湄。小说着重描写了这些秦淮名妓在明亡前的美丽的外表、多样的才艺,以及与狎客的交往。这些秦淮名妓在国难之前,几乎个个具有光艳的外表,如尹春"姿态不甚丽,而举止风韵,绰似大家"③(《丽品》,下同),尹文"色丰而姣,荡逸飞扬、顾盼自喜,颇超于流辈"④,李十娘"生而娉婷娟好,肌肤玉雪,既含睇兮又

---

① 〔清〕余怀:《板桥杂记》,南京出版社 2006 年版,第 12 页。
② 〔清〕余怀:《板桥杂记》,南京出版社 2006 年版,第 12 页。
③ 〔清〕余怀:《板桥杂记》,南京出版社 2006 年版,第 12 页。
④ 〔清〕余怀:《板桥杂记》,南京出版社 2006 年版,第 13 页。

宜笑"①,顾媚"庄妍靓雅,风度超群,鬓发如云,桃花满面,弓弯纤小,腰支轻亚"②,刘元"佻达轻盈,目睛闪闪,注射四筵"③等等。秦淮名妓不仅有美丽的外表,还有诸多的才艺,如尹春"专工戏剧排场,兼擅生、旦"④,顾媚"通文史,善画兰,追步马守真"⑤,董白"针神曲圣,食谱茶经,莫不精晓"⑥,卞赛"工小楷,善画兰、鼓琴"⑦等。他们与明末名士的交往亦成为风流佳话,如葛嫩与孙克咸、顾媚与龚鼎孳、董白与冒襄、李香与侯方域等。总之,国变前的秦淮风月中的一切事物都是那么美好,那么令人神往。

然而,这些属于秦淮名妓的美好事物,在后来各自的多舛命运中,特别是在国变之后,逐渐走向毁灭。其中三位名妓的命运最让作者痛心。一是葛嫩。她被清兵所俘后,"主将欲犯之,嫩不从,嚼舌碎,含血噀其面。将手刃之"⑧。一位烈妇形象,跃然纸上。二是顿文。她在王生被戮后归匪人,作者感叹道:"嗟乎! 佳人命薄,若琴心(笔者按:顿文字)者,其尤哉! 其尤哉!"⑨三是寇湄。她为负心郎韩生抛弃而忧愤死,"卧病时,召所欢韩生来,绸缪悲泣,欲留之偶寝,韩生以他故辞,犹执手不忍别。至夜,闻韩生在婢房笑语,奋身起唤婢,自箠数十,咄咄骂韩生负心禽兽行,欲啮其肉。病逾剧,医药罔效,遂以死"⑩。其他名妓,如尹春"后不知其所终"⑪;尹文在归太守张维则后,"未几文死"⑫;卞

---

① [清]余怀:《板桥杂记》,南京出版社 2006 年版,第 13 页。
② [清]余怀:《板桥杂记》,南京出版社 2006 年版,第 15 页。
③ [清]余怀:《板桥杂记》,南京出版社 2006 年版,第 21 页。
④ [清]余怀:《板桥杂记》,南京出版社 2006 年版,第 13 页。
⑤ [清]余怀:《板桥杂记》,南京出版社 2006 年版,第 15 页。
⑥ [清]余怀:《板桥杂记》,南京出版社 2006 年版,第 17 页。
⑦ [清]余怀:《板桥杂记》,南京出版社 2006 年版,第 17 页。
⑧ [清]余怀:《板桥杂记》,南京出版社 2006 年版,第 14 页。
⑨ [清]余怀:《板桥杂记》,南京出版社 2006 年版,第 19 页。笔者按,据笔者查阅《板桥杂记》多个版本,均有二"其尤哉",此本缺一,故补上。
⑩ [清]余怀:《板桥杂记》,南京出版社 2006 年版,第 23 页。
⑪ [清]余怀:《板桥杂记》,南京出版社 2006 年版,第 13 页。
⑫ [清]余怀:《板桥杂记》,南京出版社 2006 年版,第 13 页。

赛归良医郑保御后,"十余年而卒"①;卞敏先归附申维久,申维久病卒后又归"一贵官颍川氏","三年病死"②;顾媚归龚鼎孳后,约于丁酉(顺治十四年,1657)后还京师时,"以病死"③;董白归冒襄后九年,"以劳瘵死"④。这些鲜活而美好的生命,一个个走向散落,又一个个走向毁灭。她们多舛的命运,又怎能用一个"佳人命薄"所能概括呢。

如果说《雅游》整体描写了秦淮旧院由繁荣走向凋零,那么《丽品》则个体描写了秦淮名妓由美好后走向毁灭。这种由美好走向毁灭的转变,深深刺痛着作者的心灵,也刺痛着读者的心灵。这种刺痛恰恰又是埋藏于作者心灵深处的亡国之痛的具化。所以,余怀对秦淮名妓在国变前后的描写,实际上观照着明清之际士人的描写,亦观照着大明王朝国运的描写。

(三)秦淮狎客由倜傥走向潦倒的记忆

秦淮狎客多为"纨茵浪子,萧洒词人"⑤(《轶事》,下同)。他们在秦淮旧院繁荣时,几乎个个风流倜傥,挥金如土,如萧伯梁,"久住曲中,投辖轰饮,俾昼作夜,多拥名姬,簪花击鼓为乐"⑥,姚壮若"用十二楼船于秦淮,招集四方应试知名之士百余人,每船邀名妓四人侑酒,梨园一部,灯火笙歌,为一时之盛事"⑦,徐青君"造园大功坊侧,树石亭台,拟于平泉、金谷。每当夏月,置宴河房,日选名妓四五人,邀宾侑酒。木瓜、佛手,堆积如山;茉莉、珠兰,芳香似雪。夜以继日,恒酒酣歌,纶巾鹤氅,真神仙中人也"⑧等。还有些明末名士于旧院会盟,"岁丙子(笔者按:崇祯九年,1636),金沙张公亮、吕霖生、盐官陈则梁、

---

① [清]余怀:《板桥杂记》,南京出版社2006年版,第19页。
② [清]余怀:《板桥杂记》,南京出版社2006年版,第18页。
③ [清]余怀:《板桥杂记》,南京出版社2006年版,第16页。
④ [清]余怀:《板桥杂记》,南京出版社2006年版,第17页。
⑤ [清]余怀:《板桥杂记》,南京出版社2006年版,第23页。
⑥ [清]余怀:《板桥杂记》,南京出版社2006年版,第23页。
⑦ [清]余怀:《板桥杂记》,南京出版社2006年版,第23页。
⑧ [清]余怀:《板桥杂记》,南京出版社2006年版,第25页。

漳浦刘渔仲、雉皋冒辟疆盟于眉楼"①。这些秦淮狎客在风月中寻求着自己肉体与精神的快乐,也推动了旧院与珠市的繁荣鼎盛。

然而,这些曾经风流潇洒的秦淮狎客在国变后,犹如旧院的凋零,又犹如名妓的毁灭,亦走向穷困潦倒,直至走向墓冢。张魁与徐青君是其中之典型。张魁在国变后,回到故乡吴郡,已是穷困潦倒,龚鼎孳曾接济之,然而"钱财到手辄尽,坐此不名一钱"②,最后"以穷死"③。再如徐青君,曾经"造园大功坊侧",但是,"乙酉鼎革,籍没田产,遂无立锥;群姬雨散,一身孑然;与佣、丐为伍,乃为人代杖"④。其悲惨生活可见一斑。其他秦淮狎客,如丁继之、柳敬亭、姜垓等,小说虽未过多描写他们的离乱生活,但"诸君皆埋骨青山"⑤足以概括他们的归宿了。

总之,《板桥杂记》在描写秦淮风月的变迁时,既描写了明亡前的秦淮旧院的繁荣、秦淮名妓的美丽、秦淮狎客的潇洒,又描写了明亡后秦淮旧院的凋零、秦淮名妓的毁灭、秦淮狎客的潦倒。这种前后对比的描写,无疑寄寓余怀深沉的遗民情怀。

那么,作者为何选择秦淮风月的描写来寄托自己的亡国之痛与故国之思呢? 笔者认为主要有以下三方面的原因。

一是秦淮风月的变迁与南都抑或大明王朝的兴亡有着紧密的联系。据王书奴《中国娼妓史》载:"按之实际,明代娼妓最盛的南北两京,总在嘉靖、万历以后。"⑥"大约明代中叶以后,娼妓事业,以南都(笔者按:今南京)为中心。"⑦钱谦益《金陵社集诗序》较为详细地交代了南都风月之始盛至极盛的过程。

---

① [清]余怀:《板桥杂记》,南京出版社 2006 年版,第 25 页。
② [清]余怀:《板桥杂记》,南京出版社 2006 年版,第 24 页。
③ [清]余怀:《板桥杂记》,南京出版社 2006 年版,第 25 页。
④ [清]余怀:《板桥杂记》,南京出版社 2006 年版,第 25 页。
⑤ [清]余怀:《板桥杂记》,南京出版社 2006 年版,第 27 页。
⑥ [民国]王书奴:《中国娼妓史》,上海三联书店 1988 年版,第 198 页。
⑦ [民国]王书奴:《中国娼妓史》,上海三联书店 1988 年版,第 200 页。

始盛之时,“秦淮一曲,烟水竞其风华,桃叶诸姬,梅柳滋其妍翠”;极盛之时,“台城怀古,爰为文凭吊之篇,新亭送客,亦有伤离之作。笔墨横飞,篇帙腾涌”①。秦淮风月的昌盛,在一定程度上反映了大明王朝的昌盛。然而,这一切的繁荣在遭遇国变之后,均已不复存在。正如余怀在《板桥杂记序》中称:“鼎革以来,时移物换,十年旧梦,依约扬州,一片欢场,鞠为茂草,红牙碧串,妙舞清歌,不可得而闻也;洞房绮疏,湘帘绣幕,不可得而见也;名花瑶草,锦瑟犀毗,不可得而赏也。”②“不可得而闻”“不可得而见”“不可得而赏”的对象,不仅仅有昔日的秦淮风月,还有昔日的繁华南都,还有曾经辉煌的大明王朝。

二是南都承载着作者抑或整个明遗民的沉重记忆。我们知道,余怀生于南都,长于南都,对南都有着深厚的情感。同时,南都亦是明遗民的重要聚集地或游历地。他们在一起交游唱和,留下诸多美文佳诗;他们又与秦淮名妓多有来往,甚至结为秦晋之好,留下诸多美人名士的美谈,诚如王书奴所言:“所谓美人名士,相得益彰。秦淮风月盛况,实此两种人有以促成之”③;他们又共同见证了秦淮风月之地的败落,见证了南都的败落,见证了大明王朝的败落。这些过往的美好与现实的败落的沉重记忆,无论对于是否长期生活于南都的士人来说,都是无法忘怀的。这些记忆犹如符号般刻印于那些明遗民的心灵深处。

三是秦淮名妓多具侠义精神。如陈圆圆对吴三桂的巨大影响。陆次云《圆圆传》:“其(笔者按:指吴三桂)蓄异志,作谦恭,阴结天下士,相传曰多出于同梦之谋。”④王书奴对此大为赞赏,称“圆圆思想之高,谋画之周,魔力之大,吾侪生于三百年后,犹不觉不呼曰:‘娟娟此豸⑤’”。⑥ 再如柳如是在明亡

① [清]钱谦益:《金陵社集诗序》,《列朝诗集》丁集卷七,《四库禁毁书丛刊》集部第96册,北京出版社2000年版,第332页上。

② [清]余怀:《板桥杂记序》,[清]余怀:《板桥杂记》,南京出版社2006年版,第7页。

③ [民国]王书奴:《中国娼妓史》,上海三联书店1988年版,第209页。

④ [清]陆次云:《圆圆传》,[清]张潮辑:《虞初新志》卷十一,《古本小说集成》本,第510页。

⑤ 娟娟此豸:源出张衡《西京赋》:“增婵娟以此豸。”意指女子姿态妩媚妖娆。

⑥ [民国]王书奴:《中国娼妓史》,上海三联书店1988年版,第211页。

后规劝钱谦益保持气节。《绛云楼俊遇》载："乙酉五月之变，柳夫人劝牧翁曰：'是宜取义，全大节以副盛名。'牧翁有难色。柳夺身欲沉池水中，持之不得入。其时长洲沈明伦馆于牧斋家，其亲见归说如此。后牧斋偕柳游拂水山庄，见石涧流泉，洁清可爱。牧翁欲濯足其中而不胜前却。柳笑而戏语曰：'此沟渠水，岂秦淮河耶？'牧翁有恶容。"①王书奴称赞道："你看柳如是之通权达变，大义凛然，'苟利国家生死以之'的精神，至今犹照人耳目。"②又如李香君对爱情的忠贞、对阉党余孽的鄙视。《李姬传》载阮大铖通过说客王将军以结交侯方域，李香君得知后大义凛然地说："以公子之世，安事阮公？公子读万卷书，所见岂后于贱妾耶？"开府田仰欲以三百金邀李香君一见，遭拒绝。李香君叹之曰："田公宁异于阮公乎？吾向之所赞于侯公子者谓何？今乃利其金而赴之，是妾卖公矣！"③李香君"侠而慧"的形象跃然纸上。王书奴感叹曰："吾侪生于数百年后，犹不觉大呼曰：'何物老姬，生此宁馨儿！'"④另外，还有前文提及的葛嫩，那种"宁为玉碎，不为瓦全"的精神令人感佩。概言之，秦淮名妓身上体现的侠义精神，正是明末清初时期弥足珍贵的精神，亦是诸多明遗民景仰的精神。

综上所述，《板桥杂记》从秦淮风月的视角，为我们展现了南都抑或大明王朝由盛至衰的过程。作者在记录这一过程中，又将其深沉的遗民情怀蕴含其中，亦即是那种对美好事情的一往情深，对衰败景象的无限痛心，对侠义精神的热切渴慕。

二、《南吴旧话录》——有明一代南吴轶事的"世说"体书写

《南吴旧话录》，李延昰撰。李延昰（1628—1697），初名彦贞，字我生，一

---

① ［清］不著撰人：《绛云楼俊遇》，王毅德等编：《丛书集成续编》第 216 册·文学类，新文丰出版公司 1989 年影印本，第 689 页下。

② ［民国］王书奴：《中国娼妓史》，上海三联书店 1988 年版，第 217 页。

③ ［清］侯方域：《李姬传》，［清］张潮：《虞初新志》卷十三，《古本小说集成》本，第 638 页。

④ ［民国］王书奴：《中国娼妓史》，上海三联书店 1988 年版，第 218 页。

字期叔,后改今名,字辰山。上海人。"年二十,走桂林为永历帝某官"①。"晚而隐于医,居平湖佑圣宫,自称道士"②。卒前二日,以所著与所藏书赠予朱彝尊。③ 著有医著《脉诀汇辨》《医学口诀》《痘疹全书》《补撰药品化义》,还著有《放鹇亭稿》《放鹇亭集》《征人录》《甲申因话录》《南吴旧话录》等。其中,《南吴旧话录》代表了其最高的文学成就。

《南吴旧话录》的成书过程较为复杂。据宁稼雨考证,此书由李延昰六世祖西园老人口授、曾祖李尚絅补撰、子李汉徵引释,还有族人李袭之、李中孚等人参与,最后完成于李延昰之手。初稿约完成于清顺治初年,定稿完成不早于康熙十八年(1679)。④ 又据宁稼雨考证,其所见《南吴旧话录》主要有三种版本:一是六卷本,即嘉庆二十二年(1817)张应时校刊本。此本为现存最早刊本;二是二卷本,即光绪二十九年(1903)陈蓉曙抄本;三是二十四卷本,即民国四年(1915)吴重憙铅印本。其中,六卷本与二卷本为同一系统,内容大致相同,只是顺序不同,二十四卷本虽刊刻时间较晚,但应早于前二版本,或前二版本抄自二十四卷本亦未可知。⑤ 笔者认为,二十四卷本更接近李延昰病逝前赠予朱彝尊的本子,是可信的。

经宁稼雨对比,二卷本仅比六卷本多三条内容⑥,其他内容均相同,而二十四卷本则在数量上远超二卷本。据笔者统计,二卷本正文为 336 条,人物涉

---

① 孙静庵:《明遗民录》卷三六,谢正光、范金民编:《明遗民录汇辑》,南京大学出版社 1995 年版,第 296 页。

② [清]阙名朝鲜人:《皇明遗民传》卷二,谢正光、范金民编:《明遗民录汇辑》,南京大学出版社 1995 年版,第 295 页。

③ 朱彝尊:《高士李君塔铭》称:"岁在丁丑冬十有一月,予至平湖,则君已疾革,视之犹披衣起坐,出所著《南吴旧话录》暨所撰诗古文曰《放鹇亭集》,并以付予,且命弟子以所储书二千五百卷畀焉,其馀散去。平居玩好一瓢、一笠、一琴、一砚,悉分赠友朋。越二日,终。"(《曝书亭集》卷七十八,《四部丛刊》本)

④ 参见宁稼雨:《〈南吴旧话录〉考》,《南开学报》1996 年第 2 期。

⑤ 参见宁稼雨:《〈南吴旧话录〉考》,《南开学报》1996 年第 2 期。

⑥ 笔者按:二卷本比六卷本多出的三条是:"夏瑗公成进士"条,"南汇有虎"条,"八股程式"条。

及 300 余人次。又据柴志光编著《浦东古旧书经眼录续集》统计,二十四卷本正文收录人物轶事 1062 条,涉及人物有 944 人次。① 仅从数量上,二十四卷本几乎是二卷本或六卷本的三倍多。故此,笔者在论述时将兼顾二卷本与二十四卷本。

《南吴旧话录》专门杂记有明一代淞南名人、遗闻轶事,是一部内容翔实、颇具地方特色的文言小说。同时,此书又模仿《世说新语》体例,故此书又为清初一部重要的世说体小说。作为明遗民的李延昰,他在编撰这部小说时,又将自己的遗民意识蕴含其中。

(一)有明一代的南吴叙事

1. 正能量故事占主导。我们知道,《世说新语》在记录魏晋士人故事时,属于善恶必书,亦即那些负面的故事并不回避,主要集中在下卷下部分。如《假谲》中的曹操梦中杀人,体现了曹操的奸诈;《汰侈》中的石崇随性斩家妓,体现其暴虐的特性,石崇与王恺斗富,体现石崇的穷奢极欲;《仇隙》中的孙秀与石崇等人间的政治斗争,体现了孙秀狭隘的心胸;等等。与《世说新语》不同,《南吴旧话录》更多地体现传主的正能量,亦即体现传主的个性、对时人及后人多具示范效应的特点。笔者在此仅举一例。"南汇有虎"条叙金山卫指挥同知侯端打虎的英勇故事:

> 南汇有虎渡海至,长面白额,啖牛马以百计,伤十馀人。南汇滨海居民从未见虎,相戒不敢出户,人迹断绝。侯敬庄闻之,笑曰:"虎自来送死,我当除之。"跨马至其地,马闻林木飒然,即伏地丧气。公去马持棍待之。须臾,虎至,从者失色。公独步而前,乘隙以棍横槊虎腰。虎大叫卓(笔者按:同"掉")尾而坐,其实死矣。从者请以虎文献卫将,公摇手曰:"杀一虎,何足示勇!"待问及,呈之未晚。人服

---

① 柴志光编著:《浦东古旧书经眼录续集》,上海远东出版社 2016 年版,第 386 页。

其勇,而不伐。至今人呼其地为"侯公杀虎墩"。①

此则打虎故事几与《水浒传》中的武松景阳冈打虎相媲美,让人体会到侯端的胆略,又让人感受到南吴人的英雄气概。无论对于当时的南吴人,还是对于今天的读者来说,侯端的打虎勇气,及其身上体现的为民除害、不居功自傲的精神,都是满满的正能量。

2. 与时代的重大事件紧密相连。我们知道,《南吴旧话录》记录的是有明一代的南吴故事,而明代不同时期发生的重要事件,几乎都有南吴人参与其中。

(1)明初时期。明成祖朱棣斩杀方孝孺,并株连十族,在当时造成了风声鹤唳的恐怖气氛,而作为方孝孺的高足南吴人俞允,敢于收匿其幼子并以女妻之,这是需要巨大的勇气与魄力。我们且看小说"俞嘉言"条的描述:

> 俞嘉言(笔者按:俞允字)故方正学高弟也。正学被难,有幼子航海来投,嘉言收匿舍中,教习松音。音稍变,又挟之他往者。岁余归,而使更姓余,托名寓中收养,以女妻之。方祸炽时,嘉言闻犬吠声,即披衣起,或中夜危坐,时恐不测。万历己酉,提学御史杨廷筠廉得其事,得复原姓,建正学祠,而以嘉言配食。②

成祖时的唐赛儿起义,时任山东都指挥佥事的华亭人卫青参与抗击。英宗时的土木堡之变,作为左都督的南吴人卫颖起兵勤王,而作为中书舍人的上海人俞琪,则在兵败时刎颈自杀。在这些明初的重要政治事件中,我们都可以看到南吴人的身影,他们表现出了英勇、正义、忠贞的南吴精神。

(2)明代中期。这一时期的重要政治事件主要包括武宗时的朱宸濠叛乱、世宗时的反抗严嵩的斗争等。在这些大是大非的事件面前,南吴人表现了其应有的品质。如张元澄不屈朱宸濠的淫威而入狱,小说描写道:

---

① [清]李延昰:《南吴旧话录》,《瓜蒂庵藏明清掌故丛刊》本,上海古籍出版社1985年影印本,第135页。
② [清]李延昰:《南吴旧话录》,《瓜蒂庵藏明清掌故丛刊》本,上海古籍出版社1985年影印本,第20页。

　　　　张元澄,字静夫,华亭人。弘治甲子举于乡,补南昌倅。宸濠反,
驱各官,皆拜,静夫植立而已。宸濠怒,命置之狱,曰:"汝将为方孝
孺耶? 俟即位后细衙之,以成其名。"静夫闻之,不为动。王守仁复
南昌,出之狱,谓人曰:"铁汉子也!"疏于朝,得加三级。丁内艰,归
家,以田宅悉散三族,曰:"设叛者事成,吾死则岂无株蔓之祸? 幸而
获免,何忍独享,山空日长,煮糜苟给。"①

　　而世宗时的给事中杨翼少就没有张元澄那么幸运了,他因反抗严嵩而被
杀,小说"杨给事"条描写道:

　　　　杨给事翼少为严嵩所中,受杖下诏狱,几死。会星变,占者委咎
臣下,请行刑以应天意,遂亦列名,押赴西市。童仆数人聚哭,皆绝而
复苏。翼少目之曰:"死杨翼少者,权奸也。若果藉应天心,措国家
于磐石,只比科道,受一苦差,亦臣子分也,何悲之甚?"引颈就刑,目
光如炬,见者无不流涕。②

　　张元澄以死对抗严嵩,而时任光禄寺少卿的上海人顾从礼则用一种无声
的方式反抗严嵩。顾从礼曾受夏言知遇之恩,在夏言被严嵩斩首后,曾经的幕
客均作鸟兽散,而其独含泪操办夏言的后事。这是一种真正的人间正义所在,
诚如其自言:"苟义之所在,何得因势位摇夺?"③

　　(3)晚明时期。这一时期的重要事件莫过于反抗农民军、反抗清廷的斗
争。南吴人继续一如既往地参与其中,并有出色的表现。笔者在此仅举一例
以窥之。

　　　　何悫人(笔者按:何厚字)告史相公曰:"扬州虽无险可据,然李

---

　　① [清]李延昰:《南吴旧话录》,《瓜蒂庵藏明清掌故丛刊》本,上海古籍出版社1985年影
印本,第25页。
　　② [清]李延昰:《南吴旧话录》,《瓜蒂庵藏明清掌故丛刊》本,上海古籍出版社1985年影
印本,第27页。
　　③ [清]李延昰:《南吴旧话录》,《瓜蒂庵藏明清掌故丛刊》本,上海古籍出版社1985年影
印本,第28页。

庭芝辈亦尝以孤忠留名姓于天地间,今时事不测,某请募东义劲勇,别成一旅,备公指挥。"史欣然从之。方渡江而南,维扬告急,恧人叹曰:"悔不及矣。"仍还扬州,谒史,曰:"某不能与公同生,犹能与公同死。"城破慷慨自尽。①

扬州之败是南明的永远之痛,亦是南明反抗清廷最为顽强的一次战役,虽败犹荣。史可法在战败后为国捐躯,已天下尽知,而何厚愿与史公同生死、与扬州共存亡,其英雄气概可与史公等量齐观。

总之,《南吴旧话录》记录的众多故事,关注了明代不同时期的重要政治事件,关注了这些重要政治事件中的南吴因素,从而让我们从南吴这一新的视角重新审视这些重要政治事件,从而获得不同的阅读体验。

4.补撰文献对正文的有益补充。《南吴旧话录》中的补撰文献是小说的有机组成部分,正如《世说新语》中的刘孝标注一样。这些补撰文献总体上分为两类:一是编撰者自注。如"柳御史"条第三条补撰文献题"汉徵识","何叔鸿"条第二条补撰文献题"延昰识","徐伯臣"条第二条补撰文献题"李延昰"等。二是相关文献之注。这类文献均标明出处,多为明代文献。其中,《松江府志》《乡评录》《云间志略》《分省人物志》等文献引注较多,还有明人文集及笔记,如《陶庵集》《陆俨山集》《祝无功集》《湧幢小品》等。

那么,这些补撰文献与正文之间有怎样的关系呢? 笔者认为至少有以下几个方面:

(1)补充交代传主的生平。这种补撰文献多补充交代传主的名、字、号、籍贯(祖籍)、功名、主要任职、子女等,亦是他人撰写的墓志铭等。如"刘铣坐法"条叙刘钝代兄受狱,补撰文献称引《湧幢小品》,交代了刘钝子、孙的功名与为官。"奚郎中"条叙奚昊把所得俸金全部分散给族人,而补撰文献则称引《分省人物考》中的奚昊传记,交代了奚昊的科考、任职及卒年、卒龄。"高学

---

① [清]李延昰:《南吴旧话录》,《瓜蒂庵藏明清掌故丛刊》本,上海古籍出版社 1985 年影印本,第 37 页。

正"条叙高博为奉养老母而辞官不做,补撰文献则称引唐文恪撰写的墓志铭,交代了高氏先人迁往华亭的过程,以及其祖、父与科考、任职等情况。这种补充交代有利于我们对传主的生平事迹、精神思想等方面作全面了解,特别是家庭、家族背景等情况的交代,更有利于我们深入把握其品性。

（2）阐释正文内容。这种补撰文献主要是针对正文中的部分内容进行阐释。如"柳御史"条中涉及"虫豸"之辨与"虫沙"之识,补撰文献称引《抱朴子》曰:"周穆王西征,一军尽化君子为猿为鹤,小人为虫为沙。"①李汉徵作识语称:"按豸字,孙愐:'池尔切,读如治。'《尔雅》释虫曰:'有足谓之虫,无足谓之豸。'"②又如"徐太常"条涉及叶适（字正则）、陈亮（字同甫）、吕祖谦（字伯恭）的典故,补撰文献称引《朱文公集》曰:"知古不知今者,叶正则也;知今不知古者,陈同甫也;既知古,又知今者,吕伯恭也。"③这种带有笺注性质的补撰文献,有利于读者正确理解正文的内容,更有利于掌握故事表达的意图所在。比如上文述及的第二则故事,说的是新任监察御史的柳惇初服鹰谱,被其妾戏谑"须辨虫豸",鹰、豸谐音;又由于妾姓沙,柳惇又反讽其妾"当细识虫沙"。这本为夫妻间日常调笑,而对于柳母来说,柳惇与沙氏均违反了家训、家规,结果是柳惇受杖,沙氏遭遣归。作者意在劝人墨守家规,而对于读者来说,则对柳母如此处置的不满,而对于柳沙二人寄予同情。

（3）延伸正文内容。这种补撰文献是对正文内容的一种拓展。如"何叔鸿"条叙何万京赴水代父死,补撰文献附有徐芳《孝童记》。《孝童记》讲述的是一个十岁孔姓童子,其母病不起,向泰山神许愿以殒身延母寿,后母病加重,

---

①　笔者按:《抱朴子内篇》卷八《释滞》:"三军之众,一朝尽化,君子为鹤,小人成沙……"（王明:《抱朴子内篇校释》,中华书局1985年版,第154页）此处校勘记云:《御览》七十四、八十五、九百十六作"周穆王南征,一军尽化,君子为猿为鹤,小人为虫为沙"。（第164页）据此观之,补撰者当引《太平御览》所引《抱朴子》。

②　［清］李延昰:《南吴旧话录》,《瓜蒂庵藏明清掌故丛刊》本,上海古籍出版社1985年影印本,第2页。

③　［清］李延昰:《南吴旧话录》,《瓜蒂庵藏明清掌故丛刊》本,上海古籍出版社1985年影印本,第193页。

赴泰山绝顶跳崖以偿愿,后得泰安州守救而不死。这与正文中的何万京代父死形成鲜明反差。李延昰作识语称:"夫同一孝也,一死而一生,天岂有意其间乎? 世之人行小善,而欲责报于彼苍者,是市道也,安足以语此!"①作者在对比中,感叹何万京与孔姓童子的至孝,才是真正的大善,而世人为求报答行小善,是不足论道的。又如"杜仁趾"条叙杜麟徵(字仁趾)不知老媪所问神童诗为谁所作,补撰文献称引《西庵语录》,讲述沈恺(号凤峰)幼时叩问其师《千家诗》第一首的作者为谁,其师不知,进士及第后才知是程颢(号明道)为陕西鄠县主簿时所作②。不论是杜麟徵,还是沈恺师,在学问面前均呈现出诚实的态度,知之为知之,不知为不知,正如沈恺所言:"不晓得亦不妨,终觉晓得的为是。"③上述延伸内容的补撰,有利于读者将延伸内容与正文内容进行比较阅读,从而寻找出作者撰写正文的原意所在。

(二)故国之思的遗民情怀

李延昰年轻时曾在南明永历朝为官,永历朝灭亡后,"托迹黄冠,以医药自给"④,"流寓平湖西宫道院三十余年"⑤。其不仅是一个真正意义上的明遗民,还有浓郁的遗民情结,"书中如'常'作'尝','由'作'繇','检'作'简',

① [清]李延昰:《南吴旧话录》,《瓜蒂庵藏明清掌故丛刊》本,上海古籍出版社 1985 年影印本,第 18 页。
② 笔者按:《千家诗》第一首为程颢的《春日偶成》:"云淡风轻近午天,傍花随柳过前川。时人不识余心乐,将谓偷闲学少年。"另,张立敏《千家诗·前言》称:"今天通行本的《千家诗》定型于清代,由两部分组成,即《七言千家诗》和《五言千家诗》,……《七言千家诗》何时成书、选编者为何人? 至今仍是一个难以解开的谜。但是基本可以确定的它最迟成书于明初,在明代朝野已经非常流行。……明末清初的一位醉心启蒙教育的选编者王相不仅为《七言千家诗》作注,还按照前者的编排方法编注唐代五言诗为《新镌五言千家诗》(绝句 39 首,律诗 45 首)。……后人还是将两书合刊,总称《千家诗》。合刊本《千家诗》为四卷本,共有诗人 122 家 226 首,其中唐 65 家,宋 53 家,明 2 家,年代不可考无名氏 2 家,杜甫 25 首,李白 8 首,遂成为清代最流行的本子,原来的《千言千家诗》逐渐地退出历史舞台。"(中华书局 2012 年版)
③ [清]李延昰:《南吴旧话录》,《瓜蒂庵藏明清掌故丛刊》本,上海古籍出版社 1985 年影印本,第 165 页。
④ 《庸闲斋笔记》一则,《南吴旧话录》附录,民国四年(1915)铅印本。
⑤ 《槜李诗系》一则,《南吴旧话录》附录,民国四年(1915)铅印本。

均避明代讳"①。那么,《南吴旧话录》又是怎样体现作者的遗民情怀的呢?

1.对忠义故事的偏爱。二十四卷本卷二"忠义"类共收录44条,相比其他类别,在数量上是仅次于孝友类(笔者按:此类共收录70条)。其中,最能体现作者遗民情结是那些发生于明末清初时期的故事。笔者在此略举几例以说明之。如"王员外"条叙王钟彦甲申三月骂贼死:

> 王员外钟彦,甲申三月贼逼京师,公守彰义门,灯燎守将开门纳贼,被执不屈。贼唾骂曰:"主事何官?"公曰:"事无大小,既主其事,事败焉,忍逃死?"贼叹曰:"明朝臣僚败事者如麻,尔何能独主?"公抗辨愈厉。已而,刘宗敏纵马至,竟叱害之。②

再如"朱吏部"条叙朱永佑在国变后拒绝剃发易服而被杀:

> 朱吏部己卯告假归,人问:"近来读何书?"答曰:"忠孝字未熟,丹铅何暇?"乙酉托迹舟山数年。主者入山,按籍收诸搢绅。公至,乃踞地坐。主者曰:"今日改装,必无多求。"公曰:"吾与蛟龙杂居,盖欲稍具梳裹,使负初心,则航海觉为多事,承命只一死字,馀者无烦唇舌。"至劝喻百端,公遂不应,互相叹曰:"此真忠臣也。"杀之而归其丧。③

又如"李舍人"条叙李侍在松江失守后自缢未绝终为清兵所害:

> 李舍人当松江,失守时,一百户某挽之曰:"闻君读烂《四书》,今日将安之?"舍人笑曰:"臣子尽忠,古人常事,我将下城与家一诀,稍尽其私,然后死耳。"百户曰:"君能如此,吾先断头以待。"即拔刀自刎死。舍人凭尸而哭,仓卒抵家,少妾挽衣涕泗,众争劝之逃。舍人

---

① 胡祖谦识语,《南吴旧话录》,民国四年(1915)铅印本。

② 〔清〕李延昰:《南吴旧话录》,《瓜蒂庵藏明清掌故丛刊》本,上海古籍出版社1985年影印本,第32页。

③ 〔清〕李延昰:《南吴旧话录》,《瓜蒂庵藏明清掌故丛刊》本,上海古籍出版社1985年影印本,第34页。

曰："若一旦苟活,梦寐中何以对此老兵?"引绳自缢,气未绝,而追者至,遂遇害。①

另外,"何悫人"条、"章次弓"条还分叙了何厚在扬州、章简在松江城破后慷慨自尽的故事。

无论是王员外、朱吏部、李舍人,还是何厚、章简,他们都用自己的血肉之躯,诠释了自己对国家的忠贞、对民族气节的保持。实际上,这亦是作为明遗民的李延昰对国家、对民族深厚情感的表现。

2. 对外族侵扰的批判。小说多条故事涉及倭寇侵扰南吴,如卷一"孝友"类的"周文德"条、"高于理"条、"李见汀"条等。笔者在此节录上述三条,以观其概。

> 倭逼青村乡,塾师周文德(笔者按:周渊字)奉母走匿,中途遇倭。倭将刃其母,文德延颈愿以身代。倭笑曰:"留老婆子吃饭,何如借健后生驮包。"乃释母,而掳文德去。在倭营三年,无隙可脱。总督胡梅林会剿,始获归,其母犹在也。……②

> 倭蹂躏海上,高于理(笔者按:高承顺字)踉跄随父南坡入城,猝与倭遇,倭欲劓其父项,于理跪泣请代,倭怒,将并杀之。一倭笑曰:"奈何入人城郭,先以孝子血染其刀环,吾日出处人,义不为此。"使译者谕之去。里人高其行,更字之曰"孝卿"。③

> 李见汀(笔者按:李安祥号)父为倭所掠,遍求之不遇,重跰涕泗,见者哀之,或告以倭欲行识字者作记室。见汀乃儒衣冠,挟笔墨,自投倭营,缓步长揖曰:"貌若何者,吾父也。如在,愿纵之,请以身

① [清]李延昰:《南吴旧话录》,《瓜蒂庵藏明清掌故丛刊》本,上海古籍出版社 1985 年影印本,第 36 页。
② [清]李延昰:《南吴旧话录》,《瓜蒂庵藏明清掌故丛刊》本,上海古籍出版社 1985 年影印本,第 7 页。
③ [清]李延昰:《南吴旧话录》,《瓜蒂庵藏明清掌故丛刊》本,上海古籍出版社 1985 年影印本,第 11 页。

代役。"酋奇之,索其父,立遣焉。……见汀乘间夜脱,不持一物……①

上述三条虽从孝友的角度赞誉周渊、高承顺、李安祥三位孝子,但在字里行间,我们明显感受到倭寇的侵扰给百姓生活带来的苦难。"倭逼","倭蹂躏","为倭所掠",是倭患的总体概貌;"倭将刃其母","倭欲刭其父项",是倭寇的极端残忍;"在倭营三年,无隙可脱","乘间夜脱",是民众的无奈反抗。如果将明前中期的倭患,放置明末清初的历史背景之下,我们又明显感受到作者又是有所他指。

3.对隐逸生活的向往。谢国桢在《〈南吴旧话录〉跋》中言:"是书记(范)濂字叔子,愤嫉薄俗,弃博士弟子籍,服山人服入佘山,隐居以终,均可作淞南之掌故。读是书,亦可见著者纂述之旨矣。"②其实,体现对隐逸生活的向往的"著者纂述之旨"的,不仅仅上述谢跋所及的范濂,还有更多的人物。笔者在此略举几例以观之。

> 周北野(笔者按:周佩号)住北郊,故居临濠,植杂树数株,每至春夏之交,浓阴可爱。公常科跣为乐。一日,华亭令某修谒,公辞之不得,及至,见纸窗木榻萧然如寒士。令故北人,朴讷不能叙景仰语,但言:"清高!清高!"潜遣画工图之,张于斋壁,曰:"使吾日对异人。"③

> 曹定庵(笔者按:曹时中号)、顾东江(笔者按:顾清号)一日拟和苏学士《过清虚堂》诗,各已捉笔。东江忽曰:"此题如少北野,风景便尔不切。"乃泛小艇诣之。既至,告之以故,北野欣然从事,

---

① [清]李延昰:《南吴旧话录》,《瓜蒂庵藏明清掌故丛刊》本,上海古籍出版社1985年影印本,第9—10页。

② 谢国桢:《〈南吴旧话录〉跋》,[清]李延昰:《南吴旧话录》,《瓜蒂庵藏明清掌故丛刊》本,上海古籍出版社1985年影印本。

③ [清]李延昰:《南吴旧话录》,《瓜蒂庵藏明清掌故丛刊》本,上海古籍出版社1985年影印本,第66页。

而室中止一砚,定庵、东江共焉。公取一旧碗,底磨墨书之。及诗成,定庵言已微饥。北野出鱼佐酒数杯后,切肉缕煮面食之。东江戏云:"吾辈菜园篱落,今日未免为北野豕威冲突。"既饱,洗盏更酌,夜分别去。①

　　焦伯诚隐居广富林,以琴弋自娱,夜则挑灯读书。每过夜半,鸡鸣就寝。少顷,则书声仍彻户外,凡远近数十家勤耕力作者,以伯诚书声定早晏。太祖闻其名,召对称旨,特命典试礼闱。伯诚力辞,上曰:"朕用卿以讽励学者,当为朕少劳。"试事竣,厚赐之还。②

周佩隐居郊外,"纸窗木榻萧然",让县令肃然起敬;曹时中、顾清、周佩三人以鱼佐酒和诗,颇有魏晋隐士风度;焦伯诚隐居时,以琴弋自娱,明太祖征召,力辞之。这些隐士的情怀,与范濂何其相似,与自己隐居平湖何其相似。朱彝尊《高士李君塔铭》称:"有延之治疾者……或酬以金,辄从西吴书估舟中买书,不论美好,由是积书三十椟,绕卧榻折旋皆书也。与君游者,相对楼下,不知其储书之富。客过无分出处贵贱,怡颜相接。暇则坐轻舟载花郭外,艺庭前饮客,酒必自远致,山肴海错馔必丰,与君游者,不知庖爨何地。而君意所向何者为疏密也?"③

　　综上所述,《南吴旧话录》承载了作者对南吴乡贤的记忆,亦承载了明遗民对有明一代人事的记忆。这些故事或是明亡之前编撰,或是明亡之后编撰,但它们都凝聚了成书之人李延昰的情感,亦凝聚了明遗民的情感,特别是表现了明遗民在清初的生活状态与心理状态。

----

①　[清]李延昰:《南吴旧话录》,《瓜蒂庵藏明清掌故丛刊》本,上海古籍出版社1985年影印本,第66—67页。
②　[清]李延昰:《南吴旧话录》,《瓜蒂庵藏明清掌故丛刊》本,上海古籍出版社1985年影印本,第197—198页。
③　[清]朱彝尊《高士李君塔铭》,《曝书亭集》卷七十八,《四部丛刊》本。

三、《研堂见闻杂记》——娄东视角下的江南社会

《研堂见闻杂记》（又名《研堂见闻杂录》）①，一卷，原题"娄东无名氏撰"。近人冯超考证作者为王家祯②，《中国丛书综录》著录时亦称"（清）王家祯撰"③。但据宁稼雨考证，王家祯在卒年和籍贯上与《研堂见闻杂记》相背："考《明史》家祯本传，家祯于甲申（1644）事变自经死，书中有入清后事，则恐未必其人。况家祯为长垣（今属河南）人，与娄东亦非一地。"④盖同名者亦未可知。另外，冯超还解释了此书传本不题撰者的原因："《研堂见闻杂记》所载明季朝野异闻及清初太仓兵燹事，皆直书无所隐，传钞者以略涉忌讳，不著作者姓氏。太仓州志艺文亦不录。"⑤由此看出，《研堂见闻杂记》在刊本之前当有钞本，现仅有《痛史》本与《中国内乱外祸历史丛书》本，分别题为"研堂见闻杂记""研堂见闻杂录"。《明清史料汇编》（七集第三册）、《清代笔记小说》（第四十八册）、《台湾文献史料丛刊》（五辑第二五四种）、《明清史料八种》（第6册）等多据《痛史》本影印或排印。本文论述所据版本为《台湾文献史料

---

① 《研堂见闻杂记》又名《研堂见闻杂录》，有题"明王家祯著"或"清王家祯著"者，如沈云龙编《明清史料汇编》（文海出版社1967年版）七集第3册（59）、于浩辑《明清史料丛书八种》（北京图书馆出版社2005年版）第6册；有题"不题撰人"者，如孔昭明主编《台湾文献史料丛刊》（大通书局2000年版）第五辑（98）第二五四种、周光培编《清代笔记小说》（河北教育出版社1996年版）第48册。笔者按：《明史》卷二百六十四有《王家祯列传》，称其为长垣（今属河南新乡）人，万历三十五年（1607）进士，李自成陷北京时（崇祯十七年，1644），与其子元炌并自经死。（中华书局1974年版，第6822—6823页）而《研堂见闻杂记》则自称为娄东（今属江苏）人，且所记多为顺康时事。所以，此书作者肯定不是《明史》所记之王家祯，那么，题署为"王家祯"者，或题署有误，或有同名者，亦未可知。《研堂见闻杂记》主要有《痛史》本、《中国内乱外祸历史丛书》本，前者题为《研堂见闻杂记》，后者题为《研堂见闻杂录》。

② 冯超：《研堂见闻杂记·书后》，《明清史料汇编》（沈云龙选辑）七集第三册，文海出版社1967年版。

③ 上海图书馆编：《中国丛书综录》（第一册），上海古籍出版社1982年版，第647页。

④ 石昌渝等：《中国古代小说总目》（文言卷）"研堂见闻杂记"条，山西教育出版社2004年版，第572页。

⑤ 冯超：《研堂见闻杂记·书后》，《明清史料汇编》（沈云龙选辑）七集第三册，文海出版社1967年版。

丛刊》排印本。

《研堂见闻杂记》虽多为史料丛书所收录,但其中诸多故事描写颇具小说因素,如书末所叙康熙三年(1664)盗贼冒池州太守郭某之名赴任事,颇类徐芳《雷州盗记》,故亦可以小说视之。这部文言小说的最大特点就是作者以娄东(太仓)为视角,由娄东故事延伸到江南故事,包括由娄东抗清到江南抗清、由娄东人物到江南人物、由娄东科弊到江南狱案。

(一)由娄东抗清到江南抗清

南都陷落后,江南地区成为当时抗清斗争最为强烈的地区之一。作者在小说中着重描写了娄东地区的乌龙会抗清。乌龙会是娄东下层民众组织,主要成员包括佃农、家奴、菜佣等,成立于明亡之时。会魁主要有顾慎卿、陈瑶甫、吕茂成等人。乌龙会原定于顺治二年(1645)八月效陈胜王故事举义旗,不料五月十二日清兵渡江讯息传来,他们决定于五月十四日提前起义。闰六月,清军占领苏州府城并颁布剃发令,于是乌龙会转而成为以反剃发为主的抗清组织。最后在清军的剿杀下,于九月中旬彻底失败。

小说在描写乌龙会抗清时,对乌龙会颇有微词,原因有二:一是乌龙会"以倡义为名,而阴肆劫掠"①;二是乌龙会把反剃发矛头直指乡民,"间指某家已薙发、某家藏薙发者,则千人持戈赴之,举家鸟兽散,以得全性命为幸"②。这样必然导致乡兵与乡民之间成为对立的双方。小说描写道:

> 乡人患之,各为约:遇一悍者至,则以呼为号,振衣袒;一声,则彼
>
> 此四应。顷刻千百叫号,数十里毕达。各执白梃出,攒扑其人至死。
>
> 于是会中不敢过雷池一步,而乡民势盛。③

---

① [清]佚名:《研堂见闻杂记》,《台湾文献史料丛刊》第五辑第二五四种,大通书局 2000 年版(下同),第 6 页。

② [清]佚名:《研堂见闻杂记》,第 7 页。

③ [清]佚名:《研堂见闻杂记》,第 6—7 页。

这种乡兵与乡民之间的对立,在一定程度上极大地牵制了乌龙会的抗清斗争,再加上乌龙会的乡兵"既无纪律,又不晓击刺"。其失败几乎成必然之势。

小说不仅从较深层次揭示了乌龙会抗清失败的原因,还对当时有"中兴事业"①之称的郑成功围攻南京失败的原因进行了总结。作者对郑成功此次举事颇有见地地指出:"余独观其顿兵坚城,徘徊两月无尺寸效,窃疑其志难果"②,"既破京口,主者日间则守城,夜退归海舶。丹阳至京口仅十九里,不能据其冲,而使援兵长驱入白门。如此举动,岂能成事"③。这些抗清失败原因的总结,在很大程度上反映了当时江南抗清的现状,也反映了作者作为一位见证者的思考。

小说在描写娄东及其周边地区的抗清斗争的同时,还描写了清军在镇压这些抗清势力后的残暴。如清军在剿灭乌龙会的抗清势力后,将屠刀指向了娄东民众。小说描写清军在娄东的沙溪、潢泾两镇的劫掠杀戮道:

> 是役也,沙溪、潢泾两所,掠妇女千计,牛亦千计,童男女千计,杀人万计,鸡犬之属不胜算,积尸如陵。七浦塘一水,蔽流皆尸,水色黑而绿,行人以草塞鼻,真可哭可涕。所掠财物数千艘,衔尾载去;舟不能容,则委之水。自潢泾头塘至七浦以至盐铁,凡铜锡古窑衣服之类,处处皆有捞取者,数月不尽。④

这与王秀楚在《扬州十日记》中的描写具有惊人的相似之处。清军在娄东周边的嘉定、昆山、虞山(常熟)等地也显示其暴戾的一面,如顺治二年(1645)七月初三日,嘉定城破后,"屠戮无遗,掠辎重妇女无算"⑤;初六日,昆山城破后,"杀戮一空,其逃出城门践溺死者,妇女婴孩无算"⑥;十四日,虞山

①　[清]佚名:《研堂见闻杂记》,第46页。
②　[清]佚名:《研堂见闻杂记》,第46页。
③　[清]佚名:《研堂见闻杂记》,第47页。
④　[清]佚名:《研堂见闻杂记》,第12—13页。
⑤　[清]佚名:《研堂见闻杂记》,第10页。
⑥　[清]佚名:《研堂见闻杂记》,第11页。

城破后,"城外烧毁一空,男女杀死者无算"①。

总之,小说既描写了娄东地区的抗清斗争及清军暴行,又描写了娄东周边及其以外地区的抗清斗争及清军暴行。这种由点及面的叙事模式,为我们较为全面地展示了娄东乃至江南地区的抗清形势。同时,在叙事过程中,字里行间蕴含着对抗清局势的思考及对清军暴行的揭露。这些正是作者遗民情结的具体表现。

(二)由娄东人物到江南人物

《研堂见闻杂记》在人物描写时有这样两个特点:一是小说常常在叙述某一事件时,插入相关娄东籍人物描写,如小说在描写乌龙会起义时,插入了娄东巨室龚诚宇、会魁顾慎卿、吴茂成及胡都司的描写。再如小说在描写清军水陆并进娄东时,插入了娄东籍川兵将领张素庵的描写。又如小说在描写张献忠屠蜀时,插入了娄东籍的四川官员吴继善、沈云礼、刘士斗的描写等。二是由娄东人物延伸到其他地区人物。如小说在描写娄东士人吕云孚、陆京、杨广文等人后,又描写了其他地区士人与官员,包括浙东的祁彪佳、山西的张慎言、辽东的秦世桢、山东的李森先等。不过,这些人物多有在江南地区任职的经历。小说在描写这些娄东人物及由娄东延伸出来的人物时,重点突出了那些忠明人物的故明情怀。

我们首先来看顺治二年(1645)避兵于娄东的如皋人许元博。小说描写道:

> (许元博)因授徒于吴心田家,偶阅岳武穆传,欣然有感,遂于胸前刺"不愧本朝"四字,左臂刺"生为明人",右臂刺"死为明鬼"。忽一日脱衣洗澡,为人所觇。语泄,本县捕之。按臣具疏,即于本处正

---

① [清]佚名:《研堂见闻杂记》,第11页。

法。妻朱氏,给功臣为奴;父拟戍,吴心田拟流,邻里拟徒。①

对于许元博不忘故明的举动,作者深为感佩:"嗟乎! 元博不过广陵一男子耳,未食朝廷升斗禄,而镂形刻骨誓以死报,岂其为身后名哉! 血性发愤,不可禁制,所谓山河之气,日月之精,造物千锤百炼而有此一男子也。为先朝开一代生面,岂可作等闲看乎!"②

接下来我们再来看另外一位受戮于娄东的前明进士吴兴人唐世桢。小说描写道:

> 唐藩失守,……公束身走归,不入吴兴,竟诣土御史,骂其背国。土爱之,发之郡侯,亦笑受其骂。申之兵道赵,其所骂如前,赵亦不为忤。巡抚卢传方镇娄东,即以申之按公。而公既入,挺立不为跪,指发吐骂,戟手顿足不休。按公怒,斧断其齿,血肉狼藉,口内喃喃不绝。随曳之仪门外,痛决四十,筋肉皆断,无一语号呼,惟骂声而已。杖毕,奋然如尽,舁出而终。③

作者对于唐世桢的铮铮铁骨,充满了敬意,并将其与历史上的祢衡骂曹相提并论:"嗟乎! 忠臣烈士,不出于缙绅,而出于一青衿弟子;不出于食禄大臣,而出于偏藩几日之薄官! 其为明朝结三百年之报,惟公一人矣。独抚道诸公,虽不能优视之,犹能作一刘荆州,而按公独甘为黄祖。嗟嗟! 祢衡而下,千载遂有两人。而黄祖之狂駥,按臣直一人收之矣。"④

作者对于那些不屈于清廷的忠明人物充满了敬意,而对于那些降清者,则充满了鄙视与痛恨。如小说描写黄道周兵败被俘至南京时,面责降将洪承畴道:"若岂洪承畴耶? 如果洪承畴者,则当年战死,天子且为祭九坛矣。若等

---

① ［清］佚名:《研堂见闻杂记》,第18页。
② ［清］佚名:《研堂见闻杂记》,第18页。
③ ［清］佚名:《研堂见闻杂记》,第20页。
④ ［清］佚名:《研堂见闻杂记》,第20页。

故从北方来,独不见穹然道左者洪承畴碑,而安得冒若名耶?"①这与其说是黄道周的面责,倒不如说是作者的面责。再如作者在描写首倡剃发令的汉人孙之獬遭乡人肢解死后,云:"嗟乎! 小人亦枉作小人尔。当其举宗同尽、百口陵夷,恐聚十六州铁铸不成一错也。"②对孙之獬的痛恨可见一斑。

总之,作者描写娄东地区人物的同时,又将笔触延伸至娄东以外的生活于或就职于江南地区的人物,为我们展示明清鼎时的众生百态。同时,作者对于忠明人物的描写,反映了作者故明情怀;对于降清者的描写,反映了作者的反清意识。概言之,这些人物的描写,表达了自己的遗民情感。

(三)由娄东科弊到江南狱案

《研堂见闻杂记》在描写诸多江南狱案(包括丁酉科场案、奏销案、通海案、哭庙案、明史案等)前,首先对娄东的科场舞弊进行了描写。这一舞弊的核心人物是张能鳞③。他完全操纵了娄东童试。他在科考之前,"先以帖下州县,每县坐一、二十名,刻期交纳"④;临试前,接受五花八门之人的请托,包括府道台宪、乡贤教官、庖厨隶胥、牙婆媒氏等;在科考后,甚至允许落第的富家子弟"窜易姓名以入"⑤。后有娄东诸生李汉举其事,时任苏州府巡按的李森先欲治张能鳞,却因被祸离任,张能鳞更是"狂澜至不可收拾"⑥。笔者从徐世昌《大清畿辅先哲传》《清史稿·李森先列传》《浚县志》等史料记载来看,均

---

① [清]佚名:《研堂见闻杂记》,第23页。
② [清]佚名:《研堂见闻杂记》,第24页。
③ 张能鳞,字玉甲,号西山,直隶大兴人。生卒年不详。顺治四年(1647)进士,康熙十八年(1679)举博学鸿词科,罢归。历浙江仁和知县、仪制司员外、江南提学佥事、四川川南道参议、青州海防道参议等职。著有《诗经传说取裁》十二卷、《峨嵋志》一卷、《儒宗理要》二十九卷、《西山集》九卷等。徐世昌《大清畿辅先哲传》第十三《师儒传四》(北京古籍出版社1993年版,第419—420页)、《浚县志》第三十二篇《人物》(中州古籍出版社1990年版,第1071页)等有传。
④ [清]佚名:《研堂见闻杂记》,第37页。
⑤ [清]佚名:《研堂见闻杂记》,第37页。
⑥ [清]佚名:《研堂见闻杂记》,第38页。

未发现张能鳞有科考索贿事,而此书所记为作者之见闻,颇有可信度,从而为我们揭示了张能鳞鲜为人知的一面,谓之补史之缺并不为过。

科场舞弊不仅出现在娄东童试中,还出现在更高级别的乡试中。我们且看作者描写当时的科场乱象:

> 顺治丁酉、壬子间,营求者猬集。各分房之所私许,两座师之所心约以及京中贵人之所密属,如麻如粟,已及千百人。闱中无以为计,各开张姓名,择其必不可已者登之,而间取一二孤贫,以塞人口,然晨星稀点而已。①

在这些科场乱象中,小说主要描写了顺治十四年丁酉(1657)江南乡试案。小说在描写过程中,一方面表现了当时士人对科场舞弊的痛恨,“南场发榜后,众大哗,好事者为诗、为文、为传奇杂剧,极其丑诋。两座师撤棘归里,道过毗陵金阊,士子随舟唾骂,至欲投砖掷礕”②;另一方面,小说又对那些牵连者表达同情,“是役也,师生牵连就逮,或就立械,或于数千里外银铛提锁;家业化为灰尘,妻子流离。更波及二三大臣,皆居间者;血肉狼藉,长流万里”③。

清初的科场舞弊反映了当时的士风败坏、人心不古,而当时的有些文人的结社同样表现了这种不良士风,作者称:“凡高门鼎族,各联一社以相雄长,大约如四公子之养士,鸡鸣狗盗,以备一得之用而已。固时势为之,而人心风俗,亦另一机杼已。”④这种将清初士风不古的“机杼”归之于“时势为之”,颇有见地。明清鼎革的巨变,确实对士人的心灵产生严重的冲击,亦对士人的道德底线产生严重冲击。

小说在描写科场弊案的同时,又将视野延伸至其他狱案,如江南奏销案、庄氏明史案。江南奏销案发生于顺治十八年(1661)八月。当时清廷针对各

---

① ［清］佚名:《研堂见闻杂记》,第38页。
② ［清］佚名:《研堂见闻杂记》,第39页。
③ ［清］佚名:《研堂见闻杂记》,第39页。
④ ［清］佚名:《研堂见闻杂记》,第41页。

地钱粮拖欠情况发布"新令",要求在规定的时间内完成拖欠钱粮的缴纳。而当时的江南士子拖欠情况较为复杂,小说以"吴中士子"为例,称:"有实欠未免者,有完而总书未经注销者,有实未欠粮而为他人影冒立户者,有本邑无欠而他邑为人冒欠者,有十分全完总书以纤怨反造十分全欠者。"①最后,共捕得苏(州)、松(江)、常(州)、镇(江)四府及溧阳一县绅士"三千七百人"②,至康熙元年(1662)五月,奉特旨"无论已到京、未到京,皆释放还乡"③。江南奏销案至此告一段落。其实,清廷兴起江南奏销案真正目的并非完全针对钱粮拖欠,而是针对江南士子尚未诚服大清,如《清稗类钞》在记述此案时言:"夫整理赋税,原属官吏职权,特当时以明海上之师,积怒于南方人心之未尽帖服,假大狱以示威,又牵连逆案以成狱也。"④

继江南奏销案之后,清廷在江南又掀起了另一牵扯人数更多的狱案——庄氏明史案。此案始于顺治十八年(1661),决于康熙二年(1663)五月。详见本文第一章第二节。作者对此案牵扯人数之多、涉案人员遭受之惨烈,颇为同情:"是役也,或谓吴之庸实伪刻几叶,以成其罪,故所行之书,大有异同。于是贾人刻手,纷纷锻炼,而竟不免。一夫作难,祸及万家,惨矣哉!"⑤另外,清廷还通过顺治末年的哭庙案、通海案等,将江南士子锻炼成狱,甚至被斩首,如哭庙案中的金圣叹等。

总之,小说作者由娄东科弊事,延伸到丁酉科场案,再延伸至奏销案、明史案等狱案,一方面,表现了对清初士风日下的不满,另一方面又揭露了清廷借狱案打压江南士人的实质。这一切恰恰又是清初江南士人生存状态的真实反映。

---

① [清]佚名:《研堂见闻杂记》,第 52 页。
② [清]佚名:《研堂见闻杂记》,第 52 页。
③ [清]佚名:《研堂见闻杂记》,第 57 页。
④ 徐珂编撰:《清稗类钞》(第三册)狱讼类《顺治辛丑奏销案》,中华书局 1984 年版,第 996 页。
⑤ [清]佚名:《研堂见闻杂记》,第 60 页。

综上所述,《研堂见闻杂记》所叙故事,以娄东为基点,继而将视野扩展至娄东周边地区,乃至江南地区。这种独特的叙事视角,既为我们提供了当时娄东发生的一些鲜为人知的故事,又为我们展示了娄东以外地区发生的一些重大事件,从而为我们较为全面地展示了清初江南的社会图景,同时我们亦能感受到作者那种字里行间的遗民情愫。

第四章　清初遗民小说的艺术

　　清初遗民小说在艺术上的成就,学界褒贬不一。其中批评多于褒扬,如清人刘廷玑批评《后水浒传》云:"宋江转世杨么,卢俊义转世王魔,一片邪污之谈,文词乘谬,尚狗尾之不若也。"又批评《续金瓶梅》云:"每回载《太上感应篇》,道学不成道学,稗官不成稗官,且多背谬妄语,颠倒失伦,大伤风化。况有前本奇书压卷,而妄思续之,亦不自揣之甚矣。"①纪昀称《冥报录》云:"此编皆记冥途因果之事,意主劝善。其真妄则不可究诘也。"②栾星谓《樵史通俗演义》之体例不纯云:"明末清初的时事小说,有一个明显的缺陷,即体例不纯,'文''史'不分,既名小说,又袭史传,诏书、章奏、檄文,函牍率行录入。其出现于《水浒传》《金瓶梅》诸书之后,章回小说体制大备,不能不说这是一种倒退。本书也存在这一缺陷,非章回小说正鹄。"③当然,亦有对遗民小说过度赞誉的,如刘廷玑即高度赞扬《女仙外史》,其《在园品题二十则》,一言以蔽之:"奇人"凭借"奇才"创作了一部"奇书"。这未免过于拔高了《女仙外史》的艺术成就。

---

　　①　[清]刘廷玑:《在园杂志》卷三《续书》,中华书局2005年版,第125页。
　　②　[清]纪昀等:《钦定四库全书总目》(整理本),中华书局1997年版,第1915页。
　　③　栾星:《〈樵史通俗演义〉赘笔》,《明清小说论丛》第四辑,春风文艺出版社1986年版,第105页。

　　客观地说,清初遗民小说总体艺术成就并不是很高,应处于明清两大小说高峰之间的过渡地带。但相比较而言,清初遗民小说的人物结局描写、叙事艺术、语言艺术等方面,还是具有自己鲜明特色的。

第一节　清初遗民小说的人物结局描写

　　人物结局描写一般是指小说人物在生命结束前后及转世、阴司等情况下的描写。清初遗民小说在人物结局情节设置上,有其独到之处,常常将作者的思想情感蕴含其中,以表达对篡国者及其追随者、专权误国者、变节投降者等的痛恨与不满,以及对忠臣义士的英雄气概、明遗民的民族气节的崇敬。

一、篡国者及其追随者的结局描写

　　篡国者一般是指通过军事、政变等暴力手段推翻敌对政权、建立自己政权的统治者。清初遗民小说出现多位篡国者,如篡汉者王莽、篡建文者朱棣、篡明者李自成等。追随篡国者一般是指一开始即追随篡国者,没有由一方投降到另一方的转变过程。笔者在此仅以篡国者李自成及追随篡国者姚广孝为例,作具体分析。

(一)三种死亡方式的李自成

　　李自成在清初"剿闯小说"中有不同的结局描写。《剿闯小说》第十回叙李自成受吴三桂箭伤后,其集团内部又出现内讧,李岩、李牟二将被杀,"闯贼拔营西去,自是贼中将相,各怀异志,军士皆离心思叛矣"①。小说并没有具体交代李自成的最终结局。而作为"以稍前西吴懒道人《剿闯通俗小说》为蓝本"②的《新世弘勋》(亦作《新世鸿勋》),则增加了李自成的结局描写:

────────────

① 　[清]懒道人口授:《剿闯小说》,《古本小说集成》本,第352—353页。
② 　萧相恺:《新世鸿勋·前言》,《古本小说集成》本,第1页。

却说李自成刀伤还未得全愈,不能跨马迎敌,……其馀贼众,见势衰力败,敌兵强盛,锋不可当,因此各无斗志,都四散奔逃,还有一半前来投降归顺,随把贼首李自成并贼党牛金星、刘崇文、宋献策等共三十六人,缚解军前,献功赎罪。吴将军与众将官无不回嗔作喜,即将逆犯诸人,分别首从,就在军前,李自成碎剐三日,其馀一概凌迟处死,那时奏捷班师。①(第二十一回)

《樵史通俗演义》第四十回描写了李自成在被吴三桂杀败后,逃往黔阳(今属湖南省)罗公山。在行营中,由于李自成纵欲过度并精神恍惚而病倒,其侄儿李过与其妻窦氏出现乱伦,最后李自成被"气死"。小说描写道:

忽一日,李过进行宫,见他沉沉睡去,便偷空搂了窦后,做起亲亲来。李自成在帐子里忽然看见,叫唤起来道:"为何咱的老婆,个个要偷人的。结发老婆偷了汉子被咱杀了,邢氏跟了高杰走了。你如今堂堂皇后,又想偷侄子么! 气杀我了! 气杀我了!"李过慌了,往外飞跑。李自成唧唧哝哝了一会,病势越重了。那深山里面乱离时节,那里去寻好太医调治? 到了三更时分,忽然大叫道:"我的皇帝爷嘎! 饶了我罢! 饶了我罢!"身子跳了几跳,眼睛睁了几睁,竟鸣呼哀哉死了。②

《铁冠图》第五十回描写了李自成兵败逃往武昌府罗公山时,被村民剁杀而死:

李闯一头想,一头行,不觉行到玄帝庙前,遂下马入庙视看。看见有中元圣帝像,塑得怒目睁眉,威严凛凛,即拜叩于阶上,……禀祝一番。正欲抽身而起,霎时一阵头昏眼花,双脚软屈,似有神物击背一般。当先庙内众乡民见他从外而入,生得剑眉虎目,颧骨高露,头戴雁翅金盔,身穿锁龙金甲,手持画戟,腰插铜鞭,状貌怪异,踪迹可疑。众人正在围看,忽见他仆倒在地,众百姓将他拿住,牵出庙外荒

---

① [清]蓬蒿子编次:《新世鸿勋》,《古本小说集成》本,第435—436页。
② [清]江左樵子编辑:《樵史通俗演义》,《古本小说集成》本,第720—721页。

地,捆绑起来。正欲审问他来历,一时喧传起来,聚集满山百姓,各执兵器齐集。内有一个新迁来往的少年,从人丛中走出来一看,认得李闯,系前时逼死他母亲的仇人,就对众人说知。众人齐声怒骂,霎时间刀枪如雨,立刻将闯贼剁为肉酱。①

上述李自成结局描写涉及了其两个死亡地点:一是黔阳罗公山(《樵史通俗演义》),二是武昌府罗公山(《铁冠图》)。其实,史界关于李自成死亡地点亦颇多争议,金毓黻等:《关于大顺军领袖李自成被害地点的考证》对此作了较为详细的梳理与考辨,并断定:"李自成殉难地点是通山九宫山,不是通城九宫山。"②此说基本上为史界所接受。另外,湖南李自成归宿研究会编《李自成禅隐夹山考实》(湖南大学出版社 1988 年版)中多位学人,如熊超群、石珍、丘朔、鞠盛、穆长青等,据史载李自成自号"奉天倡义大元帅"③及石门(今属湖南省)夹山发现的文物等,推定出李自成兵败后禅隐夹山寺,并卒于是地。经过上述梳理,我们发现《樵史通俗演义》中李自成的死亡地点系传闻所致,而《铁冠图》中的地点则更接近史界所认定的通山九宫山。

史家在李自成死亡地点问题上颇有争议,但在记述其最终结局上却并无大的区别,大多述其为村民所击杀而死,如《明史纪事本末》载:

自成以数十骑突走村落中求食,村民皆筑堡自守,合围伐鼓共击之。自成麾左右格斗,皆陷于淖。众击之,人马俱毙,村民不知为自成也。截其首献(何)腾蛟,验之左胪伤镞,始知为自成。④

再如《绥寇纪略》载:

① [清]松排山人编:《铁冠图》,《古本小说集成》据胡士莹藏本影印,上海古籍出版社1994 年版(下同),第 377—378 页。
② 金毓黻等《关于大顺军领袖李自成被害地点的考证》,《历史研究》1956 年第 6 期。笔者按:此文由四部分组成,包括《"历史教学"编辑部答读者问》(李文治撰)、《湖北师专历史学系的意见》《武汉大学历史学系的意见》《金毓黻的考证》,文后还附有郭沫若于 1956 年 5 月 18 日写的一段文字。
③ [清]张廷玉等:《明史》卷三百九《李自成列传》,中华书局 1974 年版,第 7959 页。
④ [清]谷应泰:《明史纪事本末》卷七十八《李自成之乱》,中华书局 1977 年版,第 1365 页。

自成止以二十骑殿，又呵其二十骑止于山下，而自以单骑登山，入庙见帝像伏谒，若有物击之者，不能起。村人疑以为劫盗，取所荷锸碎其首，既毙，而腰下见金印，且有非常衣服，大骇，从山后逃去。二十骑讶久不出，迹而求之，则已血肉糜分矣。①

又如《明史》载：

（顺治二年）秋九月，自成留李过守寨，自率二十骑略食山中。为村民所困，不能脱，遂缢死。或曰村民方筑堡，见贼少，争前击之，人马俱陷泥淖中，自成脑中鉏死。②

与史书记载相比较，小说家在描写李自成结局时，则要丰富得多，包括了"剐死""气死""剁死"三种。除"剁死"于史有据外，其余均为小说家所虚构。即使是"剁死"，小说亦增加了诸多虚构情节，如李自成被村民抓住审问并被一仇家少年认出等。这些虚构性的描写，实际上反映小说家对李自成乃至明末农民起义的态度。我们知道，农民起义在正史当中，多为贬斥的对象，《明史》还特设《流贼传》以载之，而一般士人亦对起义者斥之为"寇"、呼之为"贼"，诚如栾星在《〈樵史通俗演义〉赘笔》中所云："需要说明的，视李自成为农民起义领袖是近代的事，在著者那个时代，虽然不乏清醒之士也把同情心置诸不堪命的农民一边，但君臣之防未替，包括清初大师，亦无不斥之为'寇'，呼之为'贼'的。本书著者自然未跳出这个圈子。善读书者是不必以此为忌的。"③针对长达近二十年的李自成起义造成的社会动荡、生灵涂炭，特别是崇祯自缢及大顺取代大明，作为由明入清的士人，小说家无法压抑自己对李自成的不满与愤怒，常常发挥各自的想象，特别是在处理李自成结局上找到了突破点，创设了史家不能发挥的情节。

---

① ［清］吴伟业撰，李学颖点校：《绥寇纪略》卷九《通城击》，上海古籍出版社1992年版，第264页。

② ［清］张廷玉等：《明史》卷三百九《李自成列传》，中华书局1974年版，第7968页。

③ 栾星：《〈樵史通俗演义〉赘笔》，《明清小说论丛》第四辑，春风文艺出版社1986年版，第105页。

（二）不得善终的姚广孝

姚广孝（1335—1418），名道衍，字斯道。长洲（今苏州）人。"事道士席应真，得其阴阳术数之学。"①朱棣举"靖难之役"，延其为军师。"成祖即位，授道衍僧录司左善世。"②永乐十六年（1418），卒于北京庆寿寺，年八十有四。

清初遗民小说对姚广孝的结局描写主要集中在《女仙外史》第八十七、八十八回。其中，第八十七回描写了姚广孝遭寡居姑苏的亲姊的詈骂、樵夫利斧的砍杀、农夫铁锄的击打。第八十八回描写了姚广孝在杭州遭一不明真相的小官的殴打，最后详细描写了其命丧嘉兴府崇德县女儿亭：

> 典史已放了手，说时迟，做时快，（和尚）赳然又转身，刚与道衍只离五尺。将手擎的包裹劈面掼去，踏进一步，身子和禅杖就地滚进，如风掣一般横扫过去，便是金刚的脚骨也禁不起藤裹熟铜的禅杖，道衍顿时仆地。和尚挨过右脚，照着道衍的腰肋，使个反踢之势，轂辘滚下河涯，扑通堕入水内。……知县即令人捞起姚少师尸首，仍安置在御船内，一面飞报各上司转奏，一面整备杪木棺椁，暂为殡殓，沿途官员护丧前行。③

而《明史·姚广孝列传》对姚广孝的晚年生活及生命的终结，作如是记载道：

> （永乐）十六年三月入觐，年八十有四矣，病甚，不能朝，仍居庆寿寺。车驾临视者再，语甚欢，赐以金唾壶，问所欲言。广孝曰："僧溥洽系久，愿赦之。"溥洽者，建文主录僧也。……至是，帝以广孝言，即命出之。广孝顿首谢。寻卒。……（广孝）晚著《道馀录》，颇毁先儒，识者鄙焉。其至长洲，候同产姊。姊不纳。访其友王宾。宾

---

① 〔清〕张廷玉等：《明史》卷一百四十五《姚广孝列传》，中华书局1974年版，第4079页。
② 〔清〕张廷玉等：《明史》卷一百四十五《姚广孝列传》，中华书局1974年版，第4080页。
③ 〔清〕吕熊：《女仙外史》，《古本小说集成》本，第2073—2076页。

亦不见,但遥语曰:"和尚误矣,和尚误矣。"复往见姊。姊詈之。广
孝惘然。①

通过以上小说描写与史书记载的比较,我们发现小说所描写的姚广孝遭
亲姊詈骂的情节是于史有据的,但小说家显然增加了姚广孝与亲姊的对话描
写,并增加了四位老叟的冷嘲热讽描写。这些描写明显植入作者了对姚广孝
这样一位追随篡国者的不满情绪,并试图让读者感染这种不满情绪。而《女
仙外史》对姚广孝生命终结于嘉兴府崇德县女儿亭的描写,更是一种大胆的
想象。但这种想象并非凭空杜撰,也是有一定依据的。我们从上述《明史》所
载可以看出,姚广孝在所谓功成名就后,回归故里时,并不受人欢迎,从"姊不
纳""姊詈之"、友王宾"亦不见"可窥之。另外,当时及之后的民众普遍对建文
逊国抱同情之心,而对成祖及臣僚持毁谤之意,诚如王崇武在《明靖难史事考
证稿》中所云:

惠帝故事,以本身之凄哀,故其传布社会,亦深入人心。此物语
遂由简单变复杂,由模糊变清晰,由历受压迫,变为迭次报复。时历
二百馀年,流寇巨酋李自成犹假此以为倡乱口号,明遗民李清、张怡
等复深信国变之故为惠帝复仇。迄今边区荒远,尚有自托为惠帝后
裔者。而凡尽节诸人之子孙,并得保全荣显。反之,成祖及其臣僚则
尽遭谤辱,传说虽与史实无关,然可以考见其发展演变之方式,且可
见民间之正义与同情,亦有其不可磨灭者也。②

正是由于这种民意的存在以及明清之际的变故,小说家可以充分发挥自
己的想象力,并将自己的遗民情怀寄寓其中。所以,姚广孝不得善终的结局既
是清初民意的一种体现,又是作者对清初统治者不满的一种曲折表达。

总之,无论是历史上的篡国者及其追随者的结局描写,还是明清之际的篡

---

① [清]张廷玉等:《明史》卷一百四十五《姚广孝列传》,中华书局 1974 年版,第 4081 页。
② 王崇武:《明靖难史事考证稿》第三章"惠帝史事之传说",《民国丛书》第四编(74),上
海书店 1992 年据商务印书馆 1948 年版影印,第 41—42 页。

国者及其追随者的结局描写,在清初遗民小说作家的笔下,虽然有些细节于史有据,但总体上是虚构的,且结局多为不得善终的描写。这种结局描写实际上蕴含了作者对他们的"篡国"及追随行为的痛恨,从而体现作者的遗民心态。

二、变节投降者的结局描写

变节投降者主要是指在气节上由一方投降另一方的人,不包括女性失节者。清初遗民小说描写了众多变节投降者,如《豆棚闲话》中的降周者叔齐、《续金瓶梅》中的降金者张邦昌、刘豫、苗青、蒋竹山等,《续英烈传》《女仙外史》中的降燕者李景隆等,《研堂见闻杂记》中的降清者孙之獬等。笔者在此仅以蒋竹山、孙之獬为例。

(一)遭乱箭穿身而亡并枭首示众的蒋竹山

蒋竹山这个人物在《金瓶梅》中似乎是为李瓶儿与西门庆关系出现波折而设置的。他在小说第十七回为李瓶儿看病而出场,并勾搭成奸,入赘于李瓶儿家,接着西门庆对其百般刁难,最后在第十九回中被李瓶儿扫地出门。此后,这一人物再没有在小说中出现。蒋竹山在《金瓶梅》中可谓"短命"人物,但也许正因这一人物的"短命",却给《续金瓶梅》留下了更多的发挥余地。《续金瓶梅》计有八回涉及蒋竹山,包括第九、十三、十七、二十八、四十五、五十、五十三、五十六回。

《续金瓶梅》中的蒋竹山承袭了《金瓶梅》中的郎中身份,以开生药铺起家。在飘摇的动乱时代,蒋竹山想以此为生计,是难以为继的。在金将斡离不攻占河北时,蒋竹山被掳。在金营中,蒋竹山因"先治好了斡离不的爱妾,又治好了金兀术四太子,一时封了鞑官四品之职,即如中国武职游击将军一样"①(第二十八回),并被派往扬州掌管盐税。在扬州时,蒋竹山一方面搜括

---

① [清]紫阳道人编:《续金瓶梅》,《古本小说集成》本,第711页。

商民、聚敛钱财,另一方面又考选妇女以媚金主。岳飞率军攻破扬州后,擒获了时为扬州副都督的蒋竹山,并派牛皋将其押往建康,枭首示众。小说第五十六回描写了蒋竹山遭乱箭穿身并枭首示众的最终结局:

> 一班马上将官射毕,就是步兵分班较射。只听鼓声乱响,那箭都射满了。上堂报了箭筹,一面支赏,才叫闲人乱射,你看这些百姓,也有用箭的,那得这些箭来。俱是砖头石块,往上如雨一般。那消半个时辰,把个蒋竹山放下来,已是当心有十数箭,射死已久。然后用刀割下首级,捧上将台,验了,封在首级筒盛了,发扬州府悬示。这才完了蒋竹山一场公案。①

从《续金瓶梅》对蒋竹山的结局描写,我们至少可以看出这几点。

一是《续金瓶梅》完成了《金瓶梅》中没有完成的人物结局描写。我们知道,《金瓶梅》中诸多人物并没有结局描写,蒋竹山即是其中一个。作为《金瓶梅》的续书,《续金瓶梅》一方面继承了《金瓶梅》对蒋竹山郎中身份的描写,蒋竹山在《续金瓶梅》中的发迹变泰,均与其有一定医术有关;另一方面又增加了金兵南侵的历史背景,使其"合理"地当上了变节投降者。但作者又无法容忍一位变节投降者逃避天人惩罚,于是创设这一结局情节,以纾解心中的不满。

二是蒋竹山的结局描写与《续金瓶梅》宣扬的因果报应思想相一致。我们知道,《续金瓶梅》自始至终以《太上感应篇》为统领。其中《感应篇》有言:"叛其所事,暗侮君亲,以恶为能,忍作残害。"②这是"为作恶的第一个注脚"③(第五十六回),更是对蒋竹山最好的注脚:"这蒋竹山草头大夫……倚着四太子兀术宠幸,他做到大官,得了盐船上元宝还不足心。结交苗青,得了扬州,穷奢极欲,却搜尽扬州妇女,以任奸淫、贿赂,那有个能享到老的理?"④(同上)

---

① [清]紫阳道人编:《续金瓶梅》,《古本小说集成》本,第1591—1592页。
② [清]紫阳道人编:《续金瓶梅》,《古本小说集成》本,第1587页。
③ [清]紫阳道人编:《续金瓶梅》,《古本小说集成》本,第1587页。
④ [清]紫阳道人编:《续金瓶梅》,《古本小说集成》本,第1588—1589页。

如此罄竹难书、恶贯满盈者,遭乱箭穿身、枭首示众再让人痛快不过了,真所谓
"天道欲取之,必固与之"①(同上)。

三是蒋竹山的结局描写与作者的遗民情怀有关。丁耀亢虽然在身份上不
能称之为明遗民,但其并非没有遗民情怀,因为在清兵南下时,其目睹了家乡
诸城遭清兵血洗的过程。这对于稍有正义感的士人来说,是无论如何无法忘
怀的。于是借小说人物的结局描写,来寄寓自己的情感,亦再正常不过。

除蒋竹山外,《续金瓶梅》还对苗青等降金者的结局进行了描写,第五十
六回描写了苗青受剐刑而死:"那时百姓上千上万,那里打的开! 及至走到扬
州府前市心里,那里等得开刀,早被百姓们上来,你一刀我一刀,零分碎剐,只
落得一个孤桩绑在市心。开了膛,取出心肝五脏,才割下头来。"②这种表达对
变节投降者的痛恨情怀,同对蒋竹山犹出一辙。

(二)遭缝口肢解而亡的孙之獬

孙之獬(1581—1647),字龙拂。山东淄川(今淄博)人。明天启二年
(1622)进士,历检讨、侍读,曾因争毁《三朝要典》而入逆案。入清后任礼部侍
郎、兵部尚书。顺治四年(1647),谢迁破淄川,被肢解死。《清史稿》有传。孙
之獬向来被认为是清初首倡剃发令的汉人,几遭所有汉人的痛恨与唾骂。这
一人物在清初遗民小说中并不多见,而《研堂见闻杂记》则较为详细地描写了
孙之獬的结局:

> 有山东进士孙之獬,阴为计,首薙发迎降,以冀独得欢心。乃归
> 满班,则满以其为汉人也,不受;归汉班,则汉以其为满饰也,不容。
> 于是羞愤上疏,大略谓陛下平定中国,万事鼎新,而衣冠束发之制,独
> 存汉旧。此乃陛下从中国,非中国从陛下也。于是削发令下,而中原
> 之民,无不人人思挺螳臂、拒蛙斗,处处蜂起。江南百万生灵尽膏野

---

① ［清］紫阳道人编:《续金瓶梅》,《古本小说集成》本,第 1589 页。
② ［清］紫阳道人编:《续金瓶梅》,《古本小说集成》本,第 1581—1582 页。

草，皆之獬一言激之也。原其心，止起于贪慕富贵；一念无耻，遂酿荼毒无穷之祸。至丁亥岁（笔者按：顺治四年，1647），山东有谢迁奋起，攻破州县，入淄川城，首将之獬一家杀死，孙男四人，孙女、孙妇三人，皆备极淫惨以毙。而之獬独缚至十余日，五毒备下，缝口支解。嗟乎！小人亦枉作小人尔。当其举宗同尽、百口陵夷，恐聚十六州铁铸不成一错也。①

这一描写与史料记载基本相吻合。如顺治四年（1647）九月二十七日山东巡抚张儒秀揭帖云：

> 钦差巡抚山东等处地方、督理营田、提督军务、都察院右佥都御史张儒秀，为乡绅殉难，全家遭惨，义不屈贼，臣节可风，恭报圣闻事。
>
> 据分巡青州道副使李三元、署分守济南道事右布政苏弘祖呈称：据淄川县署印布政司经历周五伦申，据阖学生员李士俊等呈称，淄城于本年陆月拾叁日夜，被内贼丁可泽等接应大逆谢迁等陷城，将工科给事中孙珀龄父、原任招抚江西兵部尚书革职孙之獬绑缚逼拷，獬抗言骂贼，不饮食者数日，至贰拾贰日，贼又惨刑毒害，獬复大骂，触贼之怒，缝口支解而死。同时，又杀其孙男肆人，官贡生孙兰兹、生员孙兰蕖、孙兰蒾、孙兰蔼，又杀曾孙贰人孙大曾、孙二曾，儿妇壹口，孙女贰口。阖邑共见共闻。如此节义，如此惨伤，古今无二。②

而《清史稿》对孙之獬的记载较为简略，甚至没有提及其首倡剃发令及被肢解等细节："（顺治）四年，土寇复攻淄川，之獬佐城守，城破死之，诸孙从死者七人，下吏部议恤。"③

《研堂见闻杂记》中的孙之獬结局描写与上文所述蒋竹山的结局描写有

---

① ［清］佚名：《研堂见闻杂记》，《台湾文献史料丛刊》第五辑第二五四种，大通书局 2000 年版，第 23—24 页。
② 国立中央研究院历史语言研究所编：《明清史料》丙编第七本，商务印书馆 1936 年版，第 622 页。
③ ［清］赵尔巽等：《清史稿》卷二百四十五《冯铨列传附孙之獬传》，中华书局 1977 年版，第 9633 页。

一点不同,那就是小说的描写更接近史实,从顺治四年(1647)九月张儒秀的揭帖可窥之,或即受这一揭帖的影响,亦未可知。不过,作者对于孙之獬的态度,与丁耀亢对蒋竹山的态度还是相同的,均对变节投降行为表达痛恨之情,如文首描写道:"有山东进士孙之獬,阴为计,首薙发迎降,以冀独得欢心。"文中又写道:"原其心,止起于贪慕富贵;一念无耻,遂酿荼毒无穷之祸。"文末又感叹道:"嗟乎!小人亦枉作小人尔。当其举宗同尽、百口陵夷,恐聚十六州铁铸不成一错也。"这一态度几乎代表了一般士人的态度,如顾炎武于顺治四年(1647)闻孙之獬事作《淄川行》讽刺云:"张伯松,巧为奏,大纛高牙拥前后。罢将印,归里中,东国有兵鼓逢逢。鼓逢逢,旗猎猎,淄川城下围三匝。围三匝,开城门,取汝一头谢元元。"①《清朝野史大观》卷三《清朝史料·孙之獬请改满装》亦载:"(孙之獬)奏上,九重叹赏,不意降臣中有能作此言者,乃下削发之令。而东南士庶,无不椎心饮泣,挺螳臂以当车。是皆孙之獬一念躁进,酿此奇祸。满汉相怼,永永无已。清廷之失策,亦已甚矣。顺治丁亥(笔者按:顺治四年,1647),山东布衣谢迁起义兵,入淄川,之獬阖家惨死,闻者快之。"②甚至至清末,士人对孙之獬还颇为痛斥,龙顾山人③《十朝诗乘》卷一之《孙之獬》引顾炎武诗《淄川行》后评其事云:"之獬归附时,有诏衣冠礼乐暂仍明制,独先薙发,男女悉效满装,故清议尤鄙之。末云'取汝一头谢元元',意者居乡不德,撄众怒耳。与刘泽清事,皆足为鉴。"④与一般士人态度不同的

---

① [清]顾炎武撰,王蘧常辑注,吴丕续标校:《顾亭林诗集汇注》(上册),上海古籍出版社1983年版,第169页。
② 小横香室主人编:《清朝野史大观》卷三《清朝史料·孙之獬请改满装》,上海书店1981年影印本,第7页。
③ 龙顾山人,即郭则沄。郭则沄(1882—1946),字蛰云,号啸麓,福建闽侯(今福州市)人。生于浙江台山龙顾山试院。清光绪二十九年(1903)进士,三十三年(1907)留学日本早稻田大学,先后曾在晚清、北洋政府多次任职。民国十一年(1922)辞职隐居,著书讲学。著有《十朝诗乘》《清词玉屑》《旧德述闻》《遁圃詹言》《庚子诗鉴》《南屋述闻》《洞灵小志》《洞灵续志》《洞灵补志》等,还自编有《龙顾山人年谱》。
④ [清]龙顾山人纂,卞孝萱、姚松点校:《十朝诗乘》(《八闽文献丛刊》)卷一之《孙之獬》,福建人民出版社2000年版,第33页。

是,官方奏疏与史书均对孙之獬的忠清行为有褒奖之意,如张儒秀揭帖记述孙之獬被缚后,"抗言骂贼,不饮食者数日,至贰拾贰日,贼又惨刑毒害,獬复大骂,触贼之怒,缝口支解而死",其家人的被杀,亦"阖邑共见共闻。如此节义,如此惨伤,古今无二"。《清史稿》记述了孙之獬及家人死后,"下吏部议恤"。如此等等。总之,《研堂见闻杂记》在描述孙之獬生命终结时,既将历史真实的一面展现了给我们,又将一般士人鄙视痛恨的态度蕴含于字里行间。

另外,需要说明的是,"剃发令"的颁布确实点燃了江南地区的抗清烽火,而这种抗清斗争又引起了清兵的报复性屠城,出现了江阴屠城、昆山屠城、嘉定三屠等惨绝人寰的事件,可谓"江南百万生灵尽膏野草"(《研堂见闻杂记》)。一般士人对孙之獬痛恨是可以理解的,但如果将这一切归咎于他还是有所偏颇的,毕竟清廷当时为实现全国统一是大势所趋。即使孙之獬不首倡"剃发令",或许会有别人提出;即使无人倡议"剃发令",或许别有法令出现。在当时的历史环境下,清廷对于一切有利于统一的建议,可能均会毫不犹豫地采纳。

总之,按照儒家的道统,变节投降的行为是为士人所不齿的,尤其是那些曾仕于前朝、在国变后又仕于新朝者,更是士人大为挞伐的对象。而清初遗民小说作家在创作中,描写了这些变节投降者的不得善终的结局,既是作为一般士人的正常心态的反映,又是作为清初这个特殊时期士人的遗民情感的表达。

三、专权误国者的结局描写

清初遗民小说描写了众多专权误国者,既包括明代以前的专权误国者,如《后水浒传》《水浒后传》《续金瓶梅》等描写了宋徽宗时的奸臣(主要包括童贯、蔡京、高俅、杨戬等)及南宋初年的秦桧,又包括明清之际的专权误国者,如《梼杌闲评》《樵史通俗演义》《皖髯事实》等描写了天启时的魏忠贤、崔呈秀、田尔耕、许显纯等、弘光时的马士英、阮大铖等。在这些专权误国者当中,又以蔡京(包括其转世的贺省)、魏忠贤二人描写得较为充分、较为全面。故而,笔者将主要以此二人的结局描写为例,作具体分析。

(一)前世遭饮鸩、转世受剖腹的蔡京

蔡京(1047—1126),字元长,兴化仙游(今属福建)人。宋神宗熙宁三年(1070)进士。曾于神宗熙宁、元丰、哲宗元祐、徽宗崇宁、大观、政和、宣和等年间多次任要职。徽宗时最为宠信的大臣之一。钦定即位时,遭贬,卒年八十。蔡京的最终结局,在明清前的史书、笔记与小说中有不同描述。有记其穷饿而死者,如宋人王明清《挥尘后录》卷八引冯于容语称:

> 蔡元长既南迁,中路有旨取其宠姬慕容、邢、武者三人,以金人指名来索也。元长作诗以别云:"为爱桃花三树红,年年岁岁惹东风。如今去逐它人手,谁复尊前念老翁。"初,元长之窜也,道中市食饮之类,问知蔡氏,皆不肯售。至于诟骂,无所不道。州县吏为驱逐之,稍息。元长轿中独叹曰:"京失人心,一至于此。"至潭州,作词曰:"八十一年住世,四千里外无家。如今流落向天涯。梦到瑶池阙下。玉殿五回命相,彤廷几度宣麻。止因贪此恋荣华,便有如今事也。"后数日卒。门人吕川卞老酿钱葬之,为作墓志,乃曰:"天宝之末,姚、宋何罪"云。①

有写其"怨恨而死"者,如宋元话本《宣和遗事》后集之《蔡京死于潭州》云:

> 蔡京责授秘书监,分司南京,寻移德安府衡州安置。正言崔鹍言:"贼臣蔡京,奸邪之术,大类王莽,收天下奸邪之士,以为腹心,遂致盗贼蜂起,夷狄动华,宗庙神灵,为之震骇。"遂窜蔡京儋州编置,及其子孙三十三人,并编管远恶州军。在后,蔡京量移至潭州。那时,使臣吴信押送。信为人小心,事京尤谨。京感旧泣下,尝独饮,命信对坐,作小词自述云。《西江月》:"八十衰年初谢,三千里外无家。

---

① ［宋］王明清:《挥麈后录》卷八,中华书局1961年版,第185页。

孤行骨肉各天涯,遥望神京泣下。 金殿五曾拜相,玉堂十度宣麻。追思往日谩繁华,到此番成梦话。"蔡京居月馀,怨恨而死。年八十余。①

而《宋史》卷四百七十二《蔡京列传》似乎并没有采用上说,只是如此载道:

> 钦宗即位,边遽日急,京尽室南下,为自全计。天下罪京为六贼之首,侍御史孙觌等始极疏其奸恶,乃以秘书监分司南京,连贬崇信、庆远军节度副使,衡州安置,又徙韶、儋二州。行至潭州死,年八十。②

产生于元明之际的《水浒传》并没有出现蔡京的结局描写,主要是因为《水浒传》描写的是宋徽宗时的故事,没有涉及宋钦宗即位。生发于《水浒传》的《金瓶梅》虽涉及钦宗即位,但仍然没有描写蔡京的结局。然而,作为《水浒传》《金瓶梅》的续书,《后水浒传》《水浒后传》《续金瓶梅》等,随着时代背景向后位移,均出现了蔡京的结局描写。不过,并没有出现上文所述的"穷饿而死""怨恨而死"等结局情节,而是各自施展想象力,或设置为转世后遭剖腹而死,或设置为饮鸩酒而死,或设置为在阴司受审等。其中《后水浒传》第三十六回描写了由蔡京转世的贺省在九曲岭被杨幺等擒获后,遭剖腹而死。过程大致是这样的:由李逵转世的马霳将剥得赤条条的贺省"拴在庭柱上,抢着板刀,向他胸腹只喀嚓声,直割到底,一时腹破肠出",又叫人"取了一个瓦盆,接了半盆鲜血,又割了几十大块,一手托盆,一手托肉",分给将士吃喝。③作者对贺省结局的描写,实际反映了其对蔡京的痛恨。《水浒后传》第二十七回描写了开封府马头军叶茂押解蔡京、蔡攸、高俅、童贯等四人往儋州,经河南中牟县时遇见燕青、李应等人,这些后梁山好汉们效仿宋廷用毒酒鸩死宋江、卢俊义等人之法,亦用毒酒鸩死四贼,"那蔡京等四人七窍流血,死于地下。众好

---

① [宋]不题撰人:《宣和遗事》后集之《蔡京死于潭州》,《丛书集成初编》第3889册,商务印书馆1939年版,第65—66页。

② [元]脱脱等:《宋史》卷四百七十二《奸臣二·蔡京列传》,中华书局1977年版,第13727页。

③ [清]青莲室主人辑:《后水浒传》,春风文艺出版社1981年版,第361—362页。

汉拍手称快,互相庆贺。李应叫把尸骸拖出城外,任从乌啄狼餐"①。曾经飞扬跋扈的蔡京,如今得到如此可悲的下场。《续金瓶梅》并没有过多地描写蔡京在阳间的结局,却在第七回描写了他在阴司受审的经过:

> 阎罗依旧上座,只见傍立二判各将大簿十余册捧来细看,有两个时辰,但见阎罗咬牙切齿,睁目张须,把那生铁脸一变,大骂:"误国神奸,尔辈贪功害国,祸及生民,万剐不尽!"……先问童贯妄开边功一案。……又问蔡京馅佞误国一案、蔡攸倾父夺权一案,高俅、王黼、杨戬各人俱卖官通贿、佞主蔽贤,案案相同,阎罗问了一遍。蔡京才要分辩,把业镜抬来一照,六个贼臣昏夜私谋、欺君误国的事,件件图出真形,如刻的印板相似,那敢不承!一一俱画了招,甘伏其辜,不劳动刑。批在泰杀宫曹官,细审定罪。②

如果将清初遗民小说与明清以前的史书、笔记及话本对蔡京的结局描述进行比较,我们会发现,前者更具文学色彩,而后者更具现实色彩。如《挥麈后录》《宣和遗事》均涉及蔡京的诗歌创作,这一点与真实的蔡京是相吻合的。宋人陈岩肖《庚溪诗话》卷下载云:

> 蔡攸既与王甫(笔者按:原名甫,后作黼)、童贯兴燕山之役,攸父(京)以诗寄攸曰:"老懒身心不自由,封书寄与泪横流。百年信誓当深念,三伏征涂合少休。目送旌旗如昨梦,心存关塞起深愁。缁衣堂下清风满,早早归来醉一瓯。"徽庙闻之,命邓珙索之,京即录以进呈。上读之,徐曰:"好改作'六月王师好少休'也。"盖时白沟报不捷,故有是语。观京此语,亦深知是役之非也,何不早纳忠于吾君,而力止其子行,及此始以诗讽,何太晚也!③

---

① [清]陈忱:《水浒后传》,《古本小说集成》本,第818页。
② [清]紫阳道人编:《续金瓶梅》,《古本小说集成》本,第172—174页。
③ [宋]陈岩肖:《庚溪诗话》卷下,《丛书集成初编》第2552册,商务印书馆1939年版,第12—13页。

而遗民小说对蔡京诗歌创作几乎未曾提及,主要集中于他的罪恶与结局描写,特别是结局描写。从上述三部小说对蔡京的结局描写,我们可以看出,有些描写颇具血腥,如其遭剖腹而死,有些描写并无新意,如其饮鸩而死,甚至有些描写,很是荒诞,如其在阴司受审。然后,这种描写无疑文学色彩更为浓厚。同时,如果将这些描写与明末时期的阉党专权误国的现实联系起来,我们明显感受到作者在借历史人物暗喻明末人物。对他们不得善终的描写,既是作者对这些专权误者的痛恨情感的一种宣泄,又是对他们误国误民的一种诅咒,更是对明亡的一种痛心。

(二)畏罪投缳自尽的魏忠贤

魏忠贤故事在明末时事小说中即有充分描写,如刊于崇祯元年(1628)的主要有长安道人国清编次《警世阴阳梦》和吴越草莽臣撰《魏忠贤小说斥奸书》,作于崇祯元年(1628)或略迟的主要有西湖义士述《皇明中兴圣烈传》①。由于《魏忠贤小说斥奸书》残缺第十三至二十一回、第三十五至四十回,特别是残缺结尾的第三十五至四十回,我们无从知晓魏忠贤的结局描写,而《警世阴阳梦》《皇明中兴圣烈传》则相对完整。《警世阴阳梦》在"阳梦"第三十回"邻县投缳"里描写了魏忠贤在发配前往凤阳守陵的途中,住在阜丘县一旅店中,趁李朝钦熟睡时,"解下鸾带,悬在梁上缢死了"②。在"阴梦"第四回"地狱惨凄"里,小说描写了魏忠贤与崔呈秀在地狱里遭蓝面、紫面两鬼卒的百般折磨,可谓痛快淋漓。《皇明中兴圣烈传》五卷之《魏忠贤缢死阜城店》描写了魏忠贤、李朝钦次第缢死于阜城旅店,与《警世阴阳梦》在"阳梦"中的描写并无二致,不过小说具体了旅店名为尤克简店,并增加了受魏忠贤迫害致死的杨涟、左光

---

① 徐朔方:《皇明中兴圣烈传·前言》,[明]西湖义士述:《皇明中兴圣烈传》,《古本小说集成》据日本长泽规矩也藏本影印,上海古籍出版社1994年版(下同),第1页。

② [明]长安道人国清编次:《警世阴阳梦》,《古本小说集成》据大连图书馆藏崇祯元年(1628)刊本影印,上海古籍出版社1994年版(下同),第497页。

斗、魏大中等"六君子""七君子"阴魂的"造访"情节,文学化进一步加强。

进入清朝后,魏忠贤故事仍为小说家津津乐道的题材,《梼杌闲评》《樵史通俗演义》即为其中的代表之作。《梼杌闲评》第四十八回描写了魏忠贤在言官的交劾下,奉旨前往凤阳守陵,到阜城时得圣旨将由官校押解其往凤阳,并不许李朝钦等人跟随。于是,魏忠贤在与李朝钦进行了一番悲泣的对话后,双双自缢身亡。《樵史通俗演义》第十六回在魏忠贤结局描写上与《梼杌闲评》有相似之处,均有魏忠贤得圣旨被校官押解往凤阳及魏、李之间的悲泣对话等情节,不过增加了一位白氏京师人所唱《挂枝儿》①的情节。在这一丧钟之曲中,魏忠贤、李朝钦双双自缢身亡。

如果将清初遗民小说与明末时事小说对魏忠贤的结局描写进行对比,我们会发现,清初遗民小说的描写已淡化了明末时事小说中那种对魏忠贤咬牙切齿的痛恨了,因为毕竟时过境迁了,描写的内容更为理性,又更具讽刺意味。如魏、李二人悲泣的对话,在明末时事小说里或没有出现,或只是简单的对话,而遗民小说在这方面却颇费一番笔墨。在这一对话中,魏忠贤深知自己的罪孽深重、难逃诛灭,并对死心塌地跟随自己的李朝钦颇有善意;而李朝钦在对话中也表达了自己的对魏忠贤的一片忠心。这一对话描写我们明显感受到一种令人伤感的情调,这或许即所谓"人之将死,其言亦善"吧。另外,《樵史通俗演义》还对李朝钦的殉死颇为赞赏,并称之为"义阉"。又如民间曲调《挂枝儿》的巧妙运用,既历数了魏忠贤种种罪恶,又敲响了魏忠贤的丧钟,可谓寓庄于谐。魏忠贤正是在这一丧钟之声中走向了灭亡。这种文学化的描写,或

---

①　据《辞海》"挂枝儿"条解释:"挂枝儿"一作"倒挂枝儿"或"挂枝词",为北方"打枣竿"流行至南方的改称。盛行于明代天启、崇祯年间。内容多咏恋情。一般七句四十一字,可加衬字,平仄通协。万历间所刻《大明春》中有《汇选倒挂枝儿》数十首。以冯梦龙所辑《挂枝儿》为数最多。明代小说中常填此调为嘲讽之用。(《辞海》试行本第 10 分册"文学·语言文字"之"中国古典文学",中华书局辞海编辑所 1961 年版,第 89 页)另,"打枣竿"条云:"打枣儿"又叫"打草竿",或作"打枣干"。民间曲调名。明万历至崇祯间在北方流行,后传入南方,改名"挂枝儿"。明代王骥德《曲律》说:"小曲挂枝儿即打枣竿。"(第 90 页)不过,沈德符认为"挂枝儿"与"打枣竿"为不同曲调。(参见《万历野获编》卷二十五之《词曲·时尚小令》,中华书局 1959 年版,第 647 页)

许与史实并不甚相符,但却体现了艺术的真实。

总之,遗民小说在描写这位明廷之獭鹯的下场时,无论是理性的,还是讽刺性的,我们均感受到作者那种难以言表的愉悦,并试图让读者一起享受这份愉悦。这或许即是小说艺术魅力之所在。

四、忠臣义士的结局描写

清初遗民小说中的忠臣义士不胜其多,按朝代顺序,如《阐义》卷二《义客》中春秋时的公孙杵臼、程婴、汉初的田横客、卷一《义民》中六朝时的华文荣等,《隋唐演义》中的颜真卿、颜杲卿、雷海青、南霁云等,《后水浒传》《水浒后传》中两宋之间的后梁山好汉们,《续金瓶梅》中的洪皓等,《续英烈传》《女仙外史》中明初的方孝孺、铁铉、景清、雷一震等,《梼杌闲评》《樵史通俗演义》中明清之际的杨涟、左光斗、周顺昌等"六君子""七君子"、杨念如等五义士及史可法等抗清将领等。小说在描写这些忠臣义士的结局时,多表现了他们生前所具有的宁为玉碎、不为瓦全的英雄豪气,还表现了有些人物的"死亦为鬼雄"的气概,如在《女仙外史》中景清为燕王朱棣剥皮实草后,还"顿然跃起,绳亦挣断,奋趋数步,直薄燕王"①(第二十二回);雷一震命殒瓜州后,先后在瓜州、皖江显灵,力助义师。笔者在此仅以雷海青、铁铉为例作具体分析。

(一)因骂筵而遭砍杀的雷海青

雷海青(716—756)②,清源郡(今福建莆田)人,唐玄宗时宫廷著名乐师,以善弹琵琶闻名。从目前已有材料与创作来看,笔者发现一个有趣的现象,那

---

① [清]吕熊:《女仙外史》,《古本小说集成》本,第531页。
② 雷海青,亦作"雷海清",唐人笔记或选录唐人笔记者多如此,如《明皇杂录》《安禄山事迹》《琵琶录》(唐段安节撰)、《太平广记》等。而后世多称"雷海青",《隋唐演义》亦作"雷海青",故从之。

就是雷海青的忠义故事总是与王维诗作《凝碧池》联系在一起①,如唐人郑处
海《明皇杂录·补遗》载:

> 天宝末,群贼陷两京,大掠文武朝臣及黄门官嫔、乐工、骑士,每
> 获数百人,以兵仗严卫,送于洛阳。至有逃于山谷者,而卒能罗捕追
> 胁,授以冠带。禄山尤致意乐工,求访颇切,于旬日获梨园弟子数百
> 人。群贼因相与大会于凝碧池,宴伪官数十人,大陈御库珍宝,罗列
> 于前后。乐既作,梨园旧人不觉歔欷,相对泣下,群逆皆露刃持满以
> 胁之,而悲不能已。有乐工雷海清者,投乐器于地,西向恸哭。逆党
> 乃缚海清于戏马殿,支解以示众,闻之者莫不伤痛。王维时为贼拘于
> 菩提寺中,闻之赋诗曰:"万户伤心生野烟,百官何日更朝天。秋槐
> 落叶空宫里,凝碧池头奏管弦。"②

上述故事为宋人李昉等编《太平广记》卷四九五《杂录三·王维》所收③。
另外,唐人姚汝能《安禄山事迹》卷下亦有类似记载:

> 禄山尤致意乐工,求访颇切,于旬日,获梨园弟子数百人。群贼
> 因相与大会于凝碧池,宴伪官数十人,大陈御库珍宝,罗列于前后。
> 乐既作,梨园旧人不觉歔欷,相对泣下,群逆皆露刃持满以胁之,而悲
> 不能已。有乐工雷海清者,投乐器于地,西向恸哭,逆党乃缚海清于
> 戏马殿,支解以示众,闻之者无不伤痛。王维时为贼拘于菩提佛寺,

---

① 袁晓薇《论〈隋唐演义〉对〈凝碧池〉本事的演绎及其意义》(《明清小说研究》2007年第
4期)称《隋唐演义》中雷海青故事的本事来源于王维诗作《凝碧池》,笔者认为不妥,原因有二:
一是王维诗并未提及雷海青就义的细节;二是真正记载雷海青就义的是晚唐郑处海《明皇杂
录·补遗》及姚汝能《安禄山事迹》卷下(参见下文)。所以,笔者认为雷海青故事的本事应为郑
处海《明皇杂录·补遗》或姚汝能《安禄山事迹》卷下,而王维诗只不过是雷海青故事中一个重要
细节而已,而不能视之为本事。

② [唐]郑处海撰:《明皇杂录·补遗》,《丛书集成初编》第3833册,中华书局1985年版,
第15页。

③ [宋]李昉等编:《太平广记》卷四九五《杂录三·王维》,中华书局1961年版,第4063—
4064页。

闻之,赋诗曰(同上,从略)……①

上述两唐人笔记大致记载了这样几个细节:事件发生在凝碧池,雷海青"投乐器于地,西向恸哭",雷海青遭肢解而死,王维作《凝碧池》诗以哀之。这些细节在后来的诗话与戏曲、小说等中都有不同形式地出现,而作为材料来源于与前人隋唐题材有关的说唱文学、史传著作、文学创作的《隋唐演义》②,在雷海青结局描写上,多有承袭,如故事的发生地点、雷海青掷乐器而痛哭、王维为雷海青作诗等,但也有不少改造,如唐人笔记均载雷海青遭肢解而死,而《隋唐演义》则将其描写为受安禄山手下乱砍而死。盖小说作者不忍将这样一位忠义之士描写成受肢解酷刑而死。更为重要的是,《隋唐演义》在第九十三回增加了雷海青骂筵及王维诗作影响的描写,从而突出雷海青不屈于异族安禄山淫威的英雄气概及人们对其忠义行为的高度赞赏。

从这些描写,我们可以看出作者在设置雷海青故事情节时,明显突出其忠义的因素。如果将小说对雷海青的描写,与第九十回对颜真卿、颜杲卿兄弟及第九十四回对南霁云的忠义行为的描写等结合起来,我们会发现作者在这些忠义人物身上寄寓了自己的情感因素。我们知道,安禄山是"营州柳城(笔者按:今辽宁朝阳)杂种胡人也"③,于唐玄宗天宝十四载④(755)正式起兵叛唐,十五载(756)称帝于洛阳,"窃号燕国"⑤,改元圣武,唐肃宗至德二载(757)为其子安庆绪所杀。唐代宗宝应二年(763),长达八年的"安史之乱"才得以平息。作为"安史之乱"的始作俑者,安禄山的起兵叛乱明显具有异族入侵的性质,而《隋唐演义》的作者褚人获正是生活在清朝入侵的时代,其在小说中着

---

① [唐]姚汝能:《安禄山事迹》卷下,上海古籍出版社1983年版,第36—37页。

② 参见彭知辉:《〈隋唐演义〉材料来源考辨》,《明清小说研究》2002年第2期。

③ [后晋]刘昫等:《旧唐书》卷二百上《安禄山列传》,中华书局1975年版,第5367页。

④ 笔者按:唐代以"载"纪年自唐玄宗三载(744)正月始至唐肃宗至德三年(758)二月止。宋人司马光《资治通鉴》卷二百一十五《唐纪三十一》"玄宗天宝三载(744)"载:"春,正月,丙申朔,改年曰载。"(中华书局1956年版,第6859页)又,据《资治通鉴》卷二百二十《唐纪三十六》"乾元元年(758)"载:"二月……丁未……赦天下,改元。……复以载为年。"(第7052页)

⑤ [后晋]刘昫等:《旧唐书》卷二百上《安禄山列传》,中华书局1975年版,第5371页。

重描写了包括雷海青在内的诸多抗击安禄山的忠臣义士,具有以古喻今的意味,并在这些忠臣义士身上寄托着自己的遗民情怀。

另外,雷海青的故事在戏曲中亦有所表现,如洪昇《长生殿》第二十八出《骂贼》再现了雷海青宁死不屈的英豪气概。同时,雷海青亦多被闽台地方戏尊奉为戏神,如福建地区的高甲戏、闽剧、芗剧、莆仙戏,由福建传入台湾的竹马戏、梨园戏、木偶戏等,并有田都元帅、田公元帅、相公爷等不同称谓。① 清人施鸿保《闽杂记》、俞樾《茶香室丛钞》等均有记载。② 由此可见,雷海青及其故事在后世的演化与影响。

(二)死亦为鬼雄的铁铉

铁铉(1366—1402),字鼎石。河南邓州人。他是明初建文时一位抗击靖难之师的著名将领,建文四年(1402)兵败被俘,最后遭燕王磔刑而死。明人笔记记载铁铉的结局,大多较为简略,且大同小异,笔者在此选取几位明人笔记以观其概。

黄佐《革除遗事》卷一"铁铉"条载:

> 太宗践祚,用计擒至,正言不屈。令其一顾,终不可得,去其耳鼻,亦不顾,乃辟分其体,至死骂方已。壬午十月十七日也。时年三十七。③

宋端仪《立斋闲录》卷二载:

---

① 参见潘荣阳:《明清闽台地区雷海青信仰兴盛探微》(《道教论坛》2006 年第 2 期)及潘荣阳、黄洁琼:《社会变迁与近世台湾戏神雷海青信仰》(《福建论坛(人文社会科学版)》2009 年第 9 期)。

② [清]施鸿保:《闽杂记》卷五《雷海青庙》载:"兴、泉等处,皆有唐乐工雷海青庙。在兴化者,俗呼元帅庙。……在泉州,俗称相公庙,……"(福建人民出版社 1985 年版,第 78 页)[清]俞樾《茶香室丛钞》卷十五之《田相公》载:"习梨园者,共构相公庙,自闽人始。旧说为雷海青而祀,去'雨'存'田',称'田相公'。此虽不可考,然以海青之忠,庙食固宜,伶人祖之亦未谬。"(中华书局 1995 年版,第 334 页)

③ [明]黄佐:《革除遗事》卷一"铁铉"条,《续修四库全书》第 432 册,上海古籍出版社 1995—2002 年影印本,第 612 页。

及（文庙）过江登位，用计擒至，正言不屈，令其一顾，终不可得。去其耳鼻，亦不顾。碎分其体，至死骂名方已。①

祝允明《野记》卷二载：

铁铉，字鼎石，为山东布政。靖难兵攻城，铉固守不下。帝即位，致之来，不屈，终不面天颜，遂劓刖劈面，支解躯体，至死詈不绝。②

蒋一葵《尧山堂外纪》卷七十八之"铁铉"条载：

建文朝，铁铉为山东布政，抗御靖难师甚力。文皇即位，擒至阙下，反背立庭中，令其回一顾，不可；去其耳鼻，亦不顾。碎分其体至死，骂不绝口。③

上述明人笔记记载铁铉结局时有这样几个细节是大致相同的：铁铉自始至终背对燕王，燕王割其耳鼻，遭肢解而死，至死骂不绝口。这些与《明史·铁铉列传》所载大致相同："燕王即皇帝位，执之至，反背坐廷中嫚骂。令其一回顾，终不可，遂磔于市，年三十七。"④

清初遗民小说在描写铁铉结局时，显然比上述笔记与史书所载要丰富得多。《续英烈传》第三十回描写铁铉与燕王对话道：

永乐君道："为君自有天命，天命在朕，人岂能违？当日济南铁闸，不过成汝今日之死，于朕何伤？"铁铉道："人谁不死？死于忠，快心事也，胜于篡逆而生多矣！"因昂然反背立庭中，永乐令其转面反顾，铁铉不肯，道："无面目对篡逆也！"永乐大怒，令人去其耳鼻。铉亦不顾，永乐愈怒，复令人碎分其体，铉至死骂不绝口。⑤

---

① ［明］宋端仪：《立斋闲录》卷二，《续修四库全书》第1167册，上海古籍出版社1995—2002年影印本，第585页。

② ［明］祝允明：《野记》卷二，《四库全书存目丛书》子部第240册，齐鲁书社1995年影印本，第24页。

③ ［明］蒋一葵：《尧山堂外纪》卷七十八之"铁铉"条，《续修四库全书》第1195册，上海古籍出版社1995—2002年影印本，第8页。

④ ［清］张廷玉等：《明史》卷一百四十二《铁铉列传》，中华书局1974年版，第4033页。

⑤ ［清］秦淮墨客编：《续英烈传》，《古本小说集成》本，第350—351页。

如果说《续英烈传》在描写铁铉结局时,仅在史实的基础上稍增对话细节,那么《女仙外史》在描写铁铉结局时则增添了更为令人震撼的情节。小说第二十二回描写道:

> (铁铉痛骂之后)燕王大怒,令割公之耳鼻,以火灸之,纳公口中,叱曰:"此味甘否?"公厉声曰:"忠臣血肉,流芳千古,有何不甘?"寸磔至死,犹喃喃骂不绝口。燕王痛忿已极,令舁大镬至,熬油数斛,投公尸于其中,顷刻如煤炭。呼卫士导之朝上,而尸转辗向外,终不向内,数十人各用铁棒四面夹持之,尸才面北。王笑且詈曰:"尔今亦朝向我耶?"语未毕,公尸欻然跃起,滚油蘙沸数丈,直溅龙衣,诸内侍手皆糜烂,弃棒而走。公尸仍然反背如故。有顷,侍卫二十余人咸吐鲜血,毙于殿上。群臣莫不畏怖,共请埋之。燕王叱退,令将焦尸投入粪窖。①

铁铉这种"死亦为鬼雄"的情节,不禁使人想起这两部小说对另一位逊国之臣——景清的结局描写。景清在身着绯衣刺杀燕王未遂后,《续英烈传》第三十回描写道:"永乐大怒,命擒出剥皮,实以草,系于城楼上。一日,永乐驾过之,忽索断,景清之皮,坠于驾前,行三步为犯驾状。其神遂入殿庭为厉,永乐愈怒,命族诛之,并籍其乡。"②《女仙外史》第二十二回亦描写道:"王大惭大怒,立命将公剥皮揎草,以索系于长安门,碎剐骨肉,投之溷厕。……越日,燕王过长安门,顾所系之皮,宛似人形,笑而诟曰:'汝犹能刺朕耶?'言未毕,公之朽皮,顿然跃起,绳亦挣断,奋趋数步,直薄燕王。王大惊,左右以金瓜乱捶之。"③这些令人震撼的故事情节,一方面表现了逊国之臣对建文帝的忠诚,另一方面又表现了作者对篡国者极端蔑视的态度。如果将这些故事情节与作者所处的时代背景联系起来,我们还是隐隐感觉到了作者在描写这些情节时,

---

① ［清］吕熊:《女仙外史》,《古本小说集成》本,第526—527页。
② ［清］秦淮墨客编:《续英烈传》,《古本小说集成》本,第355页。
③ ［清］吕熊:《女仙外史》,《古本小说集成》本,第531页。

是有所指向的。换言之,作者一方面在表达对亡明的眷念,另一方面在表达对清廷的蔑视。

总之,清初遗民小说中的忠臣义士的结局描写,作家一方面依据了一定的史实,另一方面又倾注自己的遗民情感,从而更加突出这些忠臣义士身上具有的非凡的英豪气概。

五、明遗民的结局描写

清初遗民小说对明遗民的描写多在文言小说中,且多有结局描写。这种结局描写主要表现为以下几个方面。

(一)不同寻常的死亡方式

明遗民在明亡后,为表达自己的亡国之痛,有时在死亡方式选择上不同寻常。小说在这方面多有表现,如朱彝尊在《崔子忠陈洪绶合传》中描写明遗民崔子忠的死亡方式道:"李自成陷京师,子忠出奔,郁郁不自得。会人有触其意,走入土室中,匿不出,遂饿而死。"①又在《张处士墓志铭》中描写明遗民张盖的死亡方式道:"尝游齐、晋、楚、豫间,归自闭土室中,饮酒独酌,醉辄痛哭,虽妻子不得见,惟同里申涵光、鸡泽殷岳至,则延入土室,谈甚洽。……久之,狂益甚,竟死。"②再如林璐在《陆忠毅公传》中描写陆培的死亡方式道:"岁甲申(笔者按:崇祯十七年,1644),逆闯犯阙,北向长号,思攀龙髯。其妇亟止之……明年乙酉,乱兵溃江上。……省会嚣然,公遂避入黄山之桐坞。经友人陈君廷会居,握手流涕曰:'行将别君。'陈君欲止公,公曰:'即死无益国家,聊以塞责。'妇敕左右守公,公笑曰:'死岂可复生乎?吾母春秋高,当避桃源抱

---

① [清]朱彝尊:《崔子忠陈洪绶合传》,[清]黄承增辑:《广虞初新志》卷一,柯愈春编纂:《说海》(三),人民日报出版社1997年版,第983页。

② [清]朱彝尊:《张处士墓志铭》,吴曾祺编:《旧小说》己集二,上海书店1985年复印本,第30页。

犊耕矣!'阖户自经,为客救免。又一夕晨起,呼纸笔冠带,北向叩头者五,南向叩头者三。以袜绳授二仆,再拜笑语之曰:'若属知用公意,可便相成。'遂上大床坐,从容就缢而卒。"①遗民小说所描写明遗民的不同寻常的死亡方式,在一定程度上反映了当时明遗民在入清后痛苦的生活状态。

(二)饱含悲情的凄凉结局

有些明遗民虽然较为正常地走向生命的终点,但他们凄凉的结局还是令人感到莫名的伤感。如姜垓在明亡后曾祝发黄山丞相园,后又流离至宣城,"癸丑(笔者按:康熙十二年,1673)夏,公疾病,呼二子谓曰:'吾受命谪戍。今遭世变,流离异乡,生不能守先墓,死不能正首丘,抱恨于中心。吾当待尽宣州,以绝吾志。'越数日,则曰:'吾不能往矣!死必埋我敬亭之麓。'口吟《易箦歌》一章,呕血数升而殁。时年六十有七"②。再如明遗民邵潜夫,"患滞下,逾一岁矣。一日语陈生(笔者按:即作者陈维崧)曰:'嗟乎,足下!仆已矣。顾千秋万岁后,谁知有邵山人者?'余悲其意,心许为立传,而未以告也。"③魏禧姊丈邱维屏在明亡后弃诸生服,归隐翠微峰,"年六十余,尚健。尝自河东一日往还翠微山,教授弟子,手批口讲,日夜不辍业。己未(笔者按:康熙十八年,1679)九月,病噎不食死。年六十六"④。

清初遗民小说在描写明遗民结局时,除上述两种主要结局外,还有一种结局,那就是没有结局的结局。不过这种描写很少,如明遗民桑山人许澄在明亡

---

① 〔清〕林璐:《陆忠毅公传》,〔清〕黄承增辑:《广虞初新志》卷四,柯愈春编纂:《说海》(三),人民日报出版社1997年版,第1029页。

② 〔清〕魏禧:《姜贞毅先生传》,〔清〕张潮辑:《虞初新志》卷一,文学古籍刊行社1954年版,第4页。

③ 〔清〕陈维崧:《邵山人潜夫传》,〔清〕黄承增辑:《广虞初新志》卷一,柯愈春编纂:《说海》(三),人民日报出版社1997年版,第980页。

④ 〔清〕魏禧:《邱维屏传》,〔清〕吴曾祺编:《旧小说》己集一,上海书店1985年复印本,第14页。

后,曾遭怨家两次告发,最后"身游衡阳不返"①。

总之,清初遗民小说在描写明遗民结局时,突出强调他们痛苦的遗民生活与悲凉的遗民情怀,同时又将自己对明遗民同情因素蕴含其中,从而又间接地表现自己的遗民情怀。

综上所述,通过以上对清初遗民小说中不同类型人物结局描写的梳理,我们可以明显感受到遗民小说作家,无论是依据史实增加相应情节,还是改造史实、添加虚构,或者对前人小说中故事情节进行改造与增删,但他们创作的终极目的都是为了表明自己的遗民心态,表达自己的遗民情怀。

第二节　清初遗民小说的叙事艺术

叙事艺术属叙事学范畴,内涵颇为丰富,主要包括叙事结构、叙事时间(包括叙事顺序)、叙事视角(亦称叙事角度)、叙事意象等诸方面。这些叙事艺术在清初遗民小说中均有表现。不过,叙事视角在清初遗民小说中,表现较为单一,除《影梅庵忆语》等少数小说采用限知视角叙事外,绝大多数小说都采用全知视角来叙述故事。所以,笔者在此将不对叙事视角展开论述,而主要就叙事结构、叙事顺序、叙事意象等在清初遗民小说中的特点进行探讨。

一、清初遗民小说的叙事结构

杨义在《中国叙事学》中称:"清初士林,喜作翻案文章。时值换代之际,理学松弛,以民气谈历史,依山林治学问,都不同程度地与传统立异。这种活泼的文化思潮见于叙事结构,多趋于自由化和多元化。"②这种清初叙事文学在结构上呈现"自由化和多元化"的倾向,在清初遗民小说中主要表现

---

① ［清］毛奇龄:《桑山人传》,［清］张潮辑:《虞初新志》卷十三,《古本小说集成》本,第636页。
② 杨义:《中国叙事学》(《杨义文存》第一卷),人民出版社1997年版,第99—100页。

了以下几个特点。

（一）章回小说复合结构的多样性

我们知道,古代长篇通俗小说,亦即章回体小说,多具复合式结构,即多条线索同时并进且又相互交错而呈现复合式的特点,如《三国志通俗演义》《水浒传》《金瓶梅》等。清初遗民小说中的章回小说总体上亦具有复合式特点,但在具体表现形式上呈现多样化的倾向,主要有板块网状式结构、八股式结构、"榜"式结构等。

首先,我们来看板块网状式结构。所谓板块网状式结构,主要是指小说按照一定的故事情节或叙事时间分成若干板块,而这些板块又由一定的线索将其贯穿而呈现网状的特点。具有这种结构特点的小说主要有《樵史通俗演义》《梼杌闲评》等。

《樵史通俗演义》按叙事时间,总体上可分成三大板块,即第一回至第十三回为天启朝板块、第十四回至第三十一回为崇祯朝板块、第三十二回至第四十回为弘光朝板块。这三大板块在一定程度上具有相对独立性,分别叙述了天启、崇祯、弘光时发生的重要事件,如天启朝的广宁失守、白莲教起义、"六君子"与"七君子"事件、苏州民变等,崇祯朝的阉党集团的覆灭、李自成起义、北京保卫战、崇祯自缢等,弘光朝的南渡三疑案、扬州之战、选淑女事件等。但是,这些三朝发生的重大事件并不是简单地按照时间顺序堆放在一起的,而是以三大矛盾贯穿其中,如天启朝的白莲教起义、苏州民变、崇祯朝的李自成起义、弘光朝的选淑女事件等,显然是反映了统治者与民众间的矛盾,天启朝的"六君子"与"七君子"事件、崇祯朝的阉党集团的覆灭、弘光朝的南渡三疑案等,则反映了统治集团内部的党争,天启朝的广宁失守、崇祯朝的北京保卫战、弘光朝的扬州之战等,则反映了满汉间的民族矛盾。同时,有些事件本身还纠缠了多种矛盾,如广宁失守主要反映的是满汉间的民族矛盾,但熊廷弼最终"传首九边"又蕴含党争因素,又如苏州民变主要反映的统治者与民众间的矛盾,但无疑又是党争引起的。由此观之,这种板块网状结构,既为我们勾勒了明末三朝各自的社会图景,又为我们描绘了明末三朝延续的党争图、满汉战事图、民众反抗图。

《梼杌闲评》按魏忠贤的人生经历总体上可分为两大板块,即第一回至第二十回为入宫前板块,第二十一回至第五十回为入宫后板块。这两大板块具有明显的区别,主要表现在以下几个方面。

其一,入宫前板块主要描写了魏忠贤的种种遭遇,其中几次重大变故,颇为引人注意,如幼时与其母在强盗手中度过十年时光(第五回)、武昌民变后死里逃生(第九回)、涿州城身染重病(第十七回)、"河柳畔遇难成阉"(第十八回)等。这些变故既让我们看出作者对魏忠贤痛恨的一面,又让我们从字里行间中读出作者同情的一面。而入宫后板块则基本上侧重展现魏忠贤的罪恶,如第二十一回的"魏监门独力撼张差",第二十三回的"诛刘保魏监侵权",第二十八回的"魏忠贤忍心杀卜喜",第三十一回的"杨副都劾奸解组　万工部忤恶亡身",第三十七回的"魏忠贤屈杀刘知府",第四十六回的"魏忠贤行边杀猎户"等。

其二,入宫前板块基本上为虚构描写,如第十八回描写了魏忠贤的生殖器被狗咬掉,显然又增添了一种魏忠贤成阉的传说。① 入宫后板块的描写则多有一定的史实依据,如第二十六回描写的刘鸿儒起义,显然以徐鸿儒白莲教起义为依据,又如第三十一回描写的杨涟开列魏忠贤二十四大罪,诸多史书均有

---

① 笔者按:魏忠贤成阉目前有三种说法:一是糜烂成阉,明人朱长祚《玉镜新谭》卷一之《原始》载:"(忠贤)忽患疡毒,身无完肌,迨阳具亦糜烂焉。"(中华书局 1989 年版,第 2 页)明人长安道人国清编次的《警世阴阳梦》之《阳梦》第六回《患疡觅死》描写道:"却说这魏进忠唱完了,越想越恼,疮又发了满身,浓血淋漓,阳物先因疰痔,渐渐烂坏了。"(《古本小说集成》本,第 107 页)二是自宫成阉,清人谷应泰《明史纪事本末》卷七十一《魏忠贤乱政》载:"(忠贤)尝与年少赌博不雠,走匿市肆中,诸少年追窘之,恚甚,因而自宫。"(中华书局 1977 年版,第 1133 页)清人张廷玉等《明史》卷三百五《魏忠贤列传》载:"(忠贤)少无赖,与群恶少博,少胜,为所苦,恚而自宫,变姓名曰李进忠。"(中华书局 1974 年版,第 7816 页)三是狗咬成阉,《梼杌闲评》第十八回描写道:"那进忠是被烧酒醉了的人,又被水一逼,那阳物便直挺挺的竖起来。那狗不知是何物,跑上去一口,连肾囊都咬了去了。"这三种说法中,自宫成阉可能更为可信。

记载。其他如汪文言狱、苏州民变、为魏忠贤建生祠、魏忠贤投缳遭贬途中等，也都有一定的史实依据。小说两大板块间的界限虽较为明显，但它们之间又是密不可分的，主要是它们之间以魏忠贤完整的人生经历以及作者对魏忠贤前后一致的态度为线索，而连为一个整体，从而形成了板块网状的结构特点。

另外，黄霖认为《续金瓶梅》也属板块网状结构，全文共分为三大板块，即吴月娘与孝哥母子由离散至团聚为主要板块，李银瓶的故事、黎金桂与孔梅玉的故事为次要板块。① 它们之间又以西门庆家庭成员的落难及军国大事等线索相串联，而形成板块网状结构。

接下来，我们再来看八股式结构。所谓八股式结构，主要是指小说在结构大致可以分成类似八股文的几个部分，其中包括破题、承题、起讲、中股、束股等。《台湾外记》是这一结构的代表之作。余世谦在《台湾外记·序》中称："展卷绎之，信天有善作文章手段：引子者，破承也；规模者，起讲也；开辟者，二比落题也；收为郡县者，中股结束也。"② 所谓"引子者"是指郑成功父辈在明末清初时效忠明廷及投降清廷事，所谓"规模者"是指郑成功舍父忠君、树起抗清大旗事，所谓"开辟者"是郑成功战败荷兰殖民者、建立海外政权事，所谓"收为郡县者"是指康熙时郑克塽降清、清廷在台湾设置政府机构事。这些故事的描写在某种程度上确实类似八股文的格式，如"引子者"主要涉及郑成功父辈事，谓之破题、承题颇为恰当，"规模者"才开始真正描写郑成功事，谓之"起讲"也很适当，而"开辟者"正好落了"台湾外记"之题，台湾归入清廷版图，小说亦就结束了。这种起承转合的结构特点，使纷繁复杂的历史事件得到有序的梳理，给读者一种杂而不乱的阅读感受。

最后，我们再来看"榜"式结构。所谓"榜"式结构，是指小说通过公榜、张榜、揭榜将主要人物按一定范围和标准作一归类、目的是将众多人物和事件统

---

① 参见黄霖：《金瓶梅续书三种·前言》，齐鲁书社1988年版。

② ［清］余世谦：《台湾外记·序》，［清］江日昇：《台湾外记》，福建人民出版社1983年版，第8页。

领起来、给读者一种总体把握和印象的结构形式。① 具有这种结构特点的清初遗民小说主要有《水浒后传》《女仙外史》等。《水浒后传》第三十八回描写了宿太尉宣读的诏书,诏书的内容涉及册立李俊为暹罗国王,赐予公孙胜、柴进、燕青、乐和等人相应的官衔、职位与封号,追谥梁山泊已故将领。从这一名单的开列,我们知道它实际上是对小说诸多人物与事件的一种总结,给读者一种总体印象。《女仙外史》在最后一回即第一百回也出现了这种"榜"式,一方面"将诸臣踪迹悉志于左",包括程济、叶应贤、杨应能等忠臣义士;另一方面追封了忠臣之妻女殉难者,包括铁铉之妻、女、母等烈媛贞姑。从这些封官、封号、追谥等,我们可以看出,作者既是对这些人物在小说中的言行表现的一种总结,又是对自己创作的一种完美收官,同时还给读者提供了一种整体印象。

上述章回体小说在结构艺术上相对较高,而有些小说在结构上则为学界所诟病,如廖可斌谓《剿闯小说》云:"本书缀辑有关传闻、邸报及当时人的诗文而成,严格地说不能算是小说。因成书草率,各段内容往往不相衔接。第六回大录与正题无关的咏宫女诗赋,尤属不伦不类。"②

(二)文言小说单线结构的一致性

与章回体小说复合结构多样性不同的是,清初遗民小说中的文言小说多为单线结构,即以某一人物、动物或事件、情感等作为小说贯穿始终的线索,如人物传记类小说主要以传主的生平事迹为线索,志怪类小说主要以传奇故事为线索。这种单线结构具有一致性的特点,一方面体现在整个文言小说在结构上的相对单一性,另一方面又体现在贯穿小说线索的唯一性。笔者在此仅以《影梅庵忆语》为例作具体分析。

我们知道,《影梅庵忆语》按时间的先后总体上可分为四个部分:第一部

---

① 孙逊、宋莉华:《"榜"与中国古代小说结构》,《学术月刊》1999 年第 11 期。
② 廖可斌:《剿闯小说·前言》,[清]懒道人口授:《剿闯小说》,《古本小说集成》本,第 1—2 页。

分描写了冒襄与董小宛从相识、相恋到成婚的过程,第二部分描写了冒董二人如诗如画的爱情生活片断,第三部分描写了冒董二人在明清鼎之际的凄苦生活,第四部分描写了冒襄在谶纬、梦幻中找寻自己姻缘的根蒂。这四个部分是以冒襄追忆其与董小宛之间忠贞不渝的爱情作为线索的,而这种真挚深厚的爱情不是抽象的,而是具体的,我们从董小宛悉心照料两次身患重病的冒襄,即可窥之。第一次是乙酉(顺治二年,1645)冬至丙戌(顺治三年,1646)春时,冒襄患病长达 150 天,董小宛精心照顾,"姬仅卷一破席,横陈榻边,寒则拥抱,热则披拂,痛则抚摩。或枕其身,或卫其足,或欠伸起伏,为之左右翼,凡病骨之所适,皆以身就之"。"汤药手口交进,下至粪秽,皆接以目鼻,细察色味,以为忧喜。""举室饥寒之人,皆辛苦鞠睡,余背贴姬心而坐,姬以手固握余手,倾耳静听,凄激荒惨,欷歔流涕。"①第二次是丁亥(顺治四年,1647)时,冒襄再次患上重病,"姬当大火铄金时,不挥汗,不驱蚊,昼夜坐药炉旁,密伺余于枕边足畔六十昼夜,凡我意之所及,与意之所未及,咸先后之"。② 周瘦鹃对此感慨道:"读了这两小节,真足使人天感泣,看伊这样的侍疾,便是一般孝子孝女,也未必能如此刻苦,如此周到,这真如杜茶村所谓'此种精诚,格天彻地,呕血剖心,能与龙比并忠,曾闵齐孝了'!"③这种以追忆妻、姬为线索、以忆语连缀全篇,学界或有称其体例为"忆语"体者或"忆内"体者。其实,笔者认为,其在结构上,或亦可称为"忆语"式结构。

　　以男女爱情为线索的还有黄周星的《补张灵崔莹合传》、杜濬的《陈小怜传》、侯方域的《李姬传》等。其他小说,如魏禧的《大铁椎传》以大铁椎不同凡响的个性为线索,王猷定的《汤琵琶传》以艺人汤应曾的曲折人生经历为线索,徐芳的《神钺记》以不孝子的命运为线索。如此等等。文言小说集中的小

---

① 　[清]冒襄著,杜濬评点:《影梅庵忆语》,《丛书集成续编》第 211 册文学类·情艳小说,新文丰出版社公司 1989 年影印本(下同),第 650 页。
② 　[清]冒襄著,杜濬评点:《影梅庵忆语》,《丛书集成续编》第 211 册,新文丰出版社公司 1989 年影印本,第 650 页。
③ 　周瘦鹃:《读影梅庵忆语》,[清]冒襄:《影梅庵忆语》,上海大东书局 1933 年版,第 16 页。

说也大致以人物或事件为线索,而呈现单线结构的特点,笔者在此不一一述及。

(三)话本小说串联结构的新颖性

清初遗民小说中的话本小说集仅为两部,一部是薇园主人的《清夜钟》,另一部是艾衲居士的《豆棚闲话》。其中《清夜钟》仅有第一、二、四、七、十四回具有遗民意识,能称之遗民小说,而其余则未具遗民意识或遗民意识不强。故此,笔者在此不对《清夜钟》的整体结构艺术作论述,而仅以《豆棚闲话》为例作具体分析。

我们知道,话本小说集的内部篇目之间,一般具有相对独立性。换言之,这些篇目之间的关联不是很大。而《豆棚闲话》在这方面却有重要突破,主要表现在两个方面。

一方面,以豆棚老人的讲述及听众的感受与评点将 12 则并不相关的故事串连起来。我们知道,小说集中的 12 则故事,无论在故事发生的时间,还是具体的故事情节上,都没有实质性的联系。但是,小说却将其设置为由豆棚老人来为众人讲述,同时还在正式记述故事之前与之后,描写了听众的感受与评点。这样,本不相联的 12 则故事通过这种方式得到有效的关联,从而形成小说集整体的串联式结构。

另一方面,以豆的生长与成熟期为故事的编排顺序。我们知道,话本小说集中的具体篇目的编排,并无规律可寻,而《豆棚闲话》在这方面找到了自己有效的办法,那就是以豆的成长过程来安排故事,即"以豆苗引蔓、开花、结果与煮豆飨客的时序呼应全篇"。① 这种颇为新颖的编排顺序与上述的串联方法,在时间与空间上有效地促使这部话本小说集成为一个有机的整体。其实,这种串连式结构在阿拉伯民间故事集《天方夜谭》、意大利人薄伽丘(1313—

---

① 杨义:《中国叙事学》(《杨义文存》第一卷),人民出版社 1997 年版,第 101 页。

1375)《十日谈》等小说中已有所体现,但在中国古代小说中却还是首次出现,这不能不说具有一定的开创性。

　　总之,作为清初小说的一个重要组成部分的清初遗民小说,在叙事结构上既有清初小说共性的一面,又有自身个性的一面。其中共性一面主要是指清初遗民小说的叙事结构总体上呈现多元化倾向,包括不同类型的小说具有不同的结构特点,同一类型小说在具体结构上也不尽相同;个性一面主要是指有些清初遗民小说在结构上的独创性,包括《台湾外记》的八股式结构、《影梅庵忆语》的"忆语"式结构、《豆棚闲话》的串联式结构等。

二、清初遗民小说的叙事顺序

　　叙事顺序与叙事时间密不可分,而叙事时间又包括故事时间与叙述时间两个部分。按照叙述时间与故事时间之间的吻合、错位、颠倒等关系,学界一般将叙事顺序分为顺叙、预叙、倒叙、平叙、插叙、补叙等。其中,顺叙、预叙等在清初遗民小说中较为常见,笔者在此分别论述之。

　　（一）顺叙

　　顺叙即毛宗岗谓之"正叙"①,是叙述时间与故事时间相吻合的一种叙事顺序。这种叙事顺序在古代小说中是最为常见的,清初遗民小说也不例外,主要表现为以下两种方式。

　　一是纪年式顺叙。所谓纪年式顺叙,是指以皇帝年号或天干地支来纪年并按时间先后进行叙事的方式。这种顺叙方式在历史小说中表现最为突出,如《台湾外记》(十卷本)在每卷卷首即注出此卷的叙事时间范围,卷之一为"天启辛酉年至崇祯己卯年共十九年",卷之二为"崇祯庚辰年至顺治丙戌年共八年",卷之三为"顺治丁亥年至顺治癸巳年共七年",卷之四为"顺治甲午

---

　　① ［清］毛宗岗:《读〈三国志〉法》,［明］罗贯中原著,［清］毛宗岗评改:《三国演义》,岳麓书社 2006 年版。

年至顺治己亥年共六年",卷之五为"顺治庚子年至康熙壬寅年共三年",卷之六为"康熙癸卯年至康熙甲寅年共十二年",卷之七为"康熙乙卯年至康熙丁巳年共三年",卷之八为"康熙戊午年至康熙庚申年共三年",卷之九为"康熙辛酉年至康熙癸亥年共三年",卷之十为"康熙癸亥年六月至十二月"。再如《樵史通俗演义》在记述晚明三朝 25 年的朝事时,即采用了天启、崇祯、弘光三帝年号来叙事的。又如《女仙外史》在叙事时,主要采用了建文年号,即从建文元年直至二十六年。

二是情节式顺叙。所谓情节式顺叙,是指以小说中的主要人物的人生经历或主要事件的发展过程来进行叙事的方式。此种顺叙方式一般没有明确的纪年,而只是按照故事情节发展的先后来叙述,其中在人物传纪类作品中表现较为突出。有的是以某一人物的整个人生经历来顺叙的,如《梼杌闲评》即以魏忠贤的一生为序,包括从出生、成长、入宫至灭亡的整个过程;有的是以某一人物的人生片断来顺叙的,如王猷定《孝贼传》即以孝贼在母死后的经历,包括盗棺、被捕、释放等先后情节来叙述的,又如魏禧《彭夫人家传》则选取了彭夫人勤养公婆、劝诫丈夫、教子有方、种树志夫等人生片断,表现了这位女性遗民在明末清初时的生活状态。

总之,顺叙在清初遗民小说中的普遍运用,使我们能较为全面地把握故事情节的发展过程及小说人物的人生经历,感受作者在顺叙中所要表现的思想情感。当然,有时这种顺叙也给人一种平铺直叙的感觉。

（二）预叙

预叙如同顺叙一样,亦是古代小说中较为常见的一种叙事顺序,主要是指将小说中将要发生的故事情节预先叙述出来的叙事方式。毛宗岗等小说评点者在评点时经常用到的"伏线"、"伏案"等词,即属预叙。预叙在清初遗民小说中主要表现为以下三种方式。

一是神话式预叙。所谓神话式预叙,是指以古代神话故事或具有神话因素的故事的方式预先叙述即将要发生的故事情节的预叙方式。这种预叙方式常常出现在小说的开篇位置,且常常是对小说整体故事情节进行预先叙述。《梼杌闲评》《女仙外史》是这种预叙方式的代表之作。

我们首先来看《梼杌闲评》。小说第一回描写了淮水水怪支祁连,曾于唐德宗时兴风作浪,淹没百姓无数,后为观音菩萨用铁索系于龟山潭底,并以宝塔镇之。到明嘉靖时,又开始兴风作浪,"江淮南北,洪水滔天,城郭倾颓,民居淹没"①。最后,在碧霞君的帮助下,水怪才得以降服。我们知道,这一具有神话因素的故事明显来源于唐人李公佐的《古岳渎经》。而作者以这一故事开篇,其预叙意味非常浓厚,一方面预示了巨奸魏忠贤即将诞生,亦即将为恶多端,另一方面也预示了魏忠贤的最后结局。

接下来,我们再看《女仙外史》。小说第一回描写了天狼星在蟠桃会后,向嫦娥求婚,但遭到嫦娥的严词拒绝,于是他们之间结下了一段难以了结的恩怨。而唐赛儿由嫦娥投胎而来,燕王朱棣由天狼星投胎而来。所以,嫦娥与天狼星的神话故事实际上预示着小说的总体故事情节:燕王发动"靖难之役"即是唐赛儿起兵勤王之际,燕王生命的终结即是唐赛儿罢兵之时。

二是谶纬式预叙。所谓谶纬式预叙,是指以谶语、异常现象等预示即将发生的故事情节的预叙方式。这种预叙方式的出现,在很大程度上与我国古代谶纬之学的流行、神仙道化的移植、迷信思想的浸染等,有很大关系。我们首先来看谶语对未来故事情节的预叙。这里的谶语包括谶签、谶诗、童谣等。如《梼杌闲评》第一回描写了碧霞君显圣所降灵签云:"帝遣儒臣缵禹功,独怜赭巳丧离宫。若交八一乾开处,散乱洪涛滚地红。"②黄达解释前两句曰:"赭者,赤也;巳者,蛇也;练塘者,赤练村也,乃是隐着'赤练蛇'三字。"又解释后两句曰:"或是九九之数,还有水灾,亦未可知。"③(第二回)从这一解释,

---

① 〔清〕佚名:《梼杌闲评》,《古本小说集成》本,第3页。
② 〔清〕佚名:《梼杌闲评》,《古本小说集成》本,第40页。
③ 〔清〕佚名:《梼杌闲评》,《古本小说集成》本,第44页。

我们可以看出这一谶签如同支祁连故事一样，预示着魏忠贤这一洪水猛兽即将出现。再如《续英烈传》第二回描写了刘基写给明太祖朱元璋的谶诗云：

> 戊申龙飞非寻常，日月并行天下光。烟尘荡尽礼乐焕，圣人南面金陵方。
>
> 干戈既定四海晏，威施中夏及他邦。无疆大历忆体恤，微臣敢向天颜扬。
>
> 谁知苍苍意不然，龙子未久遭夭折。长孙嗣统亦希奇，五十五月遭大缺。
>
> 燕子高飞入帝宫，水马年来分外烈。释子女子仍有兆，倡乱画策皆因劫。
>
> 六月水渡天意微，与难之人皆是节。青龙火里着袈裟，此事闻之心胆裂。①

前八句是盛赞朱元璋的丰功伟业，而其后的诗句则预示了将要发生的故事情节，如"五十五月遭大缺"是指建文帝在位约五十五个月②；"燕子高飞入帝宫"是指燕王朱棣将要登帝位；"水马年来分外烈"中的"水马年"应指建文四年壬午（1402），"分外烈"应指燕王与建文之间的斗争将分外激烈；"释子女子仍有兆"中的"释子"应指建文在逊位后将出家为僧，与其后的"袈裟"相对应；"倡乱画策皆因劫"指出了燕王"篡国"的性质；"六月水渡天意微，与难之人皆是节"是指在建文四年（1402）六月燕王将渡过长江占领南京，而那些被燕王杀害的人都是忠节之士；"青龙火里着袈裟"指出了建文帝在宫殿火起时将披袈裟出逃的最终结局。我们通过这首谶诗，已大致感受到小说即将要描述的

---

① ［清］秦淮墨客编：《续英烈传》，《古本小说集成》本，第19—20页。
② 笔者按：据《明史》卷四《恭闵帝本纪》载，洪武三十一年闰五月辛卯（公历为1398年6月30日）建文即帝位，建文四年六月乙丑（公历为1402年7月13日）南京陷，建文逊位。这样，建文帝在位计有近50个月（按农历计算）。刘基谶诗盖为约数，而非确数。

故事情节。又如《樵史通俗演义》第三十四、三十五回描写南京两则童谣,分别是"杨、马成群,不得太平"①,"马阮张杨,国势速亡"②。童谣中的马、阮、张、杨,分别为马士英、阮大铖、张捷、杨维垣。他们是马阮集团的核心成员,也代表了整个马阮集团。这两则童谣预示着马阮集团的专权误国将给弘光王朝带无尽的灾难,也预示这一南明首个政权将是一个短命王朝。

异常现象是小说作者进行预叙而采用的另一种重要手段。这里的异常现象,包括异常天象、异常气象、重大灾异等。如《新世弘勋》第二回描写了异常的天气与怪异的脚印:

　　　却说这些人家看那积雪时,却有四五尺厚,又有一桩怪事,不论内庭外院、市井屋瓦之上,及荒郊僻旷之所,那积雪上,有巨人足迹,及牛马脚迹,约有尺余深,遍处惊传,如出一口。③

又描写了不同寻常的天象:

　　　万历戊午年秋八月,一夜里忽然妖气东升,长数十丈,阔四五尺,本粗末锐,其形如刀,自巽而乾,光芒映耀。④

这些奇异现象的描述,增添了小说的神秘色彩,又为即将描写"流贼"李自成在积蓄笔力。

三是伏笔式预叙。所谓伏笔式预叙,是指在某一故事情节中蕴含着即将发生的故事情节的预叙方式。这种预叙方式与前两种预叙方式是有区别的,前两种预叙方式在很大程度上具有神秘色彩,且主要是为将要发生的故事情节营造一种氛围,而伏笔式预叙则是情节中蕴含情节的预示方式。如《樵史通俗演义》第一回叙当时京师人传说郑贵妃欲将其子福王继位事,夹批云"伏案"。⑤ 所谓"伏案",即埋下伏笔之意。也就是说,此处为小说后文中福王之

----

①　[清]江左樵子编辑:《樵史通俗演义》,《古本小说集成》本,第 622 页。
②　[清]江左樵子编辑:《樵史通俗演义》,《古本小说集成》本,第 635 页。
③　[清]蓬蒿子编次:《新世鸿勋》,《古本小说集成》本,第 21 页。
④　[清]蓬蒿子编次:《新世鸿勋》,《古本小说集成》本,第 29 页。
⑤　[清]江左樵子编辑:《樵史通俗演义》,《古本小说集成》本,第 4 页。

子朱由崧在南京称帝埋下了伏笔。评点者指出此处在小说结构上的作用,颇有"草蛇灰线,伏脉千里"之意。再如《水浒后传》第四回评点阮小七语"只怕那奸党也放不过你两人哩",曰:"借七哥快口,暗回后文。"①"两人"是指杜兴与孙立。"暗回后文"即指杜兴为孙立送书信而遭种种磨难的故事,主要包括杜兴被捕入狱、刺字发配彰德以及途中遇种种灾难等诸事。这种伏笔式预叙,既使小说的故事情节前后得到照应,又使小说在结构上趋向严谨。

(三)其他叙事顺序

以上两种叙事顺序在清初遗民小说中最为常见,除此之外,插叙、补叙、平叙等叙事顺序亦有所运用。所谓插叙,是指小说在叙事过程中插入与中心故事相关的情节的叙述方法。如余怀《王翠翘传》在叙述王翠翘生平时插入了对罗龙文、徐海二人的介绍,而此二人与王翠翘都有密切关系,如前者"与翠翘交欢最久"②,后者"为博徒所窘,独身跳翠翘家"③,更为重要的是此二人对王翠翘后来的命运产生重要影响。这种适当的插叙一方面丰富了小说的故事情节,另一方面也避免了后文可能出现相关情节而造成的突兀之感。

所谓补叙,是指小说在叙述完某一故事情节后补充交代与此故事情节相关内容的叙事方法。如王猷定《李一足传》在篇末补充交代了李一足最终去向的几种传说:一种是"端坐而逝,袖中有《周易全书》一部",一种是数月后有人见其在京师之正阳门外,一种是有人见其在"赵州桥下,持桎观水,伫立若有思者"。④ 这种补叙不可或缺地成为李一足传奇人生的重要组成部分。

所谓平叙,亦称分叙,是指小说采用先后顺序来叙述同时发生的两个或多个故事的叙事方法。古代小说中常出现的"花开两朵,各表一枝",即为平叙。

---

① [清]陈忱:《水浒后传》,《古本小说集成》本,第102页。
② [清]余怀:《王翠翘传》,[清]张潮辑:《虞初新志》卷八,《古本小说集成》本,第360页。
③ [清]余怀:《王翠翘传》,[清]张潮辑:《虞初新志》卷八,《古本小说集成》本,第360页。
④ [清]王猷定:《李一足传》,[清]张潮辑:《虞初新志》卷八,《古本小说集成》本,第355页。

这种叙事顺序在章回体小说中较为常见,如《樵史通俗演义》第三回即分叙了魏忠贤在朝中陷害忠良和毛文龙在皮岛一手遮天。

　　总之,清初遗民小说在叙述故事时运用了多种叙事顺序,而这些不同的叙事顺序给读者带了不同的阅读感受,其中我们可以在顺叙中感受到整个故事情节的发展脉络,在预叙中感受到故事的神秘以及要探寻这种神秘的阅读欲望,在插叙与补叙中感受到作者填补的阅读空白,而在平叙中则感受到作者一支笔叙两家事的叙述能力。不过,有些小说过度强调预叙的神秘色彩,在一定程度上又体现了作者的宿命论思想。

三、清初遗民小说的叙事意象

　　"意象"一词最早源于汉人王充《论衡·乱龙篇》①,南朝人刘勰《文心雕龙·神思》最早将其引入文学理论领域②,"明代以后,意象成了比较常用的术语,作为权衡诗学品格的标准"③。其实,意象不仅在韵文学中得到普遍运用,在叙事文学中也不乏有之,如唐人王度《古镜记》中的古镜,明人冯梦龙《喻世明言·蒋兴哥重会珍珠衫》中的珍珠衫,《醒世恒言·十五贯戏言成巧祸》中的十五贯钱,等等。清初遗民小说由于其产生背景的特殊性,其在意象的选择上也常常有其独特性。这种独特性主要表现在作者往往通过某一具体物象来表达自己的遗民情感,表现自己的遗民心态。笔者在此仅以《水浒后传》中的暹罗国意象为例,进行具体分析。

　　我们知道,陈忱在《水浒后传》中描写李俊在海外建立暹罗国,是承接《水浒传》第一百一十九回的描写而来。此回描写道:

　　　　且说李俊三人竟来寻见费保四个,不负前约,七人都在榆柳庄上

① 　[汉]王充原著,黄晖撰:《论衡校释》(《新编诸子集成》本)第十六卷之《乱龙篇》,中华书局1990年版,第705页。
② 　[南朝梁]刘勰著,周振甫注:《文心雕龙注释》之《神思第二十六》,人民文学出版社1981年版,第295页。
③ 　杨义:《中国叙事学》(《杨义文存》第一卷),人民出版社1997年版,第272页。

商议定了,尽将家私打造船只,从太仓港乘驾出海,自投化外国去了,

后来为暹罗国之主。①

那么,《水浒后传》中的暹罗国与史料中的暹罗国有何区别,其在小说中又有什么象征意义呢? 笔者分别论述之。

我们首先来看史料中的暹罗国。我国最早记载暹罗国的史料是元人周达观的《真腊风土记》。此书共有两处提及暹罗国,一处是在《总叙》中,"按《诸番志》称其地广七千里,其国北抵占城半月路,西南距暹罗半月程,南距番禺十日程,其东则大海也"②;一处是在《服饰》中,"其国中虽自织布,暹罗及占城皆有来者,往往以来自西洋者为上,以其精巧而细美故也"③。真腊即今天的柬埔寨,而暹罗即今天的泰国。《明实录》还记载了暹罗与明朝的诸多交往,如洪武四年(1371)十二月,"暹罗斛国王参烈昭毗牙遣其臣奈思俚俦刺识悉替等来朝,进金叶表,贡方物,贺明年正旦"④;洪武六年(1373)十一月庚寅,"暹罗斛国王参烈宝毗牙嗯哩哆啰禄遣其臣奈昭毡哆啰等上表谢恩,贡方物"⑤,等等。从上述记载,我们可以看出,元人对暹罗国已有了解,到明代由于交往的频繁,明人更是对其熟知。所以,明清小说中出现暹罗国亦不足为怪。

接下来,我们再来看小说中的暹罗国。《水浒后传》中的暹罗国,与史料记载的暹罗国具有明显的区别,小说第十二回描写道:

(暹罗国)管辖下二十四岛,各有岛长自理其事。进纳钱粮,四

时进奉,如唐朝藩镇一般羁縻而已。那二十四岛:金鳌、铁板、长滩、

① [明]施耐庵:《水浒传》,齐鲁书社1991年版,第1894页。

② [元]周达观原著,夏鼐校注:《真腊风土记校注》,中华书局1981年版,第16页。

③ [元]周达观原著,夏鼐校注:《真腊风土记校注》,中华书局1981年版,第76页。

④ [明]胡广等纂修:《明太祖实录》卷七十,"中研院"历史语言研究所1962年影印本,第1295页。

⑤ [明]胡广等纂修:《明太祖实录》卷八十六,"中研院"历史语言研究所1962年影印本,第1535—1536页。

天堂、西杀、潢刺、峻冈、白石、井沙、铜山、铜坑、长甸、前丰、后丰、青霓、罗江、古渡、钓鱼、文港、银湾、南津、竹岭、甜水、大树。那各岛大小不一,其中金鳌、白石、钓鱼、青霓四岛最强。分为东西南北,统率小岛,如方伯连帅之意。凡暹罗有外邦侵犯,四岛会兵,俱来救护。①

从这一描写,我们可以作出这样两点判断:一是小说中的暹罗国为一岛国,且由诸多岛屿组成,与旧称暹罗的泰国为一沿海国家不同;二是小说中的暹罗国位置应处在日本国与台湾岛之间,我们从暹罗国辖有四大强岛屿之一的钓鱼岛及革鹏等人向日本国借兵,即可窥之。基于以上两点判断,我们可以看出,小说中的暹罗国与史料中的暹罗国之间没有实质性联系,仅为借其名而虚构的一个国度。

最后,我们来看暹罗国的象征意义。作为明遗民的陈忱,为何在自己的小说中虚构一个与史料记载完全不同的暹罗国呢? 笔者认为以下几个方面是不能不考虑的。

一是与作者创作小说时的时代背景有关。据英国博物馆藏本扉页说明,小说初刊于康熙三年甲辰(1664)②,又据小说首回序诗云"千秋万世恨无极,白发孤灯续旧编",我们可以推定《水浒后传》当为陈忱晚年创作,且成书时间不会晚于康熙三年(1664)。如果将这一大致成书时间与当时的抗清形势联系起来,我们会发现小说中的李俊开拓海岛与现实中的郑成功海上拥兵具有诸多相似之处,如他们都因势单力薄而避之海岛,都在海岛建立自己的政权,都奉汉族政权为正朔,其中前者奉南宋为正朔,后者奉南明为正朔。不仅如此,暹罗国还辖有四大强岛之一的钓鱼岛,更是向我们传递了这样的信息,那就是小说中虚构的暹罗国或即代指当时现实中的台湾岛,而在李俊身上亦有郑成功的某些影子。诚如袁世硕在《水浒后传·前言》中言:"书中写李俊开

---

① ［清］陈忱:《水浒后传》,《古本小说集成》本,第350—351页。
② 袁世硕:《水浒后传·前言》,［清］陈忱:《水浒后传》,《古本小说集成》本。

拓海岛,为暹罗国王,亦系由郑成功拥兵海上抗清事而生发,不独见避地之意。"①

二是与作者表达憧憬复明的遗民意识有关。我们知道,南明政权在清军强劲的军事打击下,一个个走向灭亡。但是,郑成功却于顺治十八年(1661)率部进入台湾,次年又赶走了盘踞长达 38 年(1624—1662)的荷兰殖民者,并建立自己的政权,且仍奉永历为正朔。康熙元年(1662),郑成功病逝,其子郑经继位,继续树立反清复明的旗帜。这些对于生活在这一时期的明遗民来说,无疑是一种鼓舞,也是一种憧憬。而作为明遗民的陈忱,或许正是想通过自己虚构的暹罗国,来感受这种鼓舞,来表达这种憧憬。当然,这种美好愿望,显然只是包括陈忱在内的明遗民的一厢情愿而已,郑氏政权最终走向覆灭也证明了这一点。

三是与作者规避清初文网有关。陈忱以隐晦、曲折的方式表达自己的遗民情感,与清初发生的诸多狱案有关,其中两起狱案即发生于自己的身边,即"通海案"与"明史案"。在"通海案"中,陈忱友人魏耕被指控为郑成功北伐的主谋,并于康熙元年(1662)被处决②,陈忱也因此而四处避祸;在"明史案"中,陈忱参加的具有反清性质的惊隐诗社,于康熙二年(1663)遭解散,多位诗社成员受株连,甚至遭杀戮。这些发生在身边的狱案无疑制造了风声鹤唳的恐怖气氛,也无疑对陈忱的创作产生重要影响。所以,作者为逃避清初森严的文网,只好以续书的方式,以影射的途径,间接地表达自己的反清思想与复明憧憬。

除《水浒后传》中的暹罗国意象较为典型外,其他清初遗民小说中的意象也颇值得我们去关注,如黄周星《将就园记》中的"将就园"意象,实际上"可视为身处困境之中的文人士大夫对理想生存空间和生存状态的执着向往和'隐

---

① 袁世硕:《水浒后传·前言》,[清]陈忱:《水浒后传》,《古本小说集成》本。
② [清]全祖望:《鲒埼亭集内编》卷八《雪窦山人坟版文》,[清]全祖望撰,朱铸禹集注:《全祖望集汇校集注》,上海古籍出版社 2000 年版,第 175—177 页。

语'式的表达"①,是落魄的明遗民在虚幻中寻找并建立自己的精神家园;再如徐芳《换心记》中的"心"意象,既是小说中的实物之心,又是现实中抽象的人心,从而表现了作者对现实社会的不满;又如王猷定《汤琵琶传》中的"琵琶"意象,既是艺人汤应曾谋生的乐器,又是汤应明曾在末清初时变幻人生的写照,从而表现了作者自己在明清鼎革之后的落魄情怀;又如《梼杌闲评》中的"明珠"意象,既是魏忠贤与客印月之间的所谓爱情信物,又是魏客二人相互勾结、为害一方的有力证据,从而表现了作者对亡明者痛恨的遗民心态。

总之,清初遗民小说作家在选择意象时,往往倾向于寻找那些内涵丰富的物象,以表达自己深厚的遗民情感,反映自己复杂的遗民心态。这也是清初遗民小说的意象与其他小说的不同之处,从而表现了其相对独特性。

综上所述,清初遗民小说的叙事结构、叙事顺序、叙事意象等方面均有自己的鲜明特色,而这种鲜明特色集中表现在这些艺术形式是为表达遗民意识的主题服务的。换言之,艺术形式是为主题思想服务的。我们从上述分析可以看出,清初遗民小说的叙事结构是为更好表达遗民思想而创设,叙事顺序是为宣泄遗民情绪而设置,叙事意象则是更多表现遗民理想而勾勒。

第三节　清初遗民小说的语言特色

我们知道,小说语言是小说作者叙述故事、表现情感的最基本元素。作为清初小说的一个特殊群体,清初遗民小说在语言运用上,总体上具有与小说创作思想相吻合的特点,主要表现为:在人物语言上,具有借人物之口表作者之意的特点;在叙事语言上,具有叙议结合的特点。但是,有些小说由于其他文体的过多插入,如奏章、檄文、诗词、戏曲等,而导致小说语言风格的不甚统一。

---

① 赵夏:《"将就园"寻踪:关于明末清初一座典型文人"幻想"之园的考察》,《清史研究》2007 年第 3 期。

一、借人物之口表作者之意的人物语言

人物语言在古代小说中往往是人物个性的集中体现,即所谓不同人物具有不同语言。清初遗民小说也具有这种人物语言个性化的共性,如《梼杌闲评》中秋鸿的语言泼辣犀利、《樵史通俗演义》中魏忠贤的语言粗俗蛮横,《女仙外史》中姚广孝之姊的语言鞭辟入里。但是,清初遗民小说借用人物语言来表达作者的遗民情怀,却是其他小说所不具备的。笔者在此试举几例以说明之。

(一)借人物之口表达作者的反剃发态度

清军南下时,剃发令曾一度点燃江南的抗清烽火,反剃发斗争如火如荼。清初遗民小说作家,除通过直接描写这一斗争事件外,还通过小说中的人物语言来表达自己的反剃发态度。其中《海角遗编》第十三回中的宋奎光、《女仙外史》第一回中的嫦娥的语言较具代表性。现将他们的语言分别摘录如下:

> "今清朝下剃发新令,吾辈士大夫也俱要裂冠毁冕了。街坊上有许多议论,老朽一死谢先朝也不为过,不知列位高明尊意若何?"①(宋奎光语)

> "小仙常愿皈依如来,因自爱其发,不肯遽薙,深以为惭。今愿皈依大士,恳求指示未来。"②(嫦娥语)

小说中的宋奎光是万历壬子(1612)科孝廉,曾做过县令,亦是一位有名望的乡绅。他的反剃发态度可以说代表了当时江南有气节的士人的态度,或即代表了小说作者的态度,我们从小说对反剃发斗争的褒扬亦可窥之。如果说《海角遗编》的作者通过宋奎光的语言直接表达自己的反清意识,那么《女仙外史》的作者吕熊则通过嫦娥的语言来间接表达自己的反清意识。我们知

---

① 〔清〕不题撰人:《海角遗编》,《古本小说集成》本,第30—31页。
② 〔清〕吕熊:《女仙外史》,《古本小说集成》本,第11页。

道,古代嫦娥神话绝无嫦娥反剃发一事,而小说中的嫦娥"不肯遽薙"显然是作者结合江南的社会现实虚构而成。这一细节的虚构,无疑是作者有意向读者透露了这样的信息,那就是作者是支持反剃发的。这种态度正是《女仙外史》具有浓厚的遗民意识以及吕熊为明遗民的最好注脚。

(二)借人物之口表达作者对"篡国者"的不满

我们知道,清初遗民小说塑造了诸多"篡国者"的形象,而作者为表达自己对这些"篡国者"的不满,除通过诸多故事情节来表现外,还通过小说中的人物语言来直接体现。其中《女仙外史》第八十七回中的姚广孝之姊等人的语言较具代表性。

> "你说的那个朝廷?我只知道建文皇帝,却不知又有个怎么永乐!伯夷、叔齐耻食周粟,我虽不敢自比古之贤人,也怎肯受此污秽之金钱?……"(姚广孝姊语)[1]

> "如今太子宽仁大度,我等老朽,不妨做他百姓。若是燕王,我等亦决不做他百姓,要到首阳山去走遭的!"(第四老翁语)[2]

从上述姚广孝姊及第四老翁的语言,我们可以看出,当时江南民众对燕王的"篡国"颇为不满,并以不食周粟的伯夷、叔齐为效仿对象,表明他们应有的气节。如果将这种颇具气节的语言与清初的社会现实联系起来,我们明显可以感受到,作者试图以小说中的人物语言来表达自己内心的遗民情感,那就是对清朝这个现实中的"篡国者"颇为不满,并以"耻食周粟"来表明自己的民族气节。这从吕熊拒绝接受直隶巡抚于成龙授予的通判一职,可以得到印证。[3]

---

① ［清］吕熊:《女仙外史》,《古本小说集成》本,第2049—2050页。
② ［清］吕熊:《女仙外史》,《古本小说集成》本,第2052页。
③ ［清］邹召南、张予介修,［清］王峻纂:《昆山新阳合志》卷二十五《人物·文苑二·吕熊传》,乾隆十六年(1751)刻本。

（三）借人物之口表达作者对阉党的痛恨

清初遗民小说对阉党集团的专权误国的描写,总体上表达了小说作者对阉党的痛恨之情,其中一种重要途径即是通过人物语言的方式。我们在此且看《梼杌闲评》中一段秋鸿数落魏忠贤的语言描写:

> "你这张嘴,除得下来,安得上去,专会说鬼话! 我问你:杨、左诸人与你有仇,谋杀他罢了,他得了人的银子与你何干,要你假公济私? 人已死了,还不饶他,处处追比,使他家产尽绝,妻离子散,追来入己,是何天理? 别人的东西你还要了来,难道娘的一颗珠子就不要了? 对你说过千回万遍,总是不理,也要发到镇抚司,五日一比才好,即此就可见你的心了。"①(第三十三回)

秋鸿是客印月的贴身丫环,以其敢作敢为、伶牙俐齿而成为《梼杌闲评》中颇为鲜活的人物形象,在语言上则显示尖酸刻薄又泼辣犀利的特点,从上文即可窥之。在这一语言描写当中,我们既可感受秋鸿的语言特点,又可感受秋鸿对魏忠贤罪恶的总结。这种以小说人物评价小说人物,比作者直接评价更能为读者所信服,也更显得自然。当然,作者的创作情感与创作意图显然蕴含其中。换言之,小说中秋鸿对魏忠贤的数落,实际上包含了作者对魏忠贤痛恨的情感因素。

（四）借人物之口总结明亡教训

总结明亡教训是清初遗民小说的重要主题之一,而且总结的方式又多种多样,其中通过人物语言来总结是较为直接的一种。如《水浒后传》第二十四回描写了燕青对北宋之亡总结道:

> "从来亡国之君,多是极伶俐的,只为高居九重,朝欢暮乐,那知

---

① ［清］佚名:《梼杌闲评》,《古本小说集成》本,第 1155 页。

民间疾苦！又被奸臣弄权,说道四海升平,万邦宁静,一概的水旱饥

荒、盗贼窃发皆不上闻,或有忠臣谏诤,反说他谤毁朝廷,诛流贬责。

一朝变起,再无忠梗之臣与他分忧出力,所以土崩瓦解,不可

挽回。"①

国君昏庸、奸臣弄权、忠臣遭贬、灾害连年等显然是北宋灭亡的主要原因,

而这些原因又何尝不是明亡的原因呢！所以,小说作者明显是借燕青之口表

达自己对明亡教训的总结。

再如《樵史通俗演义》第三十九回描写一位秀才说道:

"我淮安人没用,也不消说了。若是镇兵有一个把炭篓丢在地

下,绊一绊他的马脚,也还算好汉了。"②

四镇之兵是弘光王朝防御清兵的重要武装力量,而其战斗力的极其低下,

显然严重威胁了弘光王朝统治。小说对淮安秀才的语言描写,在某种程度上

是对弘光王朝短命原因的一种总结。

总之,清初遗民小说的人物语言是我们解读小说作者内心遗民情感的一

把钥匙。同时,这种借人物之口表作者之意的人物语言特点,又是清初遗民小

说在语言上的一个重要特色。

二、叙议结合的叙事语言

我们知道,小说语言总体上可分为两个部分,即人物语言与叙事语言。上

文我们主要分析了清初遗民小说在人物语言上的特点,那么,清初遗民小说在

叙事语言上又有什么特点呢？笔者认为叙议结合是构成叙事语言的重要特

点,主要表现在以下两个方面:

---

① ［清］陈忱:《水浒后传》,《古本小说集成》本,第712—713 页。

② ［清］江左樵子编辑:《樵史通俗演义》,《古本小说集成》本,第709 页。

（一）叙事过程中蕴含作者的评判因素

清初遗民小说作家在叙事过程中常常将自己的评判因素蕴含其中，特别是在描写时事的遗民小说中表现更为突出。如《新世弘勋》第五回描写李岩道：

> 再说河南开封府杞县，有个李尚书的儿子，名岩，也曾中过乡榜。平昔做人，极是疏财仗义。因为连年荒旱，米贵如珠，县官不知抚恤穷民，一味比较钱粮。镇日里把这些粮户，打得血肉淋漓，啼号嗟怨，单作成讨卯的书手，行仗的皂隶，吃得肥头胖耳，积得产厚家饶。那李公子看不过，就动个条呈到县里来，第一款求他暂停征比，第二款要他设法济饥。……①

从这段描写，我们明显可以看出作者将自己三方面的评判因素蕴含其中：一是对李岩"疏财仗义"、为民请命的肯定。李岩在历史上是否实有其人，学界颇有争议，但在清初遗民小说中却是一个正面"流贼"形象，其中疏财仗义是其个性的集中表现，而为民请命则是其深得民心的体现；二是对百姓苦难生活的深切同情，"血肉淋漓"与"啼号嗟怨"，无疑是这种深切同情的最好注脚；三是对地方官员搜括百姓的不满，"肥头胖耳"与"产厚家饶"是官员搜括百姓的最好见证。

又如《樵史通俗演义》第九回描写魏大中道：

> 魏大中是浙江嘉兴府嘉善县人，自万历丙辰中了进士，累官至吏科都给事中。做官时节还只是做秀才模样，奉使过家，府、县只一拜便了。再无干请，不受赠遗。四壁萧然，人人钦仰。在京师时督浚城濠，巡视节慎，剔蠹省费，为朝廷出力。奉旨巡青，又省价存羡，约有四万余两。有个霍丘知县，有一面之识，差人厚馈，魏大中直发觉出来，不肯受他点污。……②

---

① ［清］蓬蒿子编次：《新世鸿勋》，《古本小说集成》本，第87—88页。
② ［清］江左樵子编辑：《樵史通俗演义》，《古本小说集成》本，第150页。

这段描写集中体现了"东林六君子"之一的魏大中的清正廉洁的个性,"四壁萧然""巡视节慎""剔蠹省费""省价存羡"等词汇,透露的既是"人人钦仰",又是作者钦仰。由此可见,小说作者在叙事语言中已融入了个人的感情色彩。

总之,清初遗民小说在叙事过程中,字里行间里表达着作者的评判态度。而这种评判态度一方面是作者内心情感的自然流露,另一方面也是作者试图感染读者,并让读者与自己一起共享小说故事的是非曲直。

(二)叙事之前或之后出现大段议论

在叙事之前或之后出现的大段议论,是清初遗民小说叙事语言的另外一个重要特点。这种大段议论在文言小说中表现得最为普遍,且常常在小说末尾以"某某氏曰""论曰""赞曰"等形式出现,如《嗒史》有"嗒史氏曰",《诺皋广志》有"愚山子曰",《麈馀》《山阳录》有"赞曰"等。综观这些议论,主要包括以下几个方面的内容。

一是交代作者与小说人物之间的交往。如吴伟业在《柳敬亭传》的末尾交待了作者与柳敬亭及杨季蘅的交往,曰:"予从金陵识柳生。同时有杨生季蘅,故医也,亦客于左(笔者按:左良玉),奏摄武昌守,拜为真。左因强柳生以官,笑弗就也。杨今去官,仍故业,在南中亦纵横士,与予善。"①再如王猷定在《汤琵琶传》末尾,交代了自己与琵琶艺人汤应曾的几次交往,曰:"戊子(笔者按:顺治五年,1648)秋,予遇君公路浦,已不复见君曩者衣宫锦之盛矣。明年复访君,君坐土室,作食奉母。人争贱之,予肃然加敬焉。君仰天呼呼曰:'已矣!世鲜知音!吾事老母百年后,将投身黄河死矣!'予悽然,许君立传。越五年,乃克为之。呜呼!世之沦落不偶而叹息于知意者,独君也乎哉!"②从王猷定与汤应曾的几次交往,我们可以看出,作者对这位琵琶艺人在国变后的落

---

① 　[清]吴伟业:《柳敬亭传》,[清]张潮辑:《虞初新志》卷二,《古本小说集成》本,第51页。

② 　[清]王猷定:《汤琵琶传》,[清]张潮辑:《虞初新志》卷一,《古本小说集成》本,第25—26页。

魄生活及知音难觅的感叹,表达了深深的同情与理解。实际上,作者在汤应曾身上也寄寓了自己在国变后的凄凉情怀,从"世之沦落不偶而叹息于知意者,独君也乎哉"可窥之。

二是交代小说的创作背景。如王炜在《嗒史·谈仲和》末尾交代了其创作此篇的原因,曰:"仲和多技能,善持论,彬彬可近也。……董宗伯、陈征君等,翕然称之,均谓风流儒雅士耳。孰知其握槊生风,跃马饮血哉!获导婴城,其材可用。然竟以讹误自废,食贫老死,俾怀才之士,闻之气短。故予慨而纪之焉。"①从这一交代,我们可以看出,作者创作此篇一方面为谈仲和"握槊生风、跃马饮血"的英雄气概所折服,另一方面又为其英雄无用武之地而惋惜,于是"慨而纪之"。王炜还在《大铁椎》末尾交待了自己创作此篇的目的及其与魏禧《大铁椎传》之比较,曰:"甲寅(笔者按:康熙十三年,1674)仲冬,予为《大铁椎纪事》,欲使海内知其人。明年七月读《魏叔子集》,已有传,事详于予文,复奇肆精悍。其人传矣,予何必传言哉!爰识之以存诸簏。"②

三是褒贬小说人物。如陈贞慧在《山阳录》各篇之"赞曰"中,褒扬了自己的故朋旧友,其中对侯峒曾赞曰:"月黑城愁,夜寒军死,碧血千年,辣哉!父子。"③对徐汧赞曰:"具区千顷,正气所钟,金幢绛节,海市鲛宫。"④对夏允彝赞曰:"生存华屋,视死如归,萧萧易水,寒风送之。"⑤对黄淳耀赞曰:"白日悲

---

① [清]王炜:《嗒史·谈仲和》"嗒史氏曰",《丛书集成续编》第 26 册,上海书店出版社 1994 年版,第 225 页。

② [清]王炜:《嗒史·大铁椎》"嗒史氏曰",《丛书集成续编》第 26 册,上海书店出版社 1994 年版,第 224 页。

③ [清]陈贞慧:《山阳录》,《丛书集成续编》第 28 册史部史评类·咏史之属,上海书店出版社 1994 年版,第 613 页。

④ [清]陈贞慧:《山阳录》,《丛书集成续编》第 28 册史部史评类·咏史之属,上海书店出版社 1994 年版,第 613 页。

⑤ [清]陈贞慧:《山阳录》,《丛书集成续编》第 28 册史部史评类·咏史之属,上海书店出版社 1994 年版,第 614 页。

风,人生实难,田光一死,以报燕丹。"①我们知道,上述"乙酉四君子"是清初江南地区著名的抗清将领,且均在抗清斗争中壮烈牺牲。作者将他们与荆轲、田光等历史人物相提并论,明显寄托了自己的对故友的深切缅怀。

小说作者在褒扬小说人物的同时,也有贬斥小说人物的,如李邺嗣《二仆传》描写了李家二仆任瑞、孔瑞在国变动乱中对主人的种种恶行并最后不得善终的结果,作者论曰:"任仆之死,人不知其所以死。至孔仆之死,即彼亦不自知其所以死也。而且父子同死。天之报恶人,诛畔主贼,是亦大奇也。藉以余之弱力,而手此贼,断不能尽其罪若此。噫乎,可畏哉,可畏哉! 使不其然,则厮儿灶下佣,俱得日侵其主人矣。"②从这一议论,我们可以看出作者对于背叛主人的恶奴是相当痛恨的。

四是将小说故事与现实联系起来。如王猷定在《义虎记》末尾论曰:"世往往以杀人之事归狱猛兽,闻义虎之说,其亦知所愧哉?"③猛兽之虎尚且有义,而万物之灵的人类却缺乏之,这不能不令人深思与汗颜。又如徐芳《雷州盗记》描写了一位盗贼冒名为雷州太守事,作者在末尾直接表达了对现实社会的批判:"异哉! 盗乃能守若此乎! 今之守非盗也,而其行鲜不盗也,则无宁以盗守矣! 其贼守,盗也;其守而贤,即犹愈他守也。"④一句"今之守非盗也,而其行鲜不盗也",可谓振聋发聩。甚至作者还指出,这位冒名盗守尚有政绩可言,而现实中的太守却犹不及也。

从上文分析,我们可以看出,这些议论与小说的故事情节是紧密相连的,同时也是小说不可分割的组成部分。这种叙议结合的语言表述方式,是文言

---

① ［清］陈贞慧:《山阳录》,《丛书集成续编》第 28 册史部史评类·咏史之属,上海书店出版社 1994 年版,第 614 页。
② ［清］李邺嗣:《二仆传》,［清］黄承增辑:《广虞初新志》卷之七,柯愈春编纂:《说海》(三),人民日报出版社 1997 年版,第 1077—1078 页。
③ ［清］王猷定:《义虎记》,［清］张潮辑:《虞初新志》卷四,《古本小说集成》本,第 146—147 页。
④ ［清］徐芳:《雷州盗记》,［清］张潮辑:《虞初新志》卷五,《古本小说集成》本,第 230—231 页。

小说在叙事语言上的一个重要特点。而在有些通俗小说中也有这种插入大段议论的现象,其中《续金瓶梅》在这方面表现最为突出。《续金瓶梅》常常在每回开始的位置,针对回首诗及《太上感应篇》的相应内容生发议论,有时候议论篇幅还较长,如小说第四回回首共有两大段议论,第一段主要是针对回首诗《北邙行》(唐张籍撰)展开议论①,第二段主要是针对《太上感应篇》前四句展开议论。这一长篇大论显然为下文所叙西门庆在阴间的故事,作了有效地铺垫。《续金瓶梅》其他回首议论也大致如此。由此观之,《续金瓶梅》的回首议论颇类话本小说的楔子。不过,与话本小说楔子不同的是,《续金瓶梅》每回的"楔子"是议论性文字,而非叙述性文字。总之,这些议论性的文字嵌入通俗小说当中,既是《续金瓶梅》叙事语言的特点,也是其叙事语言的缺点,因为它们在一定程度上冲淡了小说的故事情节。

另外,清初遗民小说在叙事语言上,还出现夹叙夹议的现象,如《樵史通俗演义》第二十六回,小说在描写李自成杀妻逃难至甘肃前,对甘肃巡抚梅之焕、总兵杨肇基有一简短议论,又在描写李自成与闯王高如岳初次交战前,对高如岳作了一番评介。又如《续金瓶梅》第三十四回,小说描写了宋廷南渡后朝廷内部出现主战派与主和派之争,随后即插入了关于党争的大段议论,一方面追溯了汉、唐、北宋时的党争,另一方面又指出党争造成的危害。这种边叙事边议论的语言特点,在一定程度上有利于读者对所叙故事的理解,诚如《樵史通俗演义》第二十六回回末评点云:"叙事夹议论,奕奕有神。"②

---

① 笔者按:小说中的张籍《北邙行》与《全唐诗》(增订本)中的张籍《北邙行》在个别字眼上有些出入。小说所引《北邙行》为:"洛阳北门北邙道,丧车辚辚入秋草。车前齐唱薤露歌,高坟新起日峨峨。朝朝暮暮人送葬,洛阳城中人更多。千金立碑高百尺,终作谁家柱下石。山头松柏半无主,地下白骨多于土。寒食家家送纸钱,乌鸦作巢衔上树。人居朝市不知愁,请君暂向北邙游。"《全唐诗》中的《北邙行》为:"洛阳北门北邙道,丧车辚辚入秋草。车前齐唱薤露歌,高坟新起白峨峨。朝朝暮暮人送葬,洛阳城中人更多。千金立碑高百尺,终作谁家柱下石。山头松柏半无主,地下白骨多于土。寒食家家送纸钱,乌鸢作窠衔上树。人居朝市未解愁,请君暂向北邙游。"(卷三八二《张籍一》,中华书局1999年版,第4296页)

② [清]江左樵子编辑:《樵史通俗演义》,《古本小说集成》本,第473页。

那么,清初遗民小说为何在叙事语言上呈现叙议结合的特点呢? 笔者认为原因有二。

一是与史论和前人小说有关。我们知道,史书在为历史人物作传时,常常在传记末尾有"太史公曰"式的评论,而这一点显然为清初遗民小说中的人物传记类小说所吸取。同时,唐传奇也常常在小说的末尾交代作者的创作缘由与背景。这一点也为清初遗民小说中的文言小说所借鉴。另外,史书在记载历史事件与历史人物时,史家有时也将自己的内心情感蕴含其中,《史记》即为这方面的典型代表。这种蕴含作者的评判因素的语言表达方式,显然对清初遗民小说产生了一定的影响。总之,史书及前人小说中叙议结合的表述方式,在内容与形式上都对清初遗民小说的叙事语言或多或少地产生了一些影响。

二是与作者表达自己的遗民意识有关。我们知道,清初遗民小说主要通过故事情节的描写与人物形象的塑造来反映作者的遗民意识,但有些遗民小说作者似乎并不满足于这一点,而直接通过议论的方式来表达自己的遗民情感。如李邺嗣的《马吊说》,"马吊戏"本为天启间流行于京城与吴地的一种纸牌游戏,但作者在此篇议论中将"马"直指弘光时的马士英和永历时的马吉翔,从而认为这一游戏为亡国之兆。又如上文提及的《续金瓶梅》第三十四回关于党争的议论,明显是在总结明亡于党争的教训。由此可见,清初遗民小说作家在创作小说时,为宣泄自己内心深处积淀的深厚的故国情感,采用议论化的叙事语言无疑是一种有效的释放途径。虽然这种语言表述与一般意义上的小说创作原则有些违背,但它却构成自己独特的语言表述方式,也形成其在叙事语言上的特色。

三、非叙事文体的过多插入导致小说语言风格的不甚统一

我们知道,清初遗民小说中的有些小说,特别是一些章回体小说,如《剿闯小说》《樵史通俗演义》《续金瓶梅》《女仙外史》等,在叙事过程中插入了较

多的奏章、檄文、诗词、戏曲等文体,甚至有些回数完全被这些文体所充斥,而这些文体又有自身的语言风格,这样就出现了与小说整体的语言风格不甚统一的现象。

(一)诗词的过多插入导致小说语言风格的不甚统一

众所周知,诗词属韵文学范畴,强调的是韵律平仄、含蓄蕴藉,在通俗小说中适当运用,有时会起到锦上添花的作用,但如果在通俗小说中过多插入,甚至与小说情节无关的插入,则不利于甚至有损于故事情节的发展。不仅如此,这些诗词的语言风格与小说语言风格也不甚统一。笔者在此仅以《剿闯小说》第六回、《女仙外史》第十四回插入的诗词为例作具体分析。

《剿闯小说》第六回主要描写了平西王吴三桂乞师于清廷,并赶走了屯兵北京的李自成。此回回末插入了诸多诗词,其中《颂平西伯吴三桂奏捷新封蓟国公》《代凯歌赞吴平西,调水调歌头》显然是不明真相的作者对吴三桂的颂扬。如果说这两首颂歌与小说内容还有关联的话,那么其后的《宫娥出禁词》《前题·集唐》《美女叹二首》,则基本上与本回内容无关,当属作者附加上去的。这些无关诗词的插入,不仅是小说体例不纯的表现,还是小说作者急就成篇、粗糙创作的表现。同时,这些无关诗词过多插入,也使其与小说语言的通俗流畅的风格有些格格不入。而这种格格不入,在一定程度上又造成读者在阅读上的障碍。

《女仙外史》第十四回主要描写了唐赛儿、鲍师二仙周游九州的经历。这一回几乎为唐赛儿等人的题诗与诗评所充斥,而故事情节似乎退居其次,给人一种喧宾夺主的感觉。笔者认为这些题诗与诗评,除展现作者的才学及表达自己的遗民情怀外,对故事情节的发展没有起到很好的润色作用。而且,这些题诗当中蕴含诸多典故,对于那些文化程度不是很高的读者来说,显然构成不小的语言障碍。更为重要的是,这些题诗构成此回主要内容,使这些题诗的抒情性与小说语言的叙述性不甚匹配。

总之,在通俗小说中过多地插入诗词,对小说来并不是一件幸事,相反,可能有损于故事情节的开展,不利于读者有效的阅读,更破坏了小说语言风格的统一性。

(二)奏章、檄文等应用文体过多插入导致小说语言风格的不甚统一

奏章、檄文等应用文体的较多插入,在清初遗民小说中也是一个比较突出的现象。作为应用文体,其强调的是语言的准确、精练且颇具文人气息,而通俗小说的语言强调的是通俗与流畅。这样,如果小说较多地引入这些应用文体,语言风格上显然有相互抵触之处。笔者在此仅《樵史通俗演义》第二十四回引入的奏章等应用文体来例,作具体分析。

《樵史通俗演义》第二十四回中的应用文体,包括倪元璐的3个奏本和崇祯帝的1次批旨。其中倪元璐的2个奏本,字数超过1000字,可见其篇幅在此回中的分量。不仅如此,这些应用文体的语言风格与小说语言风格具有明显的不同。笔者分别摘录一段,以观其概。

> 话说崇祯一二年间,朝里另用一番好人,朝廷渐渐肃清,原成个盛世的规模了。只是四方多事,一时收拾不来。有个翰林院编修倪元璐上了一本,"为世界已清,而方隅未化,邪气未息,而正气未伸事"。①

> 臣草疏毕,又窃念部臣王守覆以进言之急,而犯失仪之条,皇上概纳其言,薄镌其级,仰见圣心之甚曲而厚。时经三月,惩创已深,履端更新,万灵共曜。倘蒙召复原官,则圣度极于如天,而朝仪亦因之愈肃矣。②

从上述两段文字,我们可以看出,第一段的叙事语言,明显具有通俗性,如"另用一番好人""四方多事""一时收拾不来"等均明白如话;而第二段的奏

---

① ［清］江左樵子编辑:《樵史通俗演义》,《古本小说集成》本,第415—416页。
② ［清］江左樵子编辑:《樵史通俗演义》,《古本小说集成》本,第420—421页。

疏语言,明显有些晦涩,文人气息颇为浓厚,如"犯失仪之条""薄镌其级""圣度极于如天"等,对于一般读者来说,理解起来还是较为困难。这种晦涩难懂的奏疏语言与明白如话的叙事语言交错在一起,确实让人感受到语言风格的不同及其不相融洽。其他小说中的奏疏、檄文、书信等应用文体的语言风格,也大致如此,如《剿闯小说》第五回插入了2封书信、1篇诏书,即《张家玉上闯贼陈情书》《张家玉上闯贼荐人才书》《周钟为闯贼撰登极诏》等。而那些即使带有说明性质的应用文体,在语言运用上也保持正统古文的规范,如《女仙外史》第三十七回中的《科目册》第一条云:"一曰经术。陶熔历代诸家传注,更出己裁,文词纯正,方为入彀。若但沿袭宋人旧解者,不录。"①这里"入彀"一词有符合标准的意思,在上层文人那里可能是一个较为常见的词汇,但在通俗小说中并不多见。由此亦可见这种应用文体语言风格之一斑。

在这里需要指出的是,清初遗民小说中的应用文体分为两类,一类是于史有据类,如上文《樵史通俗演义》《剿闯小说》引入的应用文体;一类是作者杜撰类,如上文《女仙外史》引入的应用文体。但不管是哪一类,它们本身要符合这种文体的语言特点。这样,小说作者就处于两难境地,如果将应用文体的语言改造成小说语言,则违背应用文体的语言要求,如果不改造,则又出现应用文体的语言与小说语言在风格上的不统一。所以,笔者认为,要解决这一矛盾,尽量减少应用文体在通俗小说中的运用,或许是较为妥当的办法。另外,这些应用文体虽然在内容或形式上,具有一定的文献价值,但它们对故事情节的冲淡、令小说读者难以卒读等缺陷,还是非常明显的。

（三）戏曲的过多插入导致小说语言风格的不甚统一

戏曲与小说虽同属叙事文学范畴,均讲究故事情节对受众的吸引,但它们显然是两种不同的文体,戏曲更多的是强调舞台表演,虽然其在后来的发展中

---

① ［清］吕熊:《女仙外史》,《古本小说集成》本,第899页。

几乎成为案头文学,但作为戏曲的基本要素还是具备的,而小说更多的是强调故事情节的曲折、人物形象的塑造等。在清初遗民小说中,《续金瓶梅》是插入戏曲最多的小说,共有 18 回涉及,包括第十六、十九、二十、二十三、二十五、二十六、二十九、三十二、三十五、三十六、四十一、四十四、四十八、四十九、五十二、五十六、五十七、五十八回。笔者在此仅以引入戏曲最多的第四十五回为例,作具体分析。

　　小说第四十五回引入的戏曲为应伯爵的说白与演唱,占全回近一半的篇幅。演唱部分的曲牌包括【山坡羊前】【捣喇】【山坡羊后】,共有三组,分别针对西门庆与潘金莲、李瓶儿、庞春梅。这三组曲牌蕴含一定的故事情节,但这些故事情节明显是对《金瓶梅》中的故事情节的总结,而与此回的故事情节并无太大的关系。更为重要的是,这些曲牌的语言与小说语言虽都浅显易懂,但还是有区别的,如第一组的【山坡羊前】云:"清河县出了一个好汉姓西门来名庆,他是个破落户出身,好管闲事,包揽衙门。开了个生药铺在县前,十分的好胜。他喜的撞巢窝、寻表子、钻狗洞、结帮闲,拜交的狐朋狗友。"①如果用小说语言来描述,应该是这样的:"清河县有一个名叫西门庆的好汉,是个破落户出身,好管闲事,包揽衙门。在县前开了一个生药铺,非常好胜。他喜欢撞巢窝、寻表子、钻狗洞、结帮闲,结交狐朋狗友。"与小说语言最大不同的是【捣喇】,它以七言居多,两句相连表达一个意思,且偶句多押韵,并一韵到底。综观这些戏曲语言与小说语言的不同,我们不难看出,戏曲语言具有自己的语法规范,而小说语言也具有自己的表达方式。如果通俗小说像此回这样过多地引入戏曲,那么,就整回的语言风格而言则会出现不伦不类的现象,这也势必影响到小说的语言风格的统一性。

　　总之,清初遗民小说作者,或为表现自己的才学,或为追求补史的创作目的,或为表达自己治国平天下的诉求,在自己的小说创作中过多地引入了其他

---

　　① ［清］紫阳道人编:《续金瓶梅》,《古本小说集成》本,第 1217 页。

文体,而这些文体与小说在语言风格上又有较大的差距,这样就造成小说整体语言风格上的不甚统一。这也是清初遗民小说在语言上的不足之处。

综上所述,清初遗民小说通过人物语言表达作者的遗民情怀,通过叙事语言凸显叙议结合的语言特色,通过非叙事文体的插入表现时代的烙印。概言之,清初遗民小说在语言艺术方面有着自己鲜明的特色。

第五章　清初遗民小说的评点

古代文学评点在我国源远流长,学界一般认为是从唐代开始,在评点形式与内容上主要受到史评的影响。而古代小说评点则相对较晚,一般认为南宋末年的刘辰翁对《世说新语》的评点,"实开古代小说评点之先河"①。进入明清时期,由于小说创作的极大繁荣,小说评点亦随之兴起,其中明清之际(明万历中期至清康熙时期)的小说评点达到高潮,出现了如李贽、张竹坡、金圣叹、毛宗岗等小说评点大家。而清初遗民小说的创作恰好处于古代小说评点的繁荣期,所以时人及后人对其评点亦相对较为丰富,绝大多数清初遗民小说都有过作者、时人或后人的评点,甚至还出现几十人评点一部小说的奇特现象。同时,评点中蕴含遗民意识亦成为清初遗民小说评点的重要特点。

第一节　清初遗民小说的评点概况

评点的内涵是什么? 学界多有争议,其中朱世英将评点分为狭义评点与广义评点,狭义评点是"专指批点结合的形式,离开作品的评论不包括在内",

---

① 谭帆:《中国小说评点研究》,华东师范大学出版社 2001 年版,第 11 页。

广义评点是指"对作家和作品的评论"①;孙琴安将"文学评点"称之"评点文学"②;白盾认为"'评'是指评议,'点'是指'一语点破'的意思"③。谭帆在指出以上三位学人各自不足的基础上,认为"只有与作品连为一体的批评才称之为评点"④。笔者较为认同谭帆的观点。不过,谭帆将评点形式仅限制在序跋、读法、眉批、旁批、夹批、总批和圈点上,笔者认为还有需要补充的地方,如凡例、识语、人物绣像赞语、尾批等,亦可归入评点范畴,因为它们也是"与作品连为一体的批评"。

具体到清初遗民小说,笔者所论及的小说评点形式主要包括小说的识语、凡例、序跋、眉批、夹批、旁批、尾批、总评、总批、人物绣像赞语等。其中以序跋、夹批、尾批居多,其次为凡例、识语、绣像赞语等。

一、清初遗民小说的序跋

古代小说的"序"主要包括序、叙、引、弁言、序言等,"跋"主要包括跋、书后、后序等。清初遗民小说最为普遍的评点形式即为序跋。其中通俗小说一般都有序,而很少出现有跋的情况,如《剿闯小说》有西吴无竞氏的《剿闯小说叙》,《清夜钟》有微园主人的《序》,《樵史通俗演义》有花朝樵子的《自序》,《新世弘勋》有蓬蒿子的《定鼎奇闻序》、申江居士的《新史奇观序》,《后水浒传》有采虹桥上客的《后水浒序》,《豆棚闲话》有艾衲居士的《弁言》及天空啸鹤的《豆棚闲话叙》,《续金瓶梅》有爱日老人的《序》、西湖钓史的《续金瓶梅集序》及丁耀亢的《太上感应篇阴阳无字解序》,《隋唐演义》有褚人获的自序及林翰的《隋唐演义原序》,《铁冠图》有松排山人的《忠烈奇书序》,《七峰遗编》(《海角遗编》)有七峰樵道人的《海角遗编序》,《女仙外史》有作者的自序

---

① 朱世英等:《中国散文学通论》,安徽教育出版社1995年版,第907页。
② 孙琴安:《中国评点文学史》,上海社会科学院出版社1999年版,第1—2页。
③ 白盾:《说中国小说的评点样式》,《艺谭》1985年第3期。
④ 谭帆:《中国小说评点研究》,华东师范大学出版社2001年版,第6页。

及陈奕禧的《序言》,《台湾外记》有作者自序及陈祈永、彭一楷、郑应发、余世谦、吴存忠等人所作的序,等等。而有跋的通俗小说很少,如《女仙外史》有吕熊的《自跋》及叶夔的《跋语》。清初遗民小说中的通俗小说的序多跋少现象,大致反映了古代通俗小说的序跋评点的总体状况,以《三国志通俗演义》为例,明清时期为其作序(包括叙、引)者多达19人,而作跋者仅1人。①

与通俗小说有很大不同的是,诸多文言小说是以单篇的形式出现,除少数篇目前有小序外,基本上没有正式的序跋。所以,笔者在此论及文言小说的序跋,主要是指文言小说集的序跋。文言小说集的序多为作者自序,如《板桥杂记》前有作者余怀的小序,《阐义》各卷前有作者吴肃公的小序,《客舍偶闻》有作者彭贻孙的《客舍偶闻序》,《明语林》有作者吴肃公的《自序》,《女世说》有作者李清的《自序》。除自序外,文言小说集亦有一定数量的他人所作的序,如《阐义》有刘楷、梅庚、张自烈等人所作的序,《岛居随录》有罗联棠的序,《板桥杂记》有尤侗的《题板桥杂记》,《山阳录》有衲米的《山阳录叙》等。文言小说集有跋的情况较少,其中为世楷堂藏板《昭代丛书》收录的《诸皋广志》《嗒史》《麈馀》均有杨复吉所作的跋语。另外,《板桥杂记》有傅春宫的《重刻板桥杂记跋》,《阐义》有沈廷璐的《后序》等。当然,亦有些小说集没有序跋者,如《冥报录》《旧京遗事》等。

上述清初遗民小说的序跋,为我们寻绎其创作动因、成书出版过程、艺术成就等方面,颇多裨益。

(一)创作动因的解读

清初遗民小说的序,为我们解读作者的创作动因提供有效的途径。主要表现在以下几个方面:

一是为宣泄作者情感而创作。这种创作动因在清初遗民小说中较为普遍

---

① 此统计依据丁锡根:《中国历代序跋集》(中)之"三国演义"条,人民文学出版社1996年版。

存在。当然,由于清初较为复杂的社会环境以及作家各自不同的生活经历,所以他们宣泄的情感亦不尽相同。有为感叹历史而作,如吕熊在《吕仙外史》自序中称:"夫建文帝君临四载,仁风洋溢,失位之日,深山童叟莫不涕下。熊生于数百年之后,读其书,考其事,不禁心酸发指。故为之作《外史》……"①又如采虹桥上客在《后水浒序》中言:"奈何君王不德,使一体之人,皆成敌国,岂不令人叹息,千古兴嗟,宋室之无人也。虽然名教攸关,谁敢逾越前后?曰妖曰魔,作者之微意见矣。"②有为感叹兴亡而作,如余怀称其创作《板桥杂记》是"一代之兴衰、千秋之感慨所系,而非徒狭邪之是述,艳冶之是传也"③。有为痛恨农民起义者而作,如松排山人在《忠烈奇书序》中言:"故秦、楚为汉高祖之獭鹯,汉、吴又为明太祖之獭鹯,然则今之闯、献,又为大清圣主之獭鹯。"④还有为完成前辈遗愿而作,如李清在《女世说自序》中言:"《女世说》何为乎辑也?盖追述予亡伯维凝先生(讳长敷)言,故辑也。亡伯之言曰:'予有《世说》癖,所惜"贤媛"一则,未饫人食指耳。'"⑤正是由于作者这些情感的宣泄,为我们解读作者在小说中的种种描述提供线索,如吕熊的"心酸发指",即是对史载的不满而在《女仙外史》中将永乐年号悉数改为建文年号;余怀在《板桥杂记》中营造的秦淮风月由盛而衰的悲凉气氛,即是其兴亡之感的表现;松排山人在《铁冠图》中虚构了李自成杀父灭伦,其实即是为其塑造"獭鹯"形象作铺垫;吴肃公在《阐义》中关注下层民众及其身上体现的可贵品质,即是其"涉衰世之末流"而"有概于中"的表现;李清在《女世说》中对女性的描述,即是对亡伯的追述。总之,这些小说的序(尤其是自序),成为我们解读

---

① [清]吕熊:《自叙》,[清]吕熊:《女仙外史》卷首,《古本小说集成》本,第7—8页。

② [清]采虹桥上客《后水浒序》,[清]青莲室主人辑:《后水浒传》,春风文艺出版社1981年版,第2页。

③ [清]余怀:《板桥杂记自序》,[清]余怀:《板桥杂记》,南京出版社2006年版,第7页。

④ [清]松排山人:《忠烈奇书序》,[清]松排山人编:《铁冠图》,《古本小说集成》本,第7—8页。

⑤ [清]李清:《女世说自序》,道光五年(1825)经义斋刻本,现藏国家图书馆。

小说中蕴含作者情感的一把钥匙。

二是为补史而创作。补史的创作动机在古代历史小说中屡见不鲜,而清初遗民小说在这方面加入了时代的因素,从而突现其应有的不可替代的价值。江日昇在《台湾外记·自序》中称:

> (郑)成功髫年儒生,能痛哭知君而舍父,克守臣节,事未泯。况有故明之裔宁靖王从容就义,五姬亦从之死;是台湾成功之踞,实为宁靖王而踞,亦蜀汉之北地王然。故就其始末,广搜辑成。诚闽人说闽事,以应纂修国史者采择焉。①

《台湾外记》的史料价值得到了诸多学人的认可,如陈祈永称其与"班、马之伦比也"②,彭一楷称其"备史氏之阙文,江子与是书不朽矣"③,陈碧笙更是将其与其他史料对比,认定其史学价值,"我曾将《台湾外记》与《先王实录》从头到尾校勘一遍,发现从永历三年九月王起俸投降到永历十五年二月一日祭江复台,前后所记各次大小战役以及友军之联系、士卒之挑练、提镇之任免、粮饷之搜集等近一百七八十起事件中,不论人名、时间、地点、过程,几乎完全相同。……本书的后半也曾和阮旻锡《海上见闻》、夏琳《海纪辑要》、郑亦邹《郑成功传》、施琅《靖海纪事》、姚启圣《忧畏轩奏疏》、杨捷《平闽记》等进行互校,基本上也是大同小异"④。

《樵史通俗演义》是另一部为补史而创作的作品,作者江左樵子在《自序》中称其创作为"久而樵之以成野史"⑤。其史料价值亦得到了孟森、栾星、张平仁等多位学人认可。前文多有涉及,在此不作赘述。

---

① [清]江日昇:《台湾外记·自序》,福建人民出版社1983年版,第1页。
② [清]陈祈永:《台湾外记·序》,[清]江日昇:《台湾外记》,福建人民出版社1983年版,第2页。
③ [清]彭一楷:《台湾外记·序》,[清]江日昇:《台湾外记》,福建人民出版社1983年版,第5页。
④ 陈碧笙:《台湾外记·校点说明》,[清]江日昇:《台湾外记》,福建人民出版社1983年版。
⑤ [清]江左樵子:《自序》,[清]江左樵子编辑:《樵史通俗演义》,《古本小说集成》本,第4页。

除补当代史之缺外,有些清初遗民小说还为补前代史之缺而创作,如秦淮墨客在《续英烈传叙》中言:"窃尝综建文、永乐故实,汇为续传。阅是书者,其于盛衰顺逆之故,平坡往复之机,亦可瞭如指掌矣。然词所达意,固不敢自附于野史之例;而事必摭实,或亦免于续貂之诮欤?"①

不过,在这里需要指出的是,有些清初遗民小说虽以补史为其创作动机,但在实际的创作中的文学因素是不容忽视的。换言之,以补史为创作动机的清初遗民小说,其文学性与史料性是并存不悖的。

三是为教化而创作。明清之际的小说创作,在一定程度上或多或少具有教化思想。清初遗民小说作为其一组成部分,在劝世教化方面亦有所表现。我们从有些小说的序中明显感受到这一点。如薇园主人在《清夜钟·序》中言:"余偶有撰著,盖借谐谈说法,将以鸣忠孝之铎,唤省奸回;振贤哲之铃,惊回顽薄。名之曰《清夜钟》。"②小说第一回"贞臣慷慨杀身　烈妇从容就义"明显体现了这一创作动机。此回描写道:"在朝食禄的岂下千百,见危授命,不过二十余人。在贵戚,全家自焚,有巩驸马、刘皇亲,九卿父子死节的孟大理;宫臣举家死事刘状元;二妾同死马谕德;侍御陈良谟有妾相殉;职方成德以母从子。至于夫妇同尽,亦慷慨亦从容,便是汪编修。"③这种对慷慨就义、杀身成仁者的描写,明显具有"鸣忠孝""振贤哲"之意。

又如蓬蒿子在《定鼎奇闻序》中言:"兹《新世鸿勋》一编,乃载逆闯寇乱之始末,即所谓运数兴替之因由。然运数虽系乎天机,而厥因实由于人造。惟愿举世之人,悉皆去恶存善,就正离邪。既无邪慝因缘,自绝循环报复,虽亿万斯

---

① [清]秦淮墨客:《续英烈传·叙》,[清]秦淮墨客:《续英烈传》,《古本小说集成》本,第4—5页。
② [清]薇园主人:《清夜钟·序》,路工、谭天编:《古本平话小说集》(上),人民文学出版社2006年版,第154页。
③ [清]薇园主人:《清夜钟》第一回,路工、谭天编:《古本平话小说集》(上),人民文学出版社2006年版,第158页。

年,当永享太平之盛也。"①作者为体现"去恶存善,就正离邪"的创作动机,在小说中虚构了李自成的出生描写,如第二回描写了李自成出生前出现的怪异天象,"滕六花飞怪露形,蚩尤旗见天垂象",第三回描写了李自成是由其父李十戈服用海狗肾与其母交合而产生。这种虚构描写,为进一步表现李自成的"恶"与"邪"作了铺垫。同时,这种虚构描写也在劝诫人们要远离这些"恶"与"邪",而归于"善"与"正",这样才会"永享太平之盛"。

其他小说为教化而创作亦有所表现,如无竟氏在《剿闯小说叙》中言:"惩创叛逆,其于天理人心,大有关系,非泛常因果平话比。"②又如梅庚在《阐义·序》中称:"薛水心尝曰:'为学而不接统绪,虽博无益也;为文而无关世教,虽工无益也。'街南学有师承,平生撰述皆以纲维名教为己任,《阐义》特其一耳。"③

另外,有些清初遗民小说还具有几个创作动因并存的现象。如《阐义》除具有教化这个主要创作动因外,还具有寄寓作者情感的次要创作动因,梅庚在《阐义·序》中言:"街南吴先生涉衰世之末流,身所睹记,有概于中,欷歔感触,殆有什伯于子舆时者。此《阐义》之书所由作欤。"④再如《台湾外记》除具有补史这个主要创作动因外,还有寄寓作者遭遇的次要创作动因,郑应发在《台湾外记·序》中言:"东旭为幼子,最所钟爱,晨夕左右不离,习知时事,强记博闻,疏财重义,四壁萧然。噫! 以如是之才,际用人不次之会,咸谓其必有合也。奈何命与时违,历落牢骚,所如不偶,行多坎壈。缘与友人计划,无如数何! 欲为莺鸣义侠,反成雀角谤疑,构讼岁月,徙倚县庭,因著《台湾外志》一书。"⑤这种

---

① [清]蓬蒿子:《定鼎奇闻·小引》,[清]蓬蒿子编次:《新世鸿勋》,《古本小说集成》本,第4—6页。

② [清]无竟氏:《剿闯小说叙》,[清]懒道人口授:《剿闯小说》,《古本小说集成》本,第11页。

③ [清]梅庚:《阐义·序》,[清]吴肃公:《阐义》,《四库禁毁书丛刊》子部第11册,北京出版社2000年影印本,第3页。

④ [清]梅庚:《阐义·序》,[清]吴肃公:《阐义》,《四库禁毁书丛刊》子部第11册,北京出版社2000年影印本,第3页。

⑤ [清]郑应发:《台湾外记·郑序》,[清]江日昇:《台湾外记》,福建人民出版社1983年版,第6页。

主要创作动因与次要创作动因在小说中相辅相成,共同构成小说创作要素,也为我们解读小说提供了不同途径。

(二)成书出版过程的描述

成书过程的描述是清初遗民小说序中另一重要内容。我们通过这些描述,可以较为详尽地了解某部小说的成书过程。笔者在此以《隋唐演义》为例。现将褚人获《隋唐演义·序》摘录如下:

> 昔人以《通鉴》为古今大帐簿,斯固然矣。第既有总记之大帐簿,又当有杂记之小帐簿,此历朝传志、演义诸书所以不废于世也。他不具论,即如《隋唐志传》,创自罗氏,纂辑于林氏,可谓善矣。然始于隋宫剪彩,则前多阙略,厥后铺缀唐季一二事,又零星不联属,观者犹有议焉。昔箬庵袁先生,曾示予所藏《逸史》,载隋炀帝、朱贵儿、唐明皇、杨玉环再世因缘事。殊新异可喜,因与商酌,编入本传,以为一部之始终关目。合之《遗文》《艳史》,而始广其事;极之穷幽仙证,而已竟其局。其间阙略者补之,零星者删之,更采当时奇趣雅韵之事点染之,汇成一集,颇改旧观。乃或者曰:“再世因缘之说,似属不根。”予曰:“事虽荒唐,然亦非无因,安知冥冥之中不亦有帐簿登记此类,以待销算也?”然则斯集也,殆亦古今大帐簿之外、小帐簿之中所不可少之一帙与时!①

从褚人获的自序,我们至少可以看出《隋唐演义》成书过程有这样几个特点:一是“大帐簿”与“小帐簿”的结合。褚人获在创作时,既结合《通鉴纲目》这个“大帐簿”,又结合了《隋唐志传》《逸史》《隋史遗文》《隋炀帝艳史》这些“小帐簿”。这种结合实质上即是正史与野史的结合;二是袁于令所藏《逸史》(笔者按:唐卢肇撰,现佚)对创作产生重要影响。小说中的隋炀帝

---

① 〔清〕褚人获:《隋唐演义·序》,《古本小说集成》本,第1—4页。

与朱贵儿和唐明皇与杨玉环的再世姻缘即来自《逸史》；三是小说在承袭的同时，亦有所变通，即所谓"阙略者补之，零星者删之，更采当时奇趣雅韵之事点染之"。而这种变通恰恰是作者表达自己的情感之所在，亦是作者创新之所在。换言之，这种变通是《隋唐演义》文学价值之所在，又是体现其遗民意识之所在。

其他清初遗民小说的序中亦涉及成书过程，如花朝樵子《自序》涉及《樵史通俗演义》的本事来源，包括《颂天胪笔》《酌中志略》《寇营纪略》《甲申纪事》等，吴肃公在《明语林·自序》中称其创作是"披览之下，会有赏心，间删润而札识之"①，余怀在《板桥杂记自序》中称其创作是"聊记见闻，用编汗简，效《东京梦华》之录，标崖公蚬斗之名"②。

除成书过程外，有些清初遗民小说的序跋还涉及小说的刊刻传播过程，如沈廷璐《阐义·后序》较为详细地描述了《阐义》的整理与刊刻过程："今年（笔者按：康熙四十六年丁亥，1707）春，余携至慕园，光禄公（笔者按：刘楷）见而激赏，……命诸嗣君授之梓。余小子窃效雠校至晨夕，参订则吾友次云（笔者按：王可第）暨霖起兄弟（笔者按：刘沛、刘焘）之力居多云。旧总十二卷，余以每部各有小序，宜以类相从，今离为二十二卷，所采掌故以本事为主，旁及他事者略焉。小序内亦间有同异，而《义貘》一卷诠次未成，将存以有待师，或能默鉴余小子苦衷也耶。"③另外，吴肃公的《明语林自序》、罗联棠的《岛居随录序》等亦涉及各自的刊刻传播过程。

总之，有些清初遗民小说从成书到出版的过程，我们从它们的序跋中能寻觅到相关线索。这为我们进一步研究全面小说奠定基础。

---

①　[清]吴肃公：《明语林·自序》，[清]吴肃公：《明语林》，《续修四库全书》第1175册，上海古籍出版社1995—2002年版，第547页。

②　[清]余怀：《板桥杂记序》，[清]余怀：《板桥杂记》，南京出版社2006年版，第7—8页。

③　[清]沈廷璐：《阐义·后序》，[清]吴肃公：《阐义》，《四库禁毁书丛刊》子部第11册，北京出版社2000年版，第160页。

（三）艺术成就的评价

清初遗民小说的序跋对其艺术特点的总结、艺术成就的评价等是其重要内容之一。其中结构艺术又是重要的一方面。如余世谦在《台湾外记·序》中用八股文的结构来概括《台湾外记》的整体结构特点颇有见地。这种起承转合的结构特点反映了《台湾外记》在结构艺术上的成就。而有些清初遗民小说在结构上明显有其不足的一面，如郭沫若《剿闯小史跋》云："今观其前五卷专叙北方事，确出传闻，而后五卷则撷拾文告与南都事以续之，一录一笔颇为瞭然。各卷每多附录，赞诗按语杂厕其间，与正文不相联贯。"①这种"不相联贯"的艺术缺陷也得到廖可斌的认同。②

除结构艺术外，清初遗民小说的序跋还对其他艺术进行了评点。如杨复吉《诺皋广志跋》云："愚山子《诺皋广志》，踵段志之名而作，其中皆罗列可喜可愕之事，足以新人耳目。而末缀议论，更复旁见侧出，迥不犹人。惟多谈因果，辞不雅驯者尚多，为微嫌耳。"③"新人耳目"显然是对小说的选材艺术的肯定，而"辞不雅驯"又是对其语言艺术的批评。又如杨复吉《麈馀跋》称："尝读弇州山人所著短长，叹为补阙求间，得未曾有。兹更扩而充之，莲花涌舌，玉屑霏霏，文人笔底，具有化工。彼钻故纸堆中，守兔园册子者，正未梦见在也。集中尚有《眉妩赋》，更为瑰艳。惜属有韵之言，不克汇入此编为憾。"④"文人笔底，具有化工"是对《麈馀》的语言艺术的肯定，"不克汇入此编为憾"是对《麈馀》插入赋体不当的批评。还有些序跋对小说艺术较多正面评价的，如沈

---

① 郭沫若：《剿闯小史跋》，丁锡根编著：《中国历代小说序跋集》，人民文学出版社1996年版，第1034—1035页。
② 参见廖可斌：《剿闯小说·前言》，《古本小说集成》本。
③ ［清］杨复吉《诺皋广志跋》，［清］徐芳：《诺皋广志》，新文丰出版公司1989年影印本，第95页。
④ ［清］杨复吉《麈馀跋》，［清］曹宗璠：《麈馀》，《丛书集成续编》第96册子部小说类·杂录之属，上海书店1994年版，第572页。

廷璐在《阐义·后序》中言:"《阐义》一书,缀部丑类、远引博征。其例严,其旨深。"①不过,陈祈永称《台湾外记》"江子岂独备史氏之三长(笔者按:史才、史学、史识),抑且有功于名教,立顽起懦,不朽矣"②,未免过于拔高了《台湾外记》思想艺术上的成就。

总之,清初遗民小说的序跋对小说艺术的评价,既有其较为客观的一面,又有过度赞誉的一面。所以,我们对于这些序跋的评价,要采用一种较为理性的态度去看待,其中合理的部分要积极采纳,而不合理的部分则要坚决摒弃。

二、清初遗民小说的夹批

小说的夹批是指在小说正文中进行批点的文字。具有夹批的清初遗民小说主要有 5 种,其中文言小说 2 种,包括《海山仙馆丛书》本《妇人集》、《昭代丛书》本《影梅庵忆语》,通俗小说 3 种,包括清初写刻本《樵史通俗演义》、绍裕堂刊本《水浒后传》、求无不获斋本《台湾外记》。综观这些夹批,主要包括以下几种类型。

(一)注释性夹批

所谓注释性夹批是指对小说相应内容进行解释说明的夹批形式。它又可分为一般性注释与考证性注释两类。其中一般性注释主要包括对名词的解释、对人物的名、字、号及人物关系等方面的说明,考证性注释主要包括引用相关资料来对小说人物与事件进行说明。注释性夹批在《妇人集》《台湾外记》中表现得最为明显。《妇人集》由冒襄作注,《台湾外记》为作者自注。

我们首先来看一般性注释。《妇人集》在这方面主要是对人名的解释,如

---

① 　[清]沈廷璐:《阐义·后序》,[清]吴肃公:《阐义》,《四库禁毁书丛刊》子部第 11 册,北京出版社 2000 年版,第 160 页。

② 　[清]陈祈永:《台湾外记·序》,[清]江日昇:《台湾外记》,福建人民出版社 1983 年版,第 2—3 页。

对"吴江叶进士"注云"名绍袁"①,对"宗梅岑"注云"名元鼎"②,等等。而《台湾外记》在这方面要比《妇人集》丰富得多,有对名词进行解释者。如小说卷之一对"公司"解释道:"公司乃船主的货物洋船通称。"③又对"隔冬"解释道:"凡洋船乘南风而去,东北风而回,而未回者则曰隔冬。"④卷之二对"清茶"解释道:"无菓泡茶,名曰清茶。"⑤有对人物、地名进行注释者,如卷之一对"金门所"注云"即浯州",对"中左所"注云"即厦门"⑥,对郑绍祖注云"芝龙父"⑦,等等。这种一般性注释,对扫除普通读者的一些语言障碍颇有裨益。

与一般性注释不同的是,考证性注释更多地具有学术色彩。其中《妇人集》常常引用他人著述对小说人物与事件进行注释,如"长平公主"条,冒褒对长平公主作注云:"孙承泽《春明梦馀录》曰:'公主名徽媞。'"⑧又如"明思宗田贵妃"条,冒褒对田贵妃得崇祯帝宠幸作注云:"吴伟业《永和宫词》曰:'贵妃明慧独承恩。'"⑨其他注释大致类此,只不过注释的文字有长有短而已。而《台湾外记》在这方面多采用按语或附记的形式进行注释,如小说卷之一对陈秀等人作按语称:"陈秀,海澄人。后封武功伯,献仙霞关投诚。陈霸,南安石井人。吕姓,为陈氏养子。人品肥矮,浑号'三尺六'。踞南澳,入粤东投诚,后封忠勇侯。"⑩《台湾外记》有时还利用谚语来注释,如卷之一中周德兴在白鹤山令石匠劈石,作者作注云:"谚云:'白鹤山,珠屿案,谁人葬得着,天下管一半。'故德兴有是举。"⑪总之,这些考证性注释,对于我们理解小说中的人物

---

① [清]陈维崧撰,冒褒注:《妇人集》,《丛书集成初编》第3401册,第10页。
② [清]陈维崧撰,冒褒注:《妇人集》,《丛书集成初编》第3401册,第10页。
③ [清]江日昇:《台湾外记》,福建人民出版社1983年版,第3页。
④ [清]江日昇:《台湾外记》,福建人民出版社1983年版,第3页。
⑤ [清]江日昇:《台湾外记》,福建人民出版社1983年版,第65页。
⑥ [清]江日昇:《台湾外记》,福建人民出版社1983年版,第2页。
⑦ [清]江日昇:《台湾外记》,福建人民出版社1983年版,第2页。
⑧ [清]陈维崧撰,冒褒注:《妇人集》,《丛书集成初编》第3401册,第1页。
⑨ [清]陈维崧撰,冒褒注:《妇人集》,《丛书集成初编》第3401册,第2页。
⑩ [清]江日昇:《台湾外记》,福建人民出版社1983年版,第31页。
⑪ [清]江日昇:《台湾外记》,福建人民出版社1983年版,第2页。

与情节提供有力的参考材料。

(二)内容性夹批

　　所谓内容性夹批是指针对小说相应内容直接进行评点的夹批形式,主要包括对小说人物与事件的评价、表达评点者情感等诸多方面。根据夹批文字的多寡,又可分为只言片语式与段落式两种。第一种在《樵史通俗演义》《水浒后传》中较为常见,而第二种则在《影梅庵忆语》《台湾外记》中较为常见。

　　我们首先来看只言片语式夹批。这种夹批方式往往只用三言两语进行评点,以表达评点者对小说中相关人物与事件的态度,与眉批有类似之处。《樵史通俗演义》计有 22 处夹批,大多属此类。如第十一回夹批云"快论"①,是针对范景文奏疏中"一人欲私不可得,既欲私一人亦不可得"句所作夹批,表明评点者对范景文奏疏中的某些观点深表赞同。又如第十四回夹批云"的是奸人心事"②,是针对魏忠贤假意交出厂印事,指出魏忠贤假意背后的真实意图。相对《樵史通俗演义》,绍裕堂刊本《水浒后传》夹批较多,这与其将康熙三年(1664)刊本《水浒后传》的眉批改为夹批有很大关系。第四回夹批云"鬼脸刺字,分外难看"③,是针对杜兴刺字发配事,表明相貌丑陋的杜兴在刺字后更加丑陋。第五回夹批云"潘金莲答武松语"④,是针对赵玉娥语"天有不测风云,人有旦夕祸福",表明评点者将赵玉娥与潘金莲相提并论,指出其善于勾引的本性。另外,《台湾外记》在这类夹批中有一重要特点,那就是用诗句的形式进行评点。如卷之一叙郑芝龙等人主动背捆前往泉州投靠蔡善继,夹批云:"昔日高牙剑戟尊,今朝低首叩辕门。一书非是能饶舌,欲报当年掷石恩。"⑤总之,只言片语式夹评虽然较为零散,评点对象亦具有一定的偶然性,但评点

---

　　① 　[清]江左樵子编辑:《樵史通俗演义》,《古本小说集成》本,第 193 页。
　　② 　[清]江左樵子编辑:《樵史通俗演义》,《古本小说集成》本,第 251 页。
　　③ 　[清]陈忱:《水浒后传》,《古本小说集成》本,第 111 页。
　　④ 　[清]陈忱:《水浒后传》,《古本小说集成》本,第 135 页。
　　⑤ 　[清]江日昇:《台湾外记》,福建人民出版社 1983 年版,第 17 页。

者能拈出自己的兴趣点,表达自己的阅读感受,还是为我们提供了对小说人物与事件思考的空间。

与只言片语式夹批不同的是,段落式夹批则相对较为集中,亦颇有深度。杜濬评点《影梅庵忆语》多属此类。据笔者统计,杜濬夹批计有 8 处,均以"杜茶村曰"的方式进行评点。其中除第 1 处是针对小说的语言艺术进行评点外,其他 7 处均针对小说内容进行评点。笔者在此试举一例以说明之。如小说描写了冒襄与董小婉在国变后流离颠沛而又情感深厚的爱情生活,杜濬评点云:"才子佳人多生乱世,如王嫱、文姬、绿珠,莫可缕数。姬生斯时,宜矣。奔驰患难,终保玉颜无恙。首邱绣闼,复得夫君五色彩毫,以垂不朽,孰谓其不幸欤?"①杜濬从"才子佳人多生乱世"的角度,肯定了冒、董二人在清初动乱社会中的幸福爱情,颇有一种"国家不幸爱情幸"的感觉。

《台湾外记》亦多有段落式夹批,由于小说中这类夹批多数篇幅较长,在此笔者仅举一例以窥之,如卷之二叙有吴三桂给陕西总督余应桂所上"督辅之外加一督师"之奏疏,夹批云:"古今命将出师,未有二其权可以成功者也。如唐之裴晋公,宪宗委以都督军外事,予以便宜讨吴元济,故雪夜深入于蔡。宋太祖命曹武惠征李煜,命之曰:'江南之事,一以委卿。'故武惠得抒其胸中秘略,遂定江南。故明之坏,限以资格,动以掣肘,如用太监,又用监纪,此辈误人不浅。际此紧急之时,尚欲督辅之外加一督师。噫,苟督辅可用,何必督师?若督师可用,则又何必督辅?故韩信之拜,诸葛之师,未闻尚有别人。宜乎天下瓦碎,上下蒙蔽;大事已去,别无长策,徒有相对垂泣已耳。"②评点者旁征博引地论证了吴三桂的"督辅之外加一督师"计策的不足以及可能造成的危害,甚至将笔触延伸至故明的宫监制度。由此可见,评点者观察问题之深刻。

---

① [清]冒襄著,杜濬评点:《影梅庵忆语》,《丛书集成续编》第 95 册子部小说类·杂类之属,上海书店 1994 年影印本,第 1028 页。

② [清]江日昇:《台湾外记》,福建人民出版社 1983 年版,第 43 页。

（三）艺术性夹批

所谓艺术性夹批是指评点者针对小说艺术方面，包括结构艺术、语言艺术等方面的夹批。相对于注释性夹批、内容性夹批，艺术性夹批在清初遗民小说中数量并不是很多。笔者在此举数例以说明之。在结构艺术上，如评点者在《樵史通俗演义》第一回夹批云"伏案"，又如在《水浒后传》第四回中夹批云："借七哥快口，暗回后文。"①这些夹批实际上指出了小说作者在创作时能顾及前后照应，从而做到在结构上的完整性。这些具有亮点的结构艺术在清初遗民小说中并不多见，而且与"四大奇书"的浑然一体的结构艺术，还是不可同日而语。

在语言艺术上，如《水浒后传》第四回中有"亏得书信上孙立不落姓名"句，夹批云："省洁。"②这一批点充分肯定了此句语言的简洁明了。又如《影梅庵忆语》自卷首至"越十月，愿始毕，然往返葛藤，则万斛心血所灌注而成也"描写了冒襄与董小婉相见、相爱过程，杜濬评点云："是篇娓娓至数千言，浩浩荡荡，西起昆仑，东注溟渤，冲瀜窈窕，异派分支，千态万状，姿媚横生，顿使《会真》《长恨》等篇，黯然失色。非辟疆莫能为此文，非姬莫能当此作。真千秋大观矣。情语云乎哉！"③杜濬将《影梅庵忆语》这部分的语言称之"顿使《会真》《长恨》等篇黯然失色"，未免有过誉之嫌，但其状态万千、摇曳多姿的语言，确实在清初遗民小说当中出类拔萃。

总之，清初遗民小说的夹批为我们解读小说中的一些名词概念、思想内容、艺术特色，提供有益的参考价值。

---

① ［清］陈忱：《水浒后传》，《古本小说集成》本，第102页。
② ［清］陈忱：《水浒后传》，《古本小说集成》本，第107页。
③ ［清］冒襄著，杜濬评点：《影梅庵忆语》，《丛书集成续编》第95册，上海书店1994年影印本，第1019页。

三、清初遗民小说的尾批

所谓清初遗民小说的尾批是指小说特定篇幅末尾的评点,包括单篇文言小说末尾、文言小说集各篇末尾以及章回小说各回末尾的评点。其中大多单篇文言小说在被选入小说选本时,往往又有选录者的评点,文言小说集的尾评则相对较少,章回小说回末有评点的主要有《樵史通俗演义》《水浒后传》《女仙外史》《隋唐演义》等。综观这些清初遗民小说的尾批,大致有以下几个特点。

(一)补充交代小说特定篇幅的相关内容

这种补充交代的相关内容,主要包括以下三个方面。

一是交代评点者与小说人物的交往。如张潮在评点《柳敬亭传》时,交代了自己与柳敬亭的一次谋面,曰:"戊申(笔者按:康熙七年,1668)冬,予于金陵友人席间与柳生同饮。予初不识柳生,询之同侪,或曰:'此即《梅村集》中所谓柳某者是也。'滑稽善谈,风生四座,惜未聆其说稗官家言为恨。今读此传,可以想见其掀髯鼓掌时也。"①这些内容的交代,使我们对小说中的柳敬亭的理解会更有贴近现实之感。

二是交代与小说相关的故事。如张潮在评点徐芳《神钺记》时,补充了一则发生在身边的不孝子逼死其母的故事:"吾乡有一人,负其至戚者,已非一端,而尤谓未足,又欲挟强而贷。至戚不能缄默,因诉其族人。此人遂大诉,遂逼其母死于至戚之家。其母固孀居而姑息者也,虽未如其言,而此言则亦难逭于神钺者矣。吾愿世之为母者,慎毋(笔者按:原作母,误,当为毋)姑息而自贻伊戚也。"②又如张潮在评点朱一是《姚江神灯记》时,补充了其家乡灵金山出现鬼火现象:"吾乡有灵金山,每岁以六月十八日建醮施食,檄召诸鬼。鬼

---

① [清]吴伟业:《柳敬亭传》,[清]张潮辑:《虞初新志》卷二,《古本小说集成》本,第52页。
② [清]徐芳:《神钺记》,张潮辑:《虞初新志》卷四,《古本小说集成》本,第176页。

火群起,倏合倏分。其文乃韩国公李善长,读书山中时所撰。久之,其板漶漫,至不可识。道士别镌一板,焚之而鬼不至,因仍以旧板刷文重读,燐火复炽。迄今每遇醮坛,则新旧二檄并焚云。可见鬼神一道,与人互相感通。姚江神灯,非妄言也。"①又如《樵史通俗演义》第四十回尾批中交代了马士英、阮大铖的死亡传说:"马士英后逃匿于天台寺中,其下黔兵缚送温州府,活剥其皮,使群下分食其肉。阮大铖经(笔者按:或作径)投诚清朝,随大军征闽,过仙霞岭,马上正杨(笔者按:应作扬)眉得意,忽空中雷纛祚击之坠马而死,从人无一不见。此二事一得之《汇编》中,一得之来(笔者按:应作莱)阳张公子口中,俱非诬说也。"②这些故事的补充交代,既有利于增加小说故事的真实感,又有利于读者加深对原文的理解。

三是交代小说创作背景。如《樵史通俗演义》第二十二回回末评交代了作者创作"李自成杀妻逃难"情节的背景,曰:"此回摹仿《水浒传》潘金莲、潘巧云两段。"③第三十七回尾批交代了作者创作此回的个人经历:"余是年在金陵,无论各镇纷争,得之听闻,马阁部'略以(笔者按:或作似)人形,方可留用'一示,实亲见张挂部前,不敢妄一语也。"④

(二)评点小说特定篇幅的主要内容

评点小说特定篇幅的主要内容,是清初遗民小说尾批的重要内容。这种评点主要包括以下几个方面:

一是褒贬小说特定篇幅中的人物。如《樵史通俗演义》第十六回描写了萧灵犀为崔呈秀、李朝钦为魏忠贤而自杀身亡,此回尾批云:"一宠姜,一小阉,守节仗义,为两奸生色,编中历历如睹。"⑤评点者显然对萧灵犀、李朝钦的

---

① [清]朱一是:《姚江神灯记》,张潮辑:《虞初新志》卷七,《古本小说集成》本,第310页。
② [清]江左樵子编辑:《樵史通俗演义》,《古本小说集成》本,第740页。
③ [清]江左樵子编辑:《樵史通俗演义》,《古本小说集成》本,第400页。
④ [清]江左樵子编辑:《樵史通俗演义》,《古本小说集成》本,第680页。
⑤ [清]江左樵子编辑:《樵史通俗演义》,《古本小说集成》本,第297页。

仗义行为表达了敬意,而并没有因为他们与巨奸有密切关系而贬损之,从而表明评点者对萧、李与对崔、魏的态度是有区别的。又如《樵史通俗演义》第三十九回描写了左良玉发檄文讨马阮、史可法血泪誓师,此回尾批云:"左之激烈,史之忠贞,虽微有不同,然亦可继张与韩、岳而鼎峙千古矣。樵子曰:为史阁部者更难耳。"①评点者将左良玉、史可法与著名的抗金英雄韩世忠、岳飞相提并论,无疑提升了左、史二人的历史地位。同时,对史可法在当时的处境又表达深深的同情。总之,这些清初遗民小说的尾批,表达了评点者对于那些值得褒扬的人物的敬意。

清初遗民小说的尾批在褒扬那些值得褒扬的人物的同时,也贬斥了那些应该贬斥的人物。如《樵史通俗演义》第十七回描写了客氏在临死前还与男宠做爱,此回尾批云:"如□□(笔者按:缺落二字当为客氏)者,牡丹花下死,做鬼也风流。"②在讽刺中表达痛恨之情,显然是评点者批点之意。

二是将故事情节同现实相联系。如王猷定《义虎记》描写了一只老虎义救不慎落入虎穴之人的故事,张潮评点云:"人往往以虎为凶暴之兽,今观此记,乃知世间尚有义虎,人而不如此,余所以有《养虎行》之作也。"③从这一评点,我们可以看出,小说中的虎尚具有"义",而现实社会中却有诸多无义之人,这不能不令人汗颜。再如徐芳《换心记》描写了一个心智愚钝之人在得到神人换心之后,接连蟾宫摘桂的故事,张潮评点云:"有形之心不能换,无形之心未尝不可换。人果肯换其无形者,安知不又有神焉,并其有形者而换之耶?则谓进士公为自换其心也可。"④张潮评点将小说中的换有形之心引申为换无形之心,这无疑是对现实的一种批判,又是对改造社会的一种良好意愿。又如王猷定《孝贼传》描写了一位孝子因贫而为其亡母盗棺事,张潮评点云:"有孝

①　[清]江左樵子编辑:《樵史通俗演义》,《古本小说集成》本,第713页。
②　[清]江左樵子编辑:《樵史通俗演义》,《古本小说集成》本,第316页。
③　[清]王猷定:《义虎记》,[清]张潮辑:《虞初新志》卷四,《古本小说集成》本,第147页。
④　[清]徐芳:《换心记》,[清]张潮辑:《虞初新志》卷五,《古本小说集成》本,第200页。

子如此,而听其贫,至于作贼,是谁之过与?"①张潮的反问,实际上向我们指出现实社会是导致孝子为贼的根本原因。从上述诸例,我们可以看出清初遗民小说的诸多尾批在一定程度上较为关注小说中的故事情节对现实社会的观照。

三是指出小说特定篇幅内容的影响和意义。如吴肃公《五人传》描写了苏州民变中抗击阉党而英勇就义的五位义士,张潮评点云:"此百年来第一快心事也。读竟,浮一大白。"②"百年来"表明影响时间之长,"第一快心事"表明民众对阉党的痛恨,"浮一大白"表明读者的痛快心情。这一民变在《樵史通俗演义》第十回亦有描写,此回回末评点云:"苏民素称水蟹,言其柔弱也。然往往烈侠之事,独苏民有之,可以观风气矣。"③从这一评点,我们又可看出,这次民变除具有深远影响外,还具有反映民风的意义。再如《樵史通俗演义》第二十四回描写了倪元璐的三个奏本,包括关于"正气未伸"的奏本、关于惩处阉党漏网者的奏本、关于《三朝要典》的奏本,此回回末评点云:"倪鸿宝太史三疏,真千古大经济、大文章。虽不敢埋没,一一备载,犹恨限于尺幅,稍为删十之三,然已亘千古不朽矣。"④"大经济、大文章"是对倪元璐三奏疏内容的充分肯定,"亘千古不朽"是对此三奏疏行将产生的影响给予高度评价。当然,我们承认倪元璐三奏疏具有一定的影响与意义,但评点者显然有过于拔高之嫌。总而言之,这些对特定篇幅内容的影响与意义的评点,能加深我们对小说本身的理解。

(三)评点小说特定篇幅的艺术特点

清初遗民小说尾批对艺术的总结,与序跋对艺术的概括是有区别的。序

---

①　[清]王猷定:《孝贼传》,[清]张潮辑:《虞初新志》卷八,《古本小说集成》本,第357—358页。
②　[清]吴肃公:《五人传》,[清]张潮辑:《虞初新志》卷六,《古本小说集成》本,第267页。
③　[清]江左樵子编辑:《樵史通俗演义》,《古本小说集成》本,第189页。
④　[清]江左樵子编辑:《樵史通俗演义》,《古本小说集成》本,第438页。

跋一般是从总体上对小说艺术进行概括,而尾批则一般局限于特定篇幅,并且主要就其一些具体艺术方面进行总结。这些具体艺术主要包括以下几个方面:

一是人物形象。人物形象的塑造是小说艺术的重要组成部分,清初遗民小说的尾批对人物形象进行了总结性的评点。如张潮评点王猷定《李一足传》云:"观一足行事,亦孝子,亦侠客,亦文人,亦隐者,亦术士,亦仙人,吾不得而名之矣。"①谓之"孝子",是因李一足为父报仇,并挖仇人一目以祭其父墓前;谓之"侠客",是因李一足"单骑走青齐海上";谓之"文人",是因李一足立塾授徒,著有《依刘集》;谓之"隐者",是因李一足离家二十载而未归;谓之"术士",是因李一足"数言天下事不可为";谓之"仙人",是因李一足"端坐而逝"后,还有人见其在正阳门、赵州桥出现。由此看出,李一足确实很难归入上述哪一类人物,张潮的"吾不得而名之"也许是最好的概括了。

再如退士评点毛奇龄《沈云英传》云:"文能通经,武能杀贼,得之女子,已属奇事。若其夺父还尸,孝也。夫死辞爵,节也。国亡赴水,忠且烈也。忠孝节烈,萃于一女子之身,此亘古所未有,岂物授将军职而始为异典哉!"②沈云英作为一位明遗民中的女英雄,集忠孝节烈于一身,较为典型地反映了整个明遗民具有的普遍特性,尤其是"忠烈"二特性。

又如《樵史通俗演义》第二十九回回末评点云:"失师之臣,忠君之士,不烦多词,已千古如睹矣。"③"失师之臣"是指督师杨嗣昌,"忠君之士"是指湖广巡按刘熙祚。他们在与李自成农民军的斗争中,一个是"失机殒身",一个是慷慨就义。评点者较为准确地指出各自殒命的不同特点。

二是细节描写。细节描写对于突出人物个性、塑造人物形象具有重要的

---

① [清]王猷定:《李一足传》,[清]张潮辑:《虞初新志》卷八,《古本小说集成》本,第355页。
② [清]毛奇龄:《沈云英传》,[清]郑澍若:《虞初续志》卷四,中国书店1986年影印本,第31页。
③ [清]江左樵子编辑:《樵史通俗演义》,《古本小说集成》本,第524页。

意义。清初遗民小说的尾批善于抓住这一特点,而对小说的细节描写进行了评点。如张潮评点魏禧《大铁椎传》云:"篇中点睛,在三称'吾去矣'句。"①"三称'吾去矣'句"分别为:"既同寝,夜半,客曰:'吾去矣!'言讫不见。""一日,辞宋将军曰:'吾始闻汝名,以为豪,然皆不足用。吾去矣!'""忽闻客大呼曰:'吾去矣!'"第一句表明大铁椎行踪诡秘,与常人不同;第二句表明大铁椎对宋将军颇为失望,有辞意;第三句表明大铁椎在展现自己卓绝才能后,与宋将军最后诀别。从这三处细节描写,我们可以看出,大铁椎在三次不同背景下说出"吾去矣",显示其内心情感的微妙变化,也将栩栩如生、颇有个性的大铁椎形象呈现在我们面前。所以,张潮谓之"篇中点睛"还是颇为恰当的。

再如张潮评点侯方域《郭老仆墓志铭》云:"老仆之奇,不在后之戒酒,而在前之饮酒。"②小说着重描写了郭老仆两次饮酒:一次是"与一妇人饮于鹿邑之城门楼",一次是随主赴京时"酣饮于城隍市"。这两次饮酒都遭到主人司徒公的怒斥,但郭老仆似乎是我行我素。然而这一饮酒细节,却为郭老仆在主人遭难时而戒酒埋下伏笔,体现其对主人的忠诚,似有冯谖遗风。

三是语言特色。清初遗民小说的尾批在评点语言特色时,有时将小说语言与人物个性联系起来,显示其评点视角的独特。如张潮评点徐士俊《汪十四传》云:"文之夭矫奇恣,尤堪与汪十四相副也。"③我们知道,汪十四在小说中是一个武艺高强、行侠仗义之人。小说或许基于这一考量,在行文过程中显示语言"夭矫奇恣"的特色,真可谓"文如其人"。而张潮在评点毛先舒《戴文进传》时,却对小说行文提出自己的看法:"予独嫌其略带匠气,顾不若戴文进

---

①　[清]魏禧:《大铁椎传》,[清]张潮辑:《虞初新志》卷一,《古本小说集成》本,第5页。

②　[清]侯方域:《郭老仆墓志铭》,[清]张潮辑:《虞初新志》卷六,《古本小说集成》本,第257页。

③　[清]徐士俊:《汪十四传》,[清]张潮辑:《虞初新志》卷二,《古本小说集成》本,第58页。

为佳耳。"①"略带匠气"明显是指此篇小说的行文特点,而"不若戴文进为佳"则是指小说的语言与画家戴文进的个性不完全相适应。换言之,即"文不如其人"。张潮强调的文与人物"相副",实际上亦告诉我们,一篇(部)好的小说必须要做到语言风格与叙事内容相适应。

还有些尾批是从特定篇幅的整体语言特色作出评点,如张潮评点彭士望《九牛坝观觝戏记》云:"前段叙事简净,后段议论奇辟,自是佳文!"②陈椒峰评点魏禧《彭夫人家传》云:"字字生致,无一语粘滞处,逼真史迁矣!"③如此等等。

除上述几方面艺术外,尾批还对特定篇幅的选材艺术进行了评点,如《樵史通俗演义》第二回回末评点云:"轻重详略,具见裁剪之妙。"④又如第十八回回末评点云:"详略得体,笔端奕奕生风。"⑤对结构艺术也有所评点,如张潮评点杜濬《陈小怜传》云:"层次转折,无不入妙,尤妙在故夫一语。"⑥又如张潮评点黄周星《补张灵、崔莹合传》云:"梦晋若不蚤死,无以成素琼殉命之奇。此正崔、张得意处也。"⑦又如《水浒后传》第二回回末评点云:"读前文阮小七庙门遇扈成一段,正疑何故此处必要插入扈成,读此乃知遥遥为栾教师上登云山地耳。结构之妙如此。"⑧等等。

---

① 〔清〕毛先舒:《戴文进传》,〔清〕张潮辑:《虞初新志》卷八,《古本小说集成》本,第369页。

② 〔清〕彭士望:《九牛坝观觝戏记》,〔清〕张潮辑:《虞初新志》卷二,《古本小说集成》本,第92页。

③ 〔清〕魏禧:《彭夫人家传》,〔清〕郑醒愚辑:《虞初续志》卷四,中国书店1986年影印本,第32页。

④ 〔清〕江左樵子编辑:《樵史通俗演义》,《古本小说集成》本,第37页。

⑤ 〔清〕江左樵子编辑:《樵史通俗演义》,《古本小说集成》本,第336页。

⑥ 〔清〕杜濬:《陈小怜传》,〔清〕张潮辑:《虞初新志》卷四,《古本小说集成》本,第169页。

⑦ 〔清〕黄周星:《补张灵、崔莹合传》,〔清〕张潮辑:《虞初新志》卷十三,《古本小说集成》本,第628页。

⑧ 〔清〕陈忱:《水浒后传》,《古本小说集成》本,第97—98页。

四、清初遗民小说的其他评点形式

（一）清初遗民小说的凡例

所谓凡例，即"发凡以言例"①，亦称"发凡""例言"等，一般是指书前说明本书内容或编纂体例的文字。具有凡例的清初遗民小说主要有吴肃公的《明语林》、丁耀亢的《续金瓶梅》、江日昇的《台湾外记》、褚人获的《隋唐演义》等。综观这些凡例主要包括以下几个方面。

一是创作素材的取舍。小说作者在创作时占有了庞大的素材，如何提炼素材，又以何种标准来选材，这是作者首先必须要解决的问题。清初遗民小说的凡例在这方面给出了答案。如《明语林·凡例》提出自己的选材标准：其一，要关乎名教。如第二条称刘氏语林、何氏语林"脍炙之助多，劝惩之义少"②；其二，要雅驯。如第四条云"兹所修葺，略任愚衷。虽不尽雅驯，亦去太甚"③；其三，要羽翼信史。如第五条云"予兹所采，名集碑版，要于信能羽翼"④。

再如《台湾外记·凡例》也提出了两点选材标准：其一，采录与郑氏有关的素材。如《凡例》第三条称："是编多采及故明遗事，有郑氏之因也。"⑤其二，已有史书记载的素材不作为小说描写的主要对象，如《凡例》第二条："是编叙李闯陷北京、马士英专权误国而又不详其说者，自有明史在；不过引为接

①　[晋]杜预《春秋经传集解·春秋序》，中华书局编《四部备要》第2册，中华书局1989年版，第41页。

②　[清]吴肃公：《明语林·凡例》，《续修四库全书》第1175册子部·杂家类，上海古籍出版社1995—2002年版，第548页。

③　[清]吴肃公：《明语林·凡例》，《续修四库全书》第1175册子部·杂家类，上海古籍出版社1995—2002年版，第548页。

④　[清]吴肃公：《明语林·凡例》，《续修四库全书》第1175册子部·杂家类，上海古籍出版社1995—2002年版，第549页。

⑤　[清]江日昇：《台湾外记·凡例》，福建人民出版社1983年版，第12页。

脉,作郑氏末节之说。"①又如第五条云:"是编当甲寅之变,耿、尚、吴三家有关于郑氏,则为之述;如无关于郑氏,自有国史在,故不预说。"②除选材标准外,《凡例》还交代了素材的来源,如第十一条指出:"是编于《明纪》,或《本末》《编年》、或《遗闻》以及《国朝定鼎》《外臣奏疏》《平南实录》诸书,又就当日所猎闻、事之亲身目睹者,广为搜而辑成……"③

又如《续金瓶梅后集凡例》提出劝世教化的选材标准,如第三条云:"此刻原欲戒淫,中有游戏等品,不免复犯淫语,恐法语之言与前集不合,故借金莲、春梅后身说法,每回中略为敷演,旋以正论收结,使人动心而生悔惧。"④

二是创作背景的介绍。这里的创作背景主要是指小说创作受哪些小说的影响而创作。如《明语林》是模仿刘义庆《世说新语》而创作,《凡例》第一条称:"刘氏《世说》,事取高超,言求简远。……兹所采撷,可用效颦。"⑤再如《续金瓶梅》是模仿《水浒传》《西游记》《金瓶梅》及唐人小说而创作,《凡例》第二条云:"小说以《水浒》《西游》《金瓶梅》三大奇书为宗,概不宜用之乎者也等字句。……间有采用四六等句法,仿唐人小说者,亦即时改入白话,不敢粉饰寒酸。"⑥又如《台湾外记》是模仿《列国志》《三国演义》而创作,《凡例》第七条云:"是编历有年所,……仿《列国》《三国》体义,……使著名而垂不朽于万世。"⑦有了这种创作背景的介绍,对于我们深入探讨小说的创作

---

① 〔清〕江日昇:《台湾外记·凡例》,福建人民出版社 1983 年版,第 12 页。
② 〔清〕江日昇:《台湾外记·凡例》,福建人民出版社 1983 年版,第 12 页。
③ 〔清〕江日昇:《台湾外记·凡例》,福建人民出版社 1983 年版,第 13 页。另,此条书名号为笔者加。
④ 〔清〕紫阳道人:《续金瓶梅后集凡例》,〔清〕紫阳道人编:《续金瓶梅》,《古本小说集成》本,第 2 页。
⑤ 〔清〕吴肃公:《明语林·凡例》,《续修四库全书》第 1175 册子部·杂家类,上海古籍出版社 1995—2002 年版,第 548 页。
⑥ 〔清〕紫阳道人:《续金瓶梅后集凡例》,〔清〕紫阳道人编:《续金瓶梅》,《古本小说集成》本,第 1 页。
⑦ 〔清〕江日昇:《台湾外记·凡例》,福建人民出版社 1983 年版,第 12—13 页。另,此条书名号为笔者加。

特点颇有裨益。

三是创作体例的交代。创作体例亦是小说凡例交待的另一重要内容。我们从《明语林》《台湾外记》的凡例明显看出它们的体例分别是"世说"体和编年体。《续金瓶梅后集凡例》也指出其体例为"客多主少"体,其第一条云:"兹刻以因果为正论,借《金瓶梅》为戏谈。恐正论而不入,就淫说则乐观。故于每回起首将《感应篇》铺叙评说,方入本传。客多主少,别是一格。"①这种"客多主少"的体例,既是《续金瓶梅》创作上的一大特点,亦是其作为小说而饱受争议的方面。

四是创作的其他说明。清初遗民小说的凡例除上述几个方面外,还对其他方面进行了说明。如《明语林·凡例》说明本书的不足,如第七条云:"名臣巨儒多称爵谥,单门介士直举姓名,履历不能具详,系里因文偶见。至异同疏解,代年先后,俱未遑及。"②《续金瓶梅后集凡例》第四条说明了本书的诗词创作特点,第五条说明了应伯爵之死及孝哥的年龄等问题,《台湾外记·凡例》说明了本书"句点"的使用,如第十条云:"是编旁用句点,人名用旁画,地名旁用空画,以便观者之读。"③

另外,《隋唐演义发凡》除涉及创作素材的来源等方面的介绍外,还强调了朴素的版权意识,如最后一条指出:"倘有翻刻者,千里必究。"④

总之,清初遗民小说如同其他小说,甚至其他种类书籍的凡例一样,说明了"作者认为应该注意的地方"⑤。不过,清初遗民小说结合自己的创作

---

① ［清］紫阳道人:《续金瓶梅后集凡例》,［清］紫阳道人编:《续金瓶梅》,《古本小说集成》本,第1页。
② ［清］吴肃公:《明语林·凡例》,《续修四库全书》第1175册子部·杂家类,上海古籍出版社1995—2002年版,第549页。
③ ［清］江日昇:《台湾外记·凡例》,福建人民出版社1983年版,第13页。
④ ［清］四雪草堂主人:《隋唐演义发凡》,［清］褚人获:《隋唐演义》,《古本小说集成》本,第2页。
⑤ 王力:《谈谈怎样读书》,浙江日报编辑部编:《学人治学》,浙江人民出版社1982年版,第137页。

实际,着重说明了创作素材的取舍、创作背景的介绍、创作体例的交代等诸方面。

(二)清初遗民小说的识语

所谓识语,一般是指位于书籍卷首用以说明本书创作缘起、题材来源、版本流传、创作主旨、刊刻特色等文字。[①] 清初遗民小说具有识语的主要有《新世弘勋》《樵史通俗演义》《续金瓶梅》《水浒后传》《岛居随录》等。现将它们分别摘录如下。

顺治八年(1651)庆云楼刊本《新世弘勋》卷首识语:是刻详载逆闯寇乱之因由,恭纪大清荡平之始末。虽大端百出,而铺序有伦;虽小说一家,而劝惩有警。其于世道人心,不无少补,海内识者幸请鉴诸。

清初写刻本《樵史通俗演义》卷首识语:深山樵子见大海渔人而傲之曰:"见闻,吾较广;笔墨,吾较赊也。"明衰于逆珰之乱,坏于流寇之乱。两乱而国祚随之,当有操董狐之笔,成左、孔之书者。然真则存之,赝则删之。汇所传书,采而成帙。樵自言樵,聊附于史。古云"野史补正史之阙",则樵子事哉。

顺治十七年(1660)原刻本《续金瓶梅》卷首识语:《金瓶梅》一书借世说法,原非导淫,中郎序之详矣。观者色根易障,棒喝难提,智少愚多,习深性灭,以打诨为真乐,认火宅作菩提,如不阐明,反滋邪道。今遵颁行《圣明太上感应》诸篇,演以《华严》《梓潼》经诰,接末卷之报应,指来世之轮回。即色谈空,溯因说果。以亵言代正论,翻旧本作新书。冷水浇背,现阴阳之律章;热水消冰,即理学之谐语。名曰公案,可代金针。

康熙三年(1664)刊本《水浒后传》卷首识语:宋遗民不知何许人,大约与施、罗同时。特姓名弗传,故其书亦湮没不彰耳。今读前传,龙门《史记》也;后传,庐陵《五代史》也。而原本忠孝敦、崇道义,其于人心世道之防,尤兢兢

---

① 参见程国赋:《明清通俗小说识语研究》,《文艺研究》2009 年第 4 期。

致慎焉。世有删改前传,自目为才子书者,其是非颇缪,使当日遗民见之,定喝其言之不伦也。康熙甲辰仲秋镌。

上海进步书局印行《岛居随录》目次末附识语:道光丁亥(笔者按:道光七年,1627)乡人吴君体士赠树梅,以乡贤卢牧洲先生《岛居随录》稿二册,蠹粉剥落,逸去《比类》一门。辛卯(笔者按:道光十一年,1831)冬,属傅醇儒访于卢君逢时,遂得完璧。正讹补阙,亟付梓人,经始于是岁十二月,越明年九秋书成。逢时,牧洲先生之侄孙也。

从上述几篇识语,我们可以看出清初遗民小说的识语主要涵盖以下几个方面的内容:

一是交代创作缘起。如《新世弘勋》《续金瓶梅》卷首识语明显指出小说是为教化而创作,而《樵史通俗演义》卷首识语则表明小说是为补史而创作。这些识语与它们的序跋、凡例、尾批等在交代创作缘起方面,具有相一致的地方。

二是交代创作特点。如《樵史通俗演义》卷首识语中的"真则存之,赝则删之",《续金瓶梅》卷首识语中"以亵言代正论,翻旧本作新书"等都明显标明该书独特之处。

三是交代刊刻过程。通过《岛居随录》目次末附识语,我们知道了《岛居随录》初刻时间为道光十二年(1832)秋,而在此之前,《岛居随录》可能为手稿本或钞本。

总之,这些识语以最为简洁的语言交代了小说的创作缘起、刊刻过程等,在一定程度上为读者提供了小说创作的基本情况及其特点。从这个意义上说,它们又具有一定的广告效用。

(三)清初遗民小说的绣像赞语

明清小说的插图,主要分为全像(笔者按:"像"亦作"相")、偏像、绣像、出像等几种。全像是指每页皆有插图,偏像是指正文中偶有插图,绣像是指卷首的书中人物画像,出像一般是指对插图的通称。① 这些小说插图我们虽然不能归入小说评点范畴,但插图赞语特别是绣像赞语还是可以归入小说评点范畴的,因为绣像赞语主要是指针对小说人物进行评点。具有绣像赞语的清初遗民小说主要有清刊本《梼杌闲评》、光绪十年(1884)刊本《铁冠图》等。其中,《梼杌闲评》绣像赞语评点了 16 位小说人物,包括碧霞君、朱工部、魏云卿、侯一娘、魏忠贤、客印月、秋鸿、傅如玉、傅应星、倪文焕、田尔耕、崔呈秀、刘鸿儒、空空儿、陈玄朗、摩天顽僧;《铁冠图》绣像赞语评点了 12 位小说人物,包括崇祯帝、费宫人、王承恩、李自成、宋献策、李岩、李洪基、孙传廷(笔者按:应为孙传庭)、阎如玉、张献忠、周遇吉、吴三桂。综观这些绣像赞语,主要有这样几个特点:

一是概括人物生平。有些绣像赞语以凝练的语言高度概括了小说人物的生平事迹,如朱工部绣像赞语称:"殚心尽力治狂澜,一炬长淮庆奠安。"②又如田尔耕绣像赞语称:"附奸党恶,何殊枭獍。"③又如李自成绣像赞语称:"生成蛇蝎质,作逆扇民兵。残杀滔天罪,难逃罗网刑。"④又如李岩绣像赞语称:"处世以义,人心悦服。捐资助盗,投贼堪怜。"⑤这些赞语均是基于作赞语者对人物之态度。

二是突出人物个性。有些绣像赞语善于抓住人物突出个性以评点之,如崔呈秀在小说中具有小人得志的个性,其赞语称:"市井小人,一朝得志。狐假虎威,云流水逝。"⑥又如周遇吉及其家人在小说中体现了忠心报国的特性,其赞语称:"不独一身忠报主,自焚阖家烈殉君。"⑦

---

① 参见程国赋:《明代书坊与小说研究》第五章"明代坊刻小说插图研究",中华书局 2008 年版。
② [清]佚名:《梼杌闲评》,《古本小说集成》本,第 4 页。
③ [清]佚名:《梼杌闲评》,《古本小说集成》本,第 22 页。
④ [清]松排山人编:《铁冠图》,《古本小说集成》本,第 8 页。
⑤ [清]松排山人编:《铁冠图》,《古本小说集成》本,第 12 页。
⑥ [清]佚名:《梼杌闲评》,《古本小说集成》本,第 24 页。
⑦ [清]松排山人编:《铁冠图》,《古本小说集成》本,第 22 页。

三是总结人物功过。有些绣像赞语对小说人物的功过两方面都作出总结,如宋献策绣像赞语称:"佐贼施谋功是首,残民陷境罪是魁。"①又如秋鸿绣像赞语称:"始污主节,终赎主尸。一始一终,功过有差。"②

其他有绣像的小说还有《续英烈传》《新世弘勋》等,但它们或有绣像无赞语,或绣像与小说正文联系不甚紧密。故而,笔者在此不作论述。

综上所述,清初遗民小说的评点形式及其蕴含的内容与类型,基本上涵盖了整个古代小说的主要评点形式及评点内容。这既是古代小说评点兴盛期的产物,又是古代小说评点兴盛期的表现。

第二节 清初遗民小说评点中的遗民意识

我们知道,绝大多数清初遗民小说都蕴含着作家的遗民意识,而评点者在评点清初遗民小说时,一方面指出了这些小说的遗民意识,如陈祈永在《台湾外记·序》中言,"今是编所记郑氏,于其不忘故国也"③,更重要的方面是表现了评点者的遗民情怀,包括他们对忠明者的赞誉,对阉党、农民起义者的痛恨,对满清统治者的间接不满,等等。而这种遗民情怀又与评点者的遗民身份、评点者同明遗民的交往、当时史论中的遗民意识等因素密切相关。

一、评点中的遗民意识

(一)对忠明者的赞誉

明末清初时期,那些不屈于阉党、农民军、清廷等而忠诚于大明王朝者,常常因坚持自己不屈的气节而被杀、自杀、隐逸,从而引起评点者对他们崇高品

---

① [清]松排山人编:《铁冠图》,《古本小说集成》本,第10页。
② [清]佚名:《梼杌闲评》,《古本小说集成》本,第14页。
③ [清]陈祈永:《台湾外记·序》,[清]江日昇:《台湾外记》,福建人民出版社1983年版,第2页。

质的赞誉。我们首先来看那些不屈于阉党淫威者。《樵史通俗演义》第七回描写了"六君子"之一的杨涟上书天启帝、列数魏忠贤二十四大罪状,阁老叶向高为申救颁奏魏忠贤的万璟而挂冠回籍。此回回末评点曰:"小人志满,君子气夺,写来历然可观。然亦见世之小人固多,君子亦不少也。"①这一评点赞扬了杨涟、叶向高等东林党人敢于同气焰日益嚣张的魏党集团进行不屈斗争的精神。当然,后来杨涟等"六君子"遭魏忠贤迫害致死。小说第十二回又描写了颜佩韦等五人因抗击阉党成员毛一鹭等拘捕周顺昌而遭斩首事,回末评点曰:"五人死于珰而千古如生,真是快事。"②"千古如生"颇有"永垂不朽"、"永远活在人们心中"之意,体现了评点者对五人之死的高度评价。这些抗击阉党者体现了他们维护明王朝道统的精神,评点者对他们的赞誉又体现了评点者维护明王朝道统的精神。

接下来,我们再看那些不屈于农民军者。如《樵史通俗演义》第二十九回描写了湖广巡按刘熙祚为张献忠部俘获而不屈被杀,此回回末评点称其为"忠君之士",其行为是"千古如睹"③。这亦表达了评点者对刘熙祚的崇敬之情。再如《台湾外记》卷之二为明末户部主事范方作按语称:"范方字介卿,号雨雨,泉之同安县高浦所人。辛酉(笔者按:天启元年,1621)解元。因自成欲向方讨仓钥,方怒目叱之曰:'此钥乃朝廷之物,非尔贼所可问者。'成怒,斩之。时人嘉之曰:'生为真解元,死为真主事。'"④评点者在引用时人赞语的同时,实际上也表达了自己的赞誉。更为惨烈的是《樵史通俗演义》第三十回描写了李自成陷北京后,崇祯帝缢死煤山和三十余位名公巨卿及其家人自杀殉国的壮举,此回回末评点云:"古来天子蒙尘者有之,未有遭变之惨若崇祯帝者。即古来忠臣炳炳千古者,固亦甚著,亦未有若明季之盛者也。握笔拈

---

① [清]江左樵子:《樵史通俗演义》,《古本小说集成》本,第 128 页。
② [清]江左樵子:《樵史通俗演义》,《古本小说集成》本,第 226 页。
③ [清]江左樵子:《樵史通俗演义》,《古本小说集成》本,第 524 页。
④ [清]江日昇:《台湾外记》,福建人民出版社 1983 年版,第 42 页。

出,已眉竖骨立,况读之者能无魂惊心动乎?"①明王朝灭亡后,诸多臣子与士
人殉君殉国,与崇祯帝自缢煤山的示范效应是分不开的,如赵园所言:"崇祯
之死即使不是此后一系列的死的直接诱因,也是其鼓舞,是道义启导、激发,是
示范、垂训,是人主施之于臣子的最后命令。"②而小说对这些"死社稷"者的
详尽描述、评点者对这种壮举行为的热情赞颂,更是反映了当时士人对这种死
亡方式的津津乐道。

最后,我们再来看不屈于清廷者。不屈于清廷者主要包括两个部分,即直
接参与抗清不屈而牺牲者和拒绝与清廷合作者。其中前者多为抗清将领。大
多清初遗民小说的评点对那些不屈于清廷而牺牲者持赞扬的态度,如《樵史
通俗演义》第三十九回描写了史可法在扬州教场血泪誓师,有夹批云:"此时
光景,令人胆裂。"③回末评点又云:"读此一段,有不泪盈盈下者,非男子
也!"④《台湾外记》卷之五有夹批对郑成功赞曰:"以忠义自誓,严治军旅,推
心置腹,临事身先。计策已决,赏罚无私,仇亲兼用。噫! 亦可谓人杰哉!"⑤
卷之六有夹批对抗清将领陈启泰殉难赞曰:"从容尽节,慷慨成仁。甲寅(笔
者按:康熙十三年,1674)殉难,惟公一人。"⑥如此等等。

拒绝与清廷合作者多指那些明遗民。他们或隐居,或逃禅,坚持自己的民
族气节。评点者对他们亦赞誉有加。如朱一是《花隐道人传》描写了明遗民
高晊在明亡后以种菊而陶然自乐事,张潮将其与陶渊明并论,赞赏其如菊般的
高尚情操,曰:"从来隐于花者,类多高人韵士;而菊则尤与隐者相宜。妙在全
不蹈袭渊明只字,所以为高。"⑦又如毛奇龄《桑山人传》描写了明遗民许澄

---

① ［清］江左樵子:《樵史通俗演义》,《古本小说集成》本,第551页。
② 赵园:《明清之际士大夫研究》,北京大学出版社1999年版,第24页。
③ ［清］江左樵子:《樵史通俗演义》,《古本小说集成》本,第711页。
④ ［清］江左樵子:《樵史通俗演义》,《古本小说集成》本,第713页。
⑤ ［清］江日昇:《台湾外记》,福建人民出版社1983年版,第173页。
⑥ ［清］江日昇:《台湾外记》,福建人民出版社1983年版,第215页。
⑦ ［清］朱一是:《花隐道人传》,［清］张潮辑:《虞初新志》卷五,《古本小说集成》本,第
236页。

事,张潮评点云:"此等道士,我恨不得遇之。"①

遗民小说评点者除直接表达对忠明者赞誉之外,还通过明末清初以前的故事来间接表达这种情怀。如八大山人在《女仙外史》第三十九回回末评点时,赞扬了忠于建文帝的女秀才等,称女秀才"救取殉难忠臣公子,是重其有秀才之名与秀才之实也"②。这些评点虽然是针对历史人物,但如果将其与明末清初的社会现实联系起来,我们会发现,评点者对这些历史人物的赞誉是有所喻指的。

总之,评点者既通过直接赞誉的方式,又通过间接赞誉的方式,表达了对清初忠明者崇敬之情。同时,在这一赞誉的过程中又蕴含了评点者不忘故明的情怀。

(二)对阉党、农民起义者的痛恨

明末清初时期,危及明王朝或直接推翻明王朝者,主要是指专权误国的阉党、推翻明王朝的农民军。评点者对这些亡明者,总体上持痛恨的态度,我们首先来看评点者对阉党的评点。如《樵史通俗演义》第八回描写了阉党制造的"六君子"事件,回末评点云:"此何等世界?试览一过,应为毛骨悚然。"③第十二回描写了阉党处死了苏州民变中的"五义士"并描写了"徽州民变",回末评点云:"魏珰之恶不可谓非小人曲成之,彼只恨十彪、十虎,当时皆未必服也。"④第十五回描写了魏忠贤被革职发配,回末评点云:"写得凄凉,正为千古奸雄猛下一砭。"⑤第十七回描写了魏忠贤、崔呈秀等阉党成员被抄家及客氏

① [清]毛奇龄:《桑山人传》,[清]张潮辑:《虞初新志》卷十三,《古本小说集成》本,第636页。

② [清]吕熊:《女仙外史》,《古本小说集成》本,第963页。

③ [清]江左樵子:《樵史通俗演义》,《古本小说集成》本,第147页。

④ [清]江左樵子:《樵史通俗演义》,《古本小说集成》本,第226页。

⑤ [清]江左樵子:《樵史通俗演义》,《古本小说集成》本,第278页。

投缳自尽事,回末评点云:"此回败尽奸雄之兴,何啻晨钟三声!"①《梼杌闲评》中的人物绣像赞语,亦表达了对阉党的痛恨,如对魏忠贤赞语称:"群凶之首,万恶之魁。实从何来,为虺为蛇。"②对客印月赞语称:"貌堪闭月羞花,手可翻云覆雨。"③对倪文焕赞语称:"谋成孽海,东林党里冤沉。销尽冰山,洪济闸前梦醒。"④对田尔耕赞语称:"附奸党恶,何殊枭獍。惜哉灵犀⑤,为斯人殉。"⑥从这些评点,我们可以看出,评点者一方面指出阉党犯下罄竹难书的罪恶,另一方面又指出阉党专权误国的警世意义。所以,评点者在表达自己对阉党痛恨的情绪中,更多地蕴含了阉党专权对明王朝统治的动摇以及对后世的史鉴意义。

接下来,我们再来看评点者对农民起义者的评点。如无竞氏《剿闯小说叙》云:"君父之仇,天不共戴。国家之事,下不与谋。仇不共戴,则除凶雪耻之心同;事不与谋,则愤时忧世之情郁。于是乎闻贼之盛则愁,闻有绌首拜贼之人则愈怒;闻贼之衰则喜,闻有奋气剿贼之人愈喜。怒则眦裂发竖,恨不得挺剑而揸其胸;喜则振足扬眉,恨不得执鞭而佐其役。此天理人心之必然而不容已者也。"⑦又如《樵史通俗演义》第二十八回主要描写了李自成在秦、晋、梁、楚地区的征战与肆虐,回末评点云:"流寇肆虐,此回已缕缕具载。"⑧又如第四十回描写了李自成终结于罗公山,回末评点云:"明三百年一统天下,为闯贼残破,罗公山一死,未足慊(笔者按:原作溅,不通,当作慊)普天率土之

①　[清]江左樵子:《樵史通俗演义》,《古本小说集成》本,第316页。
②　[清]佚名:《梼杌闲评》,《古本小说集成》本,第10页。
③　[清]佚名:《梼杌闲评》,《古本小说集成》本,第10页。
④　[清]佚名:《梼杌闲评》,《古本小说集成》本,第12页。
⑤　笔者按:萧灵犀为崔呈秀殉节,此处有误。
⑥　[清]佚名:《梼杌闲评》,《古本小说集成》本,第22页。
⑦　[清]无竞氏:《剿闯小说叙》,[清]懒道人口授:《剿闯小说》,《古本小说集成》本,第1—4页。
⑧　[清]江左樵子:《樵史通俗演义》,《古本小说集成》本,第507页。

恨。纪之以见流贼之结证不过如此,以警天下后世盗贼而怀篡弑逆党。"①另外,《梼杌闲评》还对天启时白莲教起义者刘鸿儒作赞语称:"只因一念差,遂惹邪魔附。可怜败坏时,身家在何处?"②从上述评点,我们可以看出,评点者对推翻明王朝的起义者李自成有切齿之痛,而对刘鸿儒却颇有几分同情之心。这种对农民起义者总体痛恨之情,不仅反映了小说评点者对其态度,亦大致反映了当时的史家与民众对其态度。

(三)对满清统治者的间接不满

除上述两方面遗民意识外,评点者还通过对"篡国者""外族"入侵者等的评点来间接表达对清廷的不满。如吕熊在《女仙外史》第九十九回回末评点云:"夫使赛儿起兵于建文之世,名之曰反,诚然,今起兵于永乐之时,则彼之燕王篡位者,当谓之何? 所以书中彼以此为妖寇、妖贼,此以彼为逆藩、逆贼。赛儿固不能灭燕,即燕亦何曾灭得赛儿? 而建文皇帝且宛然在也,故借其位号以彰天讨云。"③这一评点明显将燕王朱棣称为"篡国者",而唐赛儿对"篡国者"的反抗不能谓之"寇""贼"。如果将这一评点与明末清初的现实联系起来,我们会发现作为明遗民的吕熊在评点"靖难"事件时,是有所喻指的,清廷夺取明廷政权颇似燕王夺取建文政权,可谓之现实版的"篡国者";而清初的抗清复明斗争又犹如唐赛儿起兵维护建文正朔,可谓之正义之师的正义斗争。同时,"赛儿固不能灭燕,即燕亦何曾灭得赛儿",又表明抗清斗争虽然无法改变清廷统治中国的现实,但只要有忠于明王朝臣民的存在,反抗清廷的斗争就不会停止。当然,这种对明廷寄寓美好愿望的遗民意识,只不过是吕熊一厢情愿而已,更多地具有理想化色彩。

评点者还对"外族"入侵者表达自己的不满,如《女仙外史》第四十四回与

---

① [清]江左樵子:《樵史通俗演义》,《古本小说集成》本,第739—740页。
② [清]佚名:《梼杌闲评》,《古本小说集成》本,第26页。
③ [清]吕熊:《女仙外史》,《古本小说集成》本,第2289—2290页。

第七十八回分别描写了十万倭寇与众多狼兵、獞兵、猺兵遭唐赛儿勤王之师的灭顶之灾，梁逸在小说第七十八回回末评点曰："噫，不知明季狼兵毒害我生灵，倭酋扰乱我边陲，遭其劫杀者不可数计。作者盖痛恶其以夷猾夏，故以一剑而膩倭奴十万，一火而灭三种蛮酋，恭行天讨，焉得减算？"①狼兵、獞兵、猺兵均为明代广西土司的地方武装，其中狼兵最为凶悍，也常被明廷用来镇压起义者、抵御东南倭寇。也正是其凶悍，狼兵常常出现劫掠百姓的现象，给民众带来一定的灾难。王守仁在嘉靖年间上疏云："思、田久构祸，荼毒两省，已逾二年，兵力尽于哨守，民脂竭于转输，官吏疲于奔走。地方黾隉，如破坏之舟，漂泊风浪，覆溺在目，不待智者而知之矣。"②清人汪森引《百粤风土记》（笔者按：明谢肇淛撰）亦称狼兵"骄蹇无纪律，往往取败，所过剽掠，不可禁止"③。此即梁逸谓之"狼兵毒害我生灵"。而东南倭寇，"自元初日本北条氏执政时代，迄明中叶丰臣氏当国时代，寇掠三百馀年。沿海数千里，备受荼毒"④。其中嘉靖时期是倭患最为突出时期。嘉靖帝派胡宗宪、戚继光、俞大猷等将领前往东南沿海剿倭，最终于嘉靖四十五年（1566）基本荡平东南倭寇。此即梁逸谓之"倭酋扰乱我边陲"。其实，从现代意义上说，狼兵与倭寇是两个性质不同的武装组织，但在明清士人看来，它们均属夷酋，它们的掠夺与侵犯均带有"外族"入侵华夏的性质，表达对它们的痛恨之情亦在情理之中。如果再将它们与明清之际清军侵占明朝版图联系起来，满清的行为又与狼兵的掠夺、倭寇的侵犯如同一辙，亦是对华夏的侵犯。所以，作为明遗民的梁逸在指出狼兵与倭寇在"以夷猾夏"的同时，实际上有暗指满清亦"以夷猾夏"之意。

　　总之，评点者在表达自己对满清统治者的不满情感时，并不能像表达对阉党、农民起义者那样直抒胸臆，而只能通过历史上相近或相似的人物与事件来

---

　　①　[清]吕熊：《女仙外史》，《古本小说集成》本，第1840页。
　　②　[清]张廷玉：《明史》卷三百十八《广西土司二》，中华书局1974年版，第8251页。
　　③　[清]汪森编辑：《粤西丛载》卷二十四《土兵》，《笔记小说大观》（第十八册）本，广陵古籍刻印社1983年影印，第285页。
　　④　陈懋恒：《明代倭寇考略·引言》，人民出版社1957年版，第2页。

委婉表达。此亦可见评点者在表现自己遗民心态的良苦用心。

二、评点者遗民情怀的原因分析

通过以上分析,我们知道,清初遗民小说评点中的遗民意识,主要集中在对忠明者的赞誉、对阉党、农民起义者的痛恨、对满清统治者的间接不满等方面。而这种遗民意识的表现,原因是多方面的,主要体现在以下几个方面。

(一)与评点者的遗民身份有关

评点者在评点中蕴含自己的遗民意识,与评点者的明遗民身份有很大的关系。上文述及的八大山人、梁逸、吕熊等人即为明遗民。其中,吕熊可参见拙文《吕熊及其〈女仙外史〉》(《陕西师范大学学报(哲学社会科学版)》2011年第1期)。笔者在此仅就八大山人、梁逸等作一简要介绍。八大山人(约1626—约1705),俗名朱耷,"初为僧号雪个,后更号曰人屋,曰驴屋,曰书年,曰泸汉,最后号八大山人"①。江西南昌人。明宁献王朱权九世孙,故自称"先朝苗裔"②。清初画坛"四僧"之一。③ "每书画款识'八大'二字,必联缀其画。'八大'二字亦然,类哭之笑之意"④,足见其癫狂之态与明遗民的痛苦心灵。阙名朝鲜人《皇明遗民传》卷一、孙静庵《明遗民录》卷四十六、陈鼎《留溪外传》卷五、赵尔巽等《清史稿》卷五百四、李桓《国朝耆献类徵》(初编)卷四百七十二、钱仪吉《碑传集》卷一百二十六、李元度《国朝先正事略》卷四十八等有传。⑤ 八大山人评点《女仙外史》计有7条,分别在第三十三、三十九、四

---

① 孙静庵:《明遗民录》卷四六,谢正光、范金民:《明遗民录汇辑》,南京大学出版社1995年版,第131页。

② [清]吕熊:《女仙外史》,《古本小说集成》本,第1011页。

③ 清初画坛"四僧"是指:石涛(原济)、朱耷(八大山人)、髡残(石溪)和渐江(弘仁)。

④ [朝鲜]阙名:《皇明遗民传》卷一,谢正光、范金民:《明遗民录汇辑》,南京大学出版社1995年版,第130页。

⑤ 谢正光编著,王德毅校订:《明遗民传记资料索引》,新文丰出版公司1990年版,第44页。

十一、四十四、五十三、七十六、八十一回回末。这些评点多将小说的人物与故事和自己的遗民心态结合起来,表达自己的遗民情怀。甚至在他人评点中还涉及八大山人的故国之思,如小说第二十一回回末饭牛山人(笔者按:罗牧)评点云:"余友八大山人,常言永乐之杀忠臣,皆有激而致之。揆其时,处其势,苟非圣贤,亦不容于不杀。但止戮其身,而罪不及于妻孥,且表其墓而赐之谥,又可以风厉天下。余笑应之曰:诚如君言,则逸田先生之《外史》可以不作。"①

梁逸,字逸民,号春隐。生卒年不详。江南昆山人。梁辰鱼曾孙。明亡后隐居苏州红叶村,"所与往还者,徐枋、朱用纯、殳丹生、呼谷、归庄、姜实节、吴乔,皆高士也"②。此 7 人均为明遗民。著有《红叶村稿》六卷。"逸民人与诗俱不入时,叶文敏序而传之,卷中意味稍薄,而氛埃俱澌,翛然自远。"③梁逸评点《女仙外史》仅第七十八回回末一条,但其遗民思想还是得到一定的表现,这从邓之诚《清诗纪事初编》引梁逸诗而载其事可以得到印证:"《寄吴修龄》云:'犹作云龙望,谁知将帅沉。'修龄工于诋诃,与世龃龉。归庄目为金壬,作《难壬》以骂之,而孰知其为密图光复者。逸之友若此,则逸之志行可知矣。"④

另外,《剿闯小说》的作序者无竞氏及《樵史通俗演义》的批点者钱江拗生,亦极有可能为明遗民。无竞氏为何人,目前学界尚无定论,廖可斌《剿闯小说·前言》称:"晚明画家王维烈字无竞,朱谋垔《画史会要》卷四徐沁《明画录》谓为'吴人',康熙《常熟县志》卷三十一则谓为常熟人。《海虞画苑略》谓王维烈'少游周少谷(之冕)之门',周为嘉靖、隆庆间人,则王维烈明末可能年过八旬,不知作叙者即其人否。"⑤虽然无竞氏的身份,学界尚无确认,但仅就

---

① ［清］吕熊:《女仙外史》,《古本小说集成》本,第 519 页。
② 邓之诚:《清诗纪事初编》卷一"梁逸"条,中华书局 1965 年版,第 30 页。
③ ［清］沈德潜:《清诗别裁集》卷七"梁逸"条,中华书局 1975 年版,第 125 页
④ 邓之诚:《清诗纪事初编》卷一"梁逸"条,中华书局 1965 年版,第 30 页。
⑤ 廖可斌:《剿闯小说·前言》,《古本小说集成》本,上海古籍出版社 1994 年版。

《剿闯小说叙》而言,无竞氏对李自成的痛恨,以及对借清师以剿闯的吴三桂的赞赏,我们还是可以看出其对明王朝的深厚感情。从这个意义上说,无竞氏极有可能为明遗民。不过需要说明的是,无竞氏对吴三桂的赞赏,只是说明他在作序时还未认清吴三桂所谓乞师救明的真正意图,而并不表明他对降清者的赞誉。

《樵史通俗演义》的批点者钱江拗生,据孟森考证,其"同小说作者(笔者按:江左樵子)实为一人"。① 而小说作者又是"与复社臭味甚密,且为吴中人而久宦于明季之京朝者","于客、魏、马、阮,则抱肤受之痛者也"②。据此推测,江左樵子极有可能为明遗民。也就是说批点者钱江拗生亦极有可能为明遗民。不过,孟森在《重印樵史通俗演义序》中又指出作者"未必即为遗逸",原因是小说对降清的阉党巨擘冯铨"颇称其善"及吴三桂"有褒无贬"。③ 其实,小说作者对待冯铨与吴三桂的态度,笔者认为可能是惧怕因言获罪的心态表现,而并不是否定作者极有可能为明遗民身份的依据,亦即不是否定评点者极有可能为明遗民身份的依据。

总之,这些明遗民评点者或极有可能为明遗民的评点者在评点遗民小说时,为宣泄自己的遗民情感,常常对那些忠明者表达崇敬之意,对亡明者表达痛恨之情,从而体现自己的遗民心态。

(二)与评点者同明遗民的交往有关

在清初遗民小说评点中,有些非遗民由于同明遗民的交往,感染遗民情绪,从而在评点时也表现一定的遗民意识。张潮与江日昇即是其中之代表。

---

① 刘文忠:《樵史通俗演义·校点后记》,[清]江左樵子:《樵史通俗演义》,人民文学出版社 1989 年版,第 318 页。
② 孟森:《重印樵史通俗演义序》,[清]江左樵子:《樵史通俗演义》附录,人民文学出版社 1989 年版,第 310 页。
③ 孟森:《重印樵史通俗演义序》,[清]江左樵子:《樵史通俗演义》附录,人民文学出版社 1989 年版,第 313—314 页。

　　张潮（1650—?），字山来，号心斋。安徽歙县人。清初诸生。著有《幽梦影》《花影词》《心斋聊复集》等，辑有《虞初新志》，刻有《檀几丛书》《昭代丛书》。张潮在康熙时期与明遗民多有交往，据刘和文《张潮与康熙文坛交游考》，张潮曾与明遗民余怀、冒襄、黄周星等有过交往。除此之外，张潮还与同里明遗民王炜有过交往，据《昭代丛书选例》称："吾友王子不庵所著小品甚富，书藏山中，未随行笈。寓汉皋时，曾邮其书目以示，及往索之，则已客死楚中矣。迄今思之，能无浩叹?"①由于张潮与明遗民的诸多交往，对明遗民的故明情怀感同身受，从而在评点这些明遗民创作的小说时，表现了自己的遗民心态，如刘和文所言："正是受其遗民思想的影响，张潮编辑了颇有影响的《虞初新志》，生动地表现了遗民的心态。"②

　　江日昇在自评《台湾外记》时表现的遗民意识，与其同明遗民陈骏音的交往颇为重要。陈骏音，字、号、籍贯、生卒年均不详。据徐鼒《小腆纪传》载，陈骏音为"黄道周弟子"，"隆武时，官中书舍人"，"闽亡，依郑氏于厦门，授吏官都事"，"郑氏亡，骏音遁粤之韩江，年八十余卒"。③ 陈骏音在韩江时，江日昇曾前往拜访，《台湾外记》卷之二作附记云："余戊午（笔者按：康熙十七年，1678）会陈骏音于粤之韩江，年八十有奇矣。问及石斋先生事，骏音涕泗沾襟，曰：'我，先生之罪人也，死无以见先生于地下。当先生至明堂里，知事不可为，志决来朝，恐一生事业泯灭，遂将所有稿疏、诗赋书札，悉交骏音，连夜从间道还家。夫人侦知，往索，诡应无有。辛卯（笔者按：顺治八年，1651）夏，携出姑苏，欲梓行世。不意至杭之江口，是夜邻家失火，音惊惶逸出，行李灰烬。既不得同时受难，名流后世，又不能表扬遗烈，以阐师德。诚先生之罪人也。'语毕又哭。余亦恻然。故余知先生甚详，且惜先生一腔真血之不尽传也。"④

---

　　①　[清]张潮：《昭代丛书选例》，[清]王炜：《嗒史》附录，《丛书集成续编》第 26 册，上海书店出版社 1994 年版，第 233 页。

　　②　刘和文：《张潮与康熙文坛交游考》，《明清小说研究》2007 年第 2 期。

　　③　[清]徐鼒：《小腆纪传》卷五十七《遗臣二》，中华书局 1958 年版，第 639 页。

　　④　[清]江日昇：《台湾外记》，福建人民出版社 1983 年版，第 65 页。

由此可见,江日昇在《台湾外记》中记黄道周及陈骏音事,主要来自陈骏音所述。同时,江日昇亦深受陈骏音浓浓的遗民情怀所感染。

总之,评点者在与明遗民的交往中,耳濡目染了明遗民的遗民情怀,在评点小说时亦潜移默化地将遗民思想渗透于自己的评点中,从而体现了这些评点者的遗民心态。

(三)与当时史论中的遗民意识有关

清初遗民小说评点中的遗民意识除上述两点外,还与当时史论中的遗民意识有很大的关系。笔者在此仅以张岱在《石匮书后集》及江日昇在《台湾外记》中对黄道周的评点为例。黄道周(1585—1646),字幼玄(或幼平),又字螭若、螭平,号石斋、石道人等。福建漳浦人。天启二年(1622)进士,崇祯时任右中允,南明弘光时任礼部尚书。南都陷落后在福建与郑芝龙拥立隆武帝,自请前往江西征集军队以图复明,行至婺源为清军俘获,解往南京,不屈就义。张岱在《石匮书后集》中对黄周星、金声论道:

> 黄石斋,正人也,而近于迂;金正希,奇士也,而近于诞。本不知兵,以书生而践戎马之场,可望其有成乎? 若夫一往孤忠,行将与天子争胜。石斋固优为之,而正希造次请缨,虽若孟浪,至末后一着,之死靡他,差强人意。噫唏,二君子之病,诚在迂诞,然使其不迂不诞,而能若是乎?①

从这段评论,我们可以看出,张岱认为黄道周、金声不屈于清廷而就义的行为还是"差强人意"的,而他们的"一往孤忠",则显示其"迂"与"诞"的不足。这在一定的程度上总结了南明灭亡的教训。而江日昇在《台湾外记》卷之二中评点黄道周与张岱有极为相似之处:

> 有客过余庐,余叙石斋先生事,见而叹曰:"先生忠则忠矣! 若

---

① [清]张岱:《石匮书后集》卷第三十七《黄道周金声列传》,中华书局 1959 年版,第225 页。

为人谋国,旋转乾坤,则未敢为先生许!"予骇然曰:"公何言? 先生
举动光明,柏节松操,千万年后,流芳青史者,舍先生其谁?"客曰:
"子独未闻魏徵'宁作良臣,莫作忠臣'之语乎? 况甲申之变,天崩地
坼,此乾坤何等时? 先生何不麻衣痛哭四镇之庭,贞诚以感,使若辈
知有君? 先生何不连进谏章,痛哭流涕,请除君侧之奸,以回弘光庸
主之心? 至其自序,召至江南,见杂沓无可共事,请祭禹陵,出居浙
东,寂无一言。任马、阮蹂躏,徒作梦高皇语谓'卿舍我去'之语;且
对曰'朝廷舍臣,非臣舍朝廷'之语。又制一衣,刺'大明孤臣黄道
周'于裾,语弟子'南都必败,当以识吾尸'。噫! 东南半壁,多士济
济,何谓孤臣? 果识其败,明系袖手旁观,蹈文人舌笔,欺愚后世;继
又失策,不奉其君于豫章,居中调度,同杨廷麟徵湖南之何腾蛟、东川
之曾保英、两粤之丁魁楚、滇黔之李定国,运筹备御,策画粮饷。而如
在蜀者请入蜀,在吴者请入吴,乃姑息从事,偏安闽土,正苏老泉所谓
'惟贤者能致不贤,非不贤者能致贤也'。故能容人者,然后能用人;
虽汙身降志,士君子亦当先受其过耳。何不降志相从、以保真社稷,
而为过激附会作老道学? 杀陈谦不出一言,致中渔人之利;议亲征不
决其行,作离盗跖之渐。辅佐王猷,未有其人,折冲御侮,未有其人。
以出师为儿戏,称江左多臣门生故吏,必有应之。是薄其君父,德泽
不施于天下;重其缙绅,恩惠可结于门党。一木欲支大厦,毛锥欲去
御敌。过建水,称五月渡泸;弭金蚌,仿六出奇能。又表称'不屑为
孔明、伯纪',不但不能曲突徙薪,抑且不能作焦头烂额。春秋责备,
是谁之咎? 故张国维激愤曰:'误天下者,文山、叠山也!'"予曰:"公
之论固是,但时势不同,亦责人所难。先生孤掌难鸣,独木难支。况
天命有在,亦不已之极。思惟有尽其臣衷而已。"客曰:"子之言谬
矣! 夫武王伐纣,夷齐叩马而谏。谏不听,然后去首阳,闻讥周薇,不
食而死,未曾以不谏而去首阳也。尽臣节者,夷、齐耳。"予曰:"不

然,公之评先生若何?"客曰:"先生特博学鸿儒,承继道统,寻干净死地,完读书之名,全生平之节而已。"①

这段长论虽以主客对白的形式,但笔者疑主客为一人,即江日昇之评点。江日昇认为黄道周尽到"臣衷"而未尽到"臣节",犹如张岱谓之"迂"。这在一定程度上也是对南明灭亡原因的总结。不过,江日昇如张岱一样,对黄道周的死节还是颇为赞赏的。从这两点来看,江日昇的评点颇具史评性质。

张岱对明季人物的理性评价在清初史论中具有一定的代表性,表明史家在记录明史时已不过多对那些死节之臣进行一味地谀颂,而是从他们于国于民的利益出发,对其进行客观、公正的评价。这实际上在一定程度上也是对历史的一种反思,从而更为深刻地体现史家的遗民意识。正是在这一史论的氛围中,小说评点者也开始对明季人物进行理性分析、客观评价,甚至有些评点达到了史论的高度,实为难能可贵。总而言之,清初遗民小说评点中的理性遗民意识与清初史论中的理性遗民意识具有一定的内在关系。

综上所述,清初遗民小说的评点与同时期的其他小说的评点,有一重要区别,那就是清初遗民小说的评点蕴含了评点者的遗民情怀。评点者在表达自己的遗民情感时,或以直抒胸臆的方式表达自己的赞誉与痛恨,或隐晦曲折的方式表达自己的不满与愤懑。而这些遗民情感又来源于多方面的因素,主要包括评点者的遗民身份、评点者与明遗民的交往以及史论中的遗民意识对评点者的影响等。

---

① [清]江日昇:《台湾外记》,福建人民出版社 1983 年版,第 69—70 页。

第六章　清初遗民小说的传播

古代小说的传播总体上可分为两种形式,一种是外在传播,一种是内在传播。所谓外在传播,是指小说文本在形式上的传播,包括时人或后人对小说文本的刊印、选录、禁毁等。所谓内在传播,是指小说文本在内容、艺术及创作方法等方面的传播,包括时人或后人对小说文本的评点、改编、续写、模仿等。其中小说评点相对于其他传播形式,又具有自身的独特性以及在传播中应有的分量。这样,学界在论述小说评点这种传播形式时,常常将其独立出来而专门论述。结合学界通行的做法,笔者在探讨清初遗民小说传播时,亦将小说评点独立成章,而在此章中主要就清初遗民小说的刊印、选录、禁毁、改编、续写等传播形式,进行考察。

第一节　清初遗民小说的刊印、选录与禁毁

一、清初遗民小说的刊印

(一)已知清初遗民小说版本考述

这里的清初遗民小说版本主要是指文言小说集与白话小说的版本,而单篇文言小说将在下文的小说选录中具体论述。这些小说的版本主要依据目前

学界已有考证成果及笔者所知之版本。另外,新中国成立后的影印本、排印本等,不在本书考察的版本范围之内。

1. 文言小说集的版本。

《山阳录》。陈贞慧撰。笔者所知版本主要有:康熙二十七年(1688)刻本、康熙间钞本(吴骞跋)、道光间世楷堂藏板《昭代丛书》本(衲米叙、杨复吉跋)、光绪宜兴陈氏清芬草堂刊刻《陈定生先生遗书三种》本、光绪间武进盛氏思惠斋汇刊《常州先哲遗书》本、民国四年(1915)及十四年(1925)上海文明书局石印《说库》本。

《板桥杂记》。余怀撰。据李金堂《〈板桥杂记〉的刊本与流传》①,此书在清代共有15种版本。其中13种为丛书本或选本,分别是:康熙间诒清堂刻本及道光二十九年(1849)世楷堂藏板《昭代丛书》本、康熙四十四年(1705)吴震方校刊《说铃》本、清初钞本、乾隆二十五年(1760)张绎校订《虞初新志》本、乾隆五十九年(1794)大酉山房刊行《龙威秘书》本、嘉庆二十五年(1820)步云轩本、同治间务本堂校刻《艺苑捃华》本、光绪四年(1878)韬园主人选校刊行《艳史丛抄》本、光绪二十七年(1901)晦斋刊刻《金陵丛书》本、光绪三十四年(1908)长沙叶氏本、宣统元年(1909)石印《拜鸳楼板刻四种》本、宣统元年(1909)上海中国图书公司和记印行《香艳丛书》本、《丛书集成》本。还有2种单行本:光绪二十七年(1901)傅氏晦斋本、光绪三十四年(1908)叶氏本。民国新式标点本计有4种,分别是:民国十四年(1925)扫叶山房本、民国二十二年(1933)大达本、民国二十二年(1933)大中本、民国二十二年(1933)大东本,均为单行本。除这些版本外,笔者还发现有瓣香阁钞本。此本版心题"瓣香阁",卷首有余怀《板桥杂记序》,在《板桥杂记》目录下题有"临睢李皓、商山手钞"。余同《说铃》本。《续修四库全书》第733册史部地理类据此本影印。

《东山谈苑》。余怀撰。笔者所知版本主要有:光绪三年(1877)酉腴仙馆

---

① 李金堂:《〈板桥杂记〉的刊本与流传》,《南京师范专科学校学报》1999年第3期。

铅印本、民国二十三年(1934)襄社影印本、清末民国间抄本。

《冥报录》。陆圻撰。主要为《说铃》本,其中有康熙间刻本、嘉庆四年(1799)重刻本、道光五年(1825)刻本、同治七年(1868)重刻本等。

《女世说》。李清撰。笔者所见为道光五年乙酉(1825)经义斋刊本,现藏国家图书馆。

《岛居随录》。卢若腾撰。据林树梅于《岛居随录》目次后所作识语,此书刊于道光十二年(1832),刊前为稿本二则,为卢若腾侄孙卢逢时所藏。民国间有上海进步书局石印《笔记小说大观》本、上海文明书局石印《清代笔记丛刊》本。

《客舍偶闻》。彭贻孙撰。笔者所知版本主要有:彭贻孙稿本(收入清人管庭芬编《花近楼丛书》)、张元济藏清柘柳草堂抄本、光绪宣统间京师泉唐汪氏《振绮堂丛书》本。

《嗒史》。王炜撰。笔者所知版本主要有:清初《鸿逸堂稿》刻本,此本不避乾隆帝"弘"字,当在顺康年间刊刻;道光间世楷堂藏板《昭代丛书》本,此本将清初刻本篇名中的"纪事"二字删除,将"赵尔弘"改为"赵尔宏",并增附《释行愿不庵传》、张潮《昭代丛书选例》、杨复吉《嗒史跋》。

《阐义》。吴肃公撰。笔者所见仅康熙四十六年(1707)慕园刻本,但此本中出现"胤"字缺首笔,笔者疑为避雍正帝讳,或为雍正间刊刻亦未可知。《四库禁毁书丛刊》子部第11册据此本影印。另外,还有民国十年(1621)据此本影印本。

《明语林》。吴肃公撰。笔者所知版本主要有:光绪间刻宣统元年(1909)印《碧浪馆丛书》本、民国二十四年(1935)南海黄氏(黄肇沂)据旧版汇印《芋园丛书》本。

《旧京遗事》。史玄撰。笔者所知版本主要有:退山氏抄本(《四库禁毁书丛刊》史部第33册据此本影印)、民国十八年(1929)北洋广告公司铅印本、民国二十七年(1938)双肇楼铅印《京津风土丛书》本。

《尘馀》。曹宗璠撰。笔者所知版本主要有：道光间世楷堂藏板《昭代丛书》本、宣统三年（1911）国学扶轮社刊刻《古今说部丛书》本、民国四年（1915）国学扶轮社铅印《古今说部丛书》本、民国四年（1915）商务印书馆铅印《旧小说》已集本（节录本）、民国四年（1915）及十四年（1925）上海文明书局石印《说库》本。

《诺皋广志》。徐芳撰。此书原出康熙间楞华阁刻本《悬榻编》卷三《传》、卷四《记》。后被选入道光间世楷堂本《昭代丛书》丁集卷十七，题"诺皋广志"，末附有杨复吉于乾隆四十年乙未（1775）秋日所作《诺皋广志跋》。《丛书集成续编》（上海书店出版社 1994 年版）第 97 册子部据此本影印。另外，《诺皋广志》中的部分篇目被《虞初新志》《旧小说》等小说选本选录，如《虞初新志》卷五选入《换心记》《雷州盗记》、卷七选入《化虎记》《义犬记》；《旧小说》已集一选入《神铖记》《换心记》《化虎记》《义犬记》。

《恸馀杂记》（又名《痛馀杂记》）。史惇撰。据谢国桢《增订晚明史籍考》卷二十一《杂记上》著录，现有两种清钞本，一种藏南京图书馆，一种藏上海图书馆。其中《四库禁毁书丛刊》（王钟翰主编，北京出版社 2000 年版）史部第 72 册据上海图书馆藏本影印。另有本书刻本一种，即高承勋《续知不足斋丛书》本，题为《痛馀杂录》，《丛书集成初编》（中华书局 1991 年版）第 3970 册据此本影印。

《妇人集》。陈维崧撰。笔者所知版本主要有：道光十年（1830）长洲顾氏刻《赐砚堂丛书新编》本、道光间《昭代丛书》本、道光二十六年（1846）及光绪间番禺潘氏刻《海山仙馆丛书》本、光绪间《如皋冒氏丛书》刻本、民国三年（1914）国学扶轮社铅印《香艳丛书》本、民国四年（1915）商务印书馆铅印《旧小说》已集本（节录本）、民国二十五年（1936）《红袖添香室丛书》本。其中，《丛书集成初编》（中华书局 1985 年版）据《海山仙馆丛书》本影印，《清代笔记小说》（周光培编，河北教育出版社 1996 年版）据《香艳丛书》本影印。

2. 白话小说的版本。

《剿闯小说》。西吴懒道人口授。据成敏《"剿闯"系列小说版本及版本演变考》①，《剿闯小说》版本有三个系列 10 余种，主要有：弘光元年（1645）刊本、弘光元年刊本之抄本、弘光元年兴文馆刻本、日本抄本、明末刻本、清抄本、乾隆年间抄本、《天一丛书》二套本、《玄览堂丛书》本等。另外，还有成敏未见之明刻本（藏于长春社会科学院）、清初刻本（藏于吉林社会科学院）、明刻本（藏于哈佛大学图书馆），估计与上文有重复者。还有，罗景文《国家图书馆藏〈剿闯小说〉探考——兼论〈剿闯小说〉现存最早刊本的问题》认为台湾"国家图书馆"藏兴文馆刊本与日本内阁文库藏兴文馆刊本（笔者按：《古本小说集成》据此本影印）是不同的版本，且台湾"国图"藏本为目前最早刊本。② 但据王进驹《〈剿闯小说〉版本新考——以台北藏本与日本内阁文库藏本为中心》考证，台北藏本是从内阁本演变而来的一个版本，关于台湾"国图"藏本是现存最早版本之说不能成立。③

《定鼎奇闻》（又名《新世弘勋》等）。蓬蒿子编辑。据成敏《"剿闯"系列小说版本及版本演变考》，《定鼎奇闻》有三个系列 19 种，分别是：顺治八年（1651）庆云楼刻本、清抄本、载道堂刻本、姑苏稼史轩本、嘉庆丙寅（十一年，1806）一笑轩刻本、嘉庆己巳（十四年，1809）刻本、己巳岁重刻本、道光十六年（1836）文渊堂刻本及重刻本、道光年间刻本、福文堂刊本、同治甲子（三年，1864）刻本、光绪十八年（1892）上海珍艺书局铅印本、光绪壬辰（十八年，1892）邗上文运堂刊本、光绪二十七年（1901）上海文海书局刻本、光绪间文海书局石印本、善成堂刊本、民国间上海锦章书局石印本、民国间鸿文书局石印本。另据文革红考证，"载道堂刊本是顺治间原刊本，庆云楼藏板是乾隆初年

① 成敏：《"剿闯"系列小说版本及版本演变考》，《中国文化研究》2008 年夏之卷。

② 罗景文：《国家图书馆藏〈剿闯小说〉探考——兼论〈剿闯小说〉现存最早刊本的问题》，《国家图书馆馆刊》1996 年第 2 期。

③ 王进驹：《〈剿闯小说〉版本新考——以台北藏本与日本内阁文库藏本为中心》，《文学遗产》2017 年第 6 期。

原刻本的覆刻修订本"①。可备一说。

《铁冠图》。松排山人编辑。据成敏《"剿闯"系列小说版本及版本演变考》，《铁冠图》计有 6 种版本：光绪四年（1878）宏文堂刊本、光绪十年（1884）刻本、光绪十六年（1890）三余堂刊本、光绪二十年（1894）友德堂刊本、光绪三十三年（1907）上海书局石印本、民国二十三年（1934）启智书局铅印本。

《清夜钟》。微园主人编。据石昌渝等《中国古代小说总目》著录，此书有两种清初刊刻残本：一为路工所藏七回残本，一为安徽省博物馆所藏八回残本。但此本并非原刊本。前残本或即路工在《古本小说平话集》中谓之隆武间刻本。

《樵史通俗演义》（又称《樵史演义》《樵史》）。江左樵子撰。据栾星《樵史通俗演义版本经眼录》②，此书版本主要有两种：清顺治间刻十行本、一九三七年北京大学铅字排印本。《古本小说集成》据前者影印，中国书店 1988 年据后者影印。另外，现通行本主要有栾星校点本（中州古籍出版社 1987 年版）和史愚校点本（人民文学出版社 1989 年版）。

《续金瓶梅》。丁耀亢撰。据石昌渝《中国古代小说总目》（白话卷）著录，此书版本主要有 4 种：傅惜华藏本、影抄本、务本堂本、嘉庆刊本。

《海角遗编》（又名《七峰遗编》）。漫游野史撰。据张俊、郭浩帆《〈七峰遗编〉〈海角遗篇〉钞本漫谈》，《海角遗编》有三种抄本：清抄本《七峰遗编》、《乡国纪变》本《海角遗编》、清抄本《海角遗编》。③

《水浒后传》。陈忱撰。据石昌渝等《中国古代小说总目》（白话卷）著录，此书主要有 6 种版本：康熙三年（1664）刊本、绍裕堂刊本两种、乾隆间蔡

① 文革红：《〈新世弘勋〉的两种版本——载道堂刊本和庆云楼藏板》，《江西财经大学学报》2008 年第 2 期。

② 栾星：《樵史通俗演义版本经眼录》，[清]陆应旸著，栾星点校：《樵史通俗演义》附录，中州古籍出版社 1987 年版。

③ 张俊、郭浩帆：《〈七峰遗编〉〈海角遗篇〉钞本漫谈》，《明清小说研究》1990 年第 Z1 期。

元放评改本、光绪三年(1877)申报馆排印本、光绪五年(1879)大道堂本。

《梼杌闲评》(又名《明珠缘》)。佚名撰。据石昌渝等《中国古代小说总目》(白话卷)著录,此书版本主要有 3 种:康熙、雍正间刊本、京都藏板本、光绪二十年(1894)上海书局石印本(改题为《明珠缘》)。

《续英烈传》。空谷老人撰。据石昌渝等《中国古代小说总目》(白话卷)著录,此书版本有 7 种:六宜堂刊本五卷三十四回(笔者按:中华书局《古本小说丛刊》据此影印)、励园书堂刊本五卷三十四回(《古本小说集成》据大连图书馆藏本影印)、集斋刊本、经国堂刊本、会文堂刊本、不分卷二十回本、光绪二十年(1894)成文信纪刊本。其中分卷二十回本,包括观成堂藏板本、双桂堂道光十二年(1832)刊本、双桂堂道光二十年(1840)刊本。

《后水浒传》。青莲室主人辑。据石昌渝等《中国古代小说总目》(白话卷)著录,此书国内仅存清初刊本,藏大连图书馆,春风文艺出版社 1981 年据此本排印。另外,韩国有两种版本:《中国小说绘模本》本、乐善斋文库旧藏钞本。

《豆棚闲话》。艾衲居士撰。此书版本较多,亦较为复杂,《中国通俗小说总目提要》共列有 9 种:原刊本、插图大本、康熙写刻本、乾隆四十六年(1781)书业堂刊本、乾隆乙卯(1795)三德堂刊本、宝宁堂本、嘉庆戊午(1798)刊本、致和堂刊本、嘉庆乙丑(1805)刊本。

《女仙外史》。吕熊撰。据张兵编《五百种明清小说博览》(下册)著录,此书版本主要有:康熙五十年(1711)钓璜轩刊本、原刊残本、光绪二十一年(1895)上海积山书局石印本、光绪三十年(1904)上海崇实书局石印本。

《隋唐演义》。褚人获撰。据文革红《〈四雪草堂重订通俗隋唐演义〉版本考辨》①,上海图书馆藏康熙三十四年(1695)四雪草堂刻本为原刊本,而中国国家图书馆藏四雪草堂刻本当为修订本,应在康熙五十一年(1712)后刊刻。

---

①　文革红:《〈四雪草堂重订通俗隋唐演义〉版本考辨》,《明清小说研究》2008 年第 2 期。

此书其他版本还有：文盛堂刊本、文锦堂刊本、同德堂刊本、文奎堂刊本、乾隆五十八年（1793）崇德书院藏板本、嘉庆十年（1805）自厚堂重刊本、道光三十年（1850）维扬堂刊本、同治三年（1864）奎璧堂藏板本、同治十一年（1872）联墨堂刊本等。

《台湾外记》。江日昇撰。据陈碧笙《台湾外记·校点说明》，此书已知版本计有 10 余种，包括乾隆三十八年（1773）求无不获斋刊木活字本（三十卷）、求无不获斋刊大型本（三十卷）、求无不获斋刊小型本（十卷）、光绪间上海申报馆铅印本（三十卷）、上海进步书局石印《笔记小说大观》本（三十卷）①、上海均益图书公司铅印《国学丛书》本（上下两卷）、台南海东山房铅印本（三十卷）、台湾文献丛刊铅印本（十卷）、台湾世界文库四部刊要铅印本（三十卷）、上海古籍书店复印清咸丰间抄本（三十卷）等。另据张兵编《五百种明清小说博览》（下册）著录，此书还有嘉庆六年（1801）抄本（藏大连图书馆）、芎楂书室抄本（藏宁波天一阁）等。

（二）清初遗民小说的版本特点

通过以上梳理，我们发现清初遗民小说的版本主要包括稿本、抄本、刻本、石印本、铅印本等形式。其中以刻本居多，其次为石印本、铅印本，而稿本、抄本相对较少。这些版本总体特点主要有三点。

1. 版本数量多寡不均。据笔者统计，在已知的 30 部清初遗民小说的版本中，10 种及以上版本的，有 5 部小说，包括《板桥杂记》《剿闯小说》《新世弘勋》《隋唐演义》《台湾外记》；版本在 5 种至 9 种之间的，有 6 部小说，包括《山阳录》《妇人集》《铁冠图》《水浒后传》《续英烈传》《豆棚闲话》；其余 19 部小说的版本均在 5 种以下。从这一统计，我们可以看出，那些以明清鼎革或以前代鼎革或革除为背景的小说，更受传播者的青睐，如《板桥杂记》《剿闯小说》

---

① 　笔者按：台湾新兴书局 1987 年版《笔记小说大观》二十七编第十册据此本影印，而江苏广陵古籍刻印社 1983—1984 年版《笔记小说大观》影印本未收录此本。

《新世弘勋》《铁冠图》《山阳录》《台湾外记》等均以明清易代为背景及描写对象,《隋唐演义》《水浒后传》分别以隋唐鼎革、宋金对峙为背景,《续英烈传》以建文逊国为主要描写对象。因为这些以易代或革除为背景的小说,更多地具有契合传播者心灵的内涵。而那些版本数量较少的小说,或因艺术成就不高而为传播者所不认可,如《明语林》《岛居随录》《嗒史》等,或因小说中有违碍语而遭清廷的禁毁,如《女世说》《阐义》《樵史通俗演义》《续金瓶梅》等,或因时过境迁而读者的兴趣有所减少,如《女仙外史》等。

2. 刊印时间主要集中于清初、清末与民国时期。据笔者粗略统计,上述30 种遗民小说的版本总数为 168 种左右,其中清初顺康时期刊印 28 种、清中雍正至同治时期 47 种、清末光宣时期 32 种、民国时期 30 种、刊印时期不详 31 种。除刊印时期不详者外,清初、清末、民国计 138 年,共刊印小说的版本数为70 种,约占版本总数的 42%,而雍正至同治计 152 年刊印小说的版本数仅为47 种,约占版本总数的 28%。另外需要说明的是,雍正至同治时期的许多版本是对顺康时期版本的重刻或重刊。为何出现这种现象呢? 笔者认为与当时的社会环境有关。清初顺康时期的遗民小说刊刻相对较为繁荣,主要是由于有些遗民小说作家的健在、清廷忙于巩固政局而无暇顾及对小说的禁毁,以及刊刻者自身的遗民情怀等因素。到清朝中期,明遗民基本去世以及民众对明王朝的情结也逐渐淡化,再加上清廷为加强思想控制而多次禁毁书籍,所以这一时期遗民小说的刊刻与出版数量相对较少。到晚清与民国时期,由于清廷政治统治的松弛及反清高潮的日益高涨,遗民小说的刊印又成为那些革命志士寻找精神寄托的重要依据。另外,这一时期印刷条件的极大改善,也是推动遗民小说大量出版的一个重要因素。

3. 文言小说集的版本多为丛书、丛刊本,白话小说的版本多为单行本。收录文言小说集的丛书、丛刊等,包括《昭代丛书》《振绮堂丛书》《碧浪馆丛书》《芋园丛书》《海山仙馆丛书》《艺苑捃华》《丛书集成初编》等总集,《说铃》《香艳丛书》《笔记小说大观》《清代笔记丛刊》《古今说部丛书》《说库》等类书，以及《常州先哲遗书》《金陵丛书》等具有地方特色的丛书。笔者在此仅就收录文言小说集较多的《昭代丛书》《说铃》《香艳丛书》《笔记小说大观》等，作一简要介绍。

《昭代丛书》，康熙时张潮原辑，乾隆时杨复吉续辑，道光时沈楙德重辑。张潮共辑有甲、乙、丙三集，刊于康熙三十六年（1697）至三十九年（1700）。杨复吉在张潮原辑的基础上，续辑了丁至辛集，稿成未刊。沈楙德重辑时，将甲至辛8集中的部分篇目抽出并以其他篇目补入，仍为每集50卷，且将抽出的60篇以别集的形式附于全书之后。同时，沈楙德还增辑了壬集、癸集。至道光二十九年（1849），沈氏世楷堂完成《昭代丛书》所有10集、561种的刊刻，此亦谓之足本《昭代丛书》。丛书题名"昭代"，亦即所收作者均为清人。《昭代丛书》收录文言小说集主要有：《山阳录》《嗒史》《麈馀》《诺皋广志》《妇人集》等。

《说铃》，吴震方辑，计有52种，最早刻于康熙四十一年（1702），还有嘉庆四年（1799）、道光五年（1825）、同治七年（1868）的重刻本等。近人郭象升称："是书与汪士锺《廿一种秘书》均为丛书之最无价值者，而流行之广则度越诸大丛书，不知其所由然也。"①《说铃》收录文言小说集主要有：《板桥杂记》《冥报录》等。

《香艳丛书》，近人虫天子（笔者按：张延华）编，计有20集，327种，390卷。宣统元年（1909）至宣统三年（1911）由上海国学扶轮社排印出版。此书专收女性题材的作品，其中为数不少为小说作品。《香艳丛书》收录的文言小说集主要有：《板桥杂记》《妇人集》等，还收其他单篇文言小说，如屈大均的《书叶氏女事》、余怀的《王翠翘传》、冒襄的《影梅庵忆语》等。

《笔记小说大观》，近人王文濡主编，民国元年（1912）由上海进步书局石印出版。分为8辑，又外集1辑，计收有200余种。1983年江苏广陵古籍刻印

---

① 山西图书馆编：《郭象升藏书题跋》，山西古籍出版社2007年版，第518页。

社据此本重刊,以年代为序,分为 35 册。《笔记小说大观》收录文言小说集主
要有《岛居随录》等。

与文言小说集多为丛书、丛刊本不同的是,白话小说多为单行本,为清代
与民国时期的私刻书坊、民营书局所刊印。其中清代私刻书坊多分布在苏州、
杭州、金陵等书坊较为发达的地区,如金阊载道堂、姑苏稼史轩、湖州兴文馆、
邗上文运堂、汉口宏文堂等。不过遗憾的是,不少书坊由于缺乏相关资料,多
无法考证清楚。清末至民国时期的民营书局,多分布在近代出版业较为发达
的上海,如文明书局、进步书局、文海书局、启智书局、上海书局、积山书局等。
不过需要指出的是,这些书局不仅出版了诸多白话小说,也出版了数量相当多
的丛书、丛刊等,如文明书局的《说库》《清代笔记丛刊》,进步书局的《笔记小
说大观》等,而这些丛书、丛刊又收录了一些文言小说。

另外,文言小说集也有少量的单行本,如《板桥杂记》即有光绪二十七年
(1901)傅春官晦斋本、光绪三十四年(1908)长沙叶德辉刻本,以及 4 种民国
新式标点本等。而少量的白话小说也有丛书、丛刊本,如《海角遗编》有《乡国
纪变》本、《台湾外记》有《笔记小说大观》本等。由于它们的数量较少,笔者在
此不一一述及。

二、清初遗民小说的选录

清初遗民小说的选录主要是指文言小说(包括单篇及小说集节录)为
小说选本所选入。选录文言小说的小说选本主要有张潮的《虞初新志》、郑
醒愚的《虞初续志》、黄承增的《广虞初新志》、朱承鈇的《虞初续新志》、姜
泣群的《虞初广志》、王葆心的《虞初支志》,以及俞樾的《荟蕞编》、吴曾祺
的《旧小说》己集。这些小说选本在选录清初遗民小说时,基本上保持了原
文的原貌。所以,笔者在此主要就这些小说选本的选录情况及其选录原因
作具体分析。

（一）小说选本及其选录情况考述

《虞初新志》。张潮辑。据朱清红考证,《虞初新志》的版本共有 6 种,包括清刊本、罗兴堂本、小嬛嬛山馆本、《清代笔记丛刊》及《笔记小说大观》本、日本刻本、开明书店本,均为 20 卷。① 由于抽毁等多种原因,有些篇目在不同版本中有所出入,如遗民小说《姜贞毅先生传》《柳夫人小传》《纪周侍御事》《板桥杂记》,均未被清刊本所收,但又均为小嬛嬛山馆本、《清代笔记丛刊》及《笔记小说大观》本、开明书店本所收。罗兴堂本收有《姜贞毅先生传》《纪周侍御事》,而未收《柳夫人小传》《板桥杂记》。日本刻本收有《柳夫人小传》《纪周侍御事》,而未收《姜贞毅先生传》《板桥杂记》。在这些版本中,开明书店本收录最全,计有 150 篇,现通行本多以此本校点排印,笔者在此所论主要据此本。《虞初新志》在小说选本中收录遗民小说最多,计有 59 篇。其中选有 18 位明遗民创作的 37 篇,包括魏禧的《姜贞毅先生传》《大铁椎传》《卖酒者传》《吴孝子传》,王猷定的《汤琵琶传》《义虎记》《李一足传》《孝贼传》,宋曹的《义猴传》《鬼孝子传》、徐士俊的《汪十四传》,彭士望的《九牛坝观觝戏记》,张明弼的《冒姬董小宛传》《四氏子传》,严首升的《一瓢子传》,李焕章的《宋连璧传》,余怀的《王翠翘传》《板桥杂记》,杜濬的《陈小怜传》,徐芳的《神钺记》《柳夫人小传》《换心记》《乞者王翁传》《雷州盗记》《化虎记》《义犬记》《奇女子传》,朱一是的《鲁颠传》《花隐道人传》《姚江神灯记》,吴肃公的《五人传》,毛先舒的《戴文进传》,张惣的《万夫雄打虎传》,李清的《鬼母传》,来集之的《樵书》,黄周星的《补张灵、崔莹合传》,汪价的《三侬赘人广自序》。还选有 10 位明遗民以外作家创作的但反映遗民意识或体现遗民生活的 22 篇,包括吴伟业的《柳敬亭传》、方亨咸的《武风子传》、侯方域的《马伶传》《李姬传》、周亮工的《书戚三郎事》、陆次云的《纪周侍御事》《圆圆传》、顾彩的《髯樵传》、董以宁的《金忠洁公

————————————

① 参见朱清红:《文言小说集〈虞初新志〉研究》,南京师范大学硕士论文,2007 年。

传》、陈鼎的《雌雌儿传》《爱铁道人传》《狗皮道士传》《烈狐传》《八大山人传》《活死人传》《薜衣道人传》《孝犬传》《王义士传》、陈玉璂的《钱塘于生三世事记》、毛奇龄的《陈老莲别传》《桑山人传》、先著的《张南邨先生传》。它们在各卷分布参见附录《清初遗民小说著录、收录书目索引》（下同）。

《虞初续志》。郑醒愚编，12卷，86篇。郑醒愚，名澍若，醒愚为其字。福建建安人。生卒年不详。"伯父方城、父方坤均雍正年间进士。父官至定州知府（笔者按：石昌渝等《中国古代小说总目》文言卷著录时称兖州知府），多善政，并有多种著作传世。澍若约乾隆五十七年（1792）至嘉庆七年（1802）间在世。"①据郑醒愚自序，知此书成于嘉庆七年（1802）。主要版本有：嘉庆七年（1802）养花草堂刊袖珍本、咸丰元年（1851）琅环山馆刻本、《清代笔记丛刊》本、《笔记小说大观》本等。②《虞初续志》的版本没有出现《虞初新志》不同版本在篇目上有出入的现象。《虞初续志》计收入清初遗民小说15篇，其中选入5位明遗民创作的6篇，包括邱维屏的《述赵希乾事》、王猷定的《梁烈妇传》《孝烈张公传》、归庄的《黄孝子传》、魏禧的《彭夫人家传》、徐枋的《周端孝先生墓志铭》。5位明遗民以外作家创作的9篇，包括邵长蘅的《阎典史传》《侯方域魏禧传》《黄烈妇传》、陆次云的《费宫人传》、汪琬的《江天一传》《乙邦才传》、毛奇龄的《沈云英传》、周亮工的《张林宗先生传》《王王屋传》。另外，毛先舒的《看三石记》《诸君简画记》并不具小说因素，笔者未将其纳入遗民小说范畴。

《广虞初新志》。黄承增编，40卷，278篇。黄承增，字心庵，安徽歙县人。主要生活于乾隆、嘉庆年间。据黄承增自序，此书当成于嘉庆八年（1803）。主要版本有：嘉庆八年（1803）寄鸥闲舫刊巾箱本、民国间扫叶山房石印本等。此书成书年代与郑醒愚《虞初续志》相近，但其所收入作品体例庞杂，诸多作品难以称之为小说，且同邑人作品过多，而遭后人诟病，诚如《中国古代小说

---

① 侯忠义、刘世林：《中国文言小说史稿》（下册），北京大学出版社1993年版，第197—198页。

② 石昌渝等：《中国古代小说总目》（文言卷），山西教育出版社2004年版，第626页。

总目》(文言卷)著录时称:"编者抉择不严,所收传记作品不足三分之一,而诗、序、说、轶事等却占三分之二强;名家如钮琇、王猷定、沈起凤等人无作品入选,同邑人之作却多达十三篇。其成年代与郑醒愚《虞初续志》相近,但影响远远不及。"①正因如此,笔者在确定清初遗民小说时,将那些并不具小说因素的作品排除在外。这样,此书共收入遗民小说 38 篇,其中选入 7 位明遗民创作的 31 篇,包括顾景星的《桂岩公诸客传》《李新传》《陈稚白住篁川记》《哀王斤》《徐文长遗事》《后哭曹石霞》、李邺嗣的《马吊说》《后五诗人传》《书〈三楚旧劳〉记》《二仆传》《逸叟李先生生圹铭》《书〈嘉靖癸未会试录〉后》《六君子饮说》《女兄文玉传》《梵大师外传》《万氏一义传》《贤孝叶淑人权厝志》、杜濬的《张侍郎传》《记茅止生三君咏》《邓子哀词》《瘗老仆骨志铭》《书陶将军传》《跋黄九烟户部〈绝命诗〉》《戒庵先生生藏铭》、冯班的《海虞三义传》、周筼的《海烈妇传》、黄周星的《小半斤谣》《将就园记》、毛先舒的《闻孝廉传》《沈去矜墓志铭》《汝州从事顾翊明公传》《蕲尉杨公存吾传》。5 位明遗民以外作家创作的 7 篇,包括陈维崧的《邵山人潜夫传》《吴姬扣扣小传》、朱彝尊的《崔子忠陈洪绶合传》、冯景的《书明亡九道人事》、释行愿的《不庵传》、林璐的《陆忠毅公传》《来烈妇墓铭》。

《虞初续新志》。朱承鈠编,不分卷,23 篇。朱承鈠,生平事迹不详,大约生活于晚清时期。此书版本主要有民国间传钞傅增湘旧钞本。此书仅收录 1 篇遗民小说,即明遗民彭孙贻的《乱后上家君书》。

《虞初广志》(亦作《重订虞初广志》)。姜泣群编,16 卷,248 篇。姜泣群,清末民初时鄞水(今浙江宁波)人,生平事迹不详。据李定夷于民国四年(1915)作《虞初广志·序》称"甲寅岁始脱稿付梓出版,……今岁之秋详加订正,增辑四卷,重刊行世"②。又据潘飞声于民国四年乙卯(1915)作重序称

---

① 石昌渝等:《中国古代小说总目》(文言卷),山西教育出版社 2004 年版,第 116 页。

② [民国]李定夷:《虞初广志·序》,[民国]姜泣群选辑:《虞初广志》,柯愈春编纂:《说海》(六),人民日报出版社 1997 年版,第 1969 页。

"今春复加删订,并增辑四卷,共为一十六卷"①,我们知道,是书初稿为 12 卷,成于民国三年甲寅(1914),并刊印;后经删订增辑后,于民国四年(1915)定稿,计 16 卷,并由杨南村"寄迹"②的光华编辑社铅印出版。《虞初广志》共收录遗民小说 14 篇,其中选入 2 位明遗民创作的 5 篇,包括钱澄之的《南渡三疑案》《闽粤死事偶记》《皖鬐事实》《陈朗生传》、贺贻孙的《李仕魁传》(笔者按:即《雪裘传》,《虞初广志》卷九题孙静庵撰,误),7 位明遗民以外作家创作的 9 篇,包括沙张白的《石屋丈人传》、康乃心的《孙将军传》、王源的《诸天祐》《王义士传》、汪琬的《刘淑英传》《史八夫人传》、陈鼎的《岑太君传》、何焯的《楚壮士传》、庞垲的《史以慎传》(笔者按:《虞初广志》卷十五题孙静庵撰,误)。

《虞初支志》甲编。王葆心编,4 卷,99 篇。王葆心(1867—1944),字季芗,号晦堂,晚号青垇山人。湖北罗田人。光绪二十九年(1903)举人。清末时任学部总务司行走、学部主事等职,民国时任湖北革命实录馆总纂、北京图书馆总纂、湖北国立学馆馆长、湖北通志馆总纂等职。一生著述繁多,除《虞初支志》外,还有《方志学发微》《明季江淮七十二寨纪事》《重修湖北通志条议》《历代经学变迁史》《满珠野史》等方志、经学、史学著作,"以上几方面的著作……闻惕生记为 118 种。王葆心之女王醇记为 180 种"③。关于此书的成书过程,王葆心之子王夔强于民国十年(1921)作是书跋称:"家大人之为此编也,多前此官京师时,摭自厂肆所访各书中,未及近事。其属近数十年间新奇可悦之纪载,尚有三种:曰《发逆初记》……曰《节钞纯常子枝语》……曰《朝野纪闻》……此三种均出秘钞。因甲编篇卷已溢,乃命夔强收入乙编中。"④由此可见,是书甲编主要选入近代以前之作,而乙编则选近代三种"秘钞"。《虞

----

① 　[民国]潘飞声:《虞初广志·序》,[民国]姜泣群选辑:《虞初广志》,柯愈春编纂:《说海》(六),人民日报出版社 1997 年版,第 1971 页。

② 　[民国]杨南村:《虞初广志·序》,[民国]姜泣群选辑:《虞初广志》,柯愈春编纂:《说海》(六),人民日报出版社 1997 年版,第 1970 页。

③ 　王体全主编:《鄂东人物》第二卷,湖北人民出版社 2006 年版,第 457 页。

④ 　[民国]王夔强:《跋》,[民国]王葆心编:《虞初支志》甲编,商务印书馆 1922 年版。

初支志》甲编版本主要是民国十年(1921)上海商务印书馆铅印本。此编计收录清初遗民小说 6 篇,其中选入 4 位明遗民创作的 5 篇,包括陈洪绶的《序妒》、李焕章的《周夫人传》、黄宗羲的《两异人传》、吴肃公的《义盗事》《书义犬事》;明遗民以外作家创作的 1 篇,即郭棻的《邢疯子传》。

以上"虞初"系列小说选本在选录清初遗民小说时,尚未出现选录重复的情况,而俞樾《荟蕞编》、吴曾祺《旧小说》已集在选录清初遗民小说时,与"虞初"系列小说选本多有重复者。现将此二种小说选本及其选录情况分别考述如下:

《荟蕞编》。俞樾编,20 卷,457 篇。俞樾(1821—1906),字荫甫,号曲园。浙江德清人。道光三十年(1852)进士,历翰林院编修、提督河南学政,罢官后主讲于苏州紫阳书院、上海求志书院等,总办浙江书局。著有《春在堂全书》五百余卷。作者与何镛为此书作序时间均为光绪七年(1881),此即是书的成书与刊印时间。是书的主要版本有《申报馆丛书》本、《清代笔记丛刊》本、《笔记小说大观》本等。《荟蕞编》共收录清初遗民小说 18 篇,其中 15 篇为"虞初"系列小说选本所选录,包括侯方域的《郭老仆》、郭棻的《邢疯子》、何豫的《楚壮士》、钱澄之的《陈朗生》、贺贻孙的《雪裘》、魏禧的《邱维屏》、王猷定的《孝烈张公》《李一足》、陈维崧的《邵山人》、王源的《诸天祐》《王义士》、陈鼎的《八大山人》、庞垲的《史以慎》、李焕章的《周夫人》、汪琬《史八夫人》。还包括 3 篇未被"虞初"系列小说选本选入的遗民小说,即黄宗羲的《黄廷玺寻兄》、贺贻孙的《髯侠》、汪琬的《书沈通明事》。

《旧小说》已集。吴曾祺编,5 辑,286 种。吴曾祺(1852—1929),字翼亭,亦作翊庭、翊亭。福建侯官人。光绪二年(1876)举人。清末时任平和、泰宁等县学教谕、漳州中学堂监督、全闽师范学堂教务长,后受聘于上海商务印书馆。民国时任福建经学会副会长。编有《涵芬楼古今文钞》,著有《涵芬楼文谈》《国语国策补注》《清史纲要》《漪香山馆文集》等。《旧小说》分甲、乙、丙、丁、戊、己六集,分别选录汉魏六朝、唐、宋、五代、金、元、明、清时的文言小说。

吴曾祺作《旧小说叙》于宣统二年庚戌（1910），《旧小说》当于该年完成编辑。商务印书馆在1914年、1920年、1930年均有过出版。《旧小说》己集共选录清初遗民小说62种，其中57种为"虞初"系列、《荟蕞编》选入，包括王猷定的《孝烈张公传》《钱烈女墓志铭》《李一足传》《梁烈妇传》《汤琵琶传》《义虎记》、魏禧的《卖酒者传》《吴孝子传》《彭夫人家传》《大铁椎传》《邱维屏传》、吴伟业的《柳敬亭传》、归庄的《黄孝子传》、黄宗羲的《万里寻兄记》、侯方域的《马伶传》《郭老仆墓志铭》、徐芳的《神钺记》《柳夫人小传》《换心记》《乞者王翁传》《奇女子传》《化虎记》《义犬记》、张明弼的《冒姬董小宛传》、李焕章的《宋连璧传》、徐士俊的《汪十四传》、顾彩的《髯樵传》、陈鼎的《王义士传》《爱铁道人传》《狗皮道士传》《烈狐传》《八大山人传》《薛衣道人传》《活死人传》、周亮工的《张林宗先生传》《王王屋传》《书戚三郎事》、吴肃公的《五人传》《王翠翘传》、宋曹的《鬼孝子传》《义猴传》、汪琬的《江天一传》《书沈通明事》《乙邦才传》、张惣的《万夫雄打虎传》、李清的《鬼母传》、黄周星的《补张灵、崔莹合传》、陆次云的《圆圆传》《费宫人传》、毛奇龄的《沈云英传》、邵长蘅的《阎典史传》《侯方域魏禧传》《黄烈妇传》、方亨咸的《武风子传》、严首升的《一瓢子传》、余怀的《板桥杂记九则》、来集之的《樵书一则》。其他5种未被"虞初"系列及《荟蕞编》收录，包括王锡阐的《天同一生传》、应㧑谦《无闷先生传》、邵长蘅的《贺向峻汪参传》、曹宗璠《尘馀三则》、王炜《嗒史三则》。

以上8种小说选本，除重复收录外，共计收录清初遗民小说141篇（种），占整个文言小说总数的70%强。在这些小说选本当中，以《虞初新志》成就最高、影响最大、传播最广，而其他"虞初"系列小说选本虽极力模仿《虞初新志》，但在所选篇目及影响上，远远不及《虞初新志》。《荟蕞编》与《旧小说》己集在选录时，深受"虞初"系列小说选本的影响，诸多篇目具有相同之处，但由于其体例相对较为单纯、诸多名家名篇均有入选，所以相对而言，它们的选录质量与水平超过《广虞初新志》《虞初广志》等小说选本。那么，这些小说选本为何对清初遗民小说有所偏爱呢？笔者下文将进一步论述之。

（二）小说选本选录清初遗民小说的原因分析

通过上文分析，我们知道，小说选本选录的遗民小说在文言小说中占有很重要的分量，那么自清初至民国这样一个漫长的时期，为何小说选本反复不断地选录遗民小说呢？笔者认为主要原因在于以下几个方面：

1. 遗民小说多叙"可喜可愕、可歌可泣"之事。张潮于康熙二十二年（1683）为《虞初新志》作《自叙》称："天壤间灝气卷舒，鼓荡激薄，变态万状，一切荒诞奇僻、可喜可愕、可歌可泣之事，古之所有，不必今之所无，古之所无，忽为今之所有，固不仅飞仙盗侠、牛鬼蛇神，如《夷坚》《艳异》所载者为奇矣。"①由此可见，张潮在辑《虞初新志》时，主要以"荒诞奇僻、可喜可愕、可歌可泣之事"为其选材标准，而这种选材标准基本上代表了上述其他 7 种小说选本的选材标准，如《虞初广志凡例》之《本书之取材》称："是编所采，皆明季迄今数百年来名家纪载，大半假抄藏书秘本为多，以文章丰赡、事实瑰奇、兴味秾醇三大要点为决别精审之原则。"②清初遗民小说所叙之事又是这种选材标准中的突出者。如《虞初新志》计有 150 篇，而遗民小说即占 60 篇，近二分之一；又如《荟蕞编》《旧小说》已集与"虞初"系列在遗民小说篇目上有诸多重选者，特别是《旧小说》已集在选录遗民小说时，与以前的小说选本居然有 57 篇（种）重复者。这种多选与重选现象，显然与清初遗民小说所叙之事具有"可喜可愕、可歌可泣"的性质有关。笔者在此略举几例以说明之。如明遗民徐士俊的《汪十四传》描写了一位既令盗贼胆寒又颇具情义的奇人，张潮评点曰："吾乡有此异人，大足为新安生色。"③再如明遗民吴肃公的《五人传》描写

---

① ［清］张潮：《自叙》，［清］张潮辑：《虞初新志》，《古本小说集成》本，第2—3页。
② ［民国］姜泣群：《虞初广志凡例》，［民国］姜泣群选辑：《虞初广志》，杨愈春编纂：《说海》（六），人民日报出版社 1997 年版，第 1972 页。
③ ［清］徐士俊：《汪十四传》，［清］张潮辑：《虞初新志》卷二，《古本小说集成》本，第58页。

了苏州民变中杨念如等五人不屈于阉党而慷慨就义事,张潮评点曰:"读竟,浮一大白。"①又如明遗民李清的《鬼母传》描写了一位鬼母哺育其子事,张潮评点曰:"余向讶既已为鬼,亦安事楮镪为? 今观此母,则其有需于此,无足怪矣。"②总之,这些"可喜可愕、可歌可泣"之事体现的是一种民族精神,一种价值取向,所以为选家所钟爱、为读者所喜爱,从而能得以广泛传播。

2. 遗民小说多具"文隽而工,写照传神,仿摹毕肖"的特点。清初遗民小说除在内容上具有"事奇而核"之外,在艺术上还具有"文隽而工,写照传神,仿摹毕肖"③的特点。我们从选家及其他人物对这些遗民小说的评点明显可以看出这一点。如张潮评点魏禧《大铁椎传》云:"篇中点睛,在三称'吾去矣'句。至其历落入古处,如名手画龙,有东云见鳞、西云见爪之妙。"④张潮将小说对大铁椎的描写比喻成"名手画龙",其中"右肋夹大铁锤""蓝手巾裹头"等外貌描写及与贼大战的场面描写,可谓之"龙鳞""龙爪",而三称"吾去矣"则明显具点睛之笔。经过如此画鳞、画爪,又经过如此点睛,整篇小说中的大铁椎犹如活龙般传神毕现。再如陈椒峰评点魏禧《彭夫人家传》云:"逐段散叙,若不相属,如秋山数点,出于云际。而字字生致,无一语粘滞处,逼真史迁矣!"⑤所谓"逐段散叙,若不相属"是指小说大致可分五个段落,分叙了不同时期不同角色的彭夫人,依次为:勤养公婆、劝诫丈夫的彭夫人,明末"流贼"四起时的彭夫人,甲申国变时的彭夫人,教子有方的彭夫人,种树以志其夫的彭夫人。其中首尾两段明显相互呼应,表现彭夫人与其夫彭而述真挚深厚的感情,而中间三段则表现了彭夫人的"晓大义,能知人"、坚持民族气节等女性明遗民的个性。这种似乎不相连属的段落,却并非零散的堆砌,而是"如秋山

---

① [清]吴肃公:《五人传》,[清]张潮辑:《虞初新志》卷六,《古本小说集成》本,第267页。

② [清]李清:《鬼母传》,[清]张潮辑:《虞初新志》卷十,《古本小说集成》本,第481页。

③ [清]张潮:《自叙》,[清]张潮辑:《虞初新志》,《古本小说集成》本,第5页。

④ [清]魏禧:《大铁椎传》,[清]张潮辑:《虞初新志》卷一,《古本小说集成》本,第5页。

⑤ [清]魏禧:《彭夫人家传》,[清]郑醒愚辑:《虞初续志》卷四,中国书店1986年影印本,第32页。

数点,出于云际",亦即似断实连。另外,小说的语言也得到陈椒峰的肯定,谓之"逼真史迁"虽不免有过誉之嫌,但是语言的精简传神还是不能否认的。所以,这篇小说总体上来说,谓之"文隽而工"并不为过。上述两篇小说为《旧小说》已集重选,亦可见其艺术较高之一斑。总之,这些文言小说的艺术成就相对较高,亦是小说选本选录的原因之一。

3. 遗民小说的内涵契合选家的心态。张潮在《虞初新志·总跋》中称:"夫穷愁之际,尚欲藉书而释,况乎居安处顺,心有馀闲,几净窗明,焚香静读,其乐为何如乎?因附记于此,俾世之读我书者,兼有以知我之境遇而悯之;世不乏有心人,然非予之所敢望也。"①从这一描述,我们可以看出张潮编辑《虞初新志》的心态颇为复杂,一方面"欲借书而释",另一方面又希望读者"知我之境遇而悯之"。我们知道,张潮曾几次应试而不第,如康熙二年(1663)初试不第、康熙五年(1666)再试不第、康熙八年(1669)和康熙十一年(1672)又试不第②,此可谓其最为"穷愁之际"。这种在功名上的惆怅,或许在阅读时人优秀篇章并将其编辑成书中得到消解,特别是那些"可喜可愕、可歌可泣",又"写照传神,仿摹毕肖"的遗民小说,更能浇胸中之块垒,甚至试图让读者能够体会其良苦用心之所在。如张潮评点魏禧《卖酒者传》云:"自古异人,多隐于屠沽中;卖酒者时值太平,故以长者名耳。叔子谓'匪惟长者,抑亦智士',诚具眼也!"③张潮对卖酒者的赞誉,实际上颇有对自己在功名上失利的观照。又如张潮对王猷定《义虎记》评点云:"人往往以虎为凶暴之兽,今观此记,乃知世间尚有义虎,人而不如,此余所以有《养虎行》之作也。"④这既是对现实的观照,又是对现实的讽刺。

张潮在选录遗民小说时,将这些遗民小说所表现的内涵与自己的遭遇及

---

① [清]张潮:《总跋》,[清]张潮辑:《虞初新志》,《古本小说集成》本。
② 参见刘和文:《张潮年谱简编》,《安徽师范大学学报(人文社会科学版)》2003 年第6 期。
③ [清]魏禧:《卖酒者传》,[清]张潮辑:《虞初新志》卷三,《古本小说集成》本,第 130 页。
④ [清]王猷定:《义虎记》,[清]张潮辑:《虞初新志》卷四,《古本小说集成》本,第 147 页。

现实社会联系起来,从而体现选家颇为复杂的心态,而其他选家在选录遗民小说时,亦表现自己不同的种种心态,如对明末起义者的痛恨,郑醒愚对陆次云《费宫人》评点云:"毛西河言,宫人濒死呼曰:'吾之不得杀自成,天也!'盖宫人初志,在得自成。不能得自成而死,岂非天哉! 然亦足褫自成之魄矣。"①郑醒愚又对王猷定《孝烈张公传》评点云:"张洵孝烈,其仆亦非常人也。如此主仆,俱遭横死,固曰劫运,然天实为之。谓之何哉?"②这些评点赞扬了费宫人及张公主仆二人不屈于农民起义者的气概,但也从另外一个方面反映了对亡明者李自成的痛恨及对杀人如麻的张献忠的残忍的暴露;又如对明遗民的赞誉,退士对《沈云英传》评点曰:"文能通经,武能杀贼,得之女子,已属奇事。若其夺父还尸,孝也。夫死辞爵,节也。国亡赴水,忠且烈也。忠孝节烈,萃于一女子之身,此亘古所未有,岂物授将军职而始为异典哉! 其父其夫,皆殉国难,尤奇。"③这种评点虽未为选家直接评点,但显然反映了选家对这位"忠孝节烈"的女性遗民的崇敬,故而亦体现了选家对明遗民的赞誉。杨南村对汪琬《刘淑英传》评点曰:"明季多奇女子,淑英其一也。观其拔剑当筵,一军气夺,抑何雄哉!"④这一评点实际也反映了选家姜泣群对这位女性遗民的敬仰心态。选家的其他心态还包括对忠孝的褒扬、对满清统治的不满等。

另外,被选遗民小说作家具有较大的影响亦是选家选录的原因,这些作家包括诸多清初名儒⑤,如黄宗羲、吴伟业、杜濬、周亮工、钱澄之、归庄等,还包括复社名士张明弼,"易堂九子"中的魏禧、彭士望、邱维屏,"名闻东南"(王玧

---

①　[清]陆次云:《费宫人》,[清]郑醒愚辑:《虞初续志》卷二,中国书店 1986 年影印本,第13 页。

②　[清]王猷定:《孝烈张公传》,[清]郑醒愚辑:《虞初续志》卷四,中国书店 1986 年影印本,第 36 页。

③　[清]毛奇龄:《沈云英传》,[清]郑醒愚辑:《虞初续志》卷四,中国书店 1986 年影印本,第 31 页。

④　[清]汪琬:《刘淑英传》,[民国]姜泣群选辑:《虞初广志》卷二,东方书局 1915 年版。

⑤　笔者按:这里的清初名儒主要是以《清初名儒年谱》(北京图书馆出版社 2006 年版)著录为依据。

《四照堂集序》）的王猷定，"浙中三毛"①中的毛先舒、毛奇龄，被吴伟业誉为"江左凤凰"的陈维崧，与杜濬齐名的余怀，"海虞二冯"的冯舒、冯班，有明遗民领袖之称的李清，以戏曲闻名的黄周星等等。

总之，小说选本选录清初遗民小说的原因是多方面的，除描写了"可喜可愕、可歌可泣"的故事及具有"文隽而工"的艺术特色外，更为重要的是这些被选录的遗民小说契合了不同时期选家的心态。

三、清初遗民小说的禁毁

禁书在我国具有悠久的历史，最早可追溯到商鞅变法中的"燔《诗》《书》"一案②，第一次大规模禁书当属秦始皇三十四年（前213）的"焚书"。其后朝代几无断绝者。明清时期伴随着文化的极大繁荣，也出现了禁书的极大"繁荣"。尤其是作为清代这个少数民族政权，在禁书的法令、书目及种类等方面，达到了无以复加的地步，诚如吴哲夫《清代禁毁书目研究·叙例》所言："清代禁毁书籍，门类至广，卷帙浩繁，亘古未有。"③其中诸多遗民小说即包括在这些禁毁书目当中。笔者在此将主要就清初遗民小说的禁毁情况及禁毁因由进行探讨。

（一）清初遗民小说禁毁情况考述

清人姚觐元《清代禁毁书目》（补遗）是较早较全面地对清代禁毁书目进行整理的文献，其后的文献，如王重民《四库抽毁书提要稿》、孙殿起《清代禁书知见录》、雷梦辰《清代各省禁书汇考》、施廷镛《清代禁毁书目题注》等多在

---

① ［清］陈康祺撰：《郎潜纪闻初笔》卷八"浙中三毛"条载："康熙间，萧山毛西河奇龄、钱塘毛稚黄先舒、遂安毛会侯际可，俱以文章雄长东南坛坫。海内谓之语曰：'文中三豪，浙中三毛。'"（中华书局1984年版，第170页）

② 陈正宏、谈蓓芳：《中国禁书简史》，学林出版社2004年版，第6页。

③ 吴哲夫：《清代禁毁书目研究》，嘉新水泥公司文化基金会研究论文第164种，台北嘉新水泥公司文化基金会1969年版。

此基础上进行了扩展与补充。如果上述文献只是一种资料的汇编,那么吴哲夫《清代禁毁书目研究》则是专门研究清代禁书的一部力作。而王利器《元明清三代禁毁小说戏曲史料》(增订本)、李时人《中国禁毁小说大全》、李梦生《禁毁小说夜谭》等则主要针对小说、戏曲的禁毁情况作了较为系统的整理与题注。同时,《四库禁毁书丛刊》及其《续编》收录了四库禁毁书的文本。另外,还有两部针对整个古代禁书情况进行整理与研究的专著,即安平秋、章培恒《中国禁书大全》,陈正宏、谈蓓芳《中国禁书简史》。根据以上禁毁文献,笔者将其涉及到清初遗民小说的禁毁情况作一简要梳理。

1. 白话小说的禁毁。在清初遗民小说中,共有 7 部白话小说遭清廷禁毁。它们分别是下面几种。

《剿闯小说》。此书遭两次禁毁。第一次为乾隆四十三年(1778)江宁布政使刊《违碍书籍目录》收录,题"本省宁局第八批奏缴新书二十二种内"①。第二次为"乾隆四十五年(1780)正月初七日奏准",由"两江总督萨载奏缴"②。

《定鼎奇闻》(《新世弘勋》)。此书遭三次禁毁:第一次为军机处奏准全毁书目第九批次,在禁毁说明中指出"查《定鼎奇闻》,不著撰人名氏,乃通俗小说。本属诞妄,且书作于本朝,而封面题'大明崇祯传',又称'大明神宗皇帝',殊为悖谬,应请销毁"③;第二次为乾隆四十三年(1778)江宁布政使刊《违碍书籍目录》收录,题为"《定鼎奇闻》,系蓬蒿子著"④;第三次为两广总督桂林奏缴新书九种之一,时在"乾隆四十三年(1778)九月十八日奏准"⑤,题

---

① 　[清]姚觐元:《清代禁毁书目》(补遗),商务印书馆 1957 年版,第 318 页。笔者按:《清代各省禁书汇考》据《纂辑目录》校录,用《应禁书目》、江宁《违碍书目》、江宁增补《违碍书目》、江宁二次补刻《违碍书目》校补,作"两江总督萨载奏缴二十四种"(书目文献出版社 1989 年版,第 63 页)
② 　雷梦辰:《清代各省禁书汇考》,书目文献出版社 1989 年版,第 63 页。
③ 　[清]姚觐元:《清代禁毁书目》(补遗),商务印书馆 1957 年版,第 250 页。
④ 　[清]姚觐元:《清代禁毁书目》(补遗),商务印书馆 1957 年版,第 161 页。
⑤ 　雷梦辰:《清代各省禁书汇考》,书目文献出版社 1989 年版,第 254 页。

为"《定鼎奇闻》,系蓬蒿子编"①。

《梼杌闲评》。此书遭三次禁毁。第一次是道光十八年(1838)江苏按察使裕谦宪示禁毁,此书列入《计毁淫书目单》,书目前说明称"本局奉宪设立收毁淫书,业以收得一百余种,并板片二十余种,照估给价毁讫,惟各坊铺中所藏淫书板本尚多,已奉臬宪挨户给示晓谕,自应赶紧缴局,以免日后觉察,致干未便"②;第二次为道光二十四年(1844)浙江巡抚设局禁淫词小说,此书列入《禁毁书目》,书目前说明称"本局奉宪设立收毁淫书板片书本,照估给价,业奉学宪吴给示晓谕;兹特将应禁各种书目开后,凡铺户人家,如藏有此等板本者,务劝尽数交出,送局收毁,幸勿遗漏自误"③;第三次为同治七年(1868)江苏巡抚丁日昌查禁淫词小说,此书列入《应禁书目》,书目前丁日昌札称:"札到该司,即于现在书局,附设销毁淫词小说书局,……并严饬府县,明令限期,谕令各书铺,将已刷陈本,及未印板片,一律赴局呈缴,由局汇齐,分别给价,即由该局亲督销毁。"④

《樵史通俗演义》。此书遭两次禁毁。第一次为乾隆四十三年(1778)江宁布政使刊《违碍书籍目录》收录,为两江总督萨载第九次奏缴三十七种之一,乾隆四十六年(1781)二月初八日奏准,禁毁说明称"《樵史演义》。此书。不载著书人姓名。纪天启崇祯事实。中有违碍之处。应请销毁"⑤;第二次是湖南巡抚刘墉奏缴八十二种之一,乾隆四十六年(1781)十一月初七日准奏,禁毁说明称"无撰人姓氏。虽系小说残书。于吴逆不乘名于本朝。多应冒

① [清]姚觐元:《清代禁毁书目》(补遗),商务印书馆 1957 年版,第 279 页。

② 王利器:《元明清三代禁毁小说戏曲史料》(增订本),上海古籍出版社 1981 年版,第 134 页。

③ 王利器:《元明清三代禁毁小说戏曲史料》(增订本),上海古籍出版社 1981 年版,第 122 页。

④ 王利器:《元明清三代禁毁小说戏曲史料》(增订本),上海古籍出版社 1981 年版,第 142 页。

⑤ 雷梦辰:《清代各省禁书汇考》,书目文献出版社 1989 年版,第 65 页。

犯。应销毁。计一本"①。

《续金瓶梅》。此书遭三次禁毁。第一次道光十八年(1838)江苏按察使裕谦宪示禁毁,此书列入《计毁淫书目单》,书目前说明见《梼杌闲评》;第二次为道光二十四年(1844)浙江巡抚设局禁淫词小说,此书列入《禁毁书目》,书目前说明见《梼杌闲评》;第三次为同治七年(1868)江苏巡抚丁日昌查禁淫词小说,此书列入《应禁书目》,书目前丁日昌札见《梼杌闲评》。

《女仙外史》。此书遭两次禁毁。第一次是道光二十四年(1844)浙江巡抚设局禁淫词小说,此书列入《禁毁书目》,书目前说明见《梼杌闲评》;第二次是同治七年(1868)江苏巡抚丁日昌查禁淫词小说,此书列入《应禁书目》,书目前丁日昌札见《梼杌闲评》。

《隋唐演义》。此书遭一次禁毁,即同治七年(1868)江苏巡抚丁日昌续查禁淫书,此书列入《续查应禁淫书》。书目前有丁日昌札称:"据提调书局吴牧、承潞等禀,续查尚有应禁《钟情传》等书,均系淫词小说,开单呈请,一律查禁等情,到本部院。据此,除批示外,札司通饬一体严行查禁等因。"②

2. 文言小说的禁毁。文言小说的禁毁比较复杂,从目前已有的文献资料来看,文言小说集的禁毁仅有三部,即史玄《旧京遗事》、史惇《恸余杂记》、吴肃公《阐义》,而单篇文言小说多存在于小说选本或作家的文集当中,所以伴随这些小说选本或作家文集的禁毁而亦遭禁毁。

《旧京遗事》。军机处奏请全毁书目第三批次,禁毁说明称:"《旧京遗事》残稿一本。查《旧京遗事》,明史元(笔者按:避康熙帝讳改,应为史玄)撰。但有下卷而无上卷,中有挖去之字,以上下文义推之,皆有指斥之词,应请销毁。"③另

---

① 雷梦辰:《清代各省禁书汇考》,书目文献出版社1989年版,第39页。
② 王利器:《元明清三代禁毁小说戏曲史料》(增订本),上海古籍出版社1981年版,第148页。
③ [清]姚觐元:《清代禁毁书目》(补遗),商务印书馆1957年版,第210页。

外,此书还进入《应缴违碍书籍各种名目》①。

《恸余杂记》。军机处奏请全毁书目②,批次不详,从著录顺序看,应早于《阐义》。另外,此书还进入《外省移咨应毁各种书目》③。

《阐义》。军机处奏请全毁书目第十批次,禁毁说明称:"《阐义》一部四本。查《阐义》系吴肃公撰。书中叙事处,字句有违碍,应请销毁。"④另外,此书还进入《应缴违碍书籍各种名目》⑤。

《虞初新志》。乾隆四十三年(1778)江宁布政使刊《违碍书籍目录》收录。江西巡抚郝硕奏缴一百二十种之一,乾隆四十四年(1779)四月初五日奏准,禁毁说明称:"内有钱谦益、吴伟业著作。应铲除。抽毁。"⑥

另外,还有涉及抽毁书目的,如《昭代丛书》为两江总督萨载奏缴三十七种之一,乾隆四十六年(1781)二月初八日奏准,禁毁说明称:"《昭代丛书》。新安张潮辑。内《悟语》一卷,系《石庞天外谈》内一种。又《板桥杂记》内,钱谦益诗句八首,均请抽毁。"⑦

除上述文言小说集及小说选本外,诸多明遗民作家的诗文集亦遭禁毁,如吴肃公的《街南文集》及《街南续集》、冯班的《钝吟集》、魏禧的《魏氏全集》、彭士望的《耻躬堂集》、张明弼的《萤芝集》、黄宗羲的《南雷文约》等。其中《街南文集》的禁毁说明称:"查《街南文集》系吴肃公撰,书中语多有愤激,应请销毁。"⑧《萤芝集》的禁毁说明称:"查《萤芝集》系明张明弼撰。集中皆有所作诗篇,浅俚无足观,且多悖谬字句,应请销毁。"⑨《耻躬堂集》的禁毁说明

---

① [清]姚觐元:《清代禁毁书目》(补遗),商务印书馆1957年版,第163页。
② [清]姚觐元:《清代禁毁书目》(补遗),商务印书馆1957年版,第74页。
③ [清]姚觐元:《清代禁毁书目》(补遗),商务印书馆1957年版,第113页。
④ [清]姚觐元:《清代禁毁书目》(补遗),商务印书馆1957年版,第275页。
⑤ [清]姚觐元:《清代禁毁书目》(补遗),商务印书馆1957年版,第149页。
⑥ 雷梦辰:《清代各省禁书汇考》,书目文献出版社1989年版,第99页。
⑦ 雷梦辰:《清代各省禁书汇考》,书目文献出版社1989年版,第68页。
⑧ [清]姚觐元:《清代禁毁书目》(补遗)之《补遗一》,商务印书馆1957年版,第271页。
⑨ [清]姚觐元:《清代禁毁书目》(补遗)之《补遗一》,商务印书馆1957年版,第238页。

称:"查《耻躬堂集》系彭士望撰。集中诸文多愤激之词,应请销毁。"①甚至那些入清为官的作家的诗文集亦遭禁毁,如吴伟业的《梅村全集》(笔者按:钱谦益序)②、陈维崧的《篯衍集》③、朱彝尊的《曝书亭集》④等。而诸多单篇文言小说正是来自这些作家的诗文集,所以那些遗民小说随着诗文集的禁毁而亦遭禁毁。

(二)清初遗民小说禁毁因由

清廷在禁书时常常对禁毁原因作简要说明,其中"词涉乖谬""语极狂悖""钱谦益为序""吕留良作评"等最为常见。具体到清初遗民小说,主要表现在以下几个方面:

1.因多有违碍语而遭禁毁。这里的违碍语一般分成两个方面,一方面是指对清人及清军不敬与诋毁者,另一方面是指叙及明史与南明史者。其中《剿闯小说》在第一方面表现最为突出,如对清人与清军称之"胡儿""奴虏""奴酋""虏人""北夷""夷兵""虏兵""鞑子"等,这些违碍字眼当然引起清廷的不满,进入《违碍书籍目录》亦在所难免。《樵史通俗演义》则在第二方面有突出表现,它不仅"纪天启崇祯事实",还涉及南明弘光朝事。在叙及三朝事迹时,小说对那些忠臣义士多有赞誉,此或即"中有违碍之处"而成为禁毁的重要原因之一。其他小说,如《定鼎奇闻》因"封面题'大明崇祯传',又称'大明神宗皇帝'",《旧京遗事》因"有指斥之词",《阐义》因"书中叙事处,字句有违碍"等而遭禁毁。

2.因涉及钱谦益等人而遭禁毁。四库馆《奏缴咨禁书目条款》第四条云:"钱谦益、吕留良、金堡、屈大均等,除所自著之书俱应毁除外,若各书内,载入

---

① 　[清]姚觐元:《清代禁毁书目》(补遗)之《补遗一》,商务印书馆1957年版,第256页。
② 　雷梦辰:《清代各省禁书汇考》,书目文献出版社1989年版,第25页。
③ 　雷梦辰:《清代各省禁书汇考》,书目文献出版社1989年版,第58页。
④ 　雷梦辰:《清代各省禁书汇考》,书目文献出版社1989年版,第80页。

其著论,选及其诗词者,原系他人所采录,与伊等自著之书不同,应遵按原奉谕旨,将书内所引各条签明抽毁,于原板内铲除,仍各存其原书,以示平允,其但有钱谦益序文而书中无违碍者应照此办理。"①清初遗民小说及其选本涉及钱谦益而遭抽毁的主要有《板桥杂记》《虞初新志》等,其中《板桥杂记》中涉及钱谦益的八首诗,而《虞初新志》除收录《板桥杂记》外,还直接收录钱谦益的作品。而屈大均的《书叶氏女事》,或亦随其著作的禁毁而禁毁。另外,吴伟业的著述及涉及吴伟业小说的选本亦遭禁毁,如《虞初新志》因涉及吴伟业作品而遭抽毁,吴伟业的遗民小说《柳敬亭传》也随其著述禁毁而遭禁毁。除此之外,小说中涉及吴三桂事迹的,亦遭清廷禁毁,如《剿闯小说》《樵史通俗演义》等。

3. 因涉淫词而遭禁毁。清初遗民小说因涉淫词而遭禁毁的,主要有《桮杌闲评》《续金瓶梅》《女仙外史》《隋唐演义》等。这些小说或多或少地涉及一些性爱描写,但相对于那些通篇充斥情色内容的小说,如《如意君传》《绣榻野史》《痴婆子》《灯草和尚》等,还是有所区别的。然而,作为统治者来说,它们都关乎到风俗人心,必欲禁之而后快,诚如清人唐鉴《唐确慎公集》卷五载《禁止淫词小说示》称:"照得淫词小说,最有关于风俗人心,诱人于邪,陷人于恶,往往以未有之事,装点而为金粉之楼台,以本无之人,杂糅而成溱、洧之士女,见者心动,舍廉耻而入奇邪,闻者艳称,弃礼义而谈轻薄,人心之坏,风俗之浇,莫甚于此。"②

以上三种禁毁因由主要是清廷官方的禁毁说明,但笔者认为诸多清初遗民小说遭禁毁与它们蕴含浓郁的遗民意识亦有很大的关系。如《樵史通俗演义》涉及明军与清军在辽东的战争以及清兵南下的残暴,《续金瓶梅》以金兵

---

① 王重民编:《办理四库全书档案》上册,国立北平图书馆民国二十三年(1934)铅印本,第60页。

② 王利器:《元明清三代禁毁小说戏曲史料》(增订本),上海古籍出版社1981年版,第125页。

的残暴暗指清兵的残暴,《女仙外史》与《板桥杂记》反映作者对故明无法忘却的情怀等。

当然,清代统治者对包括清初遗民小说在内的诸多书籍进行了禁毁,一方面使有些书籍在传播上受到很大的限制,甚至出现散佚的情况;另一方面也出现禁而不绝的现象,如上述诸多遗民小说的多次禁毁即反映了这一现象。另外,有些小说为逃避统治者的禁毁,而不断地更改书名进行刊刻,如《定鼎奇闻》即为典型一例。

综上所述,清初遗民小说通过书坊与书局的刊印以及小说选本的选录,得以广泛地传播。同时,在传播的过程中又遭清代统治者的禁毁,但大多还是禁而不绝,"嘉、道以降,禁风稍驰"①,特别在清末与民国时期,反清高潮的兴起,这些清初遗民小说又迎来了传播的繁荣期。

第二节　清初遗民小说的改编与续写

上一节我们主要分析了清初遗民小说外在的传播,这一节我们主要来分析清初遗民小说的内在传播,包括清初遗民小说的改编、续写等。其中改编又主要是指《桃花扇》对《樵史通俗演义》中弘光朝事的改编及《聊斋志异》对王猷定、徐芳的传奇志怪的改编,而续写主要是指《板桥杂记》的两部续书,即《续板桥杂记》《板桥杂记补》。下面分别论述之。

一、《桃花扇》对《樵史通俗演义》中弘光朝事的改编

据《桃花扇考据》,《桃花扇》计有"二十四段"来源于《樵史通俗演义》,其中甲申年(崇祯十七年,顺治元年,1644)"八段",乙酉年(弘光元年,顺治二年,1645)"十六段"。现将它们在《樵史通俗演义》与《桃花扇》中对应的回数

---

①　吴哲夫:《清代禁毁书目研究》,台北嘉新水泥公司文化基金会1969年版,第27页。

与出数列表如下：

	时间	事件	《樵史通俗演义》回数	《桃花扇》出数
甲申年	四月十三日	议立福王	第三十二回	第十四出
	四月二十九日	迎驾	第三十二回	第十五出
	五月初一日	谒孝陵设朝拜相	第三十二回	第十六出
	五月初十日	福王监国拜将	第三十二回	第十六出
	五月	内阁史可法开府扬州	第三十三回	第十八出
	六月	黄得功刘良佐发兵夺扬州	第三十三回	第二十出
	六月	高杰叛渡江	第三十三回	第二十出
	六月	高杰调防开洛	第三十三回	第二十出
乙酉年	正月初七日	阮大铖搜旧院妓女入宫	第三十四回	第二十四出
	正月初十日	高杰被杀	第三十四回	第二十六出
	二月	赐阮大铖蟒玉防江	第三十四回	第二十九出
	三月	捕社党	第三十四回	第二十九出
	三月十九日	设坛祭崇祯帝	第三十六回	第三十二出
	三月二十五日	讯王之明	第三十五回	第三十二出
	三月二十七日	讯童氏	第三十五回	第三十二出
	三月	督抚袁继咸宁、南侯左良玉疏请保全太子	第三十七回	第三十二出
	四月	左良玉发檄兴兵清君侧	第三十九回	第三十一、三十二出
	四月	调黄得功堵截左兵	第三十八回	第三十四出
	四月	礼书钱谦益请选淑女	第三十六回	第二十五出
	四月二十三日	大兵渡淮	第三十九回	第三十五出
	四月二十四日	史可法誓师	第三十九回	第三十五出
	四月二十六日	弘光帝欲迁都	第四十回	第三十六出
	五月初七日	杨文聪升苏松巡抚	第四十回	第三十六出
	五月初十日	弘光帝夜出南京	第四十回	第三十六出

从上表我们可以看出，《樵史通俗演义》描写的弘光朝的重大事件几乎全为《桃花扇》所采录。而《桃花扇》在采录这些重大事件时，并非采用完全移录的方式，而是采用改编的方式进行。这种改编主要体现在以下几个方面：

（一）增删小说中的故事情节

增删的改编方式主要是指在原有故事情节的基础进行增加或删除，但不改变原有故事的基本情节与基本人物。如"迎驾"情节,《樵史通俗演义》第三十二回仅有两句描写:"(甲申年四月)二十八日,(徐)鸿基、(韩)赞周及御史陈良弼、朱国昌带领仪仗,迎福王于江浦。二十九日,凡南京各官,迎见于龙江关。"①而《桃花扇》则将其敷演成一出(第十五出《迎驾》)的篇幅,将阮大铖、马士英在迎驾前的丑恶嘴脸展露无遗。我们且看传奇的描写:

> (外办取缙绅便览上)〔副净(笔者按:指阮大铖)〕待我抄起来。
> 〔偏头远视介〕表上字体,俱要细楷的,目昏难写,这怎么处?〔想介〕
> 有了。〔腰内取出眼镜戴,抄介〕"吏部尚书臣高弘图"。〔作手颤
> 介〕这手又颤起来了,目下等着起身。一时写不出,急杀人也。〔净
> (笔者按:指马士英)〕还叫书办写去罢。……〔净〕自古道:"中原逐
> 鹿,捷足先得",我们不可落他人之后。快整衣冠,收拾箱包,今日务
> 要出城。〔丑扮长班收拾介〕〔副净问介〕请问老公祖,小弟怎生打
> 扮?〔净〕迎驾大典,比不得寻常私谒,俱要冠带才是。〔副净〕小弟
> 原是废员,如何冠带?〔净〕正是。〔想介〕没奈何,你且权充个赍表
> 官罢,只是屈尊些儿。〔副净〕说那里话,大丈夫要立功业,何所不
> 可,到这时候还讲刚方么。〔净笑介〕妙,妙,才是个软圆老。〔副净
> 换差吏服色介〕②

"迎驾"时的阮大铖还是个"废员",一方面对与己龃龉的东林党人心怀恐惧,在抄录到高弘图时,"作手颤介",或许是这种畏惧心理的最好诠释;另一方面又展露自己"要立功业"的野心,对马士英让其以"赍表官"的身份去迎驾颇为不满,"大丈夫要立功业,何所不可,到这时候还讲刚方么",正是其内心权欲膨胀的端倪。而马士英在这段描写中也表现了其欲专权的野心,一句"中原逐鹿,捷足先得",足可概括其对权力向往与追求的强烈欲望。这些细

---

① 〔清〕江左樵子编辑:《樵史通俗演义》,《古本小说集成》本,第575页。
② 〔清〕孔尚任:《桃花扇》第十五出,《古本戏曲丛刊》(五集)本,上海古籍出版社1986年影印。

节描写充分展现了人物的心理与个性,而它们恰恰是小说所缺乏的。

传奇除增加小说描写的故事情节外,还删减了小说中的某些故事情节。以"选淑女"为例。这一故事情节在小说第三十六回中几乎占有一半的篇幅,描写颇为周详。阮大铖出于掌权的政治目的,欲选三名淑女以控制弘光帝,于是派太监田壮国前往杭州一带挑选淑女。而苏杭一带的百姓避之唯恐不及,出现了"嫁的娶的日夜不停,路人为之挤塞"①的反常现象。在杭州时,在常秀才巧妙周旋下,其女才得以逃过一劫。最后,选中两名小户人家的女儿,加上先前选中的一名,计三名,被送往南都。至此,扰民一方的"选淑女"闹剧才告一段落。从这一描写,我们可以看出小说着重突出阮大铖的专权、弘光帝的昏庸,从而体现了弘光朝腐败的一面。但是,传奇在采录这一情节时,明显对小说原有的情节进行相应地改动与简化。在第二十五出《选优》中,弘光帝首先提出要选淑女,以"册立正宫",以消除"端居高拱"之闷。而执行这次选淑女任务的,并非小说中的太监田壮国,而是礼部尚书钱谦益,且"选淑女"事仅有一句交代,"那礼部钱谦益,采选淑女,不日册立"。另外,"南渡三疑案"中的伪太子案、童妃案,小说中都作了较为详尽的描述,而传奇在改编时都作了较为简化的处理,仅在阮大铖的旁白(第三十二出《拜坛》)中涉及。由此可见,传奇对小说中的故事情节简化之一斑,亦是李渔谓之"减头绪"②。

从上述传奇对小说的故事情节的增删,我们大致可以看出,传奇在采录小说中的故事时,并非一味地全盘照录,而是具有一定的选择性,突出那些更具有舞台效果的情节,而简化那些情节曲折却缺乏舞台效果的故事。

(二)故事情节中加入侯方域因素

《樵史通俗演义》几乎没有涉及侯方域,更没有侯方域参与的故事情节。

---

① [清]江左樵子编辑:《樵史通俗演义》,《古本小说集成》本,第655页。

② [清]李渔:《闲情偶寄》卷一之《词曲部上·结构第一·减头绪》,中华书局2007年版,第23页。

而《桃花扇》在采录《樵史通俗演义》时,诸多情节加入了侯方域因素,甚至将其设置成故事情节的贯穿者。这也是《桃花扇》对《樵史通俗演义》改编的一个重要特色。

我们首先来看"议立福王"事。小说第三十二回较为简约地交代了这一故事情节:南京官员在国公徐鸿基宅商议未果,马士英移书史可法,要立福王,四月十三日朝廷会议,史科给事中李沾断然决定迎立福王。《桃花扇》在采录这一情节时,主要针对马士英移书史可法事进行了充分的发挥,并加入侯方域因素。按照传奇第十四出《阻奸》描写,史可法原本准备答应马士英迎立福王事,但避难于此的侯方域却列出福王的"三大罪,五不可立",于是史可法改变态度,并授意侯方域回复马士英书信,不同意迎立福王。据此出眉批称:"三大罪,五不可立之论,实出周仲驭(笔者按:即周镳)、雷介公(笔者按:即雷縯祚),侯生述之耳。"①从传奇在此出中对小说的改编,我们可以看出,传奇通过移花接木的方式,着重突出了侯方域在"阻奸"斗争中的作用,从而也使这场"议立福王"的政治斗争演变成一场贤奸之争。

接下来,我们再来看"高杰被杀"事。小说第三十四回描写了这一情节:高杰降明时杀死许定国全家老小,仅许定国只身逃脱;弘光时,二人同朝为官;弘光元年(1645)正月初十,驻守睢州的许定国伺机杀死前来宴会的高杰。小说描写许、高间的残杀,实际上是当时的南明政权内部边将间内讧的缩影。传奇第二十六出《赚将》是对小说这一情节的敷演。不过,传奇在这一出中并未交代高杰杀许定国一家老小事,而只是强调高杰面责许定国而引起二人间的矛盾。当时受命于史可法监军防河的侯方域,看出其中的端倪,力谏高杰不要前往驻守睢州的许定国营,而高杰执意前往,并在宴会上几番刁难,最终被杀。在这一情节上,传奇相对于小说而言有这样几点值得注意:更改了许、高间恩怨因由,增加了侯方域劝谏情节,增加了高杰在宴会上刁难的细节描写。特别

---

① [清]孔尚任:《桃花扇》第十四出,《古本戏曲丛刊》(五集)本,上海古籍出版社 1986 年影印本。

是侯方域劝谏情节的设置,为故事的结局埋下了伏笔。

最后,我们再来看"捕社党"事。小说第三十四回描写了这一故事情节:阮大铖乘轿探访位于水西门的蔡益所书坊;吴应箕连夜回贵池,并逃往广东;文震孟挂冠出京。传奇第二十九出《逮社》在改编小说这一情节时,一方面增加了小说中没有的情节,如蔡益所对其书坊的介绍、侯方域造访书坊、陈贞慧与吴应箕同在书坊等,另一方面还改变了小说情节中的结果,如小说中的吴应箕逃出南京,而传奇中的吴应箕则与侯方域、陈贞慧一起被逮入狱。另外,传奇删除了小说中的文震孟挂冠出京事。传奇在这一情节上对小说的增删与改动,明显增加了阮大铖与复社成员之间的矛盾冲突,而侯方域在这一冲突中又扮演着重要的角色。

另外,左良玉兴起讨伐马阮集团,除"清君侧"之名外,还有解救身陷图圄的侯方域等人之意。而这一情节却是小说所没有叙及的。

通过以上分析,我们发现《桃花扇》在改编《樵史通俗演义》中的诸多故事情节时,增加了侯方域因素,这一方面与传奇以侯方域为男主人公有关,诸多情节必须要有侯方域的参与;另一方面与故事情节发展需要有关,情节中加入了侯方域因素可以使诸多故事情节更加连贯、更具观赏性。

(三)突出人物间的戏剧冲突

小说常常以曲折的故事情节引人入胜,而戏剧则往往以激烈的人物间冲突为主要追求目标。《桃花扇》在改编《樵史通俗演义》中的故事情节时,强化人物间的戏剧冲突是其另外一个重要特点。综观这些戏剧冲突,主要包括以下几个方面:

其一,马阮集团与复社成员间的冲突。《樵史通俗演义》在描写弘光朝事时,诸多情节亦涉及马阮集团与东林余绪及复社成员之间的矛盾,如马阮集团借翻"逆案""顺案""南渡三疑案"等打击东林党人与复社成员,但被《桃花扇》采录的故事在这方面表现并不十分明显,如"议立福王"事并未涉及史可法与马士英间的正面矛盾,更没有侯方域参与其中;"捕社党"事亦仅叙及吴应箕逃亡,而未涉及阮大铖与复社成员的正面交锋。然而,这些故事被《桃花扇》改编后,马阮集团与复社成员之间的戏剧冲突更加突现出来。如"议立福王"事在传奇中,表面上是史可法与马士英在迎立福王与否事上的矛盾,实质上则是复社成员侯方域与马士英之间的戏剧冲突,作者将周镳、雷缜祚所谓"三大罪,五不可立"之论移植到侯方域身上,更加突现了侯、马间强烈的戏剧冲突。《逮社》一出则是表现了阮大铖与复社成员侯方域、吴应箕、陈贞慧间的一次正面交锋,地点即在蔡益所书坊。此出中的【前腔】高度概括了这一戏剧冲突:"凶凶的缧绁在手,忙忙的捉人飞走,小复社没个东林救,新马阮接着崔田后。堪忧! 昏君乱相,为别人公报私仇。"①由此观之,突现马阮集团与复社成员间的戏剧冲突,实质上显现了当时奸与贤之间的矛盾冲突。

其二,统治集团内部成员之间的冲突。这种冲突主要有:马阮与史可法、左良玉、王之明、童氏等之间的冲突,高杰与许定国之间的冲突,黄得功与左良玉父子之间的冲突,等等。这些冲突在《樵史通俗演义》亦有所表现,不过,《桃花扇》在改编时更加突出罢了。如第十四出《阻奸》中马士英与史可法之间书信的一来一往,体现了二人在是否拥立福王事上的冲突;第二十六出《赚将》中高杰与许定国为个人恩怨而相互残杀;第三十一出《草檄》中左良玉以"清君侧"之名兴师讨伐马阮;第三十二出《拜坛》中马阮认定王之明为伪太子、童氏为伪妃,并系之图圄;第三十四出《截矶》中黄得功与左良玉父子在坂矶的军事冲突。在这些冲突中,《赚将》与《截矶》表现最为突出。在《赚将》中,高杰未听侯方域的劝谏,欣然前往睢州赴许定国设下的"鸿门宴",在宴会上高杰以元帅自居,对酒、菜等多番挑剔,最后被许定国的部下斩杀于刀下。这种颇为惊心动魄的冲突场面,显现了两位南明边将之间的生死斗争。《截矶》则显示另一番边将之间的军事斗争。左良玉以"清君侧"之名于武昌兴师

---

① ［清］孔尚任:《桃花扇》第二十九出,《古本戏曲丛刊》(五集)本,上海古籍出版社 1986年影印。

讨伐马阮,在坂矶与黄得功相遭遇,双方互有伤亡。这一出除表现黄、左之间的军事冲突外,还表现了左良玉父子之间的冲突,诚如左良玉旁白云:"俺左良玉领兵东下,只为剪除奸臣,救取太子。叵耐儿子左梦庚,借此题目,便要攻打城池,妄思进取。俺已严责再三,只怕乱兵引诱,将来做出事来;且待渡过坂矶,慢慢劝他。"①后来左梦庚果然自破九江城,陷左良玉于反叛境地。最后,左良玉也因此病逝。从上述弘光朝不同人物间的冲突,我们可以看出,一方面它们增强了舞台表演效果,另一方面它们也体现弘光朝内部斗争的种种乱象。

其三,弘光政权与清廷之间的冲突。这种冲突在小说与传奇中主要表现为史可法在扬州校场沥血誓师。传奇第三十五出《誓师》即根据小说第三十九回"史阁部血泪誓师"的情节改编而成。不过,传奇在改编时重点突出了史可法在誓师前后的人心向背。在誓师前,军心动摇、人心思降。我们且看传奇对史可法听闻的描写:

> 〔听介〕〔内作怨介〕北兵已到淮安,没个瞎鬼儿问他一声;只舍俺这几个残兵,死守这座扬州城,如何守得住。元帅好没分晓也! ……〔又听介〕〔内作恨介〕罢了,罢了!元帅不疼我们,早早投了北朝,各人快活去,为何尽着等死。……〔又听介〕〔内作怒介〕我们降不降,还是第二着,自家杀抢杀抢,跑他娘的。只顾守到几时呀!②

史可法根据这一危及形势,断然血泪誓师,可谓感天地、泣鬼神,军心亦得到前所未有的统一。我们再看传奇的描写:

> 〔众起介〕〔外吩咐介〕你们三千人马,一千迎敌,一千内守,一千外巡。〔众〕是!〔外〕上阵不利,守城。〔众〕是!〔外〕守城不利,巷

---

① 〔清〕孔尚任:《桃花扇》第三十四出,《古本戏曲丛刊》(五集)本,上海古籍出版社1986年影印。

② 〔清〕孔尚任:《桃花扇》第三十五出,《古本戏曲丛刊》(五集)本,上海古籍出版社1986年影印。

战。〔众〕是!〔外〕巷战不利,短接。〔众〕是!〔外〕短接不利,自尽。〔众〕是!〔外〕你们知道,从来降将无伸膝之日,逃兵无回颈之时。〔指介〕那不良之念,再莫横胸;无耻之言,再休挂口;才是俺史阁部结识的好汉哩。〔众〕是!①

这种前后人心向背的强烈对比,一方面是显示史可法善于把握军心、善于引导军心;另一方面也显示弘光军民在心灵深处仍然保持着对清廷同仇敌忾的心理。而小说在描写这一情节时,主要强调史可法部下向南京方面乞求救兵,没有运用前后对比的方法来突出人心向背的转变。

综上所述,《桃花扇》在改编《樵史通俗演义》中弘光朝事时,一方面对原有的故事情节进行增删,诸多情节还加入侯方域因素,另一方面突出小说中不太明显的人物之间的矛盾冲突。这种青于蓝而胜蓝的改编方式,成就了《桃花扇》在戏曲史上的崇高地位。

二、《聊斋志异》对王猷定、徐芳传奇志怪的改编

据朱一玄《聊斋志异资料汇编》之《本事篇》,《聊斋志异》卷一中的《陆判》取材于徐芳的《换心记》(《虞初新志》卷五),卷二中的《商三官》取材于王猷定的《李一足传》(《虞初新志》卷八),卷三中的《赵城虎》取材于王猷定的《义虎记》(《虞初新志》卷四),卷四中的《义犬》取材于徐芳的《义犬记》(《虞初新志》卷七)。② 笔者现将《聊斋志异》改编情况分述如下。

《陆判》。叙陵阳朱尔旦天生愚钝,受人讥讽,得十王殿陆判官换心之术后,聪慧有加,科举中元。其妻又得陆判官换头术而改面易容。其子朱玮中进士,其孙朱浑为总宪,均有政声。《陆判》与《换心记》相比较,作如是改编:一

①　〔清〕孔尚任:《桃花扇》第三十五出,《古本戏曲丛刊》(五集)本,上海古籍出版社1986年影印。
②　朱一玄:《聊斋志异资料汇编》,中州古籍出版社1985年版。另,本书依据《聊斋志异》的版本为全校会注集评本(〔清〕蒲松龄著,任笃行辑校,齐鲁书社2000年版)。

是朱尔旦的改编。《换心记》中的被换心者为万历时徽州人,而《陆判》中的朱尔旦则为明季陵阳(今安徽青阳境内)人;《换心记》中的被换心者姓名不详,而《陆判》则为朱尔旦;《换心记》中的被换心者后中进士,而《陆判》中的朱尔旦则只是"中经元"①。二是陆判官的改编。《换心记》中的换心者为金甲神,而《陆判》中的换心者为十王殿中的陆判官;金甲神换心是在被换心者的梦中完成,而陆判官换心则是在朱尔旦清醒状态下完成。三是朱尔旦之妻的改编。《换心记》涉及被换心者的新娶之妻,未过多描写,而《陆判》则出现陆判官为朱尔旦之妻作换头术而改面易容的情节。四是朱尔旦之子、孙的改编。《换心记》中未出现被换心者的后代事迹,而《陆判》中交代了朱尔旦之子朱玮中进士、之孙朱浑为总宪事。另外,《换心记》中出现被换心者之父、之师的情节,而《陆判》中则没有。

《商三官》。叙商三官因其父被邑豪殴打致死,假扮优人李玉杀死仇人,并自经死。《商三官》与《李一足传》相比较,作如是改编:一是传主性别的改变。《李一足传》中的李一足为男性,有母及姐与弟,而《商三官》中的三官为女性,有两位哥哥。二是其父被殴致死的原因不同。《李一足传》中的父亲是因为其"贫甚,称贷于里豪;及期,无以偿,致被殴死"②,而《商三官》中的父亲是"以醉谇忤邑豪,豪嗛家奴乱捶之。舁归而毙"③。三是报复仇人的方式不同。《李一足传》中的李一足与其弟各执一梃,于城外寻到仇家,将仇家打死并挖取一目以祭其父,而《商三官》中的商三官则假扮优人李玉往仇家演出,趁其酒醉而杀之。四是传主的结局不同。《李一足传》中的李一足在杀死仇人后四处游历,甲申后"端坐而逝"④,而《商三官》中的商三官在杀死仇家后,亦"自经死"⑤。

---

① [清]蒲松龄著,任笃行辑校:《聊斋志异》卷一《陆判》,齐鲁书社 2000 年版,第 207 页。
② [清]王猷定:《李一足传》,[清]张潮辑:《虞初新志》卷八,《古本小说集成》本,第 351 页。
③ [清]蒲松龄著,任笃行辑校:《聊斋志异》卷二《商三官》,齐鲁书社 2000 年版,第 545 页。
④ [清]王猷定:《李一足传》,[清]张潮辑:《虞初新志》卷八,《古本小说集成》本,第 355 页。
⑤ [清]蒲松龄著,任笃行辑校:《聊斋志异》卷二《商三官》,齐鲁书社 2000 年版,第 546 页。

《赵城虎》。叙赵城妪独子为虎所噬,县宰命隶捕而得之,虎愿代子以孝老妪,得释,后果然。《赵城虎》与《义虎记》相比较,作如是改编:一是故事发生的时间与地点不同。《义虎记》的故事发生于明嘉靖时期的山西孝义县,而《赵城虎》的故事发生于赵城,时间不详。二是义虎关系人不同。《义虎记》中的义虎关系人是一位樵夫,而《赵城虎》中的义虎关系人是一位老妪。三是县官释虎的因由不同。《义虎记》中的义虎得以释放,是因县官听取樵夫所述义虎的传奇故事,而《赵城虎》中的义虎得以释放,是因县官得到义虎对老妪尽孝的承诺。

《义犬》。叙潞安某甲携百金往郡关,为陷狱之父通关节,不料半路金失其半,幸赖家犬以保全。《义犬》与《义犬记》相比较,作如是改编:一是故事发生的地点不同。《义犬记》中的故事发生于河南中牟县,而《义犬》中的故事则发生于潞安(今山西长治)。二是义犬关系人不同。《义犬记》中的义犬关系人是一位太原客商,而《义犬》中的义犬关系人是一位救父于狱的孝子。三是义犬的"义举"不同。《义犬记》中的义犬为被害主人诉怨,并协助县官侦破案件,而《义犬》中的义犬则死守其主人遗失之金。

从上述分析,我们可以看出《聊斋志异》在借鉴与改编王猷定、徐芳的传奇志怪时,有如下几个特点。

其一,拈出原有故事的核心内容而敷演之。通过以上分析,我们大致可以看出,《聊斋志异》在改编时,主要汲取了王猷定、徐芳的传奇志怪故事中的核心内容,即《换心记》中的换心术、《李一足传》中的替父报仇、《义虎记》中的虎之义举、《义犬记》中的犬之义举,而具体人物的安排、具情节的设置、具体结局的描写等方面,则有较大的改写,如《陆判》中的换心者是陆判官,还增加了朱尔旦之妻的改面易容情节,《商三官》中商三官在复仇时假扮优人。另外,《赵城虎》《义犬》中的义虎、义犬关系人也都分别出现较大的变化。在结局描写上,《聊斋志异》中的故事也出现较大变化,如《陆判》中涉及朱尔旦的子、孙,《商三官》中涉及商三官的自经死,《赵城虎》中涉及义虎在老妪过世后的情节,《义犬》中涉及义犬之死。由此可见,《聊斋志异》改编的作品是在承袭原有故事的核心内容的基础上,更多地对这些核心内容进行了扩展。

其二,突出原有故事在细节上的描写。《聊斋志异》在改编时另一个特点即是突出细节描写。笔者在此仅以《陆判》与《商三官》为例。

首先我们来看《换心记》对金甲神的换心描写:

> (进士)倦极假寐,见有金甲神拥巨斧,排闼入,捽其胸,劈之,抉其心出,又别取一心纳之,大惊而寤。①

而《陆判》描写陆判官换心道:

> 一夜,朱醉,先寝,陆犹自酌。忽醉梦中,觉脏腑微痛。醒而视之,则陆危坐床前,破腔出肠胃,条条整理。愕曰:"夙无仇怨,何以见杀?"陆笑云:"勿惧! 我与君易慧心耳。"从容纳肠已,复合之,末以裹足布束朱腰。作用毕,视榻上亦无血迹,腹间觉少麻木。见陆置肉块几上,问之。曰:"此君心也。作文不快,知君之毛窍塞耳。适在冥间,于千万心中,拣得佳者一枚,为君易之,留此以补缺数。"乃起,掩扉去。天明解视,则创缝已合,有线而赤者存焉。②

从上文我们可以看出,《换心记》描写换心过程极为简练,突出强调金甲神的一系列勇猛动作,如"拥""排闼""捽""劈""抉""纳",体现神的特点。而《陆判》在描写陆判官换心时,也出现其一系列动作,如"危坐床前""破腔出肠胃""条条整理""从容纳肠""复合之""以裹足布束朱腰""乃起""掩扉去",并有朱、陆二人的两次对话。但是,这些动作与对话相比金甲神而言,则更多具有人的特点。正是由于这种由神向人的转化,改编后的小说相比原有小说更注重细节上的描写。

接下来,我们再来看《李一足传》对李一足杀死仇家的描写:

---

① [清]徐芳:《换心记》,[清]张潮辑:《虞初新志》卷五,《古本小说集成》本,第198页。
② [清]蒲松龄著,任笃行辑校:《聊斋志异》卷一《陆判》,齐鲁书社2000年版,第206—207页。

（李一足）断一梃为二，与弟各持，伺仇于市，不得；往其家，又不得；走郭外，得之，兄弟奋击碎其首。仇眇一目，抉其一，祭父墓前。①

而《商三官》则这样描写了商三官杀死仇家：

诸仆就别室饮，移时，闻厅事中格格有声，一仆往觇之，见室内冥黑，寂不闻声；行将旋踵，忽有响声甚厉，如悬重物而断其索；亟问之，并无应者。呼众排阖入，则主人身首两断；（李）玉自经死，绳绝，堕地上，梁间颈际，残绠俨然。②

《李一足传》中的描写采用的是全知视角，而《商三官》中的描写采用的是限知视角，即以仆人的视角来描写的。这种不同视角的描写产生的阅读效果是不一样的，全知视角描写能使读者全面了解情节的发展过程，而限知视角的描写则往往给人一种悬念、神秘之感。正是由于这种叙事视角的转变，《商三官》相对于《李一足传》而言，更加突出商三官替父报仇的决心、更加突出商三官复仇行动的诡秘性。

由上述两例可见，《聊斋志异》在改编原有作品时，为突出表现细节描写，常常采用不同的叙事方式，将原有故事中的简洁描写进行重新加工与改写，从而呈现出一种全新的面貌，为读者提供一种全新的阅读感受。

其三，承袭原有故事对现实的反映与讽刺。《聊斋志异》在改编原有作品时，虽然在故事情节及细节方面与原有作品有很大的出入，但在反映与讽刺现实上却有诸多相通之处。如《换心记》反映了明清之际愚钝、贪污、奸佞之人何其多，需换心之人又何其多，徐芳在篇末议论曰："或曰：'今天下之心，可换者多矣，安得一一捽其胸剖之，易其残者而使仁，易其污者而使廉，易其奸回邪佞者而使忠厚正直？'愚山子曰：'若是，神之斧日不暇给矣！且今天下之心皆

---

① ［清］王猷定：《李一足传》，［清］张潮辑：《虞初新志》卷八，《古本小说集成》本，第351—352页。
② ［清］蒲松龄著，任笃行辑校：《聊斋志异》卷二《商三官》，齐鲁书社2000年版，第546页。

是矣,又安得仁者廉者忠若直者而纳之,而因易之哉?'"①张潮亦评点曰:"有形之心不能换,无形之心未尝不可换。人果肯换其无形者,安知不又有神焉,并其有形者而换之耶? 则谓进士公为自换其心也可。"②而《陆判》显然亦是对这一现实的批判与讽刺,蒲松龄针对换心、易容术议论曰:"断鹤续凫,矫作者妄;移花接木,创始者奇;而况加凿削于肝肠,施刀锥于颈项者哉! 陆公者,可谓媸皮裹妍骨矣。明季至今,为岁不远,陵阳陆公犹存乎? 尚有灵焉否也? 为之执鞭,所欣慕焉。"③何守奇亦评点曰:"伐胃涮肠,则慧能破钝;改头换面,则媸可使妍。彼终纷击齿引去者,皆有所畏而不肯为者也。其亦异史氏之寓言欤?"④

再如《李一足传》中的李一足为父报仇,即塑造了其孝子与侠客的形象,而《商三官》中的商三官显然亦继承了这一形象,诚如蒲松龄论曰:"家有女豫让而不知,则兄之为丈夫者可知矣。然三官之为人,即萧萧易水,亦将羞而不流;况碌碌与世浮沉者耶! 愿天下闺中人,买丝绣之,其功德当不减于奉壮缪也。"⑤王士禛亦评点曰:"庞娥、谢小娥,得此鼎足矣。"⑥蒲松龄、王士禛将商三官与豫让、庞娥、谢小娥等相提并论,显然是对商三官忠孝、侠义的肯定。而在清初动荡的社会中,这种忠孝、侠义却又是多么弥足珍贵。

又如《义虎记》《义犬记》所叙虎、犬尚有义举,而人类却缺乏之,这不能不说是对现实的一种强烈讽刺。王猷定在《义虎记》篇末议论曰:"世往往以杀人之事归狱猛兽,闻义虎之说,其亦知所愧哉?"⑦张潮亦指出:"人往往以虎为

---

① [清]徐芳:《换心记》,[清]张潮辑:《虞初新志》卷五,《古本小说集成》本,第 200 页。
② [清]徐芳:《换心记》,[清]张潮辑:《虞初新志》卷五,《古本小说集成》本,第 200 页。
③ [清]蒲松龄著,任笃行辑校:《聊斋志异》卷一《陆判》,齐鲁书社 2000 年版,第 211 页。
④ [清]蒲松龄著,任笃行辑校:《聊斋志异》卷一《陆判》,齐鲁书社 2000 年版,第 211 页。
⑤ [清]蒲松龄著,任笃行辑校:《聊斋志异》卷二《商三官》,齐鲁书社 2000 年版,第 547 页。
⑥ [清]蒲松龄著,任笃行辑校:《聊斋志异》卷二《商三官》,齐鲁书社 2000 年版,第 547 页。
⑦ [清]王猷定:《义虎记》,[清]张潮辑:《虞初新志》卷四,《古本小说集成》本,第 146—147 页。

凶暴之兽,今观此记,乃知世间尚有义虎,人而不如,此余所以有《养虎行》之作也。"①徐芳在《义犬记》篇末议论曰:"夫人孰不怀忠,而遇变则渝;孰不负才,而应猝则乱。智取其深,勇取其沉,以此临天下事,何弗办焉?"②同样,《聊斋志异》在改编这两篇小说时,亦反映了对现实的讽刺。王士禛评点《赵城虎》曰:"王于一所记孝义之虎,予所记赣州良富里郭氏义虎,及此而三。何于菟之多贤哉!"③何守奇又评点曰:"虎义矣,岂亦宰之仁政有以使之然欤? 观其不加威怒于媪,而诺为捉虎,是岂俗吏所能? 宰庶几其不为赵城虎者。"④但明伦评点《义犬》曰:"下骑失金,啮骖尾以留之,龁骖首以阻之,奔驰至死,守而不去,其义也曷以加焉? 尤奇其先事追随,鞭逐不返,若预为之防也者,或亦知其为某甲救父之事,而切切于心欤? 其义也,而智实先之矣。"⑤

综上所述,《聊斋志异》在以王猷定、徐芳的传奇志怪为本事时,呈现承袭与发展并存的现象,承袭的是本事中蕴含的对现实的观照,发展的是对本事中的情节与细节的改编。

三、《板桥杂记》的续书——《续板桥杂记》与《板桥杂记补》

续书现象,清人刘廷玑早已认识到:"近来词客稗官家,每见前人有书盛行于世,即袭其名,著为后书副之,取其易行,竟成习套。有后以续前者,有后以证前者,甚有后与前绝不相类者,亦有狗尾续貂者。"⑥现在学界一般认为,"续书是接续原著的人物、情节继续加以发展而成的作品"。⑦ 按照这一界定,

---

① [清]王猷定:《义虎记》,[清]张潮辑:《虞初新志》卷四,《古本小说集成》本,第147页。

② [清]徐芳《义犬记》,[清]张潮辑:《虞初新志》卷七,《古本小说集成》本,第324页。

③ [清]蒲松龄著,任笃行辑校:《聊斋志异》卷三《赵城虎》,齐鲁书社2000年版,第890页。

④ [清]蒲松龄著,任笃行辑校:《聊斋志异》卷三《赵城虎》,齐鲁书社2000年版,第890页。

⑤ [清]蒲松龄著,任笃行辑校:《聊斋志异》卷四《义犬》,齐鲁书社2000年版,第1002页。

⑥ [清]刘廷玑:《在园杂志》卷三之《续书》,中华书局2005年版,第124—125页。

⑦ 张弘:《中国古代小说续书和仿作问题补说》,《光明日报》1986年12月30日。

能称上清初遗民小说的续书仅有珠泉居士的《续板桥杂记》及金嗣芬的《板桥杂记补》,它们均为余怀《板桥杂记》的续书。那么,这两部续书相对于《板桥杂记》在编创上有什么特点呢? 笔者认为主要表现在以下几个方面。

(一)编创体例的承袭

我们知道,《板桥杂记》分为三个部分,依次为"雅游""丽品""轶事"。其中"雅游"主要叙说秦淮旧院的地理位置、服饰称谓、歌舞升平、灯船之盛等;"丽品"主要叙说旧院珠市名妓的生平事迹,特别是国变后的悲惨遭遇;"轶事"主要叙说明末名士与秦淮名妓交往的趣闻佚事,以及这些名士在国变后的落魄。这种体例几乎为《续板桥杂记》全盘吸纳,亦分为"雅游""丽品""轶事"三个部分,只不过将余怀所描述的明清易代的秦淮风月,改为乾隆时期的秦淮风月而已。作者在体例上自称"非敢效鼙曼翁"①,但剿袭模拟之迹还是自不待言。《板桥杂记补》在形式上与《板桥杂记》有所不同,分为"记人""记事""记言",实质上还是模拟了《板桥杂记》的体例,如"记人"部分相当于《板桥杂记》中的"丽品"部分,而"记事""记言"部分则相当于《板桥杂记》中的"雅游""轶事"部分。不过,程先甲还是指出《板桥杂记补》与《板桥杂记》有三方面的不同:"澹心近昵群雌,广瞩众姝,历加月旦,被以阳秋,轶拟《丽情》、集俪《青楼》,萦纡于心,借书于手;是编则撷拾旧闻,非由目涉,其异一也。澹心下卷所记,旁及狎客,卯笛魁箫,沿幽溯隽;是编则付阙如,其异二也。澹心所载篇咏,多出当时游士,或口占以赠紫云,或题壁以酹贞娘,酒后茗余,絮欢抽恨;是编则喟古伤今,别有怀抱,凭吊之作,居其太半,其异三也。"②

通过以上分析,我们可以看出《板桥杂记》的两部续书,虽然在编创体例

---

① [清]珠泉居士:《续板桥杂记·〈续板桥杂记〉缘起》,[清]珠泉居士:《续板桥杂记》,南京出版社 2006 年版,第 51 页。

② 程先甲:《板桥杂记补·序》,金嗣芬编:《板桥杂记补》,南京出版社 2006 年版,第 77 页。

上有各自独特之处，但从总体来说还是对《板桥杂记》的模拟因袭，谓之"续貂"或许并不为过。也许正因如此，它们并不为人们所熟知，流传亦并不十分广泛。

（二）秦淮风月的延伸

《续板桥杂记》《板桥杂记补》在编创体例上延续了《板桥杂记》，但在内容上却对《板桥杂记》进行了扩展与延伸。我们首先来看《续板桥杂记》。据珠泉居士《〈续板桥杂记〉缘起》，秦淮娼妓业自乾隆四十一年丙申（1776）以来，又出现"繁华似昔"的景象，作者曾于乾隆四十五年（1780）以枞阳观察的身份"遍览秦淮之胜"，又于次年，"重来白下，闲居三月，时与二三知己，选胜征歌，兴复不浅"，但在乾隆四十九年甲辰（1784）再来南京时，昔日繁华"无复存者"而"风流云散"。① 作者正是感叹今昔之别而创作了《续板桥杂记》。由此观之，所谓《续板桥杂记》即是将《板桥杂记》记述的明清之际的秦淮风月延伸到乾隆时期的秦淮风月，如小说在卷中《丽品》中着重描写了作者与多位秦淮名姝的交往，包括二汤、朱大、徐二、郭三等。小说对她们的描写无外乎是其容貌的妍丽、才艺的精湛、遭遇的不幸等，而缺乏《板桥杂记》中的鼎革之际动乱的社会背景，从而给人一种"惟狭邪之是述，艳冶之是传"②的感觉。

接下来，我们再来看《板桥杂记补》。此书与《续板桥杂记》不同，它是一部辑录小说，采录书目多达数十种，既有"取材于盛清诸大家文集笔记"③，如钱谦益的《列朝诗集》《钱牧斋集》及《有学集》、朱彝尊的《静志居诗话》《明诗综》及《竹垞诗话》、吴伟业的《梅村集》、冒襄的《影梅庵忆语》、陈维崧的《妇人集》等，又有取材于明人文集笔记，如梅鼎祚的《青泥莲花记》、周晖的《续金

---

① ［清］珠泉居士：《续板桥杂记·缘起》，［清］珠泉居士撰：《续板桥杂记》，南京出版社2006年版，第51页。

② ［清］余怀：《板桥杂记序》，［清］余怀：《板桥杂记》，南京出版社2006年版，第8页。

③ 恽铁樵：《板桥杂记补·跋》，金嗣芬编：《板桥杂记补》，南京出版社2006年版，第85页。

陵琐事》、王彦泓的《疑雨集》、姚旅的《露书》、姜南的《蓉塘诗话》、汪砢玉的《珊瑚网》、沈德符的《万历野获编》、王稚登的《谋野集删》、茅元仪的《钟山献序》、潘之恒的《鸾啸小品》、程嘉燧的《程嘉燧集》等。这些采录书目涉及的秦淮风月最早可追溯到明代弘治、正德年间,如卷中《记事》中的"金陵元夕曲纪盛"条,最多的仍然是明清之际的秦淮风月。不过,小说在采录明清易代时的秦淮风月故事时,更多的是对《板桥杂记》的一种补充,如马湘兰情重王伯谷(《记人·马湘兰》),吴伟业辜负卞玉京(《记人·卞玉京》),方芷鉴识杨龙友(《记人·方芷》),邢泪秋误嫁马士英(《记人·邢泪秋》),柳如是痛骂陈子龙(《记事·柳如是轶事》)等。① 此或即作者在自序中谓之"曼翁所未及掇拾者"②。所以,《板桥杂记补》相比《板桥杂记》而言,其文献价值更多于文学价值。

从《续板桥杂记》与《板桥杂记补》记述的时代来看,此二书显然将秦淮风月的时代由《板桥杂记》中的明清之际分别向前后作了一定的延伸。这种延伸既让我们了解了自明中期至清中期秦淮风月变迁的概貌,又让我们对明清之际的秦淮风月有了更为深入的认识。

(三)兴亡之感的蜕化

我们知道,余怀的《板桥杂记》不是为狭邪、艳冶而作,而是为抒发自己的兴亡之感而作,如其在《自序》中所言"此即一代之兴衰、千秋之感慨所系也"③,又如张潮为《板桥杂记》作《小引》称:"余澹心先生生于神宗之代,观其所著《板桥杂记》,已不胜今昔之感。"④又如尤侗《题〈板桥杂记〉》称:"南部烟

---

① 参见薛冰:《板桥杂记·续板桥杂记·板桥杂记补》之《导读》,[清]余怀:《板桥杂记》等,南京出版社 2006 年版,第 6 页。

② 金嗣芬:《板桥杂记补·自序》,金嗣芬编:《板桥杂记补》,南京出版社 2006 年版,第 84 页。

③ [清]余怀:《板桥杂记序》,[清]余怀:《板桥杂记》,南京出版社 2006 年版,第 7 页。

④ [清]张潮:《板桥杂记·小引》,[清]余怀:《板桥杂记》,南京出版社 2006 年版,第 6 页。

花,宛然在目,见者靡不艳之,然未及百年,美人黄土矣。回首梦华,可胜慨哉!"①而作为《板桥杂记》续书的《续板桥杂记》《板桥杂记补》,已丧失一代兴亡的编创背景,也就无所谓兴亡之感了。我们首先来看《续板桥杂记》。珠泉居士在《续板桥杂记·缘起》中称:"爰于回棹余闲,抚今追昔,续成是记。"②这里的"抚今追昔"无外乎是因为与自己相交的几位秦淮名妓,随着时间的推移而灰飞烟灭,如青阁居士在《续板桥杂记·叙》中言:"青衫著作,只宜命薄佳人,红粉品题,偏重文魔秀士。若果薛笺声价,足标艳美之编,何妨江笔平章,别撰群芳之谱。此吾友珠泉所由续《板桥杂记》也。"③又如研香在《续板桥杂记·序》中言:"览新编而惆怅,触往事于依稀,雌霓吟文,佩服太冲之著,乌焉成字,效颦元晏之谈云尔。"④薛冰亦就是书评价云:"其实明眼人都看得出来,著者所谓的'回首旧欢,无复存者',不过是他所熟悉的几个妓女的消失;他的所谓的沧桑之感,既没有国破家亡的大背景,也算不上秦淮妓业的真实反映,而完全是为了写作此书虚拟出来的。结果书中的内容,就只剩下了余怀所不屑的'狭邪之是述,艳冶之是传'。这种个人化的风月场纪实,自难免画虎成猫、狗尾续貂之诮。"⑤

接下来,我们再看《板桥杂记补》。金嗣芬在《板桥杂记补·自序》中称:"允矣事有伤心,不嫌异代,非仅洗腴愁于江、鲍,续艳史于齐、梁也。"⑥这种"事有伤心,不嫌异代"之感,不同的作序跋者有不同的解读,有的认为这是作

---

① ［清］尤侗:《板桥杂记·题〈板桥杂记〉》,［清］余怀:《板桥杂记》,南京出版社 2006 年版,第 5 页。
② ［清］珠泉居士:《续板桥杂记·缘起》,［清］珠泉居士:《续板桥杂记》,南京出版社 2006 年版,第 51 页。
③ ［清］青阁居士:《续板桥杂记·叙》,［清］珠泉居士:《续板桥杂记》,南京出版社 2006 年版,第 46 页。
④ 研香:《续板桥杂记·序》,［清］珠泉居士:《续板桥杂记》,南京出版社 2006 年版,第 49 页。
⑤ 薛冰:《板桥杂记·续板桥杂记·板桥杂记补》之《导读》,［清］余怀:《板桥杂记》等,南京出版社 2006 年版,第 4 页。
⑥ 金嗣芬:《板桥杂记补·自序》,金嗣芬编:《板桥杂记补》,南京出版社 2006 年版,第 84 页。

者将余怀"引为知己者",如程先甲《序》谓是书"非特金陵增其琐事,抑亦曼翁引为知己者焉"①;有的认为是表现作者沧桑之感,如孙浚源《序》称"斯又盱古衡今,怆然涕下,不独零脂剩粉,点点是沧桑之泪也"②;有的认为是书遭遇厄运的间接表现,如孙毅威《序》称"楚青编辑是书,甫经脱稿,亦复不幸,同罹其厄,可不谓奇哉"③;有的认为是对清祚将终的预言,如恽铁樵《跋》云:"此书为江宁楚青先生近辑,书成于宣统三年二月。是年八月,武昌起义,清祚告终。自序中'事有伤心,不嫌异代'云云,若有先见,可为文家佳话。"④综观这些解读,笔者认为程先甲的观点可能更接近作者的原意,原因有二:一是古代文人颇为乐于谈及风月烟花之事,而作者虽处于清末民初时期,或许旧有文人的习气并未多大改观;二是《板桥杂记补》不具备《板桥杂记》的创作背景。我们知道,《板桥杂记》创作于明亡之后,而《板桥杂记补》编辑于清亡之前。这样,后者不太可能具有前者的沧桑兴亡之感,同时,将此书称之对清祚将终的"先见",则更是一种牵强附会。所以,金嗣芬编辑《板桥杂记补》真正意图如薛冰所言:"著者金嗣芬的本意,是说他虽与余怀所处时代不同,但能够领略余怀写《板桥杂记》时的心情。"⑤

总之,《续板桥杂记》《板桥杂记补》相对于《板桥杂记》,由于它们产生的时代背景的差异,在情感表达上,不再具有作为明遗民余怀应有的亡国之痛、故国之思的深情,而蜕化为一般文人的今昔之叹了。

另外,清初遗民小说还有一些仿作。所谓仿作,是指模仿原著的题材类

---

① 程先甲:《板桥杂记补·序》,金嗣芬编:《板桥杂记补》,南京出版社 2006 年版,第 78 页。

② 孙浚源:《板桥杂记补·序》,金嗣芬编:《板桥杂记补》,南京出版社 2006 年版,第 79 页。

③ 孙毅威:《板桥杂记补·序》,金嗣芬编:《板桥杂记补》,南京出版社 2006 年版,第 81 页。

④ 恽铁樵:《板桥杂记补·跋》,金嗣芬编:《板桥杂记补》,南京出版社 2006 年版,第 85 页。

⑤ 薛冰:《板桥杂记·续板桥杂记·板桥杂记补》之《导读》,[清]余怀:《板桥杂记》等,南京出版社 2006 年版,第 5 页。

型、结构方式乃至表现方法的小说作品。① 如捧花楼的《秦淮画舫录》、西溪山人的《吴门画舫录》、捧花生的《画舫余谭》等,显然模仿了《板桥杂记》以记述娼妓为主要内容。又如沈复的《浮生六记》、陈裴之的《香畹楼忆语》、蒋坦的《秋灯琐忆》等以描写妻姬为题材,以语言细腻为特色,以感伤情怀为基调,或即模仿冒襄的《影梅庵忆语》。这些仿作的出现,至少说明这些清初遗民小说在后世的影响。

　　综上所述,清初遗民小说的内在传播,大致有这样三种情况,即有的思想性、艺术性并不甚高的作品,经过后世者的改编,而成为颇有影响的作品,如《桃花扇》对《樵史通俗演义》的改编;有的思想性、艺术性较高的作品,经后世者的借鉴,其思想性、艺术性仍然较高,如《聊斋志异》对王猷定、徐芳的传奇志怪的借鉴;有的思想性、艺术性较高的作品,经过后世者的接续,而出现文学成就大大降低,如《续板桥杂记》《板桥杂记补》对《板桥杂记》的续写。概而言之,清初遗民小说的内在传播具有由弱到强、由强到强、由强到弱并存的传播特点。

---

　　① 　张弘:《中国古代小说续书和仿作问题补说》,《光明日报》1986 年 12 月 30 日。

第七章　清初遗民小说的比较

　　我们在前文已较为详细地论述了清初遗民小说从生成到传播的整个过程,而我们该如何合理评价与定位清初遗民小说呢? 而要解决这一问题,笔者认为比较的方法或许是最为直接亦是最为重要的方法。如何比较,又是接下来的一个问题。笔者将主要通过将清初遗民小说与历史上不同时期的不同遗民文体进行比较,从而在对比中确立清初遗民小说在遗民文学中的地位与价值。

第一节　清初遗民小说与古代遗民
戏剧的比较

　　所谓古代遗民戏剧是由文化遗民创作的反映遗民意识的杂剧、传奇等戏剧作品群体。古代遗民戏剧主要集中在元初与清初。笔者认为,在元初遗民戏剧中最有代表性的作品即是马致远的《汉宫秋》,而清初遗民戏剧则出现蔚为大观的景象,如吴伟业的传奇《秣陵春》、杂剧《通天台》《临春阁》,王夫之的传奇《龙舟会》,等等,最有代表性的当属孔尚任的传奇《桃花扇》。这些遗民戏剧与清初遗民小说相比较,在题材选择、人物塑造、遗民意识诸方面又有怎样的相同与不同呢?

一、题材选择的比较

清初遗民戏剧与遗民小说在题材选择方面有其相似的地方,如均有选择易代背景的历史故事、明清之际的现实故事及重写前代的文学作品,但是具体题材选择又有其不同的地方,主要表现在以下三个方面。

(一)易代历史故事:遗民小说较为集中,遗民戏剧相对多样

我们知道,易代之际不仅仅是朝代、政权的更迭,更为重要的是时代剧变对士人生活、心态的强烈冲击。故此,作为身处易代的遗民作家更愿意选择易代故事作为自己的创作题材。但是,通过比较,我们发现清初遗民小说,特别是通俗小说,更多集中在两宋之际,亦即宋金对峙时期,如《水浒后传》《后水浒传》《续金瓶梅》等。前文多有论述,在此不作赘述。而遗民戏剧,特别是清初遗民戏剧在易代选择上,则要丰富得多,如南朝易代、南朝隋朝易代、五代北宋易代等。笔者在此仅以吴伟业的三部戏剧作品《秣陵春》《临春阁》《通天台》为例,进行具体分析。

《秣陵春》,作于清初"顺治四年七月之前"①,叙南唐北宋之际徐适与黄展娘的爱情故事,基本上为虚构。共有四十一出,分为两卷。卷上主要写李后主在冥界为其主婚事,卷下主要写徐适拒不接受新朝所赐状元事。这种眷恋旧朝,拒绝新朝,反映了作家当时的遗民心态,正如其自序所言:"余端居无憀,中心烦懑,有所彷徨感慕,仿佛庶几而目将遇之,而足将从之,若真有其事者,一唱三叹,于是乎作焉。是编也,果有托而然耶,果无托而然耶? 即余亦不得而知也。"②钱谦益作诗曰:"谁解梅村愁绝处,《秣陵春》是隔江歌。"③《小

---

① 程华平:《明清传奇编年史稿》,齐鲁书社 2008 年版,第 270 页。
② [清]吴伟业:《秣陵春·自序》,[清]吴伟业:《秣陵春传奇》,《古本戏曲丛刊》(三集)据长乐郑氏藏顺治中刊本影印,文学古籍刊行社 1957 年版。
③ [清]钱谦益:《读豫章仙音谱漫题八绝句呈太虚宗伯并雪堂梅公古严计百诸君子》,[清]钱谦益:《牧斋有学集》卷十一,《四部丛刊》本。

说考证》引《花朝生笔记》称,夏完淳作《大哀赋》,叙南都之亡,"吴梅村见之,大哭三日,《秣陵春》传奇之所由作也。"①

《临春阁》,"约作于顺治九年(1652)以前"②,以陈隋易代为背景,叙冼夫人与张丽华在陈时备受宠爱,陈亡后,后主出降,张丽华被杀,冼夫人解甲修道。本事见于《隋书》卷八十《谯国夫人列传》与《陈书》卷七《张贵妃列传》。学界多认为陈后主影射南明弘光帝,冼夫人影射明末女将秦良玉。正如陈芳所言:"此剧盖以陈后主比明福王,冼氏无谒陈主事,系借秦良玉奉诏勤王,入都陛谒之事。"③不仅如此,此剧还是一部寄寓作者浓郁遗民情怀的遗民戏曲。清杨恩寿《词馀丛话》卷二:"《临春阁》杂剧,哀悱顽艳,……要其用意,有在于全篇结尾,从冯夫人口中特为点出,盖讽明末诸帅也。"④郑振铎跋语亦称:"《临春阁》等杂剧二种,诸剧皆作于亡国之后,故幽愤慷慨,寄寓极深。《临春阁》本于《隋书·谯国夫人传》,以谯国夫人冼氏为主,而写江南亡国之恨。陈氏之亡,论者每归咎于张丽华诸女宠,伟业力翻旧案,深为丽华鸣不平,此剧或即为福王亡国之写照欤!以'毕竟妇人家难决雌雄,则愿你决雌雄的放出个男儿勇'云云为结语,盖骂尽当时见敌退之诸悍将怯兵矣。"⑤青木正儿《中国近世戏曲史》云:"此亦为哭明亡之作,似以陈后主比明福王者,关目平板,乏生动之致,非佳构也。要之吴伟业诸作,词曲固佳,以剧而言,非成功之作,但以时代背景观之,不胜感慨,令人恻然伤心,固可传之作也。"⑥

《通天台》,"约作于顺治九年(1652)之后不久"⑦,是以南朝梁陈易代为背景,主要取材于《陈书》卷十九《沈炯列传》。据沈炯本传记载,沈炯妻及其

① 蒋瑞藻编:《小说考证》卷五《秣陵春第九十一》,上海古籍出版社 1984 年版,第 154 页。
② 李修生主编:《古本戏曲剧目提要》"临春阁"条,文化艺术出版社 1997 年版,第 699 页。
③ 陈芳:《清初杂剧研究》,台湾学海出版社 1991 年版,第 96 页。
④ [清]杨恩寿:《词馀丛话》卷二,《中国古典戏曲论著集成》第九集,戏剧出版社 1959 年版,第 266 页。
⑤ 郑振铎:《梅村乐府二种跋》,《吴梅村全集》附录三,上海古籍出版社 1990 年版,第 1503 页。
⑥ [日]青木正儿著,王古鲁译:《中国近世戏曲史》,台湾"商务印书馆"1956 年版,第 333 页。
⑦ 李修生主编:《古本戏曲剧目提要》"通天台"条,文化艺术出版社 1997 年版,第 700 页。

子在侯景之乱中被杀,其弟携其母逃而获免,梁元帝时征为给事黄门侍郎,领尚书左丞。荆州陷,遭西魏软禁,拒绝西魏授官,上书陈思归之情。梁敬帝绍泰二年(556)东归建康,除司农卿,迁御史中丞。梁亡后,陈高祖(亦即武帝)授通直散骑常侍、中丞如故,沈炯以归养老母而不就。陈文帝又重其才,解中丞,加明威将军,遣还乡里,收合徒众。终因疾卒于吴中,年五十九。从上述记载,我们可以看出沈炯无论是身陷西魏,还是梁亡入陈,均以归养老母为由拒绝新朝的授官。剧作家吴伟业无疑在沈炯身上找自己的情感寄托,从而将沈炯塑造成典型的遗民形象。杂剧《通天台》仅两出。第一出为沈炯在通天台为梁武帝的不幸遭遇而恸哭,并将其与汉武帝进行对比,又结合自己飘零他乡的现状,不胜感叹:"今者天涯衰白,故国苍茫,才士轗轲,一朝至此。"①第二出是沈炯梦见汉武帝召见自己,并让其"拣像意的官做一个"②,而沈炯却誓死不从,"情愿效死,刎颈于前"③,最终得到汉武帝的理解,"受遇两朝,违乡万里,悲愁侘傺,分固宜然"④,并送其出函谷关。杂剧中的沈炯与历史上的沈炯虽有诸多差异,但其心怀故国的遗民情怀却是一致的。这种心态也正是吴伟业入清为官前的心态表露。清杨恩寿《词馀丛话》卷二:"吴梅村《通天台》杂剧,借沈初明流落穷边,伤古吊今,以自写其身世。至调笑汉武帝,嬉笑甚于怒骂,但觉楚楚可怜。或谓'为宏光解嘲',恐未必然也。其第一出《煞尾》云:……苦雨、凄风、灯昏、酒醒时读之,涔涔者不觉湿透青衫。较之'我本淮南旧鸡犬,不随仙去落人间'之句,尤为凄婉。"⑤青木正儿亦评论云:"情节单纯,上

---

①　[清]吴伟业:《通天台》第一出,《吴梅村全集》卷第六十四,上海古籍出版社1990年版,第1392页。

②　[清]吴伟业:《通天台》第二出,《吴梅村全集》卷第六十四,上海古籍出版社1990年版,第1397页。

③　[清]吴伟业:《通天台》第二出,《吴梅村全集》卷第六十四,上海古籍出版社1990年版,第1397页。

④　[清]吴伟业:《通天台》第二出,《吴梅村全集》卷第六十四,上海古籍出版社1990年版,第1397页。

⑤　[清]杨恩寿:《词馀丛话》卷二,《中国古典戏曲论著集成》第九集,戏剧出版社1959年版,第266页。

之舞台,虽不知若何景象？然作者所欲表出之中心幽愤,已尽吐露之,一无馀蕴,如第一折通天台下痛哭之独唱独白,字字鸣杜鹃血之声,洵可比拟归庄《万古愁》道情一曲之悲壮文字也。此剧本《陈书·沈炯传》而作。或云沈炯,作者自比,此说是也。"①郑振铎亦云:"或谓炯即作者自况,故炯之痛哭,即为作者之痛哭。盖伟业身经亡国之痛,无所泄其幽愤,不得已乃借古人之酒杯,浇自己之块垒,其心苦矣。《通天台》第一折炯之独唱,悲壮愤懑,字字若杜鹃之啼血,其感人盖有过于《桃花扇·馀韵》中之《哀江南》一曲也。"②

从上述分析,我们可以看出,易代之际的历史故事是清初遗民戏剧的重要选择,而以古喻今、寄寓遥深,明显又是其选择的重要动因,诚如尤侗在《梅村词序》中言:"及所著《通天台》《临春阁》《秣陵春》诸曲,亦于兴亡盛衰之感三致意焉:盖先生之遇为之也。"③郑振铎跋语亦称:"(伟业)所作于诗文外,有《秣陵春》传奇一种及《临春阁》杂剧二种,诸剧皆作于国亡之后,故幽愤慷慨,寄寓极深。"④

那么,遗民小说作家为何较为集中选择宋金对峙,而遗民戏剧作家又为何多样选择呢？笔者认为,遗民小说作家选择宋金对峙,更多反映作家的反清复明的斗争精神,特别是暹罗国意象明显是寄托明遗民的精神家园。而遗民戏剧作家在选择易代历史故事时,更多地寄寓了自己与新朝关系的种种预设,如吴伟业的三部剧作中的皇帝形象,明显是"其遗民人格的寓言载体"⑤。

① [日]青木正儿著,王古鲁译:《中国近世戏曲史》,台湾"商务印书馆"1956年版,第332页。
② 郑振铎:《梅村乐府二种跋》,《吴梅村全集》附录三,上海古籍出版社1990年版,第1503页。
③ [清]尤侗:《梅村词序》,《吴梅村全集》附录三,上海古籍出版社1990年版,第1494页。
④ 郑振铎:《梅村乐府二种跋》,《吴梅村全集》附录三,上海古籍出版社1990年版,第1503页。
⑤ 杜桂萍:《清初杂剧研究》,人民文学出版社2005年版,第232页。

（二）明清之际的现实故事：遗民小说相对较多，遗民戏剧涉猎较少

明清之际的现实故事，亦是清初遗民作家选择的重要内容。相对而言，以其为主要内容的清初遗民小说的数量颇为可观，无论是文言小说，还是通俗小说，均有大量的描写。以通俗小说为例，有魏忠贤题材的《梼杌闲评》，有李自成题材的《剿闯小说》《新世弘勋》《铁冠图》，有兼而有之的《樵史通俗演义》，有反剃发斗争的《海角遗编》，等等。这些小说在反映明末清初的社会现实的同时，亦对明亡原因进行了反思，并表达对亡明者及降清者痛恨的情绪。与清初遗民小说相比，清初遗民戏剧较少涉猎明清之际的现实故事，主要有《清忠谱》《桃花扇》等。《清忠谱》叙天启间苏州民变事，《桃花扇》叙南明弘光王朝事。另外，剧作的问世跟事件发生的时间均较长，如《清忠谱》问世于康熙十五年（1676）①，而苏州民变发生于天启六年（1626），相距 50 年；《桃花扇》问世于康熙三十八年（1699），而弘光王朝结束于顺治二年（1645），相距 54 年。

因前文已论及在弘光朝事上《桃花扇》与《樵史通俗演义》的不同叙事，笔者在此不作赘述，现仅就苏州民变在《清忠谱》与清初遗民小说中的不同叙事展开论述。

天启六年（1626）三月的苏州民变，在《樵史通俗演义》《梼杌闲评》等清初遗民小说中均有所描述，其中以《梼杌闲评》的描述最为具体详赡。但是，它仍然只是小说的一个组成部分，而《清忠谱》则不同，它将其敷演成一部多达二十五折的传奇剧作。李玉等人②将当时轰动一时的政治事件，改编成一部颇具影响的时事剧，与其为吴人有关，如郑振铎作是剧跋语称："以其皆为吴人，故独以吴事为题材。"③李玉（1591？—1671？），字玄玉，一作元玉，号苏

---

①　程华平：《明清传奇编年史稿》，齐鲁书社 2008 年版，第 604 页。

②　笔者按：清顺治间刊本《清忠谱》（《古本戏曲丛刊》三集影印）题为"吴门啸侣李玉元玉甫著，同里毕魏万后、叶时章雉斐、朱㿥素臣同编"。

③　郑振铎：《西谛书话》，三联书店 1983 年版，第 218 页。

门(一作吴门)啸侣,因其所居为一笠庵,故又号一笠庵主人。苏州吴县人。明末中副榜举人,明亡后,绝意仕进,专事戏剧创作。李玉与朱素臣、毕魏、叶时章、朱佐朝、张大复友善,常合作,形成了明末清初颇具影响的苏州派。李玉剧作颇丰,总称《一笠庵传奇》,约有三十种。

相对清初遗民小说的描述,《清忠谱》更多地体现在以下两个方面。

首先是增加人物情节。相比清初遗民小说中的苏州民变,《清忠谱》增加了文震孟、周茂兰、吴默等人物。文震孟,字文起,号湛持,谥文肃。天启二年(1622)状元。苏州吴县人。这一人物未在《梼杌闲评》中出现,而在《樵史通俗演义》中多次出现,亦多次同魏党进行了针锋相对地斗争。但是,小说并未描写他与周顺昌的交游,亦未描写其参与苏州民变。文震孟仅在《清忠谱》中出现两次,一次出现于苏州民变之前的第三折,一次出现于苏州民变之后的第二十三折。其虽未直接参与苏州民变,但却是苏州民变前后的一个关键人物。

周茂兰为周顺昌之子。据《明史》载:“茂兰,字子佩,刺血书疏,诣阙愬冤,诏以所赠官推及其祖父。茂兰更上疏,请给三世诰命,建祠赐额。帝悉报可,且命先后惨死诸臣,咸视此例。茂兰好学砥行,不就荫叙。国变后,隐居不出,以寿终。”[1]周茂兰虽在清初遗民小说中未曾涉及,但他却是传奇中重要事件的贯串者,如替父血疏申冤、亲见其父囊首、见证奸锄忠表。

吴默,字因之,又字无障。吴县人。万历二十年(1592)会试魁首,官至太仆寺卿。《清忠谱》第二十三折《吊墓》描写道:“本城乡宦吴会元老爷,将颜、杨等五棺合葬半塘,竖起石牌,题曰‘五人之墓’;又造石坊,镌着‘义风千古’。”而《虎阜志》卷三《冢墓》载曰:“吴太仆默题其墓曰‘五人之墓’,韩馨书,杨贡士廷枢表之曰‘义风千古’。”[2]由此可见,戏剧描写与史料记载还是

---

① [清]张廷玉等:《明史》卷二百四十五《周顺昌列传附周茂兰列传》,中华书局 1974 年版,第 6355 页。
② [清]陆肇域、任兆麟:《虎阜志》卷三,《中华山水志丛刊》山志卷第 12 册,线装书局 2004 年影印本,第 416 页。

有所出入,特别是将"义风千古"亦归之吴默名下,或许为作家有意为之。这一人物亦未于清初遗民小说中出现,但他在《清忠谱》中却是五义士斗争精神的有力弘扬者。

除增加人物外,《清忠谱》还增加了清初遗民小说中没有的故事情节,较为突出的是庙前书闹、竹坞述珰、生祠骂像、顺昌忠梦等。

庙前书闹在传奇第二折,叙颜佩韦因说书人李海泉说韩世忠被奸臣童贯陷害事,而大闹书场,几乎与周文元动手,幸得颜母及时出现而得终止。最后,颜佩韦、杨念如、周文元、马杰、沈扬依序齿排行,桃园结义。此事当为剧作家虚构,却为苏州民变埋下伏笔。

竹坞述珰在传奇第三折,笔者未发现有史料明确的记载。竹坞,亦作竺坞,在今苏州市吴中区天池山南,属木渎天池村。徐枋《徐俟斋吴山名胜十二图·竺坞》称"昔文文肃公筑竺坞草堂于此"①,张郁文《木渎小志》卷一亦称"文文肃公读书处","子秉、孙点亦隐居于此"②。又据《石匮书后集》卷九《文震孟姚希孟列传》记载,天启二年(1626)冬十月,见妇寺用事,权柄下移,上《勤政讲学疏》,遭罢职回籍。③ 竹坞述珰当为此时。这次文、周相会,为我们揭开了魏党把持朝政、荼毒生灵的罪恶,亦是其最终走向毁灭的必然。

生祠骂像在传奇第六折,叙周顺昌在魏忠贤生祠塑像落成时,历数其罪恶,并预言其必将遗臭万年:

【小梁州】〔生〕他逞着产禄凶残胜赵高,比璜瑗倍肆贪饕。

【么篇】〔换头〕〔生〕他诛夷妃后把皇储剿。杀忠良,擅置官操。

---

① 　[清]徐枋《徐俟斋吴山名胜十二图·竺坞》:"吴中诸山多名胜,然苦乏幽深之致,惟竺坞则连峰耸岫,以引其前,重冈复岭,以障其后,自伏龙凤村起溪渡涧,一入坞中,迥然绝尘,山鸟山花,幽蹊绝径,若与世隔。昔文文肃公筑竺坞草堂于此,亭馆泉石,标奇领异,中则有钓矶石屋,外则有湘云渡、仙掌峰,此又招提之胜概矣。"(有正书局民国十五年[1936]第三版珂罗版精印)

② 　[民国]张壬士辑《木渎小志》卷一之《古迹·竺坞山房》:"竺坞山房在天池山北竺坞,文文肃公读书处,中有钓矶石,屋外则湘云渡、仙掌峰、石屋、石幢,皆胜境也。子秉、孙点亦隐居于此。"(《中国方志丛书》华中地方·第411号,成文出版社有限公司1983年影印本,第85页)

③ 　[清]张岱:《石匮书后集》卷九《文震孟姚希孟列传》,中华书局1959年版,第81—84页。

结干儿,通奸媪,兀乱把公侯冒滥。他待要神器一身叨。

【朝天子】〔生〕任奸祠郁峃,任奸容桀骜。枉费了万民脂,千官钞。差题着一柱擎天,封疆力保。少不得倒冰山,阳光照,逆像烟销,奸祠火燎,旧郊原兀自的生荒草。怪豺狼满朝,恨鸱鸮满巢,只贻着臭名儿千秋笑。①

上述情节或为作家杜撰,但它却是周顺昌忠介耿直、不畏强权的个性表现,与《述珰》一折亦一脉相承。当然,亦为自己的命运埋下了祸根。

顺昌忠梦在传奇第八折,叙周顺昌在梦中向天启帝陈述魏忠贤的罪责:"他杀害忠良,干儿遍招,内庭屠戮血痕漂。弄兵,祖制偏违,擅开内操。摇国本,图倾挠。炎威,胜恭显,施残暴;凶谋,比刘、韩危宗庙。"天启帝闻奏后大怒,并称:"魏忠贤既如此极恶穷凶,寡人即当明正典刑。卿家忠直敢言,指日不次超擢。"后又遭遇魏忠贤,周顺昌以朝笏当利剑以击杀之,得小监相救而获免。周顺昌以笏击魏忠贤的行为堪比荆轲刺秦王、祢衡骂曹操、雷海青斥安禄山,虽然只是以梦为之,但可以看出当时的东林清流对于魏党是何其痛恨。忠梦与前文的述珰、骂像等情节具有内在的逻辑关系。述珰让周顺昌从文震孟处详细地了解魏忠贤在朝廷中的罪恶,而骂像情节则是在此基础上,面对塑像这个虚拟人物的痛哭。忠梦情节,虽然仍然只是个虚拟情节,但在前两个情节的基础,让受众看到魏忠贤的未来,看到贤君即将出现,从而也看到了整个故事的结局。

相对于清初遗民小说,《清忠谱》在描述苏州民变这一重大政治事件时,增加了相关人物与相关情节,从而增加了更多的戏剧冲突,使这一故事更具可读性,更具观赏性。

其次是颇具浓郁抒情。我们知道,戏剧与小说虽同属叙事文学,但它们之间有一个重要区别,亦即是戏剧有更多的抒情功能,主要表现角色的唱词上,

---

① 〔清〕一笠庵汇编:《清忠谱传奇》,《古本戏曲丛刊》第三集据清顺治刊本影印(下同)。

而小说的抒情功能主要表现在一些数量较少的诗词曲赋上。据笔者统计，《清忠谱》第一折至第二十五折，每折的曲牌数少则 5 个，多则 10 个。而《梼杌闲评》关于苏州民变的描述主要集中在第三十五至三十六回。这两回计有诗 22 首，而与苏州民变紧密相关的只有 8 首。我们先来看《清忠谱》第十八折《戮义》中的唱词节录：

【滴溜子】心忙乱，心忙乱，奔驰卤莽。行急遽，行急遽，神魂惝恍。爹行情关疴痒，死生顷刻间，言难尽讲。永诀生离，趋赴法场。

【泣颜回】〔合〕痛哭断人肠，无罪轻罹法网。哀哀死别，那堪死别云阳。君门万里，呼冤叫屈难稽颡。

【前腔】〔五合〕刚强，仗义久名扬，说甚身遭无妄。权珰肆虐，堪嗟毒流天壤。

【千秋岁】〔老、生〕意慌忙，寸步难移上。一霎里，神魂惊荡。

【越恁好】〔合〕市曹忙赴，市曹忙赴！急煎煎，苦怎当！听神号鬼哭添痛伤，倍凄怆。

【红绣鞋】〔合〕头囊三木，悲伤！悲伤！血流一派，汪洋！汪洋！魂缥缈，魄飞翔，情惨切，恨绵长。兄撇弟，子抛娘。

【意不尽】〔合〕侠肠一片知何向？热血淋漓恨满腔，一时卤莽，博得个义风千古人钦仰。

此折共有上述 7 个曲牌。这些曲牌唱词至少从以下几个方面表达了剧中人及剧作家的情感：一是对丧失亲人的满腔悲痛，二是对权珰肆虐的无限痛恨，三是对义士壮举的崇高景仰。而《梼杌闲评》第三十五回涉及五义士的诗歌仅三首，现摘录于下：

阔面庞眉七尺躯，斗鸡走狗隐屠沽。胸中豪气三千丈，济困扶危大丈夫。

凛凛威风自不群，电虹志气虎狼身。胸中抱负如荆聂，专向人间杀不平。

皇天视听在斯民,莫道黔黎下贱身。曾见一城堪复下,果然三户
可亡秦。群呼未脱忠臣死,壮气先褫奸党魂。遥想五人殉义日,丹心
耿耿上通神。

第一首当写颜佩韦。诗歌从外貌、出身、气质等方面对其进行了立体勾
勒,也突出了其在五义士中老大哥形象。第二首当写其他几位义士及民众。
诗歌重点突出他们身上具有的打抱不平的斗争精神。第三首是总写五义士的
斗争在当时与未来的意义。特别是"三户可亡秦",可谓对强权的一种诅咒。

通过分析对比,我们会发现传奇通过曲牌唱词传达出更多更丰富的情感
要素,而小说因其叙述文体的限制,无法像戏曲那样既充分展现故事情节,又
充分展现其抒情成分。故此,我们在阅读同一题材的小说与戏剧文本时,最为
明显的不同感受就是小说给我们更多的叙事,而戏剧不仅有叙事,还有与之匹
配的抒情。

(三)前代的文学作品:遗民小说多续写,遗民戏剧多改编

清初遗民小说与戏剧在创作时,还有一个共同特点,那就是倾向于对前代
文学作品进行重构,以满足作家遗民意识表达的诉求。但在具体重构时,它们
的方式又不完全相同,清初遗民小说多采用续写的方式,而遗民戏剧则更多采
用改编的方式。其中,清初遗民小说中属于续书系列即有《水浒后传》《后水
浒传》《续金瓶梅》,而遗民戏剧在创作时,在改编前代的文学作品时,往往将
自己的情绪融入其中,特别是遗民意识。笔者在此举数例以说明之。

1. 王昭君结局改编的民族情结。昭君故事在元代之前的文学作品中即已
多次出现,而且昭君的结局多与史书记载基本相符,如较早出现的有《琴操·
怨旷思惟歌》描写了昭君嫁与匈奴单于,作《怨旷思惟歌》,生子,不从父亡嫁
子的胡俗,吞药自杀。① 《西京杂记》中的"画工弃市"描写匈奴入朝求美人为

---

① [东汉]蔡邕:《琴操》卷下《河间杂歌·怨旷思惟歌》,吉联抗辑:《琴操两种》,《平津馆
丛书》本,人民音乐出版社 1990 年版,第 52—53 页。

阏氏，汉元帝误点昭君行，悔之，重信，不更人，昭君去后，杀画工毛延寿。①
《世说新语》"贤媛"中的"王明君"描写类似于"画工弃市"，只是未及毛延寿
被杀。② 唐宋时期关于昭君故事的文学作品，最值得关注的是《王昭君变
文》③。变文前部分与"画工弃市"相类，而后部分叙昭君嫁与匈奴单于后，夫妻
情重，昭君卒后得单于厚葬，汉哀帝遣使祭奠并表彰其和亲功勋。变文是昭君
故事一大转变。而《汉宫秋》是继变文之后又一大转变，主要体现在王昭君不愿
嫁给胡人而投黑江自尽。这是对之前的昭君故事的一个重大改编。这种改编
明显蕴含作者的民族情结。我们知道，马致远生活于宋元之际，大致在 1250 年
至 1324 年间。这个时期赵宋与蒙元间民族矛盾还是较为尖锐，而作为生活于这
一易代时期的文人，也必然将时代背景与个人情绪有意无意地蕴含其中。杂剧
中的汉朝软弱与匈奴强势，无疑向受众传递强烈的时代信息，亦即南宋软弱，蒙
元强势。而王昭君以悲壮行为结束自己的生命，无疑是对强势政权的一种抗
争。正如董琦所总结："(《汉宫秋》)通过对历史故事的再创造，含蓄地体现出作
者对历史变迁与异族压迫的沧桑与悲悯之感，以及在民族矛盾鲜明时期对臣民
忠君爱国、民族相处和睦、人民生活安定等的这些美好生活状态的向往。"④

　　2.《长生殿》三易其稿的背后。洪昇的《长生殿》是对前代以李杨爱情为
题材的文学作品的一种改编与超越，诚如其《自序》云："余览白乐天《长恨歌》
及元人《秋雨梧桐》剧，辄作数日恶。南曲《惊鸿》一记，未免涉秽。……因断
章取义，借天宝遗事，缀成此剧。"⑤洪昇又在《例言》中详述其历经十余载、三

_____

　　①　[东汉]刘歆撰，[东晋]葛洪集：《西京杂记》卷二，《汉魏六朝笔记小说大观》本，上海古
籍出版社 1999 年版，第 86 页。
　　②　[南朝]刘义庆：《世说新语·贤媛第十九》，《汉魏六朝笔记小说大观》本，上海古籍出版
社 1999 年版，第 930 页。
　　③　[唐]佚名撰，启功校录：《王昭君变文》，王重民编：《敦煌变文集》，人民文学出版社
1957 年版，第 98—108 页
　　④　董琦：《元杂剧〈汉宫秋〉主题新探》，《安阳师范学院学报》2009 年第 6 期。
　　⑤　[清]洪昇：《长生殿》，《古本戏曲丛刊》五集据康熙稗畦草堂刊本影印(下同)。

易其稿的整个过程。先是"偶感李白之遇,作《沉香亭》传奇"。时在康熙十二年(1673)①。借天宝间杨玉环黜李白事而寄托身世之感,抒发自己像李白那样怀才不遇的感情;接着是"去李白,入李泌辅肃宗中兴,更名《舞霓裳》"。时在康熙十八年(1679)。借李泌辅佐唐肃宗中兴事,希望能有像李泌一样的人物来中兴大明王朝②;最后是"专为钗合情缘,以《长生殿》题名"。时在康熙二十七年(1688)。此时清统治已得巩固,恢复明朝已没有可能,于是亡国之恨积于胸中,怨艾之情灌注笔端。假郭子仪、雷海青之口大骂胡贼、奸臣,借李龟年之琴弹唱"春伤故国心",让李、杨忏悔来批判他们的过去,设仙境重圆来解脱怨艾之情。洪昇虽于明亡后出生,但他在心怀明室的遗民氛围中成长起来的,在定稿中将重大历史事件包涵自己的故明情怀即不难理解,诚如徐朔方先生在《长生殿·前言》中言:"《长生殿》一方面具有历史剧的规模,另一方面又同情地描写唐明皇、杨贵妃的故事,甚至要费那么多的笔墨为他们辩解,而且情致深厚地写到他们在月宫重圆而后已,这未始不和作家对故国的怀念和追思有关。"③

3.《龙舟会》文学重写的时代意义。我们知道,王夫之的《龙舟会》改编自唐传奇《谢小娥传》。作为当时颇具影响的明遗民,平生唯一一部杂剧作品无疑高度凝聚了作家的遗民情怀。首先,我们看剧中人物的命名。谢小娥人生中最为

---

① 章培恒在《洪昇年谱·前言》中称:"《长生殿》的写作,前后凡经过'三易稿'。初稿名《沉香亭》,写于康熙十二年(一六七三);二稿名《舞霓裳》,写于康熙十八年(一六七九);三稿名《长生殿》,写于康熙二十七年(一六八八)。"(上海古籍出版社1979年版,第15页)笔者从之。另,曾永义《清洪昉思先生昇年谱》称:"康熙五年丙午(一六六六)二十二岁……《沉香亭》传奇在此以前业已脱稿。"(台湾"商务印书馆"1981年版,第35页)如果此说成立,那与《长生殿》问世时间(1688)相隔即有20余年,与洪昇《长生殿·例言》"盖经十馀年,三易稿而始成"不符。故存一说。

② 笔者按:章培恒在《洪昇年谱·前言》中并不同意李泌辅佐唐肃宗情节的加入是"寄托着复兴明室的理想",而认为"他在'三藩'之乱时期所写的《舞霓裳》之增入李泌,是寄托着赶快平息'三藩'的愿望,似乎更合实际一些"。此说虽有一定的合理性,但如果将其与终稿《长生殿》中的故国情怀联系起来,更容易理解李泌辅佐唐肃宗情节所蕴含的民族情结。

③ 徐朔方:《长生殿·前言》,人民文学出版社1983年第2版,第6页。

重要的两个男性,一个是其父谢皇恩,一个是其夫段不降。这两个人物在唐传奇中前者未有实名,后者名曰段居贞。而杂剧在改编时,明显将作家的情感加入其中,非常直观向受众表明自己对故朝的眷恋和对新朝的拒绝。同时,这两个人物在开场时即已被盗贼杀害。这一情节的设置,无疑在含沙射影地告诉读者,清初的反清复明斗争是面临着生与死的考验。其次,我们再看谢小娥的复仇。杂剧将谢小娥复仇的时间设置在端阳佳节是有其特定内涵的。众所周知,屈原出于悲愤于端午沉江,龙舟竞渡亦成为纪念屈原的习俗。谢小娥精心选择这种复仇时机,一方面有秉承屈原人格的意味,另一方面亦是迷惑仇家的最佳时机。在颇有暴力与血腥的场面中,谢小娥完成了复仇大业,似乎也是作者家仇国恨的一种预设。最后,我们来看李公佐的命运。李公佐在传奇中仅是个智者形象,而在杂剧中则被改编成智者兼忠臣的形象。智解谢小娥仇人姓名,是李公佐智慧的突出体现。而他更为重要的还是一位被奸臣排挤的忠臣。直言谏正被谗言淹没,密疏上闻被奸佞隔断。面对满朝逆党,李公佐只得选择告病归休。李公佐的命运在诉说着报国志士的无奈,亦是对昏庸王朝的贬斥。

总之,遗民戏剧在题材选择方面,与清初遗民小说有共性的一面,如均会选择历史故事来暗喻易代之际的现实社会,又会选择现实故事来表达作者所处时代的人生体验,还会选择前人作品来为自己的创作全面服务。当然,遗民戏剧在选材上更多的是与清初遗民小说不同,如易代的历史故事呈现多样性,从而让受众从更多的视角来解读作者的遗民情结;现实故事的较少涉及,或许是戏剧受众相对小说更多,从而避开与当权者的正面冲突;对前人作品的改编,可以让剧作家更为灵活地将自己的个人情感融入自己的创作当中,从而能够完全驾驭剧作的主题思想的表达。

二、人物塑造的比较

(一)帝王形象的塑造:遗民小说多批判性,遗民戏剧多寄寓性

章回体清初遗民小说几乎均出现了帝王形象,如《隋唐演义》中的隋炀

帝、唐明皇,《水浒后传》《后水浒传》《续金瓶梅》中的宋徽宗,《女仙外史》中的永乐帝、建文帝,《梼杌闲评》中的天启帝,《樵史通俗演义》中的天启帝、崇祯帝、弘光帝,《剿闯小说》《新世弘勋》中的崇祯帝,等等。小说作家在塑造这些帝王形象时,往往从总结王朝灭亡或朝代更替教训的角度进行描写,故而多批判性。在清初遗民小说中,隋朝的短命与隋炀帝的极端奢侈及昏庸是不无关系的,而唐明皇痴迷贵妃,疏远朝政,酿成安史之乱,唐朝由盛而衰,其是难辞其咎的;宋徽宗醉心花石、任用奸佞,与其子宋钦宗一同北狩,是在所难免的命运与结局;永乐帝以"清君侧"名义发动的靖难之役,实质是一场篡国斗争,而且篡国后又极为残忍地手段屠杀建文帝时的故臣,最后在榆木川受鬼母一剑,亦是对篡国者结局的一种交代;天启与弘光,一个沉迷木工爱好,导致魏党遍布朝野,为明亡埋下了祸根,一个沉迷选秀歌舞,导致王朝速亡、自身毁灭;崇祯帝虽力挽狂澜,无奈大厦将倾,党争仍旧挥之不去,以其自身毁灭宣告一个王朝的正式结束。从上述分析,我们可以看出,清初遗民小说在塑造帝王形象时,其重要的出发点即是总结明亡原因,主要表现为帝王昏庸、奸佞当道、党争不断、外族入侵等。这种总结,在一定程度上即是对这些帝王的批判,从而实现了对"唯尊者讳"的一种突破,与诗文等主流文学在这方面还是有很大的不同。

　　与清初遗民小说相似,遗民戏剧中亦有诸多帝王形象的塑造。不过,清初遗民小说中的帝王形象多为作者批判的对象,亦即这些帝王的所作所为或导致王朝的覆灭,或为王朝覆灭埋下祸根。与清初遗民小说中的帝王形象最大不同的是,遗民戏剧中的帝王形象多被塑造成作家同情的对象。尤其值得注意的是,遗民戏剧出现了善待前朝遗民的帝王形象。这是清初遗民小说所没有的。实际上,这些帝王形象都寄寓了作家复杂的遗民心态。笔者在此以《汉宫秋》中的汉元帝、《通天台》中的汉武帝、《长生殿》中的唐明皇为例作具体分析。

　　汉元帝在唐以前的昭君故事中仅是个背景式的人物,至《王昭君变文》则变为一个重要人物,并被塑造成软弱王朝的帝王形象。这是汉元帝形象的重要演变。《汉宫秋》在此基础上，又将其塑造成主角，成为一部末本戏。据史料记载，汉元帝时的实力虽不比武帝时强大，但至少强于匈奴，而且呼韩邪单于是主动臣服汉朝的。《汉书》卷九《元帝纪》载：

> 竟宁元年春正月，匈奴呼韩单于来朝。诏曰："匈奴郅支单于背叛礼义，既伏其辜。呼韩邪单于不忘恩德，乡慕礼义，复修朝贺之礼，愿保塞传之无穷，边陲长无兵革之事。其改元为竟宁。赐单于待诏掖庭王樯为阏氏。"①

但在杂剧中，汉元帝面临的是呼韩邪单于"甲士十万，南移近塞"②（《楔子》），忍痛割爱地送出昭君实是出于兵临城下的无奈。"陛下若不从，俺有百万雄兵，刻日南侵，以决胜负，伏望圣鉴不错。"（第三折）更是一种赤裸裸的威胁了。送走昭君后，汉元帝"一百日不曾设朝"（第四折），只能将昭君像挂起，以"少解梦怀"（第四折），听雁鸣而伤痛欲绝。一位多情伤感、无力保护自己心爱女人的帝王形象，呼之欲出。对汉元帝形象的改造，无疑寄寓了作家在宋元之际的遗民意识。软弱的汉王朝无疑暗指软弱的南宋王朝，匈奴的强势几乎与蒙元政权无二，对汉元帝的同情，表达了作者对赵宋汉政权的眷恋。

与其他文学作品，特别是清初遗民小说有着重要不同的是，《通天台》将汉武帝塑造成善待遗民的帝王形象。我们知道，汉武帝原本与沈炯不是同时代的人物，而沈炯经过的通天台却将二人联系到一起，并在梦中沈炯得到汉武帝的召见。汉武帝拟授沈炯华胥国③"像意的官"④（第二出），却遭沈炯誓死

---

① ［汉］班固：《汉书》卷九，中华书局 1962 年版，第 297 页。

② ［元］马致远：《汉宫秋》，《古本戏曲丛刊》四集之三，据北京图书馆藏脉望馆钞校本《古今杂剧》影印（下同）。

③ 笔者按：华胥国本为理想之国，出自《列子》卷第二《黄帝篇》："（黄帝）昼寝而梦，游于华胥氏之国。华胥氏之国在弇州之西，台州之北，不知斯齐国几千万里；盖非舟车足力之所及，神游而已。其国无师长，自然而已。其民无嗜欲，自然而已。不知乐生，不知恶死，故无夭殇；不知亲己，不知疏物，故无爱憎；不知背逆，不知向顺，故无利害：都无所爱惜，都无所畏忌。入水不溺，入火不热。斫挞无伤痛，指摘无痟痒。乘空如履实，寝虚若处床。云雾不碍其视，雷霆不乱其听，美恶不滑其心，山谷不踬其步，神行而已。"（杨伯峻撰《列子集释》，中华书局 2013 年版，第 43—44 页）

④ ［清］吴伟业：《通天台》，《吴梅村全集》卷六十四，上海古籍出版社 1990 年版，第 1397 页。

不从,汉武帝只得作罢。为何说武帝善待遗民呢?笔者认为主要有三个方面原因:一是汉武帝理解沈炯对故国的眷恋。我们从第二出中沈炯与汉武帝的对话可以看出,沈炯眷恋故国并非仅仅眷恋梁武帝,更为重要的是眷恋一个覆灭的王朝,一个消亡的世界。汉武帝作为一个帝王对此颇为感同身受。二是汉武帝为沈炯提供官职。杂剧虽未明确汉武帝提供的具体官职,但至少应与其在梁时相当,即侯爵、尚书、左丞相。这种官职的拟授予,实际上是肯定了沈炯的过人才气与高尚品德。三是汉武帝坦然接受沈炯的辞职不就。诚如汉武帝剧中所言:"这个也不要怪他,受遇两朝,违乡万里,悲愁侘傺,分固宜然。只是他无国无家,欲归何处?沈卿,我这台上,那江南光景,尽望得见来。"①(第二出)吴伟业塑造汉武帝形象,其实是想表达其遗民心态,希望新朝帝王善待遗民,特别要善待那些拒绝入职新朝的士人,而不是像清初那样采用强迫的方式。我们知道,清初对待入清士人主要采取三种方式,即通过科举考试拉拢士人,通过文字狱打压反清思想,通过强制手段迫使士人入仕清朝。这种恩威并施的措施,对于由明入清的士人是个极大考验,在一定程度上消解了反清复明的斗争意识,对于大清帝国的统一明显起到一定的作用。

唐明皇是历史上颇有争议的一位帝王,一方面开元盛世展现了其治国理政的才能,另一方面安史之乱又表明其疏懒朝政导致的恶果。文学作品大多对唐明皇是批判与同情兼有,"春宵苦短日高起,从此君王不早朝"②是批判,"天长地久有时尽,此恨绵绵无绝期"③是同情。而开元遗事敷演到清初的《长生殿》,"弛了朝纲,占了情场"(第三十八出《弹词》)虽是批判,但就整部传奇而言,同情多于批判,特别是作者同情李杨之间生死不渝的爱情,如李龟年所唱:"又只见密密匝匝的兵,恶恶狠狠的语,……生逼散恩恩爱爱疼疼热

---

① [清]吴伟业:《通天台》,《吴梅村全集》卷六十四,上海古籍出版社1990年版,第1397页。

② [唐]白居易:《长恨歌》,[清]彭定求:《全唐诗》(增订本)卷四三五,中华书局1999年版,第4828页。

③ [唐]白居易:《长恨歌》,[清]彭定求:《全唐诗》(增订本)卷四三五,中华书局1999年版,第4830页。

热帝王夫妇。"(第三十八出《弹词》)作者对于唐明皇的同情是寄寓自己的遗民意识的。从开元盛世到安史之乱,唐明皇经历的虽不是大起大落的朝代更迭,但却也是惊心动魄的帝位更替。同时,李杨爱情又是这一更替过程中弥足珍贵的事物。所以,唐明皇在这一动乱的时代,失去了自己最为美好的爱情,以及与此有关的种种美好事物,而其在仙界找寻杨贵妃的过程,亦是其追寻过往美好事物过程。唐明皇经历的帝位更替与明清易代还是有诸多相似之处,正是这种惊人的历史相似,作者在唐明皇身上,亦由唐明皇这个载体,去寻找过往或即故国的美好事物,体现自己的遗民情怀。

除同情帝王外,亦有少数遗民戏剧对帝王进行批判的,除上文涉及的唐明皇外,还有如《桃花扇》对弘光帝的昏庸的批判,前文已有涉及。再如《龙舟会》对李公佐族叔即晚唐帝王的批判,则是采用李公佐口述的方式。杂剧第四折:"目今驾已回京,俺族叔却听奸人之言,生不轨之志。俺几度直言谏正,无奈谗口之高张;不得已密疏上闻,又被中涓之阻隔。既然无救于当时,怎肯陷身于逆党! 告病归休,幸蒙许允。"①

总之,帝王形象在清初遗民小说与遗民戏剧较为普遍存在,但它们在被塑造的过程中,还是有较为明显的区别。清初遗民小说中的帝王多为易代前,而且多对易代剧变负有不可推卸的责任,故而其绝大多数成为小说作家批判的对象。遗民戏剧中的帝王虽对时代重大变故负有一定的责任,但剧作家的笔触却往往伸向同情的一面,特别是出现了善待遗民的帝王形象,均寄寓了作家对易代剧变的情感体验。

(二)遗民形象的塑造:遗民小说多群体性平民化,遗民戏剧多具单薄性量少化

遗民形象是清初遗民小说着重塑造的人物群像。据笔者统计,清初遗民

---

① ［清］王夫之:《龙舟会》,《船山全书》第 15 册,岳麓书社 2011 年版,第 914 页。

小说计塑造了 30 余位遗民形象。综观这 30 余位遗民身份,绝大多数为普通士人,如张盖、崔子忠等,甚至有姓名不可考者,如爱铁道人、狗皮道士等,而高官者极少,仅有黄周星等数人。小说在塑造这些特定的人物群像时,更多注重描写他们在明亡后痛苦的精神状态,如张盖"饮酒独酌辄痛哭"①,崔子忠"饿而死"②,活死人江本实让人活埋而卒,爱铁道人性爱铁,朱衣道人戴汉冠着朱衣,八大山人朱耷颠态百出,等等。小说作家将笔触更多地伸向底层的士人,无疑向受众传达明亡对于士人精神的巨大冲击。

与清初遗民小说不同的是,遗民戏剧中的遗民形象并未形成一个群体,只在少数作品中出现,如《通天台》中的沈炯,《桃花扇》中的张瑶星、苏昆生、柳敬亭等。其中,沈炯较具代表性,形象亦更为丰满,故笔者主要就此展开分析。

历史上的沈炯经历三朝,即梁、西魏、陈。梁亡前,沈炯为西魏所掳,以侍奉老母而拒绝授官;梁亡后,陈朝又授官,沈炯再次以奉养老母拒绝,却诏不许,并接受官职。所以,从严格意义上讲,历史上的沈炯不能称之遗民。而且,沈炯登通天台是在寄寓于西魏期间,亦即梁亡前。但是,在杂剧中吴伟业完全将其改造为遗民形象。《通天台》仅有两出,第一出叙沈炯在通天台痛哭梁武帝,第二出叙沈炯拒绝汉武帝授官。其实,作为一个真正的遗民,必须要面对两个无法回避的问题,即如何对待故国及如何对待新朝。沈炯在这两方面几乎做到了完美无缺。我们首先来看沈炯痛哭通天台。通天台在今陕西淳化西北之甘泉宫。据《汉书·武帝纪》载,通天台建于汉武帝元封二年(前 109)冬十月③。又据《三辅黄图》卷五引《汉武故事》,通天台于汉昭帝元凤年间(前 80—前 75)自毁④。

① [清]朱彝尊:《张处士墓志铭》,[清]吴增祺编:《旧小说》己集二,上海书店 1985 年复印本,第 30 页。
② [清]朱彝尊:《崔子忠陈洪绶合传》,[清]黄承增辑:《广虞初新志》卷四,柯愈春编纂:《说海》(三),人民日报出版社 1997 年版,第 983 页。
③ [汉]班固:《汉书》卷六《武帝纪》,中华书局 1964 年版,第 193 页。
④ 何清谷撰:《三辅黄图校释》卷五《台榭·通天台》,中华书局 2005 年版,第 285 页。

因此台高达三十丈,可望见长安城。① 此正合沈炯思念故国之意。而沈炯眷念故国的方式很是特别,即通过梁武帝与汉武帝的对比,来表达对故国无尽的哀思。诚如沈炯叹道:"只是汉武一生享用,把我梁武比将起来:那壁厢千秋节,美甘甘排列的凤脯麟膏;这壁厢八关斋,瘦岩岩受用些葵羹蒲馔。那壁厢尹夫人、李夫人,三十宫长陪游幸;这壁厢阮修容、丁贵嫔,四十载不近房帷。原来是甘泉殿里,金童姹女,簇拥着一个大罗仙;为甚的朱雀桁边,饿鬼修罗,捏弄杀我那穷居士。咳!我那武帝,好不伤感人也!"②接下来,我们再来看沈炯对待新朝的态度。剧中沈炯面对的新朝是一个虚拟的王朝,即汉武帝在天界的华胥国。汉武帝欲授职于沈炯,而沈炯誓死不从。如其所言:"沈炯国破家亡,蒙恩不死,为幸多矣。陛下纵怜而爵我,我独不愧于心乎? 如必不得已,情愿效死,刎颈于前。"③沈炯对故国与新朝的态度,实际上反映了当时吴伟业的心态。据顾师轼《梅村先生年谱》卷三载,顺治九年(1652),作《通天台》。④《年谱》卷四载,顺治十年(1653)九月,应召入都,授秘书院侍讲,寻升国子监祭酒。虽然吴伟业入都非其本愿,但当时士人无法原谅其行为。⑤ 从上述记载,我们大致可以推测,吴伟业在应召入都前,通过创作的方式表达自己不愿入职新朝的意愿。同时,也通过汉武帝形象影射顺治帝,希望清帝善待明遗民。然而,在现实中,吴伟业并没有像剧中的沈炯一样,坚持自己的士人气节。这或许是当时士人"多窃议之"⑥的原因吧。

---

① 〔汉〕班固:《汉书》卷六《武帝纪》,中华书局 1964 年版,第 193 页。
② 〔清〕吴伟业:《通天台》第一出,《吴梅村全集》卷第六十四,上海古籍出版社 1990 年版,第 1390—1391 页。
③ 〔清〕吴伟业:《通天台》第二出,《吴梅村全集》卷第六十四,上海古籍出版社 1990 年版,第 1397 页。
④ 〔清〕顾师轼纂,顾思义订:《梅村先生年谱》,《吴梅村全集》附录二,上海古籍出版社 1990 年版,第 1459 页。
⑤ 〔清〕顾师轼纂,顾思义订:《梅村先生年谱》,《吴梅村全集》附录二,上海古籍出版社 1990 年版,第 1463 页。
⑥ 〔清〕顾师轼纂,顾思义订:《梅村先生年谱》,《吴梅村全集》附录二,上海古籍出版社 1990 年版,第 1463 页。

总之,塑造人物形象是叙事文学的应有之义,而对于遗民形象的塑造,清初遗民小说及遗民戏剧的区别还是非常明显的。相对而言,清初遗民小说中的遗民形象塑造,更为丰满、更为立体,而且形成了一个群像,而遗民戏剧则更为单薄,特别是没有形成一个群体。

（三）女性形象的塑造:多翻案女性、女性将军、女侠形象

清初遗民小说与遗民戏剧在女性形象塑造方面,有诸多共性的一面,主要表现在以下几个方面:

其一,均出现翻案女性形象。清初遗民小说中最为典型的翻案女性是《女仙外史》中的唐赛儿。所谓翻案一般是指翻历史之案。谷应泰《明史纪事本末》卷二十三《平山东盗》载:"成祖永乐十八年三月,山东蒲台县妖妇唐赛儿作乱。"①《明史》多处有类似记载:卷七《成祖本纪》:"(永乐十八年)二月己酉,蒲台妖妇唐赛儿作乱。"②卷一百五十四《柳升列传》:"(永乐)十八年,蒲台妖妇唐赛儿反。"③卷一百五十八《段民列传》:"山东妖妇唐赛儿作乱。"④卷一百七十五《卫青列传》:"永乐十八年二月,蒲台妖妇林三妻唐赛儿作乱。"⑤从上述记载,我们可以看出,正史给唐赛儿的定性主要是两个方面,即"妖妇"与"反"("作乱")。而《女仙外史》则进行了对应翻案,将"妖妇"翻案为"女仙",将"反"("作乱")翻案为"起义勤王"。所以,在小说中的唐赛儿俨然是正义的化身,是对通过靖难之役登上皇位的朱棣的一种否定与颠覆。

与唐赛儿的翻案形象相似的,是《临春阁》中的张贵妃、《长生殿》中的杨

---

① ［清］谷应泰:《明史纪事本末》,中华书局1977年版,第371页。

② ［清］张廷玉等:《明史》,中华书局1974年版,第99页。

③ ［清］张廷玉等:《明史》,中华书局1974年版,第4236页。

④ ［清］张廷玉等:《明史》,中华书局1974年版,第4314页。

⑤ ［清］张廷玉等:《明史》,中华书局1974年版,第4655页。

贵妃等。张贵妃与杨贵妃在大多史料与文学作品中,是以"祸水"①形象出现的。笔者在此仅以张贵妃为例。诸多正史均记载张丽华妖媚后主导致陈亡,如《陈书》卷七《张贵妃列传》载:"张(贵妃)、孔(贵嫔)之势,薰灼四方,大臣执政,亦从风而靡。阉宦便佞之徒,内外交结,转相引进,贿赂公行,赏罚无常,纲纪瞀乱矣。"②《隋书》卷二十三《五行志下》引《洪范五行传》曰:"华者,犹荣华容色之象也。以色乱国,故谓华孽。"③此处之"华"显指张丽华。文学作品亦然,如蔡东藩《南北史通俗演义》第八十二回末评点曰:"张丽华为江南尤物,与邺下之冯小怜相似,小怜亡齐,丽华亡陈,乃知尤物之贻祸国家,无古今中外一也。"④而《临春阁》中的张贵妃形象一改"祸水"形象,而变成才华横溢、治国有方的王者形象。在才华方面,如第一出赞张贵妃赐予冼夫人手诏云:"他本是玉天仙,飞下的锦文笺,字带着璧月琼花,笔扫着瘴雨蛮烟。"⑤又称其赠予冼夫人手制锦袍云:"这是他春机自选春蚕茧,春朝自送春风剪,春江自捏春花染。"⑥第二出陈后主称赞张贵妃替其所撰敕书云:"如此手笔,贵妃真才调女相如也,孤家想起来,偌大一个陈国,两班陈国,两班臣子,无一个出色的。"⑦在治国方面,如陈后主在第二出所言:"孤家陈后主,以国事付贵妃

---

①　笔者按:"祸水"一语源于汉伶元撰《赵飞燕外传》。《外传》叙汉成帝宠幸赵飞燕后,又宠幸其妹赵合德,汉宣帝时的披香博士淖方成,在成帝背后骂赵氏姊妹曰:"此祸水也,灭火必矣!"此语后被司马光《资治通鉴》卷三十一《汉纪二十三·孝成皇帝上之下》引用。《四库全书总目提要》卷一百四十三"飞燕外传"条批判了《资治通鉴》的误引,并引王懋竑《白田杂著》之《汉火德考》称,在王莽、刘歆以前,未有以汉为火德者,而淖方成在王莽、刘歆之前,怎么可能预有灭水之说? 言意之下,《赵飞燕外传》仅仅是小说家者言,不可作为史料进入史书,而司马光的误引,给后来者造成不小的误导。不过,《赵飞燕外传》为"祸水"一词的出处是毋庸置疑的。

②　[唐]姚思廉:《陈书》,中华书局1972年版,第132—133页。

③　[唐]魏徵等:《隋书》,中华书局1973年版,第657页。

④　[清]蔡东藩:《南北史通俗演义》,中国书店2012年版,第615页。

⑤　[清]吴伟业:《临春阁》,《吴梅村全集》卷第六十三,上海古籍出版社1990年版,第1365页。

⑥　[清]吴伟业:《临春阁》,《吴梅村全集》卷第六十三,上海古籍出版社1990年版,第1365页。

⑦　[清]吴伟业:《临春阁》,《吴梅村全集》卷第六十三,上海古籍出版社1990年版,第1370页。

张丽华,果然帷幄重臣,夙夜匪懈,宫中称为二圣,一国不知三公。可谓委任得人,吾无忧矣。"①同时,岭南节度使冼夫人、翰林女学士袁大舍,一武一文,亦是张贵妃的左膀右臂。杂剧在叙事过程中,张贵妃的王者形象亦随着情节的推进,亦渐次完整、清晰。

遗民文学作家为何塑造翻案女性形象呢? 笔者认为至少有两方面原因:一是还原历史本来面目。我们从上述所论可以看出,那些被翻案的女性,或为农民起义者,或为后妃者,而这些女性,有的被史家称为"贼""寇",有的史家深受"女祸"思想的影响,从而被史家长期不合理地定性。遗民文学作家试图拨开历史云雾,让受众看到历史真实的一面。这亦是此类作品具有独特文学价值的一面。二是寄寓作家遗民情怀。作家在翻案的同时,将自己的情感因素融入文学创作当中,如唐赛儿起义勤王,明显具有强烈的恢复故国政权的情怀,而张贵妃的王者风范,亦是作者对亡明国君的无限眷恋。

其二,均出现女性将军形象。女性将军在清初遗民小说中主要有沈云英、刘淑英、岑太君等。她们在明末时奋力抗击张献忠、李自成等农民军,明亡后或殉国未果,或隐居山林,或拒绝与清廷合作,成为名副其实的明遗民。与清初遗民小说多描写明末清初时期现实中女性将军不同的是,遗民戏剧则主要借历史上的女性将军来关照易代之际的社会现实。笔者在此仅以《临春阁》中的冼夫人为例以论之。

历史上的冼夫人②在《隋书》卷八十、《北史》卷七十九、《资治通鉴》卷一百七十七等均有记载。其中,《隋书》是较早为其立传的正史。冼夫人历经梁、陈、隋三朝。梁时,与其夫高凉太守冯宝共同"参决辞讼","自此政令有序,人莫敢违"③,侯景之乱时,出其不意地击败李迁仕,并与时为长城侯陈霸

---

① [清]吴伟业:《临春阁》,《吴梅村全集》卷六十三,上海古籍出版社 1990 年版,第 1369 页。
② 笔者按:《隋书》《北史》《资治通鉴》等史书均作"冼夫人"。古"冼"作姓,又作"冼"。故本文统一为"冼"。
③ [唐]魏徵等:《隋书》,中华书局 1973 年版,第 1801 页。

先相会于赣石。陈武帝永定二年(558),与其子冯仆击溃叛军欧阳纥,被册封中郎将、石龙太夫人。陈亡后,与其孙冯魂归隋,被册封为宋康郡夫人。后王仲宣反,夫人亲自挂帅,平定叛乱,被隋高祖(亦称文帝)册封为谯国夫人。特别值得注意的是,冼夫人晚年时常将梁、陈、隋三朝的赏赐之物,摆于庭院,以示子孙,曰:"汝等宜尽赤心向天子。我事三代主,唯用一好心。今赐物具存,此忠孝之报也,愿汝皆思念之。"①这或许正史将其归入"列女传"的主因。

《临春阁》明显对史载故事进行了相应裁剪与变更。主要表现在以下几个方面:一是杂剧仅选取冼夫人在陈时的生活片段。这种剪取,应是史载冼夫人与陈朝更为紧密有关联。《隋书》卷八十《谯国夫人列传》载冼夫人与陈霸先相会于赣石,并对其颇为欣赏,"夫人总兵与长城侯陈霸先会于赣石。还谓(冯)宝曰:'陈都督(笔者按:即陈霸先)大可畏,极得众心。我观此人必能平贼,君宜厚资之。'"②陈亡后,冼夫人颇为悲痛,"初,夫人以扶南犀杖献于陈主,至此,晋王(杨)广遣陈主遗夫人书,谕以国亡,令其归化,并以犀杖及兵符为信。夫人见杖,验知陈亡,集首领数千,尽日恸哭。"③这种对陈朝的深厚情感,恰好符合吴伟业的创作此杂剧的遗民心态。二是杂剧增加了冼夫人与张贵妃之间的深厚君臣关系。我们从上述史料可以看出,冼夫人与张贵妃之间没有交集,但与陈武帝之间却有着深厚的君臣情感。在杂剧中,作家却将这种深厚的君臣情感进行了转移,从而突出张贵妃的王者形象。三是将隋赐封的谯国夫人移植至陈朝。我们知道,冼夫人的所有封号,以谯国夫人影响最大,故作家在创作时进行了借用,与剧中冼夫人不仕新朝的遗民情怀无关。四是将三朝老将变更为一代遗民。从上述史料记载,冼夫人为梁、陈、隋三朝立下赫赫战功,而杂剧却将其改造为陈遗民,陈朝之亡,特别是张贵妃之死,对其震动甚大,遁入空门成其不二选择。总之,杂剧创作既是对历史记载的一种承

---

① [唐]魏徵等:《隋书》,中华书局 1973 年版,第 1803 页。
② [唐]魏徵等:《隋书》,中华书局 1973 年版,第 1801 页。
③ [唐]魏徵等:《隋书》,中华书局 1973 年版,第 1802 页。

袭,又是按照作家创作意图进行嫁接改造,其最终目的是曲折表达作家的遗民情感。

其三,均出现侠义女性形象。侠义女性在清初遗民小说中主要有李香、柳如是、费宫人等。这些历史真实人物,在小说家的笔下更具传奇色彩,特别是将她们身上的侠义精神充分体现出来。《李姬传》中的李香"所交接皆当世豪杰","侠而慧,略知书,能辨别士大夫贤否",拒绝与魏党余孽阮大铖结交,又拒绝田仰三百金聘礼。① 这一卑贱的高贵者形象,亦被《桃花扇》吸收并光大之。《柳夫人小传》中的柳如是,面对钱谦益的离世,又面对虞山恶少"以责逋为口实,噪而环宗伯(笔者按:钱谦益)门,搪撞诟谇,极于诟辱"②,表现出其超人的侠胆与大义,一方面安抚焦躁的恶少,另一方面又血书求援,最后结项于亡夫之侧。柳如是以一己之身,保全了钱氏家人与财产,充分阐释了其侠义之内涵。费宫人在多篇(部)清初遗民小说中出现,其中以《费宫人传》描写最为详尽。费宫人在皇城被攻破之后,假扮崇祯长公主,成功刺杀罗姓将领,最后刎颈自尽,从而最终保护了长公主。其侠肝义胆的精神,非一般男性能做到。诚如作者评曰:"余传之,以愧天下之丈夫而不丈夫、号为君子而不为君子者!"③

相对于清初遗民小说,遗民戏剧中的侠义女性也令人刮目相看,以《龙舟会》中的谢小娥、《桃花扇》中的李香君最为突出。谢小娥总体上承袭了唐传奇《谢小娥传》中的女侠形象。不过,杂剧通过增加人物与情节的方式,更加突出谢小娥身上的侠义精神。如小孤神女是杂剧新增的全知全能型的人物,对谢小娥的点赞更具权威性:"有谢皇恩的女儿小娥,虽巾帼之流,有丈夫之

① [清]侯方域:《李姬传》,[清]张潮:《虞初新志》卷十三,《古本小说集成》本,第637—639页。
② [清]徐芳:《柳夫人小传》,[清]吴增祺编:《旧小说》己集一,上海书店1985年复印本,第37—38页。
③ [清]陆次云:《费宫人传》,[清]郑醒愚辑:《虞初续志》卷二,中国书店1986年影印本,第13页。

气,不似大唐国一伙骗纱帽的小乞儿,拼着他贞元皇帝投奔无路。"①在称赞中贬斥那些误国的当权者。再如仇人姓名揭秘地点的变更,小说为瓦官寺,而杂剧则变更为晴川阁。小说选择的地点是与谢小娥漂泊至上元有关,而杂剧将地点更换为晴川阁,则是有意为之。我们知道,晴川阁始建于明嘉靖年间,不可能存在于故事发生的朝代。王夫之如此安排,明显让家仇与国恨合而为一,让谢小娥的复仇更具象征意义,从而让其侠义精神具有家国情怀。又如谢小娥复仇时间的选择。小说并无谢小娥复仇的具体时间,而杂剧则将复仇时间选择在于端午。这一时间点的选择,既可以麻痹仇敌,便于寻找最佳的下手机会,又渲染谢小娥复仇的悲壮氛围。总之,唐传奇中的女侠谢小娥,在王夫之笔下,被更多地赋予了反清复明的遗民情怀。

《桃花扇》中的李香君是在吸取李香形象(侯方域《李姬传》)的基础上,更加突出了其较高政治觉悟和拒绝嫁入豪门的侠义精神。如《却奁》中李香君拒绝了阮大铖送来的嫁妆,"(旦怒介)官人是何说话,阮大铖趋附权廉耻丧尽;妇人女子,无法唾骂"②,而这一情节是《李姬传》中所没有的。又如《守楼》描写了李香君誓死不嫁田仰而血染桃花扇:

> (小旦替梳头,末替穿衣介)(旦持扇前后乱打介)(末)好利害,
> 一柄诗扇,倒像一把防身的利剑。(小旦)草草妆完,抱他下楼罢。
> (末抱介)(旦哭介)奴家就死不下此楼。(倒地撞头晕卧介)(小旦
> 惊介)呵呀! 我儿苏醒,竟把花容,碰了个稀烂。(末指扇介)你看血
> 喷满地,连这诗扇都溅坏了。(拾扇付杂介)(小旦唤介)保儿,扶起
> 香君,且到卧房安歇罢。③

---

① [清]王夫之:《龙舟会》第一折,《船山全书》第15册,岳麓书社2011年版,第892页。
② [清]孔尚任:《桃花扇》第七出,《古本戏曲丛刊》(五集)本,上海古籍出版社1986年影印。
③ [清]孔尚任:《桃花扇》第二十二出,《古本戏曲丛刊》(五集)本,上海古籍出版社1986年影印。

这一情节明显渲染了小说的简略描写,从而将小说中未曾出现的桃花扇赋予了更深刻的内涵:侯李爱情的象征,爱情忠贞的见证,反抗权贵的体现。

总之,作为不同文体的叙事文学,清初遗民小说与遗民戏剧不约而同地选择了相似或相同类型的女性形象,还是颇为值得关注。至于作家为何选择这些女性形象,根本的原因在于他们在这些女性身上寄寓了深厚的遗民感情。

三、遗民意识的比较

总结明亡教训是明亡后士人面临的重要课题,其中史家承担了主要责任,而清初遗民作家亦责无旁贷,特别是清初遗民小说作家,在创作中,将自己对明亡教训的思考融入其中,主要表现在以下几个方面:一是积重难返的党争。如《续金瓶梅》第三十四回较为全面展现了自东汉末年至北宋末年的党争演变过程。这种对历史上党争的梳理,无疑是对明末时期党争的观照。再如《樵史通俗演义》较为全面描写了天启、崇祯、弘光三朝的党争,突出了党争对晚明政权的致命打击。二是奸佞的当道弄权。《续金瓶梅》《水浒后传》《后水浒传》三部续书再现了宋徽宗时期"四大奸臣"(蔡京、童贯、高俅、杨戬)掌控朝廷内外,终将北宋送葬于金军的铁蹄之下,而《樵史通俗演义》描写了天启朝魏忠贤及其党羽操控朝政,为明王朝灭亡埋下了祸根,而弘光朝的马阮集团专权,则直接断送了这个仅存一年的短命王朝。三是帝王的昏庸。宋徽宗醉心于花石,天启帝痴迷木工,弘光帝迷恋选优。他们或断送了自己的王朝,或为断送王朝埋下了祸根。四是边境将帅的投降。北宋时的郭药师降金,明末时的吴三桂投清,他们直接引狼入室,将自己曾经效忠的王朝,毁灭于自己的手中,甚至有的投降将帅成为新朝得力干将,如洪承畴等。五是风起云涌的农民起义。清初遗民小说中四部"剿闯"小说,对于明末李自成、张献忠等农民起义的原因分析、过程描述以及对于大明王朝的摧毁,均有较为详尽的描写,亦将官逼民反这一颠扑不破的真理再次演绎。上述五个方面是遗民小说作家以文学的形式,对于沉重而重大历史事件的深刻思考。无论是思考的深度,还是思考的广度,在一定程度上都达到了史家的高度。此亦是其遗民意识的重要表现。

与清初遗民小说相比,遗民戏剧亦有对故国灭亡原因的总结,最有代表性的是《桃花扇》。如第二十五出《选优》描写了弘光帝在江南选秀女事,反映弘光帝在内忧外患非常严重的情况下,仍然沉迷于声色之中,体现其极度昏庸的一面。再如第二十六出《赚将》描写了主将高杰被总兵许定国设宴谋杀事,反映了统治集团的严重内讧,体现了边将间的矛盾重重。又如第二十九出《逮社》描写了马阮集团为打击东林后绪,大肆搜捕复社成员侯方域(字朝宗)、陈贞慧(字定生)、吴应箕(字次尾)等,体现了马阮专权造成的政治恐怖。上述三出在叙事过程中,客观地反映了弘光王朝速亡主因在于帝王昏庸、边将内斗、马阮专权等。

与对故国灭亡教训总结相比,遗民戏剧更多的是利用其唱词的优势,抒发对故国的情怀。笔者在此略举几例以观之。我们首先来看《桃花扇》第十三出《哭主》之【前腔】:

> (合)宫车出,庙社倾,破碎中原费整。养文臣帷幄无谋,恭武夫疆场不猛;到今日山残水剩,对大江月明浪明,满楼头呼声哭声。
> (又哭介)这恨怎平,有皇天作证:从今后戮力奔命,报国仇早复神京,报国仇早复神京。①

【前腔】是由左良玉穿衣襄布领众人痛哭崇祯帝的唱词,表达了他们对故国山河破碎的痛心,对文臣武将无能的痛恨,对报国仇复神京的期许。

如果说【前腔】只是故国情怀抒发的前奏,那么,《桃花扇》续四十出《馀韵》则是将故国情怀的抒发推向了高潮。这一高潮是从老赞礼所唱神弦歌【问苍天】开始的。老赞礼本为南京太常寺赞礼郎,掌祀典赞导之事。故其唱词与其身份息息相关,总体上是对财神的礼赞,但却将自己故国情怀蕴含其

---

① [清]孔尚任:《桃花扇》第十三出,《古本戏曲丛刊》(五集)本,上海古籍出版社1986年影印。

间。"老逸民,剃白发,也到丛祠",展现自己的隐逸情怀;"超祖祢,迈君师,千人上寿",以祭拜财神的狂热反衬前文对故君祭拜的冷落,内心深处的落寞自不言喻;"乱离人,太平犬,未有亨期",体现老赞礼对动荡社会百姓生活的关切。正如剧中人物苏昆生所评:"妙绝! 逼真《离骚》《九歌》了。"①这种将家国兴亡的伤感与迎神、送神的礼赞交织在一起,为《馀韵》奠定悲伤的基调。

在老赞礼悲伤基调的基础上,柳敬亭演唱弹词【秣陵秋】一曲。此曲运用众多典故,如陈后主、高力士、西昆体作家、赵高、长乐老冯道、半闲堂主人贾似道等,强烈谴责马阮专权导致的君主沉迷声色,朝廷上下唯马阮是瞻,大肆搜捕清流士人,边将之间矛盾重重。这种以七言弹词形式总结了弘光王朝速亡的教训,颇有诗史意味,诚如老赞礼所谓:"虽是几句弹词,竟似吴梅村一首长歌。"②此语意谓【秣陵秋】可与《圆圆曲》等量齐观。

在【问苍天】【秣陵秋】做足蓄势的情况下,苏昆生一套北曲【哀江南】,将《馀韵》中的故国情怀抒发推向高潮。此套曲共七曲,其中前六曲分别描写了战乱后的金陵城、明孝陵、明故宫、秦淮河、长板桥、旧院等诸处破败凄惨的景象。在描写中,作家将浓郁的故国情怀蕴含其中。而最后一曲【离亭宴带歇指煞】则通过对比、排比的方式,将心中积蓄的所有伤感情怀整体发泄出来。诚如黄强所言:"这是撕心裂肺的呼喊,天地间仿佛弥漫着老艺人及其所代表的遗民们因舆图换稿、家国沦亡而导致的大悲大痛。透过家国兴亡的感伤,曲中更寄寓着物极必反、盛衰无常这一永恒的人生无奈,与【问苍天】【秣陵秋】异曲而同工。"③

总之,遗民戏剧在文体上具有叙事与抒情双重特点,而清初遗民小说主要

① [清]孔尚任:《桃花扇》续四十出,《古本戏曲丛刊》(五集)本,上海古籍出版社 1986 年影印。

② [清]孔尚任:《桃花扇》续四十出,《古本戏曲丛刊》(五集)本,上海古籍出版社 1986 年影印。

③ 黄强:《六代兴亡,几点清弹千古慨——〈桃花扇〉末出〈馀韵〉赏析》,《古典文学知识》2015 年第 6 期。

是叙事,抒情只占其极少的一部分。故此,清初遗民小说与遗民戏剧在反映遗民意识方面,出现了较为明显的分野,那就是清初遗民小说将总结明亡教训作为叙事的重点,而遗民戏剧虽亦有此方面表现,但这些表现却为抒发故国情怀服务的。

综上所述,清初遗民小说与遗民戏剧在题材选择、人物塑造、遗民意识等方面,既有共性的一面,亦有差异性的一面。其中,共性相对较少,如女性形象塑造方面,均出现了翻案女性、遗民女性、军事女性等,而更多的是体现在差异性方面,如题材选择、帝王与遗民形象塑造、遗民意识等。通过比较,我们发现清初遗民小说的艺术价值整体上不及遗民戏剧,比如遗民戏剧至少出现了《汉宫秋》《长生殿》《桃花扇》等名剧,而清初遗民小说却未出现名著。但清初遗民小说却在文学史与小说史有其特定的意义,一方面成为清初遗民文学不可或缺的组成部分,另一方面亦是小说发展史上不可逾越的阶段。

第二节　清初遗民小说与古代遗民诗词的比较

古代遗民诗词创作主要集中在元初、明初、清初三个时期。学界论述古代遗民诗词,也主要集中在这三个时期,如方勇的《南宋遗民诗人群体研究》、牛海蓉的《元初宋金遗民词人研究》、丁楹的《南宋遗民词人研究》、唐朝晖的《元遗民诗人群体研究》、潘承玉的《清初诗坛:卓尔堪与〈遗民诗〉研究》、周焕卿的《清初遗民词人群体研究》等。近几年古代遗民散曲与遗民文亦开始进入学界研究范畴。不过,古代遗民散曲、遗民文在诸多方面与古代遗民诗词有共同之处。主要表现在:一是创作主体上具有高度的重合性。据闫慧的硕士论文《清初遗民散曲研究》统计,清初遗民散曲作家仅有 15 位①,大多与清初遗

---

① 清初遗民散曲作家:沈自晋、沈自继、沈永隆、归庄、熊开元、黄周星、徐石麒、毛莹、冯班、宋存标、王时敏、沈谦、毛奇龄、朱彝尊、夏完淳。

民诗词作家重合。而古代遗民文作家更是与遗民诗词作家高度重合,因为几乎每位遗民诗词作家都有自己的文集;二是在遗民意识表达方面,遗民诗词与遗民散曲、遗民文亦具更多相同之处,几乎都表达了亡国之痛、故国之思、总结亡国教训的遗民情怀;三是纪录现实方面,遗民诗词与遗民文的共同点更多。它们分别用诗词文记录了易代之际的动荡社会,特别是记录了那些遗民群体的生存状态。鉴于上述原因,笔者在此仅以清初遗民小说与古代遗民诗词的比较为例,展开论述。

一、创作主体的比较

(一)空间分布

我们知道,清初遗民小说作家计有 90 位,共分布于当时 13 个省。其中,江苏、浙江、江西、安徽、福建五省作家多达 69 位,占籍贯可考作家的 91%。有些作家的籍贯虽不在上述五省,但其主要生活地或活动地在上述地区。笔者现列简表如下:

地区	人数	地区	人数
江苏	29	湖南	2
浙江	18	湖北	2
江西	6	河南	2
安徽	5	广东	1
直隶	3	四川	1
山东	3	陕西	1
福建	3	不详	14
合计			90

与清初遗民小说作家相比,元初、明初、清初的遗民诗词作家在空间分布上也具有相似之处。笔者现据本书末附录四《宋遗民、元遗民、明遗民诗词作家籍贯及主要活动地区统计》,列表如下:

地区	元初	明初	清初	合计	地区	元初	明初	清初	合计
浙江	55	90	183	328	山东	0	0	7	7
江西	56	71	32	159	山西	0	0	3	3
江苏	4	76	291	371	湖南	3	0	3	6
安徽	5	17	54	76	湖北	1	1	5	7
广东	13	27	17	57	河南	0	0	3	3
福建	9	17	7	32	四川	0	0	7	7
北京（直隶）	0	1	17	18	广西	0	0	1	1
云南	0	0	1	1	不详	1	4	2	6
合计						147	304	633	1084

从上表我们可以看出,元初、明初、清初的遗民诗词作家,以浙江、江西、江苏、安徽、广东、福建六省为主要集中地。如果通过一些数据的比较,我们会发现更为直观的结果。先从横向比较,上述六省在元初、明初、清初三个时期总人数分别为 142 人、298 人、584 人,占同时期遗民诗词作家比例分别约为 96.60%、98.02%、92.26%;再从纵向比较,此六省的遗民诗词作家总数,占元初、明初、清初三个时期遗民诗词作家总数的比例分别是:江苏 34.23%、浙江 30.26%、江西 14.67%、安徽 7.01%、广东 5.26%、福建 2.95%。上述数据告诉我们,元初、明初、清初三个时期的遗民诗词作家的空间分布,与清初遗民小说作家的空间分布,有着非常相似之处。那么,为何遗民作家相对集中于南方地区,特别是江南地区呢? 笔者认为主要与以下几方面的因素有关。

1. 与南方雄厚的经济基础有关。我国古代经济重心的南移经历了一个漫长的过程。学界一般认为:六朝时期,由于永嘉之乱等原因导致大量人口南迁,出现古代第一次人口南迁高潮。南迁的人口带来了人力资源和先进的生产技术,促使江南经济开发,使南北经济趋向平衡,为经济重心的南移奠定了基础;安史之乱以后,当时又出现第二次人口南迁高潮,我国的经济重心开始南移;北宋末年的靖康之乱,导致第三次人口南迁高潮的出现,到南宋时全国的经济重心已经由北方转移至南方。张家驹在《两宋经济重心的南移》中亦称:"宋王朝的南渡,标志着南方经济文化的空前发展,随着政治中心的南移,我国社会就完全进入南盛北衰的新阶段,因此,这一历史事件,就成为我国南部发展历史中的划时代关键。"①

自南宋始,到元明清时期,全国的经济重心基本上都维持在南方,特别是在江南地区。"苏湖熟,天下足"几乎成为南宋士人的共识。② "到嘉定十六年(1223),江南东路、江南西路和福建路(人口)较元丰时分别增加了 26%、61% 和 58%"③。除此之外,江南地区还成为南宋的手工业(包括丝织业、制瓷业、造船业等)、对外贸易的中心。到元朝,都城虽迁往北方,但经济重心仍然在江南地区。《元史·食货志》记载了江浙、江西、湖广三省每年上缴国库的粮食数量超过全国的一半有余。④《食货志》还统计了元文宗天历元年(1328)江南三省夏税总额是"中统钞一十四万九千二百七十三锭三十三贯"⑤。到了明清时期,江南地区继续保持经济重心的地位。明初时期,浙江

① 张家驹:《两宋经济重心的南移》,湖北人民出版社 1957 年版,第 107 页。另外,张家驹还在《宋代社会中心南迁史》中对我国古代经济中心变迁的论述,颇具开拓性:"(一)自上古以迄西晋,北方实为根本,衣冠人物之所萃;南方鄙野,形势悬殊,三千年来,可称为北方中心时代。(二)及至五胡大入,中枢南移,以至北宋之末,经营垂八百年,筚路蓝缕,始克相颉,是可为文化统一时代。(三)降及近世,八百余载,中原屡劫,鼎祚数迁,南方以成首要,富盛无伦;北方衰老,迥相判别,至是可称为南方中心时代。"(《民国丛书》第五辑第 63 册,上海书店 1996 年影印本,第 6 页)

② 高斯得在谈及两浙水稻高产区时称:"上田一亩,收五六石。故谚曰:'苏湖熟,天下足'。虽其田之膏腴,亦由人力之尽也。"([宋]高斯得:《耻堂存稿》卷五《宁国府劝农文》,《景印文渊阁四库全书》第 1182 册,台湾"商务印书馆"1986 年影印本,第 88 页)

③ 葛金芳等:《南宋全史》(六)社会经济与对外贸易卷下,上海古籍出版社 2016 年版,第 392 页。

④ 据《元史》卷九十三《食货志一》载,泰定初年,"天下岁入粮数,总计一千二百十一万四千七百八十四石"。而江浙省为"四百四十九万四千七百八十三石",江西省为"一百一十五万七千四百四十八石",湖广省为"八十四万三千七百八十七石"。([明]宋濂等《元史》,中华书局 1976 年版,第 2360—2361 页)三省占比分别为 37.10%、9.55%、6.96%,合占全国 53.61%。

⑤ [明]宋濂等:《元史》,中华书局 1976 年版,第 2361 页。

省、苏州府、松江府三地税粮占全国总数的 23.28%。① 明末时期,南直隶、浙江、江西三地粮额数占全国总数的 44.4%,而同时期北直隶仅为南直隶的 8%。② 清康熙二十四年(1685),江苏、安徽、浙江、江西四省的田赋数占全国总数的 64.7%。③

雄厚的经济基础虽然在易代时期会遭到一定程度的破坏,但它仍然能为易代时期的遗民提供一定程度的物质保障。如宋遗民丁易东入元不仕,创建沅阳书院(今在湖南常德),"捐己田一千二百亩,以赡生徒"④。宋遗民谭渊入元不仕,元贞二年(1296),创建凤山书院,率亲友捐田 250 亩,"以资廪膳",集里中之士肄业其中。教人以本德行、修身心,而不累。于文艺。"一时彬彬称盛",致江右吉安、永新有举族迁来,以沐"理学节义之风者"。⑤

2. 与文化中心的南移及相对发达的南方书院教育有关。自南宋以来,随着全国经济重心的南移,文化中心也出现了南移现象⑥。南方地区的进士人

---

① 　[清]李延昰:《南吴旧话录》载:"总计天下税粮共二千九百四十三万余,浙江一布政司二百七十五万二千余。苏州一府二百八十万九千余,松江一百二十万九千余。"(谢国桢《瓜蒂庵藏明清掌故丛刊》,上海古籍出版社 1985 年影印本,第 151 页)其中,浙江省占 9.35%,苏州府占 9.82%,松江府占 4.11%。

② 　梁方仲《中国历代户口、田地、田赋统计》:"明末各府州粮额数。全国总计 28270343 石,其中南直隶 7413165 石;浙江 2366400 石;江西 2771593 石。合计 12551158 石,占全国总数的 44.4%。同时期北直隶为 587948 石,仅为南直隶的 8%。"(上海人民出版社 1980 年版,第 358 页)

③ 　梁方仲《中国历代户口、田地、田赋统计》:"清康熙二十四年(1685 年)田赋数。全国收粮 4331131 石,每亩粮数 0.71 升。江苏 365570 石,占全国总数的 8.44%,每亩粮数 0.54 升;安徽 166427 石,占全国总数的 3.84%,每亩粮数 0.47 升之;浙江 1345772 石,居全国第一,占总数的 31.07%,每亩粮数 3.00 升;江西 925423 石,居全国第二,占总数 21.37%,每亩粮数 2.05 升。四省合计收粮 2803192 石,占全国总数的 64.7%。"(上海人民出版社 1980 年版,第 392 页)

④ 　[明]陈洪谟等纂修:嘉靖十四年(1535)《常德府志》卷九《儒学·沅阳书院》,上海古籍书店 1964 年影印本。

⑤ 　光绪《湖南通志》卷一百六十四。季啸风主编《中国书院辞典》"谭渊"条,浙江教育出版社 1996 年版,第 548 页。

⑥ 　冯天瑜等在《中国文化史》中称,南宋以降文化中心南迁的征象主要体现在三个方面:一是杭州——苏州构成南北向文化轴心,取代了开封——洛阳东西向轴心。二是政治中心南人化。三是学术中心的南移。(上海人民出版社 1990 年版,第 714—716 页)

数、状元人数及宰相(首辅)人数,最能说明这一问题。

据乔亦婷统计,南宋时期,两浙路、福建路、江南西路、江南东路四地进士人数占全国的 81.36%。① 元代科举自仁宗延祐二年(1315)至顺帝至正二十六年(1366),经历 52 年,其中还中断 6 年。据萧启庆统计,元代十六科共录取进士 1139 人。② 由于元代实际各地配额制度,但江浙、江西、湖广三地的南人配额为最多,进士及第人数也最多。据戴显群等统计,有明一代进士计有24862 人。按籍统计,南直隶、浙江、江西、福建四地计 12429 人,占全国总数的 49.98%。按贯统计,南直隶、浙江、江西、福建四地计 13449 人,占全国总数的 54.09%。③ 据沈登苗统计,有清一代计有 26849 名进士。其中,江苏、浙江、江西、福建、安徽、广东六地合计 11231 人,占全国总数的 41.83%。沈文还统计了清代全国 10 个进士领先的府、县。其中,前十名的府、县中仅有两府、两县在北方,其余八府、八县均在南方地区,主要在江南地区。④ 自南宋以降,与进士人数相对应的是状元人数亦呈南多北少的状况。据《中国科举史话》

---

① 乔亦婷《宋代进士的时空分布及成因》(《安阳师范学院学报》2017 年第 6 期)统计,南宋进士人数共有 25258 人(不含不确定时期人数)。两浙路 8006 人、福建路 7667 人、江南西路 2746 人、江南东路 2130 人,四地合计 20549 人。其实,整个有宋一代,南方进士人数仍占绝对优势。宋朝进士人数共有 38936 人,南方为 37143 人,占比为 95.40%。

② 萧启庆:《元代进士辑考》,"中研院"历史语言研究所,2012 年版,第 20 页。

③ 戴显群、方慧《福建科举史》统计:有明一代进士共为 24862 人。按籍统计,南直隶(相当今江苏、安徽、上海)3892 人,排名第一,占 15.65%;浙江 3444 人,排名第二,占 13.85%;江西 2756 人,排名第三,占 11.08%;福建 2337 人,排名第五,占 9.40%。四地合计 12429 人,合占全国49.98%。按贯统计,南直隶 4320 人,排名第一,占 17.38%;浙江 3716 人,排名第二,占 14.95%;江西 3035 人,排名第三,占 12.21%;福建 2378 人,排名第四,占 9.56%。四地合计 13449 人,合占 54.09%。(黑龙江人民出版社 2012 年版,第 249—250 页)

④ 沈登苗《清代全国县级进士的分布》(《社会科学论坛》2020 年第 1 期)具体统计如下:清代计有 26849 名进士。其中,江苏 2933 人,排名第一,占 10.92%;浙江 2803 人,排名第二,占10.44%;江西 1887 人,排名第五,占 7.03%;福建 1401 人,排名八,占 5.22%;安徽 1194 人,排名第十,占 4.23%;广东 1013 人,排名第十二,占 3.77%。六省合计 11231 人,占 41.83%。沈文还统计了清代全国 10 个进士领先的府、县。其中,前十名的府中仅有两府(顺天、长安)在北方,其余八府(杭州、福州、常州、苏州、广州、绍兴、嘉兴、南昌)均在江南地区,分布在江苏、浙江、江西、福建四省;前十名的县中,仅有两县(大兴、宛平)在北方,其他八县(仁和、钱塘、闽县、侯官、武进、吴县、贵筑、临桂)均在南方,分布在浙江、福建、江苏、贵州、广西五省。

统计,自南宋至清有籍贯可考的状元 231 位。其中,北方 46 人,占 19.91%。南方 185 人,占 80.09%。唐至北宋有籍贯可考的状元 126 人,其中,北方 74 人,占 58.73%,而南方为 52 人,占 41.27%。与科举制度密切相关的选官制度,自南宋以来,亦出现官员南人化倾向(因元代情况特殊,不作统计)。其中,宰相(首辅)籍贯统计最能体现官员南人化倾向。据余意峰统计,南宋有籍贯可查的 61 名宰相(总计 62 名)中,北方仅 8 人,占 13%;南方 53 人,占 87%。而南方 53 人又主要分布在今江苏、浙江、江西等地区。明代 117 名宰相(首辅)中,北方 32 人,占 27%;南方 85 人,占 73%。而南方省份超过 10 名宰相(首辅)的有浙江(19 人)、江苏(15 人)、福建(12 人)、江西(10 人)。清代有籍贯可考的 187 名宰相(总计 221 名)中,除 83 人为旗人外,其他均为汉人,其中 58 人来自南方,占非旗人宰相的 56%。而江苏(20 人)、浙江(14 人)二地人数又最多。与南宋、明、清三个时期有明显不同的是,秦汉、隋唐、北宋时期的宰相籍贯主要分布在黄河流域,特别是河南、河北、陕西、山东、山西等省较为集中。①

　　上述统计数据表明,自南宋以来南方地区的进士人数、状元人数及宰相(首辅)人数全面超越北方,文化中心已然南移是不争的事实。而这些数据的背后却是南方相对发达的书院教育的支撑,亦与易代之际遗民积极参与书院教育有关。

　　据白新良统计,南宋书院主要集中在福建(57 所)、江西(147 所)、浙江(82 所)、湖南(43 所)四省,计 329 所,占全国总数的 74.4%。② 据曹松叶统计,元代长江流域书院 152 所,珠江流域书院 32 所,占全国总数的 81.05%,而黄河流域仅占 18.94%。③ 据李兵统计,明代中后期(1465—1644)可以确知创

---

　　① 余意峰:《中国历代宰相籍贯分布的时空变迁规律》,《华中师范大学学报》(自然科学版)2000 年第 1 期。
　　② 白新良:《中国古代书院发展史》,天津大学出版社 1995 年版,第 17 页。
　　③ 曹松叶:《宋元明清书院概况》,中山大学语言历史研究所周刊,第 10 集 112 期。

建或修复人的书院总数为 1264 所,其中,湖南 96 所、江西 308 所、福建 75 所、浙江 78 所、安徽 77 所、江苏 47 所、广东 129 所,七地占全国总数的 64.08%。①据陈谷嘉、邓洪波《中国书院制度研究》统计,清代书院计 3753 所。其中,江苏 115 所,安徽 95 所,浙江 395 所、江西 323 所、福建 218 所、广东 342 所、湖南 276 所,七地占全国总数的 47%。

从上述统计,我们可以看出南宋、元、明、清时期南方书院的数量在全国占有很大的比例,特别是江苏、浙江、江西、安徽、广东等省。而这些地区又是宋元、元明、明清三个易代时期遗民生活的主要地区。有些遗民作家不仅在这些地区的书院接受儒学教育,还会主讲、创建或修复书院。这种现象在元初与清初时期较为突出。

宋亡后,那些宋遗民入元不仕,"创建书院、精舍讲学,教授后学,表率地方,在江南已经成为一种普遍的社会现象"②。如宋遗民作家胡炳文先后主讲信州道一书院、明经书院。又如宋遗民作家熊禾入元后,将大部分时间与精力投入到修建书院当中,并广收门徒。据《宋元学案》载,熊禾"入元,不仕。谢枋得闻而访之,相与讲论而别。束书入武夷,筑洪源书堂讲学,凡一星终,乃归故山,筑鳌峰书堂,及门者甚众"③。他们在书院讲学时,除宣讲程朱之学外,还反复强调忠孝节义、精忠报国、夷夏之防等思想内容,"不仅深入读书人之心,而且妇孺皆知,形成了'饿死事小,失节事大'的社会共识"④。

清初的书院亦具有明显的遗民色彩。如江西宁都的易堂。据《清史稿·魏禧列传》载,易堂是由魏禧之父魏兆凤创建。"父兆凤,诸生。明亡,号哭不食,剪发为头陀,隐居翠微峰。是冬,筮《离》之《乾》,遂名其堂为易堂"⑤。

---

① 参见李兵:《书院与科举关系研究》,厦门大学博士论文,2004 年,第 152—153 页。

② 邓洪波:《中国书院史》,武汉大学出版社 2012 年版,第 213 页。

③ [清]黄宗羲原著,[清]全祖望补修:《宋元学案》卷六十四《潜庵学案》,中华书局 1982 年版,第 2068 页。

④ 邓洪波:《中国书院史》,武汉大学出版社 2012 年版,第 210 页。

⑤ [清]赵尔巽:《清史稿》卷四百八十四,中华书局 1977 年版,第 13315 页。

"易堂为九子①讲学授徒之处。乃讲求实学,不求举业的书院。因九子皆为遗民,避官府禁令和牵制而未名书院而已。九子皆'躬耕自食',切磨读书,而名闻海内。易堂讲学尚有讲会,立有堂规,探究学问,在清代大江之南颇有影响。"②另外,易堂弟子还与程山学舍、髻山学堂弟子相互唱和,"当是时,南丰谢文洊讲学程山,星子宋之盛讲学髻山,弟子著录者皆数十百人,与易堂相应和"。③ 再如黄宗羲讲学的证人书院,著名弟子70余人,其中不乏明遗民作家,如万斯同、李邺嗣等,卒开浙东学派。④ 又如高攀龙从子明遗民高世泰主持东林书院讲学,"清初三十余年间高扬讲学大旗,结交天下讲学之人,红遍江南,仍在发扬光大东林讲学的传统"⑤。这些遗民在书院中宣讲民族气节,无疑凝聚了明遗民,让他们抱团以非暴力方式对抗清廷。

元遗民虽与明初书院关系不甚紧密,但他们却与元代书院宣讲的朱子理学关系非常密切。据史料记载,朱熹的祖籍地徽州及生活地福建是元代书院最为集中的地方。"文公既没,凡所居之乡,所任之邦,莫不师尊之,以求讲其学,故书院为尤盛。"⑥"合吴越楚蜀之地,咸尊以师,惟朱文公。世祖皇帝一海隅,定胄子学,取文公训注为学制,郡县益遵守,而祀于江南者复得推衍。"⑦元代书院相对集中的地方,是元遗民相对集中的地方,亦是元遗民曾任元书院山长相对集中的地方。⑧ 而这种现象的出现是元代理学与政策的使然。元代理学家在解读理学时,更多地注重社会现实,更注重忠孝理念,而淡化了夷夏之

---

① 易堂九子是指:魏祥(一名际瑞)、魏禧、魏礼、彭士望、李腾蛟、邱维屏、林时益、彭任、曾灿。他们之间多有姻亲关系。

② 李才栋:《江西古代书院研究》,江西教育出版社1993年版,第371页。

③ [清]赵尔巽:《清史稿》卷四百八十四,中华书局1977年版,第13316页。

④ 邓洪波:《中国书院史》,武汉大学出版社2012年版,第462页。

⑤ 邓洪波:《中国书院史》,武汉大学出版社2012年版,第464页。

⑥ [元]任士林:《重建文公书院记》,《松乡集》卷一,《景印文渊阁四库全书》第1196册,台湾"商务印书馆"1986年影印本,第491页。

⑦ [元]袁桷:《鄞山书院记》,《清容居士集》卷十八,《四部丛刊》本。

⑧ 参见唐朝晖:《元遗民诗人群体研究》第二章"元遗民诗人群体特征"的一些表格统计。

辨。这种理论上的阐释,消解了那些宋遗民在元初创建书院时的对抗心理,从而完成遗民向臣民的转化。同时,元代统治者还实行书院官学化,将书院山长同学正、教谕、教授等正式列为学官。这些理论与政策,使元代士人,特别是汉族士人开始接受与认同蒙元统治。这是元遗民形成的心理基础,也是元遗民具有书院化特色的原因。

从上述梳理,我们可以看出,遗民作家多产生于南方,除与文化中心南移这一大背景有关外,更多的是与书院多创建于南方,以及书院理学宣讲有关。宋遗民和明遗民多是自己创建、聚集书院,并通过书院宣讲来表达与传承遗民情怀,而元遗民则是承袭元代书院的理学新变,保持对故国的独有情怀。

3. 与三个易代时期军民抗争多集中在南方有关。如果说上述内容是从物质基础及文化心理两方面论述了遗民多产生于南方,那么,南方的现实斗争亦是遗民产生的重要原因,特别是易代之际的遗民直接参与抗击新朝的斗争。

首先,我们来看宋元之际的抗元斗争。由于南宋的版图主要处于长江以南地区,故抗元力量亦主要集中于此,特别是文天祥及后继者举起的抗元义旗,在江南地区极具号召力,曾一度对元军形成很大的威胁。屠寄称:"时宋将相张世杰、陈宜中、文天祥等方奉益王昰称制海上,得以其间号召远迩,昌言兴复。于是闽之兴化、邵武,粤之梅州、广州,江西之吉赣诸县相继复为宋取。福州、泉州、赣州及湖南之全永二州皆被围城守。宋遗民所在揭竿而起,大者众数万,小或数千。江北蕲黄等处山民亦相煽以动,朝廷忧之。"[①]岳麓书院诸生的抗元斗争在当时颇有影响。据《宋元学案》载:"长沙之陷,岳麓诸生荷戈登陴,死者什九!惜死者姓名多不可考。"[②]周谷城先生在其所著《中国通史》中列举了岳麓诸生的抗元斗争,并认为"可以概见两宋知识分子的民族意识,爱国情绪,抗战决心矣。凡此虽不必尽是理学所直接培植出来的;但理学所呕

---

① [清]屠寄:《蒙兀儿史记》,中国书店1984年版,第81页。
② [清]黄宗羲著,全祖望补修:《宋元学案》卷七十三《丽泽诸儒学案·丽泽诸儒学案序录》,中华书局1982年版,第2434页。

欲培植的却不能不包括这种精神在内"。①

接下来,我们再看元明之际的抗明斗争。明军在推翻元朝统治的时候,遭遇顽强抵抗主要集中在南方地区,而且殉元者亦大量存在这一地区。据《明史》记载:"当元亡时,守土臣仗节死者甚众。明兵克太平,总管靳义赴水死。攻集庆,行台御史大夫福寿战败,婴城固守。城破,犹督兵巷战,坐伏龟楼指挥。左右或劝之遁,福寿叱而射之,遂死于兵。参政伯家奴、达鲁花赤达尼达思等皆战死。克镇江,守将段武、平章定定战死。克宁国,百户张文贵杀妻妾自刎死。克徽州,万户吴讷战败自杀。克婺州,浙东廉访使杨惠、婺州达鲁花赤僧住战死。克衢州,总管马浩赴水死。石抹宜孙守处州,其母与弟厚孙先为明兵所获,令为书招之。不听。比克处,宜孙战败,走建宁,收集士卒,欲复处州。攻庆元,为耿再成所败,还走建宁。半道遇乡兵,被杀,部将李彦文葬之龙泉。太祖嘉其忠,遣使致祭,复其处州生祠,又祠福寿于应天,余阙于安庆,李黼于江州。"②这些殉元的气节,不仅折服了敌人,还对那些由元入明的遗民在精神上产生重要影响。如上文提及的"死节之臣……第一"③的余阙,为他的弟子、著名元遗民戴良树立了极好的榜样。戴良在《余阙公手帖后题》中称:"此帖作于守安庆之三年,帖中云'从军虽极劳瘁,心甚安之',则公捐躯报国,盖素志然也。"而且,戴良在看到余阙手帖后,"涕泗之横流也"。④

最后,我们来看明清之际的抗清斗争。这一时期也基本上集中于南方地区,如扬州、江阴、嘉定等地,都进行过激烈的斗争,特别是反剃发易服斗争。参见本文第一章相关内容,笔者在此不作赘述。

总之,宋、元、明遗民作家大量出现在南方地区,特别是江南地区,绝对不

---

① 周谷城:《中国通史》下册,上海人民出版社1957年版(2007年重印),第302页。

② [清]张廷玉等:《明史》卷一百二十四《陈友定附郑定列传》,中华书局1974年版,第3718页。

③ [明]宋濂等:《元史》卷一百四十三《余阙列传》,中华书局1976年版,第4329页。

④ [元]戴良:《余阙公手帖后题》,《九灵山房集》卷十四,《四部丛刊》本。

是一个偶然巧合,而是有其深厚原因的。其中,经济重心的南移为他们的出现提供物质保障,文化中心的南移及相对发达的书院教育,又是构成他们的心理基础,而身边的现实斗争又砥砺了他们身上的士人气节。

(二)生存状态

清初遗民小说作家在明清易代的生存状态,与宋遗民作家、元遗民作家及明遗民诗词作家相比,有着相似的地方。比如,他们大多在易代之际有过对新朝的抗争。在抗争失败后,遗民作家队伍开始出现分化,有的隐居山林,教授生徒,著书立说,有的为生计所迫入仕新朝,有的为新朝逼迫而入仕。下面我们就三个易代时期的遗民作家的三种主要生存方式展开讨论。

1.抗争。这种方式常常发生在易代之际。遗民作家以自己的方式积极参与到反抗新朝的斗争中去,包括与新朝非暴力不合作的斗争。笔者在此分别以宋遗民作家谢枋得、元遗民作家戴良、明遗民作家归庄为例,以观其概。

谢枋得(1226—1289),字君直,号叠山。信州(今江西上饶)弋阳人。宋理宗宝祐四年(1256),与文天祥同科进士。理宗景定五年(1264),谢枋得以建宁府教授身份主持宣城与建康漕闱考试,以时任丞相兼枢密使的贾似道为题,言"兵必至,国必亡"[①],遭罢免,谪居兴国军(今湖北阳新)。宋度宗咸淳三年(1267)遇赦得还。咸淳七年(1271)随着蒙元加紧进攻南宋,与17位志同道合者在信州铅山金相寺共祭辛弃疾,立誓要继续其未竟事业。宋恭宗德祐元年(1275)贾似道被贬,朝廷以江东提刑、江西诏谕使、江东制置使等,命其在信州组织义兵抗元。终因寡不敌众,一败安仁,二败铅山,元军仍对其穷追不舍。时临安已陷,"枋得乃变姓名,入建宁唐石山,转茶坂,寓逆旅中,日麻衣蹑屦,东乡而哭,人不识之,以为被病也。已而去,卖卜建阳市中,有来卜

---

① [元]脱脱等:《宋史》卷四百二十五《谢枋得列传》,中华书局1977年版,第12688页。

者,惟取米屦而已,委以钱,率谢不取。其后人稍稍识之,多延至其家,使为弟子论学。天下既定,遂居闽中"①。然而,谢枋得的抗争似乎还远未结束。入元后,他被元廷官员反复推荐与征召。元世祖至元二十三年(1286),拒绝集贤学士程文海推荐;至元二十四年(1287),拒绝行省丞相忙兀台的征诏;至元二十五年(1288),拒绝福建行省参政管如德的征召和尚书留梦炎的推荐;同年九月,福建行省参政魏天祐强迫其出来,并于至元二十六年(1289)四月被押至大都,"问谢太后攒所及瀛国所在,再拜恸哭。已而病,迁悯忠寺,……留梦炎使医持药杂米饮进之,……弃之于地,终不食而死"②。谢枋得以绝食而亡的方式,实现了其臣子之节与民族之气,被《宋史》称之"宋末之卓然者也"③。

戴良(1317—1383),字叔能,号能轩翁、嚣嚣生。居金华九灵山下,自号九灵山人。隐居四明时,变姓名曰方云林。婺州浦江(今浙江金华)人。戴良在元末时深受遗民思想的浸润。浦江是著名宋遗民方凤的故乡,而其周围又聚集着吴思齐、谢翱等遗民。他们又都是月泉吟社核心成员。同时,戴良业师柳贯、黄溍是方凤弟子,业师吴莱又娶方凤孙女。他们在师承过程中,忠孝节义的思想必然是重要内涵。另外,上文提及的余阙殉元的壮烈行为,也对其产生重要影响。入明后,戴良回到四明,与元遗民丁鹤年、吴志淳、张宪、龙子高等结社唱和,共同表达故国情怀。然而,十多年的遗民生活,却因朱元璋的征召而被打破。最终走向自我毁灭,以表示拒绝与朱明王朝合作。学界关于戴良之死有多种说法。赵友同《故九灵先生戴公墓志铭》称感疾而亡④,朱彝尊

---

① 　[元]脱脱等:《宋史》卷四百二十五《谢枋得列传》,中华书局 1977 年版,第 12688 页。
② 　[元]脱脱等:《宋史》卷四百二十五《谢枋得列传》,中华书局 1977 年版,第 12690 页。
③ 　[元]脱脱等:《宋史》卷四百二十五《谢枋得列传》,中华书局 1977 年版,第 12690 页。
④ 　[明]赵友同《故九灵先生戴公墓志铭》:"一日,感微疾,即为书诸亲旧,犹拳拳以忠孝大节为语。迨疾亟,召乐谓曰:'吾罪庚本深,赖圣恩宽贷,获保首领以死,念无报效,汝等幸自勉,以盖前人之愆,乃为贤子孙耳。'语毕,遂端坐于寓舍,实癸亥四月十七日也,享年六十有七。"([元]戴良《九灵山房集》卷三十,《四部丛刊》本)

《戴良传》称"卒于狱"①,《明史》称"盖自裁"而暴卒②。全祖望作了相对全面的考证与总结:"今其文集附录有《祭云林文》,以予考之。使九灵曾见太祖于金华初定之日,又曾奏对称旨,则其时太祖方旁求不应,复听九灵之还。即太祖不甚物色,而潜溪诸公已侍太祖幕中,不应复听九灵之还。况九灵之惓惓于《麦秀》《黍离》,残山剩水者,其必不肯轻出明矣。九灵不肯屈身异代,则虽大用之,亦必不受。使其肯出,则工部之命亦未必逃。期乃世俗流传诬善之词,小视九灵,不足以尽当时之情事,不必深辨而自明者也。九灵以不肯屈身而被系,顾其死不甚明。使其出于自裁,固为元毕命,即令以瘐死,亦为元也。"③"为元毕命",应该是戴良之死最好的注脚。

归庄(1613—1673),字尔礼,又字玄恭等,号恒轩、己斋等。④ 昆山(今江苏昆山)人。归有光曾孙。明末诸生。归庄在入清后,最为有名的抗清事件是在他的提议下,昆山民众杀死了曾下达薙发令的县丞阎茂才。据《昆新合志》载:"顺治乙酉六月(笔者按:据考证,应该是闰六月十三日),县丞阎茂才摄令事,下薙发令,士民不从,噪于县,系茂才,庄白众杀之,遂婴城守。事定。新令究前事,庄亡命,薙发僧装,称普明头陀,隐居乡僻,后乃庐金潼里先墓侧。"⑤又据《乾隆昆新合志·叶均禧传》载:"乙酉六月,邑人将举兵,先杀县

---

① [清]朱彝尊《戴良传》:"洪武六年还,变姓名隐四明山,十五年征入京试文词,留会同馆,命光禄给膳,欲官之,以老疾固辞,忤旨。明年四月,卒于狱。"(《曝书亭集》卷六十三,《四部丛刊》本)

② [清]张廷玉等:《明史》卷二百八十五之《戴良列传》:"洪武六年始南还,变姓名,隐四明山。太祖物色得之。十五年召至京师,试以文,命居会同馆,日给大官膳,欲官之,以老疾固辞,忤旨。明年四月暴卒,盖自裁也。元亡后,惟良与王逢不忘故主,每形于歌诗,故卒不获其死云。"(中华书局1974年版,第7312页)

③ [清]全祖望:《鲒埼亭集外编》卷十八之《九灵山房记》,《四部丛刊》本。

④ 笔者按,归庄的名、字、号颇为复杂。据赵经达《归玄恭先生年谱》载:"先生名庄,乙酉后,更名祚明,又称归藏,或称归乎来,又署归妹;字尔礼,又字玄恭,或署悬弓,又称园公,亦呼元公,或题元功;号恒轩,又号己斋。既为僧,自署普明头陀,又署圆照,或鏖鏊钜山人;又尝自称逸群公子。"(《归庄集》附录一,中华书局1962年版,第524页)

⑤ [清]邹召南、张予介修,王峻纂:《乾隆昆山新阳合志》,[清]归庄:《归庄集》附录二《传略》,中华书局1962年版,第579页。

丞阎茂才，其议实倡于庄。已而亡命谢儒冠，往来湖山间，远近谈忠义者，以庄为归；而庄能揆是非，辨真妄，未尝轻以身殉，卒免于难。"①这一事件的前后，归庄几位亲人因清军南下而死难。弘光元年（顺治二年，1645）四月二十五日，扬州城破，仲兄归尔德死之；叔兄归尔复守长兴，闰六月十二日城破，不屈死；七月初六日，清兵破昆山城，归庄二嫂陆氏被二创。八日，张氏遇害于城北戴氏庵；八月初一日，陆氏创甚死。② 另外，归庄与同里中人顾炎武最善，"以博雅独行相推许，而俱不谐于俗。里中有归奇顾怪之目"③。新县令的追究，家难的发生，与顾炎武的交往，均让归庄的遗民生活变得越发之"奇"。"既遭家难，遂弃儒冠，浪迹江湖间。尝南渡钱塘，北涉江淮，所至遇名山川，凭吊古今，辄大哭，见者惊怪，而公不顾也。"④这种甚"奇"的遗民生活，或许即是另外一种抗争行为。

2. 隐逸。在易代之际，隐逸生活的选择应该是遗民生活方式中最为普遍的一种。这种生活方式大多是在遗民抗争失败后出现的。他们或遁迹山林，著书立说，教授生徒；或结社唱和，抒发悲愤的遗民情怀；或逃禅入道，借助宗教的外衣，抵御新朝的外扰，保持对故国的深情。笔者在此分别以周密、丁鹤年、方以智为例，以说明之。

周密（1232—1298），字公谨，号草窗、苹洲、弁阳老人、泗（亦作"四"）水潜夫等。祖籍济南（今属山东），南渡后居湖州（今属浙江），遂为湖州人。生于官宦之家，曾祖周秘官至御史中丞、两浙东路安抚使兼沿海制置使，祖父周珌官至刑部侍郎，父亲周晋累官至朝散大夫。周密曾任义乌令、奉礼郎兼太祝、丰储仓所检察等职。南宋灭亡（1276）后，周密一方面与西湖吟社成员交往甚

① ［清］邹召南、张予介修，王峻纂：《乾隆昆山新阳合志·叶均禧传》，［清］归庄：《归庄集》附录二《传略》，中华书局1962年版，第579页。

② 参见赵经达：《归玄恭先生年谱》，《归庄集》附录一，中华书局1962年版，第538页。

③ ［清］邹召南、张予介修，王峻纂：《乾隆昆山新阳合志》，［清］归庄：《归庄集》附录二《传略》，中华书局1962年版，第579页。

④ ［清］归庄：《归庄集》附录二《传略》，中华书局1962年版，第577页。

密,抒发故国之情;另一方面,绝意仕进,著书立说。西湖吟社是宋末元初时期重要的词人结社组织,大致经历了三个发展阶段:初期为宋理宗景定五年(1264)至宋度宗咸淳元年(1265)底,中期为咸淳二年(1266)至南宋灭亡(1276),晚期为南宋灭亡之后。① 周密上承词社创始人杨缵,下启晚辈词人张炎,在词社中影响颇大,亦颇为活跃,特别是宋亡之后,与词社中人多次吟咏。如《乐府补题》共有五次吟咏,周密即参与了三次。一次是周密与王沂孙等七位词人聚集于山阴陈行之的宛委山房,以《天香》分咏龙涎香;一次是周密与张炎、王沂孙等八位词人聚集于会稽浮翠山房,以《水龙吟》分咏白莲;一次是周密与王沂孙等七位词人聚集于会稽王英孙的余闲书院,以《齐天乐》分咏蝉。同时,周密还与词社中人交游颇多,如宋亡之初,"周密与李彭老、仇远、张炎等四人徘徊于西湖之上,痛悼故国的沦亡,又与李彭老、王沂孙等人在故宋聚景园中,借吊雪香亭梅悼念故国"②。至元二十三年(1286),"(周密)招王沂孙、戴表元、仇远、屠约、张楧等燕集杨氏池堂,表元为诗序"③。周密的隐逸生活除结社、交游、唱和外,还著书立说。据夏承焘考证,"今考得其著书三十一种,现存者十三、已佚者十、其为后人裁篇别出,不甚可信者,另列存疑目附后,凡八种"④。其中,宋亡后著述存世者多达九种,包括《绝妙好词》七卷、《武林旧事》十卷、《齐东野语》二十卷、《浩然斋雅谈》三卷、《云烟过眼录》四卷、《志雅堂杂钞》一卷、《澄怀录》二卷、《浩然斋意钞》《浩然斋视听钞》。作家在著述之中蕴含自己对故国的情怀,如《武林旧事序》言:"及时移物换,忧患飘零,追想昔游,殆如梦寐,而感慨系之矣。……青灯永夜,时一展卷,恍然类昨日事,而一时朋游沦落,如晨星霜叶,而余亦老矣。噫! 盛

---

① 参见金启华、萧鹏:《周密及其词研究》,齐鲁书社 1993 年版,第 57—58 页。
② 牛海蓉:《元初宋金遗民词人研究》,中国社会科学出版社 2007 年版,第 61 页。
③ 夏承焘:《唐宋词人年谱·周草窗年谱》,商务印书馆 2013 年版,第 321 页。
④ 夏承焘:《周草窗年谱》附录一《草窗著述考》,《唐宋词人年谱》,商务印书馆 2013 年版,第 338 页。

衰无常,年运既往,后之览者,能不兴'忾我寤叹'之悲乎!"①总之,周密通过结社、交游、唱和、著述等方式,颇具代表性地阐释了元初时期宋遗民隐逸生活的内涵。

丁鹤年(1335—1424),字亦鹤年,又字永庚,号友鹤山人。回回人。曾祖阿老丁和叔祖乌马儿为元初西域巨商。乌马儿累官至甘肃行省左丞。祖苫思丁累官至临江路达鲁花赤,父职马禄丁以世荫为武昌县达鲁花赤,有惠政。丁鹤年天质颖悟,过目成诵,倜傥孝道,轻财重儒。元惠宗(顺帝)至正十二年(1352),徐寿辉陷武昌,丁鹤年奉母走镇江。至正十六年(1356),朱元璋陷镇江,丁鹤年又徒步投奔"避地越江上"②的从兄吉雅莫丁③。从兄亡后,流离颠沛于浙东地区,生活无所依靠,"或旅食海乡,为童子师;或寄居僧舍,卖药以自给"④。这种生活一直持续至至正二十七年(1367)方国珍最终被朱元璋打败。元亡(1368)后,丁鹤年在定海海边筑室长居,名曰"海巢",又于武昌、杭州二地长期隐居,过上了真正的隐逸的遗民生活,主要体现在三个方面:一是至孝。明成祖洪武十二年(1379),各地交通多已恢复,丁鹤年牒请还武昌,迁葬生母冯氏,至其武昌城西寒溪寺后山父墓旁。关于这次迁葬,颇具传奇色彩。先是感梦寻得母葬处。"己未夏五月,还武昌迁葬。兵后,陵谷变迁,先妣封树,竟迷所在,久等不得,露祷大雪中。冬十一月廿日夜,

---

① ［宋］周密著,李小龙、赵锐评注:《武林旧事》,中华书局 2007 年版,第 1 页。

② ［元］戴良:《九灵山房集》卷十九《高士传》,《四部丛刊》本。

③ 笔者按:戴良《九灵山房集》卷十九《高士传》称:"鹤年闻从兄吉雅谟丁避地越江上,徒步往依焉。"(《四部丛刊》本)而白寿彝主编《中国通史》称:"后嫡母病逝于镇江,他(笔者按:丁鹤年)徒步往浙东投奔任定海县令的从兄吉雅谟丁。"(《中国通史》第 9 卷下册,上海人民出版社 2015 年版,第 1557 页)据明嘉靖四十二年(1563)《定海县志》卷三《秩官表》载,吉雅谟丁为定海县尹。(［明］张时彻等纂修《定海县志》,成文出版社有限公司 1983 年版,第 69 页)此县志卷十一《名宦列传·吉雅谟丁传》称:"吉雅谟丁,至正十七年举进士,授定海令。当方氏僭据,军卒骄横,剽掠村落,丁不避豪势,获其渠魁一人,格杀之,馀众敛迹,民赖以安。时政赋烦苛,一以公平科办,民无重扰。升奉化州知州。寻调昌国。卒于官。"(第 449 页)民国十三年(1924)《定海县志》册四甲《职官志第十一·历代职官人名表》载,元代定海知州最后一任者为吉雅谟丁。(陈训正、马瀛等纂修《浙江省定海县志》,成文出版社有限公司 1970 年版,第 396 页)

④ ［元］戴良:《九灵山房集》卷十九《高士传》,《四部丛刊》本。

忽感异梦。翼（笔者按：当作翌）日，遂得其处"①；接着是啮血沁骨，验证无误，葬于父墓旁。② 丁鹤年晚年结庐父母墓旁，直至明成祖永乐二十二年（1424）卒于武昌，葬于武昌寒溪寺后的山上。③ 二是逃禅。《明史》卷二百八十五《丁鹤年列传》称其"晚学浮屠法"。我们从其诗集可窥之。在诗集中，丁鹤年常以逃禅室自称，如卷一之《逃禅室与苏伊举话旧有感》、卷二之《逃禅室卧病有怀故乡柬诸友生》《逃禅室述怀十六韵》、卷三之《逃禅室自嘲》等。同时，诗集中还有专门与寺僧方丈交流唱和的诗歌，即《方外集》。三是忠元。《明史》称"鹤年自以家世仕元，不忘故国，顺帝北遁后，饮泣赋诗，情词凄恻"。④ 元亡后不久，丁鹤年创作《自咏十律》组诗，"长淮横溃祸非轻，坐见中流砥柱倾"（其一）⑤是对亡国的悲痛，"风雪意气惭豪杰，雨露恩荣负圣明"（其一）是臣子未尽职责的惭愧心态，"独有遗民负悲愤，草间忍死待宣光"（其六）是对故国再兴的期许。诚如戴良所言："一篇之作，一语之出皆所以寓夫忧国爱君之心，愍乱思治之意，读之使人感愤激烈，不知涕泗之横流也。"⑥

方以智（1611—1671），字密之，号曼公，又号鹿起，别号浮山愚者、龙眠愚

① ［元］丁鹤年：《丁鹤年集》卷二《梦得先妣墓序》，沈乃文主编：《明别集丛刊》第一辑第十六册，黄山书社2013年版，第433页。

② ［明］乌斯道《丁孝子传》："然恐他墓偶有同者，复啮指血骨上，试之良久，收去血骨，通变茜色，可验。母一齿当正中如漆，视之变验。……乃收骨棺殓葬是乡。"（［明］乌斯道：《春草斋集》卷二，《景印文渊阁四库全书》集部第1232册，台湾"商务印书馆"1986年版，第212—213页）

③ 光绪十一年（1885）《武昌县志》卷九之《墓冢·元丁鹤年墓》："元丁鹤年墓在县西寒溪寺后，明楚昭王尝遣人祭之，通判尹觉作《里社崇贤记》，且为筑其茔域云'丁孝子墓'。"（［清］钟铜山修、柯逢时纂：《湖北省武昌县志》，成文出版社有限公司1975年影印本，第479页）而［清］姚礼撰辑、周鹰、吴晶点校《郭西小志·丁孝子墓》载："（丁鹤年）父母墓及己墓在清波门外聚景园，俗称回回坟。"（《杭州稀见文献辑刊》，浙江工商大学出版社2013年版，第130页）

④ ［清］张廷玉等：《明史》卷二百八十五《丁鹤年列传》，中华书局1974年版，第7313页。

⑤ ［元］丁鹤年：《自咏十律》，《丁鹤年先生诗集》之《鹤年诗补》，知不足斋抄本（国家图书馆藏）。

⑥ ［元］戴良：《鹤年吟稿序》，《九灵山房集》卷十三，《四部丛刊》本。

者、宓山愚者、愚者宓、泽园主人等,出家后改名大智,字无可,别号弘智,人称
药地大师。安徽桐城人。生于官宦儒学世家。曾祖方学渐明经不仕、祖父方
大镇官至大理寺少卿、父亲方孔炤累官至湖广巡抚。明崇祯十三年(1640)进
士及第,选为庶吉士。与阳羡陈贞慧、归德(今商丘)侯方域、如皋冒襄并称明
末四公子。明亡后,方以智的隐逸遗民生活主要以逃禅方式进行的。方以智
落发始于梧州云盖寺。"及大兵入,知其为粤臣,物色得之;令曰:'易服则生,
否则死。袍帽在左、白刃在右,惟自择!'乃辞左而受右。帅起为之解缚谢之,
听为僧;遂披缁去。"①时在清顺治七年(1650),清兵陷广西平乐村,清帅为马
蛟麟。施闰章在《浮山吟送药公入青原山时为笑峰禅师扫塔》夹注中称:"药
公家浮山,避地梧州华盖寺。"②据施闰章《无可大师六十序》载:"其初入青原
为笑公扫塔。旋去之廪山。而庐陵于明府(笔者按:庐陵县令于藻)以七祖道
场,固请驻锡。师乃留数载,著书说法,皈者日众。"③由此可知,方以智曾两次
入青原山净居寺(在今江西省吉安市青原区),首次为扫塔,二次为住持。在
初入青原山之前,方以智曾自广西回故乡桐城,因逃避地方官员逼迫为仕,于
顺治十年(1653)赴南京,投师于名僧觉浪道盛。在两入青原间隙,又曾苦修
于廪山塔院。康熙十年(1671),因"粤难"发,方以智被执往岭南,卒于途中。
关于方以智死亡方式,学界多有争议,如有学者持"自沉"说,而任道斌持"病
死"说。笔者较倾向于"自沉"说。关于方以智的思想与价值观的形成,罗炽
作了较为全面地分析:"从家学渊源看,对方以智影响最大的方面,一是自其
曾祖方学渐、祖父方大镇、父亲方孔炤以来封建伦理道德和《易》学;一是外祖

---

①　[清]李瑶纂:《绎史摭遗》卷十六《方外列传·无可传》,《明代传记丛刊》(周骏富辑)第
105 册综录类 13,明文书局 1991 年影印本,第 252 页。
②　[清]施闰章:《施愚山先生学馀诗集》卷十八,纪宝成等主编《清代诗文集汇编》第 67
册,上海古籍出版社 2010 年影印本,第 383 页。笔者按,此处的"华盖寺"当为"云盖寺"。"华"
当为"云"之误。
③　[清]施闰章:《施愚山先生学馀文集》卷九,纪宝成等主编《清代诗文集汇编》第 67 册,
上海古籍出版社 2010 年影印本,第 75 页。

父和姑仲亲属的学术和教导；一是业师（笔者按：白瑜、王宣等）传授与训诫。方以智生活在明季一个动荡的时代，却又在一个特殊的环境与学术氛围之中。"①

3. 入仕。易代之际遗民入仕新朝主要分为两类：一类是为生活所迫而出仕，一类是新朝所迫而出仕。这两类入仕遗民作家在三个易代时期不同程度地出现。其中，入仕宋遗民以任元学官（包括提举、教授、学正、教谕、山长等）最为普遍，主要是为生活所迫，正所谓"以学正之禄糊口"②，如王沂孙曾为庆元路学正，仇远历镇江路学正、溧阳教授，赵文为东湖书院山长等。除此之外，亦有被朱明政权逼迫出仕的。如临海人杨大中，洪武中被征召，留文渊阁数月。台州人陈基被明太祖征召修编《元史》，书成赐金而还。入清明遗民作家亦有为满清政权所迫者，如吴伟业曾作北京国子临祭酒，即为清廷所逼，前文有详论。笔者在此仅以宋遗民汪元量为例，以管窥入仕遗民的生活状态。

汪元量（1241—1317），字大有，号水云、水云子、楚狂、江南倦客等。钱塘（今杭州）人。不迟于宋度宗咸淳二年（1266）入宫为琴师。宋恭宗德祐二年（1276），元兵逼近临安，南宋朝廷派大臣向元丞相伯颜上传国玺和降表诸事。汪元量作诗讽曰："侍臣已写归降表，臣妾金名谢道清。"③谢道清时为太皇太后。宋亡后，汪元量随三宫北迁往大都（今北京）。至至元二十五年（1288），汪元量计在大都逗留 13 个年头。在此期间，汪元量一方面与南宋旧臣交游唱和，抒发亡国悲情。如汪元量曾三次前往狱中探望文天祥。每次或赠诗，或弹奏，而文天祥则多集杜句以和之。同时，汪元量还与北迁的南宋后庭交往较为密切，如昭仪王清惠、太皇太后谢道清、福王赵与芮、宋恭宗赵㬎、太后全氏等。

---

① 罗炽：《方以智评传》，匡亚明主编：《中国思想家评传丛书》，南京大学出版社 2011 年版，第 21—22 页。

② ［元］戴表元：《剡源佚诗》卷四，［元］戴表元：《戴表元集》，李军主编：《元朝别集珍本丛刊》，吉林文史出版社 2008 年版，第 532 页。

③ ［宋］汪元量：《醉歌》（其五），［宋］汪元量撰，孔凡礼辑校：《增订湖山类稿》卷一，中华书局 1984 年版，第 15 页。

另一方面,汪元量还出入元朝宫廷,侍奉君主,甚至入朝为官。"黄金台上翰林官,曾奉天香坐站鞍。"(虚谷《题汪水云诗卷》)言意汪元量曾官奉翰林,并担任奉香使者。"至元二十三年(1286),被元朝任命为翰林官使者,出大都,祭祀北岳恒山、西岳华山、中岳嵩山、南岳衡山、东岳泰山,以及青城山、济渎、孔子庙。行程一万五千多里"①。这次奉香出使回大都前后,谢太后、王昭仪、福王相继去世,全太后出家,恭宗被派往吐蕃学佛法。汪元量在大都似无牵挂,三次请求南归,至元二十五年(1288)终得黄冠南归。先至临安,并于临安创立诗社,与刘将孙等遗老唱和,抒发亡国之悲。再"数往来匡庐、彭蠡之间"(乃贤《读汪水云诗集》),与江西遗民故老马廷鸾、曾子良、陈杰等交游唱和。又赴潇湘入西蜀。"贾谊祠前酹酒尊,汨罗江上吊骚魂"(《竹枝歌》其二)是对潇湘英杰的祭奠;"钓鱼台畔古战场,六军战血平三川"(《闻父老说兵》)是对巴蜀英烈的赞许。总之,汪元量以琴师的身份经历了南宋到蒙元的过渡,目睹了山河破碎、江山易主的过程,创作了"纪其亡国之戚,去国之苦,艰关愁叹之状"(李珏《书汪水云诗后》)的诗词作品。其虽曾一度担任蒙元政权的官职,但其遗民情怀却从未改变。

总之,清初遗民小说作家的在空间分布与生存状态方面,与三个易代时期的遗民诗词作家有着非常相似的地方。在空间分布上,他们均以南方地区作家,特别是江南地区作家为主体,而且主要集中在今天的江西、浙江、江苏等地。在生存状态方面,不外乎抗争、隐逸、入仕等三种方式。但是,他们之间亦有细微的差别,如宋、明遗民作家以逃禅方式隐逸相对较多,且以殉国方式对抗新朝亦相对较多,而元遗民在这两方面则相对较少。

二、纪录现实的比较

以诗纪录现实,往往谓之"诗史"。这一概念始于对杜诗的定位,首次出

---

① 肖鹏:《宋词通史》第十九章"宋词的终结者"之"汪元量列传",凤凰出版社2013年版,第957页。

现于唐人孟棨的《本事诗》："杜逢禄山之难,流离陇蜀,毕陈于诗,推见至隐,殆无遗事,故当时号为'诗史'。"①后人亦对这一概念不断阐释。如北宋胡宗愈云:"先生以诗鸣于唐,凡出处去就、动息、劳佚、悲欢、忧乐、忠愤、感激、好贤、恶恶,一见于诗,读之可以知其世。学士大夫,谓之'诗史'。"②今人刘宁曰:"杜甫之被奉为'诗史'的典范,一方面是因为他的一部分作品,的确体现了'善写时事'和'实录'的特点,但就其整体的艺术格局而言,则更与胡宗愈的诗史观相接近。杜诗在详陈个体人生出处的基础上,展现了社会时代的广阔画卷,表达了诗人感时忧世之情怀,深入地开拓了以'一人之诗'表现'一代之史'的艺术可能。"③从对"诗史"概念的阐释,我们可以看出,其主要包括两方面的内容:即补正史之缺与抒忧愤之情。综观三个易代时期的遗民诗词,它们亦具有上述两方面的内容。关于抒忧愤之情,下文将有详论,笔者在此主要就清初遗民小说与三个易代时期的遗民诗词在补史方面进行比较。

我们知道,清初遗民小说作家在创作明清易代题材的小说作品时,补史意识较强。如七峰樵道人在《海角遗编序》中言:"此编只记常熟福山自四月至九月半载实事,皆据见闻最著者敷衍成回,其馀邻县并各乡镇异变颇多,然只得之传闻者,仅仅记述,不敢多赘。后之考国史者,不过曰:'某月破常熟,某月定福山。'其间人事反复,祸乱相寻,岂能悉数而论列之哉!故虽事或无关国计,或不遗重轻者,皆具载之,以仿佛于野史稗官之遗意云耳。"小说第十三回"愿留发宋孝廉倡义　不拜牌陈主簿遭殃"的内容,有些史家甚至将其当作史料来运用④。史家的引用,一方面说明正史记载之缺,

---

① 　[唐]孟棨:《本事诗·高逸第三》,王云五主编:《丛书集成初编》,商务印书馆1939年版,第10页。

② 　[宋]胡宗愈:《成都新刻草堂先生诗碑序》,[唐]杜甫著,[清]仇兆鳌注:《杜诗详注》附编,中华书局1979年版,第2243页。

③ 　刘宁:《杜甫五古的艺术格局与杜诗"诗史"品质》,《文学遗产》2009年第3期。

④ 　参见冯尔康:《清初的剃发与易衣冠——兼论民族关系史研究内容》,冯尔康:《清史专题研究》(《冯尔康文集》),天津人民出版社2019年版,第101—102页。

另一方面亦说明小说有些记述颇具史料价值。郭沫若还对《剿闯小说》的史料价值有颇为独到的见解："作为平话小说，实甚拙劣，但可作史料观。观其所记，与《明季北略》多相符，后书似尚有录取本书之处，如李信谏自成四事及宋献策论明制科之不足以得人才等节，几于一字不易，而《北略》颇有夺字夺句。又与《明史·流贼传》则大有出入，《流贼传》绳伎红娘子救李信出狱事，最宜于做小说材料，而本书则无之，足证本书之成实远在《明史》之前也。"①从上述分析，我们大致可以管窥清初遗民小说的补史价值。与清初遗民小说相比，三个易代时期的遗民诗词亦具有共同的补史功用，主要表现在以下两个方面。

（一）以诗词存史

以诗词存史主要包括三方面内涵：一是诗词负载史实内容；二是诗词作为历史文献保存；三是诗有诗史，词有词史。其中，第一方面是最基本内涵，遗民诗词亦然，故笔者在此着重论述之。

我们知道，易代之际，政权更迭，社会动乱，而遗民诗词作家身处其中，"凡可喜、可咤、可惊、可痛哭而流涕者，皆收拾于诗"②，从而凸显遗民诗词的存史价值。其中，汪元量、吴伟业的"诗史"性的创作较具代表性。

汪元量的传世作品主要有《湖山类稿》五卷（包括诗作四卷、词作一卷）、《水云集》一卷，大多为宋亡后创作。今人孔凡礼辑校《增订湖山类稿》，亦作五卷，前四卷为诗作③，计收录 480 首，后一卷为词作，共收录 52 首。此书是

---

① 郭沫若：《剿闯小说跋》，丁锡根编著：《中国历代小说序跋集》，人民文学出版社 1996 年版，第 1035 页。
② ［宋］刘辰翁：《湖山类稿序》，［宋］汪元量撰，孔凡礼辑校：《增订湖山类稿》附录一《汪元量研究资料汇辑》，中华书局 1984 年版，第 185 页。
③ 据孔凡礼辑校：《增订湖山类稿·凡例》，卷一计 78 首，收德祐二年（1276）离杭前诗作；卷二计 146 首，收至元十三年（1276）赴燕至该年年底诗作；卷三计 110 首，收至元十四年（1277）至至元二十五年（1288）南归前诗作；卷四计 146 首，收至元二十五年（1288）南归及南归后诗作。

目前学界收录汪元量诗词最为全面的。自元初以来,汪元量的诗作多被学界称为"诗史""野史""史乘"等,并与杜诗相提并论。如时人萧灼《题汪水云诗卷》称:"十年归来两鬓霜,袖有诗史继草堂。"①王祖弼《题汪水云诗卷》称:"我辈恨生南渡后,道人啸出《北征》诗。"②刘辰翁评《醉歌》十首为"此十歌真江南野史"③。李珏《书汪水云诗后》亦言:"唐之事纪于草堂,后人以'诗史'目之。水云之诗,亦宋亡之诗史也。"④明人钱士升《汪元量传》称:"有《水云诗》一卷,多纪国亡事。亲见苍黄归附,展转北行,元帝后赐三宫燕赉,宋宫人分嫁北匠,有种种悲叹。……故相马廷鸾、章鉴、谢枋得咸序曰诗史。"⑤清人吴城《知不足斋合刻汪水云诗序》言:"水云若预知国史之不能止喙,于行营之琐事,元主之崇礼,莫不三致意焉。至其痛后君之流离,抚江山之怆悦,口诛笔伐,使丧师败国诸事,历历可数,洵诗史矣。"⑥清人钱谦益《书汪水云集后》:"《湖州歌》九十八首、《越州歌》二十首、《醉歌》十首,记国亡北徙之事,周详恻怆,可谓诗史。"⑦王国维《书〈宋旧宫人诗词〉〈湖山类稿〉〈水云集〉后》亦称:"南宋帝后北狩后事,《宋史》不详,惟汪水云《湖山类稿》尚纪一二,足补史乘之阙。"⑧汪元量以一宫廷琴师身份的创作,之所以得到如此高度的评价,笔

---

① 〔宋〕萧灼:《题汪水云诗卷》,〔宋〕汪元量撰,孔凡礼辑校:《增订湖山类稿》附录一《汪元量研究资料汇辑》,中华书局 1984 年版,第 221 页。

② 〔宋〕王祖弼:《题汪水云诗卷》,〔宋〕汪元量撰,孔凡礼辑校:《增订湖山类稿》附录一《汪元量研究资料汇辑》,中华书局 1984 年版,第 217 页。

③ 〔宋〕刘辰翁评点汪元量《醉歌》十首,〔宋〕汪元量撰,孔凡礼辑校:《增订湖山类稿》卷一,中华书局 1984 年版,第 13 页。

④ 〔宋〕李珏:《书汪水云诗后》,〔宋〕汪元量撰,孔凡礼辑校:《增订湖山类稿》附录一《汪元量研究资料汇辑》,中华书局 1984 年版,第 188 页。

⑤ 〔明〕钱士升:《汪元量传》,〔宋〕汪元量撰,孔凡礼辑校:《增订湖山类稿》附录一《汪元量研究资料汇辑》,中华书局 1984 年版,第 201—202 页。

⑥ 〔清〕吴城:《知不足斋合刻汪水云诗序》,〔宋〕汪元量撰,孔凡礼辑校:《增订湖山类稿》附录一《汪元量研究资料汇辑》,中华书局 1984 年版,第 194 页。

⑦ 〔清〕钱谦益:《书汪水云集后》,〔宋〕汪元量撰,孔凡礼辑校:《增订湖山类稿》附录一《汪元量研究资料汇辑》,中华书局 1984 年版,第 188—189 页。

⑧ 王国维:《书〈宋旧宫人诗词〉〈湖山类稿〉〈水云集〉后》,王国维:《王国维手定观堂集林》卷十七,浙江教育出版社 2014 年版,第 445 页。

者认为主要有三个方面的原因。

一是以诗歌的形式记录了宋元之际的重大历史事件。如三宫北迁①,元人杨瑀《山居新话》记载:"至元十三年丙子正月廿二日,伯颜丞相入杭城。二月廿二日(笔者按:公历3月9日),起发宋三宫赴北。四月廿七日,到上都。五月初二日(笔者按:公历6月15日),拜见世祖皇帝。"②《增订湖山类稿》卷二中的诗作勾勒了这次北行路线③。《湖州歌》第九十八首总结道:"杭州万里到幽州,百咏歌成意未休。燕玉偶然通一笑,歌喉宛转作吴讴。"④又如奉元廷之命祭祀岳渎⑤。关于这次奉旨降香,汪元量总结道:"一从得玉旨,勒马幽燕起。河北与河南,一万五千里。"(《降香回燕》)⑥这次奉香祭祀虽以元代官

---

① 关于汪元量随三宫北迁的具体时间及批次,学界有争议。王国维主张汪元量与宋恭宗等一起北行(《书〈宋旧宫人诗词〉〈湖山类稿〉〈水云集〉后》),王献唐《汪元量事辑》认为汪元量随谢太后北行,并于至元十三年(1276)五月抵达。孔凡礼认为宋恭帝与谢太后分行,汪元量从谢太后北行,分别于春三月、闰三月间出发,八月抵达。张立敏硕士论文《汪元量研究五题》认为汪元量北行之初是随宋恭帝行,在江都(今扬州),缓行的谢太后与宋恭帝一行汇合,汪元量从行。陆琼硕士论文《汪元量生平及交游研究》认为汪元量从谢太后北行,至元十三年(1276)五月出发,八月抵达。闫雪莹博士论文《亡宋北解流人诗文研究》认为汪元量随宋恭宗北行,并于至元十三年(1276)五月初二日,历经两个月余,抵达上都。

② [元]杨瑀:《山居新话》卷四,《景印文渊阁四库全书》子部第1040册,台湾"商务印书馆"1986年影印本,第370页。杨瑀的记载与元人严光大《祈请使行程记》记载较为吻合,参见元人刘一清《钱塘遗事》卷九,上海古籍出版社1985年版,第195—220页。

③ 北行路线:临安(《北征》)——吴江(《吴江》)——苏州(《苏台》《苏州台怀古》《虎丘》)——无锡(《惠山值雨》)——常州(《常州》)——镇江(《重游甘露寺》《多景楼》《金江》《焦山》《京口野望》《扬子江》)——扬州(《扬州》《六州歌头·江都》)——淮安(《淮安水驿》)——邳州(《邳州》)——徐州(《徐州》《戏马台》《燕子楼》)——沛县(《歌风台》)——鱼台(《观鱼台》)——通州(《通州道中》)——幽州(《幽州会同馆》)。

④ [宋]汪元量《湖州歌》(其九十八),[宋]汪元量撰、孔凡礼辑校《增订湖山类稿》卷二,中华书局1984年版,第58页。

⑤ 汪元量奉旨祭祀之岳渎主要有:北岳恒山(《北岳降香呈严学士》)、西岳华山(《太华峰》)、中岳嵩山(《嵩山》)、东岳泰山(《泰山》)及黄河(《七月初七日渡黄河》)、济水(《济渎》)。除此之外,商山(《商山庙》)、终南山(《终南山》)、秦岭(《秦岭》)、少室山(《少室山》)、天坛山(《天坛山》)、北邙山(《北邙山》)、夷山(《夷山醉歌》),以及一些历史古迹,如阿房宫遗址(《阿房宫故基》)、洛阳桥(《洛阳桥》)、马嵬坡(《马嵬坡》)、华清池(《华清池》)、函谷关(《函谷关》)、潼关(《潼关》)、开封(《汴都纪行》)、孔子旧宅(《孔子旧宅》)等。

⑥ [宋]汪元量:《降香回燕》,[宋]汪元量撰,孔凡礼辑校:《增订湖山类稿》卷三,中华书局1984年版,第106页。

员身份参与其中,但它在"一万五千里"的行程中,经历的都曾是赵宋的故土,其中感慨不言而喻。

二是与后宫宗室、旧臣遗老的交游唱和。与南宋旧臣遗老交往的有吴实堂、家铉翁、文天祥、马廷鸾、徐雪江、林石田、李鹤田、周义山、章鉴、曾子良等。马廷鸾《书汪水云诗后》谈及其与汪元量的交往云:"余在武林,别元量已十年矣。一日,来乐平寻见,……元量出《湖山稿》求余为序。展卷读甲子初作,微有汗出。读至丙子作,潸然泪下。又读至《醉歌》十首,抚席恸哭,不知所云。家人引元量出,予病复作,不能为元量吐一语,因题其集曰'诗史'。"①与南宋后宫宗室交往的主要有谢太后、全太后、昭仪王清惠、福王赵与芮(笔者按:入元后封平原郡公)、宋恭宗赵㬎(笔者按:入元后封瀛国公)等。从汪元量的诗作中,我们可以知道,在汪元量奉旨降香回大都前后,谢太后、王昭仪、赵与芮已去世(《太皇谢太后挽章》《女道士王昭仪仙游词》《平原郡公赵福王挽章》),全太后出家为尼(《全太后为尼》),赵㬎入吐蕃为僧(《瀛国公入西域为僧号木波讲师》)。这些交游诗作,无疑是记录了入元后南宋后宫宗室、旧臣遗老的种种命运,补史意义毋庸置疑。

三是在诗歌创作中评点时事。如《北征》②概括了诗人对于三宫北迁的态度与心境。"北师有严程,挽我投燕京"是对蒙元强制南宋三宫北迁的不满,"出门隔山岳,未知死与生"是对即将"万里行"的北迁过程非常担忧,"遗氓拜路傍,号哭皆失声"是民众亦是诗人对三宫北迁的悲恸,亦是对宋亡的悲恸。《文山丞相丙子自京口脱去变姓名作清江刘洙今日相对得非梦耶》③追忆的是宋恭宗德祐二年(1276)丙子文天祥在京口脱险事。"虎豹从(笔者按:应作纵)横"是对强悍元军肆虐的谴责,"青海茫茫迷故国,黄尘黯黯泣孤臣"是对

---

① [宋]马廷鸾:《书汪水云诗后》,[宋]汪元量撰,孔凡礼辑校:《增订湖山类稿》附录一《汪元量研究资料汇辑》,中华书局1984年版,第186页。
② [宋]汪元量:《北征》,[宋]汪元量撰,孔凡礼辑校:《增订湖山类稿》卷二,中华书局1984年版,第28页。
③ [宋]汪元量:《文山丞相丙子自京口脱去变姓名作清江刘洙今日相对得非梦耶》,[宋]汪元量撰,孔凡礼辑校:《增订湖山类稿》卷三,中华书局1984年版,第76页。

文天祥抗元精神的高度赞许。《北岳降香呈严学士》①写的是奉元廷之命降香
北岳事,但"野庙横斜挨老树,古碑颠倒枕荒苔"无疑是恒山历经战乱后的破
败,"瞻天只有丹心在,香篆炉熏达九垓"则是表达诗人的对故国的"丹心"。
《鲁港》②写的是贾似道在鲁港大败事。"博徒无计解其纷,夜半鸣钲溃万军"
是对贾似道指挥无能的鞭挞,"大木已颠天柱折,钱塘江上雁成群"道出鲁港
战败对于当时战局的重大影响。

　　除汪元量外,诗作能称之"诗史"的遗民作家还有清初的吴伟业。陈岸峰
的《甲申诗史:吴梅村书写的一六四四》较为详细地分析了吴伟业的诗作对明
廷灭亡的史诗性书写。学界又一次将其诗作与杜诗相提并论,如杨际昌称:
"世称杜少陵为诗史,学杜者不须袭其貌,正须识此意耳。吴梅村歌行,大抵
发于感怆,可歌可泣。余尤服膺《圆圆曲》前幅云:'恸哭六军皆缟素,冲冠一
怒为红颜。'后幅云:'全家白骨成灰土,一代红妆照汗青。'使吴逆无地自容。
体则元、白,可为史则已如杜也。"③

　　另外,遗民诗词的结集,亦是以诗词存史的表现。专门收录遗民诗词的主
要有《乐府补题》《元草堂诗余》《元八百遗民诗咏》《明遗民诗》《明代千遗民
诗咏》《清诗纪事初编》(前编)《清诗纪事》(明遗民卷)等。后四种前文已述
及,笔者在此仅对前三种作简要考述。

　　《乐府补题》,不著编者,是词史上一部咏物专集,"皆宋末遗民倡和之作"④,
收录14位词人⑤,37首词作。"凡赋龙涎香八首,其调为《天香》;赋白莲十

---

　　①　[宋]汪元量:《北岳降香呈严学士》,[宋]汪元量撰,孔凡礼辑校:《增订湖山类稿》卷
三,中华书局1984年版,第90页。
　　②　[宋]汪元量:《鲁港》,[宋]汪元量撰,孔凡礼辑校:《增订湖山类稿》卷四,中华书局
1984年版,第117页。
　　③　[清]杨际昌:《国朝诗话》卷一,郭绍虞编选,富寿荪校点:《清诗话续编》,上海古籍出版
社1983年版,第1666页。
　　④　[清]纪昀等纂:《钦定四库全书总目》(整理本),中华书局1997年版,第2805页。
　　⑤　14位词人分别是:王沂孙、周密、王易简、冯应瑞、唐艺孙、吕同老、李彭老、李居仁、陈恕
可、唐珏、赵汝钠、张炎、仇远、无名氏。

首,其调为《水龙吟》;赋莼五首,其调为《摸鱼儿》;赋蝉十首,其调为《齐天乐》;赋蟹四首,其调为《桂枝香》"①。陈维崧称其"援微词而通志,倚小令以成声"②,厉鹗亦称:"白头遗民泣不禁,补题风物在山阴。残蝉身世香莼兴,一片冬青冢畔心。"③要言之,那些宋遗民在咏物中寄托自己的浓郁的遗民情怀。

《元草堂诗余》,亦名《精选名儒草堂诗余》《续草堂诗余》《凤林书院草堂诗余》,不题编者,三卷,收录63位词人④,203首词作。"其确为元人者,只刘藏春、许鲁斋两家,余皆南宋遗民"⑤,"词多凄恻伤感,不忘故国"⑥,"寄托遥深,而音节激楚"⑦。

《元八百遗民诗咏》,为近人张其淦所辑,计八卷,"蒐采元代遗民凡得八百五十人,为诗四百余首"⑧。"其中,各体悉备,要以七言古为最多,五言古次之,其所取材为书,凡数十种,靡不极力搜罗,用以发幽光、表潜德。"⑨黄诰题词曰:"其时朝野多忠节,淮王辽王最英烈。后来更有奇男子,誓死不屈心如铁。"⑩

---

① [清]纪昀等纂:《钦定四库全书总目》(整理本),中华书局1997年版,第2805页。

② [清]陈维崧:《迦陵文集》卷七《乐府补题序》,《四部丛刊》本。

③ [清]厉鹗:《论词绝句十二首》(其六),[清]厉鹗:《樊榭山房集》卷七,纪宝成主编:《清代诗文集汇编》第271册,上海古籍出版社2010年版,第272页。

④ 63位词人分别是:刘秉忠、许衡、文天祥、邓剡、刘辰翁、杨果、杜仁杰、詹玉、滕宾、九皋司马昂甫、彭元逊、曹通甫、高信卿、谢醉庵、罗志仁、姚云文、赵文、杨樵云、李琳、宋远、滕宾、周景、刘将孙、萧烈、刘应雄、王学文、曾隶、赵功可、黄水村、危复之、姜个翁、鞠华翁、彭芳远、戴山隐、李裕翁、龙端是、萧东父、颜奎、王从叔、王梦应、吴元可、刘铉、李太古、彭履道、黄子行、龙紫蓬、萧允之、萧汉杰、段宏章、刘贲翁、黄霁宇、王炎午、刘天迪、张半湖、刘景翔、周伯阳、尹公远、李天骥、刘应几、周孚先、尹济翁、彭泰翁、曾允元。

⑤ 陈匪石编著:《宋词举》,金陵书画社1983年版,第159页。

⑥ [清]厉鹗:《元草堂诗余跋》,庐陵凤林书院辑《元草堂诗余》,《粤雅堂丛书》本。

⑦ [清]秦恩复:《元草堂诗余跋》,庐陵凤林书院辑《元草堂诗余》,《粤雅堂丛书》本。

⑧ 张学华:《元八百遗民诗咏·序》,张其淦撰,祁正注:《元八百遗民诗咏》,《明代传记丛刊》(周骏富辑)第71册遗逸类③,明文书局1991年影印本,第5页。

⑨ 祁正:《元八百遗民诗咏·跋》,张其淦撰,祁正注:《元八百遗民诗咏》,《明代传记丛刊》(周骏富辑)第71册遗逸类③,明文书局1991年影印本,第13页。

⑩ 黄诰题词,张其淦撰、祁正注:《元八百遗民诗咏》,《明代传记丛刊》(周骏富辑)第71册遗逸类③,明文书局1991年影印本,第16页。

刘承干题词曰:"《黍离》《麦秀》悲歌起,一代名流嗟已矣。"①这部元遗民诗歌总集还有一个重要的史料价值,那就是收录了这些元遗民的生平史料。

(二)以诗词证史

所谓以诗词证史是指遗民作家创作的遗民诗词与相关史料记载具有互证性,甚至对一些史料具有辨别正误的作用。我们知道,在易代之际,不同史家对于同一事件的记载,可能会有不同的定性。如明末的襄城伯李国祯在李自成攻陷北京后,是殉节而死,还是拷赃而死,在当时可谓是一段公案。然而,吴伟业诗作《吴门遇刘雪舫》称"宁为英国死,不作襄城生",几成这段公案的定论,那就是襄城伯是拷赃而死,并非殉节而死。这一定论后来为《明史》所汲取。赵翼《瓯北诗话》卷九有较为翔实的考证,兹摘录如下:

> 陈济生《再生纪略》,程源《孤臣纪哭》,徐梦得《日星不晦录》及《绅志略》,《燕都日记》(不著撰人氏名),皆谓明崇祯十七年三月十九日京城陷。襄城伯李国祯见李自成,要以三事:一,祖宗陵寝不可毁;一,葬先帝以帝后之礼;一,太子诸王不可害。"贼"皆诺之。及葬毕,国祯即自杀。是皆谓其能殉节者。宏光中,并有赠谥,在正祀武臣七人之内。然记载各有不同:或曰自缢,或曰自杀,或曰药死,或曰即死于帝后殡所,或曰送至昌平,蕆葬讫,死于陵旁。独王士德《崇祯遗录》谓:"城陷后,国祯欲突崇文门,不得出;奔朝阳门,孙如龙已降贼将张能,能劝之降,国祯遂降于能。能羁之,令输金;国祯愿至家搜括以献,而家已为他贼所据,遂被擒。拷掠折足,以荆筐曳回,是夜自缢死。而宏光之有赠谥,乃其门客辈讹传到南都,得幸邀恤典也。"是同一死也,一则谓其殉节,一则谓其拷赃,将奚从?惟梅村

---

① 刘承干题词,张其淦撰、祁正注:《元八百遗民诗咏》,《明代传记丛刊》(周骏富辑)第71册遗逸类③,明文书局1991年影印本,第18页。

《遇刘雪舫》诗有云"宁为英国死,不作襄城生",而论乃定。梅村赴召入都,距国变时未久,国祯之死,尚在人耳目间,固不敢轻为诬蔑也。《明史·李瀣传》后:"闻'贼'勒国祯降,国祯解甲听命;责贿不足,被拷折足,自缢"。是盖据梅村诗为证,然则梅村亦可称诗史矣。(按英国谓张辅裔孙世泽。袭爵后,为闯"贼"所杀)①

三、遗民意识的比较

遗民意识是遗民文学的核心要素,亦是遗民文学创作的重要目的。清初遗民小说与遗民诗词在文体上具有较大的差异,因而在遗民意识表达方面也有一定的共性与差异。其中,共性最多的体现在两个方面。

(一)亡国之痛

清初遗民小说作家在表达亡国之痛时,往往采用白描的方式,着重表现亡国之后诸类人物的种种痛苦。如《樵史通俗演义》第三十回描写了李自成攻陷北京后,诸多官员与宗室成员自杀、被杀殉国,主要死亡方式有自缢死、堕城死、自刎死、投井死、被砍死、自焚死等。我们可以想象作家在描写这些壮举时,自己内心是何等的痛苦。再如《爱铁道人传》《狗皮道士传》《八大山人传》《活死人传》等,描写了那些明遗民在明亡后非常痛苦的生活。明遗民的痛苦,亦即是作家内心深处的亡国之痛。

与清初遗民小说相比,遗民诗词在表达亡国之痛时常常采用感情色彩特别强烈的语汇。笔者在此仅以王清惠《满江红》及汪元量、吴本泰的和词《满江红·和王昭仪》为例以说明之。

> 太液芙蓉,浑不似、旧时颜色。曾记得、春风雨露,玉楼金阙。名播兰簪妃后里,晕生莲脸君王侧。忽一声、鞞鼓揭天来,繁华歇。

---

① [清]赵翼著,霍松林、胡主佑校点:《瓯北诗话》卷九《吴梅村诗》,人民文学出版社1963年版,第139—140页。

龙虎散,风云绝。无限事,凭谁说。对山河百二,泪沾襟血。驿馆夜
惊江国梦,宫车晓碾关山月。愿嫦娥、垂顾肯相容,从圆缺。①

　　天上人家,醉王母、蟠桃春色。被午夜、漏声催箭,晓光侵阙。花
覆千官鸾阁外,香浮九鼎龙楼侧。恨黑风、吹雨湿霓裳,歌声歇。
人去后,书应绝。肠断处,心难说。更那堪杜宇,满山啼血。事去空
流东汴水,愁来不见西湖月。有谁知、海上泣婵娟,菱花缺。②

　　白雁南飞,摇落尽、汉宫秋色。笳吹起、霓裳声断,绛河仙阙。翡
翠巢空金殿里,鸳鸯瓦碎瑶台侧。忆春风、拂槛露华浓,都销歇。
尘黯淡,灯明灭,蛮语似,支离说。怨琵琶空抱,杜鹃啼血。戍柝惊回
鸡帐梦,玉容羞照龙沙月。莫悲伤、环子系罗衣,君恩缺。③

王清惠为宋度宗昭仪,时人称之王昭仪。宋恭宗德祐二年(1276)临安沦
陷,随三宫被押往元朝都城。《满江红》即是其在被押解过程中经过汴京夷山
驿时创作的。这首词的上片通过今昔对比的方式,曾经的"春风雨露,玉楼金
阙",曾经的"晕潮莲脸君王侧",却在元军侵袭之下,一切都结束了。词人用
"繁华歇"三字,可谓惜墨如金,将之前铺叙的所有富贵与宠爱一扫而光。那
么,"繁华歇"之后,词人的心境如何呢?"恨""泪""惊",或许最能概括词人
的心境,乃至南宋遗民的心境。对国君的昏庸、大臣的无能的痛恨,对大宋江
山遭沦陷的哭泣,对国破家亡的现实的无法接受。词的最后表达了词人的美
好愿望,希望与洁白无瑕的嫦娥形影相随,实际也是对自己未来的一种忧虑。

汪元量的和词是他到达大都后创作的。词的上片在创作方法、典故运用
及情感表达等方面,与王清惠原词一脉相承。先是铺叙曾经的荣华富贵,宫廷

---

　　① 　[宋]王清惠:《满江红》,[宋]汪元量:《满江红·和王昭仪》附录,[宋]汪元量撰,孔凡
礼辑校:《增订湖山类稿》卷五,中华书局1984年版,第173页。
　　② 　[宋]汪元量:《满江红·和王昭仪韵》,[宋]汪元量撰,孔凡礼辑校:《增订湖山类稿》卷
五,中华书局1984年版,第173页。
　　③ 　[明]吴本泰:《满江红·和王昭仪》,[清]王昶辑,王兆鹏校点:《明词综》卷六,辽宁教
育出版社1997年版,第91—92页。

歌舞常常通宵达旦,彻夜不眠,而且那些后妃亦围绕在君王前后,恩宠有加。然而,外敌的入侵,将这一切都打破了。和词用"霓裳"典故,暗合原词"鞞鼓"之典。此典用于此颇为恰切,胡人安禄山侵占长安,正如蒙元攻陷临安。下片开始表达词人在亡国之后的心态。"书应绝""肠断处""啼血""愁来""泣"等语汇,描绘了一位遗民在山河破碎、江山易主的历史剧变中痛苦的情怀。特别是"事去空流东汴水,愁来不见西湖月"二句,将汴水与西湖并提,实质是将北宋之亡与南宋之亡并提,对于宋遗民来说,确实再悲痛不过。

吴本泰(1573—?),字美子,号药师,亦号梅里居士,晚年号雨庵道人。浙江海宁人,寓居钱塘。崇祯七年(1634)进士及第。历史部主事、南京礼部郎中等职。有《绮语障》《海粟堂集》等。其和王清惠词当作于明亡之后。此和词在用典上总体承袭王清惠原词而来,即均使用汉唐典故。不过,此词却将原词典故具体化为王昭君与杨玉环的不幸遭遇,而且将此二典贯穿上下两片。特别是用杨玉环之典劝慰那些北迁宫女,显得格外悲切,从而将自己的亡国之痛蕴含其中。我们从吴本泰的和词明显可以看出,不同时代的遗民在亡国之痛的情感抒发上,完全可以穿越时空,找到他们的共同之处。

据目前史料所载,王清惠仅有此词流传下来,但其在当时与后代的传播却是相当广泛,和词者不在少数。除上述和词外,还有同时代的文天祥、邓光荐的和词,以及明代的钱肃乐、清代的徐灿、王策、清末民初的章钰、胡汉民、民国时的龙榆生等人的和词。不同时代、不同人物在同一首词上,能形成一致共鸣,说明和词者在王清惠原词中找到了各自的情感归宿。

(二)忠义赞歌

对忠义的歌颂自古以来一直是文学作品的重要主题,而在遗民文学作家的笔下则深深地印上易代色彩,成为他们表达遗民情绪的重要载体。清初遗民小说热情歌颂的忠义主要包括历史故事、现实故事及志怪故事中的忠义,参见前文相关论述。

　　与清初遗民小说不同的是,三个易代时期的遗民诗词关注的忠臣节士主要分为两类:一类是历史上的忠臣节士,一类是现实中的忠臣节士。

　　宋遗民赞美历史上的忠臣节士主要包括伯夷、叔齐、屈原、苏武等人。如宋遗民舒岳祥《伯夷》:“四海归周莫不臣,首阳山下饿夫身。清风万古何曾死,愧死当时食粟人。”①俞德邻《古意八首》(其三):“古来有介士,采薇首阳巅。虽非炼五石,名与日月悬。”②“清风万古”“名与日月悬”既是伯夷、叔齐的遗民气节的高度赞誉,亦表明自己要始终不渝地坚持遗民气节。更有甚者,郑思肖《一百二十图诗集》,歌颂了自先秦至唐宋间诸多忠臣义士,包括屈原、苏武、严子陵、陶渊明、诸葛亮、杜甫等。明遗民诗词作家对南宋的民族英雄岳飞、文天祥称赞有加,如钱继登的《满江红·拜岳王墓》对权奸误国、忠良被害表达了极度悲愤与不满,刘命清的《八声甘州·文文山正气歌》对文天祥抗元斗争表现出来的正气精神,予以高度评价。不仅如此,明遗民诗词作家还对本朝的忠臣表达了敬意。如朱一是的《水调歌头·过康郎湖,遥吊忠臣庙》对明初在康郎山同陈友谅战殁的功臣,表达了崇敬之意,王屋的《沁园春·眉公处读故事经略熊廷弼狱中手书,憪然悲之,录其志之可悲者为调》则追念因党争而被传首九边的熊廷弼。遗民作家在歌颂这些历史上的忠臣义士时,实际上是歌颂他们的忠义精神,而这种精神正是作家所要秉持的。

　　除历史人物外,三个易代时期的遗民诗词作家还注重对现实中的忠臣义士的赞美。宋遗民作家热情歌颂的对象主要有文天祥、陆秀夫等。其中,文天祥在宋末元初的抗元斗争及被俘后不屈而死的精神,鼓舞并激励了宋遗民保持民族气节,拒绝与元朝合作。郑思肖《和文丞相六歌》(其五):“我所思兮文

---

　　① 〔宋〕舒岳祥:《伯夷》,傅璇琮等:《全宋诗》卷三四四三,第 65 册,北京大学出版社 1998 年版,第 41015 页。
　　② 〔宋〕俞德邻:《古意八首》(其三),傅璇琮等:《全宋诗》卷三五四六,第 67 册,北京大学出版社 1998 年版,第 42412 页。

丞相,英风凛凛照穹壤。"①邓剡《挽文文山》称文天祥"精诚揭天日,气魄动夷夏"②。林景熙《读文山集》则将文天祥与苏武、颜杲卿相提并论:"苦寒尚握苏武节,垂尽犹存杲卿舌。"③而陆秀夫负帝投海殉国的壮举,同样为宋遗民树立了精神榜样,肯定了其殉国行为的历史意义。林景熙《题陆秀夫负帝蹈海图》称:"板荡纯臣有如此,流芳千古更无前。"④方凤《哭陆丞相秀夫》:"独有丹心皎,长依海日悬。"⑤龚开《陆右丞君实挽诗》:"他年自有春秋笔,不比田横祭墓文。"⑥

元遗民作家称颂最多的是余阙。余阙(1303—1358),字廷心,一字天心,自号青阳先生。唐兀氏,世居河西武威(今甘肃武威)。元仁宗延祐五年(1318)随母迁居父任所庐州(今安徽合肥),遂为庐州人。元顺帝元统元年(1333)赐进士及第。历任同知泗州事、中书刑部主事、翰林院编撰等职。至正十三年(1353),被元廷委派镇守安庆。城失守,自刎死,妻、子、女皆赴井死。《元史》称:"自兵兴以来,死节之臣(余)阙与褚不华为第一云。"⑦余阙及其家人的殉国死节激励了当时抗明元军,亦为元遗民作家反复歌咏的人物,如刘彦丙的《哀故御史公余阙守舒城死节》《吊余忠悯公祭文》、叶李的《挽余忠悯公》、周巽的《哀故左丞余公阙》、蓝仁的《过安庆城怀故元帅余阙廷心》、丁鹤年的《过安庆追悼余文贞公》、刘永之的《过安庆怀余青阳先生》等。

---

① [宋]郑思肖:《和文丞相六歌》(其五),傅璇琮等:《全宋诗》卷三六二七,第 69 册,北京大学出版社 1998 年版,第 43433 页。

② [宋]邓剡:《挽文文山》,傅璇琮等:《全宋诗》卷三五八一,第 68 册,北京大学出版社 1998 年版,第 42790 页。

③ [宋]林景熙:《读文山集》,傅璇琮等:《全宋诗》卷三六三三,第 69 册,北京大学出版社 1998 年版,第 43528 页。

④ [宋]林景熙:《题陆秀夫负帝蹈海图》,傅璇琮等:《全宋诗》卷三六三三,第 69 册,北京大学出版社 1998 年版,第 43530 页。

⑤ [宋]方凤:《哭陆丞相秀夫》,傅璇琮等:《全宋诗》卷三六一七,第 69 册,北京大学出版社 1998 年版,第 43329 页。

⑥ [宋]龚开:《陆右丞君实挽诗》,傅璇琮等:《全宋诗》卷三四六五,第 66 册,北京大学出版社 1998 年版,第 41277 页。

⑦ [明]宋濂等:《元史》卷一百四十三《余阙列传》,中华书局 1976 年版,第 3429 页。

　　明遗民作家热情歌颂的现实中的忠臣义士，仍然是那些因抗争而殉国的将士，包括史可法、黄得功、金声、汤芬等。其中，遗民作家歌咏史可法的篇什相对较多。刘城《哭史公》称："南渡从前有，惟公独可哀。"①诗题之"哭"与诗句之"哀"，前后呼应，将诗人对史可法崇敬表达得淋漓尽致。陆延抡《过史相国坟》②中"沧波呜咽三江戍，碧血凄凉万古春"二句表明史可法的抗清斗争将永载史册，"一自前军星坠后，至今无复见纶巾"二句表达诗人对于抗清后继无人的悲凉心境。李长盛《过史公墓》③更是感人至深。颔联"正气经天地，孤忠贯日星"二句高度评价了史可法对国家的忠诚，颈联"野人常堕泪，国史有遗声"二句从当时与未来两方面肯定了史可法产生的影响，尾联"千载芜城下，森森松柏青"二句将史可法的壮举行为必将与扬州城共存。吴嘉纪《过史公墓》④中"寂寞夜台谁吊问，蓬蒿满地牧童歌"二句，更是将史可法墓冢的荒凉，衬托诗人内心的无限凄凉，亦表明当时的抗清形势渐趋减弱。

　　总之，易代之际的遗民作家在对忠臣义士进行赞歌之时，往往将自己的遗民情怀蕴含其中，一方面极力颂扬他们的忠贞不屈的抗争精神，另一方面亦砥砺当时正在积极进行的抗击斗争。

　　除上述共性外，遗民诗词在表达遗民意识时，与清初遗民小说相比，最为重要的差异在于隐逸情结的向往。向往隐逸是古代文学的一个重要主题，所谓"穷则独善其身"，在一定程度上意味着士人在遭遇一定挫折时，会选择隐逸的方式来保持自身的高洁。而在易代之际，遗民作家在诗词中表达归隐意识，除具有传统的独善其身之意外，还有更多的现实因素，如躲避新朝追捕与

---

　　①　[清]刘城：《哭史公》，[清]卓尔堪辑：《明遗民诗》卷五，中华书局1961年版，第200页。

　　②　[清]陆延抡：《过史相国坟》，[清]卓尔堪辑：《明遗民诗》卷八，中华书局1961年版，第329页。

　　③　[清]李长盛：《过史公墓》，[清]卓尔堪辑：《明遗民诗》卷十一，中华书局1961年版，第451页。

　　④　[清]吴嘉纪：《过史公墓》，[清]吴嘉纪：《陋轩诗》卷一，《清代诗文集汇编》第63册，上海古籍出版社2010年影印本，第422页。

屠杀,展示自己拒绝新朝的态度。

宋遗民诗词作家在共叙隐逸之情时,常常采用结社的方式。其中最为著名的一次即是月泉吟社组织的"由数千遗民参加的隐逸大合唱"①。这次诗会的重要组织者为吴渭。吴渭,字清翁,号潜斋。浙江浦江人。生卒年不详。宋末曾任义乌县令,入元后不仕,隐居吴溪,立月泉吟社,与遗民诗人方凤、谢翱、吴思齐共同主持此次盛会。据吴渭立月泉吟社规称,此次征集诗作自至正二十三年(1363)"小春月望"②(笔者按:十月十五日)始,至次年"正月望日"(笔者按:正月十五日)收卷,以"春日田园杂兴"③为题,限五七言律体,"收二千七百三十五卷,选中二百八十名,三月三日揭榜"④。四库馆臣称:"其人大抵宋之遗老,故多寓遁世之意。"⑤这种"遁世之意"在第五十五名九山人的诗作中得到充分地表达:首联"轩裳一梦断尘寰,桑柘阴阴静掩关",意谓诗人绝世独立、拒绝元廷利诱;颔联"种秫已非彭泽县,采薇何必首阳山",意谓诗人追慕前代高蹈者;尾联"君看浣花堂上燕,芹泥虽好亦知还",讽刺仕元者,劝其迷途知返。评点者曰:"前联就事,映带田园,次联韵度迥别,末尤有趣。"⑥

元遗民在表达归隐之情时,歌咏与唱和陶渊明的诗作较为突出。咏陶、和陶诗在元以前,最为突出的当数北宋的苏轼。据笔者粗略统计,至少有 138首,包括和《饮酒》诗 20 首、读《山海经》诗 13 首、《杂诗》11 首、《拟古》诗 9首、《归园田居》诗 6 首、《贫士》诗 7 首、《移居》诗 2 首等。⑦ 这些诗作多为其

---

① 方勇:《南宋遗民诗人群体研究》,人民出版社 2000 年版,第 201 页。

② [宋]吴渭辑:《月泉吟社诗》,《丛书集成初编》第 1786 册,商务印书馆 1936 年版,第 1 页。

③ [宋]吴渭辑:《月泉吟社诗》,《丛书集成初编》第 1786 册,商务印书馆 1936 年版,第 67 页。

④ [宋]吴渭辑:《月泉吟社诗》,《丛书集成初编》第 1786 册,商务印书馆 1936 年版,第 67 页。

⑤ [清]纪昀等《钦定四库全书总目》(整理本),中华书局 1997 年版,第 2625 页。

⑥ [宋]吴渭辑:《月泉吟社诗》,《丛书集成初编》第 1786 册,商务印书馆 1936 年版,第 56—57 页。

⑦ 笔者统计主要依据搜韵网进行的检索。其中,全诗以"和陶"、作者以"苏轼"为关键词,进行检索。

失意之时或厌恶官场时所作,并从陶渊明身上寻找自己的人生价值。而在元末明初的易代之际,咏陶、和陶者数量也非常可观①,且诗作被深深打上时代烙印。最为突出的是陶渊明形象开始出现遗民色彩。黄枢《乐志善所藏陶渊明画像》云:"……但谓特隐逸,岂能详厥藏。观其所咏篇,荆轲与三良。殆欲身殉国,寓意何慨慷。述酒虽庾词,三复增悲伤。耻周西山夫,报韩张子房。尚友千载下,前后相辉光。……"②从这一题画诗,我们可以看出元遗民黄枢在解读陶渊明时,已不仅仅用"隐逸"二字来概括了,而是有更多的内涵,正所谓"但谓特隐逸,岂能详厥藏"。从《咏荆轲》《咏三良》中,诗人读出了作为晋遗民的陶渊明,具有效法荆轲、三良(笔者按:子车氏三子奄息、仲行、鍼虎)慨慷殉国的意图。诗人又从《述酒》中读出陶渊明不仕刘宋,是效法伯夷、叔齐和张良不忘故国的心态。"尚友千载下,前后相辉光",意谓陶渊明的遗民情怀,同历史上的忠臣义士对国家的忠贞,是一脉相承的。元遗民对于陶渊明及其诗作的新解,是陶诗经典化过程出现的新现象,更是对隐逸主题的另类解读与表达。

归隐之情仍然是明遗民抒发的重要情感,在追忆前代隐士、讴歌前代遗民、展现自己的隐逸心态等方面,与宋、元遗民有相通之处。不过,明遗民更多地寄情山水,在山水之间寻找自我慰藉与故国印记,则是其表达归隐之情的突出表现。寻找自我慰藉者如闵鼎《山中》等,寻找故国印记者如杜濬《登周处台》等。《山中》云:"掬我流泉,坐我白石。山中之人,驹难过隙。鸟鸣不识,花开不知。山中之人,何虑何思。溪深雪积,石断泉流。山中之人,神与天游。"前四句叙诗人忘情山水之间,仿佛时空已经凝固,特别是"驹难过隙"反"白驹过隙"而用之,颇有创意;中间四句叙诗人陶醉山水之间,一切思虑皆可

---

① 据唐朝晖统计,现在别集存世的元代遗民诗人共有 89 人,只有 19 人没有咏陶诗(句)(如果加上文章则只有 7 人),只占总数的六分之一。(《元遗民诗人群体研究》,海南出版社 2006 年版,第 106 页)

② [元]黄枢:《乐志善所藏陶渊明画像》,[元]黄枢:《后圃黄先生存集》卷一,《续修四库全书》第 1325 册,上海古籍出版社 2002 年影印本,第 202—203 页。

终止。最后四句叙诗人在有山无水的情况下,仍然可以与天神游。这首禅意甚浓的诗歌虽未曾一字提及亡国之伤,但在字里行间,我们却发现诗人尽力在山水之间寻找疗伤的途径。《登周处台》云:"半生老作金陵客,访古今登周处台。疏树万家秋更落,夕阳千里暗还开。虚传战伐能挥剑,如此江山只举杯。寂寞草堂遥在目,苍茫指点朔风回。"①周处台②,亦称子隐堂(笔者按:子隐为周处字),俗称周处读书处,在今南京雨花台附近。明遗民杜濬登台瞭望,面对故国的江山,只有举杯浇愁,记录自己对故国的感伤。明遗民将自己的遗民情怀寄托于山水之间,在明遗民诗中较为普遍的现象。据统计,卓尔堪的《明遗民诗》有一半以上的篇幅为山水诗。山水诗亦成为清初遗民诗的重要题材与主题。而这些山水却蕴含遗民诗人浓郁的归隐山水的遗民情感,正如潘承玉所言:"自然按人文之自然,江山按故国江山之本来面目被记录入诗,这是遗民诗对故国自然面貌的最真实传达。"③

综上所述,清初遗民小说与古代遗民诗词虽然在文体上有较大的差别,但它们之间仍然存在总体共性的一面。同时,在总体共性中又有细微差别。在籍贯分布方面,遗民作家总体上遵循了长江以南作家占主体的规律,而不同时期的诗词作家又有细微差别,如宋、元遗民作家以江西、浙江二省为最多,而明遗民作家则以江苏、浙江二省为最多。在纪录现实方面,无论是清初遗民小说,还是三个易代时期的遗民诗词作品,均具有补史意识,具有一定的存史意义,甚至具有一定的证史作用。在遗民意识方面,清初遗民小说与三个易代时期的遗民诗词作品,均表达了作家的深深的亡国之痛,以及对历史与现实中的忠臣义士的崇高敬意。而清初遗民小说在总结故国灭亡教训方面,更有一定的广度与深度,甚至在一定程度上达到了史家的高度。相对清初遗民小说,三个易代时期的遗民诗词在此方面较为薄弱与零散,但却在抒发隐逸之情方面

---

① [清]杜濬:《登周处台》,[清]卓尔堪辑:《明遗民诗》卷二,中华书局1961年版,第81页。
② 参见宋人张敦颐:《六朝事迹编类》卷四之《周处台》。
③ 潘承玉:《南明文学研究》,中华书局2012年版,第196页。

稍胜一筹,而且他们在元初、明初、清初形成鲜明特色表达归隐情感的方式,如宋遗民大规模地结社唱和,元遗民对陶渊明及其诗作的重新解读,明遗民对山水的高度热情,等等。

通过上文的比较,我们可以看出清初遗民小说在嬗变过程中的特点与规律,以及与古代遗民戏剧、诗词等在诸多方面的共同与差异之处。这种比较无疑让我们较为清晰地看到清初遗民小说在古代遗民文学中的价值与定位:一是清初遗民小说是清初遗民文学的不可或缺的组成部分,亦是整个古代遗民文学的重要组成部分。古代遗民文学按照时段分类,可分为元初遗民文学、明初遗民文学、清初遗民文学。按文体分类,可分为古代遗民诗、遗民词、遗民文、遗民小说、遗民戏剧、遗民散曲。清初遗民小说无论从时段,还是从文体,均是古代遗民文学有机组成部分。二是清初遗民小说与其他文体遗民文学各有特色地阐释了元初以降易代文学的创作特色。清初遗民小说以全面总结明亡教训见长,而遗民诗、词、曲等韵文学则以抒发故国之思与亡国之痛见长,遗民戏剧则更多地通过舞台艺术展现历史与现实中的人物的故国情怀,遗民文则以补史证史为重要特色。三是清初遗民小说的艺术价值总体上处于明清小说两大高峰之间的过渡地带,而其他文体遗民文学除极少数作品外,大多作品的艺术价值亦不是甚高。虽然如此,但遗民文学却极具易代特色。这种过渡时期文学,在一定程度上起到承上启下的作用,亦即上接旧朝文学的余绪,下开新朝文学的新境,颇具文学史意义,从而更具文学史价值。

结　　语

刘梦溪在《中国现代学术经典·总序》中称："中国两千多年来的学术流变，有三个历史分际之点最值得注意：一是晚周，二是晚明，三是晚清。都是天崩地解、社会转型、传统价值发生危机、新思潮汹涌竞变的时代。初看起来，明清易代似乎与春秋时期以及清末民初大有不同。实际上明清之际文化裂变的深度和烈度，丝毫不让于另外两个历史时期，而就学术思想的嬗变而言，还有其他时期不可比拟之处。明清之际学术思想的变化，更隐蔽，更婉曲，更悲壮。如果说先秦诸子和晚清各家是用舌和刀、纸和笔来表达自己的思想，那么明末清初的知识阶层则是用血和泪来书写历史的册页。"①此虽是对明清之际学术思想的总结，但如果将其视之为对清初遗民小说在创作背景、创作手法、思想内容等方面的总结，亦未尝不可。

一、遗民小说产生于"天崩地解、社会转型、传统价值发生危机、新思潮汹涌竞变的时代"。我们知道，明清之际经历着明廷让位于大顺、又让位于大清、大清与南明共存、最后归于一统的历史演变，其中又渗透着满汉间民族矛盾、统治集团内部的党争及统治者与民众间的矛盾。这种动荡的社会与复杂的矛盾纠缠在一起，一方面对传统价值观产生严重冲击，另一方面又促使实学

---

① 刘梦溪：《中国现代学术经典·总序》，河北教育出版社1996年版，第62—63页。

思潮的兴起。而作为清初遗民小说,既是这一社会背景的产物,又是这一社会背景的反映,如小说中涉及的诸多明亡清兴因素,包括党争、民变、抗清、农民起义等,又涉及明清鼎革的文化生态,包括补史之缺、明亡之思、经世之学等。同时,由于众多明遗民的存在及非遗民具有的遗民情怀,清初时期又兴起遗民文学的创作高潮。在这种遗民文学语境当中,遗民小说既与遗民诗、词、文、戏曲等有着密切的关系,自身又构成遗民文学的重要组成部分。总之,天崩地解的历史背景、新思潮的文化氛围、蕴含遗民情怀的文学语境等诸要素,共同造就了清初遗民小说的应时出世。

二、遗民小说的创作手法"更隐蔽,更婉曲,更悲壮"。由明入清的士人在创作小说时,为逃避清初的文网,往往通过隐晦曲折的方式表达自己的遗民情怀。有的以古喻今,如《续金瓶梅》对降金者蒋竹山的描写,显然表达作者对降清者的一种痛恨。再如《水浒后传》对李俊在海外建立"暹罗国"的描写,显然有暗喻南明的郑氏政权之意,又如《女仙外史》对姚广孝的描写,显然表达作者对追随"篡国者"的愤懑;有的以传奇志怪暗喻现实社会,如《塵馀·翟公客》对翟公客罗雀见风使舵而不得善终的描写,表达作者对降清者不会有好的结局的诅咒,再如《诸皋广志·颧复仇》对蛇鸟大战的描写,体现了作者誓死抗清的决心,又如《换心记》对愚钝之人换心的描写,反映了作者对当时人心不古的哀叹。同时,遗民小说作家还通过对那些历史故事及传奇志怪中的忠义行为的描写,来曲折表达自己的遗民情感。如《隋唐演义》对雷海青、颜真卿、颜杲卿、南霁云的描写,表达作者对抗击外族入侵者的赞赏,再如《续金瓶梅》对洪皓的描写,体现作者对保持民族气节者的崇敬,又如《义虎记》《义犬记》等对忠义动物的描写,体现作者对忠义者的赞誉、对弃义者的针砭。作者在描写这些忠义者的忠义行为时,往往又突出其走向毁灭时所表现悲壮的一面。总之,隐蔽、婉曲、悲壮是清初遗民小说在创作手法上的一个重要特点。

三、遗民小说作家"用血和泪来书写历史的册页"。如果说清初遗民小说在描写历史故事及传奇志怪故事时,更多地采用隐晦曲折的方式来表达自己的遗民情感,那么,其对明清之际的现实社会的反映则更多地"用血和泪来书写"。如《樵史通俗演义》对崇祯帝自缢、明廷大臣们殉难、殉节的描写,表达了作者对明亡的无限哀痛,再如《海角遗编》《台湾外记》对南明抗清的描写,表达了作者希冀明廷之脉得以延续,又如《爱铁道人传》《八大山人传》《薛衣道人传》《活死人传》等对明遗民的描写,表达了作者对这些为保持自己的民族气节而选择痛苦的生活方式的明遗民的崇敬。这些饱含作者血与泪的描写,亦正是作者的亡国之痛、故国之思的浸透。总之,清初遗民小说在反映明清之际的现实时,往往将作者的血与泪蕴含其中。

综上所述,清初遗民小说是在明清之际复杂的社会背景下产生的,而经历历史巨变的遗民小说作家,在创作这些小说时,为表达自己的浓郁的遗民情怀,或通过隐晦曲折的方式,或通过直抒胸臆的方式,同时在艺术手法、小说评点上亦体现之。概言之,遗民意识贯穿于清初遗民小说的创作、艺术、评点之始终,传播者在传播时又承绪了一定的兴亡之感及古今叹息之内涵,从而突出其鲜明的易代特色及其小说史与文学史价值。

主要参考文献

一、小说作品

［汉］刘歆撰，［晋］葛洪集：《西京杂记》，《汉魏六朝笔记小说大观》本，上海古籍出版社 1999 年版。

［唐］郑处诲：《明皇杂录》，《丛书集成初编》本，中华书局 1985 年版。

［唐］姚汝能：《安禄山事迹》，上海古籍出版社 1983 年版。

［宋］李昉编：《太平广记》，中华书局 1961 年版。

［宋］不题撰人：《宣和遗事》，《丛书集成初编》本，中华书局 1985 年版。

［明］施耐庵著，［清］金圣叹评点：《第五才子书施耐庵水浒传》，《古本小说集成》据中华书局 1975 年影印金闾叶瑶池梓行"贯华堂古本"影印，上海古籍出版社 1994 年版。

［明］罗贯中编次：《三国志通俗演义》，《古本小说集成》据嘉靖本影印，上海古籍出版社 1994 年版。

［明］吴承恩：《西游记》，人民文学出版社 1980 年版。

［明］兰陵笑笑生著，［清］张道深评：《金瓶梅》，齐鲁书社 1991 年版。

［明］许仲琳编著：《封神演义》，上海古籍出版社 1991 年版。

［明］陆应旸：《樵史》，《四库禁毁书丛刊》本，北京出版社 2000 年版。

［明］罗贯中编，［清］张无咎校：《天许斋批点平妖传》，《古本小说丛刊》据日本内阁文库浅草文库藏本影印，中华书局 1991 年版。

［明］朱长祚：《玉镜新谭》，中华书局 1989 年版。

［明］冯梦龙：《醒世恒言》，《古本小说集成》据日本内阁文库藏叶敬池刊本影印，

467

上海古籍出版社 1994 年版。

　　[清]懒道人口授：《剿闯小说》，《古本小说集成》据日本内阁文库本影印，上海古籍出版社 1994 年版。

　　[清]微园主人编：《清夜钟》，《古本平话小说集》本，人民文学出版社 1984 年版。

　　[清]蓬蒿子编辑：《新世鸿勋》，《古本小说集成》据大连图书馆藏庆云楼本影印，上海古籍出版社 1994 年版。

　　[清]松排山人编辑：《铁冠图》，《古本小说集成》据胡士莹藏本影印，上海古籍出版社 1994 年版。

　　[清]漫游野史：《海角遗编》，《古本小说集成》据上海图书馆藏本影印，上海古籍出版社 1992 年版。

　　[清]佚名：《梼杌闲评》，人民文学出版社 1983 年版。

　　[清]陈贞慧：《山阳录》，《丛书集成续编》本，上海书店 1994 年版。

　　[清]陆应旸著，栾星校点：《樵史通俗演义》，中州古籍出版社 1987 年版。

　　[清]江左樵子编辑，钱江拗生批点，史愚校点：《樵史通俗演义》，人民文学出版社 1989 年版。

　　[清]丁耀亢著，陆月、星合校点：《续金瓶梅》，齐鲁书社 1988 年版。

　　[清]空谷老人：《续英烈传》，《古本小说集成》据大连图书馆藏励园书室本影印，上海古籍出版社 1994 年版。

　　[清]卢若腾：《岛居随录》，《笔记小说大观》本，广陵古籍刻印社 1983 年版。

　　[清]史玄：《旧京遗事》，北京古籍出版社 1986 年版。

　　[清]史惇：《恸馀杂记》，《丛书集成初编》本，中华书局 1959 年版。

　　[清]王炜：《嗒史》，《丛书集成续编》本，上海书店 1994 年版。

　　[清]佚名：《研堂见闻杂记》，《台湾文献史料丛刊》本，大通书局 2000 年版。

　　[清]青莲室主人辑：《后水浒传》，春风文艺出版社 1981 年版。

　　[清]陈忱：《水浒后传》，《古本小说集成》据华东师范大学图书馆藏绍裕堂刊本影印，上海古籍出版社 1994 年版。

　　[清]李清：《女世说》，清道光五年（1825）经义斋刻本。

　　[清]冒襄：《影梅庵忆语》，上海大东书局 1933 年版。

　　[清]余怀：《东山谈苑》，《余怀集》本，广陵书社 2005 年版。

　　[清]余怀：《板桥杂记》，上海大东书局 1931 年版。

　　[清]彭贻孙：《客舍偶闻》，《丛书集成续编》本，上海书店 1994 年版。

　　[清]曹宗璠：《麈馀》，《丛书集成续编》本，上海书店 1994 年版。

［清］陆圻：《冥报录》，《丛书集成续编》本，上海书店1994年版。

［清］徐芳：《诺皋广志》，《丛书集成续编》本，新文丰出版公司1989年版。

［清］艾衲居士编著，张敏校点：《豆棚闲话》，人民文学出版社2006年版。

［清］李延昰：《南吴旧话录》，民国四年（1915）铅印本。

［清］李延昰：《南吴旧话录》，《瓜蒂庵藏明清掌故丛刊》本，上海古籍出版社1985年版。

［清］陈维崧：《妇人集》，《丛书集成初编》本，中华书局1985年版。

［清］侯方域：《壮悔堂文集》，《清代诗文集汇编》本，上海古籍出版社2010年版。

［清］江日昇：《台湾外记》，福建人民出版社1983年版。

［清］吴肃公：《阐义》，《四库禁毁书丛刊》本，北京出版社2000年版。

［清］吴肃公：《明语林》，《续修四库全书》本，上海古籍出版社1995—2002年版。

［清］王夫之：《船山全书》，岳麓书社2011年版。

［清］褚人获：《隋唐演义》，《古本小说集成》据山东大学图书馆藏四雪草堂初印本影印，上海古籍出版社1994年版。

［清］吕熊：《女仙外史》，《古本小说集成》据复旦大学图书馆藏康熙间钓璜轩刊本影印，上海古籍出版社1992年版。

［清］张潮辑：《虞初新志》，《古本小说集成》据上海图书馆藏康熙刻本影印，上海古籍出版社1994年版。

［清］王晫：《今世说》，中华书局1985年版。

［清］蒲松龄原著，张友鹤辑校：《聊斋志异》（会校会注会评本），上海古籍出版社1978年版。

［清］郑醒愚编：《虞初续志》，中国书店1986年，据扫叶上房1926年版影印。

［清］俞樾辑：《荟蕞编》，《笔记小说大观》本，广陵古籍刻印社1983年版。

［清］黄承曾辑：《广虞初新志》，柯愈春编纂《说海》本，人民日报出版社1997年版。

［清］朱承斌编：《虞初续新志》，柯愈春编纂《说海》本，人民日报出版社1997年版。

吴曾祺编辑：《旧小说》己集，上海书店1985年版。

王葆心编：《虞初支志甲编》，上海书店1986年版。

姜泣群编：《虞初广志》，柯愈春编纂《说海》本，人民日报出版社1997年版。

路工、谭天编：《古本平话小说集》，人民文学出版社2006年版。

二、史著、专著及其他

［汉］司马迁：《史记》，中华书局1959年版。

［汉］刘向集录：《战国策》，上海古籍出版社1978年版。

［汉］淮南子撰，何宁集释：《淮南子集释》，《新编诸子集成》本，中华书局1998年版。

［汉］刘熙：《释名》，《丛书集成初编》本，中华书局1985年版。

［汉］班固：《汉书》，中华书局1962年版。

［汉］许慎著，［清］段玉裁注：《说文解字注》，上海古籍出版社1981年版。

［汉］王充原著，黄晖校释：《论衡校释》，《新编诸子集成》本，中华书局1990年版。

［晋］葛洪撰，王明校释：《抱朴子内篇校释》，《新编诸子集成》本，中华书局1985年版。

［晋］杜预：《春秋经传集解》，《四部备要》本，中华书局1989年版。

［南朝梁］刘勰著，范文澜注：《文心雕龙注》，人民文学出版社1958年版。

［南朝梁］刘勰著，周振甫注：《文心雕龙注释》，人民文学出版社1981年版。

［唐］房玄龄等：《晋书》，中华书局1974年版。

［唐］魏征等：《隋书》，中华书局1973年版。

［唐］杜甫著，［清］仇兆鳌注：《杜诗详注》，中华书局1979年版。

［唐］李翱：《李文公集》，《四部丛刊》本。

［唐］韩愈著，钱仲联、马茂元校点：《韩愈全集》，上海古籍出版社1997年版。

［唐］柳宗元：《柳宗元集》，中华书局1979年版。

［唐］佚名撰，启功校录：《王昭君变文》，王重民编：《敦煌变文集》，人民文学出版社1957年版。

［唐］孟棨：《本事诗》，《丛书集成初编》本，商务印书馆1939年版。

［后晋］刘昫等：《旧唐书》，中华书局1975年版。

［宋］李昉编：《太平御览》，中华书局1960年版。

［宋］司马光：《资治通鉴》，中华书局1956年版。

［宋］赵彦卫：《云麓漫钞》，中华书局1996年版。

［宋］苏洵著，曾枣庄、金成礼笺注：《嘉祐集笺注》，上海古籍出版社1993年版。

［宋］苏轼撰，孔凡礼点校：《苏轼文集》，中华书局1986年版。

［宋］曾巩撰，陈杏珍等校：《曾巩集》，中华书局1984年版。

［宋］罗烨：《醉翁谈录》，古典文学出版社1957年版。

［宋］陈岩肖：《庚溪诗话》，《丛书集成初编》本，中华书局 1985 年版。

［宋］普济著：《五灯会元》，《中国佛教典籍选刊》本，中华书局 1984 年版。

［宋］鲁訔编次，蔡梦弼会笺：《杜工部草堂诗笺》，《丛书集成初编》本，中华书局 1985 年版。

［宋］任渊、史容、史季温注，刘尚荣校点：《黄庭坚诗集注》，中华书局 2003 年版。

［宋］王明清：《挥麈后录》，中华书局 1961 年版。

［宋］陆九渊著，钟哲点校：《陆九渊集》，《理学丛书》本，中华书局 1980 年版。

［宋］程颢、程颐著，王孝鱼点校：《二程集》，中华书局 1981 年版。

［宋］周敦颐：《周子通书》，上海古籍出版社 2000 年版。

［宋］洪迈：《容斋随笔》，中华书局 2005 年版。

［宋］朱熹集注，陈戍国标点：《四书集注》，岳麓书社 2004 年版。

［宋］朱熹原著，朱杰人主编：《朱子全书》，上海古籍出版社、安徽教育出版社 2002 年版。

［宋］黎靖德编，王星贤点校：《朱子语类》，中华书局 1986 年版。

［宋］陈亮：《龙川集》，《景印文渊阁四库全书》本，台湾“商务印书馆”1986 年版。

［宋］叶适：《习学记言》，《景印文渊阁四库全书》本，台湾“商务印书馆”1986 年版。

［宋］高斯得：《耻堂存稿》，《景印文渊阁四库全书》本，台湾“商务印书馆”1986 年版。

［宋］汪元量撰，孔凡礼辑校：《增订湖山类稿》，中华书局 1984 年版。

［宋］吴渭辑：《月泉吟社诗》，《丛书集成初编》本，商务印书馆 1936 年版。

［元］周达观原著，夏鼐校注：《真腊风土记校注》，中华书局 1981 年版。

［元］脱脱等：《宋史》，中华书局 1977 年版。

［元］许有壬著，傅瑛、雷近芳校点：《许有壬集》，中州古籍出版社 1998 年版。

［元］吴莱著，［明］宋濂编：《渊颖吴先生文集》，《四部丛刊》本。

［元］任士林：《松乡集》，《景印文渊阁四库全书》本，台湾“商务印书馆”1986 年版。

［元］袁桷：《清容居士集》，《四部丛刊》本。

［元］戴良：《九灵山房集》，《四部丛刊》本。

［元］丁鹤年：《丁鹤年集》，《明别集丛刊》本，黄山书社 2013 年版。

［元］戴表元：《戴表元集》，《元朝别集珍本丛刊》本，吉林文史出版社 2008 年版。

［元］黄枢：《后圃黄先生存集》，《续修四库全书》本，上海古籍出版社 1995—2002

年版。

　　[明]黄佐:《革除遗事》,《续修四库全书》本,上海古籍出版社 1995—2002 年版。

　　[明]宋端仪:《立斋闲录》,《续修四库全书》本,上海古籍出版社 1995—2002 年版。

　　[明]蒋一葵:《尧山堂外纪》,《续修四库全书》本,上海古籍出版社 1995—2002 年版。

　　[明]沈德符:《万历野获编》,《元明史料笔记》本,中华书局 1959 年版。

　　[明]胡广等纂修:《明实录》,"中研院"历史语言研究所 1962 年影印本。

　　[明]姚宗典:《存是录》,《明清史料汇编》,(沈云龙选辑)本,文海出版社 1967 年版。

　　[明]归有光:《震川先生集》,上海古籍出版社 1981 年版。

　　[明]陆容:《菽园杂记》,《元明史料笔记》本,中华书局 1985 年版。

　　[明]王守仁著,吴光等编校:《王阳明全集》,上海古籍出版社 1992 年版。

　　[明]李贽:《焚书》,中华书局 1975 年版。

　　[明]李贽著,张建业整理:《道古录》,张建业等编:《李贽文集》,社会科学文献出版社 2000 年版。

　　[明]祝允明:《野记》,《四库全书存目丛书》本,齐鲁书社 1995 年版。

　　[明]乌斯道:《春草斋集》,《景印文渊阁四库全书》本,台湾"商务印书馆"1986 年版。

　　[明]陈子龙:《安雅堂稿》,《续修四库全书》本,上海古籍出版社 1995—2002 年版。

　　[清]丁耀亢著,宫庆山、孟庆泰校释:《〈天史〉校释》,齐鲁书社 2009 年版。

　　[清]丁耀亢撰,李增坡主编,张清吉校点:《丁耀亢全集》,中州古籍出版社 1999 年版。

　　[清]张岱:《石匮书后集》,中华书局 1959 年版。

　　[清]彭孙贻辑:《平寇志》,上海古籍出版社 1984 年版。

　　[清]文秉:《先拨志始》,《丛书集成初编》本,中华书局 1985 年版。

　　[清]黄宗羲:《明夷待访录》,《黄宗羲全集》本,浙江古籍出版社 1985 年版。

　　[清]黄宗羲:《弘光实录钞》,《南明史料》(八种)本,江苏古籍出版社 1999 年版。

　　[清]戴笠:《怀陵流寇始终录》,辽沈书社 1993 年版。

　　[清]韩菼:《江阴城守纪》,《明代野史丛书》本,北京古籍出版社 2002 年版。

　　[清]许重熙:《江阴城守后纪》,《明代野史丛书》本,北京古籍出版社 2002 年版。

[清]彭遵泗:《蜀碧》,《明代野史丛书》本,北京古籍出版社 2002 年版。

[清]钱澄之:《所知录》,《钱澄之全集》本,黄山书社 2006 年版。

[清]顾炎武著,陈垣校注:《日知录校注》,安徽大学出版社 2007 年版。

[清]查继佐:《罪惟录》,《续修四库全书》本,上海古籍出版社 1995—2002 年版。

[清]锁绿山人:《明亡述略》,《中国野史集成》本,巴蜀书社 2000 年版。

[清]刘廷玑:《在园杂志》,《清代史料笔记》本,中华书局 2005 年版。

[清]计六奇:《明季北略》,中华书局 1984 年版。

[清]计六奇:《明季南略》,中华书局 1984 年版。

[清]吴伟业撰,李学颖点校:《绥寇纪略》,上海古籍出版社 1992 年版。

[清]吴伟业:《鹿樵纪闻》,《清代笔记小说》本,河北教育出版社 1996 年版。

[清]吴伟业撰,李少雍校:《梅村词》,广东人民出版社 1985 年版。

[清]吴梅村著,叶君远选注:《吴梅村诗选》,人民文学出版社 2000 年版。

[清]吴梅村著,李学颖集评标校:《吴梅材全集》,上海古籍出版社 1990 年版。

[清]傅以礼辑:《庄氏史案本末》,《四库未收书辑刊》本,北京出版社 2000 年版。

[清]傅山:《霜红龛集》,《清代诗文集汇编》本,上海古籍出版社 2010 年版。

[清]陈确:《陈确集》,中华书局 1979 年版。

[清]王夫之:《读四书大全说》,《续修四库全书》本,上海古籍出版社 1995—2002 年版。

[清]王夫之著,戴鸿森笺注:《姜斋诗话笺注》,人民文学出版社 1981 年版。

[清]谷应泰:《明史纪事本末》,中华书局 1977 年版。

[清]陈鼎:《东林列传》,《明代传记丛刊》(周骏富辑)本,明文书局 1991 年版。

[清]陈鼎:《留溪外传》,《四库全书存目丛书》本,齐鲁书社 1996 年版。

[清]陆莘行:《陆丽京雪罪云游记》,《丛书集成续编》本,上海书店 1994 年版。

[清]方拱乾:《绝域纪略》,《黑水丛书》(李兴盛等主编)本,黑龙江人民出版社 2001 年版。

[清]杨宾:《柳边纪略》,《丛书集成初编》本,中华书局 1985 年版。

[清]汪森编辑:《粤西丛载》,《笔记小说大观》本,广陵古籍刻印社 1983 年版。

[清]孔尚任著,王季思等注:《桃花扇》,人民文学出版社 2017 年版。

[清]顾炎武:《顾亭林诗文集》,中华书局 1959 年版。

[清]顾炎武撰,王蘧常辑注,吴丕续标校:《顾亭林诗集汇注》,上海古籍出版社 1983 年版。

[清]卓尔堪选辑:《明遗民诗》,中华书局 1961 年版。

［清］钱谦益：《有学集》，《四部丛刊》本。

［清］周亮工：《赖古堂集》，上海古籍出版社 1979 年版。

［清］周亮工：《读画录》，中华书局 1985 年版。

［清］归庄：《归庄集》，上海古籍出版社 1984 年新 1 版。

［清］颜元：《颜元集》，中华书局 1987 年版。

［清］陈维崧：《陈迦陵文集》，《四部丛刊》本，上海书店 1989 年版。

［清］王猷定：《四照堂文集》，《四库未收书辑刊》本，北京出版社 2000 年版。

［清］严首升：《濑园诗初集》，《四库禁毁书丛刊》本，北京出版社 2000 年版。

［清］杜濬：《变雅堂文集》，《续修四库全书》本，上海古籍出版社 1995—2002 年版。

［清］余怀原著，方宝川等主编：《余怀集》，广陵书社 2005 年版。

［清］王炜：《鸿逸堂稿》，《四库全书存目丛书》本，齐鲁书社 1997 年版。

［清］龚鼎孳：《定山堂诗集》，《续修四库全书》本，上海古籍出版社 1995—2002 年版。

［清］钱谦益：《牧斋初学集》，上海古籍出版社 1985 年版。

［清］钱谦益：《列朝诗集》，《四库禁毁书丛刊》本，北京出版社 2000 年版。

［清］杨凤苞：《秋室集》，《续修四库全书》本，上海古籍出版社 1995—2002 年版。

［清］魏禧：《魏叔子文集》，中华书局 2003 年版。

［清］朱彝尊：《经义考》，中华书局 1998 年版。

［清］戴名世：《弘光朝伪东宫伪后及党祸纪略》，《明代野史丛书》本，北京古籍出版社 2002 年版。

［清］屈大均：《翁山文外》，《清代诗文集汇编》本，上海古籍出版社 2010 年版。

［清］施闰章：《施愚山先生学馀诗集》，《清代诗文集汇编》本，上海古籍出版社 2010 年版。

［清］沈德潜：《清诗别裁集》，中华书局 1975 年版。

［清］张廷玉等：《明史》，中华书局 1974 年版。

［清］纪昀等：《钦定四库全书总目》（整理本），中华书局 1997 年版。

［清］王瀚等修，陈善言等纂：《永新县志》，乾隆十一年(1746)刻本。

［清］邹召南等修，［清］王峻纂：《昆山新阳合志》，乾隆十六年(1751)刻本。

［清］乾隆官修：《清朝文献通考》，《十通》（第 9 种）本，浙江古籍出版社 2000 年版。

［清］叶廷琯撰，黄永年校点：《吹网录》，辽宁教育出版社 1998 年版。

［清］郝懿行撰：《山海经笺疏》，《续修四库全书》本，上海古籍出版社 1995—2002 年版。

［清］夏燮：《明通鉴》，中华书局 1959 年版。

［清］郑敷教：《郑桐庵笔记补遗》，《丛书集成续编》本，上海书店 1994 年版。

［清］赵翼著，王树民校证：《廿二史劄记校证》，中华书局 1984 年版。

［清］赵翼著，霍松林、胡主佑校点：《瓯北诗话》，人民文学出版社 1963 年版。

［清］全祖望撰，朱铸禹集注：《全祖望集汇校集注》，上海古籍出版社 2000 年版。

［清］刘熙载：《艺概》，上海古籍出版社 1978 年版。

［清］翁方纲：《经义考补正》，中华书局 1985 年版。

［清］张穆：《顾亭林先生年谱》，中华书局 1985 年新 1 版。

［清］吴怀清：《关中三李年谱》，《丛书集成续编》本，新文丰出版公司 1989 年版。

［清］杨谦编：《朱竹垞先生年谱》，《北京图书馆藏珍本年谱丛刊》本，北京图书馆出版社 1999 年版。

［清］沈起撰，［清］张涛、查毅注：《查东山先生年谱》，《续修四库全书》本，上海古籍出版社 1995—2002 年版。

［清］徐鼒：《小腆纪传》，中华书局 1958 年版。

［清］张鸿等修，［清］王学浩等纂：《昆新两县志》，《中国地方志集成》本，江苏古籍出版社 1991 年影印本。

［清］陈其元等修，［清］熊其英等纂：《江苏省清浦县志》，《中国方志丛书》本，成文出版社 1970 年版。

［清］施鸿保：《闽杂记》，福建人民出版社 1985 年版。

［清］俞樾：《茶香室丛钞》，中华书局 1995 年版。

［清］汪森编辑：《粤西丛载》，《笔记小说大观》本，广陵古籍刻印社 1983 年版。

［清］阮元校刻：《十三经注疏》，上海古籍出版社 1997 年影印本。

清朝敕撰：《清实录》，中华书局 1985 年影印本。

［清］徐珂编撰：《清稗类钞》，中华书局 1984 年版。

［清］赵尔巽等：《清史稿》，中华书局 1977 年版。

［清］陈田：《明诗纪事》，上海古籍出版社 1993 年版。

［清］陈康祺：《郎潜纪闻初笔》，中华书局 1984 年版。

［清］龚自珍：《定庵续集》，《清代诗文集汇编》本，上海古籍出版社 2010 年版。

［清］萧玉春、陈恩浩修，李炜、段梦龙纂：《永新县志》，同治十三年（1874）刻本。

［清］金吴澜等修，［清］汪堃等纂：《昆新两县续修合志》（光绪本），《中国方志丛

书》本,成文出版社 1970 年版。

　　[清]孙炳煜等修,熊绍庚等纂:《华容县志》,光绪八年(1882)刻本。

　　[清]平步青:《小栖霞舆稗》,《中国古典戏曲论著集成》本,中国戏剧出版社 1959 年版。

　　[清]杨恩寿:《词馀丛话》,《中国古典戏曲论著集成》本,戏剧出版社 1959 年版。

　　[清]姚觐元:《清代禁毁书目》(补遗),商务印书馆 1957 年版。

　　[清]李元度:《国朝先正事略》,《近代中国史料丛刊》本,文海出版社 1967 年版。

　　[清]钱仪吉:《碑传集》,《中国近代史料丛刊》本,文海出版社 1973 年版。

　　[清]王先谦撰:《荀子集解》,《新编诸子集成》本,中华书局 1988 年版。

　　[清]陈伯陶:《宋东莞遗民录》,《宋代传记资料丛刊》本,北京图书馆出版社 2006 年版。

　　[清]屠寄:《蒙兀儿史记》,中国书店 1984 年版。

　　[清]李瑶纂:《绎史摭遗》,《明代传记丛刊》本,明文书局 1991 年版。

　　[清]龙顾山人纂,卞孝萱、姚松点校:《十朝诗乘》,《八闽文献丛刊》本,福建人民出版社 2000 年版。

　　[清]章学诚著,叶瑛校注:《文史通义校注》,中华书局 1985 年版。

　　[清]章学诚:《章学诚遗书》,文物出版社 1985 年版。

　　[清]杨际昌:《国朝诗话》,《清诗话续编》本,上海古籍出版社 1983 年版。

　　[清]王昶辑,王兆鹏校点:《明词综》,辽宁教育出版社 1997 年版。

　　张其淦撰,祁正注:《元八百遗民诗咏》,《明代传记丛刊本》,明文书局 1991 年版。

　　罗振玉辑:《万年少先生年谱》,上虞罗氏凝清室 1922 年刻本。

　　黄文旸:《曲海总目提要》,上海大东书局 1930 年版。

　　王桐龄:《中国历代党争史》,文化学社 1931 年版。

　　孟森:《心史丛刊》,上海大东书局 1936 年版。

　　王书奴:《中国娼妓史》,上海三联书店 1988 年版。

　　中国历史研究社编:《中国内乱外祸历史丛书》,神州国光社 1947 年版。

　　[日]青木正儿著,王古鲁译:《中国近世戏曲史》,台湾"商务印书馆"1956 年版。

　　陈懋恒:《明代倭寇考略》,人民出版社 1957 年版。

　　张家驹:《两宋经济重心的南移》,湖北人民出版社 1957 年版。

　　周谷城:《中国通史》,上海人民出版社 1957 年版(2007 年重印)。

　　北婴编著:《曲海总目提要补编》,人民文学出版社 1959 年版。

　　邓之诚:《清诗纪事初编》,中华书局 1965 年版。

钱仲联:《清诗纪事》(明遗民卷),江苏古籍出版社1987年版。

程演生:《天启黄山大狱记》,《明清史料汇编》(沈云龙选辑)本,文海出版社1967年版。

吴哲夫:《清代禁毁书目研究》,台北嘉新水泥公司文化基金会1969年版。

陈寅恪:《陈寅恪先生全集》,里仁书局1979年版。

胡士莹:《话本小说概论》,中华书局1980年版。

梁方仲:《中国历代户口、田地、田赋统计》,上海人民出版社1980年版。

小横香室主人编:《清朝野史大观》,上海书店1981年版。

傅惜华:《清代杂剧全目》,人民文学出版社1981年版。

陈汝衡编著:《说苑珍闻》,上海古籍出版社1981年版。

袁行霈、侯忠义主编:《中国文言小说书目》,北京大学出版社1981年版。

谢国桢编著:《增订晚明史籍考》,上海古籍出版社1981年版。

王利器:《元明清三代禁毁小说戏曲史料》(增订本),上海古籍出版社1981年版。

孙楷第:《中国通俗小说书目》,人民文学出版社1982年版。

谢国桢:《明清之际党社运动考》,中华书局1982年版。

上海图书馆编:《中国丛书综录》,上海古籍出版社1982年版。

黄霖、韩同文选注:《中国历代小说论著选》,江西人民出版社1982年版。

庄一拂编著:《古典戏曲存目汇考》,上海古籍出版社1982年版。

罗正均纂:《船山师友记》,岳麓书社1982年版。

沈嘉荣:《顾炎武》,江苏人民出版社1982年版。

郑振铎:《西谛书话》,三联书店1983年版。

蒋瑞藻编:《小说考证》,上海古籍出版社1984年版。

朱谦之撰:《老子校释》,《新编诸子集成》本,中华书局1984年版。

中国人民大学历史系、中国第一历史档案馆编:《清代农民战争史资料选编》,中国人民大学出版社1984年版。

温功义:《三案始末》,重庆出版社1984年版。

张其淦撰,祁正注:《明代千遗民诗咏》,周骏富辑《清代传记丛刊·遗逸类》,明文书局1985年影印本。

凌景埏、谢伯阳编:《全清散曲》,齐鲁书社1985年版。

朱一玄:《聊斋志异资料汇编》,中州古籍出版社1985年版。

陈平原:《中国小说叙事模式的转变》,上海人民出版社1988年版。

湖南李自成归宿研究会编:《李自成禅隐夹山考实》,湖南大学出版社1988年版。

李文治编:《晚明民变》,《民国丛书》本,上海书店1989年版。

雷梦辰:《清代各省禁书汇考》,书目文献出版社1989年版。

赵文润:《中国古代史新编》,陕西人民出版社1989年版。

吉联抗辑:《琴操两种》,《平津馆丛书》本,人民音乐出版社1990年版。

谢正光编著,王德毅校订:《明遗民传记资料索引》,新文丰出版公司1990年版。

冯天瑜:《中华文化史》,上海人民出版社1990年版。

江苏省昆山县志编纂委员会编:《昆山县志》,上海人民出版社1990年版。

彭庆生、曲令启编:《诗词典故词典》,书海出版社1990年版。

陈芳:《清初杂剧研究》,台湾学海出版社1991年版。

吉林大学中国文化研究所编:《金瓶梅艺术世界》,吉林大学出版社1991年版。

张清吉:《〈醒世姻缘传〉新考》,中州古籍出版社1991年版。

苏舆撰,钟哲点校:《春秋繁露义证》,《新编诸子集成》本,中华书局1992年版。

王崇武:《明靖难史事考证稿》,《民国丛书》本,上海书店1992年版。

侯忠义、刘世林:《中国文言小说史稿》,北京大学出版社1993年版。

胡奇光:《中国文祸史》,上海人民出版社1993年版。

金启华、萧鹏:《周密及其词研究》,齐鲁书社1993年版。

袁行云:《清人诗集叙录》,文化艺术出版社1994年版。

李驹主纂,长乐县地方志编纂委员会整理:《长乐县志》,福建人民出版社1994年版。

谢正光、范金民编:《明遗民录汇辑》,南京大学出版社1995年版。

故宫博物院图书馆、辽宁省图书馆编著:《清代内府刻书目录解题》,紫禁城出版社1995年版。

朱世英等:《中国散文学通论》,安徽教育出版社1995年版。

白新良:《中国古代书院发展史》,天津大学出版社1995年版。

欧阳光:《宋元诗社研究丛稿》,广东高等教育出版社1996年版。

宁稼雨:《中国文言小说总目提要》,齐鲁书社1996年版。

丁锡根编著:《中国历代序跋集》,人民文学出版社1996年版。

李修生主编:《古本戏曲剧目提要》,文化艺术出版社1997年版。

杨义:《中国叙事学》,人民出版社1997年版。

郭英德编著:《明清传奇综录》,河北教育出版社1997年版。

王琼玲:《清代四大才学小说》,台湾"商务印书馆"1997年版。

陈伯海主编:《近400年中国文学思潮史》,东方出版社1997年版。

杨联陞:《国史探微》,辽宁教育出版社 1998 年版。

罗天祥编著:《贺贻孙考》,江西人民出版社 1998 年版。

周振鹤:《中华文化通志·地方行政制度志》,上海人民出版社 1998 年版。

周可真:《顾炎武年谱》,苏州大学出版社 1998 年版。

高育仁等主修,王国璠编纂:《重修台湾省通志》,台湾省文献委员会 1998 年版。

袁行霈主编:《中国文学史》,高等教育出版社 1999 年版。

李时人等:《中国古代禁毁小说漫话》,汉语大词典出版社 1999 年版。

郭豫衡:《中国散文史》,上海古籍出版社 1999 年版。

赵园:《明清之际士大夫研究》,北京大学出版社 1999 年版。

孙琴安:《中国评点文学史》,上海社会科学院出版社 1999 年版。

李灵年等主编:《清人别集总目》,安徽教育出版社 2000 年版。

朱则杰:《清诗史》,江苏古籍出版社 2000 年版。

《安徽文化史》编纂工作委员会编:《安徽文化史》,南京大学出版社 2000 年版。

方勇:《南宋遗民诗人群体研究》,人民出版社 2000 年版。

陈大康:《明代小说史》,上海文艺出版社 2000 年版。

陈寅恪:《柳如是别传》,三联书店 2001 年版。

柯愈春:《清人诗文集总目提要》,北京古籍出版社 2001 年版。

岑大利:《中国发式习俗史》,云南教育出版社 2001 年版。

冯天瑜主编:《中华文化辞典》,武汉大学出版社 2001 年版。

谭帆:《中国小说评点研究》,华东师范大学出版社 2001 年版。

孟森:《明史讲义》,《蓬莱阁丛书》本,上海古籍出版社 2002 年版。

严迪昌:《清诗史》,浙江古籍出版社 2002 年版。

范景中、周书田编纂:《柳如是事辑》,中国美术学院出版社 2002 年版。

何锐等校点:《张献忠剿四川实录》,巴蜀书社 2002 年版。

徐元诰撰:《国语集解》,中华书局 2002 年版。

陈益源:《王翠翘故事研究》,西苑出版社 2003 年版。

何宗美:《明末清初文人结社研究》,南开大学出版社 2003 年版。

饶宗颐初纂,张璋总纂:《全明词》,中华书局 2004 年版。

石昌渝主编:《中国古代小说总目》,山西教育出版社 2004 年版。

潘承玉:《清初诗坛:卓尔堪与〈遗民诗〉研究》,中华书局 2004 年版。

高玉海:《明清小说续书研究》,中国社会科学出版社 2004 年版。

陈正宏、谈蓓芳:《中国禁书简史》,学林出版社 2004 年版。

唐朝晖:《元遗民诗人群研究》,海南出版社 2006 年版。

于浩辑:《明清史料丛书八种》,北京图书馆出版社 2005 年版。

鲁迅:《鲁迅全集》,人民文学出版社 2005 年版。

杜桂萍:《清初杂剧研究》,人民文学出版社 2005 年版。

康震:《中国古代文学史》,南海出版公司 2005 年版。

朱一玄、宁稼雨、陈桂声编著:《中国古代小说总目提要》,人民文学出版社 2005 年版。

江庆柏:《清代人物生卒年表》,人民文学出版社 2005 年版。

朱彭寿:《清代人物大事纪年》,北京图书馆出版社 2005 年版。

刘鹤岩:《晚明政治小说与党争》,辽宁大学出版社 2005 年版。

钱海岳:《南明史》,中华书局 2006 年版。

赵伯陶:《中国文学编年史》(明末清初卷),湖南人民出版社 2006 年版。

王体全主编:《鄂东人物》,湖北人民出版社 2006 年版。

山西图书馆编:《郭象升藏书题跋》,山西古籍出版社 2007 年版。

牛海蓉:《元初宋金遗民词人研究》,中国社会科学出版社 2007 年版。

刘师培著,万仕国辑校:《刘申叔遗书补遗》,广陵书社 2008 年版。

张慧剑:《明清江苏文人年表》,上海古籍出版社 2008 年版。

程国赋:《明代书坊与小说研究》,中华书局 2008 年版。

王富鹏:《岭南三大家研究》,人民文学出版社 2008 年版。

李梦生:《禁毁小说夜谭》,上海书店 2008 年版。

周焕卿:《清初遗民词人群体研究》,上海古籍出版社 2008 年版。

程华平:《明清传奇编年史稿》,齐鲁书社 2008 年版。

陈垣:《陈垣全集》,安徽大学出版社 2009 年版。

李瑄:《明遗民群体心态与文学思想研究》,巴蜀书社 2009 年版。

王次澄:《宋遗民诗与诗学》,中华书局 2011 年版。

罗惠缙:《民初"文化遗民"研究》,武汉大学出版社 2011 年版。

丁楹:《南宋遗民词人研究》,凤凰出版社 2011 年版。

萧启庆:《元代进士辑考》,"中研院"历史语言研究所 2012 年版。

潘承玉:《南明文学研究》,中华书局 2012 年版。

戴显群、方慧:《福建科举史》,黑龙江人民出版社 2012 年版。

邓洪波:《中国书院史》,武汉大学出版社 2012 年版。

夏承焘:《唐宋词人年谱》,商务印书馆 2013 年版。

王国维:《王国维手定观堂集林》,浙江教育出版社 2014 年版。

张晖:《帝国的流亡——南明诗歌与战乱》,中国社会科学出版社 2014 年版。

陶然:《宋金遗民文学研究》,浙江大学出版社 2014 年版。

蒋庆:《公羊学引论:儒家的政治智慧与历史信仰》,福建教育出版社 2014 年版。

肖鹏:《宋词通史》,凤凰出版社 2013 年版。

汪兆镛著,邓骏捷、刘心明编校:《元广东遗民录》,《汪兆镛文集》本,广东人民出版社 2015 年版。

向世陵主编,高会霞、杨泽著:《宋代经济哲学研究·儒学复兴卷》,上海科学技术文献出版社 2015 年版。

葛金芳等:《南宋全史》,上海古籍出版社 2016 年版。

敖运梅:《南明浙东遗民诗歌研究》,浙江大学出版社 2017 年版。

陈旭东:《闽台明遗民传录》,福建人民出版社 2018 年版。

蔡敏:《清初江南遗民画家与遗民研究》,中国社会科学出版社 2018 年版。

张琰玲编著:《西夏遗民文献整理与研究》,凤凰出版社 2019 年版。

冯尔康:《清史专题研究》,《冯尔康文集》,天津人民出版社 2019 年版。

附录一 清初遗民小说作家
基本情况一览表

明遗民作家					
姓名	生卒年	字、号	籍贯①	主要功名	主要任职
张明弼	1584—1652	字公亮	江苏金坛②	崇祯进士	揭阳县令、浙江按察司照磨、台州推官等
冯舒	1593—1649	字己苍,号默庵,又号癸巳老人	江苏常熟	明末诸生	
陈洪绶	1598—1652	字章侯,号老莲、晚号老迟、悔迟等	浙江诸暨	国子监生	
王猷定	1598—1661	字于一,号轸石	江西南昌		
卢若腾	1600—1664	字闲之,号牧洲、留庵、自许先生	福建金门	崇祯进士	明末任浙江布政使左参议、隆武时任右副都御史、兵部尚书
冯班	1602—1671	字定远,晚号钝吟老人	江苏常熟	明末诸生	
徐士俊	1602—约1682	原名翔,字野君,号紫珍道人	浙江仁和		
李清	1602—1683	字心水,号映碧	江苏兴化	崇祯进士	明末任宁波府推官、刑科给事中、吏科给事中、工科给事中
陈贞慧	1604—1656	字定生	江苏宜兴	明末诸生	
来集之	1604—1682	字元成,号倘湖、元成子	浙江萧山	崇祯进士	明末任安庆推官、兵部主事,弘光时官至太常寺少卿

---

① 本表地名以《清史稿·地理志》为依据。

② 谢正光编著,王德毅校订:《明遗民传记资料索引》著录为"浙江金华"(新文丰出版公司1990年版,第228页),误。

续表

明遗民作家					
姓名	生卒年	字、号	籍贯	主要功名	主要任职
贺贻孙①	1605—1688	字子翼,自号水田居士	江西永新	崇祯举人	
严首升②	1607—1682	字颐,又字平子、平翁,号确斋,晚改字上公,号解人	湖南华容	明末诸生	明太史
彭士望	1610—1683	字躬庵,又字达生	江西南昌	明末诸生	
黄宗羲	1610—1695	字太冲,号南雷,晚年自称梨洲老人	浙江余姚		
黄周星	1611—1680	字景虞,号九烟、圃庵、而庵,别号汰沃主人、笑苍道人	湖南湘潭	崇祯进士	南都户部主事
冒襄	1611—1693	字辟疆,一字巢民,号朴庵,又号朴巢	江苏如皋	明末诸生	
杜濬	1611—1687	字于皇,号茶村	湖北黄州	明末诸生	
钱澄之	1612—1693	原名秉镫,字幼光(一作饮光),晚号田间,又号西顽道人	安徽桐城	明末诸生	南明时任吉安府推官、延平府推官、礼部主事、翰林院庶吉士兼制诰
顾炎武	1613—1682	初名绛,字忠清,后改蒋山佣,又改名炎武,字宁人	江苏昆山		
归庄	1613—1673	明亡后更名为祚明,字尔礼,又字玄恭,号恒轩,别号归妹	江苏昆山	明末诸生	
陈忱	1615—?	字遐心,号雁宕山樵	浙江乌程		
李焕章	1613—1688	字象先,号织斋	山东乐安(今广饶)③	明末诸生	
邱维屏	1614—1679	字邦士	江西宁都	明末诸生	
陆圻	1614—?	字丽京,一字景宣,号讲山	浙江钱塘		

---

① 《明遗民传记资料索引》《明遗民录汇辑》均未著录,笔者现据其生平材料,考证出其为明遗民。

② 《明遗民传记资料索引》《明遗民录汇辑》均未著录,笔者现据其生平材料,考证出其为明遗民。

③ 谢正光编著,王德毅校订:《明遗民传记资料索引》著录为"江西乐安"(新文丰出版公司1990年版,第101页),误。

明遗民作家					
姓名	生卒年	字、号	籍贯	主要功名	主要任职
彭孙贻	1615—1673	字仲谋,一字羿仁,号茗斋	浙江海盐	崇祯举人	
应撝谦	1615—1683	字嗣寅,号潜斋,别号无闷先生	浙江仁和	明末诸生	
余怀	1616—1696	字澹心,又字无怀,号广霞、曼翁、曼叟,又号荔城、壶山外史、寒铁道人、天衣道者、衲香居士、鬘持老人	福建莆田		
张怋	1619—1694	字僧持,号南邨	江苏江宁	明末诸生	
毛先舒	1620—1688	原名骙,字驰黄,后改名先舒,字稚黄	浙江仁和	明末诸生	
宋曹	1620—1701	字彬臣,号射陵,又号耕海潜夫	江苏盐城		
顾景星	1621—1687	字黄公,自号金粟道人	湖北蕲州	明末诸生	弘光时授推官
李邺嗣	1622—1680	原名文胤,号杲堂	浙江鄞县	明末诸生	
徐枋	1622—1694	字昭法,号俟斋、涧叟、秦馀山人、雪床庵主人	江苏吴县	崇祯举人	
周筼	1623—1687	字公贞、青士,号筜谷	浙江嘉兴		
魏禧	1624—1680	字冰叔,一字叔子,号裕斋	江西宁都	明末诸生	
王炜	1626—?	号不庵,顺治时更名为艮、字无闷	安徽歙县		
吴肃公	1626—1699	字雨若,号晴岩,一号逸鸿,别号街南	安徽宣城	明末诸生	
王锡阐	1628—1682	字寅旭,号晓庵,又号天同一生	江苏吴江		
李延昰	1628—1697	原名彦贞,字我去,后改字辰山,又号寒村、漫庵	江苏华亭		
屈大均	1630—1696	初名绍隆,字翁山,又字介子	广东番禺	明末诸生	
吕熊①	1633 或 1635—1714 或 1723	字文兆,号逸田叟	江苏昆山		

---

① 《明遗民传记资料索引》《明遗民录汇辑》均未著录,笔者现据其生平材料,考证出其为明遗民。

续表

明遗民作家					
姓名	生卒年	字、号	籍贯	主要功名	主要任职
史玄			江苏吴江		
曹宗璠		字汝珍	江苏金坛	崇祯进士	
徐芳		字仲光，号愚山子，亦号拙庵	江西南城	崇祯进士	山西泽州知州、翰林院左春坊
朱一是		字近修	浙江海宁	崇祯举人	
汪价		字介人，号三农赘人	江苏嘉定	明末诸生	
郑与侨		字惠人，号确庵，又号荷泽	山东济宁	崇祯举人	
史惇			江苏金坛	崇祯时赐进士身份	九江知府
非遗民作家					
姓名	生卒年	字、号	籍贯	主要功名	主要任职
丁耀亢	1599—1669	字西生，号野鹤，别号紫阳道人	山东诸城	明末诸生	顺治时任镶白旗教习、容城教谕、惠安知县
吴伟业	1609—1672	字骏公，号梅村，又有梅村居士、梅村道士、鹿樵生等	江苏太仓	崇祯进士	明末任少詹事，顺治时任秘书院侍读、国子监祭酒
周亮工	1612—1672	字元亮，一字缄斋，又字栎园	河南大梁	崇祯进士	明末任潍县知县、浙江道试御史，清时任两淮监运使、福建按察使、布政使、户部右侍郎等
龚鼎孳	1615—1673	字孝升，号芝麓	安徽合肥	崇祯进士	崇祯时任职兵科，大顺时任直指使，清时任左都御史、刑部尚书等
侯方域	1618—1654	字朝宗，号雪苑，晚号壮悔	河南商丘	顺治举人	
郭棻	1622—1690	字芝仙，号快庵	直隶清苑	顺治进士	翰林院检讨、河南典试官、内阁学士兼礼部侍郎等
毛奇龄	1623—1716	字大可，又字于一、齐于，号秋晴，又号初晴	浙江萧山	明末诸生、康熙时举博学鸿词科	翰林院检讨
汪琬	1624—1691	字苕文，号钝翁，人称尧峰先生	江苏长洲	顺治进士，康熙时举博学鸿词科	翰林院编修

续表

非遗民作家					
姓名	生卒年	字、号	籍贯	主要功名	主要任职
陈维崧	1625—1682	字其年，号迦陵	江苏宜兴	康熙时举博学鸿词科	翰林院检讨
朱彝尊	1629—1709	字锡鬯，号竹垞，晚号小长芦钓鱼师，又号金风亭长、醧舫	浙江秀水	康熙时举博学鸿词科	翰林院检讨
毛际可	1633—1708	字会侯，号鹤舫，晚号松皋老人	浙江遂安	顺治进士	河南彰德府推官，城固知县、祥符县令
邵长蘅	1637—1704	字子湘，号青门山人	江苏武进	应顺天乡试	
庞垲	1639—1707	字霁公，号雪崖，晚号牧翁	河北任丘	康熙时举博学鸿词科	工部主事员外郎、户部郎中、福建建宁知府
康乃心	1643—1707	字太乙，一字孟谋，号莘野，又号飞浮山人	陕西郃阳	康熙举人	
王源	1648—1710	字昆绳，号或庵	直隶大兴		
陈鼎	1650—?	字定九，又字九符、子重，号鹤沙，晚号铁肩道人	江苏江阴		
顾彩	1650—1718	字天石，号补斋，别号梦鹤居士	江苏无锡		
冯景	1652—1715	字山公，一字少渠	浙江钱塘		
方亨咸		字吉偶，号邵村，号龙瞑、心童道士	安徽桐城	顺治进士	曾官御史
陆次云	康熙初前后在世	字云士	浙江钱塘	应博学鸿词科	知河南郏县、江苏江阴县
陈玉璂	1681年前后在世	字赓明，号椒峰	江苏武进	康熙进士	内阁中书
遗民身份不可考作家					
姓名	生卒年	字、号	籍贯	主要功名	主要任职
何瀞	1620—1696	字雍南	江苏丹徒	明末诸生	
沙张白	1626—1691	原名一卿，字介臣，号定峰	江苏江阴	明末诸生	
褚人获	1635—?	字稼轩，一字学轩，号鹤市石农	江苏长洲		
董以宁	1666年前后在世	字文友	江苏武进	明末诸生	
先著		字渭求，号蠡斋	四川泸州		

续表

遗民身份不可考作家					
姓名	生卒年	字、号	籍贯	主要功名	主要任职
林璐	1653 年前后在世	字玉逵,号鹿庵	浙江钱塘	明末诸生	
江日昇		字东旭	福建同安		
释行愿					
薇园主人	《清夜钟》题"薇园主人述"。孙楷第认为薇园主人是明末杨氏,而路工、胡莲玉、井玉贵、李小龙等认为是陆云龙,石昌渝、顾克勇、蔚然等认为作者非陆云龙				
西吴懒道人	《剿闯小说》题"西吴懒道人口授";谢伏琛认为西吴懒道人可能是龚云起,或者他至少对《剿闯小说》作过润色。廖可斌、谢伏琛等认为其籍贯可能为常州				
江左樵子	《樵史通俗演义》题"江左樵子编辑,钱江拗生批点";孙楷第、孟森等认为江左樵子为无名氏,王春瑜、栾星、陈国军等认为是陆应旸,陈大康、郭浩帆等认为不是陆应旸,杨剑兵认为学界将陆应阳误认为陆应旸,陆应阳创作有文言小说集《樵史》,而不是通俗小说《樵史通俗演义》作者				
空谷老人	《续英烈传》题"空谷老人编次",序题"秦淮墨客";孙楷第认为空谷老人是纪振伦,施雨田认为是纪振伦不太可能,王小川认为作者为纪振伦待考				
青莲室主人	《后水浒传》题"青莲室主人辑";众多学人,包括林辰、吴晓玲、石昌渝等,据卷首序尾署"采虹桥上客题于天花藏"及印章"天花藏",以及题像赞者亦有"天花藏",推测青莲室主人即天花藏主人				
艾衲居士	《豆棚闲话》题"圣水艾衲居士编,鸳湖紫髯狂客评";在艾衲居士是谁的问题上,郑振铎认为艾衲居士是董说,赵景深即评者鸳湖紫髯狂客,胡士莹认为是范西哲,韩南认为至少王梦吉是作者的友人,杜贵晨认为是陈刚;在作者身份上,郑振铎和欧阳代均认为可能为明遗民;在籍贯上,赵景深、韩南等认为是浙江杭州,杜贵晨则认为是北京房山;在生卒年上,杜贵晨认为生年上限为崇祯元年(1628),卒年下限为康熙四十七年(1708)				
漫游野史	《海角遗编》题"漫游野史",或不题撰人				
七峰道人	《七峰遗编》不题撰人,序题"七峰道人"				
蓬蒿子	《新世弘勋》(《顺治过江全传》等)题"蓬蒿子编"				
松排山人	《铁冠图》题"松排山人编,龙岩子校阅"				
佚名(3人)	指《梼杌闲评》(《明珠缘》)、《甲申痛史》(佚)、《鸥鹢记》(佚)三部小说的作者。其中《梼杌闲评》的作者,诸多学者认为是李清,如缪荃荪、邓之诚、欧阳健、张丙钊、顾启、任祖镛、陈麟德等,但也有学者对此产生怀疑或认为不是李清,如刘文忠、张平仁等				

附录二　清初遗民小说基本情况一览表

明遗民作家创作的小说			
作者	作品	成书、刊刻时间	主要内容
张明弼	董小宛传	1651	叙冒襄姬董小宛事。
	四氏子传		叙万历时四氏子事。
陈洪绶	序妒		叙一妒妇事,告诫妇人不要绝夫之后。
王猷定	李一足传	1644 年后	叙李一足父为仇人所杀,其被迫在外避祸二十载,归乡时,仇死母殁。明亡后,外出云游,后不知所终。
	汤琵琶传	1653	叙江苏邳州著名琵琶艺人汤应曾面对明末危局,多悲善哭,终学成琵琶,为国中第一。
	孝烈张公传		叙安徽潜山人张清雅为保护其父灵柩,而被张献忠军所杀,表现了农民军的残暴。
	孝贼传		叙孝贼因贫而作贼,为捕者获,怜而释之。
	义虎记	1661	叙山西孝义县一虎义救樵夫,而樵夫亦义救该虎。
	梁烈妇传		叙梁以樟妻张氏,在其夫被李闯军俘虏后,焚楼自尽死。其夫后获救而未死。
	钱烈女墓志铭	1645 年后	叙钱烈妇在清军攻破扬州城后,多次自杀,终死。
卢若腾	岛居随录	道光十二年(1832)林树海刻本	分上下两卷,卷上四类,卷下六类。全书均为人类与自然之怪异现象,当为一部志怪小说集。
冯舒	虞山妖乱志		叙常熟翁宪祥子女间相互淫乱残害,又牵涉阉党、复社势力,表现了明末世风日下的社会图景。
冯班	海虞三义传		叙常熟徐怿、徐守质、冯知十,在清军攻城的背景下,或因义不降清而死,或为保全家人而死。
徐士俊	汪十四传		叙新安人汪十四善为人解难事。作者既塑造一位侠士形象,又为文洗练、传神。
	十眉谣附十髻谣		此书所记有十种眉形,即"鸳鸯""小山""五岳""三峰""垂珠""月稜""分梢""烟涵""拂云""倒晕";十种髻形,即"凤髻""近香髻""飞仙髻""同心髻""堕马髻""灵蛇髻""芙蓉髻""坐愁髻""反绾乐游髻""闹扫妆髻"。均为韵语写成,颇见文人旨趣。

明遗民作家创作的小说			
作者	作品	成书、刊刻时间	主要内容
李清	鬼母传		叙一鬼母每天天未明时,即持钱买饼饲儿事,表现母子情深。
	女世说	1676	仿世说体并将《世说新语》中的"贤媛"扩展为31门。搜罗上古至明代之名媛佳妇事,盖有扬古贬今之意。
陈贞慧	山阳录	不早于1648年	作者取"山阳邻笛"之意,为23位故去的家人友朋作传,表达深切眷念之情。
来集之	樵书		《虞初新志》卷十一选有三则,首则叙樵川吴生善请仙事,次则叙山阴袁显襄乩仙事,次则叙贵州番民閦术事。
贺贻孙	髯侠传		叙一髯侠勇力过人,救人不图回报,但在明末却报国无门,被迫入山隐逸。
	雪裘传		叙兴化人李仕魁在明亡后,削发为僧,常题诗于壁,表达强烈的亡国之痛。
严首升	一瓢子传		叙明隆庆时湖广澧县神仙道人一瓢子性格怪僻、善于画龙、死后尸解,张潮《虞初新志》在收录时附有陈周寄《游一瓢传》,并将二者进行比较。
彭士望	九牛坝观觝戏记	1678	叙作者在隐居地九牛坝观觝戏事,并认为有如觝戏演员这样奇才者可担当复国重任。
黄宗羲	两异人传	1646年后	叙两异人为避清朝剃发令,一位徐姓者率族人隐归雁荡山,一位名诸十奇者,则逃往日本,后又回普陀寺。
	万里寻兄记		叙作者六世祖黄廷玺不远万里,在茫茫人海中寻找兄长黄伯震。
黄周星	补张灵、崔莹合传		叙明正德时张灵、崔莹的爱情悲剧,故事以朱宸豪反叛为背景。表现作者政治落魄后的悲凉心境。
	将就园记		作者虚构了将就园这样一座幻想之园,表明了明遗民的精神寄托。
	小半斤谣		此篇通过歌谣的形式,塑造了一位"善治生"的卖酒者形象。
冒襄	影梅庵忆语	1651	小说次第记述了四方面内容:一是叙冒襄与董小宛从相识到相爱到终成眷属的全过程;二是叙冒董爱情生活中如诗如画的生活片断;三是叙甲申之变后冒董所经历的种种艰险困苦;四是以谶言、预兆及梦幻来阐释冒董姻缘。

续表

明遗民作家创作的小说			
作者	作品	成书、刊刻时间	主要内容
杜濬	跋黄九烟户部《绝命诗》	1685	叙黄周星《绝命诗》是"缘愤而作",赞美了黄周星的民族气节。
	陈小怜传		叙陈小怜在战乱时所遭受的种种不幸,其中重点表现了陈小怜不忘故夫的情怀,这亦表明作者不忘故明。
	邓子哀词		叙作者邑人邓云程,明末时因官员昏庸而报国无门,曾独自手持一铁鞭,使围敌北撤,明亡后郁闷至死。
	记茅止生三君咏		故事围绕茅止生诗作《三君咏》展开,并叙三君(杜濬、方以智、郑超宗)在国变后的不同遭遇。
	书陶将军传		叙作者邑人陶象庭在宁远前线与清军战死事。
	瘞老仆骨志铭	1672 年后	叙杜家老仆胡义勤忠心服侍杜家,国变后他怒斥那些趁火打劫杜家及离杜家而去的仆人,他始终不事二姓,杜濬兄亡故后转而事杜濬,直至最后去世。
	张侍郎传		叙明末侍郎江都人张伯鲸,天启时不屈于阉党,崇祯时抗击"流贼",扬州城破自刭死。
钱澄之	陈朗生传		叙作者邑人陈朗生,明末时不与权贵相交,崇祯末年几被农民军砍死,明亡后仍服古衣冠,并自作墓志铭。
	闽粤死事偶纪		叙明末清初熊纬、杨文荐、严起恒、李元胤等人,因不屈于清军或势利权贵而死于闽粤。
	南渡三疑案		叙弘光时僧大悲、童妃、伪太子三案,并得出不同凡响的结论:"大悲本末不可知,而决为中州之郡主也。童氏出身不可考,而决为德晶王之故妃也。少年之为东宫不可信,而信其决不为王之明也。"
	皖髯事实	1648	叙阮大铖在明末清初与复社为敌、祸乱国家、投降清朝、最后死于五通岭。表明作者痛阮之情。
顾炎武	谲觚十事		据《四库全书总目提要》称:"时有乐安李焕章,伪称与炎武书,驳正地理十事,故炎武作是书以辨之。其论文孟尝君之封于薛及临淄之非营邱诸条,皆于地理之学有所补正。"由此观之,此书为考证性较强的杂记小说。
归庄	黄孝子传		叙苏州孝子黄向坚万里寻亲事。
陈忱	水浒后传	刊于康熙三年(1664)	叙梁山英雄幸存者李俊、李应、燕青等30余人不满奸臣、贪官、土豪之迫害,再度啸聚山林,处死蔡京、童贯、高俅。时逢金兵南下,宋徽宗、宋钦宗北狩,于是他们又担负起勤王之责。在解救了遭金兵围困的宋高宗赵构之后,他们又征服逻罗诸岛,建立自己了自己的王业,支持宋高宗建都临安。小说寄托作者亡国之痛与憧憬复明之愿望。
	读史随笔(佚)		据《四库全书总目提要》称:"是书前四卷杂论黄帝至宋元事,后二卷皆论明事。"书虽以评史之名冠之,实则以小说居多,惜未见传本。

续表

明遗民作家创作的小说			
作者	作品	成书、刊刻时间	主要内容
李焕章	宋连璧传		叙宋连璧性至孝,得道士所授符咒书而获诸多神仙道术,后又参与反阉斗争而遭其迫害,最终归里隐居。小说塑造一位具有魔幻般传奇色彩的豪侠形象,盖借此人物表达作者心中对阉党的仇视。
	周夫人传		叙明末山西总兵左都督周遇吉夫人事。周遇吉受李自成军围困于宁武关,周夫人誓死突围而不成,后闻周遇吉战死,亦自杀身亡。
邱维屏	述赵希乾事		叙江西南丰孝子赵希乾割胸肉及肠为母治病事,时人谓之为"愚",但在明清鼎革之际,这样的"愚人"太少了,此盖作者命意所在。
陆圻	冥报录	1655	此书分上下两卷,上卷九篇,下卷十八篇。多记因果报应事,意在劝善,属志怪小说集。
彭孙贻	客舍偶闻	1668	此书所叙多明末清初遗事,诸多颇有史料价值,如西洋历法、顺治八年(1651)的大地震等,亦颇多传奇色彩,可以小说观之。
应撝谦	无闷先生传		叙无闷先生性好善、乐从有志节者,三十年后绝意仕进,颇类作者遗民经历,盖为作者自况。
余怀	板桥杂记		此书分三卷,卷上《雅游》、卷中《丽品》和卷下《佚事》。其中卷上记与秦淮旧院相关的趣闻杂事,卷中记秦淮名妓二十四人,卷下记明末名士与秦淮名妓交往遗事。作者自序称:"此即一代之兴衰、千秋之感慨所系,而非徒狭邪之是述、艳冶之是传也。"此盖作者创作题旨所在。
	东山谈苑		此书计有八卷,所记皆汉以来古人轶事,尤以宋事为多,而明人事亦杂出其间。作者在书中不言清初一事,其遗民情结,隐约可见。
	王翠翘传		叙明万历时娼女王翠翘受胡宗宪指派,诱杀徐海。徐海被斩后,王翠亦以长号大恸,投水死。
张惣	万夫雄打虎传		叙泾川万夫雄为救其友范氏而梃毙三虎,作者重点探讨了传主打虎勇气的由来:"义愤所激,至勇生焉。"并强调:"人固不可无义烈男子以为之友哉!"
毛先舒	戴文进传		叙浙江钱塘人戴进由锻工而成画工的历程。
	闻孝廉传		叙杭州孝廉闻启祥事。
	沈去矜墓志铭		叙作者友沈去矜事。
	毛太保公传		毛文龙为历史上颇有争议的人物,作者在文中重点描写了毛文龙的"四不可解"疏及其被袁崇焕所杀时情景,并对毛文龙被杀寄寓同情之心。

明遗民作家创作的小说			
作者	作品	成书、刊刻时间	主要内容
毛先舒	汝州从事顾翙明公传		叙作者岳父钱塘人顾翙明,崇祯末年在汝州抗击李自成军而被俘杀,其子为报父仇亦卒。
	蕲尉杨公存吾传		叙作者姑丈钱塘人杨存吾,崇祯末年在蕲春抗击张献忠军而被"斫胸而死",而其子杨大任则潜伏于张献忠军,伺机杀死身边士兵而得以逃脱。
宋曹	鬼孝子传		叙闽中一孝子在父亡后尽力赡养其母,孝子卒后其母欲改嫁,孝子之魂极力阻止并设法供养其母。此篇颇有几分象征意味,盖与作者的遗民情结有关。
	义猴传		叙吴越间一乞丐与一猴相处如父子。及丐老,猴乞食以养之;丐卒,猴乞钱以葬之;葬毕,猴乞食以祭之;祭毕,猴积薪以自焚。作者赞扬丐猴之义,盖有贬挞那些仕清、降清者之意。
顾景星	哀王厈		叙王厈从戍所睢阳上书辩冤事,篇末作者还附有一首七言律诗以歌颂之。周亮工亦作有《王王屋传》。
	陈稚白住篁川记	1647 年后	叙湖北荆州人陈稚白与作者交往事,其中顺治间的两次相见,陈稚白诉其"三弃"、发"三大感",表现其离乱生活的凄苦。
	斗蟋蟀记		叙吴中盛行斗蟋蟀,且讲究品格、教养、斗具、斗局、医法等,另外,蟋蟀在名称、习性与斗法上,江南与江北各有不同。在篇末处,作者直指斗蟋蟀乃玩物丧志、丧国之行为。盖此亦为作者创作主旨之所在。
	桂岩公诸客传		叙明隆万间追随蕲黄派著名理学家、作者曾祖父桂岩公顾阙及曾祖伯父日岩公顾问的 17 位弟子与门客事。这些弟子与门客多为神仙方术之士,小说集中体现这些方士及二公的独特之处,还记述了作者祖传医术赖女道士程静林传授。
	后哭曹石霞	1670	叙崇祯十六年(1643)进士麻城人曹允昌于国变后放浪形骸,顺治末年带病赴云南奔丧,途中病卒,时携有友人何阔柩。其弟欲寄置何柩,而兄柩不前,于是前置何柩,兄柩方得发。作者闻其事,作《后哭石霞诗》。
	李新传		叙明万历举人蕲州人李新,在崇祯十六年(1643)张献忠陷蕲州时,坚不跽拜,竟抱父尸就刃而亡,张献忠感慨其忠烈,题诗以咏之。篇末还交代张效忠等人的悲壮之死。
	吴隐君赞		叙安徽歙县人吴威克远赴贵阳抚父柩归金陵事,突出表现其在奔丧过程中目睹的社会乱象,如左良玉、张献忠的杀掠,也体现了一位孝子的至诚之心。
	徐文长遗事		叙万历诸生山阴人徐文长椎杀继室入狱及食鹅毛事。

明遗民作家创作的小说			
作者	作品	成书、刊刻时间	主要内容
李邺嗣	二仆传		叙作者家二仆任瑞、孔瑞叛主而不得善终,孔瑞因人偷换降檄而父子被斩首,任瑞死因不明而浮尸南湖。
	女兄文玉传		叙作者姊李文玉性至孝,夫死誓不再嫁,与作者姊弟情深,在她42岁时削发为尼。作者由文玉誓死不嫁二姓,抨击那些降清者"义不及女子矣"。
	梵大师外传		此篇为《女兄文玉传》的续篇,叙梵大师在佛门乐施好善、谆谆教导佛门弟子,并交代了未出家前的几件事。
	李美兰小传		叙作者二女李美兰事。
	后五诗人传		叙作者故里五诗人胡一桂、吴士玮、全大震、吴应雷、孙仪事。
	戒庵先生生藏铭	1674	叙作者伯父李橄长子李文纯,幼时善读书,诗文颇具特色;国变后,弃诸生,萧然世外;晚年杜门谢客,诗风更趋平淡。
	六君子饮说		六君子者,治肺病之参、苓、蓍、甘四主药及橘红、半夏二副药也。作者由治病用药的主次关系引申到治国用人的主次关系,颇有总结明亡教训的意味。
	马吊说		叙京师与吴中在民间流行一种纸牌游戏名曰马吊戏,作者谓之亡国之戏,直指永历时的马吉翔、弘光时的马士英。
	书《三楚旧劳》记		叙大中丞元若高于明末坚守郧阳,与李闯军坚持抗战十五载,惊闻崇祯帝自缢殉国,悲痛欲绝。作者在叙事过程中寄寓着自己的遗民情怀。
	万氏一义传		叙万义颛终身未嫁、勤心教导侄儿万全事,可谓一"烈丈夫"也。
	为徐霜皋记梦		叙友人徐霜皋梦中见到明建文帝时雪庵和尚,听其述包括自己在内的"四人同志"(约庵和尚、杜景贤、余君范)事,并指出徐霜皋为余君范转世,而约庵与余君范事已不传,望徐霜皋补之。此实为作者的故国之思的表现。
	贤孝叶淑人权厝志		此篇是因黄宗羲子的要求,为其母所作的墓志铭,小说着重表现了叶淑人在黄家的贤孝。它既表明作者对师母的怀念,又再现了鼎革之际普通人的艰难生活图景。
	逸叟李先生生圹铭		此篇通过逸叟李先生与陶潜的对比来叙事,他们在八个方面有共同之处。表明作者有归隐之心。
徐枋	周端孝先生墓志铭	1686 年后	叙周顺昌长子周茂兰在明末时,为救父而刺血上疏,乙酉(1645)兵变,避兵太常。卒于康熙二十五年(1686)。

续表

明遗民作家创作的小说			
作者	作品	成书、刊刻时间	主要内容
周篔	海烈妇传	1667年后	叙康熙六年(1667)陈有量妾海氏因不堪遭卒林显瑞凿扉欺凌而自经事。此事在清初颇为流行,亦有多人将此事创作成小说,如陆次云、任源祥、嘤嘤道人、三吴浪墨仙主人等。
魏禧	大铁椎传	1670	叙江湖侠客大铁椎空有一身武艺而不被重用,最后连杀三十余贼,遂隐遁而去。此篇或旨在抒发亡国之痛亦未可知。
	姜贞毅先生传	1673年后	叙明遗民姜埰传奇的一生,突出明亡后不屈于清朝的民族气节。
	卖酒者传		叙万安县卖酒者郭节善于酿酒致富,又多做善事。一位长者、仁者、智者的形象,跃然纸上。
	彭夫人家传		叙彭公夫人王氏智量过人为主,兼及其行孝等事。
	邱维屏传		叙作者姊夫邱维屏为人高简率穆,以细节描写见长。
	吴孝子传		叙建昌新城人吴绍宗舍身救父,得神助而不死,国变后避乱泰宁。此篇旨在宣扬孝道。
王炜	嗒史	1674年后	文言小说集,计有《赵尔宏》《大铁椎》《谈仲和》《黄孟道》《蒋龙冈》《内江》六篇及附录《塘报日记节略》一篇,所叙多明末游侠事,其中《大铁椎》篇提及魏禧同篇,可见其创作在魏禧之后。
吴肃公	阐义	康熙间慕园刻本	文言小说集,有十卷本与二十二卷本两种,均为康熙间慕园所刻。搜罗上自春秋战国下至明末与义有关的故事,计五百余篇。此书旨在宣扬忠义,表现作者的遗民意识。
	明语林	成书于康熙元年(1662),刊刻于康熙二十年(1681)	此书仿《何氏语林》分为38门,专记明人事,计有900余条,涉及人物600以上,凡名臣巨儒、单门介士悉数收入,可谓有明一代人物轶事的百科全书。其不足亦显而易见,如各条均未标明出处,某些人物出现交叉分类等。
	书义犬事	1662	叙两义犬事,一为友人李峑山所述,一为自己亲身经历。程孝移谓之"用诗法",由此可见是篇有较高的艺术。
	五人传		叙明天启年间市民颜佩韦、马杰、沈扬、杨念如、周文元五人抗击阉党,终被斩首。张岱《五人墓碑记》《樵史通俗演义》第十回等文学作品对此事多有记述。
	义盗事		叙义盗安守忠、安守夏兄弟在崇祯末年行盗于山东,为巡抚王永吉所获,请效用,不允。后又行盗再为巡抚所捕,兄就戮,弟得释。国变后,王永吉投奔吴三桂,而安守夏则举起抗清大旗,两兵相遇时,安守夏义释王永吉。此篇赞扬二盗之义气,又表现其抗清的民族气节。

续表

明遗民作家创作的小说			
作者	作品	成书、刊刻时间	主要内容
王锡阐	天同一生传		此篇盖取庄周"齐物"之意,为自传体小说,具有寓言体性质,以"帝休氏"暗喻明崇祯帝已亡,而自称"帝休氏之民"。表达了强烈的亡国之痛。
李延昰	南吴旧话录	成书于顺治初年,最早刊本为嘉庆二十二年(1817)张应时校刊本	此书有二卷本、六卷本和二十四卷本,其中二十四卷本仿"世说体",专记有明一代松江地区的文人轶事,教化色彩较为浓厚,如"孝友"门、"闺彦"门等,但也反映倭寇骚扰松江及东南沿海地区时的暴行,以及人们强烈的抗倭民族精神。
屈大均	书叶氏女事		叙叶氏女不从父母之命而削发为尼事。作者明显对叶氏女持同情态度,而对叶氏女父母与有司持批判态度。
吕熊	女仙外史	约成书于康熙四十二三年间(1703—1704),刊刻于康熙五十年(1711)	小说以明永乐年间女英雄唐赛儿为主要描写对象,演述她系嫦娥转世,得天书,娴法术,拥戴建文帝而在青州聚众起义,与篡国者朱棣针锋相对的斗争,最后用飞剑诛死朱棣,太子继位,唐赛儿返回月宫。小说明显表达了对篡国者及其追随者的痛恨,以及对逊国者的同情与追思,这与作者的生活经历及江南地区普遍同情建文帝有关。
史玄	旧京遗事		书中记述明代北京街道沿革、朝章典故、宫闱旧闻、风土民情,其中含有不少传说故事。所记明万历以前朝政大加褒扬,而于天启以后则多作诋毁。
曹宗璠	麈馀		文言小说集,计有十篇,包括《荆轲客》《翟公客》《豢龙氏》《狱吏贵》《梁蠹樽》《弋视薮》《惊伯有》《大椿》《花蝶梦》和《故琴心》。书中所叙十事,均为古代历史或寓言神话,作者或借古事以抒发兴亡之感,或借古事弘扬抗暴复仇的精神,或借《庄子》寓言,表达自己的归隐之心。
徐芳	化虎记		叙密溪黄翁三子,为帝命所驱,化虎食人,黄翁亦名列被食者之中,三子要求以己代父而不能,仍设法保全其性命。作者意在表达对觍颜事清者流的鄙视之情。
	换心记	1700	叙徽州一进士初时愚钝,后经金甲神换心后,聪慧异常,由诸生而进士。作者意欲盖为"有形之心不能换,无形之心未尝不可换"(张潮评语)。
	雷州盗记		叙崇祯初年一金陵盗冒充雷州太守,事发后被擒。是篇旨在揭示"今之守非盗也,而其行鲜不盗也"。
	柳夫人小传		叙柳如是初归钱谦益时浪漫而幸福的生活,及钱谦益卒后柳氏以智取恶少并殉情于钱二事。表现了作者对柳如是人格的倾慕。

续表

明遗民作家创作的小说			
作者	作品	成书、刊刻时间	主要内容
徐芳	奇女子传	1654	叙丰城杨氏嫁李氏子为妇,战乱中为小校王某掠得,数年后,杨氏设计回到故夫身边。作者赞扬杨氏不忘故夫,盖表达自己不忘明之意。
	乞者王翁传		叙乞丐王翁拾金不昧而后发达事。作者褒扬王翁的仁、智、廉,挞伐那些读书明礼义者的不良品质。
	神钺记		叙一不孝儿追杀其母而被神像击杀至死事。是篇明显有劝诫之意。
	义犬记	1656	叙一义犬为感一太原客救命之恩,而助县令侦破太原客被杀案,表现了义犬智勇过人,为诸多常人所不具。
	藏山稿外编(佚)		文言小说集,《八千卷楼书目》《中国文言小说书目》均有著录,惜未见传本。
	诸皋广志	成书不早于康熙三年(1664),有康熙间楞华阁刻本	志怪小说集,计44篇,原出《悬榻编》。书中杂记当时奇闻异事,且多有寓意,或讽喻现实,或号召抗清,或宣扬忠义,或惩戒恶人。书中多篇为《虞初新志》《旧小说》已集一等所选录。
朱一是	花隐道人传		叙明遗民花隐道人高胧,在明亡前尚侠轻财,明亡后植菊归隐。
	鲁颠传		叙吴越间奇人鲁颠外貌怪异,行为亦怪异。此盖明亡的悲剧在作者心中投下阴影的表现。
汪价	三侬赘人广自序		此篇为近万言的自传体小说,由45则片断组成,它们或以时间为序,或以内在联系为纽带,描述了自己的成长过程及兴趣好爱。自叙风格颇类关汉卿《一枝花·不伏老》。
郑与侨	客途偶记(佚)		《四库提要》称:"是编述明末所见闻者二十五篇,多忠义节烈之事。"今未见传本。
史惇	恸馀杂记(痛馀杂录)		叙明末楚地辰溪发生的故事,侧重叙及李自成、张献忠对辰溪及其周边地区的掠杀,表达了作者对农民军残暴的痛恨以及弃城叛逃官员的愤怒。
非遗民作家创作的小说			
作者	作品	成书、刊刻时间	主要内容
丁耀亢	续金瓶梅	成书于顺治十七年(1660)	此书系《金瓶梅》续书之一。作者借《感应篇》之无字解,表达自己的天道不可违和因果报应之历史观和人生观,又借宋金易代的历史,反映明清易代的现实,体现清军的残暴。也正是后者的原因,康熙三年(1664)出现了《续金瓶梅》案,此书也进入禁毁之列。
吴伟业	柳敬亭传	不早于1656年	叙著名说书艺人柳敬亭在明末清初时数事,如与张燕筑、沈宪俱于金陵新亭对泣、善于在左(良玉)杜(弘域)、左阮(大铖)、左陈(秀)间排患解纷等。一位纵横士形象跃然纸上。

续表

非遗民作家创作的小说			
作者	作品	成书、刊刻时间	主要内容
周亮工	书戚三郎事		叙戚三郎在清军江阴屠城中赖光帝保佑而不死，但其妻却为清军掳走，后在成三的帮助下，历经千辛万苦才找回自己的妻子。此篇揭露清军在江阴的屠城让人触目惊心，五具僵尸的救助，更是奠定了全篇的恐怖氛围。是篇表现了作者强烈的亡国之痛。
	张林宗先生传		叙河南中牟人张林宗在李闯水灌大梁时，设法营救他人，自己因未及时撤走而卒。小说还交代了他工于诗文与书法等事。此篇除表达对张林宗才品崇敬之外，还再现了李闯水灌大梁给百姓造成的灾难。
龚鼎孳	圣后艰贞记（佚）		叙明熹宗后张嫣，天启时遭阉离间而失宠，崇祯时被尊为懿安皇后，李自成陷北京时自缢死。是篇通过对懿安皇后的曲折描写，表露了作者的故国之思。惜未见传本。
侯方域	李姬传		叙秦淮名妓李香义不与阉党余孽阮大铖等人结交，以及在桃叶渡为侯方域饯行事。作者一方面赞美了李香的崇高品质，另一方面又表达对祸国殃民的马阮集团的痛恨。
	马伶传		叙兴化部演员马伶与华林部演员李伶同演《鸣凤记》时，因其饰权相严嵩中失真而遭冷落，于是求做相国顾秉谦门卒三年，注意观察奸相的一言一行，最后终于战胜李伶。此篇明显讥讽明末权奸魏忠贤的党徒顾秉谦之流。
郭棻	刑疯子传		叙明末狂人邢疯子出身卑贱，却知忠孝，洞悉时局，而明末时恰恰缺少这样的人。是篇间接总结明亡之教训，如王葆心评点云："此明亡之不可复救，而今日之中国，又何尝少此人也哉！"
毛奇龄	桑山人传		叙明遗民汴梁秀才许澄，在崇祯时献"剿贼"策于杨嗣昌而不纳，后又与东平侯刘泽清不合而辞去。入清后，同里怨家两度向清军告发，被迫出走，并更名为桑山人。作者在字里行间表现桑山人不屈的民族气节。
	沈云英传		叙明遗民浙江萧山女英雄沈云英，明末时以抗击农民军而闻名，曾加游击将军，清兵南渡钱塘江时，欲自杀，幸赖其母力救得免死；晚年于故里开办私塾，训练族中子女。
	陈老莲别传		叙明遗民陈洪绶事。

非遗民作家创作的小说			
作者	作品	成书、刊刻时间	主要内容
汪琬	刘淑英传		叙明遗民江西庐陵女英雄刘淑英,在李自成陷京师时,曾散财招募士卒,欲与驻永新的楚将赵先璧联合,但赵先璧存私心,想纳之为妾,遭刘淑英严词拒绝,后来,所募士卒亦解散,遂"辟一小庵曰莲舫,迎其母归养,诵以终身焉"。
	史八夫人传		叙史可法弟史则妻宛平人李氏,誓死不嫁辽官聂三娵事。汪有典于评点中将史八夫人的节烈与李乔、蔡奕琛、钱谦益等人的变节进行强烈对比,盛赞史八夫人的节烈"何其盛也"。
	乙邦才传		叙山东青州人乙邦才,崇祯时在霍山,救出被农民军重围的黄得功,又与张衡深入六安取出太守状子,最后在扬州与清军战死。
	江天一传		叙徽州歙县诸生江天一在顺治初年,与金声在皖南奋力抗清事,最后二人被俘,就戮于江宁。作者高度赞扬江天一以诸生殉国,堪与新安死忠者汪伟、凌𫘝与相比。
	书沈通明事		叙明遗民江苏淮安人沈通明,在清兵渡淮后力保田仰所托之妻儿,并智赚清兵得以逃脱,先后侨居苏州、入灵岩寺祝发为僧、北游邓州。在篇末作者云:"予所记乙邦才、江天一、及通明之属,率倜傥非常之器,意气干略,横纵百出。此皆予之所及闻也。"
陈维崧	邵山人潜夫传		叙明遗民江苏通州人邵潜夫,自幼聪慧,尤好诗赋古文,但不善生产,家贫,妇亦去。后云游各地,曾为南中李本宁、梁溪邹彦吉、吴中王稚登之上客。多年后又回故里,世变时又转徙如皋,并卒于是地。小说突出邵潜夫悲凉的遗民情怀及"卞急善骂"的性格。小说还提及另一明遗民林古度。
	吴姬扣扣小传	1661	小说以作者与明遗民冒辟疆的对话、又以冒辟疆讲述为主的形式叙述的,冒辟疆因自己还未从董小宛去世的悲哀中走出,吴扣扣又去世,所以自己没有心情为其作传,嘱作者作之。冒辟疆讲述了吴扣扣的身世、个性、品格等。此篇的语言风格颇类《影梅庵忆语》,均从细微处见真情。
	妇人集		此书记述明末清初时期女子轶事,"或记其忠烈品行,或记其锦秀才思"(宁稼雨语)。计有90余条,约2/3为妇人诗话,约1/3记述了一些妇人在明清鼎革之际所遭受的苦难,如前明长平公主、田贵妃,前明宫女某出家为尼、郑妗沦为渔人妇等。这一部分明显体现了作者故国之思的遗民心态。

续表

非遗民作家创作的小说			
作者	作品	成书、刊刻时间	主要内容
朱彝尊	崔子忠陈洪绶合传		明遗民山东莱阳人崔子忠、浙江诸暨人陈洪绶在明末清初时以画名,人称"南陈北崔",故作者合而传之。崔子忠曾游学董其昌之门,除善画外,还通五经、能诗,品性高尚,视金钱为粪土,李自成陷北京,绝食而亡。陈洪绶曾从刘宗周讲性命之学;国变后,混迹浮屠,酒醉后,语及身世离乱,辄恸哭不已。此篇生动展现了两遗民的生存状态。
	张处士墓志铭		叙明遗民直隶永年人张盖以诗闻,工草书,在国变后,悲吟侘傺,以成狂疾,自闭土室,久而死之。小说将一位明遗民在国亡后的痛苦生活展现得淋漓尽致,同时,也寄寓自己的遗民情怀。
毛际可	总制汪公逸事		叙明末三边总制浙江遂安人汪乔年(? —1642)逸事,通过遂安余国桢、青州黄绶及黄州赤壁某八十老翁语,展示汪公的清廉和节操。此篇表现了作者的故国之思的情怀。
邵长蘅	贺向峻汪参传		叙江苏丹阳人贺向峻、汪参事。贺向峻豪宕自负奇气,好指切时政;汪参初为周钟门人,因其投李自成,弃之去。明亡后,二人约为兄弟,起兵抗清,兵败遇害。小说善于突出人物的个性,塑造了两位悲愤慷慨的志士形象。
	侯方域魏禧传		叙明末"四公子"之一河南商丘人侯方域与明遗民江西宁都人魏禧事。侯方域明末时积极同阮大铖等阉党余孽作斗争,并参与"剿闯"献策,顺治间应河南乡试,报罢。魏禧晚侯方域六年,在明末与侯方域以文并称,甲申后,弃诸生服,隐居教授于翠微峰,结易堂社,为易堂九子之一,康熙间清廷举博学鸿词科,魏禧诈称病笃得免征,最后卒于仪真舟中。
	黄烈妇传		叙江阴诸生黄晞继室周氏,在国变后,为表达自己对其夫的忠诚,曾四次自杀而未死,最后入室阖门自缢而死。
	青门老圃传		作者以青门老圃自况,表达自己隐居恬淡、颓然自放、刻苦为文以期不朽的志趣。
	阎典史传		叙清初著名抗清将领、北直隶通州人、江阴典史阎应元,在清军围困江阴时,组织军民死守江阴城长达81日,最后兵败被俘、不屈而死。
庞垲	史以慎传		叙明遗民直隶任丘人史以慎,明亡后绝意进取,惟与同邑刘心一兄弟、殷扩四、李性符相友善,晚慕竹林七贤,然事母孝,虽极醉,不失常仪。一个隐于酒的遗民形象,跃然纸上。

续表

非遗民作家创作的小说			
作者	作品	成书、刊刻时间	主要内容
康乃心	孙将军传		叙陕西临潼人孙可法，在明末抗击农民军中有杰出表现，李自成于西京称帝时，痛不欲生，先后拒绝李自成和清廷的招降。最后，为土人所害。
王源	王义士传		叙山东人王义士，多力善击刺，胆略过人，明末时与诸天祐结为兄弟，兴兵勤王，天祐战没，乃抚其妻子，倾囊交四方奇士，以图再举，明亡隐居不出。
	诸天祐传		叙山东东昌人诸天祐，在关中抗击李自成军有突出表现，最后战殁于沙场。
陈鼎	爱铁道人传		叙明末诸生云南明遗民爱铁道人于明亡后，弃家为道人，性爱铁，自号"爱铁道人"，并以神仙自居，更号"爱铁神仙"；与蜀中铜袍道人善，甲寅（康熙十三年，1674）乱，二人不知所终。小说表达了一种不甘受异族统治的强烈的民族情感，体现遗民风格。
	八大山人传		叙明遗民画家江西南昌人朱耷在明亡后"颠不可及"的特性，作书绘画皆在酒醉之后进行。小说表现了一位朱姓遗民的痛苦的生活状态。
	薛衣道人传		叙明遗民洛阳诸生祝巢夫，于明亡后弃文为医，自号薛衣道人，善治恶疮，能愈断胫折臂，有华佗之神。后入终南山修道，不知所终，其术亦不传。小说重点突出传主医治对象是"被贼断头者"，这既是对"贼"残酷的一种痛恨，亦是作者对被"贼"残害的百姓的一种同情。
	岑太君传		叙明遗民楚藩郡主，在明末时有力地抗击了张献忠军，明亡后，同岑君隐居江左，阻止其子参与清廷科举。此篇塑造了一位智勇双全的巾帼英雄形象，又表现了她不与新朝合作的民族气节。
	雌雌儿传		叙明遗民雌雌儿（亦作雌雄儿）于明亡后，往来于江阴、无锡间，腰佩三竹筒，在云间傱居诸生时，将三竹筒幻化成诸多人与物，颇类阳羡诸生，世人以为妖而避。小说塑造了一位为世不容的高士形象。
	狗皮道士传		叙明遗民狗皮道士，黄冠朱履，身披狗皮，口作狗吠，乞食成都。小说重点描写了他作犬吠以侮弄张献忠。狗皮道士的怪异举止，意在表达对乱臣贼子的愤恨与蔑视。
	活死人传		叙明遗民四川人江本实，于明亡后学道于终南山，十年而成。其道以清静无为为宗旨，又以身示范，令弟子将他活埋于土穴中，以示"成功者退"。作者显然借此以宣泄心中的亡国之痛。
	烈狐传		叙一女子在国变后，乱兵欲奸之而自刭死，化为一九尾狐。作者在篇末对狐女的贞节大为赞赏，有隐喻其不与清朝合作之意。

续表

非遗民作家创作的小说			
作者	作品	成书、刊刻时间	主要内容
陈鼎	毛女传		叙河南嵩县诸生任士宏妻平氏坠崖不死而成毛女，三年后，被同里人张义发现，报之任士宏。任士宏将平氏带回家，重续旧缘。作者在评点此事时，强调平氏应保持自己神仙般的生活，似间接批判那些放弃隐逸生活而仕清者。
	王义士传		叙泰州如皋县布衣许德溥不肯剃发而被杀，其妻当徙，县隶王义士以其代之，皋人感之，敛金将其妻赎回，夫妇终老于家。小说在描写王义士夫妇之义中，蕴含了作者强烈的遗民意识。
	孝犬传		叙广东东莞县隐士陈恭因父殉国难，隐居山中，家有牝犬不离其左右，出则为先导，夜则达旦守卫，五小犬对母犬亦是至孝之极。作者在评点时认为"世之人不若者众矣"，意欲批评那些降清者。
顾彩	髯樵传		小说主要选取明季吴县髯樵者的几个生活侧面进行了描写，如贱值售薪、疾恶如仇、数落王灵官、为人解困、不做李自成臣民等。通过这些侧面的描写，作者更多地强调髯樵者的"义"，在一定程度上表现了作者的遗民心态。
冯景	书明亡九道人事		叙明亡九道人事，包括爱铁道人、铜袍道人、朱衣道人、活死人、宿州道人、天妃宫道人、占月道人、心月道人、狗皮道人。盖皆为明遗民，其中爱铁道人、铜袍道人、朱衣道人、活死人、心月道人、狗皮道人者为谢正光等《明遗民录汇辑》《明遗民传记资料索引》著录，且陈鼎《留溪外传》卷十七亦为其作传。
方亨咸	武风子传	1683	叙滇南武定人武恬善于就地取材制作竹筷事。在农民军驻滇时，其不为名利所动，几遭斩首，被释后披发佯狂，遂有"武风子"之号；清军占领云南时，武恬亦与其持不合作态度。作者为武风子作传，一方面为其制箸的精湛技艺所叹服，另一方面亦为其不与新朝合作的明遗民气节所折服。
陆次云	费宫人传		叙明末费宫人假扮长公主刺杀罗汝才事。作者对这一下层人物身上体现的不平凡的精神颇为赞赏。费宫人刺死罗汝才事在当时颇为流行，众多通俗小说亦多采用，如《剿闯小说》《樵史通俗演义》等。
	广德州守赵使君传		叙浙江钱塘人、广德州守赵景和事。在南都陷落后，马士英南窜，借道广德，赵景和严厉斥责马士英专权误国，遭马士英趋卒刺杀而死。小说突出了一位忠明者形象。
	纪周侍御事		叙江苏吴江人明末御史周宗建事。周宗建被阉党杀害后，魂化一秀才回家，嘱妻子付舟子费。作者一方面表现了周宗建的耿直、守信的人格魅力，另一方面也表达了自己的故国之思。

续表

非遗民作家创作的小说			
作者	作品	成书、刊刻时间	主要内容
陈玉璂	钱塘于生三世事记		叙钱塘于生三世事。于生一世为豕,二世为蟒蛇,三世为人。小说情节寓有轮回果报之旨,但这种因果轮回观念在明清之际者的笔下,则将其赋予了更多的遗民意识色彩,也就是对那些“乱臣贼子”表达了痛恨之情。
遗民身份不可考作家创作的小说			
作者	作品	成书、刊刻时间	主要内容
何絜	楚壮士传		叙楚壮士勇力过人,甲申避乱于南京,马士英欲招募之,匿而避之,乙酉(弘光元年,顺治二年,1645)春,投奔忻城伯赵之龙,却遭无情拒绝,最后自缢身亡。一月之后,史可法亦于扬州城陷而阵亡。此篇表明了作者的亡国之痛。
沙张白	石屋丈人传		叙明崇祯末徐霞客于云南鸡足山见石屋丈人事,突出了石屋丈人对未来作出了准确的预言,如“明祚已尽”江阴“被祸尤烈”等,此亦见作者的故明情怀。
褚人获	隋唐演义	刊刻于康熙五十八年(1719)	本书叙事自隋文帝起兵伐陈,终于唐明皇还都而死,计170多年的历史,故事情节以隋炀帝与唐明皇为详,间插隋末秦叔宝等乱世英雄传奇。小说中的材料承袭前人隋唐题材而来,但显然增加了不少妃子、美人、大臣殉国之事,以及对安史之乱中一些忠义人物的描写,而对于那些“附逆”与变节者则明显持批判态度。这种遗民意识的表现盖与作者处于抗清斗争非常强烈的江阴地区有关。
董以宁	金忠洁公传		叙明末工部主事金铉,在天启时与阉党作坚决斗争,在李自成陷北京时,投御河死,其母、妻、妾从之,其弟收葬母亲、兄嫂后亦投井死。小说体现了作者褒扬忠明者的遗民情怀。
先著	张南邨先生传		叙明遗民江苏江宁人张惣作诗颇为人称道、奉佛不纳荤血、癖好山水、为人坦夷、遇劫不愠等数事。作者颇为赞赏张惣“不忤于世,不剢于天,可独可群,亦儒亦禅”的生活态度。
林璐	来烈妇墓铭		叙浙江萧山烈妇来氏在清军渡钱塘江后投水自杀事。作者在议论来氏贞节时,将其与臣道相提并论,指出李闯在陷北京、清军南下时,诸多缙绅没能像来氏那样保持气节,反而投闯、投清,令人不耻。
林璐	陆忠毅公传		叙明遗民、陆圻弟、浙江钱塘人陆培,在明亡曾多次自杀,第一次其妻止之,第二次客救之,第三次坐大床自缢,从容而卒。

遗民身份不可考作家创作的小说			
作者	作品		成书、刊刻时间	主要内容

作者	作品		成书、刊刻时间	主要内容
释行愿	不庵传			叙明遗民安徽歙县人王炜事。此篇一方面突出"不庵"号中的"不"字内涵,另一方面强调王炜"其心不常,故其人亦不常"。
江日昇	台湾外记		成书时间不早于康熙二十二年(1683),不晚于康熙四十八年(1709)	小说描述了郑芝龙(后降清)、郑成功、郑经、郑克塽四代人抗清复明的斗争,以及康熙帝将台湾收入清朝版图的过程。起于明天启元年(1621),终于清康熙二十二年(1683),前后共63年。其中对颜思齐、郑芝龙日本举事、称雄闽海,南明王朝抗清的失败,郑成功举师北征、驱逐侵占台湾的荷兰殖民者,康熙帝平定台湾,郑克塽最后降清等历史事件的描写尤为详细。
薇园主人	清夜钟	第一回	隆武间(约1645)刻本	叙编修汪伟在崇祯帝自缢后,与其妻耿夫人一道自缢而死。表现了作者褒扬为明殉国的遗民情怀。
		第二回		叙湖州乌镇石匠胡一泉两童养媳,因满其婆婆陈氏偷汉多人而双双自沉清流。作者通过守节与失节的对比,表明自己的不屈清廷的民族气节。
		第四回		叙弘光时马阮集团借伪太子案打击史可法与东林后裔。表明作者对误国者的痛恨。
		第七回		叙明嘉靖间"陆陈店"老板崔佑宠爱妓女魏鸾,导致家庭不睦,其子崔鉴为母出气,误杀魏鸾,官府亦恕之,崔氏夫妻和好如初。此篇塑造了一位"外来的闯入者"(施叔青语)形象魏鸾,似有暗指清入侵者。
		第十四回		叙崇祯时凤阳巡抚杨一鹏不听僧人规劝,李自成陷凤阳时,坐罪斩。
西吴懒道人	剿闯小说		不早于崇祯十七年(1644)十一月,有兴文馆刊本	小说叙事自李自成、李岩始,但详于崇祯十七年(1644)三月李自成陷北京至五月弘光立于南京,进封吴三桂为蓟国公,三个月发生的重大变故。小说重点描写了崇祯自缢、大臣殉国等,强烈表现了作者的亡国之痛。
漫游野史	海角遗编		顺治五年(1648)后	小说以顺治二年(1645)清军攻占常熟、福山为背景,描述了那些慷慨殉国者、屈辱投降者、奋起抵抗者,特别是严杙组织军民的抵抗。作者在叙述中寓褒贬,体现了其对忠明者的褒扬和对降清者的批判的遗民意识。
七峰道人	七峰遗编			小说所叙内容与《海角遗编》完全相同,只是在题署、序、回目等方面有些差异。
蓬蒿子	新世弘勋		1651	"此书实脱胎于《新编剿闯通俗小说》,仅增益首尾及删去书中'虏'字字耳。"(孙楷第语)小说虽对清朝有恭维之词,但对亡明者李自成充满了仇恨,是一部典型的遗民小说。

续表

遗民身份不可考作家创作的小说			
作者	作品	成书、刊刻时间	主要内容
江左樵子	樵史通俗演义	清初写刻本	小说叙述了天启至弘光三朝二十五年（1621—1645）朝事，对明亡教训进行了全面总结，表达了对阉党、农民军、清入侵者的不满与痛恨，反映了作者的遗民心态。
松排山人	铁冠图	成书时间在顺康时期，光绪四年（1878）宏文堂刊本	本书以"铁冠图"预示故事情节总体走向与结局，以阉法一家的悲欢离合钩联故事情节。在小说中，作者增加了李自成杀害父母以应天命等情节，以表达了对李自成的痛恨。
空谷老人	续英烈传	成书于清初时期	小说"综建文、永乐故实"，以"野乘之流传"为考古之先资"词取达意""事必撮实"（秦淮墨客序），记述了明初"靖难之变"这一历史事件，既歌颂永乐皇帝续大统的英伟，又对落难为僧的建文帝寄寓深深的同情，表现了作者寄情故明与不满篡国者残暴的遗民情怀。
青莲室主人	后水浒传	清初刊本	小说叙述了杨幺、王摩等由宋江、卢俊义等被害梁山好汉转世，在洞庭啸聚山林，最后兵败，遁隐地穴。小说批判了宋江接受招安，蕴含总结明亡教训的遗民心态。
艾衲居士	豆棚闲话	康熙间翰海楼写刻本	话本小说集，计有十二则，每则一个故事。这些故事主要反映了作者对失节者的讥讽、守节者的褒扬，如第七则《首阳山叔齐变节》；对清廷暴政的不满，如第八则《空青石蔚子开盲》；对晚明政治的反思，如第九则《渔阳道刘健儿试马》。
佚名	梼杌闲评（明珠缘）	据崇祯"怀忠"谥号，书当成于崇祯十七年（1644）	小说叙魏忠贤与天启帝乳母客氏相互勾结，一步步把握朝政，陷害忠良，打击异己，恶贯满盈，最后受到恶报。作者通过对魏客等阉党集团斑斑劣迹的描写，反映了作者对祸国殃民者痛恨的遗民心态。
佚名	甲申痛史（佚）		黄人《小说小话》称："书中以怀宗为成祖后身，流寇则靖难诸臣转世报仇者。……此固小说家之陋习，而亦可见我国民因果报应之说，中于心者深也。"
佚名	鸥鸫记（佚）	成书于清初	孙楷第《中国通俗小说书目》称："明靖江王亨嘉于隆武时称监国，为总督丁魁楚巡抚瞿式耜所杀。此小说似当成于清初，亦明遗民所为也。"

附录三　清初遗民小说著录、收录书目索引

凡　　例

1. 清初遗民小说著录书目是指著录、评介清初遗民小说的文献资料。清初遗民小说收录书目是指收入清初遗民小说文本的文集、小说集、丛书、丛刊等文献资料。

2. 本索引以小说名的音序为顺序。

3. 本索引中(a)表示著录书目、(b)表示收录书目。

4. 本索引中著录、收录书目之后有集数、册数、卷数、页码等标识。其中集数、册数、卷数、页码等以本索引中的版本为依据。

5. 清初遗民小说主要著录书目：

著录书名	编著者	版　本
四库全书总目	纪昀等	中华书局 1997 年版
清朝文献通考	清乾隆官修	浙江古籍出版社 2000 年版
八千卷楼书目	丁丙藏、丁仁编	光绪间钱塘丁氏聚珍仿宋版印
清史稿	赵尔巽等	中华书局 1976 年版
清代禁毁书目(补遗)	姚觐元	商务印书馆 1957 年版

续表

著录书名	编著者	版　本
小说考证续编	蒋瑞藻	商务印书馆民国十三年（1924）版
日本东京所见中国小说书目	孙楷第	上杂出版社 1953 年版
大连图书馆所见小说书目	孙楷第	《日本东京所见中国小说书目》附录
小说丛考	钱静方	古典文学出版社 1957 年版
中国通俗小说书目	孙楷第	作家出版社 1957 年版
小说三谈	阿英	上海古籍出版社 1979 年版
话本小说概论	胡士莹	中华书局 1980 年版
小说见闻录	戴不凡	浙江人民出版社 1980 年版
中国小说丛考	赵景深	齐鲁书社 1980 年版
增订晚明史籍考	谢国桢	上海古籍出版社 1981 年版
中国文言小说书目	袁行霈、侯忠义	北京大学出版社 1981 年版
贩书偶记	孙殿起	上海古籍出版社 1982 年版
中国丛书综录（二）	上海图书馆编	上海古籍出版社 1982 年版
伦敦所见中国小说书目提要	柳存仁	书目文献出版社 1982 年版
古本稀见小说汇考	谭正璧	浙江文艺出版社 1984 年版
中国通俗小说总目提要	江苏省社会科学院明清小说研究中心、文学研究所	中国文联出版公司 1990 年版
中国文言小说总目提要	宁稼雨	齐鲁书社 1996 年版
中国小说提要	郑振铎	《郑振铎全集》（4）（花山文艺出版社 1998 年版）本
明清二代的平话集	郑振铎	《郑振铎全集》（4）（花山文艺出版社 1998 年版）本
中国古代小说百科全书	刘世德	中国大百科全书出版社 1999 年版
话本叙录	陈桂声	珠海出版社 2001 年版
中国古代小说总目（文）	石昌渝	山西教育出版社 2004 年版
中国古代小说总目（白）	石昌渝	山西教育出版社 2004 年版
中国古代小说总目提要	朱一玄、宁稼雨、陈桂声	人民文学出版社 2005 年版
中国禁毁小说百话	李梦生	上海书店出版社 2006 年版

6.清初遗民小说主要收录书目：

著录书名	编著者	版　本
景印文渊阁四库全书	纪昀等	台湾"商务印书馆"2008 年版
说铃	吴震芳	康熙间刻本
昭代丛书	张潮等	道光十三年（1833）吴江沈氏世楷堂藏板
檀几丛书	王晫、张潮	上海古籍出版社 1992 年版
虞初新志	张潮	河北人民出版社 1985 年版
赐砚堂丛书新编	顾沅	道光十年（1830）刻本
海山仙馆丛书	潘仕成	道光二十六年（1846）刻本
荟蕞编	俞樾	《笔记小说大观》本（广陵古籍刻印社 1983 年版）
虞初续志	郑醒愚	《笔记小说大观》本（广陵古籍刻印社 1983 年版）
花近楼丛书	管庭芬	稿本
广虞初新志	黄承增	上海书店 1986 年版
虞初续新志	朱承鈇	柯愈春编纂《说海》本（人民日报出版社 1997 年版）
虞初广志	姜泣群	柯愈春编纂《说海》本（人民日报出版社 1997 年版）
虞初支志	王葆心	上海书店 1986 年版
碧琳琅馆丛书	方功惠	光绪十年（1884）方氏碧琳琅馆刻本，宣统元年（1909）重印
常州先哲遗书	盛宣怀	光绪戊戌（二十四年，1898）武进盛氏思惠斋用康熙初刻本重雕
拜鸳楼校刻四种	沈宗畴	光绪二十六年（1900）番禺沈宗畴拜鸳楼刻本
如皋冒氏丛书	冒广生	光绪间刻本
借月山房汇钞	张海鹏	上海博古斋民国九年（1920）影印本
痛史	乐天居士	上海商务印书馆民国十六年（1927）版

续表

著录书名	编著者	版　本
虞阳说苑	丁祖荫	民国二十一年（1932）铅印本
芋园丛书	黄肇沂	民国二十四年（1935）南海黄氏据旧版汇印
指海	钱熙祚等	上海大东书局民国二十四年（1935）影印本
红袖添香室丛书	高剑华	民国二十五年（1936）上海群学社铅印本
京津风土丛书	张江裁	民国二十七年（1938）双肇楼铅印本
中国内乱外祸历史丛书	程演生、李季、王独清	神州国光社民国三十年（1941）版
明清史料汇编	沈云龙选辑	台湾文海出版社 1967 年版
清人别集丛刊	上海古籍出版社	上海古籍出版社 1979—1986 年版
笔记小说大观	广陵书社编	江苏广陵古籍刻印社 1983 年版
古本平话小说集	路工、谭天	人民文学出版社 1984 年版
明清善本小说丛刊初编	台湾政治大学古典小说研究中心	天一出版社 1985 年版
旧小说	吴曾祺编	上海书店 1985 年版
丛书集成初编	中华书局编	中华书局 1985 年版
说库	王文濡	浙江古籍出版社 1986 年版
古本小说丛刊	刘世德等	中华书局 1987—1991 年版
四部丛刊初编	上海商务印书馆	上海书店 1989 年版
丛书集成续编（台）	王德毅	台北新文丰出版公司 1989 年版
古本小说集成	古本小说集成编委会	上海古籍出版社 1991—1995 年版
古今说部丛书	上海国学扶轮社	上海文艺出版社 1991 年版
中国禁毁小说大全	李时人	黄山书社 1992 年版
香艳丛书	虫天子	人民文学出版社 1992 年版
丛书集成续编	上海书店	上海书店 1994 年版
明清小说辑刊	侯忠义	巴蜀书社 1995 年版

续表

著录书名	编著者	版　本
清代笔记小说	周光培	河北教育出版社 1996 年版
丛书集成三编	王德毅、李淑贞	台北新文丰出版公司 1997 年版
四库全书存目丛书	四库全书存目丛书编纂委员会编	齐鲁书社 1997 年版
四库未收书辑刊	罗林	北京出版社 2000 年版
四库禁毁书丛刊	王钟翰	北京出版社 2000 年版
台湾文献史料丛刊	余文仪	台北大通书局 2000 版
清代笔记丛刊	上海进步书局	齐鲁书社 2001 年版
续修四库全书	顾廷龙	上海古籍出版社 1995—2002 年版
四库禁毁书丛刊补编	王钟翰	北京出版社 2005 年版
中国古代地方人物传记汇编	国家图书馆古籍馆	北京燕山出版社 2008 年版

文 言 部 分

A

爱铁道人传

陈鼎撰

中国古代小说总目（文）（a）2

四库全书存目丛书·留溪外传（b）

史部第 122 册：卷 17

虞初新志（b）卷 10

旧小说（b） 己集 1

哀王斥

顾景星撰

广虞初新志（b） 卷 3

B

八大山人传

陈鼎撰

中国古代小说总目（文）（a）3—4

四库全书存目丛书·留溪外传（b）

史部第 122 册：卷 5

虞初新志（b）卷 11

荟蕞编（b） 卷 8

旧小说（b） 己集 1

D

K

白 话 部 分

C

鸳鸯记（佚）

佚名撰

D

豆棚闲话

艾衲居士撰

H

海角遗编

漫游野史著

后水浒传

青莲室主人辑

J

甲申痛史（佚）

佚名撰

中国古代小说百科全书(a)1440—1442

中国禁毁小说大全(a)334—339

中国古代小说总目(白)(a)461—465

中国古代小说总目提要(a)559—560

中国禁毁小说百话(a)211—221

古本小说集成(b)　　第 1 辑:第 71—74 册

续英烈传

空谷老人编次

中国通俗小说书目(a)59

中国通俗小说总目提要(a)173—174

中国古代小说总目(白)(a)468

中国古代小说总目提要(a)529

古本小说丛刊(b)　　第 15 辑:第 1 种

古本小说集成(b)　　第 2 辑:第 54 册

附录四　宋、元、明遗民诗词作家籍贯及主要活动地区统计①

1.南宋遗民作家群体统计。依据《宋遗民录》及学界已有的研究成果，笔者粗略统计南宋遗民诗词作家计有 147 人，其籍贯及主要活动地分布如下。

（1）浙江 55 人

杭州路 20 人：主要包括汪元量、周密、张炎、连文凤、仙村人、赵必㭬、金璧、白珽、陈必曾、黄庚、何景福、梁相、释了慧，还有曹良史、范晞文、胡仲弓、梁栋、赵与仁、董嗣杲。此群体包括长期寓居临安者，如泰州人周睴。此群体在当时规模最大，人数最多，理所当然地成为浙江群体的中心。

杭州路之外 35 人：包括山阴（今属绍兴）的王英孙、唐珏、王沂孙、王易简、冯应瑞、唐艺孙、吕同老、李居仁、陈恕可、赵汝纳、仇远、王茂孙。四明（今宁波）的陈允平。湖州的朱嗣发、文及翁、莫起炎、牟巘、李彭老、李莱老。台州的舒岳祥、刘庄孙。婺州（今金华）的方凤。严州的方逢辰、何梦桂、汪斗建、孙潼发、魏新之、邵桂子。平阳的林景熙。嵊县的吴大有。鄞县的陈著。衢州江山的柴望、柴元彪、瑞安的曹穑、温州永嘉的潘希白。

---

① 笔者按，宋遗民、元遗民、明遗民诗词作家的籍贯与主要活动地区，主要是依据其在元代、明代、清代的行政区划。

（2）江西 56 人

吉安路（今吉安）29 人：此群体无论遗民诗，还是遗民词，均是江西群体的核心，人数较多，影响较大。其中有庐陵的邓剡、赵文、罗椅、刘辰翁、周焱、刘应凤、刘将孙、彭元逊、尹济翁、赵功可、王从叔、刘贵翁、李天骥。同时，这一群体还包括同属吉州府的庐陵周边县，主要有太和（今泰和）的颜奎、西昌（今泰和西）的刘应雄、刘天迪、曾允元，永新的胡幼黄、吴天可、段宏章等，吉水的李珏、鞠华翁、萧汉杰、曾晞颜，安福的王炎午、刘景翔、刘应儿、彭泰翁。另外，还有在庐陵居住的、为官的长沙攸县人王梦应。

吉安路之外 27 人：包括弋阳的谢枋得，南丰的赵必岊、刘埙、刘壎，宁都的萧立之，南昌的宗必经、熊来，金溪的于应雷，崇仁的黄丙炎，宜春的黄水村，清江（今樟树）的罗志仁、姜个翁，抚州的危复之，高安的姚云文，丰城的王义山，涂川（今属南昌）的杨樵云、宋元、萧烈，修水的黄子行，饶州鄱阳的黎廷瑞、徐瑞、吴存、乐平的马廷鸾，信州（今上饶）玉山的玉弈。疑似江西人者刘鉴、周玉晨、萧允之、刘铉。

（3）福建 9 人

主要包括建阳的熊禾、刘应李，宁德的陈普、韩信同，同安的丘葵，邵武的黄镇成、黄公绍，晋江的赵必晔，建安的刘边。在福建诗人群体中，又以建阳、崇安地区为中心，因为这一地区曾经是朱熹长期居住与受学的地方。①

（4）广东 13 人

诗人群体主要以东莞群体为主，据刘鸿渐《东莞宋八遗民录序》及陈伯陶《宋东莞遗民录》载，较为突出的遗民诗人有赵必璖、李春叟、翟龛、赵东山、何文季、陈庚、刘宗、张登辰、黎献、赵时清，遗民词人有赵必璖、陈纪等，还有寓居在东莞的庐陵人文应麟、永嘉人梅时举。

---

① 方勇：《南宋遗民诗人群体研究》，人民出版社 2000 年版，第 98 页。

（5）其他地区 14 人

安徽 5 人：徽州歙县的吴龙翰、休宁的陈栎、婺源的胡炳文、汪宗臣、绩溪的汪梦斗。

江苏 4 人：阳羡（今属宜兴）的蒋捷。江都（今扬州）的莫仑。江阴的陆文圭。通州的高晞远等。

湖南 3 人：潭州（今长沙）的赵滂、李琳。浏阳的欧阳龙生。

湖北 1 人：古郢（今属湖北）的詹玉。

不详 1 人：古芸的李太古。①

2. 元遗民作家群体统计。笔者依据元遗民相关史料（包括《元广东遗民录》《元八百遗民诗咏》等）及学界相关研究成果，将元遗民诗作家计有 304人，具体籍贯及主要活动地分布如下：

（1）浙江 90 人

金华府 25 人：浦江的郑泳、戴良、宣岜、郑渊、赵良贤，义乌的金涓、陈泂、楼光亨、方天瑞、杨芾，东阳的李序、胡灭、吴中，兰溪的金信、董良仲、吴景奎，金华的郑谧、叶仪、何寿朋、汪与立、范祖幹、曹志、韩循、傅致柔，诸暨（今属绍兴）的杨恒。

绍兴府 23 人：萧山的任宝，慈溪的张庸，余姚的王嘉间、宋禧，嵊县的许汝霖、王肃，新昌的吕九成、董荆、杨居，山阴的王绍原、刘涣、张宪、杨维桢，上虞的魏仲远、刘履，会稽的刘逢原、胡温，诸暨的申屠性、陈堂，淳安的汪汝懋、方道睿，开化的鲁贞等。还有，定居上虞的西域人卖闾。

宁波府 13 人：鄞县的王厚孙、王思铭、孙元蒙、陆徽、骆以大，奉化的舒庄等。还有隐居或寓居于此的淳安（今属杭州）人徐瑱、鲁渊、海盐（今属嘉兴）人陈子才、永新（今属江西吉安）人龙从云、南昌人袁士元、祖籍吴兴（今属江苏）的沈辉卿、济南人吴志淳。

① 上述南宋遗民作家群体统计参见方勇《南宋遗民诗群体研究》、牛海蓉《元初宋金遗民词人研究》等。

台州府、温州府、处州府(今丽水)20人:台州太平(今温岭)的李长民,台州临海的杨大中、陈基,台州黄岩的方行,宁海(今属宁波)的邬信;温州瑞安的李应期,温州乐清的南尧民、朱希晦,温州括苍的留睿,温州平阳的孔森、孔旸、胡纯、孔皖,温州永嘉的郑洪、俞希鲁,温州的洪钦;处州龙泉的刘明、陈达,处州松阳的陈德询、练鲁,丽水的李参。

嘉兴府9人:主要包括鲍恂、叶广居、陆景龙、沈庭、卓成大、张翼等,还包括寓居嘉兴的沈昌、寓居嘉兴的四明人陈秀民、移居嘉兴的四明人周致尧。

(2)江西71人

吉安府24人:庐陵(今吉安县)的王礼、张昱、罗以明、周霆震、周巽、权蘅。泰和的刘本泉、王沂、梁兰。永丰的刘于、刘玉汝。吉水的郭钰、萧寅、杨引、杨允孚、刘中孚。安福的朱庭、彭畏恂。万安的刘养晦。永新的宋礼。还有长期寓居此地的耒阳(今属湖南衡阳)人郭方中,禾州人萧宗勋,丰城(今属南昌)人熊太古,茶陵(今属湖南)人李祁等。

抚州府17人:临川的甘谨、黎仲基、蓝光、朱弘祖、镏(刘)廉、杨谦,乐安的何淑、张潜,金溪的陈介、刘杰、邓彦、黄伯远、陈安、朱嗣荣、吴仪、吴会,崇仁的李衡等。

饶州府11人:乐平的鲁修、蔡深、操琬。浮梁的吴廷、戴珵。波阳(今鄱阳)的叶兰、刘仔肩、邵光祖、黄季伦。余干的甘复、张适初。

临江府11人:新淦(今新干)的金固。新喻(今新余)的周鲁章、胡行简、傅孟素、梁寅。清江(今樟树)的刘永之、裴梦霆、彭铺、杨士弘、黎立信。临江的周恒。

其他地区6人:豫章的万石、刘彬卿。丰城的甘惟寅。南城的胡布、万清。新城的涂建可。

另外,还有西域人伯颜定居龙兴路进贤(今属南昌),色目人薛朝晤迁居江西,亦归之江西群体。

（3）江苏 76 人

松江府 24 人：华亭的张枢、周之翰、陆厚、孙稷、杨德茂、钱应庚、俞庸、俞俊、沈铉、杨谦、孙道明、陆居仁、卫近仁（一作仁近）、吴哲、邵亨贞、张仁近、夏庭芝、陆德方，松江的叶李等。另外，移居松江的有天台人杨仁寿、太仓人马麟、江阴人蔡训、江西庐陵人易恒、陇右人邾经等。

平江路 33 人：吴县的张简、唐元，嘉定的阮孝思，长洲的钱逵，常熟（今属无锡）的周南、王珙、盛彧、缪侃、华幼武、徐洪，昆山的姚文奂、王履、王彝、管寿昌，无锡的倪瓒、李琛，东沧（今属苏州）的吕诚，吴江的朱良实、吴简、谢常，东山（今属苏州）的叶颙，吴中的宗本先，吴人张田，吴兴的林静、沈梦麟等。另外，还包括隐居吴江的平阳人张择，寓居此地的湖州人郯韶，寓居于此的卞元亨，任平江教授的蒙古人伯颜守仁，隐居昆山的吉安人夏迪，避地吴中的高邮人王颐，作长洲教谕的鄱阳人黄季伦，江阴上万户蒙古人明初归隐吴中的完哲清卿。

其他地区 16 人：宜兴的王文晏，江阴的张端、王逢、许恕、徐津、袁举、刘堈、张体、陆麒等。江阴副万户元末归隐于家的买主昂霄，寓居此地的江都人王贞，客居于此的李时等。常州武进的谢应芳，无锡的华晞颜、李大椿、华公恺等。

另外，西域人木仲毅隐居于上海、蒙古人聂镛往来吴中各地、蒙古人顾仁元亡后隐居松江，故亦归之江苏群体。

（4）广东 27 人

新会的蔡养晦、罗蒙正、张㧑、陈添佐、伍骥、梁彦明、马桂逊、赵宗道、马宗善、黎贞，东莞的赵友于、丁松确，增城的湛怀德，德庆的李穆，潮阳的周伯玉、陈野仙，南海的高彬、黎和、黄温德、张康侯、刘梓，番禺的王文友、韩文远、伍常、杨汉杰、赵介，沥窖（今属广州）的卫克信。

（5）福建 17 人

莆田的陈中立、郭完、方朴、方炯、刘晟，闽县的吴海、林清、邓定、林枝、钟耆,清流的邹大观,晋江的夏泰,古田的陈亦言,长乐的陈亮,福宁的郑羲,建阳的蒋易,崇安的蓝仁等。

（6）安徽 17 人

徽州绩溪的余宗益、舒頔、舒远,休宁的陈盤、黄枢、汪德茂、汪时申、李道生、吴卖,婺源的汪周、俞彦诚、程明远、程达道,歙县的王寅、唐桂芳,祁门的汪克宽等。另外,少数民族遗民诗人王翰其曾祖定居庐州（今合肥）,亦归之此群体。

（7）其他地区 6 人

西域人孟昉寓居大都（今北京）,明初不知所终;色目人宝宝居于江浙,入明不仕;蒙古人赫德溥化,至正二十六年（1366）状元,其他事迹不可考;西域人剌马当文郁由父荫累迁至南台御史,入明后不仕;蒙古人观同用宾,元亡后隐居海上;西域人丁鹤年随其父定居武昌,遂为武昌人。[①]

3. 明遗民作家统计。笔者据钱钟联《清诗纪事》（明遗民卷）统计,明遗民诗人计有 421 人。据潘承玉《清初诗坛:卓尔堪与〈遗民诗〉研究》统计,十六卷本《遗民诗》计收入遗民诗人 500 人。据周焕卿《清初遗民词人群体研究》统计,清初明遗民词人为 230 人。据张其淦《明代千遗民诗咏·凡例》,"《诗咏》共得明遗民一千九百余人","此篇诗咏初编十卷、二编十卷,共五古五百八十余篇"。[②] 笔者现依据《明遗民诗》（中华书局 1961 年版）中的诗作家及周焕卿统计的词作家,进行籍贯与主要活动地进行统计,共有 650 位作家,具体分布如下:

（1）江苏 291 人

苏州府 113 人:吴江的周永年、沈自继、叶绍袁、沈自友、毛莹、吴有涯、吴

---

① 上述元遗民作家群体统计参见唐朝晖《元遗民诗人群体》下篇《元遗民诗人考》,部分作家的归属进行了调整。

② 张其淦:《明代千遗民诗咏·凡例》,张其淦撰,祁正注:《明代千遗民诗咏》（一）,《明代传记丛刊》（周骏富辑）第 66 册遗逸类 1,明文书局 1985 年影印本,第 11 页。

昌文、徐崧、陈启源、顾樵、吴旦、俞南史、周安、史玄、顾有孝、俞南史、潘陆、戴笠、周燦、吴翻、沈自然、吴韻、徐观光、周永年、赵瀚、吴易、王载、王定、吴晋锡、包捷、朱鹤龄、吴系、吴重晖（吴系弟）、吴振兰、吴如晦、黄光昇、张泽、王锡阐、潘章、沈自昌、赵庚、钮应斗，徙居吴江的嘉兴人徐白，流寓吴江的嘉善人殳丹生。常熟的毛晋、赵士春、褚道潜、邵陵、孙永祚、杨彝、严熊、杨静、冯班、蒋洊、何述稷，隐于虞山的休宁人吴道配。昆山的杜文焕、王泰（后迁嘉定）、归庄、朱用纯、陆世鎏、徐开任、顾炎武、龚贤、朱天麟、奚涛、葛云芝、张纪、徐柯、释本儶（住神鼎）。吴县的徐增、徐枋、杨焯、徐波、葛一龙、金俊明、顾苓、袁徽、章美、徐晟、汤祖祐、陆琏、顾超、周茂藻、李楷。吴门的叶树廉（迁常熟）。长洲的朱隗、吴粲、陈宗之、管正仪、张丑、韩洽、夏锡祚、徐树丕、姚宗昌、陈元素、周之玙、陈三岛、文柟、姚宗典。苏州的陈济生、汤祖武、张俊、陈济生、汤潜、周茂兰、叶襄，居洞庭山的洞庭丐者，住苏州中峰的云南人释读彻，住苏州尧峰的浙江乌程人释南潜。迁毗陵的山东济宁人杨士聪，流寓松陵的江西南昌人喻指，隐居松陵的浙江乌程人沈祖孝。

扬州府 49 人：泰州的季来之、宫伟镠、卢生、吴嘉纪、黄云、邵潜、卢生（泰州布衣、讲堂江都、卒于汝宁之罗山）。扬州的王方歧。宝应的乔可聘、陶澄、张訒。高邮的孙兆祥。仪征的张映室、王崇谦，江都的徐石麒、范荃、罗煜、汪蛟、蒋易、蒋世纪、王醇、张雅度、李蔜、郝明龙、施悦、王玉藻、萧廷珌。兴化的李清、李瀚、王贵一、李沛、魏应星、李潜、陆廷抡、吴牲、李沂、吴元宸、宗元豫（上元籍）、李长祚、李长盛（句容籍）、顾士吉、李景福、陈王荣。客居、隐居扬州的主要有安徽休宁的孙默、湖北汉阳的许承钦、安徽歙县的项起汉与闵鼎、陕西西安的王岩、陕西泾阳的雷士俊。

松江府 35 人：华亭的钱龙锡、单恂、沈龙、宋存标、金是瀛、莫秉清、钱榖、曹重、计南阳、蒋平阶、吴骐、林子襄、汪价、吴懋谦、萧诗、徐尔铉、冯鼎位、许誉卿、包尔庚、王承光、王烈、张彦之、计南阳、章旷、单恂、徐孚远、王廷宰、张若羲，金山的陆庆臻，青浦的董黄、张彦之，松江的彭宾、萧芷崖，上海的莫秉清，流寓松江的钱德震。

江宁府 27 人：上元的张怡、张风、王璜（一作潢）、赵述先、张琪、胡虞逸。江宁的钱汇、吴琦、王民、胡玉昆、胡其毅、杨大郁。高淳的邢昉。寓居或侨居金陵的有昆山的龚贤、湖北黄冈的杜濬与杜芥、湖南湘潭的黄周星、福建晋江的黄居中、福建莆田的余怀、安徽歙县的程邃、江西人赵岛,湖北江夏的周蓼屺、贵州人马銮。另外,还有一些僧侣住持金陵寺庙,如住浦口定山的福建莆田人释大依,住金陵弘济寺的六合人释大健,住金陵天界寺的山西太原人释兴机,住金陵碧峰寺的福建枫亭人释慈际。

常州府 20 人：宜兴的陈于泰、陈维岱、吴湛、许大就、谢遴。无锡的顾景文、黄家舒、钱肃润、安璿、张夏、顾祖禹、堵胤锡、安夏。武进的恽格、胡香昊（徽州籍）、薛寀、恽本初、是名、丘上仪。江阴的戚勋。

太仓州 18 人：王时敏、陆世仪、吴乔（入赘昆山）、许旭、叶藩、顾湄、顾梦游、顾梦麟、陈瑚、朱明镐、黄翼圣。嘉定的侯汸、徐时勉、金德开、侯净、侯泓、陆坦。崇明的沈寓。

镇江府 15 人：金坛的王鑨、潘高、于颖、于璜、张明弼。溧阳（今属常州）的杨禹甸、周斯、陈周、芮城。丹徒（今丹阳）的冷士嵋、谈允谦、钱邦芑、何絜、吴拱宸、朱祐。

其他地区 14 人：通州的范凤翼、释弘储。如皋的冒襄、张垝、范廷瑞。徐州的万寿祺、沛县的阎尔梅、山阳（今属淮安）的张养重、靳应昇、咸默,盐城的宋曹,盱眙（今属淮安）的王龙文,淮安的胡从中,吴郡的林云凤。

（2）浙江 183 人

嘉兴府 76 人：嘉善的钱士升、曹勋、沈泓、钱继登、王屋、李标、钱继振、钱继章、钱棻、徐远、孙圣兰、孙缵祖、李炜、董升、魏允柟、曹鉴征、魏允札、魏允柟、李奇玉、夏缁等。嘉兴的褚醇、李天植、王翃、周筧、缪泳、朱茂暚、沈进、李绳远、吴鉏、朱扆、李寅、汪挺、巢鸣盛、沈起、范凤仁、李麟友、廖永谋、顾猷、朱茂曛、朱茂晼、徐柏龄、谭贞良、朱复、释通复、释智舷。平湖的倪长圩、李天植、马嘉祯、弋金汤、赵韩、陆启浤、钱士馨（晚年入燕）。秀水的俞汝言、高承埏、黄修娟、朱茂晖、姚瀚、黄子锡、吴统持、吴蘉、金瓯、陆鉿、钟嵚立、朱茂曙、朱茂晭。海盐的彭长宜、彭孙贻、钱德震、陈梁、陈许廷、吴谦牧、陈恂、桐乡的颜俊彦。还有，流寓嘉兴的兰溪人范路，浙江海宁人朱一是，以及迁居浙江海宁的江苏宜兴人胡山。

杭州府 45 人：海宁的吴本泰、曹元方、查继佐、陆嘉淑、潘廷章、田彻、查崧继、谈迁、祝洵文、朱朝瑛。钱塘的徐士俊、陆圻、丁策、胡介、张纲孙、陆阶、顾若群、关键、徐之瑞、沈叔培、诸九鼎、诸匡鼎、李式玉、徐介、孙治、潘问奇、陈廷会、顾扑、沈叔竑、冯延年。仁和的柴绍炳、沈谦、毛先舒、陆繁弨、卓发之、汪沨、李本泰、沈兰先、释今释。武林的徐继恩。隐于杭州的江都人徐宗麟，住杭州南屏净慈寺的浙江余杭人释正岩，住上天竺的钱塘人释静挺，住理安寺的太仓人释行悦。

湖州府 9 人：归安的吴景旭、韩纯玉。乌程的韩曾驹、严启隆、韩绎祖、温良、陈忱。长兴的金镜。武康（今属德清）的韦人凤。

浙东地区 52 人：绍兴府山阴的张岱、商景兰、何嘉延、吕师濂、黄逵、余增远、戴易、俞而介、张宗观、祁豸佳、祁骏佳、朱士稚、朱用调、祁班孙、刘汋、祁鸿孙、俞国贤、王翚、释弘修；诸暨的陈洪绶；萧山的来集之、张杉、戴镜曾、来蕃；余姚的黄宗羲、谭宗、孙嘉绩、黄宗炎；会稽的姜梗、董继，及绍兴府的姚佺（江都籍）、魏方炌。宁波府鄞县的徐之垣、陆宝、钱光绣、钱肃图、高宇泰、董守正、李文缵、李业嗣、董道权、周齐曾、万泰；慈溪的郑溱、冯恺愈、冯恺章、刘纯熙、沈宸荃、刘应期。处州府遂昌的王业。温州府瑞安的卓汝立。台州府黄岩的释常岫。

另外，还有不知浙江何地的应驷。

（3）安徽 54 人

桐城的方孔炤、方授、钱澄之、方以智、方文、姚康、孙如兰、周歧、赵相如、倪元善、方思、孙临、吴绍奇、方其义、姚孙棐。歙县的汪芎、汪宏滢、王玄度、方兆曾、汪中柱、凌世韶、姚潜、程岫、胡春生（曾移家池州、复徙金陵、隐于歧黄）、洪瀛、潘彦登、程自玉、江国茂、释弘济。宣城的唐允甲、刘易、沈寿民、吴一元、麻三雍、吴肃公、刘芳显、沈埏、汤缵禹。芜湖的沈士尊、萧云从、沈士柱。凤阳的八大山人（江西籍）、朱玺（宜兴籍）、释寂灯（湖广籍）。休宁的孙默、查士标、程智。贵池（今池州）的刘城、吴非、吴孟坚。和州（今和县）的戴重、戴本孝。太平的汤燕生。庐江的宋儒醇。

（4）江西 32 人

南昌的王猷定、涂大酉、陈允衡、林时益、罗万象。宁都的曾灿、魏禧、魏礼、曾燦、彭士望、邱维屏、魏世杰。临川的傅占衡、刘命清、陈孝逸。南丰的汤来贺、甘京、谢文洊。余干的叶应震。永新的贺贻孙。安福的刘淑。建昌的陈允衡。波阳（鄱阳）的江南锦。抚州的傅鼎铨。袁州（今属宜春）张自烈。南城的徐芳。德化的文德翼。新建的张世溥。隐居庐山的宋佚，住庐山开先寺的宁波人释圆信，住江西云居寺（在今庐山）的太仓人释戒显，住庐山栖贤的广东人释函昰。

（5）广东 17 人

顺德的黎景义、何绛、陈恭尹。南海的陈子升、岑徵、王邦畿、王鸣雷、陶叶、释函可。番禺的屈大均、释今无、黎遂球。揭阳的郭之奇。新会的易宏。东莞张穆（隐居罗浮）、张家珍。迁丹霞的浙江仁和人金堡。

（6）直隶 17 人

保定府定兴的杜越，清苑的梁以樟、梁以枏，容城的孙望雅、孙奇逢；广平府永年的申涵光、苗君稷、张盖；顺天府大兴的刘文焲，宛平的韩畕；顺德府邢台的王履和；冀州衡水故城的沈寿客。属于这一地区的还有李恒煴（后隐江南）、韩田（后隐江南），以及隐盘山的蓟州人李孔昭。旅京后迁江苏仪征的江苏上元人纪映钟，旅京后卜居吴山的浙江仁和人陈祚明。

（7）四川 17 人

遂宁的吕大器、李实、吕潜。新繁的费经虞、费密。青神的余榀。巴县的刘道开。达州的唐阶泰。彭县的赵司铉。富顺的陈盟。成都李永周、朱之臣、庄祖谊。大足的潘绂。内江的范文芺。大邑的刘养贞。大宁的周衍函。

（8）山东7人

莱阳的姜垛、姜垓、董樵、姜安节、崔子忠。莱州的赵士喆。新城的徐夜。

（9）福建7人

福清的林古度，福建莆田的余扬，福建宁化的李世熊，福建侯官的曾异撰，福建将乐的佘思复，福建建阳的黄师先，福建的魏宪。

（10）陕西6人

西安的张炳璿。盩厔（今周至）的李柏。华阴的王弘撰。三原的石隆。泾阳的雷士俊。榆林的徐象娄。

（11）湖北5人

黄冈的万日吉、杜祝进。黄陂的王一翥。蕲州的顾景星。嘉鱼的释正志。

（12）其他地区14人

山西3人：太原的傅山、阎修龄、傅眉。

河南3人：商丘的贾开宗。杞县的孟葂。睢宁的崔干城。许昌长葛的王玉玑。河南的连俊（从杜茶村游，晚年精于岐黄）。

湖南3人：宁乡的陶汝鼐、衡阳的王夫之、邵陵（今邵阳）的车以遵。

贵州1人：马銮。

云南1人：昆明的朱昂。

广西1人：南宁的李思撰。

籍贯不详者2人：屠矿、储国桢。

后　记

　　遥想博士毕业已十年有余。经历了湖北、江西、广东几所高校的工作调动，终于在博士论文的基础上，完成了国家社科基金一般项目"清初遗民小说研究"（编号：16BZW069）的结项工作。面对自己可谓"十年磨一剑"的学术成果，感慨良多。

　　我是2008年进入暨南大学攻读博士学位的。攻读博士学位第一件焦虑的事即是博士论文选题。我在做博士论文选题时，是经过认真仔细地论证的，主要是基于三方面的考量。一是自己的硕士论文做的是清初时事小说《樵史通俗演义》。二是有感于袁行霈《中国文学史》关于遗民文学仅论及诗词而未及小说，而清初时期包括时事小说在内的诸多小说，具有浓郁的遗民意识。三是有感于清初遗民小说的创作主体——明遗民在世道沧桑巨变之际的出处行藏。易代之际，他们忠于故国，拒仕新朝，逃禅隐逸，情寄文辞。他们独立不迁，坚守执着，以渺小个体对抗着时代的重压，以不屈于世的方式实践着他们的理想和操守。星河斗转，春秋代序，他们的声名不应湮没于历史尘埃。于是，将清初遗民小说作为选题的想法呼之而出。虽然确定了这一选题，但学界一直未对清初遗民小说作准确地界定，自己也一直在焦虑，此种提法学界会不会认可。甚至到博三时，还向李时人先生请教这一问题，最终得到了肯定的回答。

在确定选题后,开始搜集各种资料,制作各种表格,包括作家基本情况一览表、作品基本情况一览表等。经过一段时间搜集整理资料后,开始着手撰写部分论文。然而,在撰写的第一个月内,基本上是在失眠中度过的。那种焦虑与不安,至今仍然历历在目。毕竟撰写博士论文,从谋篇到布局,都需要精心安排。

为摆脱困境,我试图从个案突破,并试图投稿。最早撰写的一篇成形论文为《〈樵史通俗演义〉作者考辨》,主要是发现了一些新材料,考辨了学界的一些论述,并将其投之《明清小说研究》,得到主编王长友先生的回复,确定录用。这是自己在撰写论文初期收获的一份喜悦。这份喜悦对自己后来撰写论文起到极大的鼓励作用。

经过博一时的焦虑与不安,到博二时潜心撰写,到博三上学期快结束时,我基本上完成了近四十万字的论文初稿。限于时间和学力,虽然部分内容难免粗糙,但面对摆在眼前的成果,心亦欣然。在三年期间,共发表了三篇 CSSC 期刊论文、一篇中文核心期刊论文,超额完成毕业要求。这也是大大出乎自己的意料。所以,博士三年痛苦并快乐着。

博士毕业后,我应聘进入三峡大学文学与传媒学院。教学和科研是高校老师的基本功,而建立在有效科研基础上的教学当更能为学生提供知识源泉。为了成为一名合格的高校老师,三峡大学任教期间,自己开始尝试撰写一些课题申报书,并获批两项湖北省教育厅项目,一项为一般项目,一项为重点项目。对于初入职高校的我来说,这给予了我在科研领域前行的动力。

四年后,因夫妻团聚,我从三峡大学调入井冈山大学工作。进入新单位,申请更高级别的课题仍然是自己的重要目标。我以自己的博士论文为选题,撰写了课题申报书。2016 年 6 月,国家课题立项结果公布,自己的名字忝列其中。这确实让自己兴奋了两天。以自己的博士论文为基础,获批国家课题,至少说明选题与论证得到学界同仁的认可。

两年前,我又调入汕头大学。进入新单位,我的国家课题也进入最后的冲刺阶段。一方面对原博士论文进行大幅度地修改，特别是在博士论文答辩时一些专家提出的修改意见，以及一些学者对我已发表的论文提出的商榷。另一方面增加了一些章节，如增加了清初遗民小说与遗民戏曲、遗民诗词之间比较。这种比较在一定程度上为自己下一步研究清初遗民戏曲奠定基础。同时，我还对所有注释进行了统一规范，保持前后引用同一文献的一致性，对需要增加注释的地方，重新增加注释。2021 年 6 月初，所有的结题材料完成，并于国家社科基金创新服务平台成功提交。经过三个月的等待，国家课题一次性通过专家评审，并获得良好等级。

从博士毕业，到国家课题结项结果公布，整整十年时间。这部书稿见证了我十年来的学术之路。一路走来，感谢所有帮助过我的人。

首先，要感谢我的博士生导师程国赋教授。自我进入师门，程师对我的论文选题、撰写工作进行全面指导。博士毕业后，程师仍然对我的学术与生活非常关心。六年前国家课题获批立项，程师在第一时间向我表达祝贺，至今仍然记忆犹新。2021 年 8 月，国家课题正式结项，我向程师求序，程师立即应承。程师所序对书稿高度评价，让我有点受宠若惊。程师将序修改后，投之《汕头大学学报》（人文社会科学版），并正式发表。自从踏入学术门槛，一路走来，程师对我帮助其多，一句感激之语实在难以包涵。

其次，要感谢汕头大学中文学科经费及科研启动经费对书稿出版的资助。前年初，我以卓越人才计划的方式被引进汕头大学。同年 6 月，我所申请的汕头大学科研启动经费项目"古代遗民文学研究"获批立项（编号：STF20006）（本书部分内容为汕头大学科研启动经费项目阶段性成果）。在国家课题结项情况公布后，我就立即启动书稿出版程序。在与人民出版社充分沟通后，我又与中文学科负责人及科研处相关部门进行协商，在资源管理处招投标中心负责人的主持下，完成招标程序，随后与出版社签订正式出版合同。在一系列程序中，经费支持最为关键，中文学科和科研处对此均大力支持，迅速审批经费，以最快速度走完所有流程。在此深表谢意。

再次,要感谢家人对我的全力支持。我爱人郁玉英与我相同时间、相同方式被引进汕头大学。进入新的单位,各方面需要调整与适应,再加上 2020 年初以来新冠疫情,对于完成课题造成不小的影响。尽管外在环境发生较大变化,但面对我的结题冲刺,我爱人尽可能花更多的时间与精力来照顾家庭,其实她自己也有国家课题需要完成,但她仍然把更多的时间留给我。女儿也比较乖巧,虽然幼升小带来了各种不适应,但她总体上还能应付过来,也给我们减轻不少压力。总之,完成国家课题的撰写,完成书稿的调整与校对,都是需要家人无私奉献才能完成。这也是我最需要感谢之处。

2022 年 7 月 29 日草于龙眠斋中

责任编辑:洪　琼
封面设计:石笑梦
版式设计:胡欣欣

图书在版编目(CIP)数据

清初遗民小说研究/杨剑兵 著. —北京:人民出版社,2023.3
ISBN 978－7－01－025056－4

Ⅰ.①清…　Ⅱ.①杨…　Ⅲ.①古典小说-小说研究-中国-清前期
　Ⅳ.①I207.41

中国版本图书馆 CIP 数据核字(2022)第 169812 号

清初遗民小说研究

QINGCHU YIMIN XIAOSHUO YANJIU

杨剑兵　著

人民出版社 出版发行
(100706　北京市东城区隆福寺街 99 号)

北京中科印刷有限公司印刷　新华书店经销

2023 年 3 月第 1 版　2023 年 3 月北京第 1 次印刷
开本:710 毫米×1000 毫米 1/16　印张:35.5
字数:560 千字

ISBN 978－7－01－025056－4　定价:149.00 元

邮购地址 100706　北京市东城区隆福寺街 99 号
人民东方图书销售中心　电话 (010)65250042　65289539